LIVRO das MIL E UMA NOITES

LIVRO das MIL E UMA NOITES

TRADUZIDO DO ÁRABE POR
MAMEDE MUSTAFA JAROUCHE

VOLUME 4 — Ramo egípcio + Aladim & Ali Babá

BIBLIOTECA AZUL

Texto fixado conforme as regras do Acordo Ortográfico da Língua Portuguesa (Decreto Legislativo nº 54, de 1995).

Título original: *Kitāb alf layla wa layla*

Editora responsável: Erika Nogueira
Editora assistente: Luisa Tieppo
Revisão: Jane Pessoa
Tradução e notas do anexo 2: Christiane Damien Codenhoto
Diagramação: Gisele Baptista de Oliveira
Capa: Tereza Bettinardi
Ilustração de capa: Bruno Algarve

1ª edição, 2012
2ª edição, 2015
3ª edição revista e atualizada, 2018 – 2ª reimpressão, 2024

CIP-BRASIL. CATALOGAÇÃO-NA-FONTE
SINDICATO NACIONAL DOS EDITORES DE LIVROS, RJ

L762
3. ed.
v. 4

Livro das mil e uma noites : volume 4 : ramo egípcio + Aladim & Ali babá / tradução Mamede Mustafa Jarouche. - 3. ed. - Rio de Janeiro : Biblioteca Azul, 2018.
584 p. ; 23 cm.

Tradução de: Kitâb alf layla wa layla
Sequência de: Livro das mil e uma noites - volume 3 - ramo egípcio
Continua com: Livro das mil e uma noites - volume 5
Apêndice
Inclui bibliografia
Introdução e Notas
ISBN 978-85-250-6507-0

1. Conto árabe. I. Jarouche, Mamede Mustafa.

17-45073 CDD: 892.73
CDU: 821.411.21'3

Direitos de edição em língua portuguesa para o Brasil adquiridos por Editora Globo S.A.
Rua Marquês de Pombal, 25 — 20230-240 — Rio de Janeiro — RJ
www.globolivros.com.br

SUMÁRIO

NOTA INTRODUTÓRIA: UM UNIVERSO INESGOTÁVEL 11

LIVRO DAS MIL E UMA NOITES

MANUSCRITO "ARABE 4678",
BIBLIOTECA NACIONAL DA FRANÇA, PARIS

ᶜAlā'uddīn e a lâmpada mágica 19

MANUSCRITO "BODLEIAN ORIENTAL 554",
BIBLIOTECA BODLEIANA, OXFORD

A insônia do califa 123
Os amantes de Basra 125
Andanças do califa por Bagdá 138
Os sofrimentos do jovem Manjāb 148
A investigação de Jaᶜfar 167
O dervixe, o aprendiz de barbeiro e o sultão 171
A beduína, seu marido e seu amante 178
O corno e a sua mulher I: o chacareiro 180
O corno e a sua mulher II: o azeiteiro 183
Os amores de Hayfā e Yūsuf 186
O sofrimento das dez criadas 255
Os três filhos do rei da China 272
O bravo guerreiro e a sua mulher 283

O valentão e a sua mulher 287
O homem que não calculava e a sua mulher 290
A mulher do Cairo e os três tarados 294

MANUSCRITO "ARABE 3612",
BIBLIOTECA NACIONAL DA FRANÇA, PARIS

Conselhos a reis 299
A justiça divina e os encarregados dos homens 299
O rei Dāwūd e o dinheiro público 301
Histórias sobre o califa ^{c}Umar 301
O asceta e o califa 302
Matar ou perdoar? 304
Jesus e os mentirosos 304
A coragem segundo Muḥammad 304
Mūsà e o demônio 305
Máximas e sentenças (I) 305
Jesus, os três homens e o tesouro 306
O arcanjo da morte e o rei poderoso 307
O arcanjo da morte e o rei endinheirado 309
O arcanjo da morte e o rei tirânico 311
Sulaymān e o homem que quis fugir do arcanjo da morte 312
Alexandre Bicorne entre dois crânios 312
Três histórias sobre o último suspiro 314
Admoestações a um líder 315
O rei da Pérsia e as ruínas 315
O fiscal opressor e o pobre pescador 316
Mūsà e a justiça divina 318
A felicidade segundo Alexandre 319
A justiça do rei e a dos súditos 319
A Pérsia e as alcaparras 321
O elogio dos antigos 322
Três reis na vinha 323
^{c}Umar e a família esfomeada 324
Quatro histórias de ^{c}Umar Ibn ^{c}Abdul^{c}azīz 325
Ordens são ordens 328
Os reis, a justiça e a tirania 329

Kisrà e a preservação do reino 331
Quem merece ser rei, segundo Aristóteles 332
Histórias de Alexandre 333
Máximas e sentenças (II) 333
O peregrino, a miséria e a tirania 334
Máximas e sentenças (III) 335
A justiça de Ziyād 336
Como dividir o dia do soberano 338
Kisrà e seus encarregados 338
Alma'mūn e seus encarregados 339
Máximas e sentenças (IV) 340
Kisrà e o aumento de impostos 341
Máximas e sentenças (V) 343
A educação dos príncipes 345
A fuga pode ser vitória 346
Máximas e sentenças (VI) 347
Ladrão sem querer 349
A caça da corrupção 349
A sagacidade de Ardašīr 351
Máximas e sentenças (VII) 351
Cuidados com os mensageiros 354
O dinheiro do rei e a necessidade pública 356
Os reis e as audiências públicas 356
Yazdagard e o cavalo 358
A administração da justiça 359
Os reis e os bons vizires 359
A retidão do rei Sulaymān 362
Máximas e sentenças (VIII) 362
A importância dos escribas e da escrita 365
A elevação de desígnios 368
Reis não devem ser avarentos 369
Governo e comércio 370
O desapego de [c]Amāra 370
O desapego dos barmécidas 372
O desapego e a tocadora de alaúde 372
Mais uma história de desapego dos barmécidas 373

O desapego de Kisrà ... 375
O desapego e a traição ... 375
Uma falsificação oportuna ... 377
Qual o clã mais generoso? ... 380
A dignificação do nome ... 381
Máximas e sentenças (IX) ... 382
Um homem misterioso ... 394
Máximas e sentenças (X) ... 394
A bebida e o intelecto ... 395
O califa e a súplica do seu colega inconveniente ... 397

MANUSCRITO "ARABE 3619",
BIBLIOTECA NACIONAL DA FRANÇA, PARIS

O grou, sua mulher e o caranguejo ... 399
Os francolins e o rei de taifas ... 403
O menino, a pega e o zodíaco agourento ... 404
Anedotas sobre gente avarenta ... 408
Casos de Muzabbid, o medinês ... 411
Anedotas sobre defeitos físicos ... 418
A alegria, segundo uns e outros ... 423
O divertido Ašᶜab e o governador avarento ... 424
Anedotas sortidas ... 426
O avarento e a carne ... 429
É comer e morrer ... 429
O presente do avarento embriagado ... 431
O avarento e o seu filho ... 432
Água fresca para a mãe do avarento ... 433
Tal pai, qual filho ... 433
As fases do homem, segundo a mulher ... 434
O sultão mameluco Baybars e os seus capitães ... 436
O primeiro capitão e a mulher ambígua ... 439
O segundo capitão e a mulher ardilosa ... 446
O terceiro capitão e a punguista ... 449
O quarto capitão e a ladra ... 452
O quinto capitão e a mulher delatada ... 453
Segunda história do quinto capitão: a amante do desembargador ... 454

O sexto capitão, seu amigo mercador e a velha golpista ... 457
O sétimo capitão, seu amigo mercador e a arapuca ... 461
Salvo por um triz ... 463
Mais uma arapuca ... 464
A vingança da sequestrada ... 467
O oitavo capitão e a cantora com os manetas ... 468
O nono capitão e as moedas roubadas ... 471
O décimo capitão, o capitão de Damasco e o ouro roubado ... 472
O décimo primeiro capitão e o ladrão justo ... 475
O décimo segundo capitão, seu amigo e o ex-criado ... 475
O décimo terceiro capitão e o intrujão assassinado ... 476
O salteador no meio do trigo ... 478
O velho malandro ... 478
O décimo quarto capitão, o ladrão cruel e o francolim ... 479
O décimo quinto capitão, o assassino e o crocodilo ... 481
O décimo sexto capitão, salvo sem querer ... 482
Segunda história do décimo sexto capitão: o mercador e a concubina do califa ... 484

EPÍLOGO ... 490

ANEXOS ... 499
Anexo 1 – ᶜAlī Bābā, os quarenta ladrões e a escrava Murjāna (conforme a única versão árabe) ... 501
Anexo 2 – Do diário de Galland: "As agudezas de Morgiane ou os quarenta ladrões exterminados pela destreza de uma escrava" ... 542
Anexo 3 – O epílogo: A noite perdida de Jorge Luis Borges ... 548
Anexo 4 – Um "ancestral" de Aladim: "O alfaiate alexandrino e a lâmpada mágica" ... 555

POSFÁCIO: BREVE EXPLICAÇÃO SOBRE AS FONTES ... 567

NOTA INTRODUTÓRIA: UM UNIVERSO INESGOTÁVEL

> [...] há duas maneiras de ler um livro: podemos considerá-lo como uma caixa que remete a um dentro, indo então lhe buscar o significado, e depois, se formos ainda mais perversos ou corrompidos, partimos em busca do significante.
>
> DELEUZE, *Conversações*

Em seu célebre diálogo sobre as noções de autor e autoria, Michel Foucault se interroga se o presente livro constitui uma "obra", palavra que segundo ele seria tão problemática, pela coesão e pela unidade implicadas, quanto a suposta individualidade autoral. Uma visão a posteriori dos textos traduzidos neste volume — colhidos em oito fontes diferentes, quatro delas manuscritas — evidencia o quão enganoso pode ser o acerto dessa intuição, na medida em que semelhante variedade de fontes, tempos e tons mal lhe empana certa unidade subjacente, a qual, no presente caso, parece girar em torno de dois eixos temáticos principais (embora não únicos), com todo o corolário de técnicas e decoros que os pressupõem: a manutenção do poder e a domesticação do sexo feminino, ambos eventualmente repousando à sombra de outro tema obsessivo, a ascensão social.

Dos textos do primeiro eixo não se pode dizer que difiram, em substância, do que se lê nas recomendações e instruções constantes do gênero letrado convencionalmente chamado, na cultura árabe, de *aladab assulṭānī*, "literatura sultanesca", versão local do que no Ocidente é conhecido, na terminologia em português, como "espelho de príncipes". Em síntese, como já observado alhures, tal gênero concebe o exercício do poder como um conjunto de regras fixas e providências cuja finalidade precípua é a sua exclusiva perpetuação: os conselhos ora se dão declaradamente como tais, segundo se lê na íntegra de um dos manuscritos aqui traduzidos, ora de maneira sub-reptícia, passe o termo, como pressuposto geral da eficácia do próprio discurso *šahrazādiano*, ou, ainda, como consequência quase que natural de muitos contos. Exercido em conformidade com as condições que lhe predeterminam a perpetuação, o poder se mostra, nesse gênero de discurso, com um moto-contínuo cuja autorreferencialidade mesma é que lhe permite extrapolações para os campos ético e moral.

Já os textos do segundo eixo, que implicitamente ou não encenam e discutem o papel feminino, são bem mais interessantes, funcionando como jogo que serve tanto para reiterar o imperativo da supremacia masculina como, o que é mais relevante, para exorcizar os fantasmas produzidos pela simples presunção da excessiva liberdade feminina, tormento que, se de um lado se suaviza pela inserção dessas narrativas no gênero cômico, de outro se brutaliza pela recorrência de transgressões e traições que esgarçam ao limite, expondo-lhe o ridículo, a despicienda "honra" masculina, espezinhada aqui e malfadada acolá. E tão abrasadora chega a ser essa liberdade meramente imaginada que a "repetição sem conceito" da máquina narrativa — em cujo interior Šahrāzād é apenas uma das engrenagens — intervém ela própria, com seu tom mais profundo e empertigado, num ensaio para apaziguar o pavor patriarcal e lhe acariciar as verdades senis postas em xeque.

Enfim, marginalmente a esses dois eixos também é possível identificar duas linhas ético-morais que empolgam as histórias: a da extrema piedade, numa ponta, e a da perversidade extrema, na outra, ambas atuando de modo integrado e complementar. Assim, conforme a primeira linha, não basta olhar pelos pobres: é preciso sofrer e ser por eles admoestado, humilhar-se, servi-los e ainda assim sentir-se aquém de imperativos éticos, religiosos e morais. E, de acordo com a segunda linha, não basta cometer adultério: é preciso esmigalhar a masculinidade alheia, possuir a mulher do terceiro na sua frente e, mais além, torná-lo cúmplice do prazer obtido. Encenações de extremos constituídos como mediania, conforme se vê, mobilizando dispositivos de nomadismo textual que lhes conferem todo o seu vigor e ardor.

No volume anterior, o objeto principal da pesquisa foram as histórias que detiveram a primazia no processo de complementação do *Livro das mil e uma noites*, isto é, as primeiras histórias sobre as quais, por motivos desconhecidos, recaiu a escolha dos escribas egípcios para fazer o conteúdo do livro corresponder-lhe ao título. Este quarto volume, por seu turno, procurou oferecer um exemplo — pálido, quiçá — da pluralidade dessas fontes, da diversidade de vozes e tons que a fala de Šahrāzād pode assumir e, eventualmente, de algum limite ou non plus ultra da narração. Todas as histórias dele constantes provêm de manuscritos do ramo egípcio, ou dele derivados, nos quais se caçou a diversidade das soluções apresentadas pelos diferentes e anônimos escribas ante a tarefa de completar o livro. Contando os Anexos, são oito as fontes diretas deste volume, textos cuja compilação vai do século XVII ao XIX.

Este volume, o quarto da coleção, deverá ser sucedido por um quinto no qual se traduzirá, a partir de seu manuscrito mais antigo, a história de ᶜUmar Annuᶜmān e a vasta gama de sub-histórias que a acompanham, com o que considerarei encerrado o meu trabalho de tradução de fontes manuscritas do *Livro das mil e uma noites*. Quando se iniciou o projeto, no já longínquo ano de 2003, devo confessar que, iludido por uma já desvanecida nesga de entusiasmo, eu acreditava na factibilidade do recenseamento da maioria das fontes manuscritas e, sobretudo, estava movido por certa depreciação, que hoje questiono, da chamada vulgata impressa do livro como fonte, depreciação essa haurida na leitura do crítico iraquiano Muhsin Mahdi, cujas análises, forçoso é reconhecê-lo, por vezes demonstram preconceito e arbitrariedade, em que pese o extraordinário valor de suas pesquisas e o enorme salto qualitativo que propiciaram à história crítica desta obra. Na verdade, essa vulgata, representada pela primeira edição do Cairo, de 1835, e pela segunda de Calcutá (doravante referida como Calcutá2), de 1839-1842, é tão legítima — e tão problemática — quanto qualquer outra coletânea, e dela passarei a me ocupar num futuro por ora impreciso.

Sobre o professor e crítico Muhsin Mahdi vale a pena, aliás, lembrar que, a par do fundamental trabalho filológico com o texto das *Noites*, ele também deixou ensaios nos quais sobressai um tom de censura ao processo de "complementação" das *Noites*, isto é, ao esforço, levado a cabo no Egito por dezenas de copistas a partir do século XVI, pelo menos, para completar um livro cujo conteúdo ficava por assim dizer aquém do título. Tal "incompletude" — os manuscritos mais antigos, conforme tem se dito à exaustão, contêm "somente" 282 noites — fez escorrer demasiada tinta, sem que se tenha chegado, no entanto, a uma solução satisfatória para esse claro enigma: por que alguns dos manuscritos de um livro cujo título é *Mil e uma noites* apresentam menos de trezentas noites? A clareza da resposta se deve à obviedade de todas as proposições aventadas: tratar-se-ia de uma primeira versão, ao modo de rascunho, flagrada em pleno processo de constituição; seriam manuscritos defeituosos; o primeiro compilador, por motivos que podem ir do desinteresse (ou da sua forma radical, a morte) à falta de material para a complementação do trabalho, teria abandonado o projeto etc. Nas letras árabes, é célebre o caso do historiador Muḥammad Ibn ᶜAbdūs Aljahšiyārī, cuja morte, em 942, o impediu, segundo o livreiro

Annadīm, de completar uma compilação na qual pretendia reunir histórias de vários povos.[1]

Seja como for, é ponto pacífico que foi justamente essa "falha" inicial a origem das diversas e muita vez desencontradas tentativas de complementação, todas no Egito, e de cuja variedade os terceiro e quarto volumes desta coleção procuram dar conta. No primeiro momento, como se disse, perseguiu-se alguma regularidade: após o núcleo por assim dizer "duro" do livro, composto pelas histórias constantes do ramo sírio — e, em sua maioria, do egípcio —, existiriam histórias que teriam recebido alguma espécie de primazia para completar o livro? Foi esse o princípio guia do terceiro volume. Já neste quarto volume, como estamos dizendo, radicalizou-se definitivamente a contestação da crença enunciada por Muhsin Mahdi: para ele, tudo quanto foi incluído pelos escribas egípcios careceria, num ou noutro sentido, de "legitimidade". Em mais de uma passagem dos seus estudos, tanto em árabe como em inglês, ele afirma coisas como "e depois o escriba introduziu as histórias que lhe aprouveram", "fez o que bem entendeu com o livro" etc., das quais se infere forte censura à suposta falta de critérios, quase constituídos como um oportunismo desonesto, de tais escribas egípcios, que teriam agido movidos pelo afã de completar o livro — ou seja, fazer-lhe o conteúdo corresponder ao título — a qualquer custo, sem nenhuma consideração de ordem moral, ética ou estética. Trata-se de uma crítica discutível, para não dizer injusta, que não explica uma indagação trivial e quase espontânea que ocorre a quem porventura se detenha sobre o livro: se o objetivo fosse apenas e tão somente completá-lo a qualquer custo, fazendo-o encorpar, como explicar que, no ramo egípcio tardio, as 282 noites do ramo sírio se encontrem comprimidas em pouco mais de cinquenta noites? Não seria razoável esperar o contrário? E, para além, por que as noites dessas tentativas de complementação são geralmente mais longas que as do ramo sírio?

Após anos estudando o assunto, na vã tentativa de sacudir os manuscritos do seu sono rancoroso, essa crítica passou a me parecer, ademais, excessivamente arbitrária. O próprio Mahdi, entre muitos outros estudiosos, demonstrou que, mesmo em seu núcleo mais antigo, não era incomum que as histórias do *Livro das mil e uma noites* consistissem em apropriação de narrativas de outras fontes. Um livro como *Histórias espantosas e crônicas prodigiosas* (século XIII), por exemplo, foi

[1] Veja o primeiro volume desta coleção, p. 17.

impiedosamente "saqueado", se cabe o termo, pelo compilador das *Noites*, que lhe adaptou várias histórias ou simplesmente as enxertou em seu trabalho, limitando-se a operar pequenos ajustes de ordem gramatical e adaptações ao novo contexto. Ainda outro livro, como *O sábio Sindabād* ou *Os sete vizires*, também teve o seu quinhão de desapropriações por parte do compilador das *Noites*, sem que nada disso — nem na opinião de Mahdi, nem de outros estudiosos — lhes diminuísse ou relativizasse o valor e a importância. Ora, se as apropriações efetuadas durante o processo inicial de redação do livro não o diminuem, por que o diminuiriam as tentativas dos escribas egípcios, a partir do século XVI pelo menos, de completá-lo? O que tornaria tais procedimentos ilegítimos em comparação com os do compilador/autor do núcleo antigo do livro? A antiguidade? Alguma visão essencialista — a despeito do "furioso contato da existência" de que falava o poeta — a respeito das *Noites*?

* * *

No intuito de corrigir uma omissão no mínimo injusta, deve-se registrar aqui que o primeiro a verter o *Livro das mil e uma noites* do árabe ao português foi o imperador Pedro II (1825-1891), cuja curiosidade intelectual é notória. Ele traduziu 120 noites, das quais as primeiras 36, desafortunadamente, estão por ora extraviadas. Uma rápida análise do material manuscrito evidenciou que a edição árabe das *Noites* utilizada pelo imperador para a tradução foi a de Breslau (cf. a nota 6 da p. 579 deste volume), presente do seu amigo e professor de árabe Christian F. Seybold (1859-1921), orientalista alemão muito respeitado. Iniciada num enfado bolorento qualquer de alguma das suas residências no Brasil, a tradução foi retomada no desterro parisiense, num trabalho que parece tê-lo acompanhado até a cláusula dos seus dias.[2]

[2] Em seu diário, o imperador demonstrava orgulho pelo fato de estar traduzindo as *Noites* diretamente do original. À época, a edição de Breslau se revestia de uma aura pioneira, desconhecendo-se então as "traquinagens" do seu editor Habicht, que Pedro II grafa como "Abicht". Pode-se conferir uma amostra da tradução imperial – cuja literalidade de neófito, embora em muitos pontos beire a ininteligibilidade, em outros é curiosa como experimento formal involuntário – em: Souza, Rosane de. "*Mil e uma noites*. Tradução direta do árabe, de D. Pedro II", *Tiraz*, Revista de Estudos Árabes. São Paulo, Humanitas/FFLCH/USP, ano VIII, 2010, pp. 87-111. Em 1902, Seybold dedicou a "Dom Pedro II von Brasilien" a edição de uma narrativa árabe do século XVI, "Sūl e Šumūl", que fora incorporada a um solitário manuscrito acéfalo das *Noites*.

* * *

Nietzsche observa, num ensaio não tão bom mas ainda assim pleno de sugestões, que às traduções não raro lhes falta o próprio *tempo*, "alegre e corajoso", do texto traduzido; noutras palavras: falta-lhes tudo. Em defesa desta tradução, e acaso de muitas outras, talvez seja lícito argumentar que se executa, especialmente hoje, num tempo que, oposto absoluto do da hipótese nietzschiana, exige a sombra dessa refração como antídoto à tristeza e à covardia características de todo e qualquer presente, ou, adaptando os termos de Walter Benjamin, num tempo que só pode libertar-se de si mesmo exilando-se em outro tempo.

Mamede Mustafa Jarouche
Cairo/ São Paulo, janeiro de 2011/ fevereiro de 2012

NOTA À 3ª EDIÇÃO

Após a publicação do quarto volume desta coleção, em 2012, surgiram novos dados e informações a respeito de algumas personalidades envolvidas na constituição do *Livro das mil e uma noites*, basicamente o orientalista Jean Varsy e o contador de histórias alepino Ḥannā Diyāb. Tais novidades levaram o tradutor a alterar certas passagens da introdução e do posfácio. Contudo, o texto da tradução propriamente dito continua praticamente o mesmo, com correções mínimas. Na verdade, o que se modificou foram aspectos da história da composição do livro, mas não as histórias nele contidas.

LIVRO das MIL E UMA NOITES

514ª NOITE

^{c}ALĀU'DDĪN E A LÂMPADA MÁGICA[1]

Disse Dīnāzād:

"Se você não estiver dormindo, maninha, conte-nos uma de suas belas histórias para atravessarmos o serão desta noite". Disse o rei: "E que seja a história de ^{c}Alā'uddīn e a lâmpada maravilhosa". Šahrāzād respondeu: "Com muito gosto e honra".

Eu tive notícia, rei do tempo, de que vivia em certa cidade da China um alfaiate pobre[2] cujo filho, chamado ^{c}Alā'uddīn,[3] era vagabundo e rebelde desde

[1] Traduzido do texto árabe constante em *Allayālī Al^{c}arabiyya Almuzawwara* [As noites árabes falsificadas] (org. de M. M. Aljārūš. Beirute/Bagdá, Aljamal, 2011), onde se reproduz o texto fixado por Hermann Zotenberg (*Histoire d'^{c}Alâ Al-Dîn ou La Lampe Marveilleuse. Texte arabe publié avec une notice sur quelques manuscrits* Des Mille et Une Nuits. Paris, Imprimerie Nationale, 1888), o qual, por sua vez, se baseia no manuscrito de Michel Sabbagh, do início do século XIX, apontando nas notas muitas das variantes do manuscrito do padre sírio Dionisius Chavis, do final do século XVIII, no qual a história ocupa as noites 492-596 (veja o posfácio a este volume). Para a transcrição do nome, preferiu-se manter os critérios usados ao longo desta tradução em vez de "Aladim", que é a forma mais usual em português. Em árabe, o nome dessa personagem significa "elevação da fé". Além de "enfeitiçado", a palavra *masḥūr*, que adjetiva a "lâmpada" (*qindīl*), pode também significar "mágico". Em ambos os manuscritos, a história vem após a de "Zayn Alaṣnām", que também consta da tradução de Galland. Veja, ainda, o Anexo 4 e o posfácio deste volume.

[2] No texto de Galland, o alfaiate se chama *Mustafa*. Lembre-se que, na história do carregador e das três jovens de Bagdá (vol. I, pp. 118-143), embora as três jovens permaneçam inominadas no original árabe, a tradução de Galland atribui nome a todas elas: *Amina*, *Safia* e *Zobeida*.

[3] Em inúmeros pontos do manuscrito de Sabbagh a grafia do nome da personagem principal está incorreta. Já no manuscrito de Chavis a grafia está *sempre* incorreta, evidenciando-se que esse padre lhe desconhecia a forma correta em árabe. O nome da personagem, observe-se, é composto de duas palavras, a saber, *^{c}alā'*, "elevação", e *addīn*, "a fé", mas no manuscrito de Chavis o copista parece supor que o primeiro nome é *^{c}Alī*, erro crasso.

bem pequeno. Quando completou dez anos, o pai quis ensinar-lhe um ofício, mas, devido à pobreza — que o impedia de investir nisso ou de fazê-lo estudar ou tornar-se aprendiz —, levou-o à sua loja para ensinar-lhe o próprio ofício, a alfaiataria. Porém, desobediente e já acostumado a brincar com os moleques do bairro, ᶜAlā'uddīn nunca permanecia o dia inteiro na loja, mas esperava que o pai saísse por uma necessidade qualquer, ou para visitar algum freguês, e se escafedia imediatamente, correndo aos jardins para ficar com os demais jovens vagabundos como ele. Assim era a sua situação: tanto desobedecia à família, sem aprender ofício algum, que o seu pai, amargurado e triste pela rebeldia do filho, adoeceu e morreu, mas nem por isso ᶜAlā'uddīn mudou a conduta. Ante a morte do marido e a rebeldia do filho, bem como a sua inutilidade para o que quer que fosse, a mulher vendeu a loja e todos os bens que possuía, pondo-se a fiar algodão a fim de sustentar a si, bem como ao filho vagabundo, com o próprio trabalho. Ao se ver livre da pressão do pai, ᶜAlā'uddīn se tornou ainda mais vagabundo e rebelde, não indo para casa senão à hora das refeições, enquanto sua pobre mãe o sustentava com o trabalho de fiar, e assim foi até completar quinze anos de idade.

E a aurora alcançou Šahrāzād, que interrompeu as suas agradáveis histórias.

515ª

NOITE

Disse Dīnāzād:

"Se você não estiver dormindo, maninha, conte-nos uma de suas belas histórias para atravessarmos o serão desta noite". [Šahrāzād respondeu:]

Eu tive notícia, rei do tempo, de que, já tendo atingido a idade de quinze anos, ᶜAlā'uddīn estava certo dia no bairro brincando com os demais garotos baderneiros quando um dervixe magrebino[4] chegou e se pôs a observá-los, fixando-se em ᶜAlā'uddīn e examinando-lhe atentamente a figura, sem ligar para

[4] Optou-se por "magrebino" para traduzir *maġribī*, palavra que, embora modernamente signifique "marroquino", servia para identificar qualquer pessoa oriunda do Norte da África, excetuado o Egito.

os outros. Proveniente da terra do Magrebe interior, esse dervixe era um feiticeiro[5] cuja mágica arremessaria uma montanha contra a outra; conhecedor dos caracteres pela fisionomia,[6] pensou, após bem examinar ᶜAlā'uddīn: "Este rapaz é quem eu procuro! É por causa dele que saí de minha terra a investigar". E, puxando de lado um dos moleques, indagou-o sobre ᶜAlā'uddīn, quem era seu pai e todas as demais informações a respeito. Em seguida, foi até ele, levou-o para um canto e lhe disse: "Rapaz, você não é filho de fulano, o alfaiate?". Respondeu: "Sim, meu senhor, mas meu pai morreu faz tempo". Ao ouvir aquilo, o bruxo magrebino atirou-se sobre ᶜAlā'uddīn, abraçou-o, pôs-se a beijá-lo e a chorar, suas lágrimas escorrendo abundantes sobre as faces do rapaz, o qual, ao vê-lo em tal estado, foi tomado pelo espanto e lhe perguntou: "Por que o choro, meu senhor? De onde você conhece meu pai?". O magrebino respondeu com voz triste e alquebrada: "Como você me faz essa pergunta, meu filho, após ter me informado que o seu pai — meu irmão! — morreu? Seu pai é meu irmão! Cheguei há pouco da terra onde vivia, e a despeito desse tempo todo de exílio eu estava muito contente, pois tinha a esperança de vê-lo, compensando desse modo a minha longa ausência, e agora você me dá a notícia da morte dele! Mas a voz do sangue não me ocultou que você é meu sobrinho, e eu o reconheci em meio a todos os outros rapazes, embora o seu pai ainda fosse solteiro quando me separei dele".

E a aurora alcançou Šahrāzād, que interrompeu as suas agradáveis histórias.

516ª
NOITE

Disse Dīnāzād:

"Se você não estiver dormindo, maninha, conte-nos uma de suas belas histórias para atravessarmos o serão desta noite". [Šahrāzād respondeu:]

[5] "Feiticeiro" traduz *sāḥir*. Poderia também usar-se "mágico", "bruxo", "nigromante", "xibungo".

[6] Curiosamente, em vez da palavra *firāsa*, que seria normalmente usada nessa situação, o texto lança mão de *hay'a*, "aparência", "forma", entre outros sentidos, e cujo uso nessa acepção é mais tardio.

Eu tive notícia, rei do tempo, de que o bruxo magrebino disse a ^{c}Alā’uddīn: “Meu filho ^{c}Alā’uddīn, agora perdi o meu consolo e a minha alegria com o seu pai, meu irmão, a quem eu esperava ver após o exílio e antes de morrer, mas o destino me privou dele. Não existe, porém, escapatória do fato consumado nem artimanha contra o decreto de Deus altíssimo”. E, conduzindo o rapaz, continuou: “Meu filho, não me resta como consolo senão você, que agora me compensará o seu pai, pois você é descendente dele, e quem tem descendência não morre, meu filho”. O feiticeiro puxou dez dinares e entregou-os a ^{c}Alā’uddīn, dizendo: “Onde é a casa de vocês, meu filho? Onde está a sua mãe, mulher do meu irmão?”, e então o rapaz lhe mostrou o caminho para casa. O feiticeiro disse: “Tome este dinheiro, meu filho, entregue à sua mãe, transmita-lhe os meus cumprimentos e informe-a de que o seu tio paterno enfim está presente após a ausência, e, se Deus quiser, amanhã irei visitá-los para cumprimentá-la e ver a casa onde meu irmão morava, bem como o seu túmulo”. Em seguida, ^{c}Alā’uddīn beijou a mão do magrebino e foi para casa correndo de alegria, indo rapidamente para junto da mãe, ao contrário do seu hábito, pois ele não ia ter com ela senão à hora das refeições; entrou feliz e disse: “Mamãe, eu lhe dou a boa-nova de que meu tio paterno retornou após longa ausência, e ele lhe envia cumprimentos”. A mãe disse: “Meu filho, parece que você está rindo de mim. Quem é esse tio paterno? Desde quando, nesta vida, você tem tio paterno?”. ^{c}Alā’uddīn respondeu: “Mamãe, como você me diz que não tenho tios paternos nem parentes nesta vida? Aquele homem é meu tio, abraçou-me, beijou-me chorando e me disse que a informasse disso!”. A mãe lhe disse: “Sim, meu filho, eu sabia que você tinha um tio paterno, mas ele morreu, e eu nunca soube que você tivesse outro”.

E a aurora alcançou Šahrāzād, que interrompeu as suas agradáveis histórias.

517ª NOITE

Disse Dīnāzād:

“Se você não estiver dormindo, maninha, conte-nos uma de suas belas histórias para atravessarmos o serão desta noite”. [Šahrāzād respondeu:]

Eu tive notícia, rei do tempo, de que o bruxo magrebino saiu pela manhã e se pôs a procurar por ^{c}Alā'uddīn, pois já não suportava ficar separado dele; vagou pelas ruas da cidade e encontrou o rapaz brincando com outros baderneiros, conforme o hábito. Ao se aproximar dele, pegou-o pela mão, abraçou-o, beijou-o e, retirando dois dinares da algibeira, entregou-os a ele e disse: "Vá até a sua mãe, entregue-lhe este dinheiro e diga: 'Como o meu tio pretende jantar conosco, tome estes dois dinares e faça um jantar gostoso'. Porém, antes de mais nada, mostre-me de novo o caminho da casa de vocês". ^{c}Alā'uddīn disse: "Sobre a cabeça e os olhos, meu tio",[7] e caminhou à frente dele mostrando-lhe o caminho de casa. O magrebino então o deixou e se retirou, enquanto o rapaz entrava em casa e informava aquilo à mãe, a quem entregou o dinheiro, dizendo: "Meu tio quer jantar aqui em casa". Imediatamente, a mãe de ^{c}Alā'uddīn se dirigiu ao mercado, comprou tudo que era necessário e retornou para casa, onde se pôs a aprontar a refeição, emprestando aos vizinhos os pratos e demais utensílios de que precisava e dizendo ao filho quando chegou a hora do jantar: "A comida já está pronta, meu filho, mas, como é possível que o seu tio não conheça o caminho para cá, vá encontrá-lo". ^{c}Alā'uddīn respondeu: "Ouço e obedeço",[8] mas, enquanto ambos conversavam, ouviram-se batidas à porta, o jovem foi abri-la e eis que era o bruxo magrebino acompanhado de um criado carregando bebidas e frutas. O rapaz os fez entrar, o criado se retirou e o magrebino foi cumprimentar a mãe de ^{c}Alā'uddīn, a quem, chorando, indagou: "Onde o meu irmão costumava sentar-se?"; ela lhe mostrou o lugar em que o marido ficava e o magrebino se prosternou e pôs-se a beijar o chão, dizendo: "Ai, mas como é parca a minha sorte e infeliz o meu destino! Perdi você, meu irmão, veia dos meus olhos!", e tanto chorou e se lamuriou dizendo coisas assim que a mãe de ^{c}Alā'uddīn acreditou que ele dizia a verdade, pois o homem chegou a desmaiar de tanta lamúria! Inclinando-se na sua direção e erguendo-o do chão, a mulher lhe disse: "Matar-se não vai resolver nada".

E a aurora alcançou Šahrāzād, que interrompeu as suas agradáveis histórias.

[7] "Sobre a cabeça e os olhos" traduz *^{c}alà al^{c}ayn wa arra's*, sintagma utilizado para indicar que se atenderá a um pedido com muito gosto.

[8] "Ouço e obedeço" traduz *assam^{c} wa aṭṭā^{c}a*, literalmente, "audição e obediência". É fórmula bastante usual em árabe antigo, e se repetirá amiúde no texto.

518ª
NOITE

Disse Dīnāzād:

"Se você não estiver dormindo, maninha, conte-nos uma de suas belas histórias para atravessarmos o serão desta noite". [Šahrāzād respondeu:]

Eu tive notícia, rei do tempo, de que a mãe de ᶜAlā'uddīn consolou o bruxo magrebino e o fez sentar-se, e ele, antes que a mesa fosse servida, contou-lhe o seguinte: "Cunhada, não se espante de nunca em tempo algum ter me visto nem sabido sobre mim durante a vida do meu falecido irmão. Isso se deu porque eu deixei este país há quarenta anos, exilando-me de minha terra e viajando pela Índia, pelo Sind e por toda a Arábia;[9] depois, entrei no Egito, morando durante algum tempo na esplêndida cidade [do Cairo], que é a maravilha do mundo, e por fim viajei para as terras do Ocidente Interior,[10] ali vivendo durante trinta anos. Certo dia, cunhada, estando eu sentado em minha casa a pensar em meu país, em minha terra, em meu falecido irmão, minhas saudades por revê-lo aumentaram, e comecei a chorar e a me lamentar do meu exílio e da distância entre nós, até que finalmente as saudades tanto me afligiram que me dispus a viajar para este país, meu torrão natal, minha terra, a fim de ver meu irmão; eu disse para mim mesmo: 'Homem, há quanto tempo está exilado do seu país, da sua terra! E você tem um único irmão, sem outro! Vamos, levante-se, viaje e vá vê-lo antes de morrer! Quem é que pode adivinhar as agruras do destino e as calamidades do tempo? Será uma grande tristeza morrer sem ver o seu irmão. Deus, louvado seja, lhe deu muito dinheiro, e se acaso o seu irmão estiver em apertos e pobreza, você o terá visto e ajudado'. Imediatamente levantei-me, preparei-me para a viagem, recitei o capítulo de abertura do Alcorão e, ao final da prece da sexta-feira, cavalguei e cheguei a esta cidade, nela adentrando após ter enfrentado muitas dificuldades e fadigas, com a proteção de Deus poderoso e excelso. Anteontem, enquanto vagava pelas ruas daqui, avistei o meu sobrinho ᶜAlā'uddīn brincando com outras crianças, e juro por Deus

[9] Com base no texto de Galland e no manuscrito de Chavis, Zotenberg corrige esta passagem, em cujo original se lê "todo o Ocidente". Na grafia árabe, a diferença entre *alġarb*, "ocidente", e *alᶜarab*, "árabes", é de um único pingo.

[10] "Ocidente Interior" é referência à região conhecida como Magrebe.

poderoso, cunhada, que nesse momento o meu coração se derreteu por ele, pois o afeto do sangue se manifestou, e o meu coração me fez sentir que se tratava do filho do meu irmão; ao vê-lo, esqueci todas as minhas fadigas e tristezas, e planei de alegria.[11] Porém, quando ele me comunicou que o falecido se mudara para a misericórdia de Deus altíssimo, desmaiei de aflição e tristeza. Talvez ᶜAlā'uddīn lhe tenha informado o que me ocorreu, mas, de certo modo, consolei-me com a existência dele, pois quem deixa descendência não morre".

E a aurora alcançou Šahrāzād, que interrompeu as suas agradáveis histórias.

519ª NOITE

Disse Dīnāzād:

"Se você não estiver dormindo, maninha, conte-nos uma de suas belas histórias para atravessarmos o serão desta noite". [Šahrāzād respondeu:]

Eu tive notícia, rei do tempo, de que o bruxo magrebino disse à mãe de ᶜAlā'uddīn: "Quem deixa descendência não morre"; em seguida, ao ver a mulher chorar por efeito dessas palavras — já planejando fazê-la esquecer o marido e fingindo consolá-la a fim de completar a sua artimanha contra ela —, voltou-se para o rapaz e lhe disse: "Meu filho ᶜAlā'uddīn, qual profissão você aprendeu? Qual é o seu trabalho? Possui algum ofício para sustentar-se e à sua mãe?". Envergonhado, encabulado, ᶜAlā'uddīn abaixou a cabeça, fixando o olhar no chão, enquanto a sua mãe respondia: "Qual o quê! Por Deus que ele não sabe nada, de jeito nenhum! Nunca vi um menino tão vagabundo, o dia inteiro zanzando com outros moleques vagabundos daqui do bairro. O pai — ai que tristeza! — não morreu senão por causa dele. E agora eu também estou muito mal, fiando algodão e me esfalfando noite e dia a fim de conseguir alguns pães para comermos. Esta é a situação dele, cunhado. Por vida sua que ele não entra

[11] "Planei de alegria" traduz *ṭirtu min alfaraḥ*, literalmente, "voei de alegria". Assim, sempre que, no decorrer desta tradução, ocorrer "planar de felicidade" (ou alegria), entenda-se que no original, literalmente, se diz "voar de felicidade" (ou alegria).

em casa senão na hora da refeição, mais nada, e eu estou até pensando em trancar a porta da casa e deixá-lo ir procurar algo de que viver, pois já estou velha e não tenho forças para me fatigar tanto e sustentá-lo. Mal e mal obtenho o meu sustento, meu Deus! Preciso[12] é de quem me sustente, isso sim!". O magrebino voltou-se para ᶜAlā'uddīn e lhe disse: "Por que, filho de meu irmão, você anda nessa vagabundagem? Que vergonha! Não é adequado para homens como você, que é ajuizado, meu filho, e filho de gente de bem! É uma infâmia que a sua velha mãe o sustente, agora que você já está um homem. Você tem a obrigação de se arranjar de um modo que lhe permita extrair o seu sustento, meu filho. Veja que, graças a Deus, em nosso país os mestres de ofício são muitos; escolha um ofício que lhe agrade e eu o colocarei nele, a fim de que, quando crescer, meu filho, você encontre um trabalho e viva dele. Como é possível que você não queira a profissão do seu pai, então escolha alguma outra que lhe agrade, me diga e eu o ajudarei em tudo quanto for possível, meu filho". Ao ver que ᶜAlā'uddīn se calava e nada respondia, o magrebino percebeu que ele não queria ofício nenhum que não fosse a vagabundagem, e lhe disse: "Não me considere chato, filho de meu irmão. Se você tampouco quiser aprender um ofício, eu lhe abrirei uma loja comercial com os mais caros tecidos, e você travará contato com muita gente, fará trocas, venderá e comprará, tornando-se conhecido na cidade". Quando ouviu estas palavras do seu tio magrebino, ou seja, que ele tencionava torná-lo um grande mercador, ᶜAlā'uddīn alegrou-se imensamente, certo de que todos os mercadores usam roupas boas e elegantes; olhou para o magrebino, sorriu e meneou a cabeça em direção ao solo, manifestando aprovação.

E a aurora alcançou Šahrāzād, que interrompeu as suas agradáveis histórias.

520ª NOITE

Disse Dīnāzād:

[12] "Preciso" traduz *baddī*, "quero", expressão quase que exclusiva dos dialetos sírios.

"Se você não estiver dormindo, maninha, conte-nos uma de suas belas histórias para atravessarmos o serão desta noite". [Šahrāzād respondeu:]

Eu tive notícia, rei do tempo, de que o bruxo magrebino viu o sorriso de ᶜAlā'uddīn e, percebendo que ele gostaria de aprender o ofício de mercador, disse-lhe: "Já que você aceita que eu o ensine a ser mercador e lhe abra uma loja, então seja homem, sobrinho, e se Deus quiser, amanhã eu primeiro o levarei ao mercado e mandarei costurar-lhe um belo traje ornamentado[13] de mercador; depois procurarei para você uma loja e cumprirei a minha promessa". Ao ouvir a promessa de que abriria uma loja de mercador de tecidos para o filho, com capital e tudo o mais, dissiparam-se as poucas dúvidas que a mãe de ᶜAlā'uddīn nutria quanto ao fato de o magrebino ser seu cunhado, e ela passou a acreditar piamente naquilo, pois um estranho não faria isso pelo filho dela! Pôs-se então a orientar o rapaz e a instruí-lo a tirar da cabeça aquela ignorância toda, a ser um homem e obedecer ao tio, que era como se fosse o seu pai, e a compensar o tempo que passara vagabundeando com outros desordeiros. Feito isso, ela se levantou, estendeu a mesa, serviu o jantar e todos se sentaram e começaram a comer e a beber, enquanto o magrebino conversava com ᶜAlā'uddīn sobre os misteres do comércio e outras coisas. Naquela noite ᶜAlā'uddīn não dormiu de alegria. Quando viu que a noite já avançava, o magrebino se retirou, comprometendo-se a retornar pela manhã e levar ᶜAlā'uddīn para lhe fazer um traje de mercador. E pela manhã, com efeito, o magrebino bateu à porta; a mãe de ᶜAlā'uddīn se levantou e abriu, mas ele não quis entrar, pedindo que ᶜAlā'uddīn o acompanhasse ao mercado; o rapaz saiu, saudou o tio e lhe beijou a mão. Então o magrebino, conduzindo o rapaz pela mão, levou-o ao mercado, e ambos entraram numa loja de tecidos que continha tudo quanto é gênero de roupa, ali pedindo um traje ornamentado e valioso, e prontamente o mercador lhe trouxe vários já costurados. O magrebino disse a ᶜAlā'uddīn: "Escolha, meu filho, o que o agradar". Muito contente de ver que o tio lhe dava tal liberdade, o rapaz escolheu à vontade os trajes que lhe agradavam, cujo preço foi pago sem demora ao mercador pelo magrebino, que em seguida levou ᶜAlā'uddīn ao banho público, onde ambos se banharam; quando saíram, foram beber e ᶜAlā'uddīn, ao vestir o seu novo traje, todo feliz e satisfeito, agradeceu ao tio, beijou-lhe a mão e louvou-lhe a generosidade.

E a aurora alcançou Šahrāzād, que interrompeu as suas agradáveis histórias.

[13] "Traje ornamentado" traduz o dialetalismo *badlat ḥawā'ij*.

521ª NOITE

Disse Dīnāzād:

"Se você não estiver dormindo, maninha, conte-nos uma de suas belas histórias para atravessarmos o serão desta noite". [Šahrāzād respondeu:]

Eu tive notícia, rei do tempo, de que, após sair com ᶜAlā'uddīn do banho público, o magrebino foi mostrar-lhe o mercado, as atividades de compra e venda, e lhe disse: "Você deverá conviver com esta gente, meu filho, especialmente os mercadores, a fim de com eles aprender o comércio, pois doravante será esse o seu ofício". Também o levou para passear pela cidade, mostrando-lhe as mesquitas e todas as atrações que ali existiam, e depois a um restaurante onde a refeição lhes foi servida em travessas; almoçaram, comendo e bebendo, até se fartarem, e saíram; o magrebino foi mostrar a ᶜAlā'uddīn os locais de diversão e recantos magníficos da cidade, entrando com ele no palácio do sultão e apresentando-lhe todos os seus belos e esplêndidos lugares; depois, levou-o à hospedaria dos mercadores estrangeiros, onde ele próprio estava hospedado, e convidou alguns mercadores para o jantar; assim que eles se acomodaram, ele lhes deu a notícia de que aquele era filho do seu irmão e que o seu nome era ᶜAlā'uddīn. Depois de comerem e beberem, já entrada a noite, o magrebino conduziu o rapaz de volta para a mãe, e a pobre coitada, ao ver o filho semelhante a um mercador, planou de alegria e se pôs a agradecer a generosidade do cunhado magrebino, dizendo: "Cunhado, não me será suficiente agradecer-lhe por toda a minha vida e louvá-lo pelo bem que está fazendo ao meu filho".[14] Ele respondeu: "Mulher, isso não é favor nenhum — trata-se do meu irmão! É meu filho, e minha obrigação é substituir o pai dele, meu irmão. Esteja tranquila". A mulher disse: "Peço a Deus, pela glória dos póstumos e dos pósteros, que o preserve e mantenha, cunhado, e que — por vida minha! — prolongue a sua vida para poder agasalhar este menino órfão que sempre lhe obedecerá e estará às suas ordens, não fazendo senão o que você ordenar". O magrebino disse: "Mulher de meu irmão, ᶜAlā'uddīn já está homem, é ajuizado e boa gente. Peço a Deus que ele substitua o pai e a deixe orgulhosa. Amanhã terei dificuldades, pois

[14] No manuscrito de Chavis se acrescenta: "Embora eu saiba que ele não merece a sua generosidade. Mas eu rogarei aos profetas e aos ancestrais pios (*aṣṣāliḥīn*) que lhe prolonguem a vida".

é sexta-feira, e não poderei abrir uma loja para ele, pois nesse dia, após a reza, os mercadores vão passear nos jardins e locais de diversão, mas se Deus quiser já no sábado, com a permissão do Criador, a gente encaminha a coisa. Seja como for, amanhã venho e levo ^{c}Alā’uddīn para passear nos jardins e locais de recreio fora da cidade, os quais ele até agora talvez nem conheça, podendo ainda por cima ver e travar contato com os mercadores e os figurões que por ali vão se divertir”.

E a aurora alcançou Šahrāzād, que interrompeu as suas agradáveis histórias.

522ª

NOITE

Disse Dīnāzād:

“Se você não estiver dormindo, maninha, conte-nos uma de suas belas histórias para atravessarmos o serão desta noite”. [Šahrāzād respondeu:]

Eu tive notícia, rei do tempo, de que naquela noite o magrebino foi pernoitar na hospedaria e pela manhã retornou à casa do alfaiate, a cuja porta bateu. ^{c}Alā’uddīn não dormira nem conseguira pregar o olho naquela noite, tamanha era a sua alegria com os trajes que vestira, com o tratamento recebido no banho público no dia anterior, com a comida, com a bebida, com as pessoas que vira e com a expectativa de que pela manhã o tio viria levá-lo para passear nos jardins; mal pôde esperar o dia raiar, e assim que ouviu a porta bater correu para abri-la, rápido como uma brasa, dando de cara com o seu tio magrebino, que o abraçou, o beijou e o levou pela mão; enquanto caminhavam juntos, o tio disse: “Sobrinho, hoje vou lhe mostrar uma coisa que você nunca viu”, e logo começou a pilheriar e a diverti-lo com a sua conversa. Atravessaram os portões da cidade e o magrebino se pôs a caminhar pelos jardins e a mostrar ao rapaz esplêndidos locais de diversão, palácios exuberantes e espantosos; a cada jardim, castelo ou palácio que avistavam, o magrebino estacava e dizia ao rapaz: “Isso lhe agrada, ^{c}Alā’uddīn meu filho?”, ao que este planava de felicidade, pois estava vendo algo que em toda a vida jamais vira igual. Continuaram avançando e a tudo contemplando até que, cansados, entraram num jardim que de tão esplêndido reconfortava a mente e fazia o espectador enxergar ao longe, com fontes que esguichavam entre as flores e águas que escorriam da boca de leões de cobre amarelo como ouro.

Sentaram-se defronte de uma lagoa para descansar um pouco, e ^{c}Alā’uddīn, deleitado e muito alegre, começou a brincar com o tio e a se soltar, como se faz com um tio de verdade. Em seguida, o magrebino soltou a amarra da cintura, dela retirando uma trouxa cheia de comida, frutas e outros alimentos, e lhe disse: “Você já deve estar com fome, sobrinho. Venha e coma do que apreciar”. ^{c}Alā’uddīn se aproximou e ambos comeram até se fartar e se contentar, repousando em seguida. O magrebino disse: “Levante, sobrinho, se já estiver descansado, a fim de caminharmos um pouco e irmos adiante”. ^{c}Alā’uddīn então se levantou e com ele o magrebino tornou a atravessar um jardim atrás do outro até deixarem todos os jardins para trás, chegando então ao sopé de uma montanha elevada. ^{c}Alā’uddīn, que em toda a sua vida jamais avançara além dos portões da cidade nem caminhara tanto, disse ao magrebino: “Tio, para onde estamos indo? Já deixamos todos os jardins para trás e estamos diante desta montanha. Se o caminho ainda for distante, já não terei forças para caminhar, pois estou morto de cansaço. Como já não existem jardins à nossa frente, façamos meia-volta e retornemos à cidade”. O magrebino respondeu: “Não, meu filho, este é o caminho e os jardins ainda não acabaram. Estamos avançando para ver um jardim que nem sequer os reis possuem algo semelhante, e em comparação ao qual todos os jardins que você já viu nada valem. Força para a caminhada, portanto. Graças a Deus você já é homem!”, e assim continuou distraindo-o com palavras afáveis e lhe contando histórias insólitas, algumas mentirosas e outras verazes, até chegarem ao local que o bruxo magrebino visava, e em virtude do qual viera do Ocidente até a China. Quando chegaram, ele disse ao rapaz: “Sobrinho, sente-se para descansar, porque este é o nosso lugar, o lugar que ora buscávamos, e se Deus quiser eu lhe mostrarei coisas insólitas que ninguém neste mundo viu iguais, nem contemplou aquilo que só você vai contemplar”.

E a aurora alcançou Šahrāzād, que interrompeu as suas agradáveis histórias.

523ª NOITE

Disse Dīnāzād:

“Se você não estiver dormindo, maninha, conte-nos uma de suas belas histórias para atravessarmos o serão desta noite”. [Šahrāzād respondeu:]

Eu tive notícia, rei do tempo, de que o bruxo magrebino disse a ᶜAlā'uddīn: "Nenhuma criatura contemplou o que só você vai contemplar; porém, depois que estiver descansado, vá procurar pedaços de madeira e gravetos finos e secos para acendermos uma fogueira com eles, e então eu lhe mostrarei, sobrinho, uma coisa que não vai lhe custar nada". Ao ouvir aquilo, ᶜAlā'uddīn, já ansioso para ver o que o tio faria, esqueceu o cansaço e imediatamente pôs-se a juntar tocos de madeira e gravetos secos, até que o magrebino lhe disse: "Basta, sobrinho", retirando então do bolso um frasco que abriu e do qual apanhou determinada quantia de incenso; acendeu-o, fez passes e esconjuros, pronunciando palavras desconhecidas, e logo o solo se rachou, balançou e estremeceu, e produziram-se trevas. Amedrontado e aterrorizado com isso, ᶜAlā'uddīn fez tenção de fugir, mas ao ver aquela disposição do rapaz o bruxo magrebino ficou furibundo com ele, pois todo aquele trabalho não funcionaria sem ᶜAlā'uddīn: o tesouro que ele buscava não se abriria para ele senão por meio do rapaz. Por isso, ao vê-lo querendo fugir, agarrou-o, ergueu a mão e lhe desferiu no rosto uma bofetada tão forte que por pouco não lhe quebrou os dentes. ᶜAlā'uddīn caiu desmaiado mas logo acordou devido aos feitiços do magrebino, e começou a chorar, dizendo: "Meu tio, o que eu fiz para merecer tamanha agressão?". O magrebino se pôs a agradá-lo e a consolá-lo, dizendo: "Filho, o meu objetivo é torná-lo um homem! Não me desobedeça, pois sou seu tio, e estou no lugar do seu pai. Obedeça às minhas palavras, pois dentro em pouco, quando vir coisas espantosas, você esquecerá todo este sofrimento e fadiga!". Em seguida, o solo se fendeu aos pés do magrebino, diante dele irrompendo uma pedra de mármore com uma argola de cobre fundido.[15] Então o bruxo se voltou para ᶜAlā'uddīn e disse: "Se agir conforme as minhas instruções, você se tornará mais rico que todos os reis. Foi por esse motivo, meu filho, que eu bati em você! Existe aqui um tesouro que está em seu nome, mas você pretendia abandoná-lo e fugir! Agora, preste atenção em como eu fendi a terra com os meus esconjuros e invocações".

E a aurora alcançou Šahrāzād, que interrompeu as suas agradáveis histórias.

[15] Seguindo informação de Zotenberg, "fundido" traduz *raml*.

524ª NOITE

Disse Dīnāzād:

"Se você não estiver dormindo, maninha, conte-nos uma de suas belas histórias para atravessarmos o serão desta noite". [Šahrāzād respondeu:]

Eu tive notícia, rei do tempo, de que o bruxo magrebino disse ao rapaz: "ᶜAlā'uddīn, meu filho, preste atenção que debaixo da pedra na qual está a argola encontra-se o tesouro de que lhe falei. Ponha a mão na argola e remova a laje que a tampa, pois ninguém além de você neste mundo tem condições de abri-la, nem ninguém, além de você, tem forças para colocar os pés dentro deste lugar onde se encontra o tesouro, que está reservado apenas para você. É necessário, porém, que me obedeça e aja segundo as minhas instruções, sem esquecer uma única letra do que eu lhe disser. Isso tudo, meu filho, é para o seu bem, pois se trata de um tesouro bem portentoso, semelhante ao qual nenhum dos reis do mundo possuiu, e agora ele será seu e meu!". O pobre ᶜAlā'uddīn, já esquecendo a fadiga, a agressão e o choro, ficou maravilhado com as palavras do magrebino, feliz em se tornar tão rico, mais até do que os reis, e disse: "Ordene-me tudo quanto quiser, meu tio, que eu obedecerei às suas ordens". O magrebino disse: "Você é como se fosse meu próprio filho, sobrinho, e até mais, por ser filho do meu irmão. Não tenho parentes senão você, meu filho, que será o meu herdeiro e sucessor!". E, avançando para ᶜAlā'uddīn, beijou-o e prosseguiu: "Eu, quer dizer, todas essas minhas fadigas, são em prol de quem, meu filho? São por você, para torná-lo um homem rico entre os figurões! Portanto, não me desobedeça em nada do que eu lhe disser. Pegue essa argola e puxe-a tal como eu lhe ordenei". ᶜAlā'uddīn respondeu: "Tio, esta argola é pesada para mim, e não posso puxá-la sozinho; venha ajudar-me você também a puxá-la, pois ainda sou de pouca idade!". O magrebino respondeu: "Sobrinho, se acaso eu ajudá-lo já não poderemos fazer nada, e todas as nossas fadigas terão sido baldadas! Basta-lhe pôr a mão na argola e puxá-la, que ela de imediato se erguerá por seu intermédio, pois, como eu lhe disse, ninguém além de você pode tocá-la, e tão logo a tocar para puxá-la pronuncie o seu nome, o nome do seu pai e o da sua mãe, e imediatamente ela se erguerá sem que você lhe sinta o peso". Então ᶜAlā'uddīn se armou de forças e disposição, agindo conforme o magrebino o instruíra, e ergueu a laje com a maior facilidade quando pronunciou o próprio nome, o de seu pai e o de sua mãe, tal como dissera o magrebino; a laje se ergueu e ele a jogou de lado.

E a aurora alcançou Šahrāzād, que interrompeu as suas agradáveis histórias.

525ª NOITE

Disse Dīnāzād:

"Se você não estiver dormindo, maninha, conte-nos uma de suas belas histórias para atravessarmos o serão desta noite". [Šahrāzād respondeu:]

Eu tive notícia, rei do tempo, de que, após remover a laje da entrada do tesouro, ^{c}Alā'uddīn vislumbrou uma galeria subterrânea cujo acesso se dava por meio de escadas com doze degraus contados. O magrebino lhe disse: "^{c}Alā'uddīn, preste atenção e aja exatamente conforme eu lhe disser, sem esquecer nada. Desça com todo o cuidado a essa galeria subterrânea, até chegar ao fundo, onde você encontrará uma câmara dividida em quatro compartimentos, em cada um dos quais você verá quatro cubas contendo ouro, prata e outros metais preciosos, mas cuide para não tocá-las ou pegar alguma coisa delas; passe e continue até chegar ao quarto compartimento, sem deixar que nem a sua roupa nem os seus membros encostem nas cubas ou nas paredes, e tampouco interrompa a sua marcha por um minuto sequer; se você agir de modo diverso, imediatamente se transformará numa pedra negra. Quando chegar ao quarto compartimento, encontrará uma porta, que você abrirá pronunciando os nomes que já havia pronunciado quando levantou a laje, e entrará, chegando então a um jardim todo enfeitado de árvores e frutas; dali, avance cerca de trinta metros pelo caminho que verá à sua frente, após o que você encontrará uma abóbada com uma escada de trinta degraus, e então verá no alto da abóbada...".

E a aurora alcançou Šahrāzād, que interrompeu as suas agradáveis histórias.

526ª
NOITE

Disse Dīnāzād:

"Se você não estiver dormindo, maninha, conte-nos uma de suas belas histórias para atravessarmos o serão desta noite". [Šahrāzād respondeu:]

Eu tive notícia, rei do tempo, de que o bruxo magrebino instruiu ᶜAlā'uddīn sobre como descer ao local do tesouro, dizendo-lhe: "Quando chegar à abóbada, em seu alto você verá uma lâmpada pendurada; pegue-a, [apague-a,] jogue fora o óleo nela contido, enfie-a dentro das suas roupas, sem temer que o óleo as suje, pois não se trata de óleo de verdade; na volta, você poderá colher tudo quanto quiser das árvores, que terão se tornado suas por você estar com a lâmpada nas mãos". Quando concluiu as instruções a ᶜAlā'uddīn, o magrebino tirou do dedo um anel, enfiando-o no dedo do rapaz, e lhe disse: "Meu filho, este anel o salvará de todo mal e medo que lhe sucederem, com a condição de que você decore tudo quanto eu lhe disse. Vá agora, desça, anime-se, fortaleça a sua disposição e nada tema, pois você já não é criança e sim adulto; após isso tudo, meu filho, dentro em pouco você alcançará enorme riqueza, a tal ponto que se tornará o homem mais rico do mundo!". Então ᶜAlā'uddīn desceu à câmara subterrânea, ali encontrando quatro compartimentos, em cada qual havia quatro cubas de ouro; com todo cuidado e esforço, deixou tudo para trás, conforme o instruíra o magrebino, e entrou no jardim, atravessando-o até chegar à abóbada, em cujo interior entrou pela escadaria, e encontrou a lâmpada; apagou-a, jogou fora o óleo, enfiou-a dentro da roupa, desceu ao jardim e pôs-se a contemplar o arvoredo em cujos galhos estavam pousados pássaros que cantavam louvores ao grande criador, e os quais ele não notara ao entrar. Todos os frutos eram pedras preciosas que em cada árvore tinham cores e espécies diferentes, e todas as cores estavam ali: verdes, brancas, amarelas, vermelhas e outras, cujo brilho era mais forte que o dos raios do sol ao amanhecer, e cujo tamanho descomunal estava além de toda descrição, sendo impossível que qualquer rei do mundo possuísse alguma daquele tamanho, mesmo que fosse a menor delas.

E a aurora alcançou Šahrāzād, que interrompeu as suas agradáveis histórias.

527ª NOITE

Disse Dīnāzād:

"Se você não estiver dormindo, maninha, conte-nos uma de suas belas histórias para atravessarmos o serão desta noite". [Šahrāzād respondeu:]

Eu tive notícia, rei do tempo, de que ᶜAlā'uddīn entrou no meio do arvoredo e pôs-se a contemplá-lo, bem como aquelas coisas que maravilhavam o olhar e sequestravam a razão, observando que, em lugar de estarem carregadas de frutas, as árvores carregavam magníficas pedras preciosas, tais como esmeralda, diamante, rubi, pérolas e outras, que deixariam perplexa qualquer mente, em especial a de ᶜAlā'uddīn, que jamais vira algo assim e nem sequer tinha idade adequada para conhecer o valor dessas pedras preciosas, e justamente por ainda ser garoto imaginou que se tratasse de vidro ou cristal, delas reunindo uma quantidade suficiente para encher a roupa, e pondo-se a verificar se as pedras preciosas — todas em forma de uva, figo e outras frutas — eram comestíveis, mas, ao perceber que eram como vidro, enfiou na roupa um tanto de cada espécie de fruto dessas árvores, sem saber que se tratava de pedras preciosas nem qual o seu valor. Por não ter alcançado o seu desejo, que era comida, pensou: "Reunirei estas frutas de vidro para brincar com elas em casa", e foi por tal motivo que passou a arrancá-las e enfiá-las nos bolsos e no meio da roupa, até enchê-los; isso feito, colheu ainda mais um tanto e o enfiou no cinturão, carregando o máximo que podia e pensando em utilizar essas coisas em casa como enfeite, na suposição de que se tratava de vidro, como já se disse. Em seguida, apressou o passo, por medo a seu tio magrebino, até atravessar os quatro compartimentos e entrar na câmara subterrânea, sem olhar, nesse caminho de volta, para as cubas de ouro, embora lhe fosse permitido, na volta, pegar o que quisesse de seu conteúdo; tão logo chegou à escada, começou a subir os degraus, mas, quando não lhe restava senão o último degrau, mais alto que os demais, não pôde subi-lo sozinho devido ao seu carregamento, e então pediu ao magrebino: "Tio, dê-me a sua mão e me ajude a subir". O magrebino respondeu: "Meu filho, dê-me a lâmpada a fim de aliviar o peso, pois é possível que ela lhe esteja pesando". ᶜAlā'uddīn disse: "Tio, a lâmpada não me pesa em nada. Apenas dê-me a sua mão e assim que eu subir a entregarei a você!". O bruxo magrebino, cujo único intento era a obtenção da lâmpada, e nada mais, insistiu para que ᶜAlā'uddīn lhe entregasse a lâmpada, mas o rapaz, que a enfiara por dentro das roupas e carregava sacos de frutas por fora, não conseguiu esticar a mão para pegá-la e entregá-la ao tio. O magrebino, após ver frustradas suas reiteradas tentativas de fazer com que ᶜAlā'uddīn lhe entregasse a lâmpada, ficou extremamente enfurecido com ele, exigindo-a, sem que o rapaz pudesse alcançá-la.

E a aurora alcançou Šahrāzād, que interrompeu as suas agradáveis histórias.

528ª NOITE

Disse Dīnāzād:

"Se você não estiver dormindo, maninha, conte-nos uma de suas belas histórias para atravessarmos o serão desta noite". [Šahrāzād respondeu:]

Eu tive notícia, rei do tempo, de que ᶜAlā'uddīn não conseguiu alcançar a lâmpada para dá-la ao seu mentiroso tio magrebino, que se zangou por não ter obtido seu objetivo, enquanto o rapaz prometia que lhe daria a lâmpada tão logo saísse do subterrâneo, sem ocultar nenhuma trapaça ou má intenção. Mas, ao ver que ᶜAlā'uddīn não pretendia entregá-la [antes de sair], o magrebino, extremamente encolerizado e já sem esperanças de obtê-la, fez invocações e esconjuros, atirando o incenso na fogueira, e de imediato o mármore se soltou e se fechou violentamente sobre si mesmo graças à força da sua magia, recobrindo a superfície tal como estava antes. ᶜAlā'uddīn ficou no subterrâneo, impedido de sair. O bruxo, que era um estranho e não tio do rapaz, conforme eu já mencionara, havia se disfarçado e contado aquelas mentiras com o propósito de apoderar-se da lâmpada por intermédio de ᶜAlā'uddīn, a quem tal tesouro se destinava. Esse magrebino maldito fez a terra se fechar sobre o rapaz e ali o deixou para morrer de fome. Esse maldito bruxo magrebino procedia da África Ocidental Interior, e desde pequeno se apegara à bruxaria e a todos os saberes sobrenaturais[16] que

[16] "Sobrenaturais" traduz *rūḥāniyya*, que, literalmente, significa "espirituais".

tornaram renomada aquela região africana, e os quais ele não cessou de estudar e aprender em sua terra desde a infância, até chegar ao ponto de dominá-los; e mercê do seu exaustivo conhecimento desse assunto, derivado do estudo incansável pelo período de quarenta anos e da prática contínua de invocações e esconjuros, logrou descobrir certo dia que na mais distante das cidades da China, denominada Qalᶜās, havia um imenso tesouro que nenhum dos reis do mundo possuía igual, e o mais estranho era que esse tesouro consistia numa lâmpada maravilhosa que proporcionaria a seu detentor riqueza e poder tamanhos que ninguém na face da terra teria iguais, e nem mesmo o mais poderoso dos reis do mundo possuía ao menos uma fração da riqueza e do poder desta lâmpada.

E a aurora alcançou Šahrāzād, que interrompeu as suas agradáveis histórias.

529ª NOITE

Disse Dīnāzād:

"Se você não estiver dormindo, maninha, conte-nos uma de suas belas histórias para atravessarmos o serão desta noite". [Šahrāzād respondeu:]

Eu tive notícia, rei do tempo, de que o magrebino, ao descobrir aquilo mediante o seu saber, e ao ver que o tesouro estava destinado a um jovem de pobre origem chamado ᶜAlā'uddīn, e que esse rapaz era daquela cidade, e que ele era fácil de lidar, não dificultoso, imediatamente, sem mais delongas, preparou-se para viajar à China, conforme dissemos, fazendo tudo o que fizera por ᶜAlā'uddīn no intuito de apoderar-se da lâmpada, mas, como os seus propósitos e esperanças se frustraram e seus esforços se baldaram, decidiu liquidar ᶜAlā'uddīn trancando-o, mediante a sua magia, no subterrâneo a fim de que o rapaz morresse, mas para aquele que está destinado a viver não há quem o mate;[17] o segundo objetivo era que ᶜAlā'uddīn não saísse daquele subterrâneo com a lâmpada. Ato contínuo, o homem tomou estrada e retornou a seu país, a África, triste e desenganado do seu intento: foi isso o

[17] "Para aquele que está destinado a viver, não há quem o mate" traduz *alḥayy mā lahu qātil*, literalmente, "o vivo não tem matador". Pressupõe-se aí a determinação divina.

que sucedeu ao mágico. Quanto a ᶜAlā'uddīn, depois que o subterrâneo se fechou sobre si, ele se pôs a gritar por aquele que julgava ser seu tio magrebino, pedindo que lhe estendesse a mão para sair pelo túnel que conduzia à superfície, mas, como chamasse sem encontrar quem respondesse, percebeu de imediato o ardil que o magrebino lhe armara, e que este não era seu tio, mas sim um feiticeiro mentiroso. Desenganado de se manter vivo e reconhecendo, triste, que não retornaria à superfície, começou a chorar e a gemer pelo que lhe sucedera, e passado algum tempo levantou-se e desceu a fim de ver se Deus altíssimo lhe facilitaria alguma porta pela qual sair, pondo-se então a virar-se à direita e à esquerda, sem ver, contudo, senão a escuridão e quatro paredes fechadas sobre si, pois o feiticeiro magrebino, com seu feitiço, trancara todas as portas, inclusive as do jardim pelo qual o rapaz entrara, com o fito de não lhe deixar uma única saída para a superfície e apressar a sua morte; o choro e as lamúrias de ᶜAlā'uddīn aumentaram quando notou que todas as portas estavam trancadas, inclusive as do jardim, no qual ele pensava se distrair um pouco, o que o fez chorar aos berros como um desesperado, voltando então às escadas do túnel pelo qual inicialmente entrara.

E a aurora alcançou Šahrāzād, que interrompeu as suas agradáveis histórias.

530ª NOITE

Disse Dīnāzād:

"Se você não estiver dormindo, maninha, conte-nos uma de suas belas histórias para atravessarmos o serão desta noite". [Šahrāzād respondeu:]

Eu tive notícia, rei do tempo, de que ᶜAlā'uddīn se sentou na escadaria do túnel chorando e se lamuriando, desesperançado; porém, considere[18] que Deus exalçado e altíssimo, quando quer algo, basta-lhe dizer "seja", e então será; é ele quem cria a libertação em meio à dificuldade. Assim, quando o feiticeiro magrebino fizera ᶜAlā'uddīn descer o túnel, dera-lhe um anel e o colocara em seu

[18] "Considere" traduz *qul*, "diga".

dedo, dizendo: "Este anel o salvará de toda dificuldade, ainda que você esteja em desgraças e terrores, afastando todas as nocividades e ajudando-o onde quer que você esteja". Esse foi um cálculo de Deus altíssimo a fim de que o anel se tornasse instrumento de salvação para ᶜAlā'uddīn, o qual, sentado a chorar e a se lamuriar por sua situação, já desesperançado da vida e dominado pela angústia, passou, tamanha era a sua tristeza, a esfregar as mãos de acordo com o hábito dos desesperados, erguendo-as, suplicando a Deus e dizendo: "Declaro que não há divindade senão você, único, magnífico, poderoso, vencedor, ressuscitador dos mortos, causador das necessidades e seu provedor, solucionador de problemas e dificuldades e deles libertador, a mim você me basta, pois é o melhor a quem posso me entregar; também declaro que Muḥammad é seu servo e enviado, em nome de cuja dignidade, meu Deus, eu peço que me salve desta desgraça na qual caí!". Enquanto ele assim rogava a Deus, esfregando as mãos de angústia com a desgraça que lhe sucedera, casualmente a sua mão roçou o anel e eis que, de imediato, um escravo surgiu em pé diante dele, dizendo: "Eis-me aqui às suas ordens;[19] sou seu escravo, pois o anel do meu senhor está na sua mão". Olhando bem, ᶜAlā'uddīn viu uma criatura enorme — semelhante a um dos gênios de nosso senhor Salomão — parada diante de si, visão essa tão amedrontadora que o aterrorizou; porém, ouvindo o escravo dizer-lhe: "Peça o que quiser; sou seu escravo, pois o anel do meu senhor está na sua mão", aí sim recobrou o ânimo, lembrando-se das palavras que o magrebino dissera ao lhe entregar o anel, e felicíssimo encorajou-se para dizer-lhe: "Ó escravo do senhor do anel, quero que você me transporte à superfície", e imediatamente, antes mesmo que terminasse de pronunciar, eis que a terra se fendeu e ele se viu diante da entrada do tesouro, do lado de fora, a céu aberto.[20] Ao se ver em tal situação, recebendo em plena face a luz do dia e os raios do sol após três dias no escuro subterrâneo do tesouro, ᶜAlā'uddīn não pôde abrir os olhos logo, mas sim pouco a pouco, ora abrindo-os, ora fechando-os, até que sua vista se fortaleceu, iluminou-se com a luz e os seus olhos se livraram do escuro.

E a aurora alcançou Šahrāzād, que interrompeu as suas agradáveis histórias.

[19] "Eis-me aqui às suas ordens" traduz *labbayka*, expressão árabe bem antiga, ainda hoje usada, para indicar que se está inteiramente à disposição.
[20] "A céu aberto" traduz *ᶜalà wajh addunyā*, literalmente, "sobre a face do mundo".

531ª NOITE

Disse Dīnāzād:

"Se você não estiver dormindo, maninha, conte-nos uma de suas belas histórias para atravessarmos o serão desta noite". [Šahrāzād respondeu:]

Eu tive notícia, rei do tempo, de que, mal saiu do subterrâneo do tesouro, ᶜAlā'uddīn abriu os olhos e, vendo-se na superfície, ficou felicíssimo, embora perplexo por também se ver sobre a entrada do tesouro pela qual descera quando o feiticeiro magrebino a abrira: ela estava fechada e a terra arrumada, sem absolutamente nenhum vestígio da entrada; a perplexidade aumentou, e ele imaginou estar em algum outro local, não o reconhecendo senão quando avistou o lugar onde haviam acendido a fogueira, com tocos de madeira e gravetos secos, e o ponto no qual o feiticeiro magrebino derramara incenso e fizera esconjuros. Em seguida, voltando-se à direita e à esquerda, divisou ao longe os jardins e, olhando para o caminho, reconheceu que fora por ali que viera. Agradeceu então a Deus altíssimo, que o transportara para a superfície, salvando-o da morte depois que ele já havia perdido a esperança de viver, e pôs-se a caminhar pelo já reconhecido caminho da cidade até chegar, nela entrando e se dirigindo para casa, onde foi ter com a sua mãe; ao vê-la, invadido pela enorme alegria de haver se safado, desabou no chão diante dela, desmaiando por causa dos terrores e fadigas, tudo isso misturado à fome. Muito triste desde a separação, a mãe passara todo esse tempo chorando e se lamuriando, e quando o viu entrar também ficou extremamente feliz, mas foi tomada pela tristeza ao vê-lo cair desmaiado; contudo, sem esmorecer, no ato ela aspergiu-lhe o rosto com água e pediu aos vizinhos algumas essências, fazendo-o cheirá-las. Quando ᶜAlā'uddīn se recuperou um pouco, pediu à mãe que lhe trouxesse algo para comer, dizendo: "Mamãe, faz três dias que não como nadinha!". Ela se levantou e preparou-lhe comida com o que tinha em casa, colocando-a diante do jovem e dizendo-lhe: "Levante-se, meu filho, coma até se satisfazer, e quando estiver descansado conte-me o que lhe ocorreu e o que o atingiu, meu filho! Agora nada perguntarei, porque você está muito cansado".

E a aurora alcançou Šahrāzād, que interrompeu as suas agradáveis histórias.

532ª

NOITE

Disse Dīnāzād:

"Se você não estiver dormindo, maninha, conte-nos uma de suas belas histórias para atravessarmos o serão desta noite". [Šahrāzād respondeu:]

Eu tive notícia, rei do tempo, de que ᶜAlā'uddīn comeu, bebeu, se satisfez e, após ter descansado e recobrado o ânimo, disse para a mãe: "Mamãe, eu devia fazer enormes queixas contra você por me deixar com aquele maldito cujo objetivo era me destruir, pois ele pretendia matar-me! Saiba que com os meus próprios olhos eu teria visto a morte pelas mãos daquele maldito, que você acreditava ser meu tio paterno, não fosse Deus altíssimo ter me salvado! Eu e você, mamãe, fomos iludidos por aquele maldito com todas aquelas promessas de me fazer o bem e tantas demonstrações de afeto, mas saiba, mamãe, que ele é um maldito feiticeiro magrebino, mentiroso, trapaceiro, ardiloso e hipócrita. Não imagino que nem sequer entre os demônios subterrâneos ele encontre algum que lhe seja assemelhado.[21] Amaldiçoe-o Deus em todos os livros sagrados! Ouça, mamãe, o que o maldito me fez. Tudo quanto digo é fato e verdade. Veja as trapaças do maldito, as promessas de que me faria todo o bem, e veja aquele amor que ele simulava por mim, e como forjou tudo isso para conseguir o seu intento, e pretendia matar-me, mas louvado seja Deus, que me salvou. Saiba e ouça, mamãe, o que fez o maldito". E ᶜAlā'uddīn, chorando de exorbitante alegria, contou para a mãe tudo quanto lhe ocorrera, desde quando a deixara e fora conduzido pelo magrebino para a montanha na qual se localizava o tesouro, e como ele havia esconjurado e incensado. E disse: "Em seguida, mamãe, me deu um tapa que me fez desmaiar de dor; fui dominado por um terrível medo quando ele fendeu a montanha e a terra se abriu diante de mim com a sua bruxaria; estremeci e me apavorei com o som de trovão que ouvi e a escuridão que caiu quando ele incensou e esconjurou; quis fugir ao presenciar todos esses

[21] Em Chavis, "não é possível que Sātanāyl (*Satanás?*) tenha um único discípulo mais malvado do que ele, amaldiçoe-o Deus em todos os livros, tal como amaldiçoou Azmūdyūs (*Asmodeu?*) e seus seguidores". Além da redação meio capenga, o trecho apresenta grafias pouco familiares mesmo para conhecedores do árabe.

terrores, tamanho era o meu medo, e quando ele me viu querendo fugir me xingou e me bateu; porém, a entrada do tesouro se abriu e ele não podia descer para pegá-lo — ela se abriu para mim porque o tesouro estava no meu nome, e não no dele. Mas, por ser um nojento feiticeiro, ele descobriu que essa entrada se abriria diante de mim, e que essa busca era minha".

E a aurora alcançou Šahrāzād, que interrompeu as suas agradáveis histórias.

533ª NOITE

Disse Dīnāzād:

"Se você não estiver dormindo, maninha, conte-nos uma de suas belas histórias para atravessarmos o serão desta noite". [Šahrāzād respondeu:]

Eu tive notícia, rei do tempo, de que ᶜAlā'uddīn relatou à mãe tudo quanto lhe sucedera com o feiticeiro magrebino, dizendo: "Após ter me batido, desdobrou-se em agrados com o fito de me fazer descer até o tesouro, cuja entrada se abrira, e obter o que procurava. Ao me fazer descer, deu-me para enfiar no dedo um anel que estava consigo. Desci atrás do tesouro e encontrei quatro aposentos repletos de ouro, prata e demais pedras preciosas, muito embora isso ainda não fosse nada, pois o maldito me instruíra a não pegar nada; depois, entrei num enorme bosque composto de árvores elevadas cujas frutas sequestravam o pensamento, mamãe, todas de cristais de cores diversas; quando cheguei ao palácio onde estava esta lâmpada, imediatamente a recolhi, apaguei-a e lhe derramei o conteúdo" — e ᶜAlā'uddīn, retirando a lâmpada do bolso situado na altura da axila, mostrou-a à mãe, bem como as joias que trouxera do pomar, em dois sacos grandes e cheios, dessas joias das quais não existe nem ao menos uma igual entre os reis do mundo, e cujo valor ᶜAlā'uddīn ignorava, imaginando-as compostas de mero vidro e cristal. E ᶜAlā'uddīn continuou contando para a mãe: "Depois de pegar a lâmpada, mamãe, saí, cheguei à entrada do tesouro e gritei pelo maldito magrebino, meu falso tio paterno, a fim de que me estendesse a mão e me içasse para fora, pois eu carregava coisas pesadas que me impossibilitavam de sair sozinho. Mas, além de não me estender a mão, ele pelo contrário me disse: 'Entregue-me a lâmpada e só depois lhe darei a mão e o içarei', mas eu — sem poder alcançar a lâmpada para entregá-la a ele, dado que estava enfiada em meu bolso interno sob a axila, e por fora eu carregava esses sacos — disse-lhe: 'Titio, não posso dar-lhe agora a lâmpada, mas assim que sair a entregarei a você'. Ele não pretendia tirar-me dali, e só queria a lâmpada; seu propósito era tomá-la de mim e depois fechar o subterrâneo comigo dentro a fim de me aniquilar, o que afinal acabou de fato fazendo. Foi isso o que se passou da parte daquele nojento feiticeiro, mamãe", e ᶜAlā'uddīn continuou contando tudo quanto ocorrera até o fim, e pôs-se então a insultar o magrebino com todo o ódio e rancor, dizendo: "Ah!, que maldito feiticeiro nojento, opressor, cruel, totalmente desumano, trapaceiro, hipócrita, desprovido de misericórdia e piedade!".

E a aurora alcançou Šahrāzād, que interrompeu as suas agradáveis histórias.

534ª
NOITE

Disse Dīnāzād:

"Se você não estiver dormindo, maninha, conte-nos uma de suas belas histórias para atravessarmos o serão desta noite". [Šahrāzād respondeu:]

Eu tive notícia, rei do tempo, de que, ao ouvir as palavras do filho e o que o feiticeiro magrebino lhe fizera, a mãe de ᶜAlā'uddīn lhe disse: "Pois é, meu filho, trata-se de um infiel e hipócrita, hipócrita que mata os outros com a sua feitiçaria, mas o mérito pertence a Deus altíssimo, meu filho, que salvou você das trapaças e ardis dele, feiticeiro maldito que acreditei ser, de verdade, seu tio paterno". Como havia ficado três dias sem dormir, ᶜAlā'uddīn sentiu sono e pediu para dormir, o que ambos fizeram, primeiro ele, depois a mãe. ᶜAlā'uddīn não acordou senão no dia seguinte à tarde, e assim que despertou pediu imediatamente algo para comer, pois estava faminto, mas a mãe lhe disse: "Nada tenho para você comer, pois tudo quanto eu tinha ontem você já comeu. Mas espere um pouco, tenho aqui um bocadinho de bordados de algodão[22] que vou tentar vender no mercado e comprar com o dinheiro algo para você comer". ᶜAlā'uddīn respondeu: "Mamãe, guarde os bordados, não os venda; dê-me a lâmpada para que eu a venda e com seu valor compre algo para comermos. Suponho que o preço dela será superior ao dos bordados", e então a mãe de ᶜAlā'uddīn foi trazer para o filho a lâmpada, mas, vendo-a muito suja, disse: "Eis a lâmpada, meu filho, mas está muito suja! Se a lavarmos e lustrarmos, ela será vendida por um preço maior". Assim, recolhendo um punhadinho de areia, a mulher pôs-se a esfregar a lâmpada, e dali a pouco apareceu na sua frente um gênio de aparência assustadora, elevada estatura, semelhante aos maiores gigantes, e lhe disse: "Diga o que deseja de mim. Eis-me aqui, sou seu escravo e escravo de quem tem a lâmpada nas mãos, não apenas eu mas também todos os escravos da lâmpada mágica que você tem nas mãos". A mãe de ᶜAlā'uddīn estremeceu, dominada pelo medo, sua língua ante a visão daquela figura amedrontadora se paralisou e ela não conseguiu lhe responder, pois não estava habituada a ver a imagem de fantasmas como aquele.

E a aurora alcançou Šahrāzād, que interrompeu as suas agradáveis histórias.

535ª

NOITE

Disse Dīnāzād:

"Se você não estiver dormindo, maninha, conte-nos uma de suas belas histórias para atravessarmos o serão desta noite". [Šahrāzād respondeu:]

Eu tive notícia, rei do tempo, de que a mãe de ᶜAlā'uddīn não conseguiu dar uma resposta ao gênio, tamanho era o seu medo, mas sim caiu desmaiada de terror. Seu filho ᶜAlā'uddīn estava parado à distância, e, já tendo visto gênios graças ao anel que esfregara enquanto estava no esconderijo do tesouro, ao ouvir as palavras dirigidas por aquele gênio à sua mãe correu rapidamente,

[22] "Bordados de algodão" traduz *ġazlāt*, algo como "coisas tecidas".

pegou a lâmpada das mãos da mãe e lhe disse: "Ó escravo da lâmpada, estou com fome, e o meu desejo é que você me traga algo para comer, algo saboroso, acima das expectativas!". O gênio sumiu e num piscar de olhos trouxe-lhe uma mesa estupenda e valiosa, de prata pura com doze travessas de diversas espécies de comida, das mais opulentas, duas taças de prata e duas garrafas escuras de vinho puro[23] e envelhecido e pão mais branco que a neve, colocando-a então diante de ᶜAlā'uddīn e sumindo novamente. ᶜAlā'uddīn aspergiu o rosto da mãe com água de rosas e a levou-lhe às narinas odores agradáveis, e logo ela acordou. ᶜAlā'uddīn disse: "Mamãe, levante para comermos dessa comida que Deus altíssimo facilitou para a gente!". Ao ver aquela mesa enorme, e ainda por cima de prata, a mãe de ᶜAlā'uddīn, muito espantada com aquilo tudo, disse ao filho: "Meu filho, quem foi esse generoso, dadivoso, que notou a nossa fome e pobreza? Agora lhe devemos esse grande favor. Parece que o sultão, sabendo da nossa condição de penúria, nos enviou essa mesa!". Ele respondeu: "Mamãe, essa não é hora de perguntas. Levante-se e venha logo comer, pois estamos com fome!". Então ambos se sentaram à mesa e começaram a comer. Quando provou daquela comida, que ela nunca em toda a sua vida comera igual, a mãe de ᶜAlā'uddīn passou a comer com toda a disposição e vontade, tamanha era a sua fome.[24] Ademais, era comida que se oferecia a reis, e ambos ignoravam se a mesa era valiosa ou não, pois jamais em sua vida haviam visto algo igual. Quando terminaram de comer e se saciaram, ainda sobrou o suficiente para o jantar e também para o dia seguinte. Levantaram-se, lavaram as mãos e se sentaram para conversar. A mãe de ᶜAlā'uddīn se voltou para ele e perguntou: "Meu filho, agora que graças a Deus já comemos e nos fartamos por meio das suas dádivas, você não tem mais a desculpa de estar com fome; conte-me, portanto, o que sucedeu da parte daquele escravo-gênio", e então ᶜAlā'uddīn contou-lhe tudo quanto sucedera entre ele e o escravo depois que ela caíra desmaiada de medo. Tomada por enorme espanto, ela disse: "Então é verdade que os gênios aparecem para os filhos de Adão! Pois eu, meu filho, em todo o meu tempo nunca vi nenhum, e acho que foi ele mesmo que salvou você lá no esconderijo do tesouro". ᶜAlā'uddīn respondeu: "Não foi ele, mamãe. O escravo que apareceu diante de você é escravo da lâmpada". Ao ouvir tais

[23] "Puro" traduz *rā'iq*, "límpido", referência, decerto, ao antigo processo de coar o vinho.

[24] A redação original dessa frase apresenta problemas, como a existência de oração subordinada sem principal etc., remediados na tradução.

palavras, a mulher indagou: "Como é isso, meu filho?". Ele respondeu: "Esse escravo tem a forma diferente da do outro escravo, que era servidor do anel. Esse que você viu é escravo da lâmpada que estava nas suas mãos".

E a aurora alcançou Šahrāzād, que interrompeu as suas agradáveis histórias.

536ª NOITE

Disse Dīnāzād:

"Se você não estiver dormindo, maninha, conte-nos uma de suas belas histórias para atravessarmos o serão desta noite". [Šahrāzād respondeu:]

Eu tive notícia, rei do tempo, de que ᶜAlā'uddīn disse para a mãe: "O escravo que apareceu na sua frente, mamãe, é o da lâmpada". Ao ouvir essas palavras, ela perguntou: "Ai, ai! Quer dizer então que o maldito que apareceu na minha frente e quase me matou de medo é escravo da lâmpada?". Ele respondeu: "Sim". Ela disse: "Eu lhe rogo, meu filho, em nome do leite que lhe dei de mamar, que você jogue fora essa lâmpada e esse anel, pois ambos nos causam pavor, e eu não suportarei, uma segunda vez, ver tais gênios; ademais, é pecaminoso para nós conviver com eles, pois o profeta, sobre ele sejam as bênçãos e a paz de Deus, nos previne contra isso". O rapaz disse: "Mamãe, as suas palavras eu sempre ouço e obedeço, mas isso que você está dizendo agora é impossível; não posso perder a lâmpada nem o anel. Você já viu o bem que nos fizeram quando estávamos famintos. Saiba, mamãe, que o mentiroso feiticeiro magrebino, quando eu desci para onde estava o tesouro, não pediu nada do ouro nem da prata dos quais os quatro aposentos estavam repletos; ao contrário, ele me recomendou apenas que lhe trouxesse a lâmpada e mais nada, pois sabia de seus magníficos benefícios, e se acaso não tivesse certeza de que eram magníficos ao extremo não teria se afadigado, exaurido e viajado da sua terra até aqui à procura dela, e muito menos teria trancado sobre mim a entrada do tesouro quando se viu sem a lâmpada que eu lhe negava. Desse modo, mamãe, impõe-se que cuidemos desta lâmpada e a guardemos, porque ela será nosso meio de sustento e nossa riqueza. Não devemos mostrá-la a ninguém, e a mesma coisa no que se refere ao anel, o qual tampouco me é possível tirar do dedo, pois se não fosse ele você já não me veria nesta vida, pois eu estaria agora morto, no subterrâneo do tesouro. Como eu poderia, então, largá-lo? Quem sabe o que poderá ocorrer-me da parte do destino: um tropeço, uma desgraça ou um acidente fatal qualquer? Este anel é que me salvará! No entanto, para satisfazer os seus pruridos, eu esconderei a lâmpada e nunca mais a deixarei vê-la". Ao ouvir-lhe as palavras e refletir sobre elas, a mãe viu que eram corretas e lhe disse: "Faça o que quiser, meu filho, pois de minha parte não quero nunca mais vê-los nem tornar a presenciar a cena medonha que presenciei".

E a aurora alcançou Šahrāzād, que interrompeu as suas agradáveis histórias.

537ª NOITE

Disse Dīnāzād:

"Se você não estiver dormindo, maninha, conte-nos uma de suas belas histórias para atravessarmos o serão desta noite". [Šahrāzād respondeu:]

Eu tive notícia, rei do tempo, de que ᶜAlā'uddīn e sua mãe se alimentaram da comida trazida pelo gênio durante dois dias, ao cabo dos quais ela foi toda consumida. Vendo que já não lhes restava nada para comer, o rapaz pegou uma das travessas trazidas junto com a mesa pelo escravo, todas de ouro puro; muito embora não soubesse do que eram, levou uma delas ao mercado, onde foi visto por um mercador judeu mais malicioso que os demônios; entregou-lhe a travessa, e, ao examiná-la, o judeu levou ᶜAlā'uddīn para um canto a fim de que ninguém os observasse; examinou de novo a travessa, contemplou-a e verificou ser de ouro puro, mas, sem ter certeza de que ᶜAlā'uddīn sabia o valor da travessa ou era algum imbecil, perguntou-lhe: "Quanto é esta travessa, meu senhor?". ᶜAlā'uddīn respondeu: "Você sabe quanto ela vale". Em dúvida quanto ao valor a pagar ao rapaz devido a essa resposta típica do ofício, o judeu cogitou pagar-lhe pouco, mas temeu que ᶜAlā'uddīn soubesse o valor; também cogitou pagar-lhe muito, mas pensou que o rapaz talvez ignorasse o valor; assim, tirou do bolso um dinar de ouro e o deu a ᶜAlā'uddīn, o qual, ao ver a moeda em suas mãos, tomou-a e saiu correndo. Percebendo então que o rapaz não sabia o valor da travessa, o judeu se arrependeu amargamente por ter pago um dinar em vez de lhe pagar a sexagésima parte. E ᶜAlā'uddīn, sem delongas, foi de imediato até o padeiro, de quem comprou pão e trocou o dinar, indo em seguida até a mãe, a quem entregou o pão e o resto do dinheiro e disse: "Vá, mamãe, comprar para nós aquilo de que necessitamos", e então a mãe se levantou e foi até o mercado, ali comprando tudo de que necessitavam, e ambos comeram e se saciaram. ᶜAlā'uddīn, sempre que o dinheiro de alguma travessa se esgotava, ia até o maldito judeu, que dele comprava as travessas a preço módico. O judeu pretendia mesmo diminuir o valor, mas, como pagara um dinar na primeira vez, temeu que o rapaz fosse vender para algum concorrente caso ele diminuísse a oferta, perdendo, em consequência, os enormes lucros que obtinha no negócio com ele, que não parou de lhe vender uma travessa atrás da outra até vendê-las todas, não lhe restando senão a mesa sobre a qual estavam as travessas. Como era grande e pesada, trouxe o judeu até a casa e lhe mostrou a mesa. Ao vê-la e notar-lhe o tamanho, o judeu lhe pagou dez dinares, que ᶜAlā'uddīn aceitou, e foi embora. ᶜAlā'uddīn e sua mãe passaram então a viver dos dez dinares, até que acabaram, quando então ᶜAlā'uddīn pegou a lâmpada, esfregou-a, e dela saiu o escravo que antes lhe aparecera.

E a aurora alcançou Šahrāzād, que interrompeu as suas agradáveis histórias.

538ª NOITE

Disse Dīnāzād:

"Se você não estiver dormindo, maninha, conte-nos uma de suas belas histórias para atravessarmos o serão desta noite". [Šahrāzād respondeu:]

Eu tive notícia, rei do tempo, de que o gênio escravo da lâmpada disse a ᶜAlā'uddīn: "Peça o que quiser, meu senhor, pois eu sou seu escravo e escravo de quem está com a lâmpada". ᶜAlā'uddīn respondeu: "Meu desejo é que você me traga uma mesa de comida igual à que me trouxe anteriormente, pois estou com fome". E num piscar de olhos o escravo lhe trouxe uma mesa igual à anteriormente trazida, com doze travessas opulentas contendo alimentos saborosos, além de garrafas de vinho puro e pão de boa qualidade.[25] A mãe de ᶜAlā'uddīn — a qual, ao perceber que o filho fazia tenção de esfregar a lâmpada, se retirara para não ver o gênio de novo — retornou logo depois e, vendo aquela mesa repleta de travessas de prata e o aroma da comida opulenta pela casa toda, espantou-se e alegrou-se, enquanto ᶜAlā'uddīn lhe dizia: "Olhe, mamãe, você tinha me dito que jogasse fora a lâmpada, mas veja só os seus benefícios!". Ela respondeu: "Que Deus lhe aumente as benesses,[26] meu filho, mas eu não quero tornar a vê-lo". Então, ᶜAlā'uddīn sentou-se à mesa com a mãe e ambos comeram e beberam até se fartar, guardando as sobras para o dia seguinte. Quando acabou toda a comida, ᶜAlā'uddīn colocou uma das travessas sob a túnica e saiu à procura do judeu a fim de vendê-la a ele, mas por obra do destino acabou entrando na loja de um velho ourives, homem magnânimo,[27] piedoso e temente a Deus. Ao ver ᶜAlā'uddīn, o velho ourives lhe perguntou: "O que você quer, meu filho? Eu já o vi diversas vezes passando por aqui e negociando com um judeu. Observei que você lhe entrega alguns objetos, e suponho que também agora você traz algo consigo e procura por ele a fim de lhe vender esse objeto. Mas você não sabe, meu filho, que tomar o dinheiro dos muçulmanos, unificadores de Deus altíssimo, é lícito para os judeus? Eles sempre enganam os muçulmanos, especialmente este judeu maldito com o qual você negocia e em cujas garras caiu. Se porventura, meu filho, você tiver algo que pretende vender, mostre-o para mim e nada tema, absolutamente, pois eu lhe pagarei o seu valor, por Deus altíssimo!". Então ᶜAlā'uddīn exibiu a travessa para o velho ourives, que ao vê-la pegou-a, pesou-a na balança e perguntou a ᶜAlā'uddīn: "É uma dessas que você vendia ao judeu?". ᶜAlā'uddīn respondeu: "Sim, uma dessas, igualzinha". Perguntou o ourives: "E quanto ele lhe pagava pela travessa?". ᶜAlā'uddīn respondeu: "Ele me pagava um dinar".

E a aurora alcançou Šahrāzād, que interrompeu as suas agradáveis histórias.

[25] "De boa qualidade" traduz *naẓīf*, "limpo". E note, adiante, que as travessas, antes descritas como "ouro puro", passam a ser de "prata".

[26] "Que Deus lhe aumente as benesses" traduz *kaṯṯara Allāh ḫayrahu*, expressão comumente usada entre os árabes (em dialetal levantino, *kattir ḫērak*, "que se aumentem as suas benesses", com elipse da palavra "Deus"), e que equivale a um "muito obrigado" mais intenso, simplesmente; aqui, portanto, uma boa tradução seria "muitíssimo obrigada a ele" (ao escravo). Mas preferiu-se traduzi-la literalmente para destacar a especificidade do seu recorte semântico.

[27] "Magnânimo" traduz *ḥurr*, literalmente, "livre". Não se encontrou termo mais adequado, no caso. "Nobre" talvez consistisse em boa alternativa.

539ª
NOITE

Disse Dīnāzād:

"Se você não estiver dormindo, maninha, conte-nos uma de suas belas histórias para atravessarmos o serão desta noite". [Šahrāzād respondeu:]

Eu tive notícia, rei do tempo, de que, ao ouvir de ᶜAlā'uddīn que o judeu lhe pagava um único dinar pela travessa, o velho ourives disse: "Oh, quem é esse maldito que assim engana os adoradores de Deus altíssimo?", e, encarando o rapaz, continuou: "Meu filho, esse judeu trapaceiro o enganou, riu da sua cara, pois esta travessa é de prata pura, da melhor qualidade. Eu a pesei e constatei que vale setenta dinares! Se você quiser esse preço, leve agora o dinheiro", e contou-lhe setenta dinares, que o rapaz levou, agradecendo-lhe a gentileza de o ter alertado contra a trapaça do judeu. Toda vez que se acabava o dinheiro da travessa, o rapaz levava outra para o velho ourives, e assim ele e a mãe se tornaram ricos, muito embora continuassem a viver com humildade, num padrão de vida médio, sem gastos excessivos nem desperdícios; ᶜAlā'uddīn abandonara a vagabundagem e a convivência com os moleques, passando a conviver com homens adultos e indo diariamente ao mercado, onde se sentava tanto com os grandes como com os pequenos mercadores, a todos indagando sobre a situação do seu comércio, os valores das mercadorias e coisas afins. Passou a frequentar o mercado dos ourives e dos vendedores de joias, onde se sentava para assistir às coisas relativas às pedras preciosas, observando as que ali se vendiam e se compravam, o que o deixou a par, então, de que os dois sacos que enchera com frutos das árvores no pomar do esconderijo do tesouro não eram vidro nem cristal, mas sim legítimas pedras preciosas! Também descobriu que amealhara enorme riqueza, que nenhum rei jamais tivera igual. Examinando todas as pedras preciosas daquele mercado, notou que nem a maior delas se aproximava da menor que ele possuía. E assim continuou a se dirigir diariamente ao mercado dos joalheiros, ali conhecendo pessoas, fazendo amizades e indagando a respeito das compras e vendas, das trocas e barganhas, bem como sobre o valioso e o barato, até que certo dia, depois que ele se levantara de manhã, vestira-se e conforme o hábito saíra para o mercado de joalheiros, ouviu ao entrar um arauto real anunciando o seguinte: "Conforme determinou o provedor dos benefícios, o rei do tempo, o senhor desta época e de todas as épocas, todo mundo deve fechar seus depósitos e lojas e entrar em casa, porque a jovem dama Badrulbudūr,[28] filha do sultão, pretende ir ao banho público, e todo aquele que desobedecer a ordem será punido com a morte, e o seu sangue estará no seu pescoço". Ao ouvir tal ordem, ᶜAlā'uddīn teve vontade de espiar a filha do sultão, e pensou de si para si que todo mundo falava a respeito de sua graça e beleza, "então meu maior desejo é vê-la".

E a aurora alcançou Šahrāzād, que interrompeu as suas agradáveis histórias.

540ª NOITE

Disse Dīnāzād:

"Se você não estiver dormindo, maninha, conte-nos uma de suas belas histórias para atravessarmos o serão desta noite". [Šahrāzād respondeu:]

Eu tive notícia, rei do tempo, de que ᶜAlā'uddīn começou a procurar uma artimanha para poder espiar a filha do sultão, a jovem dama Badrulbudūr, e concluiu que o melhor era se postar atrás do banho público a fim de lhe ver o rosto enquanto ela entrava. Imediatamente dirigiu-se para o tal banho público, chegando um pouco antes dela, e se postou atrás da porta, num ponto em que ninguém poderia vê-lo. Quando a filha do sultão chegou e ergueu o véu, seu rosto cintilou como se fosse sol brilhante ou pérola resplandecente, tal como disse a seu respeito um dos que a descreveram:

"Quem lhe aspergiu alquifa mágica no olhar,
fazendo brotarem flores nas suas bochechas?
Quem fez os seus cabelos tal noite espessa,
iluminada pelo fulgor da sua fronte?"

Disse o narrador: quando ela ergueu o véu do rosto e ᶜAlā'uddīn logrou contemplá-la, disse: "Em verdade, a sua fisionomia é um louvor ao criador poderoso!

[28] *Badrulbudūr* quer dizer "plenilúnio dos plenilúnios". E "jovem dama" traduz *sitt*, termo também empregado para "senhora", "patroa" etc.

Exalçado seja quem a criou e ornamentou com tamanhas graça e beleza!”. Suas costas [como que] se quebraram ao vê-la, seu pensamento ficou perplexo e sua inteligência, estupefata. O amor por ela tomou conta de todos os recantos do seu coração, e então ele retornou para casa, onde entrou tão atarantado que a sua mãe lhe falava e ele não reagia nem respondia. Como continuasse nesse estado quando ela lhe serviu o almoço, a mãe perguntou: “O que aconteceu, meu filho? Está com alguma dor? Conte-me se algo o aflige! Não é seu costume deixar de me responder quando falo com você”. ᶜAlā’uddīn, que pensava serem todas as mulheres iguais à sua mãe, já havia ouvido a respeito da beleza da jovem dama Badrulbudūr, filha do sultão, mas não sabia o que eram a graça e a beleza; assim, voltou-se para a mãe e respondeu: “Deixe-me em paz!”. De tanto a mãe insistir para que se alimentasse, aproximou-se e comeu um pouco, indo em seguida deitar-se no colchão, onde se deixou estar pensativo até o amanhecer, continuando do mesmo modo no dia seguinte. Tomada de perplexidade por causa do filho, ao qual não conseguia saber o que sucedera, a mãe, supondo que ele talvez estivesse doente, indagou-o a respeito, dizendo: “Meu filho, se você estiver sentindo alguma dor ou algo assim, diga-me para que eu vá lhe trazer o médico que hoje está na cidade; trata-se de um médico da terra dos árabes que o sultão mandou vir, e a notícia que se divulga a respeito dele é a sua grande habilidade; se estiver doente, vou chamá-lo para você”.

E a aurora alcançou Šahrāzād, que interrompeu as suas agradáveis histórias.

541ª

NOITE

Disse Dīnāzād:

“Se você não estiver dormindo, maninha, conte-nos uma de suas belas histórias para atravessarmos o serão desta noite”. [Šahrāzād respondeu:]

Eu tive notícia, rei do tempo, de que, ao ouvir que o intento da mãe era trazer-lhe o médico, ᶜAlā’uddīn lhe disse: “Mamãe, eu estou bem, e não doente. O fato é que eu pensava que todas as mulheres fossem como você, mas ontem eu vi a jovem dama Badrulbudūr, filha do sultão, indo para o banho público” — ᶜAlā’uddīn lhe contou tudo quanto lhe sucedera —, e continuou: "Talvez você tenha ouvido o arauto apregoando que ninguém deveria abrir sua loja nem ficar parado no caminho até que a jovem dama Badrulbudūr entrasse no banho público, mas eu a espiei e vi tal como é, pois quando ela chegou à porta do banho público ergueu o véu do rosto; quando lhe contemplei a imagem e vi aquela digna aparência, atingiu-me, mamãe, um enorme sentimento graças ao amor por ela; a paixão me invadiu todas as partes do corpo, e agora já não poderei ter repouso se não ficar com ela; por isso, estou refletindo sobre como pedi-la em casamento ao sultão, o pai dela, conforme a tradição religiosa legítima".[29] Ao ouvir as palavras do filho, a mãe de ᶜAlā'uddīn considerou que o seu juízo se avariara e disse: "Meu filho, o nome de Deus esteja sobre você! Está claro que perdeu o juízo, meu filho! Aquiete-se e pare de agir como os loucos!". ᶜAlā'uddīn respondeu: "Mamãe, não perdi o juízo nem sou louco nem essas suas palavras vão mudar o que enfiei na cabeça. Não posso ter repouso sem conquistar a força vital do meu coração, a jovem dama Badrulbudūr, a bela, e desejo pedi-la em casamento ao seu pai, o sultão". A mãe disse: "Meu filho, por vida minha, pare de falar essas palavras, pois alguém poderá ouvi-lo e dizer que você é louco! Deixe-se dessa obsessão! Quem é que se ofereceria para uma missão dessas, pedir algo assim ao sultão? Nem sei como agir para que você faça esse pedido ao sultão, se essas suas palavras forem verdadeiras! Acompanhado de quem você pretende pedi-la em casamento?". ᶜAlā'uddīn respondeu: "Fazer um pedido desses acompanhado de quem, minha mãe? Você é que estará presente! Quem eu tenho de mais confiança? Eu quero que você mesma, precisamente, faça para mim esse pedido". Ela disse: "Que Deus me afaste disso, meu filho! Por acaso eu perdi o juízo que nem você? Tire essa ideia da cabeça! Lembre-se de quem você é filho! Um dos alfaiates mais pobres desta cidade! Também eu, sua mãe, sou filha de gente muito pobre! Como vamos nos atrever a pedir em casamento a mão da filha do sultão, cujo pai não se satisfaria senão casando-a com filhos de reis e sultões que estejam no mesmo nível de grandeza, importância e dignidade que ele? Se estiverem um só nível abaixo de si, ele não lhes daria a filha em casamento".

E a aurora alcançou Šahrāzād, que interrompeu as suas agradáveis histórias.

[29] "Conforme a tradição religiosa legítima" traduz *bi-ssunna wa-lḥalāl*.

542ª

NOITE

Disse Dīnāzād:

"Se você não estiver dormindo, maninha, conte-nos uma de suas belas histórias para atravessarmos o serão desta noite". [Šahrāzād respondeu:]

Eu tive notícia, rei do tempo, de que ᶜAlā'uddīn esperou a mãe parar de falar e lhe disse: "Mamãe, tudo em que você pensou eu já sabia, e tenho pleno conhecimento de que sou filho de gente pobre. Todo esse seu discurso não vai mudar o meu propósito de jeito nenhum. Só lhe peço, se eu for seu filho e você de fato me amar, que me faça esse favor, caso contrário me perderá, pois a morte me advirá rapidamente se eu não atingir o meu desejo relativamente à amada do meu coração. Afinal, mamãe, não sou seu filho para o que der e vier?". Ao ouvir-lhe as palavras, a mãe chorou de tristeza por ele e disse: "Meu filho, sim, eu sou sua mãe, e não tenho filho nem sopro vital do fígado que não seja você. Todo o meu desejo é casá-lo e me alegrar com você. Porém, se estiver mesmo querendo, eu lhe procuro uma noiva do nosso nível e condição, [e mesmo assim os pais dela] vão logo perguntar se você possui ofício ou terras ou comércio ou pomar do qual viver. O que lhes responderei? Se eu não posso responder nem a gente pobre como nós, como poderei me atrever, meu filho, a pedir a [mão da] filha do rei da China, que não tem antes nem depois? Reflita com a sua inteligência sobre esse assunto. Quem a estará pedindo em casamento? Um filho de alfaiate. Eu sei muito bem que, se por acaso eu falar assim, para piorar a desgraça esse assunto nos colocará em enorme perigo diante do sultão,[30] e talvez nos acarrete a morte, para mim e para você. Eu mesma, como me atreveria a enfrentar esse perigo com tamanho descaramento? Meu filho, de que maneira eu pediria ao sultão a mão da filha dele para você? Como chegar à presença do sultão? Se me questionarem na entrada, o que responderei? Talvez me imaginem louca. Suponha que fui lá e me encontro na presença do sultão: o que oferecerei como presente para ele?".

E a aurora alcançou Šahrāzād, que interrompeu as suas agradáveis histórias.

[30] "Sultão" traduz *sulṭān*. O texto varia o tratamento, empregando também *malik*, "rei". A tradução observou rigorosamente essa variação e a manteve.

543ª

NOITE

Disse Dīnāzād:

"Se você não estiver dormindo, maninha, conte-nos uma de suas belas histórias para atravessarmos o serão desta noite". [Šahrāzād respondeu:]

Eu tive notícia, rei do tempo, de que a mãe de ᶜAlā'uddīn lhe disse: "Exato, meu filho, o sultão é tolerante e não expulsa nem rechaça ninguém que lhe peça justiça ou misericórdia, ou o procure em busca de alguma dádiva, pois se trata de um homem generoso tanto para o próximo como para o distante; contudo, ele somente distribui benesses para quem as merece, ou que tenha realizado algo pelo país, guerreando ou defendendo-o. Quanto a você, me diga o que fez pelo sultão ou pelo reino que o faça merecedor de tamanha benesse; ademais, você não está à altura da benesse pedida, que o rei não vai conceder; quem vai até o sultão para pedir benesses tem a obrigação de presenteá-lo com algo adequado à sua alta dignidade, como eu já lhe disse. Como você poderá correr tal risco diante do sultão? Colocar-se diante dele e pedir-lhe a mão da filha em casamento sem poder oferecer nada adequado a pessoas da condição dele?". ᶜAlā'uddīn respondeu: "Mamãe, você falou com correção e pensou em coisas verdadeiras; eu tinha o dever de pensar em tudo isso que você me lembrou; todavia, mamãe, o amor pela filha do sultão, a jovem dama Badrulbudūr, invadiu o âmago do meu coração e agora já não terei descanso caso não a conquiste. Você me lembrou de algo que eu esquecera, e isso me encoraja ainda mais a pedir a mão da jovem por seu intermédio, mamãe. Você me pergunta qual o presente que oferecerei ao sultão conforme o hábito assentado, mamãe, e o fato é que possuo uma oferta e um presente que suponho nenhum rei tenha semelhante, de jeito nenhum, nem sequer aproximado".

E a aurora alcançou Šahrāzād, que interrompeu as suas agradáveis histórias.

544ª

NOITE

Disse Dīnāzād:

"Se você não estiver dormindo, maninha, conte-nos uma de suas belas histórias para atravessarmos o serão desta noite". [Šahrāzād respondeu:]

Eu tive notícia, rei do tempo, de que ᶜAlā'uddīn disse à mãe: "Aquelas coisas que eu supunha serem vidro ou cristal, mamãe, são na verdade pedras tão preciosas que suponho nenhum dos reis do mundo possua algo igual à menor delas. Da minha convivência com os joalheiros aprendi que se trata de pedras de alto valor, e são essas que eu trouxe em sacos do esconderijo do tesouro. Se quiser dar-se ao trabalho, vá e traga a travessa de porcelana que ainda temos, para eu enchê-la com essas pedras que você levará como presente ao sultão. Tenho certeza de que com essa intermediação as coisas ficarão mais fáceis para você, que se postará diante do sultão e lhe fará o meu pedido. Se você não quiser fazer esse esforço para satisfazer o meu desejo em relação à jovem dama Badrulbudūr, saiba que vou morrer, e não se preocupe com esse presente, pois se trata de pedras muito preciosas; tenha certeza, mamãe, de que eu fui muitas vezes ao mercado dos joalheiros e os vi vendendo pedras preciosas — que não equivalem nem a um quarto da beleza destas que temos — por preços tão altos que a mente não alcança. Quando presenciei aquilo, certifiquei-me de que as pedras que temos em casa são muito preciosas. Portanto, mamãe, levante-se e faça o que eu lhe disse; traga-me a travessa de porcelana da qual falei para que eu coloque dentro dela as pedras preciosas, e então veremos como se encaixarão dentro dela". E a mãe de ᶜAlā'uddīn se levantou e pegou a travessa de porcelana, pensando: "Deixe-me só confirmar se o que meu filho está dizendo sobre essas pedras é verdade ou não", e colocou-a diante do filho, que retirou as pedras dos sacos e pôs-se a dispô-las dentro da travessa, sortindo as várias espécies, até enchê-la toda, após o que a mãe tentou fixar os olhos na travessa mas nem conseguiu encará-la direito, sendo, ao contrário, obrigada a fechá-los por causa do brilho intenso das pedras, da sua luz e do seu fulgor irradiante, tanto que a sua mente se aturdiu, muito embora ela ainda não estivesse certa de que o valor daquelas pedras fosse tão elevado assim; contudo, também pensou que as palavras do filho podiam sim estar corretas quanto ao fato de os reis não possuírem nada semelhante. Voltando-se para ela, disse ᶜAlā'uddīn: "Viu só, mamãe, que esse é um magnífico presente para qualquer sultão? Tenho certeza que disso lhe advirá uma enorme dignificação, e ele a recepcionará com todas as honrarias. Agora, mamãe, você já não tem argumento. Por favor, dê-se ao trabalho, pegue essa travessa e vá levá-la ao palácio". A mãe objetou: "Sim, meu filho, de fato o presente é muito caro, valioso, e ninguém tem algo igual, conforme você diz; contudo, quem tem coragem de se apresentar ao sultão e pedir-lhe a mão da sua filha Badrulbudūr? Eu não conseguirei ter a ousadia de lhe dizer 'quero a mão de sua filha' quando ele me perguntar 'o que você quer?', pois fique sabendo, meu filho, que na hora a minha língua vai se engrolar. Mas admitamos que, caso Deus permita, eu tenha a coragem de lhe dizer 'meu desejo é tornar-me sua parente por meio [do casamento] da sua filha, a jovem dama Badrulbudūr, com o meu filho ᶜAlā'uddīn'. Nesse momento vão acreditar que sou louca, e me tirarão dali maltratada e humilhada,[31] isso para não dizer que me arriscarei a ser morta, aliás não apenas eu, mas você inclusive. Seja como for, a despeito disso tudo, meu filho, e para honrar a sua vontade, devo criar coragem e ir. Porém, meu filho, mesmo que o rei me receba e me dignifique por causa do presente, quando eu lhe pedir o que você deseja...".

E a aurora alcançou Šahrāzād, que interrompeu as suas agradáveis histórias.

545ª NOITE

Disse Dīnāzād:

"Se você não estiver dormindo, maninha, conte-nos uma de suas belas histórias para atravessarmos o serão desta noite". [Šahrāzād respondeu:]

[31] "Maltratada" e "humilhada" traduzem, respectivamente, *m[u]ᶜazzara* e *m[u]bahdala*, ambos termos dialetais, o primeiro mais comum na região da Síria e o segundo bem disseminado por praticamente todos os dialetos árabes, urbanos ou rurais. Daí uma dificuldade: as palavras usadas para traduzi-los pertencem ao campo do português por assim dizer "culto". Não se encontraram, porém, palavras que correspondessem, nesse nível dialetal, às árabes. Os termos brasileiros em gíria e calão não corresponderiam ao original, sendo ainda menos adequados que as opções aqui adotadas.

Eu tive notícia, rei do tempo, de que a mãe de ᶜAlā'uddīn disse ao filho: "... quando eu pedir ao sultão o que você deseja, isto é, casar-se com a sua filha, se acaso ele me questionar sobre as suas posses e proventos, conforme é hábito em todo o mundo, o que responderei? Talvez, meu filho, ele me questione sobre isso antes mesmo de questionar sobre você!". ᶜAlā'uddīn respondeu: "Será impossível que o sultão questione a respeito disso após olhar para as pedras preciosas e perceber-lhes a magnificência. Desnecessário pensar em algo que não ocorrerá. Apenas peça-lhe em meu nome a mão da filha em casamento e ofereça-lhe estas pedras preciosas, sem dificultar mais o assunto em sua mente. Desde antes você já tinha notícia, mamãe, da lâmpada que tenho e que agora é responsável por nossa subsistência, pois me provê de tudo quanto peço, e a minha esperança é, por seu intermédio, saber como responder ao sultão caso ele indague sobre isso que você mencionou". ᶜAlā'uddīn e a mãe passaram toda aquela noite discutindo o assunto, e quando amanheceu a mulher encheu o coração de coragem, especialmente após o filho explicar-lhe um pouco da situação da lâmpada, que lhes proporcionaria tudo quanto pedissem, mas ᶜAlā'uddīn, ao perceber que a mãe se encorajara depois da explicação sobre a lâmpada, temeroso de que ela falasse sobre o assunto a estranhos, disse: "Mamãe, muito cuidado para não falar a ninguém sobre a lâmpada e os seus benefícios, pois nela reside a nossa prosperidade! Lembre-se de não tagarelar com ninguém a respeito, pois nesse caso poderemos ficar sem ela e sem a prosperidade em que vivemos, e que dela provém!". A mãe lhe respondeu: "Não tenha medo nenhum quanto a isso, meu filho" e, pegando a travessa com as pedras preciosas, saiu a tempo de conseguir entrar no salão de audiências[32] antes que lotasse; enrolou a travessa num lenço fino, dirigiu-se ao palácio, aonde chegou quando as audiências ainda não haviam se iniciado, e viu o vizir e alguns dos principais do governo entrando no salão; pouco depois o ofício para as audiências se completou com a presença dos demais vizires, dos notáveis do governo, dos nobres, dos príncipes e dos maiorais; pouco depois, apareceu o sultão e todos ficaram em pé diante dele, vizires e outros dos notáveis e maiorais. O sultão se instalou no trono para a audiência, enquanto todos os presentes se mantinham em pé, de braços cruzados diante dele, esperando sua ordem para sentar, só o fazendo quando ele a deu, cada qual na cadeira destinada ao seu posto, e os

[32] "Salão de audiências" traduz *dīwān*.

pedidos começaram a ser apresentados, cada qual sendo resolvido pelo sultão à sua maneira, até que a audiência se encerrou, o rei entrou no palácio, e cada vivente tomou o seu rumo.

E a aurora alcançou Šahrāzād, que interrompeu as suas agradáveis histórias.

546ª

NOITE

Disse Dīnāzād:

"Se você não estiver dormindo, maninha, conte-nos uma de suas belas histórias para atravessarmos o serão desta noite". [Šahrāzād respondeu:]

Eu tive notícia, rei do tempo, de que a mãe de ᶜAlā'uddīn, embora tivesse chegado antes de todos e conseguido lugar para entrar, não encontrou ninguém que lhe dirigisse a palavra e se prontificasse a colocá-la diante do sultão, ficando então parada até que a audiência se encerrou, o sultão retornou ao palácio e cada vivente foi cuidar da própria vida. Ao ver que o sultão se levantara do trono e entrara em seu espaço íntimo,[33] refez o caminho de volta e entrou em casa. Ao vê-la, e ver a travessa em suas mãos, ᶜAlā'uddīn percebeu que talvez lhe tivesse sucedido algum incidente, e não dirigiu nenhuma pergunta à mãe, esperando-a entrar, largar a travessa e lhe relatar o sucedido, o que afinal ela fez e finalizou, dizendo: "Graças a Deus, meu filho, que eu tive coragem e arranjei hoje um lugar na audiência, e mesmo não tendo tido oportunidade de dirigir a palavra ao sultão, amanhã se Deus quiser falarei com ele, pois hoje havia muita gente que tampouco pôde falar com o sultão. Amanhã, meu filho, fique tranquilo, pois eu hei de falar com ele por você, e deixe as coisas acontecerem". Ao ouvir tais palavras, ᶜAlā'uddīn ficou extremamente feliz e resolveu adotar a paciência, apesar de aguardar a resposta hora a hora, tamanhas eram a sua paixão e sua ânsia pela jovem dama Badrulbudūr; dormiram naquela noite e quando amanheceu a mãe de ᶜAlā'uddīn levantou-se e foi, munida da travessa, até o salão de audiências do sultão, mas, topando com ele fechado,

[33] "Espaço íntimo" traduz *ḥaram*, palavra cognata de *ḥarīm*, "harém", que indica espaço estritamente familiar, íntimo e privado.

indagou os passantes, deles ouvindo como resposta que o sultão, de hábito, não concedia audiências senão três vezes por semana, e por isso foi obrigada a voltar para casa. Passou a ir diariamente ao salão de audiências: quando estava aberto ela ficava parada ali em frente até que a sessão se encerrasse ou então o encontrava fechado. Ficou nessa situação por uma semana, e em toda sessão o sultão via aquela mulher. Quando foi o último dia, finalmente, ela se postou diante da sessão, conforme o hábito, até que se encerrasse, sem ganhar coragem de entrar ou falar algo. Nesse dia, enquanto retornava para o interior do palácio, o sultão voltou-se para o grão-vizir, que então o acompanhava, e lhe perguntou: "Faz seis ou sete dias, vizir, que em toda audiência eu vejo aquela velha vir aqui, sempre carregando alguma coisa sob o manto. Por acaso você tem alguma informação a respeito dela e de sua pretensão, vizir?". O vizir respondeu: "Meu amo sultão, as mulheres têm pouco juízo, e talvez essa daí tenha vindo reclamar do marido ou de algum parente". Insatisfeito com a resposta do seu grão-vizir, o sultão ordenou-lhe que a mulher fosse conduzida à sua presença se voltasse outra vez, e imediatamente o vizir colocou a mão na cabeça e disse: "Ouço e obedeço, meu amo sultão!".

E a aurora alcançou Šahrāzād, que interrompeu as suas agradáveis histórias.

547ª NOITE

Disse Dīnāzād:

"Se você não estiver dormindo, maninha, conte-nos uma de suas belas histórias para atravessarmos o serão desta noite". [Šahrāzād respondeu:]

Eu tive notícia, rei do tempo, de que a mãe de ^{c}Alā'uddīn adquirira o hábito de se dirigir diariamente ao salão de audiências do sultão e ali se postar de pé no decorrer das audiências e, muito embora a coitada ficasse bem cansada, ela tudo suportava por seu filho ^{c}Alā'uddīn, desdenhando o próprio cansaço. Certo dia, tendo chegado ao salão conforme o hábito, postou-se em pé diante do sultão, que ao vê-la chamou o vizir e lhe disse: "Aquela é a mulher sobre a qual eu lhe falei ontem; traga-a à minha presença para eu ver qual a sua demanda e atendê-la", e então o vizir foi lá e imediatamente colocou a mãe de ^{c}Alā'uddīn na frente do sultão. Ao se ver ali, a mulher começou a rogar por ele e a lhe desejar força, permanência e prosperidade duradoura, beijando o chão diante dele. O sultão lhe disse: “Mulher, já faz alguns dias que eu a vejo vir até este lugar e ficar sem falar nada. Conte-me se você tem alguma necessidade para que eu a satisfaça”. A mãe de ^{c}Alā’uddīn tornou a beijar o chão, rogou pelo sultão e lhe disse: “Sim, claro, por vida sua e cabeça, ó rei do tempo, que eu tenho uma necessidade, mas antes de tudo dê-me garantia de vida para que eu possa expô-la aos ouvidos de nosso amo o sultão, pois talvez Sua Excelência considere estranho o meu pedido”. A fim de entender qual era o pedido da mulher, e sendo por natureza muito tolerante, o sultão lhe deu garantia de vida, ordenou imediatamente que se retirassem todos os presentes, restando no recinto apenas ele e o grão-vizir, e disse, voltando-se para a mulher: “Fale qual é o seu pedido, e conte com a garantia de vida de Deus altíssimo”. Ela disse: “Ó rei do tempo, eu também quero o seu perdão”, e ele respondeu: “Que Deus a perdoe”. Então ela disse: “Nosso amo o sultão, eu tenho um filho chamado ^{c}Alā’uddīn que certo dia ouviu o arauto apregoando que ninguém abrisse sua loja nem aparecesse nas ruas da cidade porque a jovem dama Badrulbudūr, filha do nosso amo o sultão, se dirigia ao banho público. Ao ouvir isso, meu filho ^{c}Alā’uddīn quis vê-la e se escondeu num local através do qual podia fazê-lo muito bem, e isso atrás da porta do banho público. Quando ela chegou, ele a viu, contemplou-a bem, mais do que o desejável, e desde esse momento até agora, ó rei do tempo, perdeu o gosto de viver e me pediu para pedir a Sua Excelência que a case com ele. Não consegui tirar essa ideia de sua cabeça porque o amor por ela se assenhoreou do seu coração, a tal ponto que ele me disse: ‘Saiba, mãezinha, que se eu não conseguir o meu pedido sem dúvida estarei morto’, e por isso eu rogo a Sua Excelência que seja tolerante, perdoe a ousadia, minha e de meu filho, e não nos leve a mal por isso”. Ao ouvir a história da mulher, e tendo em vista a sua tolerância, o rei se pôs a rir e lhe perguntou: “Que é que você traz aí? O que é essa trouxa?”. A mãe de ^{c}Alā’uddīn, notando que o rei não se encolerizara com suas palavras e sim rira, abriu imediatamente o lenço e lhe ofereceu a travessa com as pedras preciosas. O sultão pôde então ver bem, quando ela ergueu o lenço, que todo o salão se iluminou como se por lustres e candelabros, ficando estupefato e boquiaberto com o brilho intenso das pedras preciosas, cuja magnificência, grandeza e beleza pôs-se a admirar.

E a aurora alcançou Šahrāzād, que interrompeu as suas agradáveis histórias.

548ª
NOITE

Disse Dīnāzād:

"Se você não estiver dormindo, maninha, conte-nos uma de suas belas histórias para atravessarmos o serão desta noite". [Šahrāzād respondeu:]

Eu tive notícia, rei do tempo, de que o sultão, ao ver as pedras preciosas, pôs-se a admirá-las e a dizer: "Nunca eu tinha visto nada igual a estas pedras preciosas, com esse brilho, esse tamanho e essa beleza. Não acredito que exista em meu tesouro uma só que lhes equivalha!", e, voltando-se para o vizir, perguntou-lhe: "O que me diz, vizir? Por acaso você já viu na vida algo semelhante a estas magníficas pedras preciosas?". O vizir respondeu: "Nunca vi, meu amo o sultão, nem acredito que exista no tesouro do meu senhor o rei algo semelhante à menor delas!". O rei perguntou: "Alguém que me dá um presente desses merece ou não ser o noivo da minha filha Badrulbudūr? Pelo que estou vendo, ninguém é mais merecedor do que ele!". Ao ouvir as palavras do sultão, o vizir ficou tão severamente aborrecido que a sua língua se travou, pois o rei lhe prometera que casaria a filha com o seu filho. Passados alguns instantes, ele enfim respondeu: "Ó rei do tempo, seja Sua Excelência indulgente comigo, pois me prometeu que a jovem dama Badrulbudūr seria do meu filho, e a indulgência impõe a sua Altíssima Senhoria um prazo de três meses, após os quais se Deus quiser o presente do meu filho será bem mais grandioso do que esse". O rei, mesmo sabendo que essa era uma coisa que nem o vizir nem o rei mais poderoso conseguiriam alcançar, concedeu-lhe gentilmente os três meses, conforme pedira, e virando-se para a velha mãe de ᶜAlā'uddīn, disse-lhe: "Vá ao seu filho e diga-lhe que eu lhe dou a palavra de que a minha filha terá o seu nome, mas é necessário que eu regularize a situação e os bens dela, o que bem merece um prazo de três meses". Com a resposta, a mãe de ᶜAlā'uddīn agradeceu ao sultão, rogou por ele, saiu e se dirigiu a toda pressa para casa, planando de alegria. Quando chegou e entrou, o seu filho ᶜAlā'uddīn, notando-lhe o rosto sorridente, preparou-se para a boa-nova, sobretudo porque ela voltara rapidamente, sem demora nem travessa, ao contrário dos outros dias, e perguntou: "Queira Deus que você traga boas-novas, que as pedras preciosas e seu alto valor tenham surtido efeito, que o sultão a tenha recebido, sido indulgente com você e ouvido o seu pedido!". Então a mãe lhe relatou tudo, como o sultão a recebera e se admirara com a grandiosidade e a magnificência das pedras, bem como o vizir, e como lhe prometera que "a filha estaria no seu nome, mas, meu filho, o vizir lhe cochichou alguma coisa antes da promessa, e depois dessas palavras secretas do vizir ele me prometeu o casamento para daqui a três meses. Comecei a temer que o vizir tenha preparado algo ruim para alterar as disposições do rei".

E a aurora alcançou Šahrāzād, que interrompeu as suas agradáveis histórias.

549ª
NOITE

Disse Dīnāzād:

"Se você não estiver dormindo, maninha, conte-nos uma de suas belas histórias para atravessarmos o serão desta noite". [Šahrāzād respondeu:]

Eu tive notícia, rei do tempo, de que ao ouvir de sua mãe que o sultão lhe prometera [a mão da filha] para dali a três meses, a mente de ᶜAlā'uddīn se desanuviou e, muito contente, ele disse: "Bom, o sultão prometeu para daqui a três meses... Sim, é um tempo longo, mas de qualquer modo a minha alegria é enorme", e agradeceu à mãe, valorizou o bem que ela lhe fizera ao custo de tantas fadigas e disse: "Por Deus, mamãe, agora é como se eu tivesse estado num túmulo e você me resgatasse. Graças a Deus altíssimo que agora eu tenho certeza de que neste mundo não há ninguém mais rico nem mais feliz que eu". E pôs-se a esperar, até que, tendo se passado dois dos três meses, a mãe de ᶜAlā'uddīn saiu certo dia à tarde para o mercado a fim de comprar óleo, mas encontrou as lojas todas fechadas, a cidade toda enfeitada, as pessoas com velas e flores nas janelas, e avistou guardas, soldados e oficiais nos seus cavalos em procissão, archotes e candelabros acesos; tomada pelo espanto com tanta maravilha e ornamento, aproximou-se da loja ali aberta de um azeiteiro, comprou óleo e lhe perguntou: "Por vida sua, tio, conte-me o que ocorre hoje na cidade que faz o povo colocar esses adornos, com os mercados e casas enfeitadas, e os soldados montados!". O mercador respondeu: "Suponho que você seja estrangeira, mulher! É de outra cidade?". Ela respondeu: "Não, sou desta cidade". Ele disse: "É desta cidade e não tem notícia de que o filho do grão-vizir nesta noite consumará o casamento com a jovem dama Badrulbudūr, filha do sultão? Ele agora está no banho público, e estes oficiais e soldados estão em séquito, parados, esperando-o sair do banho público para acompanhá-lo até o palácio, a fim de se juntar à filha do sultão". Ao ouvir tais palavras, a mãe de ᶜAlā'uddīn ficou muito aflita e cheia de dúvidas na cabeça: de que maneira informar o filho desta notícia infeliz, já que o pobre coitado estava esperando hora a hora que se passassem os três meses? No mesmo instante ela retornou para casa, e ao chegar foi logo ter com o filho, a quem disse: "Filho, a minha intenção é informá-lo de uma notícia, mas a sua aflição será dificultosa para mim". Ele respondeu: "Diga qual é essa notícia". Ela disse: "O sultão traiu a promessa de lhe dar a mão da filha, a jovem dama Badrulbudūr. Nesta noite, quem irá consumar o casamento com ela é o filho do vizir. Desde o começo, meu filho, eu pensei que o vizir poderia alterar as disposições do sultão, pois eu já contei a você que ele tinha cochichado algo na minha frente". ᶜAlā'uddīn perguntou à mãe: "Como você soube disso, que o filho do vizir vai consumar esta noite o casamento com a jovem dama Badrulbudūr, filha do sultão?", e a mãe então o informou de tudo quanto vira na cidade, os enfeites quando foi comprar óleo, e como os oficiais e os notáveis do governo estavam em séquito aguardando o filho do vizir sair do banho público, e essa noite seria a consumação. Ao ouvir aquilo, ᶜAlā'uddīn foi tomado de febre devido à aflição, mas logo se lembrou da lâmpada e, contente, disse à mãe: "Por vida sua, mamãe, acredito que o filho do vizir não irá regozijar-se com o casamento, ao contrário do que você acredita. Mas agora deixemos de lado essa história e vá servir a janta para a gente comer e depois, quando eu entrar no meu quarto daqui a pouco, lá estará o alívio".

E a aurora alcançou Šahrāzād, que interrompeu as suas agradáveis histórias.

550ª NOITE

Disse Dīnāzād:

"Se você não estiver dormindo, maninha, conte-nos uma de suas belas histórias para atravessarmos o serão desta noite". [Šahrāzād respondeu:]

Eu tive notícia, rei do tempo, de que após o jantar ᶜAlā’uddīn entrou no quarto, trancou a porta, pegou a lâmpada, esfregou-a e imediatamente surgiu-lhe um escravo que disse: “Peça o que quiser, pois sou seu escravo e escravo de quem possui a lâmpada, eu e todos os escravos da lâmpada”. ᶜAlā’uddīn lhe disse: “Ouça, eu pedi ao sultão para me casar com a sua filha, e ele me prometeu o casamento para três meses, mas não manteve a promessa; ao contrário, deu-a ao filho do vizir, que nesta noite tem o propósito de consumar o casamento. Eu lhe ordeno, se você for um escravo fiel à lâmpada, que nesta noite, quando vir a noiva e o noivo[34] se deitando juntos, carregue a ambos, em cima do próprio colchão, até este lugar. Isso é o que lhe peço”, e o gênio respondeu: “Ouço e obedeço. Se você precisar de algum outro serviço além desse, ordene-me tudo quanto quiser”. Disse ᶜAlā’uddīn: “Não tenho mais nada além do que já pedi”. O escravo desapareceu e ᶜAlā’uddīn voltou para continuar o jantar com a mãe. Quando chegou a hora em que ele sabia que o escravo chegaria, ᶜAlā’uddīn entrou no quarto, e dali a pouco eis que o escravo surgia com os dois noivos em seu colchão. Imensamente feliz com aquela visão, ᶜAlā’uddīn ordenou ao escravo: “Suma daqui com esse traste e faça-o dormir no banheiro”, e antes de sair o gênio deu no filho do vizir um assoprão que o paralisou, deixando-o em situação lastimável. Em seguida, o escravo voltou até ᶜAlā’uddīn e lhe perguntou: “Acaso você precisa de mais alguma coisa?”. ᶜAlā’uddīn respondeu: “Volte pela manhã a fim de levá-los de volta para o lugar deles”. O gênio respondeu: “Ouço e obedeço” e desapareceu. ᶜAlā’uddīn, que mal acreditava que aquilo daria certo, olhou para a jovem dama Badrulbudūr, agora em sua casa, e malgrado o seu inflamado amor por ela, já havia tempos, manteve o decoro e lhe disse: “Ó senhora das beldades, não pense que eu a trouxe até aqui a fim de lhe violar a dignidade — longe disso! —, mas sim para não permitir que outro se deleite com você, pois seu pai, o sultão, me deu a palavra de que a casaria comigo. Esteja em segurança e conforto”.

E a aurora alcançou Šahrāzād, que interrompeu as suas agradáveis histórias.

[34] “Noiva” e “noivo” traduzem *ᶜarūs* e *ᶜarīs*, palavras que no decorrer do texto são indistintamente utilizadas para “noiva/o” e “esposa/o”. A tradução se ateve sempre ao contexto, mas é apropriado lembrar a peculiaridade do conceito de “noivado” na cultura árabe, na qual ele é o momento imediatamente anterior ao casamento. Em árabe, um termo mais próximo do nosso contexto para “noivo/a” é *ḫaṭīb* e *ḫaṭība*, “compromissado/a”.

551ª NOITE

Disse Dīnāzād:

"Se você não estiver dormindo, maninha, conte-nos uma de suas belas histórias para atravessarmos o serão desta noite". [Šahrāzād respondeu:]

Eu tive notícia, rei do tempo, de que a jovem dama Badrulbudūr, ao se ver naquela miserável casa escura, e ouvir as palavras de ᶜAlā'uddīn, foi tomada de medo e terror, sendo tamanho o seu transtorno que nem conseguiu dar resposta ao rapaz, o qual logo em seguida tirou as roupas, colocou a espada entre si e a jovem e dormiu ao seu lado no colchão, sem tentar nenhuma aleivosia: só o que ele pretendia era impedi-la de consumar o casamento com o filho do vizir; apesar disso, a jovem dama Badrulbudūr passou a mais desgraçada das noites, pois nunca vira nada pior em toda a sua vida; já o filho do vizir, que dormiu no banheiro, não conseguia sequer se movimentar tamanho o medo que o invadira por causa daquele escravo. Quando amanheceu, sem que ᶜAlā'uddīn esfregasse a lâmpada, o escravo apareceu na sua frente e disse: "Se quiser me dar uma ordem para cumprir, meu senhor, eu ouço e obedeço". ᶜAlā'uddīn então lhe disse: "Vá e carregue o noivo e a noiva para o lugar deles", e num piscar de olhos o escravo fez o que lhe ordenou ᶜAlā'uddīn: pegou o filho do vizir, juntamente com a jovem dama Badrulbudūr, carregou-os e depositou-os em seu lugar no palácio, tal como estavam antes, sem que ninguém visse. Mas ambos morreram de medo quando se viram carregados de um lugar a outro, e mal o escravo os depositou ali e saiu, eis que o sultão veio visitar a filha para ver como estava. Ao ouvir a porta se abrindo, o filho do vizir, sabedor de que ninguém senão o sultão poderia entrar ali, imediatamente se ergueu do colchão — o que lhe foi deveras dificultoso, pois ele preferia antes se aquecer um pouco, dado que saíra havia pouco tempo do banheiro — e vestiu as roupas.

E a aurora alcançou Šahrāzād, que interrompeu as suas agradáveis histórias.

552ª NOITE

Disse Dīnāzād:

"Se você não estiver dormindo, maninha, conte-nos uma de suas belas histórias para atravessarmos o serão desta noite". [Šahrāzād respondeu:]

Eu tive notícia, rei do tempo, de que o sultão entrou no quarto de sua filha, a jovem dama Badrulbudūr, beijou-a entre os olhos, deu-lhe bom-dia e a indagou sobre o noivo — estava contente com ele? Sem lhe dar nenhuma resposta, a jovem lançou um olhar colérico ao pai, que lhe fez seguidamente várias perguntas, enquanto ela se mantinha calada, sem responder uma única palavra. Então o sultão tomou o caminho de volta, saiu do quarto e foi até a rainha, a quem informou do sucedido entre ele e a jovem dama Badrulbudūr, ao que a rainha, a fim de evitar que o sultão se irritasse com a jovem, respondeu: "Ó rei do tempo, é este o hábito da maioria das noivas, que no dia do casamento ficam encabuladas e meio dengosas; não a leve a mal, que daqui a alguns dias ela voltará a ser como era e falará com todo mundo. Por ora, rei do tempo, a vergonha a impede de falar. Seja como for, eu quero falar com ela e vê-la" e, levantando-se, vestiu-se e foi até a filha, a jovem dama Badrulbudūr, da qual se aproximou, dando bom-dia e beijando-a entre os olhos, mas a jovem nada respondia, o que fez a rainha pensar: "É imperioso que lhe tenha sucedido algo muito estranho para estar aborrecida desse jeito!". E perguntou-lhe enfim: "Qual é o motivo desse seu estado? Conte-me o que aconteceu, pois eu vim aqui lhe desejar bom-dia e você nem me responde!". Então a jovem dama Badrulbudūr levantou a cabeça e disse: "Não me leve a mal, mamãe, era minha obrigação recebê-la com toda pompa e circunstância, pois você me honra ao vir até mim, mas eu lhe rogo que ouça o motivo deste meu estado e veja como esta noite que passei foi a pior das noites! Mal nos havíamos deitado, mamãe, e eis que alguém nunca antes visto por nenhum de nós carregou o colchão e nos transportou a um local escuro, sujo, miserável...", e a jovem dama Badrulbudūr informou à sua mãe, a rainha, tudo quanto lhe sucedera naquela noite, e como lhe levaram o noivo, deixando-a sozinha, e como pouco depois veio até ela um outro jovem que dormiu no lugar do seu noivo e colocou uma espada entre ambos, e como "pela manhã retornou aquele que nos levara, trazendo-nos de volta para cá, a este lugar, e nos deixando logo que nos fez chegar; ato contínuo, papai, o sultão, entrou, bem na horinha em que chegamos, de modo que eu não tinha coração nem língua para responder a papai, o sultão, tamanhos foram o medo e o pavor que me atingiram. Como talvez ele tenha se chateado com o que fiz, eu lhe rogo, mamãe, que o avise do motivo deste meu estado, para ele não me levar a mal por não haver respondido, nem me censurar, mas sim me perdoar".

E a aurora alcançou Šahrāzād, que interrompeu as suas agradáveis histórias.

553ª NOITE

Disse Dīnāzād:

"Se você não estiver dormindo, maninha, conte-nos uma de suas belas histórias para atravessarmos o serão desta noite". [Šahrāzād respondeu:]

Eu tive notícia, rei do tempo, de que ao ouvir as palavras de sua filha Badrulbudūr, a rainha lhe disse: "Minha filha, muito cuidado para não falar estas coisas na frente de ninguém, caso contrário dirão que a filha do sultão perdeu a razão! Você fez muito bem de não contar nada disso ao seu pai. Acautele-se, minha filha, acautele-se muitíssimo de informá-lo a respeito disso!". A jovem dama Badrulbudūr disse: "Mamãe, mas eu lhe falo com a razão! Eu não a perdi, ao contrário, foi isso mesmo que me aconteceu! Se não estiver acreditando em mim, pergunte ao meu noivo!". A rainha disse: "Vamos, filha, agora tire essas coisas imaginárias do pensamento, vista as roupas e veja a festa que por seu casamento se faz na cidade e as comemorações em todo o reino, por você! Ouça os tambores, as cantorias, e veja esses ornamentos, tudo em sua homenagem, minha filha!", e imediatamente chamou as camareiras, que vestiram a jovem dama Badrulbudūr e a arrumaram. A rainha se levantou, foi até o sultão, informou-o de que a filha dormira mal e tivera pesadelos nessa noite e disse-lhe: "Não a leve a mal por não lhe haver respondido". Em sigilo, mandou chamar o filho do vizir e o indagou sobre a questão — seriam ou não verdadeiras as palavras da jovem dama Badrulbudūr? Então o filho do vizir, temeroso de perder a noiva, deixando-a escapar pelas mãos, respondeu: "Minha senhora, não tenho notícia do que você está dizendo", e a rainha se certificou de que a filha imaginara coisas e tivera um pesadelo. As festas continuaram no decorrer daquele dia, com muita gente, cantores e toda espécie de instrumento musical tocando. A rainha, o vizir e seu filho se esforçaram deveras para a realização da festa, a fim de que a jovem dama Badrulbudūr se alegrasse e se dissipassem as suas preocupações, não se esquecendo de fazer na sua frente tudo quanto pudesse estimular a alegria, qualquer coisa para ela deixar de lado o que lhe corroía a mente e espairecer, mas nada disso a afetava; ao contrário, mantinha-se silenciosa, pensativa, perplexa com o que lhe sucedera naquela noite. É verdade, sim, que ao filho do vizir sucederam coisas piores, uma vez que ele dormira no banheiro, mas o jovem desmentiu o fato e afastou tal desgraça do pensamento por medo de perder a noiva e a honra, sobretudo porque a maioria das pessoas passara a invejá-lo pela sorte, que lhe aumentava a honra, e também pela magnífica beleza da jovem dama Badrulbudūr, e sua graça insuperável. Naquele dia, ^{c}Alā'uddīn saiu para observar as comemorações que se realizavam na cidade e no palácio, pondo-se então a rir, sobretudo quando ouviu as pessoas falando sobre a honra obtida pelo filho do vizir, sobre a sua boa sorte e sobre o fato de que se tornara parente do sultão, bem como sobre a enorme festa que se realizava em seu noivado e casamento. ^{c}Alā'uddīn pensou de si para si: "Vocês só o invejam por não saberem, pobres coitados, o que sucedeu a ele nesta noite". Quando anoiteceu e chegou a hora de dormir, ^{c}Alā'uddīn entrou em seu quarto, esfregou a lâmpada e de imediato dela saiu o escravo.

E a aurora alcançou Šahrāzād, que interrompeu as suas agradáveis histórias.

554ª
NOITE

Disse Dīnāzād:

"Se você não estiver dormindo, maninha, conte-nos uma de suas belas histórias para atravessarmos o serão desta noite". [Šahrāzād respondeu:]

Eu tive notícia, rei do tempo, de que, quando o escravo surgiu na sua frente, ^{c}Alā'uddīn lhe ordenou que trouxesse a filha do sultão e o seu noivo, tal como na noite anterior, antes que o filho do vizir a desvirginasse. Então o escravo imediatamente, sem mais delongas, desapareceu uns instantes, e quando era a hora de dormir veio com o colchão sobre o qual estavam Badrulbudūr e o filho do vizir, com quem se fez o mesmo que na noite anterior: o escravo levou-o ao banheiro e ali o fez dormir, deixando-o paralisado de tanto pavor e medo, enquanto ᶜAlā'uddīn colocou a espada entre si e a jovem dama Badrulbudūr e dormiu. Quando amanheceu, o escravo surgiu e devolveu os dois ao lugar onde estavam. ᶜAlā'uddīn estava cheio de alegria com o filho do vizir. Ao acordar de manhã, o sultão quis ir até a filha Badrulbudūr a fim de verificar se ela faria com ele a mesma coisa do dia anterior e, despertado do seu sono, levantou-se, vestiu-se, foi até os aposentos da filha e abriu a porta; o filho do vizir imediatamente se levantou, desceu da cama e começou a vestir-se, as costelas estralando de frio, pois o sultão entrou mal eles haviam sido devolvidos pelo escravo. Assim, o sultão entrou, foi até a sua filha, a jovem dama Badrulbudūr, que ainda estava na cama, ergueu o mosquiteiro bordado, deu-lhe bom-dia, beijou-a entre os olhos e lhe indagou a situação, mas a viu de cara fechada, sem responder nada, a lançar-lhe, pelo contrário, um olhar encolerizado, numa situação de dar pena. Irritado com ela, que não lhe respondia, e imaginando que algo ocorrera à filha, desembainhou a espada e lhe disse: "O que aconteceu? Ou você me diz o que foi ou eu lhe tiro a vida agora mesmo! É assim que você me honra e dignifica? Falo com você e não me responde?". Ao ver o pai tão irritado que desembainhara a espada, a jovem dama Badrulbudūr perdeu o medo, ergueu a cabeça e disse: "Meu prezado pai, não se irrite comigo nem se apresse em sua raiva, pois tenho justificativas para agir como você está vendo. Ouça o que aconteceu, e o lógico é que, ao ouvir o relato do que me ocorreu nestas duas noites, me desculpe, e Sua Excelência vai se abrandar de compaixão, conforme me habituou o seu amor"; e, após contar ao pai tudo quanto lhe sucedera, a jovem dama Badrulbudūr lhe disse: "Se não acredita em mim, papai, pergunte ao meu noivo e ele contará tudo a Sua Excelência, ainda que eu não saiba o que fazem com ele quando o tiram do meu lado, nem onde[35] o põem".

E a aurora alcançou Šahrāzād, que interrompeu as suas agradáveis histórias.

[35] "Onde" traduz *fēn*, palavra do dialeto egípcio. Sobre essa questão, veja as breves observações do posfácio.

555ª
NOITE

Disse Dīnāzād:

“Se você não estiver dormindo, maninha, conte-nos uma de suas belas histórias para atravessarmos o serão desta noite”. [Šahrāzād respondeu:]

Eu tive notícia, rei do tempo, de que, ao ouvir as palavras da filha, o sultão foi tomado pela tristeza e seus olhos ficaram marejados de lágrimas; colocou a espada na bainha, aproximou-se, beijou-a e lhe disse: “Filha, por que você não me informou disso na noite passada? Eu teria podido evitar que esse sofrimento a atingisse, bem como esse medo pelo qual passou à noite. Sem problemas, porém: levante-se e tire esse pensamento da cabeça, pois nesta noite eu colocarei guardas para protegê-la, e assim você não será mais atingida pelo que já a atingiu”, e retornou para o seu palácio, ordenando imediatamente que convocassem o vizir, o qual ao chegar e se postar na sua frente foi indagado: “Como você está vendo esse caso, ó vizir? Talvez o seu filho o tenha informado sobre o ocorrido com ele e minha filha”. O vizir respondeu: “Ó rei do tempo, não vi o meu filho ontem nem hoje”, e então o sultão, após lhe relatar tudo quanto sua filha, a jovem dama Badrulbudūr, contara, disse: “Agora o meu desejo é que você busque informações com o seu filho sobre a verdade nesse caso, pois é possível que a minha filha, devido ao medo, não saiba o que lhe sucedeu, embora eu julgue que as palavras dela são inteiramente verdadeiras”. O vizir se retirou, mandou chamar o filho e o indagou se era verdade ou não tudo quanto lhe contara o sultão. O rapaz respondeu: “Papai, vizir, a jovem dama Badrulbudūr está acima das mentiras, pois tudo quanto ela falou é verdade: passamos essas duas noites da pior maneira possível, em vez de serem noites de bonança e alegria. O que aconteceu é ainda mais terrível, pois eu, ao invés de dormir com a minha noiva na cama, dormi no banheiro de um lugar escuro, aterrorizante, fedorento e amaldiçoado, e minhas costelas encolheram devido ao frio” — enfim, o rapaz o informou tudo quanto lhe sucedera, após o que concluiu: “Querido pai, eu lhe suplico que converse com o sultão para que ele me livre desse casamento. Sim, é uma enorme honra para mim ser genro do sultão, especialmente porque o amor pela jovem dama Badrulbudūr se apoderou do meu coração, mas já não tenho forças[36] para suportar uma só noite igual às duas que se passaram".

E a aurora alcançou Šahrāzād, que interrompeu as suas agradáveis histórias.

556ª NOITE

Disse Dīnāzād:

"Se você não estiver dormindo, maninha, conte-nos uma de suas belas histórias para atravessarmos o serão desta noite". [Šahrāzād respondeu:]

Eu tive notícia, rei do tempo, de que, ao ouvir as palavras do filho, o vizir se entristeceu e se afligiu bastante, pois ele queria engrandecer e magnificar o filho tornando-o genro do sultão. Pensou e ficou em dúvidas quanto a esse assunto, sobre qual seria a artimanha a respeito, visto que lhe seria muito doloroso anular o casamento, justo ele que tanto forçara a convivência para conseguir algo assim. Disse então ao filho: "Tenha paciência, meu filho, para que nós próprios vejamos nesta noite; colocaremos guardas para vigiá-los. Não perca a chance proporcionada por essa imensa honra, que ninguém mais teve além de você", e o deixou, retornando ao sultão, a quem informou que o relato da jovem dama Badrulbudūr era verdadeiro. O sultão disse: "Já que a situação está nesse pé, não precisamos de casamento", e ordenou que imediatamente fossem suspensas as festividades e se revogasse o casamento, deixando todo o povo da cidade espantado com essa estranha decisão, sobretudo quando viram o vizir e o seu filho saindo do palácio numa condição lastimável, em meio a aflição e forte irritação. Todos se puseram a questionar o que teria acontecido e por qual motivo se revogara o noivado e se desfizera o casamento, mas ninguém dispunha de notícia alguma, com exceção do causador de tudo,[37] ᶜAlā'uddīn, que ria às escondidas. O casamento foi anulado, e o sultão e muito menos o vizir já nem se

[36] "Pois já não tenho forças" traduz *mā lī qudra baqà*, formulação cujo vestígio de dialeto egípcio está na última palavra.

[37] "Causador de tudo" traduz *ṣāḥib addaᶜwa*, literalmente, "o dono do [*ou*: quem fizera o] processo".

lembravam da promessa feita à mãe de ᶜAlā'uddīn; ambos ignoravam de onde aquilo tudo viera desabar sobre eles, e ᶜAlā'uddīn esperou até que se passassem os três meses que o sultão lhe dera de prazo para casá-lo com sua filha, a jovem dama Badrulbudūr, e quando o prazo se findou, sem mais delongas, ele enviou a mãe ao sultão para exigir o cumprimento da promessa. A mulher foi até o palácio e quando o sultão chegou e a viu parada na sua frente lembrou-se da promessa feita — de que passados três meses casaria a filha com o filho dela — e, voltando-se para o vizir, disse: "Vizir, aquela é a mulher que me presenteou com as pedras preciosas, e a quem havíamos dado a palavra de que após três meses [casaríamos a jovem dama Badrulbudūr com o filho dela]. Traga-a até mim antes de qualquer outra coisa". O vizir foi e colocou na frente do sultão a mãe de ᶜAlā'uddīn, que ao entrar lhe fez os melhores votos e rogou por ele, desejando-lhe força e manutenção da prosperidade. O sultão lhe perguntou se ela tinha alguma demanda, ao que ela respondeu: "Ó rei do tempo, os três meses que você estabeleceu como prazo para casar o meu filho ᶜAlā'uddīn com a sua filha, a jovem dama Badrulbudūr, já se passaram". O rei embatucou com esse pedido, sobretudo porque notara a pobre condição da mãe de ᶜAlā'uddīn, que fazia parte das camadas mais baixas, embora o presente dado por ela fosse assaz magnífico, de valor incalculável; voltou-se para o vizir e lhe disse: "Como você administraria esse caso? Na verdade, eu lhe dei a minha palavra, mas parece evidente que se trata de gente pobre, e não graúda".[38]

E a aurora alcançou Šahrāzād, que interrompeu as suas agradáveis histórias.

557ª
NOITE

Disse Dīnāzād:

"Se você não estiver dormindo, maninha, conte-nos uma de suas belas histórias para atravessarmos o serão desta noite". [Šahrāzād respondeu:]

[38] "Gente graúda" traduz *akābir alḫalq*, algo como "os maiores dentre as criaturas". No caso, a oposição entre riqueza e pobreza é transparente.

Eu tive notícia, rei do tempo, de que o vizir, morto de inveja e particularmente triste pelo que ocorrera ao filho, pensou: "Como é que alguém como o filho dessa aí se casaria com a filha do sultão, mas o meu filho não obtém essa honra?", e disse ao sultão: "Barrar esse estranho é uma questão fácil, meu senhor, pois não é adequado a Sua Excelência dar a filha a um homem desses, que ninguém sabe quem é". O sultão perguntou: "De que maneira rechaçaremos esse homem a quem dei a minha palavra? Não é a fala dos reis um argumento?". O vizir respondeu: "O melhor parecer, meu senhor, é que você lhe peça quarenta travessas de ouro fundido puro cheias das mesmas pedras preciosas que ela lhe trouxe outro dia, e quarenta escravas e escravos carregando as travessas". O sultão disse: "Por Deus, vizir, que você falou com correção, porquanto isso é algo que ele não poderá fazer e assim nos livraremos dele com método", e, dirigindo a palavra à mãe de ʿAlā'uddīn, disse: "Vá e diga ao seu filho que mantenho a promessa que fiz. Porém, ele deve poder dar o dote da minha filha, que é o seguinte: quero dele quarenta travessas de ouro puro, todas cheias das mesmas pedras preciosas que você me trouxe, carregadas por quarenta escravas acompanhadas por quarenta escravos a seu serviço. Se o seu filho tiver a capacidade de conseguir isso, eu o casarei com a minha filha". Então a mãe de ʿAlā'uddīn voltou para casa balançando a cabeça e dizendo: "Onde o coitado do meu filho vai arranjar tantas travessas e tantas pedras preciosas? Suponhamos que, quanto às pedras e às travessas, ele possa retornar ao tesouro e extraí-las das árvores, muito embora eu não creia que seja possível; admitindo, porém, que as consiga, de onde conseguirá as escravas e os escravos?". E assim a mãe de ʿAlā'uddīn continuou falando sozinha até chegar a sua casa, onde ʿAlā'uddīn a aguardava. Assim que entrou, disse a ele: "Meu filho, eu não lhe disse para não ficar achando que alcançaria a jovem dama Badrulbudūr? Isso é algo impossível para gente como nós!". Disse ʿAlā'uddīn: "Conte-me toda a história", e ela respondeu: "O sultão me recebeu com toda a dignidade, meu filho, conforme o seu hábito. Parece que as intenções dele para conosco são boas, mas o seu maldito inimigo o vizir — tendo eu transmitido ao sultão as suas palavras, tal como você disse, de que o prazo que ele prometeu se esgotou, e também lhe solicitado 'que Sua Excelência determine o casamento de sua filha, a jovem dama Badrulbudūr, com meu filho ʿAlā'uddīn' —, o maldito vizir cochichou algo ao sultão, quando este se voltou para ele, e depois disso...", e então a mãe de ʿAlā'uddīn informou ao filho sobre o que o sultão pedira, concluindo: "Filho, ele quer agora uma resposta de você, mas eu acho que nós não temos como atender".

E a aurora alcançou Šahrāzād, que interrompeu as suas agradáveis histórias.

558ª

NOITE

Disse Dīnāzād:

"Se você não estiver dormindo, maninha, conte-nos uma de suas belas histórias para atravessarmos o serão desta noite". [Šahrāzād respondeu:]

Eu tive notícia, rei do tempo, de que, ao ouvir as palavras da mãe, ᶜAlā'uddīn riu e disse: "Você está dizendo, mamãe, que não temos como atender por considerar essa questão muito difícil! Bom, por enquanto faça o favorzinho de trazer algo para comermos, e depois do almoço, se assim quiser o misericordioso, você verá a resposta ao pedido. Assim como você, o sultão também acreditou estar pedindo algo muito grandioso, a fim de me afastar da jovem dama Badrulbudūr, mas o caso é que ele pediu algo bem menor do que eu esperava. Mas por ora vá comprar algo para comermos e me deixe preparar-lhe a resposta". Então a mãe se levantou e foi comprar no mercado o necessário para o almoço, e enquanto isso ᶜAlā'uddīn entrou em seu quarto, pegou a lâmpada, esfregou-a e imediatamente surgiu o escravo, que perguntou: "Peça, meu senhor, o que bem quiser!", e ᶜAlā'uddīn lhe disse: "Pedi em casamento a filha do sultão, e ele por sua vez pediu de mim quarenta travessas de ouro puro, cada uma com o peso de dez arráteis, e que estejam cheias das mesmas pedras preciosas existentes no pomar do tesouro, e que essas quarenta travessas sejam carregadas por quarenta escravas, cada uma delas acompanhada por um servo, no total de quarenta servos. Quero que você me prepare tudo isso". O gênio respondeu: "Ouço e obedeço, meu senhor", e sumiu por alguns momentos, ao cabo dos quais retornou com quarenta escravas, cada qual acompanhada por um servo, e na cabeça de cada escrava uma travessa de ouro puro apinhada de pedras preciosas; colocou tudo diante de ᶜAlā'uddīn e disse: "Isto é o que você pediu. Informe-me se estiver precisando de algo ou de algum serviço mais". ᶜAlā'uddīn respondeu: "Não preciso de mais nada, mas quando precisar vou chamá-lo e informá-lo", e o gênio desapareceu. Dali a pouco a mãe de ᶜAlā'uddīn chegou, entrou em casa e, vendo aqueles escravos e escravas, ficou estupefata e disse: "Tudo isso é da lâmpada? Que Deus a perpetue para o meu filho!". Antes que ela tirasse o manto, ᶜAlā'uddīn lhe disse: "Mamãe, esta é a hora certa! Antes que o sultão entre no seu palácio, no harém, leve-lhe esse pedido, vá até lá agora mesmo para ele saber que eu fui capaz de atender o pedido e mais além, e que está iludido com o vizir, pois ambos pensaram que mostrariam a minha incapacidade". Ato contínuo, ᶜAlā'uddīn abriu a porta da casa, de lá tirando escravas e escravos aos pares, cada escrava com um escravo ao lado, até que eles encheram o quarteirão. A mãe de ᶜAlā'uddīn caminhou na frente deles, e todos no quarteirão pararam para assistir a esse cenário espantoso e magnífico, contemplando a figura das escravas, sua beleza e graça, vestidas com roupas tecidas a ouro e cravejadas de pedras preciosas, a vestimenta mais barata no valor de milhares [de dinares]. Olhando para as travessas, notaram que os brilhos que delas saíam encobriam a luz do sol; cada travessa estava coberta por um tecido trançado com fios de ouro e igualmente cravejado de pedras preciosas.

E a aurora alcançou Šahrāzād, que interrompeu as suas agradáveis histórias.

559ª NOITE

Disse Dīnāzād:

"Se você não estiver dormindo, maninha, conte-nos uma de suas belas histórias para atravessarmos o serão desta noite". [Šahrāzād respondeu:]

Eu tive notícia, rei do tempo, de que os moradores do quarteirão e mais muita gente pararam admirados com esse inusitado cenário, e então a mãe de ᶜAlā'uddīn se pôs em marcha, com as escravas atrás de si, bem como os escravos, na mais completa organização e ordem; conforme avançavam, o povo ia parando a fim de contemplar a beleza das escravas e louvar o criador todo-poderoso, até que afinal a mãe de ᶜAlā'uddīn entrou com o grupo no palácio, cenário esse que deixou admirados e boquiabertos os oficiais, secretários e almocadéns, os quais em toda a vida jamais tinham visto algo semelhante, em especial as escravas, todas aprisionadoras da razão de qualquer vivente, mesmo sendo todos os secretários e almocadéns do sultão descendentes dos principais do reino. O maior espanto se deu com as valiosas vestimentas que as cobriam, e as travessas sobre as suas cabeças, nas quais mal podiam fixar a vista, tão intenso era seu brilho e fulgor. Em seguida, os delegados entraram e informaram ao sultão, que imediatamente ordenou que lhes franqueassem a entrada no salão de audiências, e então a mãe de [c]Alā’uddīn entrou, e quando todos já estavam diante do sultão, fizeram-lhe, em conjunto, os melhores votos com a maior cortesia e respeito, desejaram-lhe força e prosperidade e, retirando as travessas da cabeça, depuseram-nas diante dele e estacaram de braços cruzados, não sem antes retirarem os tecidos que cobriam as travessas. O sultão ficou muitíssimo espantado e pasmado com as indescritíveis beleza e graça das escravas, e sua mente ficou estupefata ao observar as travessas de ouro tão cheias de pedras preciosas que sequestravam a vista. Perplexo com tanta maravilha, o sultão se quedou tal e qual um mudo, incapaz de falar o que quer que fosse, tamanha era a sua estupefação, e mais pasmada ainda ficou a sua mente, pensando sobre como, em tão pouco tempo, reunira-se tudo aquilo. Em seguida, ordenou que as escravas, com as travessas, entrassem no palácio da jovem dama Badrulbudūr, e então elas carregaram as travessas e entraram, após o que a mãe de [c]Alā’uddīn deu um passo adiante e disse ao sultão: “Meu senhor, nada disso é demasiado se comparado com a grandiosa honra da jovem dama Badrulbudūr, que merece muitas vezes mais”. Voltando-se para o vizir, o sultão perguntou: “O que me diz, vizir, de uma riqueza como essa, [reunida] em tão curto espaço de tempo? Não seria ele merecedor de ser genro do sultão, e que a filha do sultão seja sua noiva?”. Então o vizir — claro que espantado com a grandiosidade dessa riqueza, mais até que o sultão, porém morto de inveja, que crescia à medida que ele ia constatando a satisfação do sultão com o dinheiro e o dote, mas impossibilitado de se opor à verdade e dizer “não merece!” — elaborou uma artimanha contra o sultão, a fim de impedi-lo de dar a [c]Alā’uddīn a mão de sua filha, a jovem dama Badrulbudūr, dizendo-lhe: “Meu senhor, os tesouros do mundo todo não valem sequer uma unha da sua filha Badrulbudūr. Mas você, Sua Senhoria, está considerando isso tudo grandioso para ela!”.

E a aurora alcançou Šahrāzād, que interrompeu as suas agradáveis histórias.

560ª
NOITE

Disse Dīnāzād:

"Se você não estiver dormindo, maninha, conte-nos uma de suas belas histórias para atravessarmos o serão desta noite". [Šahrāzād respondeu:]

Eu tive notícia, rei do tempo, de que, ao ouvir as palavras do vizir, o sultão percebeu que se deviam à inveja excessiva; voltando-se para a mãe de ᶜAlā'uddīn, disse-lhe: "Mulher, vá ao seu filho e diga-lhe que aceitei a oferta dele e vou cumprir a minha promessa: minha filha será sua noiva e ele, meu genro; diga-lhe que compareça aqui a fim de que eu o conheça, e de mim ele não receberá senão toda a honraria e consideração; nesta noite se iniciará o noivado, mas, como eu já lhe disse, deixe-o vir até mim, sem delongas". A mãe de ᶜAlā'uddīn retornou para casa tão ligeira que nem os ventos a alcançavam, tamanha era a sua pressa, a fim de dar a boa-nova ao filho, planando de alegria ao pensar que ele se tornaria genro do sultão. Já o sultão, após a saída da mulher, ordenou que a audiência fosse encerrada e entrou nos aposentos da jovem dama Badrulbudūr, ordenando que para ali conduzissem as escravas com as travessas, a fim de que ambos as contemplassem juntos. Ao contemplar as pedras preciosas, a jovem dama Badrulbudūr ficou pasmada e disse: "Não acredito que exista, em todos os tesouros do mundo, nenhuma pedra semelhante a estas". Igualmente maravilhada com a beleza e formosura das escravas, a jovem percebeu que tudo isso provinha do seu novo noivo, uma oferta para servi-la, e ficou muito contente, malgrado a aflição e a tristeza passadas com o noivo anterior, o filho do vizir. Agora, muitíssimo contente à vista das pedras preciosas e da beleza das escravas, ela se reconfortou, deixando muito feliz o seu pai, que enfim a via afastar a aflição e a tristeza, e lhe perguntou: "Minha filha, jovem dama Badrulbudūr, isso a agrada? Creio que o seu atual noivo é melhor que o filho do vizir, e se Deus quiser, filha, você será muito feliz ao seu lado". Isso foi o que sucedeu com o sultão, caros ouvintes; quanto a ᶜAlā'uddīn, sua mãe entrou em casa sorrindo de alegria, e ao vê-la em tal estado ele percebeu a boa-nova e perguntou: "A Deus louvores eternos! Completou-se o que eu buscava?". Ela respondeu: "Regozije-se com a boa-nova, meu filho! Fique doce o seu coração e tranquilo o seu olho,[39] pois você atingiu seu desejo e seu presente foi aceito pelo sultão, ou seja, o dinheiro e o dote da jovem dama Badrulbudūr, que agora é sua noiva. Nesta noite, meu filho, será o noivado de vocês e a sua visita a ela e ao sultão, para que ele cumpra a palavra a mim dada e mostre você a todo mundo, que você é o seu genro! Ele avisou que a visita será nesta noite, e me disse: 'Deixe o seu filho vir até mim para que eu o conheça e recepcione com toda a dignidade e pompa'; e agora eis-me aqui, meu filho — terminou a minha jornada, e o que resta é sua parte". Então ᶜAlā'uddīn beijou a mão da mãe, agradeceu-lhe e louvou o bem que ela lhe fizera; depois, entrou em seu quarto, pegou a lâmpada, esfregou-a e eis que o escravo surgiu e lhe disse: "Às ordens! Peça o que quiser". Disse ᶜAlā'uddīn: "Desejo que você me leve a um banho público que não tenha igual no mundo, e me prepare uma vestimenta própria dos reis, muito valiosa e que nenhum rei tenha igual". O gênio lhe disse: "Ouço e obedeço", e, carregando-o, levou-o a um banho público que nenhum rei ou membro da dinastia de Kisrà[40] jamais vira igual, todo de mármore e ágata, com imagens espantosas que sequestravam o olhar; vazio, nele havia um saguão cravejado de pedras preciosas, as mais valiosas, e assim que ᶜAlā'uddīn ali entrou veio cuidar dele um gênio de aparência agradável, que o lavou e o esfregou da melhor maneira.

E a aurora alcançou Šahrāzād, que interrompeu as suas agradáveis histórias.

561ª NOITE

Disse Dīnāzād:

"Se você não estiver dormindo, maninha, conte-nos uma de suas belas histórias para atravessarmos o serão desta noite". [Šahrāzād respondeu:]

[39] "Fique doce o seu coração e tranquilo o seu olho" traduz *ṭib qalban wa qir ᶜaynan*, formulação característica do árabe cujos semantemas a tradução procurou preservar. O sentido geral é bem evidente.

[40] Menção a Kisrà Anū Širwān (531-579), o mais célebre e poderoso soberano da dinastia sassânida, que governou a Pérsia de 226 a 651. Era referência constante de riqueza, autoridade e justiça.

Eu tive notícia, rei do tempo, de que, após se lavar e se banhar, ᶜAlā'uddīn saiu do banho público, foi ao saguão externo e verificou que suas roupas haviam sido levadas e substituídas por uma vestimenta de reis das mais opulentas. Logo lhe trouxeram bebidas e vinho[41] com âmbar, e após ele beber surgiu um grupo de escravos que o vestiram com aqueles trajes opulentos, e ele se arrumou e se perfumou. Lembra-se do ᶜAlā'uddīn que você conheceu, filho de um pobre alfaiate? Agora ninguém imaginaria senão que ele era filho do maior dos reis! Exalçado seja aquele que modifica mas não se modifica![42] Em seguida, o escravo-gênio surgiu, carregou-o e o depôs em casa, perguntando-lhe: "Precisa de algo mais, senhor?". ᶜAlā'uddīn respondeu: "Sim, quero que você me traga quarenta e oito serviçais, vinte e quatro para caminharem à minha frente e vinte e quatro para caminharem atrás de mim, todos a cavalo, com trajes adequados e armas, e que tudo quanto esteja sobre eles e seus cavalos seja bem valioso e sem igual nos tesouros reais. Traga-me um cavalo que seja uma montaria digna da dinastia de Kisrà, com equipamento de ouro cravejado de pedras preciosas; providencie igualmente que cada um desses serviçais tenha quarenta e oito mil dinares, e, como eu pretendo dirigir-me até o sultão agora, não demore, pois eu não posso ir para lá sem essas coisas. Quero que você providencie ainda doze escravas de beleza singular, vestidas com os trajes mais opulentos, para acompanharem minha mãe até a moradia do sultão; cada uma dessas escravas deve estar usando um traje adequado às mulheres dos reis". O escravo respondeu: "Ouço e obedeço", sumiu uns instantes e num piscar de olhos trouxe consigo tudo quanto lhe fora ordenado, conduzindo um cavalo que nem os árabes mais legítimos tiveram igual, ajaezado com o mais opulento tecido bordado a ouro. Imediatamente ᶜAlā'uddīn chamou a mãe, entregou-lhe as doze escravas e o traje, para que ela o vestisse e acompanhasse as escravas até a casa do sultão. Enviou ao sultão um dos serviçais trazidos pelo gênio, a fim de verificar se ele já saíra do seu espaço íntimo ou não, e lá se foi o serviçal, mais rápido que um relâmpago, e logo retornou, dizendo: "Meu senhor, o sultão o espera". ᶜAlā'uddīn montou, e também montaram os serviçais, à sua frente e atrás dele; todos — exalçado seja quem os criou! — vestidos com os trajes da beleza e da formosura, lançando ouro ao povo diante de seu senhor ᶜAlā'uddīn, cujas beleza e formosura superavam a deles, para não falar

[41] "Vinho" traduz *qahwa*, que hoje se emprega exclusivamente para "café".
[42] "Exalçado seja quem modifica mas não se modifica": *subḥāna allaḏī ġayyar wa lā yataġayyar*, locução corânica muito empregada em situações similares.

dos filhos dos reis: exalçado seja aquele que dá e perdura! Tudo isso se devia às propriedades da espantosa lâmpada, a qual dava a todos quantos a possuíam beleza, formosura, riqueza e saberes. Já admirado com a generosidade de ^{c}Alā'uddīn e sua exorbitante prodigalidade, o povo ficou boquiaberto ao lhe notar a beleza, a formosura, a educação e a pompa, pondo-se a louvar o criador por essa nobre aparência; todos rogavam por ele e, malgrado soubessem tratar-se do filho de fulano, o alfaiate, ninguém o invejava; ao contrário, todos diziam que ele merecia.

E a aurora alcançou Šahrāzād, que interrompeu as suas agradáveis histórias.

562ª

NOITE

Disse Dīnāzād:

"Se você não estiver dormindo, maninha, conte-nos uma de suas belas histórias para atravessarmos o serão desta noite". [Šahrāzād respondeu:]

Eu tive notícia, rei do tempo, de que todos ficaram pasmados com ^{c}Alā'uddīn e sua generosidade e prodigalidade: durante o percurso para a casa do sultão, enquanto lançava ouro, grandes e pequenos rogavam por ele até que chegou ao palácio, onde os seus serviçais, tanto os que iam na frente como os que iam atrás, continuaram lançando ouro ao povo. O sultão havia convocado os principais do governo para informá-los de que dera a sua palavra e casaria a filha com ^{c}Alā'uddīn, ordenando-lhes que ficassem atentos para recebê-lo quando chegasse; o sultão também convocou comandantes, vizires, secretários, delegados provinciais e almocadéns, que estavam todos à espera de ^{c}Alā'uddīn, na porta do palácio. Quando ^{c}Alā'uddīn chegou e fez menção de descavalgar na entrada do palácio, um dos comandantes incumbidos dessa tarefa pelo sultão aproximou-se e disse: "Meu senhor, a ordem é que entre montado em seu cavalo, e somente descavalgue na porta do salão de audiências". E caminharam todos diante dele, que foi conduzido até a porta do salão, onde alguns membros da escolta se aproximaram e contiveram a montaria, enquanto outros lhe estendiam a mão para descer; comandantes e principais guiaram-no e introduziram-no no salão, próximo do trono do sultão, que imediatamente se levantou e o abraçou, impedindo-o de beijar o tapete; beijou-o, acomodou-o bem junto de si, à sua direita, e ᶜAlā'uddīn procedeu da maneira exigida e apropriada aos reis, pronunciando bons votos e rogos pelo sultão, e dizendo em seguida: "Meu amo, sultão, a generosidade de Sua Excelência decidiu-se a permitir que eu me case com sua filha, a jovem dama Badrulbudūr, muito embora eu não seja merecedor de tão grande benesse, pois estou dentre os seus servos mais desprezíveis. Peço a Deus que o mantenha e prolongue os seus dias, e na verdade, ó rei, minha língua é incapaz de agradecer-lhe a enormidade ilimitada dessas benesses com as quais você gentilmente me agraciou. Rogo a Sua Excelência que agora me agracie com um terreno adequado para que nele eu construa um palácio digno da jovem dama Badrulbudūr". O sultão, estupefato ao ver ᶜAlā'uddīn com aquela vestimenta real, olhou para ele, contemplou-lhe a beleza e a formosura, observou os criados a seu serviço, a beleza e a formosura que neles havia, e seu espanto aumentou ante a chegada da mãe de ᶜAlā'uddīn vestida com valiosas e opulentas roupas, parecendo uma rainha; viu também as doze escravas a serviço dela, de braços cruzados à sua frente com toda a cortesia e respeito; o sultão tampouco deixou de notar a eloquência de ᶜAlā'uddīn, a sutileza de suas palavras, e ficou assombrado com tudo isso, bem como os demais presentes no salão; o fogo lavrava no coração do vizir, tamanha era a inveja que sentia de ᶜAlā'uddīn, até o ponto de quase levá-lo à morte. Após ouvir os rogos de ᶜAlā'uddīn e ver a sua magnificência, humildade e eloquência, o sultão estreitou-o ao peito, beijou-o e lhe disse: "Estou triste, meu filho, de não ter tido a sorte de conhecê-lo senão hoje".

E a aurora alcançou Šahrāzād, que interrompeu as suas agradáveis histórias.

563ª NOITE

Disse Dīnāzād:

"Se você não estiver dormindo, maninha, conte-nos uma de suas belas histórias para atravessarmos o serão desta noite". [Šahrāzād respondeu:]

Eu tive notícia, rei do tempo, de que o sultão, ao ver ᶜAlā'uddīn naquela forma, ficou muitíssimo contente com ele e ordenou imediatamente que se começasse a música e as bandas tocassem enquanto ele conduzia ᶜAlā'uddīn para dentro do palácio, onde se servia o jantar e os criados estendiam a mesa. O sultão sentou-se e acomodou ᶜAlā'uddīn ao seu lado direito, sentando-se igualmente todos os vizires, principais do reino e nobres, cada qual em sua posição. As bandas começaram a tocar e se iniciou um magnífico festejo no palácio. O sultão pôs-se a conversar afavelmente com ᶜAlā'uddīn, dele recebendo respostas muitíssimo educadas e eloquentes, como se em palácios reais houvesse se criado, e com reis convivido. Quanto mais a conversação entre ambos se prolongava, tanto mais aumentava a alegria do sultão com as boas respostas e a suave eloquência do rapaz. Após terem comido e bebido, o banquete foi retirado e o sultão ordenou a vinda de juízes e testemunhas, que compareceram, fixaram o contrato de casamento entre ᶜAlā'uddīn e a jovem dama Badrulbudūr e o escreveram, após o que o rapaz fez menção de sair, mas o sultão o conteve e lhe disse: "Aonde você vai, meu filho? As comemorações estão em andamento, o noivado está em curso, o contrato foi fixado e escrito!". Disse ᶜAlā'uddīn: "Meu senhor, rei, eu pretendo construir para a jovem dama Badrulbudūr um palácio que seja digno dela e de sua posição, pois não me é possível consumar o casamento sem isso. Se Deus quiser, a construção do palácio se ultimará mediante um portentoso esforço deste seu servidor e sob as vistas de Sua Excelência no prazo mais curto possível. Sim, estou ansioso para me deleitar com a jovem dama Badrulbudūr agora, mas a minha obrigação de servi-la impõe que eu o construa!". O sultão disse: "Escolha, meu filho, o terreno que você julgar adequado ao seu propósito, e leve-o. Está tudo nas suas mãos, mas o melhor terreno é aqui, na frente do meu palácio, bem amplo, e se o agradar edifique nele o seu palácio". ᶜAlā'uddīn respondeu: "É isso o melhor para o meu propósito, que seja próximo de Sua Excelência". E, despedindo-se do sultão, ᶜAlā'uddīn saiu, montou, seguido por seus serviçais, alguns na frente e outros atrás, enquanto todo mundo rogava por ele, dizendo: "Por Deus que ele merece!". Cavalgou até chegar a sua casa, onde se apeou do cavalo, entrou no quarto, esfregou a lâmpada e eis que o escravo surgiu, postou-se à sua frente e disse: "Peça o que quiser, meu senhor", e ᶜAlā'uddīn respondeu: "Quero de você um serviço importante para mim: construir um palácio diante do palácio do sultão, com toda a rapidez, e cuja construção seja tão assombrosa que jamais os reis tenham visto igual; que seja perfeita em todas as suas instalações, com mobília de reis magnífica e tudo o mais". O escravo disse: "Ouço e obedeço".

E a aurora alcançou Šahrāzād, que interrompeu as suas agradáveis histórias.

564ª
NOITE

Disse Dīnāzād:

“Se você não estiver dormindo, maninha, conte-nos uma de suas belas histórias para atravessarmos o serão desta noite”. [Šahrāzād respondeu:]

Eu tive notícia, rei do tempo, de que o escravo desapareceu e, antes que a alvorada raiasse, retornou até ᶜAlā’uddīn, dizendo: “Ó meu senhor, o palácio foi concluído exatamente da forma pedida, e se você quiser vê-lo levante-se imediatamente”. Então ᶜAlā’uddīn se ergueu, o escravo o carregou e num piscar de olhos estavam no palácio, cuja construção deixou o rapaz estupefato. Todas as suas pedras eram de jade, mármore e pórfiro, com mosaicos. O escravo o introduziu num depósito cheio de toda espécie de ouro e prata valiosa, em quantidade incontável, incalculável, inestimável, e em outro lugar no qual ele viu tudo quanto é necessário para banquetes: travessas, colheres, jarras, pratos de ouro e prata, bem como taças; conduzido à cozinha, nela viu cozinheiros com todos os materiais e apetrechos necessários à atividade, tudo igualmente de ouro e prata; em seguida, foi introduzido num aposento cheio de baús abarrotados de roupas reais, uma coisa que sequestrava a razão, tantos eram os tecidos bordados a ouro, indianos, chineses e brocados; introduziu-o igualmente em muitos outros locais, todos cheios de coisas indescritíveis, até que enfim conduziu-o ao estábulo, onde ele encontrou corcéis que não existem no mundo, que nenhum rei tem igual; de uma pequena entrada, introduziu-o num depósito que ele verificou estar repleto de equipamentos de cavalaria, selas valiosas tecidas com pérolas e pedras preciosas, além de outras preciosidades mais. Tudo isso numa única noite! ᶜAlā’uddīn ficou estupefato, pasmado com a magnificência de toda aquela riqueza inalcançável até mesmo para o mais poderoso dos reis do mundo; o palácio estava cheio de criados e criadas cuja beleza deixaria pasmado qualquer vivente, e o mais espantoso disso tudo é que havia no edifício um pavilhão elevado com vinte e quatro salões, todos de esmeralda, rubi e demais pedras preciosas, mas um dos salões não estava terminado a pedido do próprio ᶜAlā’uddīn, a fim de provocar o espanto do sultão.[43] Após passar

[43] “A fim de provocar o espanto do sultão” traduz *likay yaᶜjiz̧ assulṭān fī takmilatihi*, literalmente, “para que o sultão fosse incapaz de concluí-lo”, formulação meio incompreensível nesse contexto, mas que se tornará compreensível mais adiante.

em revista todo o palácio, ᶜAlā'uddīn ficou muito aliviado e feliz e, voltando-se para o escravo, disse-lhe: "Gostaria de uma única coisa faltante, a respeito da qual me esqueci de lhe falar". O escravo respondeu: "Peça o que quiser, meu senhor". Disse ᶜAlā'uddīn: "Quero de você um tapete de magnífico brocado, todo tecido a ouro, que seja estendido do meu palácio até o palácio do sultão, a fim de que a jovem dama Badrulbudūr, quando vier para cá, caminhe sobre ele e não sobre o chão". Então o escravo saiu uns instantes, retornou e disse: "Meu senhor, o que você pediu já está pronto"; levou-o e lhe mostrou o tapete, que sequestrava a razão, estendido do palácio do sultão até o de ᶜAlā'uddīn. Em seguida, o escravo carregou ᶜAlā'uddīn e o deixou em casa.

E a aurora alcançou Šahrāzād, que interrompeu as suas agradáveis histórias.

565ª NOITE

Disse Dīnāzād:

"Se você não estiver dormindo, maninha, conte-nos uma de suas belas histórias para atravessarmos o serão desta noite". [Šahrāzād respondeu:]

Eu tive notícia, rei do tempo, de que o escravo mostrou o tapete a ᶜAlā'uddīn e depois o deixou em casa. Surgia a aurora e o sultão despertou, abriu a janela e viu um edifício em frente do seu palácio! Pôs-se a esfregar os olhos, arregalando-os para enxergar direito, e viu um enorme palácio, de pasmar todas as mentes, bem como um tapete estendido desde o seu palácio até o novo palácio. Também os porteiros e todos quantos estavam no palácio do sultão ficaram com a razão aturdida com esse acontecimento. Enquanto isso, o vizir chegou e, ao ver o novo palácio e o tapete, ficou igualmente espantado. O sultão foi ter com ele e começaram a conversar sobre aquele caso prodigioso, espantados de verem algo que pasmava a vista e alegrava a mente; disseram: "Na verdade, não acreditamos que um palácio desses, e nem mesmo assemelhado, possa ser construído por qualquer rei que seja!". O sultão voltou-se para o vizir e lhe perguntou: "Agora você já considera ᶜAlā'uddīn merecedor de ser noivo da minha filha, a jovem dama Badrulbudūr? Por acaso olhou e examinou essa construção real e essa riqueza que nenhuma mente humana pode calcular?”. O vizir, com muita inveja de ᶜAlā’uddīn, respondeu: “Ó rei do tempo, essa arquitetura, esse edifício e essa riqueza não podem ter sido obtidas senão mediante feitiçaria, pois nenhum ser humano no mundo poderia fazer isso — nem o mais poderoso rei, nem a riqueza mais gigantesca poderiam erguer e finalizar numa única noite este edifício”. O sultão disse: “Estou perplexo com você, como sempre pensa mal de ᶜAlā’uddīn! Mas suponho que isso derive da sua inveja, por ter estado presente quando eu lhe dei este terreno; ele me pedira um lugar para construir um palácio para a minha filha, e diante de você eu consenti que ᶜAlā’uddīn fizesse uso deste terreno para o palácio. Quem ofereceu como dote para a minha filha pedras preciosas das quais nenhum rei possui nem sequer parte seria porventura incapaz de construir um palácio como esse?”.

E a aurora alcançou Šahrāzād, que interrompeu as suas agradáveis histórias.

566ª NOITE

Disse Dīnāzād:

“Se você não estiver dormindo, maninha, conte-nos uma de suas belas histórias para atravessarmos o serão desta noite”. [Šahrāzād respondeu:]

Eu tive notícia, rei do tempo, de que, ao ouvir as palavras do sultão e perceber que ele gostava muito de ᶜAlā’uddīn, a inveja do vizir aumentou, mas, sem nada poder contra ele, calou-se, incapaz de dar alguma resposta ao sultão. Quanto a ᶜAlā’uddīn, ao ver que raiava a aurora e chegara o momento de ir ao palácio — pois o seu noivado estava em curso, e os comandantes, vizires e notáveis do reino acompanhavam o sultão a fim de presenciar o noivado —, ele se levantou e esfregou a lâmpada, cujo escravo surgiu, dizendo: “Peça o que quiser, meu senhor, pois estou diante de você, ao seu dispor”. ᶜAlā’uddīn respondeu: “Agora eu quero ir ao palácio do sultão. Hoje é a festa do meu noivado, e preciso que você providencie dez mil dinares”. O escravo desapareceu e num piscar de olhos ressurgiu trazendo os dez mil dinares. ᶜAlā’uddīn montou, seus serviçais também montaram, uns na sua vanguarda, outros na retaguarda, e cavalgou até o palácio distribuindo ouro ao povo pelo caminho, até que todos foram tomados de afeição por ele e por sua esplêndida generosidade. Quando assomou ao palácio, mal o avistaram, os comandantes, chefes militares e soldados parados à sua espera acorreram em bloco para informar imediatamente o sultão, que pronto se levantou para recebê-lo, abraçando-o, beijando-o e conduzindo-o pela mão para dentro do palácio, onde se sentou e o acomodou à sua direita. O país inteiro estava enfeitado, instrumentos musicais se tocavam no palácio e canções eram cantadas. Logo o sultão ordenou que servissem o almoço, e os criados e serviçais acorreram e serviram o banquete, um banquete digno de reis. O sultão, ᶜAlā'uddīn, os principais do governo e os notáveis do reino se acomodaram, comendo e bebendo até se fartarem, em meio à imensa alegria que tomava conta do palácio e da cidade. Todos os principais do governo estavam felizes, contente o povo por todo o reino, comia-se e bebia-se em todas as províncias, e os delegados de regiões longínquas tinham acorrido para assistir às núpcias de ᶜAlā'uddīn e ao seu noivado. O sultão estava particularmente intrigado com a mãe de ᶜAlā'uddīn, que viera vê-lo com vestimentas tão pobres enquanto seu filho dispunha de toda aquela esplêndida riqueza! Todos quantos vinham ao palácio do sultão a fim de presenciar as núpcias eram tomados de grande espanto ao verem o palácio de ᶜAlā'uddīn e a sua bela arquitetura, matutando sobre como um magnífico palácio daqueles poderia ter sido edificado numa única noite. Todos começaram a rogar por ᶜAlā'uddīn, dizendo: "Deus o felicite, por Deus que é merecedor! Deus bendiga os seus dias!".

E a aurora alcançou Šahrāzād, que interrompeu as suas agradáveis histórias.

567ª NOITE

Disse Dīnāzād:

"Se você não estiver dormindo, maninha, conte-nos uma de suas belas histórias para atravessarmos o serão desta noite". [Šahrāzād respondeu:]

Eu tive notícia, rei do tempo, de que, ao terminar o almoço, ᶜAlā'uddīn se levantou, despediu-se do sultão e montou, juntamente com os seus serviçais, encaminhando-se para o novo palácio a fim de preparar-se para recepcionar a noiva, a jovem dama Badrulbudūr, com todos gritando para ele enquanto passava, em uníssono: "Deus o felicite! Deus lhe amplie a pujança! Deus o conserve!". O séquito que acompanhou o esponsal foi magnífico, constituído por muitíssima gente que o conduziu ao palácio enquanto ele distribuía ouro, e quando chegou apeou-se, entrou e sentou-se no saguão, enquanto os serviçais se postavam de braços cruzados diante dele. Logo em seguida se ofereceram bebidas e depois ele ordenou a seus serviçais, criadas, escravos e todos quantos estavam no palácio que se preparassem para recepcionar a jovem dama Badrulbudūr, sua noiva, e no entardecer, quando a brisa se tornou mais fresca, quebrando um pouco o calor do sol, o sultão ordenou aos seus comandantes e vizires que descessem até a praça, e após todos descerem ele próprio fez o mesmo. Também ᶜAlā'uddīn se levantou, montou com seus serviçais e desceu rumo à praça, onde exibiu a sua habilidade em cavalgar, pondo-se a galopar pelo local sem que ninguém conseguisse interrompê-lo; seu cavalo não tinha igual nem entre os árabes mais legítimos, e sua noiva, a jovem dama Badrulbudūr, assistia à exibição da janela de seu aposento, e ao vê-lo com toda aquela beleza e destreza em cavalgar ficou tão apaixonada por ele que quase se pôs a planar de alegria. Em seguida disputaram-se alguns torneios na praça, e ninguém demonstrou ter a mesma destreza de ᶜAlā'uddīn, que a todos superou. O sultão retornou ao palácio, ᶜAlā'uddīn fez o mesmo, e quando anoiteceu os principais do governo e os vizires pegaram ᶜAlā'uddīn e o conduziram até o célebre banho público real, onde ele entrou, banhou-se e saiu vestido com um traje ainda mais luxuoso que o anterior; montou, tendo em sua vanguarda soldados e comandantes que o conduziram, num séquito magnífico, com quatro dos vizires portando espadas em torno dele e todos os moradores do país, estrangeiros e soldados, enfim, todos caminhavam à sua frente no séquito, carregando velas, tambores, flautas e outros instrumentos musicais, até que o fizeram chegar a seu palácio, onde ele apeou e se sentou, sentando-se também os vizires e comandantes que o acompanhavam. Os serviçais chegaram com as bebidas e os doces, servindo todos quantos o haviam conduzido no séquito, embora fosse uma quantidade incalculável de gente. Após uma ordem de ᶜAlā'uddīn, os serviçais retornaram aos portões do palácio e começaram a distribuir ouro ao povo.

E a aurora alcançou Šahrāzād, que interrompeu as suas agradáveis histórias.

568ª

NOITE

Disse Dīnāzād:

"Se você não estiver dormindo, maninha, conte-nos uma de suas belas histórias para atravessarmos o serão desta noite". [Šahrāzād respondeu:]

Eu tive notícia, rei do tempo, de que o sultão, ao retornar da praça e entrar em seu palácio, ordenou incontinente que conduzissem[44] em cortejo nupcial a filha, a jovem dama Badrulbudūr, até o palácio de seu noivo ᶜAlā'uddīn, e prontamente os soldados e principais do governo que haviam conduzido o rapaz montaram, e as criadas e serviçais saíram carregando velas, todos conduzindo a jovem dama Badrulbudūr, num magnífico cortejo, até introduzi-la no palácio de seu noivo ᶜAlā'uddīn, cuja mãe acompanhava a noiva, tendo à sua frente as esposas dos vizires, comandantes, principais e nobres, bem como as quarenta e oito criadas que o filho lhe dera, cada uma carregando uma grande vela de cânfora e âmbar espetada num castiçal de ouro cravejado de pedras preciosas. Todos, homens e mulheres, saíram do palácio acompanhando a noiva, caminhando à sua frente até a fazerem chegar ao palácio do seu noivo, e ali a introduziram em seu aposento, trocaram-lhe as vestimentas e, após o término da exibição da noiva com diferentes vestes,[45] introduziram-na nos aposentos do noivo, que entrou a seguir. ᶜAlā'uddīn ergueu o véu da noiva para que a sua mãe, que ainda estava no quarto, pudesse contemplar-lhe a beleza e a formosura. Examinando o palácio, a mãe de ᶜAlā'uddīn viu que era tudo de ouro e pedras preciosas trabalhadas, com lustres de ouro cravejados de esmeraldas e rubis, e pensou: "E eu, que imaginava ser o palácio do sultão o mais esplendoroso, mas este palácio aqui não imagino que ninguém, dentre os maiores imperadores da dinastia de Kisrà ou quaisquer outros reis, tenha tido algo semelhante; não acredito que nem mesmo o mundo inteiro conseguiria fazer um palácio como este!". Também a jovem dama Badrulbudūr pôs-se a contemplar e a se assombrar com esse palácio e seu esplendor. Em seguida, foi servido o banquete, e todos comeram, beberam e se alegraram com a presença de oitenta criadas, cada qual portando um instrumento musical, e elas com os movimentos de seus

[44] "Conduzissem" traduz *yazuffū*, verbo que funde as ideias de "conduzir" e "casar".

[45] Ritual antigo, no qual a noiva desfilava seguidamente, durante a cerimônia, com vários trajes diferentes.

dedos e os toques nas cordas musicais começaram a executar canções extasiantes, arrebatando o coração dos ouvintes. A jovem dama Badrulbudūr pensou: “Nunca em minha vida ouvi melodias como essas”, e o seu assombro tanto cresceu que ela parou de comer para apenas ouvir, enquanto ᶜAlā’uddīn vertia vinho em sua taça e lhe dava de beber, estabelecendo-se entre ambos harmonia e esplêndida felicidade,[46] naquela noite igualmente esplêndida, a qual nem Alexandre Bicorne[47] vivera igual em seus melhores tempos. Após terminarem de comer e beber, o banquete foi retirado da frente deles e ᶜAlā’uddīn, ficando a sós com a noiva, consumou o casamento.[48] Quando amanheceu, ᶜAlā’uddīn acordou e o intendente lhe deixara pronta uma roupa magnífica e valiosa, que o jovem vestiu: tratava-se de traje real dos mais opulentos. Serviram-lhe vinho com âmbar, que ᶜAlā’uddīn bebeu, ordenando então que lhe trouxessem o seu cavalo, e ele foi logo aprontado. ᶜAlā’uddīn montou, bem como os seus criados, alguns na retaguarda e outros na vanguarda, e se dirigiu ao palácio do sultão, ali entrando juntamente com os seus criados, enquanto iam informar ao sultão de sua presença.

E a aurora alcançou Šahrāzād, que interrompeu as suas agradáveis histórias.

569ª NOITE

Disse Dīnāzād:

“Se você não estiver dormindo, maninha, conte-nos uma de suas belas histórias para atravessarmos o serão desta noite”. [Šahrāzād respondeu:]

Eu tive notícia, rei do tempo, de que, ao ouvir que ᶜAlā’uddīn se encontrava presente, o sultão imediatamente foi recepcioná-lo, abraçá-lo e beijá-lo como se fora seu filho, acomodando-o à sua direita. Os vizires, comandantes, principais

[46] “Harmonia” traduz *alkayf*, e “felicidade”, *alḥaẓẓ*.

[47] “Alexandre Bicorne” é tradução literal de *Iskandar ḏū Alqarnayn*, que é como se diz em árabe Alexandre Magno, ou da Macedônia. Entre as hipóteses para tal denominação está a de que ele carregaria em suas mãos dois cornos, simbolizando seu triunfo tanto no Ocidente como no Oriente.

[48] “Ficou a sós com a noiva e consumou o casamento” traduz *daḫala ᶜalà ᶜarūsatihi*, literalmente, “entrou (ou penetrou) na sua noiva”.

do governo e notáveis do reino foram lhe dar parabéns, e também o sultão o felicitou e o parabenizou, ordenando então que se servisse o desjejum, que foi oferecido e todos se alimentaram; após terem se fartado de comer e beber, o banquete foi retirado e ᶜAlā'uddīn voltou-se para o sultão, dizendo: "Meu senhor, que Sua Excelência ordene que hoje eu tenha a honra de, no almoço com a sua filha, a cara jovem dama Badrulbudūr, gozar a companhia de Sua Excelência e de todos os seus vizires e principais do seu governo". Muito feliz com o genro, o sultão respondeu: "Você merece todas as gentilezas,[49] meu filho", e prontamente deu ordens aos vizires, principais do governo e notáveis do reino; o sultão montou, todos também montaram, inclusive ᶜAlā'uddīn, até cujo palácio chegaram. Ao entrar ali e contemplar a construção, a arquitetura, as pedras de jade e ágata, o sultão ficou pasmado e perplexo com tanta felicidade, tanta riqueza, tanta magnificência e, voltando-se para o vizir, perguntou-lhe: "O que me diz, vizir? Por acaso você já viu, em toda a sua vida, algo igual? Por acaso existe, mesmo entre os mais poderosos reis do mundo, tanta riqueza, tanto ouro e tantas pedras preciosas como isto que agora estamos vendo aqui?". O vizir respondeu: "Meu senhor, isto é algo impossível de pertencer a qualquer rei humano; é impossível a qualquer povo da terra construir um palácio como este; não existem nem mesmo artesãos que façam um trabalho como este, senão, conforme eu já disse a Sua Excelência, com a força da magia". Percebendo que o vizir nunca deixaria de falar de ᶜAlā'uddīn com inveja, querendo provar-lhe que tudo aquilo não provinha de força humana, mas sim de magia, o sultão lhe disse: "Basta, vizir! Mude o discurso, pois eu sei o motivo que o leva a pronunciar tais palavras". ᶜAlā'uddīn caminhou diante do sultão até levá-lo ao pavilhão elevado, cujas janelas e gelosias, feitas de esmeralda, rubi e outras pedras preciosas, o deixaram espantado e pasmado, a razão estupefata, bem como perplexo o pensamento. Pôs-se a flanar pelo pavilhão, contemplando essas coisas que sequestravam o olhar, até avistar a janela que ᶜAlā'uddīn, de propósito, deixara inacabada, sem remate, e vê-la em tal estado o fez dizer: "Pobre de você, janela, que está incompleta!", e, voltando-se para o vizir, perguntou: "Por acaso você saberia o motivo do não acabamento desta janela e de suas gelosias?".

E a aurora alcançou Šahrāzād, que interrompeu as suas agradáveis histórias.

[49] "Você merece todas as gentilezas" traduz o dialetalismo levantino *tikram*, usado para "obrigado" e também para indicar que a pessoa merece o favor que lhe tenha sido eventualmente feito.

570ª
NOITE

Disse Dīnāzād:

"Se você não estiver dormindo, maninha, conte-nos uma de suas belas histórias para atravessarmos o serão desta noite". [Šahrāzād respondeu:]

Eu tive notícia, rei do tempo, de que o vizir respondeu ao sultão: "Meu senhor, suponho que o não acabamento desta janela tem como motivo o fato de que Sua Excelência apressou ᶜAlā'uddīn para o noivado, e então ele não teve tempo de terminá-la". Nesse ínterim, ᶜAlā'uddīn fora ter com a esposa, a jovem dama Badrulbudūr, para informá-la da presença do pai, o sultão, de quem ouviu, ao voltar, a seguinte pergunta: "ᶜAlā'uddīn, meu filho, por qual motivo as gelosias e a janela deste pavilhão estão sem acabamento?". O rapaz respondeu: "Ó rei do tempo, por causa da rapidez os artesãos não conseguiram rematá-las!". O sultão lhe disse: "Eu gostaria de acabá-las!". ᶜAlā'uddīn respondeu: "Que Deus lhe mantenha a força, ó rei, e perpetue a sua memória no palácio da sua filha", e então o sultão mandou que chamassem ourives e artesãos de pedras preciosas, e que lhes fornecessem, dos seus depósitos, todo o ouro, pedras preciosas e metais de que precisassem, e quando eles chegaram ordenou-lhes que completassem o que faltava das gelosias. Nesse instante Badrulbudūr saiu para receber o pai, o qual percebeu, assim que viu a filha, o seu rosto a sorrir, e então a abraçou, a beijou e entrou com ela em seus aposentos, onde entraram todos. Já era hora do almoço, e fora posta uma mesa para o sultão, a jovem dama Badrulbudūr e ᶜAlā'uddīn, e outra para o grão-vizir, os principais do governo, os notáveis do reino, os almocadéns do exército, os secretários e os delegados provinciais. O sultão sentou-se entre a filha e o genro, e ao estender a mão para a comida e experimentá-la foi tomado pelo espanto com aqueles alimentos e com o modo opulento e perfeito como foram preparados. Diante deles estavam postadas oitenta criadas, cada qual capaz de dizer ao plenilúnio: "Levante-se para que eu ocupe o seu lugar!", e na mão de cada uma delas um instrumento musical, que elas regularam e cujas cordas passaram a planger com ritmos extasiantes que reconfortavam corações entristecidos, e então o sultão ficou feliz, divertiu-se e alegrou-se, dizendo: "Na verdade, isto é algo que está acima das possibilidades dos imperadores cesáreos e dos reis". E comeram e beberam, as taças circulando entre eles, até se fartarem, quando então foram oferecidos doces, várias espécies de fruta e outras sobremesas, tudo disposto em outro aposento para onde se transferiram, cada qual se fartando em divertimentos e prazeres. O sultão foi verificar se o trabalho dos joalheiros e ourives era compatível com o do restante do palácio, e ao subir e observar a maneira como trabalhavam notou que havia uma enorme diferença entre o que faziam e o trabalho existente no palácio de ᶜAlā'uddīn.

E a aurora alcançou Šahrāzād, que interrompeu as suas agradáveis histórias.

571ª NOITE

Disse Dīnāzād:

"Se você não estiver dormindo, maninha, conte-nos uma de suas belas histórias para atravessarmos o serão desta noite". [Šahrāzād respondeu:]

Eu tive notícia, rei do tempo, de que o sultão, ao ver o trabalho dos ouvires e joalheiros, foi por eles informado de que as pedras preciosas constantes do seu tesouro eram insuficientes para o que estavam fazendo, e então o sultão ordenou que fosse aberto o maior depósito do tesouro, do qual deveriam provê-los de tudo quanto necessitassem, e, se ainda assim fosse insuficiente, que pegassem daquilo que o próprio ᶜAlā'uddīn lhe presenteara. Os joalheiros reuniram todas as pedras preciosas, conforme o sultão ordenara, e trabalharam nelas, mas logo verificaram que também elas eram insuficientes, não cobrindo sequer metade do que faltava nas gelosias daquele pavilhão, o que levou o sultão a ordenar o confisco de todas as pedras preciosas em poder dos vizires e dos principais do governo, e então os joalheiros levaram tudo aquilo para trabalhar, mas tampouco assim foi suficiente. Quando amanheceu, ᶜAlā'uddīn subiu para acompanhar o trabalho dos joalheiros e, vendo que ainda não tinham completado nem ao menos metade das gelosias faltantes, ordenou imediatamente que arrancassem tudo quanto tinham feito e devolvessem as pedras preciosas a seus donos, e então eles arrancaram tudo, devolvendo ao sultão o que lhe pertencia e aos vizires o que lhes pertencia e indo em seguida informar ao sultão que ᶜAlā'uddīn assim ordenara. O sultão perguntou-lhes: "O que ele lhes disse? Qual o motivo? Por que não quis que se completassem as gelosias? Por que desfez o que vocês tinham feito?”. Responderam-lhe: “Não temos nenhuma informação, amo, apenas que ele nos ordenou desfazer tudo quanto havíamos feito”. Imediatamente o sultão determinou que lhe trouxessem o cavalo, montou e cavalgou até o palácio de ^{c}Alā’uddīn, o qual, após ter dispensado os ourives e joalheiros, entrara no seu quarto e esfregara a lâmpada, surgindo prontamente diante de si o escravo, que lhe dissera: “Peça o que desejar; seu escravo está diante de você!”, e então ^{c}Alā’uddīn lhe dissera: “Eu quero que você complete as gelosias faltantes do pavilhão”, e o escravo respondera: “Sobre a cabeça e os olhos!”, sumindo alguns instantes, após os quais retornara, dizendo: “Meu senhor, já completei o que você me ordenou”. ^{c}Alā’uddīn subiu ao pavilhão, viu todas as gelosias completas e, enquanto as contemplava, eis que um eunuco entrou e lhe disse: “Meu senhor, o sultão veio visitá-lo e já está à porta do palácio”. ^{c}Alā’uddīn desceu imediatamente para recebê-lo.

E a aurora alcançou Šahrāzād, que interrompeu as suas agradáveis histórias.

572ª NOITE

Disse Dīnāzād:

“Se você não estiver dormindo, maninha, conte-nos uma de suas belas histórias para atravessarmos o serão desta noite”. [Šahrāzād respondeu:]

Eu tive notícia, rei do tempo, de que, ao ver ^{c}Alā’uddīn, o sultão lhe perguntou: “Por que você agiu assim, meu filho? Por que não deixou os joalheiros concluírem as gelosias do pavilhão, para que não restasse em seu palácio um só lugar incompleto?”. ^{c}Alā’uddīn respondeu: “Ó rei do tempo, eu não as deixei incompletas senão por minha vontade, e não por incapacidade de completá-las. Não seria possível que eu quisesse ter a honra da presença de Sua Excelência num palácio onde algo estivesse incompleto. Para saber que eu não sou incapaz de completá-las, suba Sua Excelência e veja por si só se há algo incompleto nas gelosias do pavilhão”. Então o rei subiu, entrou no pavilhão e, ao examinar à direita e à esquerda, não vislumbrou nenhuma gelosia faltante, constatando, ao contrário, que tudo estava completo. Espantado de ver aquilo, abraçou ^{c}Alā’uddīn, pôs-se a beijá-lo e disse: “Meu filho, é muito estranho que numa única noite você faça um trabalho que vários joalheiros seriam incapazes de executar em meses. Por Deus, não creio que exista alguém assemelhado a você neste mundo!”. ^{c}Alā’uddīn respondeu: “Que Deus lhe prolongue a vida e perpetue a existência! Este seu escravo não merece tal loa!”. O rei disse: “Por Deus, meu filho, que você é merecedor de todas as loas por ter feito algo que todos os artesãos do mundo seriam incapazes de fazer”. Em seguida, o sultão desceu, entrou nos aposentos de sua filha, a jovem dama Badrulbudūr, a fim de repousar ali, e a viu muito feliz com a esplêndida abundância em que vivia. Após descansar um pouco junto da filha, o sultão retornou ao seu palácio, onde passou a receber visitas diárias de ^{c}Alā’uddīn, que para lá cavalgava acompanhado de seus serviçais. ^{c}Alā’uddīn também atravessava o país, com serviçais na vanguarda e na retaguarda, distribuindo ouro ao povo, à direita e à esquerda, e todos — o estrangeiro e o local, o próximo e o distante — começaram a amá-lo devido à sua imensa generosidade e nobreza; distribuía constantemente roupas aos pobres e desvalidos, entregando-as pessoalmente a eles. Essas atitudes renderam-lhe largo renome no reino, cujos principais e comandantes, em sua maioria, comiam à sua mesa, e não juravam senão por sua vida. De tempos em tempos, saía para caçar, praticar equitação na praça e disputar torneios de flecha na presença do sultão. A cada vez que o via exibindo-se na equitação, a jovem dama Badrulbudūr mais o amava, pensando que Deus lhe fizera um enorme bem quando das ocorrências com o filho do vizir, pois assim a preservara para o seu verdadeiro marido, ^{c}Alā’uddīn.

E a aurora alcançou Šahrāzād, que interrompeu as suas agradáveis histórias.

573ª NOITE

Disse Dīnāzād:

“Se você não estiver dormindo, maninha, conte-nos uma de suas belas histórias para atravessarmos o serão desta noite”. [Šahrāzād respondeu:]

Eu tive notícia, rei do tempo, de que dia a dia a boa fama de ^{c}Alā’uddīn aumentava, bem como os elogios à sua pessoa, como também aumentava o afeto por ele no coração de todos os súditos, aos olhos dos quais ele se engrandecia. Por volta dessa época, certo inimigo atacou o sultão, que lhe enviou soldados para combatê-lo, colocando, à testa das tropas, o próprio ᶜAlā'uddīn; ao se aproximar do inimigo, cujos soldados eram muito numerosos, ele desembainhou a espada e avançou, dando início à batalha e à luta, que se intensificou, mas ᶜAlā'uddīn afinal desbaratou as fileiras inimigas e as derrotou, matando a maioria; quando entrou na cidade, que se engalanara de alegria com ele, o sultão saiu, recebeu-o, parabenizou-o, abraçou-o e beijou-o. Decretou-se na cidade um magnífico feriado, todos se regozijaram, e, acompanhado pelo sultão, ᶜAlā'uddīn entrou em seu palácio, onde foi recebido por sua esposa, a jovem dama Badrulbudūr, a qual, muito feliz, beijou-o entre os olhos, e ambos se dirigiram para os seus aposentos. Após algum tempo, o sultão retornou e as criadas providenciaram bebidas que todos beberam. O sultão ordenou que o reino inteiro fosse enfeitado em homenagem à vitória de ᶜAlā'uddīn sobre o inimigo, e os súditos, os soldados, toda a gente, enfim, passou a ter Deus no céu e ᶜAlā'uddīn na terra. O amor por ele aumentava proporcionalmente ao aumento de sua generosidade, nobreza, luta pelo reino, bravura e desbarato do inimigo.

Isso foi o que sucedeu a ᶜAlā'uddīn. Quanto ao feiticeiro magrebino, ele retornou à sua terra e ali se fixou por todo esse tempo, triste pelas fadigas e pelos sofrimentos a que se submetera para obter a lâmpada, fadigas essas baldadas tal como um alimento que, preste a ser levado à boca, lhe houvesse escapado das mãos! Ele refletia sobre tudo aquilo, lamuriava-se e xingava ᶜAlā'uddīn, tamanha era a sua fúria contra ele! Às vezes pensava: "Como aquele bastardo[50] morreu no subterrâneo, pelo menos isso me consola, pois ainda tenho esperanças de me apossar da lâmpada, que continua debaixo da terra". Certo dia, ao praticar a sua geomancia,[51] separou os desenhos formados pela areia, lançando-a cuidadosamente, e interpretou-os para verificar e certificar-se da morte de ᶜAlā'uddīn e da manutenção da lâmpada no subterrâneo. Porém, ao analisar detidamente as formas, as maiores e as menores, não enxergou a lâmpada e foi tomado pela fúria. Tornou a jogar a areia para certificar-se da morte de ᶜAlā'uddīn e, tampouco o enxergando no lugar onde estava o tesouro, ficou mais enfurecido, o que cresceu deveras quando se certificou de que ele estava bem vivo neste mundo. Ao descobrir que o rapaz saíra do subterrâneo e se apoderara da lâmpada pela qual ele tanto sofrera tormentos e fadigas insuportáveis

[50] "Bastardo" traduz *bundūq*, que, segundo Reinhardt Dozy, é dialetalismo sírio.

[51] "Geomancia" traduz *ḍarb arraml*, antiga prática de adivinhação mediante o uso da areia e a interpretação dos desenhos por ela formados.

para qualquer outro ser humano, o magrebino pensou: "Por essa lâmpada suportei tantos sofrimentos, passei por tantas fadigas que outro não suportaria, e agora esse maldito se apropria dela sem nenhum esforço? É óbvio que, se ele tiver descoberto os benefícios da lâmpada, não haverá no mundo ninguém mais rico do que ele".

E a aurora alcançou Šahrāzād, que interrompeu as suas agradáveis histórias.

574ª NOITE

Disse Dīnāzād:

"Se você não estiver dormindo, maninha, conte-nos uma de suas belas histórias para atravessarmos o serão desta noite". [Šahrāzād respondeu:]

Eu tive notícia, rei do tempo, de que o feiticeiro magrebino, ao ver e se certificar de que ᶜAlā'uddīn havia saído do subterrâneo e se apoderado do bem que a lâmpada produzia, pensou: "É absolutamente imperioso que eu faça algo para matá-lo!", e, jogando a areia de sua geomancia pela segunda vez, examinou as formas e, após constatar que ᶜAlā'uddīn alcançara enorme riqueza e se casara com a filha do sultão, incendiou-se com o fogo da fúria, tamanha era a sua inveja, e imediatamente, sem mais tardar, preparou-se e seguiu viagem para a China, onde, chegando à cidade sede do sultão, onde vivia ᶜAlā'uddīn, entrou, hospedou-se numa estalagem e notou que as pessoas não falavam senão sobre a magnificência do palácio de ᶜAlā'uddīn. Depois de se refazer dos cansaços da viagem, foi deambular pelas ruas da cidade, e não havia gente com a qual conversasse que não lhe descrevesse o tal palácio e a sua magnificência ou lhe falasse da beleza e formosura de ᶜAlā'uddīn, sua generosidade, bondade e bom caráter. Dirigindo-se a um dos que tão elogiosamente descreviam ᶜAlā'uddīn, o magrebino lhe perguntou: "Meu gracioso jovem, quem é esse que vocês descrevem e elogiam?". O jovem respondeu: "É claro que você é estrangeiro e veio de algum país distante, mas, mesmo supondo que assim seja, nunca ouviu falar do príncipe ᶜAlā'uddīn, cuja fama eu creio que corre pelo mundo todo, e o seu palácio, um milagre na terra sobre o qual ouviu falar tanto o distante como o próximo? Não ouviu nada sobre isso ou sobre o nome de ᶜAlā'uddīn, que Deus lhe amplie a força e o felicite?". O magrebino disse: “Todo o meu desejo é ver esse palácio! Se puder me fazer esse favor, indique-me onde se situa, pois sou estrangeiro”. O homem lhe disse: “Ouço e obedeço!”, e caminhou na frente dele, levando-o até o palácio de ᶜAlā’uddīn, que o magrebino se pôs a contemplar e, percebendo que tudo aquilo era trabalho da lâmpada, disse: “Ai, ai! É absolutamente imperioso cavar um buraco para esse maldito filho de alfaiate que não tinha nem o que jantar à noite! Mas se o destino me der forças, é necessário que eu faça a mãe dele voltar a costurar em sua roca, tal como fazia antes; quanto a ele, quero que perca a vida!”, e voltou para o albergue, aflito, triste e contrariado de inveja por ᶜAlā’uddīn.

E a aurora alcançou Šahrāzād, que interrompeu as suas agradáveis histórias.

575ª NOITE

Disse Dīnāzād:

“Se você não estiver dormindo, maninha, conte-nos uma de suas belas histórias para atravessarmos o serão desta noite”. [Šahrāzād respondeu:]

Eu tive notícia, rei do tempo, de que, ao chegar ao albergue, o feiticeiro magrebino recolheu seus apetrechos astrológicos e jogou sua areia a fim de saber onde estava a lâmpada, verificando que estava no palácio e não com ᶜAlā’uddīn. Muitíssimo contente com aquilo, pensou: “Agora ficou fácil tirar a vida desse maldito, e tenho uma maneira de resgatar a lâmpada”. Então foi até um vendedor de cobre e pediu: “Faça-me uma boa quantidade de lâmpadas[52] de cobre, e lhe pagarei o preço com gorjeta, só que eu quero rapidez”. O vendedor respondeu: “Ouço e obedeço!”, e começou a produzi-las, executando prontamente o trabalho; quando concluiu, o magrebino lhe pagou o valor pedido e se dirigiu ao albergue, onde colocou as lâmpadas num cesto e pôs-se a perambular pelas ruas e mercados da cidade, gritando: “Quem quer trocar uma lâmpada de cobre antiga por uma nova?”. Ao ouvi-lo apregoando aquilo, as pessoas riam dele e diziam: “Não resta dúvida

[52] Aqui, “lâmpada” traduz *manāra*, palavra pertencente à mesma raiz de *nūr*, “luz”. A partir deste ponto, seu uso se revezará com o termo *qindīl*, que tem origem persa.

de que esse homem é um louco que está por aí trocando lâmpadas novas por velhas!". Muita gente começou a segui-lo e os moleques nas ruas o seguiam de um lugar a outro, caçoando dele, mas isso não o impedia nem preocupava; continuou circulando pela cidade até chegar ao palácio de ᶜAlā'uddīn, onde passou a gritar, elevando a voz ainda mais enquanto os moleques lhe gritavam: "Louco! Louco!". Por uma coincidência do destino a jovem dama Badrulbudūr estava no pavilhão e ouviu alguém gritando e moleques gritando com ele; contudo, sem entender o que ocorria, chamou uma das criadas e perguntou: "Corra, vá ver o que aquele homem está gritando!", e a criada foi, olhou e viu um homem gritando: "Quem quer trocar uma lâmpada de cobre velha por uma nova?", com os moleques atrás dele caçoando. A criada retornou e informou a patroa, a jovem dama Badrulbudūr, dizendo: "Patroa, esse homem está gritando: 'Quem quer trocar uma lâmpada de cobre velha por uma nova?', e os moleques estão atrás dele caçoando", e então a jovem dama Badrulbudūr riu também desse fato inaudito. ᶜAlā'uddīn havia esquecido a lâmpada pelo palácio, sem a colocar em seu armário e trancá-la, e uma das criadas, ao vê-la, disse à jovem dama: "A propósito, patroa, eu vi nos aposentos do meu patrão ᶜAlā'uddīn uma lâmpada velha. Deixe-nos trocá-la com esse homem por uma nova, até para ver se ele fala a verdade ou mente".

E a aurora alcançou Šahrāzād, que interrompeu as suas agradáveis histórias.

576ª NOITE

Disse Dīnāzād:

"Se você não estiver dormindo, maninha, conte-nos uma de suas belas histórias para atravessarmos o serão desta noite". [Šahrāzād respondeu:]

Eu tive notícia, rei do tempo, de que a jovem dama Badrulbudūr disse à criada: "Traga a lâmpada antiga que você disse ter visto nos aposentos do seu patrão". Badrulbudūr não tinha nenhuma informação sobre as características da lâmpada, nem que fora ela que colocara seu esposo ᶜAlā'uddīn em sua magnífica situação atual; tudo o que ela queria era testar o juízo do homem que trocava novo por velho. A criada subiu aos aposentos de ᶜAlā'uddīn e voltou com a lâmpada, entregando-a à jovem dama Badrulbudūr; como ninguém tinha notícia dos ardis e artimanhas do feiticeiro magrebino, ela ordenou ao chefe dos eunucos que fosse lá embaixo trocar a lâmpada velha por uma nova, e foi o que o eunuco fez, levando e entregando a lâmpada velha ao magrebino e dele recebendo uma lâmpada nova. Então o eunuco retornou até a jovem dama e lhe entregou a lâmpada trocada, que ela examinou e, vendo que era de fato nova, pôs-se a rir do juízo do magrebino, o qual, por sua vez, ao apoderar-se da lâmpada e reconhecê-la como a lâmpada do tesouro, enfiou-a imediatamente no bolso debaixo da axila, abandonou as outras lâmpadas para quem desejasse trocá-las e saiu correndo até os arredores da cidade, para além dos seus limites. Caminhou pela planície, esperando anoitecer e assegurar-se de estar sozinho no deserto, sem mais ninguém. Então, retirou a lâmpada do seu bolso sob a axila, esfregou-a e de imediato surgiu diante dele o gênio, dizendo: “Eis-me aqui! Seu escravo está na sua frente. Peça de mim o que quiser”. O magrebino lhe disse: “Eu quero que você erga o palácio de ᶜAlā’uddīn do lugar onde está, com todos quantos nele moram, comigo junto, e nos coloque na minha terra, a África, que você já conhece. Quero que aquele palácio esteja em minha terra, entre os pomares”. O gênio respondeu: “Ouço e obedeço! Num fechar e abrir de olhos você se encontrará no seu país com o palácio”, e imediatamente, num piscar de olhos, o magrebino e o palácio de ᶜAlā’uddīn, com tudo quanto continha, foram transportados para a África. Isso foi o que se deu com o feiticeiro magrebino.

Voltemos ao sultão e a ᶜAlā’uddīn. O sultão despertou do seu sono pela manhã e, em vista de sua forte ligação e amor pela filha, a jovem dama Badrulbudūr, habituara-se diariamente, ao acordar, a abrir a janela para vê-la. Naquele dia, conforme o hábito, levantou-se e abriu a janela para ver a filha.

E a aurora alcançou Šahrāzād, que interrompeu as suas agradáveis histórias.

577ª
NOITE

Disse Dīnāzād:

“Se você não estiver dormindo, maninha, conte-nos uma de suas belas histórias para atravessarmos o serão desta noite”. [Šahrāzād respondeu:]

Eu tive notícia, rei do tempo, de que o sultão, ao aproximar-se da janela de seu palácio e olhar para o palácio de ᶜAlā'uddīn, não viu nada, apenas um terreno vazio tal como era antigamente; não enxergando palácio nem edifício, tomado pela perplexidade, a razão estupefata, pôs-se a esfregar os olhos, que talvez estivessem nublados e enevoados, e voltou a contemplar o local, assegurando-se enfim de que o palácio já não tinha vestígio nem existência, sem que ele soubesse o que se passara nem aonde fora parar. Cada vez mais perplexo, bateu as mãos espalmadas uma na outra e suas lágrimas começaram a lhe escorrer pela barba; sem saber o que sucedera à filha, mandou imediatamente convocar o grão-vizir, que ao chegar e o ver nesse lamentável estado perguntou: "Perdão, ó rei do tempo, livre-o Deus de todo mal! Por que está tão aflito?". O sultão respondeu: "Parece que você ignora o que me aconteceu!". O vizir disse: "Em absoluto, meu senhor, por Deus que não tenho notícia nenhuma". O sultão disse: "Isso significa que você não olhou para a direção do palácio de ᶜAlā'uddīn". O vizir disse: "Não, meu senhor, ele ainda está trancado". O rei disse: "Já que você não tem nenhuma notícia a respeito, venha, olhe pela janela e veja onde está o palácio de ᶜAlā'uddīn, que você afirma ainda estar trancado". Então o vizir foi, olhou pela janela para os lados do palácio de ᶜAlā'uddīn e nada viu, palácio ou qualquer outra coisa; com a razão perplexa, pasmado, virou-se para o sultão, que lhe disse: "Agora já sabe o motivo da minha tristeza e viu o [sumiço do] palácio de ᶜAlā'uddīn, que você afirmou estar trancado". O vizir disse: "Ó rei do tempo, eu já dissera anteriormente à Sua Excelência que tanto esse palácio como as demais coisas eram fruto de feitiçaria". Explodindo de cólera, o sultão perguntou: "Onde está ᶜAlā'uddīn?". O vizir respondeu: "Está caçando", e então o sultão ordenou que, sem demora, alguns oficiais e soldados fossem trazê-lo acorrentado e amarrado, e então eles foram, chegaram até onde estava ᶜAlā'uddīn e lhe disseram: "Senhor, não nos leve a mal, mas o sultão nos ordenou que o levássemos amarrado e acorrentado. Rogamos que nos perdoe, pois temos ordens reais a que não podemos desobedecer". Ouvindo tais palavras dos oficiais e soldados, ᶜAlā'uddīn foi tomado de espanto e sua língua se paralisou, pois ele desconhecia o motivo daquilo. Voltou-se para eles e perguntou: "Minha gente, vocês não têm informação sobre o motivo dessa ordem do sultão? Sei que sou inocente e não cometi delito algum contra ele nem contra o reino!". Responderam-lhe: "Senhor, não temos nenhuma informação, nada!". ᶜAlā'uddīn descavalgou e disse: "Façam comigo o que o sultão lhes ordenou, porque as ordens dele se cumprem sobre a cabeça e os olhos".

E a aurora alcançou Šahrāzād, que interrompeu as suas agradáveis histórias.

578ª
NOITE

Disse Dīnāzād:

"Se você não estiver dormindo, maninha, conte-nos uma de suas belas histórias para atravessarmos o serão desta noite". [Šahrāzād respondeu:]

Eu tive notícia, rei do tempo, de que os oficiais acorrentaram ᶜAlā'uddīn, amarram-no, arrastaram-no a ferros e entraram com ele na cidade. Ao avistarem-no naquela situação, os súditos compreenderam que o sultão pretendia decepar-lhe a cabeça, e como tinham por ele um amor muito grande, juntaram-se, pegaram em armas e saíram de suas casas, indo atrás dos soldados a fim de ver o que estava acontecendo. Quando os soldados chegaram com ᶜAlā'uddīn até o palácio, entraram e informaram o sultão, o qual imediatamente ordenou ao carrasco que cortasse o pescoço do rapaz. Ao ouvirem tal ordem do sultão, os súditos trancaram os portões do palácio e enviaram uma mensagem ao sultão, dizendo: "Neste momento vamos impedir a saída de quem quer que seja do palácio, inclusive o sultão, caso ocorra o menor mal a ᶜAlā'uddīn". O vizir foi então avisar o sultão e disse: "Ó rei do tempo, essa ordem pode levar à nossa destruição. O melhor será perdoá-lo, a fim de que não nos suceda algum grave incidente, pois os súditos amam ᶜAlā'uddīn mais do que a nós". O carrasco já havia estendido o tapete para a execução, colocara ᶜAlā'uddīn nele, vendara-lhe os olhos e dera três voltas ao seu redor, à espera da ordem final do sultão, o qual, vendo que os súditos avançavam contra si e escalavam o palácio a fim de destruí-lo, ordenou imediatamente ao carrasco que soltasse ᶜAlā'uddīn, e ao arauto que fosse para o meio dos súditos anunciar que o perdoara e lhe concedera sua graça. Ao ver-se livre, ᶜAlā'uddīn olhou para o sultão, que estava sentado, aproximou-se dele e lhe perguntou: "Meu senhor, já que Sua Excelência generosamente me concedeu a vida, seja mais uma vez generoso e me informe qual foi o meu crime!". O sultão respondeu: "Traidor! Então você até agora não sabe qual o seu crime?", e, voltando-se para o grão-vizir, disse-lhe: "Leve-o para que ele veja, através das janelas, que fim levou o seu palácio!". Quando o vizir o colocou diante das janelas e ᶜAlā'uddīn pôde olhar para a direção de seu palácio, avistou o terreno vazio, tal como estava antes de nele construir o seu palácio, e deste não vislumbrou o menor vestígio! Perplexo e pasmado, ignorando o que havia acontecido, ao retornar, ouviu do rei: "O que você viu? Onde está o seu palácio? Onde está a minha filha, minha filha única, alimento do meu coração?". ᶜAlā'uddīn respondeu: "Ó rei do tempo, não tenho ciência alguma disso, nem do que ocorreu!". O sultão disse: "Saiba, ᶜAlā'uddīn, que eu o perdoei a fim de que você vá me investigar esse caso e procurar a minha filha. Não retorne senão com ela! E, se por acaso você não a trouxer, por vida minha que lhe cortarei a cabeça!". ᶜAlā'uddīn respondeu: "Ouço e obedeço, ó rei do tempo. Só lhe peço um prazo de quarenta dias, e se decorrido esse prazo eu acaso não a trouxer corte a minha cabeça e faça o que quiser".

E a aurora alcançou Šahrāzād, que interrompeu as suas agradáveis histórias.

579ª NOITE

Disse Dīnāzād:

"Se você não estiver dormindo, maninha, conte-nos uma de suas belas histórias para atravessarmos o serão desta noite". [Šahrāzād respondeu:]

Eu tive notícia, rei do tempo, de que o sultão disse a ᶜAlā'uddīn: "Concedi o seu pedido de quarenta dias, mas não suponha que poderá fugir do meu braço, pois eu o trarei de volta mesmo que você esteja em cima das nuvens e não sobre a face da terra". ᶜAlā'uddīn respondeu: "Meu amo o sultão, como eu disse à Sua Excelência, se acaso eu não a trouxer dentro desse prazo, mesmo assim eu retornarei à sua presença a fim de ter a cabeça decepada". O súditos e os demais presentes, ao verem ᶜAlā'uddīn, ficaram muitíssimo felizes com ele e se alegraram por sua libertação, muito embora o escândalo provocado por essa questão, o vexame e a ridicularização feita pelos invejosos tenham posto cabisbaixo ᶜAlā'uddīn, que saiu do palácio e começou a perambular pela cidade, perplexo consigo mesmo, ignorando como tudo aquilo havia sucedido. Passou dois dias na cidade — durante os quais algumas pessoas foram secretamente visitá-lo levando comida e bebida — numa situação de terrível tristeza, sem saber o que fazer para localizar a sua noiva, a jovem dama Badrulbudūr, e o palácio, e depois saiu vagando pelo deserto, sem saber que direção tomar; caminhou até chegar às proximidades de um rio em cujas águas tencionou atirar-se, tamanhas eram a sua desesperança e a aflição que o dominava. Porém, como ele era um autêntico muçulmano, crente na unicidade divina e temente a Deus,[53] parou à beira do rio para abluir-se, e ao tocar a água com as mãos começou a esfregar os dedos, atingindo o anel, e então surgiu na sua frente um gênio, que lhe disse: "Eis-me aqui! Seu escravo está diante de você. Peça o que quiser". Imensamente contente de ver o gênio, ^{c}Alā'uddīn lhe disse: "Escravo, quero que você me traga meu palácio, no qual se encontra a minha esposa, a jovem dama Badrulbudūr, e todos quantos lá moravam". O gênio respondeu: "Meu senhor, é muito difícil para mim isso que você pediu, é algo que não posso, pois está ligado aos escravos da lâmpada, que eu não posso desafiar". ^{c}Alā'uddīn lhe disse: "Já que isso é algo impossível, leve-me para junto do meu palácio, esteja onde estiver". O escravo respondeu: "Ouço e obedeço, meu senhor", e, carregando-o, num piscar de olhos depositou-o junto ao seu palácio na África, diante dos aposentos da sua mulher. Já era noite, e ao olhar para o palácio suas preocupações e tristezas desapareceram; rogou a Deus, após ter perdido as esperanças, para ver a mulher novamente, e pôs-se a refletir sobre as bondades ocultas de Deus, manifesto seja seu poder, que lhe facilitara o anel, e como ele teria perdido toda esperança se Deus não o tivesse agraciado com o escravo do anel. Contente, dissipadas as aflições, e sem dormir havia quatro dias tamanhas eram suas aflições, preocupações e tristezas, além do seu muito cismar, ^{c}Alā'uddīn foi para um dos lados do palácio e dormiu sob uma árvore, pois o palácio, conforme já mencionei, estava em meio aos pomares da África, fora da cidade.

E a aurora alcançou Šahrāzād, que interrompeu as suas agradáveis histórias.

580ª

NOITE

Disse Dīnāzād:

"Se você não estiver dormindo, maninha, conte-nos uma de suas belas histórias para atravessarmos o serão desta noite". [Šahrāzād respondeu:]

[53] Escrita desse modo, a passagem parece bem anacrônica.

Eu tive notícia, rei do tempo, de que ᶜAlā’uddīn dormiu aquela noite ao lado do seu palácio, sob a árvore, com todo o conforto, e malgrado quem esteja com a cabeça a prêmio não durma à noite, a fadiga e a insônia durante quatro dias seguidos impuseram-lhe o sono, fazendo-o dormir até o amanhecer, quando ele acordou com o piar dos passarinhos e foi até um rio — que corria para dentro da cidade — lavar as mãos, o rosto e abluir-se, após o que realizou a prece matinal. Assim que terminou, foi acomodar-se sob as janelas dos aposentos da jovem dama Badrulbudūr, a qual, muito pesarosa pela separação do marido e de seu pai, o sultão, além da enormidade do que estava sofrendo nas mãos do maldito feiticeiro magrebino, diariamente, na mais tenra alvorada, acordava e chorava, sem conseguir dormir à noite, de forma alguma, e muito menos comer ou beber. Por capricho do destino, a criada que subia as escadas para vesti-la abriu as janelas naquele instante, para distraí-la com as árvores e os rios, e avistou ᶜAlā’uddīn, seu patrão, sentado ali debaixo. Disse então para a jovem dama: “Patroa, patroa! Não é o meu patrão ᶜAlā’uddīn que está sentado ali embaixo no palácio?”. A jovem dama Badrulbudūr se levantou rapidamente, olhou pela janela e o viu, e ᶜAlā’uddīn ergueu a cabeça e também a viu. Ambos se saudaram planando de felicidade e ela lhe disse: “Venha, entre pela porta secreta, pois o maldito não está aqui agora”, e ordenou à criada que descesse e lhe abrisse a porta secreta. ᶜAlā’uddīn entrou e a mulher o recebeu à porta, abraçaram-se, beijaram-se com toda a felicidade, pondo-se a chorar tamanha era a sua alegria. Depois sentaram-se e ᶜAlā’uddīn disse a ela: “Jovem dama Badrulbudūr, antes de mais nada quero lhe perguntar uma coisa: eu tinha colocado uma velha lâmpada de cobre em meu aposento, no local tal...”, e ao ouvir a jovem suspirou profundamente e lhe disse: “Ai, meu amor, então foi esse o motivo de termos caído nesta desgraça!”. Ele perguntou: “Como foi que isso aconteceu?”, e a jovem dama Badrulbudūr o informou de todo o caso, do começo ao fim, e como eles tinham trocado a lâmpada velha por uma lâmpada nova, dizendo afinal: “Depois disso, no dia seguinte pela manhã não nos vimos senão nesta terra. Aquele que me enganou com a troca das lâmpadas me informou ter sido ele, com a força de sua feitiçaria, quem aprontou essas coisas conosco por meio da lâmpada. Ele é magrebino da África, e nós estamos na terra dele”.

E a aurora alcançou Šahrāzād, que interrompeu as suas agradáveis histórias.

581ª NOITE

Disse Dīnāzād:

"Se você não estiver dormindo, maninha, conte-nos uma de suas belas histórias para atravessarmos o serão desta noite". [Šahrāzād respondeu:]

Eu tive notícia, rei do tempo, de que, ao término do relato da jovem dama Badrulbudūr, ᶜAlā'uddīn lhe disse: "Conte-me quais os propósitos desse maldito em relação a você. Ele fala sobre o quê? Ele diz o que quer de você?". Ela respondeu: "Todo dia ele vem até mim uma única vez querendo atrair o meu amor, que eu o torne o seu substituto, esquecendo e abandonando você. Ele me disse que papai, o sultão, cortou a sua cabeça, e também que você é filho de gente pobre, sendo ele o motivo da sua riqueza. Tenta me conquistar com essas conversas, mas de mim só vê lágrimas e choro, não ouvindo nada que lhe dê refresco".[54] Disse ᶜAlā'uddīn: "Conte-me onde ele guarda a lâmpada. Você sabe?". Ela disse: "Sempre a carrega consigo. Impossível separar-se dela por um só instante. Quando o magrebino me disse as coisas que relatei a você, ele também tirou a lâmpada do bolso interno, debaixo da axila, para me mostrar". Muito contente com tais palavras, ᶜAlā'uddīn disse: "Jovem dama Badrulbudūr, ouça bem: meu propósito agora é sair e voltar mais tarde, de roupas trocadas. Não estranhe e tenha sempre uma das criadas parada à porta secreta para abri-la assim que me vir, eu vou elaborar uma artimanha para matar esse maldito". Então, ᶜAlā'uddīn saiu pela porta do palácio e caminhou até topar, no caminho, com um camponês, a quem disse: "Homem, leve a minha roupa e me dê a sua", mas, como o camponês não aceitou, ᶜAlā'uddīn o obrigou, tomando-lhe as roupas, vestindo-as e entregando-lhe os seus valiosos trajes. Em seguida, percorreu o caminho que levava à cidade, e ao entrar foi ao mercado de droguistas, onde comprou, por dois dinares, duas medidas de [pó de] velenho, um potente narcótico de ação instantânea,[55] tomando a seguir o caminho de volta

[54] "Não ouvindo nada que lhe dê refresco" traduz *wa mā kāna yasmaᶜ minnī rīq ḥilū*, literalmente, "não ouvia de mim [nenhuma] saliva doce".

[55] "Velenho, um potente narcótico" traduz *banj ᶜaẓīm*. A erva *banj*, "velenho" ou "meimendro", é hoje, em árabe, sinônimo de anestésico, e palavra por todos conhecida. Já "de ação instantânea" traduz *ibn daqīqatihi*, literalmente, "filho do seu próprio minuto".

até o palácio. A criada postada à porta secreta abriu-a prontamente quando o viu, e ele foi até a jovem dama Badrulbudūr.

E a aurora alcançou Šahrāzād, que interrompeu as suas agradáveis histórias.

582ª NOITE

Disse Dīnāzād:

"Se você não estiver dormindo, maninha, conte-nos uma de suas belas histórias para atravessarmos o serão desta noite". [Šahrāzād respondeu:]

Eu tive notícia, rei do tempo, de que ao entrar no aposento da mulher, a jovem dama Badrulbudūr, ᶜAlā'uddīn lhe disse: "Quero que você se vista bem, se enfeite, afaste a tristeza e, quando o maldito magrebino vier, dê-lhe as boas-vindas, receba-o de face risonha e diga-lhe que venha jantar com você. Finja que esqueceu o seu amado ᶜAlā'uddīn e seu pai, e que passou a devotar-lhe imenso amor; peça-lhe uma bebida que seja vermelha, finja toda a felicidade e alegria, e brinde à saúde dele; faça-o beber duas ou três taças de vinho, o suficiente para que ele se embriague, e então coloque-lhe este pó na taça, enchendo-a de vinho; tão logo ele beba da taça com o pó, cairá de costas feito morto". Ao ouvir as palavras de ᶜAlā'uddīn, a jovem dama Badrulbudūr disse: "Essa é uma coisa muito difícil de fazer para mim, mas — se for para nos livrarmos desse maldito repugnante que tanto me afligiu separando-me de você e de meu pai — então a morte dele é lícita. Maldito!". ᶜAlā'uddīn comeu e bebeu com a esposa até se fartar, saindo imediatamente do palácio. A jovem dama Badrulbudūr mandou chamar a sua criada penteadora, que a arrumou e a enfeitou, vestindo em seguida trajes opulentos e perfumando-se. Enquanto estava nisso, eis que o magrebino maldito chegou e, ao vê-la naquela situação, ficou muito feliz, e mais ainda quando ela o recebeu com a face risonha, contrariamente ao costume, aumentando-lhe o desejo de amá-la e a paixão por ela. Conduzindo-o a seu lado, ela o acomodou e disse: "Meu querido, se você quiser, esta noite venha aqui para jantar comigo. Já me basta de tristeza. Mesmo que eu permaneça triste mil anos, qual a vantagem? ᶜAlā'uddīn não vai retornar do túmulo, e já me convenceram os seus argumentos, ontem, de que meu pai, o sultão, talvez o tenha matado devido à sua grande tristeza por se ver separado de mim. Não se admire, portanto, com a minha mudança de ontem para hoje: o motivo é que eu penso em tomar você como meu amado e companheiro em substituição a [c]Alā'uddīn, pois já não tenho homem senão você. Minha esperança, esta noite, é que você venha para jantarmos juntos e também bebermos um pouco de vinho. Meu pedido é que você me faça provar do vinho da sua terra, a África, que talvez seja melhor. Eu tenho vinho aqui, mas é vinho da minha terra, e o meu maior desejo é beber do vinho da sua terra".

E a aurora alcançou Šahrāzād, que interrompeu as suas agradáveis histórias.

583ª NOITE

Disse Dīnāzād:

"Se você não estiver dormindo, maninha, conte-nos uma de suas belas histórias para atravessarmos o serão desta noite". [Šahrāzād respondeu:]

Eu tive notícia, rei do tempo, de que o magrebino, ao ver a demonstração de amor da jovem dama Badrulbudūr e as mudanças em seu estado de tristeza, supôs que ela perdera as esperanças de ver [c]Alā'uddīn e ficou muito feliz, dizendo-lhe: "Ouço e obedeço, minha vida, a tudo o que você deseja e me ordena. Em minha casa eu tenho um grande jarro de vinho da minha terra, que há oito anos está guardado num subterrâneo. Vou lá pegar uma quantidade suficiente para nós e voltar logo para você!". A fim de enganá-lo mais e mais, a jovem dama Badrulbudūr disse-lhe: "Meu amor, não vá assim e me deixe! Envie algum dos seus criados para nos trazer o vinho do jarro e fique aqui comigo para me divertir!". O magrebino respondeu: "Minha jovem dama, ninguém além de mim conhece o local do jarro; não vou demorar!", e saiu, voltando logo em seguida com vinho suficiente para ambos. A jovem dama Badrulbudūr lhe disse: "Foi muito trabalho! Eu deixei você extenuado, meu amor!". Ele respondeu: "Absolutamente, meus olhos! É uma honra servir você!". Em seguida, a jovem dama Badrulbudūr sentou-se ao seu lado na mesa e puseram-se ambos a comer. Ela pediu bebida e imediatamente uma criada lhe encheu a taça, bem como a do magrebino. A jovem dama Badrulbudūr começou a beber pela vida dela, brindando pela sua própria saúde, e ele também bebeu pela vida dela. Ela passou a agradá-lo e, possuidora de uma singular retórica e palavras sutis, enganou-o utilizando termos alegóricos atraentes a fim de lhe acentuar o desejo. Pensando que aquilo era verdadeiro da parte dela, e ignorando que esse amor não passava de armadilha montada para matá-lo, o magrebino ficou mais apaixonado e sucumbiu de amores ao ver aquelas demonstrações fingidas com palavras sutis e desconcertantes; a euforia lhe subiu à cabeça e o mundo ficou minúsculo aos seus olhos. Ao final do jantar, percebendo que o vinho já o dominara, a jovem dama Badrulbudūr lhe disse: "Em nossa terra, temos um hábito que não sei se aqui vocês também empregam ou não". O magrebino perguntou: "Qual hábito?". Ela respondeu: "Ao final do jantar, cada um pega a taça do amado e a bebe", e imediatamente pegou a taça dele, encheu-a de vinho para si e ordenou à criada que lhe desse a taça em que ela bebia, na qual estava o vinho misturado com o narcótico, conforme ela instruíra a criada. Todos os criados e criadas do palácio desejavam a morte do magrebino, e se acumpliciaram contra ele junto com a jovem dama Badrulbudūr. Então, a criada estendeu a taça ao magrebino, o qual, ao ouvir as palavras da jovem e ver que ela já bebera da taça dele e lhe dera a taça dela, achou-se o próprio Alexandre Bicorne por causa de todas aquelas demonstrações de amor. A jovem dama disse a ele, inclinando-se para os dois lados, a mão na mão dele: "Minha vida, a sua taça está comigo e a minha taça está com você! É assim que os amantes bebem, uns nas taças dos outros", e virou a taça, bebeu-a inteira, colocou-a sobre a mesa, avançou até ele e beijou-o no rosto, levando-o a planar de alegria. Com o propósito de fazer o mesmo, ele levou a taça à boca e bebeu todo o conteúdo, sem cuidar se havia algo ali ou não; assim que virou a taça, desabou de costas, tal como estivesse morto, e a taça caiu de suas mãos, deixando feliz a jovem dama Badrulbudūr. Todos foram correndo e as criadas abriram as portas do palácio para o patrão ᶜAlā'uddīn, que entrou.

E a aurora alcançou Šahrāzād, que interrompeu as suas agradáveis histórias.

584ª

NOITE

Disse Dīnāzād:

"Se você não estiver dormindo, maninha, conte-nos uma de suas belas histórias para atravessarmos o serão desta noite". [Šahrāzād respondeu:]

Eu tive notícia, rei do tempo, de que ᶜAlā'uddīn entrou no palácio e subiu até os aposentos de sua esposa, a jovem dama Badrulbudūr, a quem encontrou sentada à mesa e o magrebino diante dela feito morto. Dirigindo-se para a mulher, beijou-a, agradeceu-lhe por aquilo, muitíssimo contente, e disse por fim, encarando-a: "Vá com as suas criadas para o quarto lá de dentro e me deixe sozinho agora, para que eu possa arranjar as minhas coisas"; sem nenhuma delonga, antes pelo contrário, a jovem dama Badrulbudūr entrou com as criadas no quarto interno, cuja porta ᶜAlā'uddīn trancou, voltando-se em seguida para o magrebino e enfiando a mão no bolso interno dele, sob a axila, de onde retirou a lâmpada; desembainhou a espada, decepou-lhe [a cabeça] e em seguida esfregou a lâmpada, surgindo então na sua frente o escravo-gênio, que lhe disse: "Eis-me aqui, meu senhor! Que deseja?". ᶜAlā'uddīn respondeu: "Quero que você retire este palácio daqui e o transporte até a China, colocando-o de volta no lugar onde estava, defronte do palácio do sultão". O gênio disse: "Ouço e obedeço, meu senhor". Em seguida, ᶜAlā'uddīn entrou no aposento da esposa, a jovem dama Badrulbudūr, sentou-se ao seu lado, abraçou-a, beijaram-se e começaram a conversar enquanto o gênio transportava o palácio e o repunha no lugar, diante do palácio do sultão. ᶜAlā'uddīn determinou que as criadas servissem a mesa e se acomodou ao lado da jovem dama Badrulbudūr, e puseram-se a comer e a beber com toda a alegria e felicidade, até a saciedade. Depois, foram se sentar no aposento destinado à bebida e ao espairecimento, e ali beberam, conversaram e se beijaram com toda a volúpia, pois já havia algum tempo que não se viam a sós, e assim ficaram até que o sol do vinho brilhou em suas cabeças e o sono os dominou, quando então dormiram em seu colchão com total tranquilidade. Ao despertar pela manhã, ᶜAlā'uddīn acordou a esposa, a jovem dama Badrulbudūr, e as criadas acorreram até ela, vestiram-na, arrumaram-na e enfeitaram-na. ᶜAlā'uddīn vestiu o seu traje mais luxuoso, os dois planando de alegria por terem se reencontrado após a separação. A jovem dama Badrulbudūr estava muito feliz porque naquele dia também reencontraria o pai.

Isso foi o que sucedeu com ᶜAlā'uddīn e a esposa. Quanto ao sultão, após haver libertado ᶜAlā'uddīn, continuou triste com a perda da filha, e a todo momento e instante sentava-se e chorava por ela tal como uma mulher, pois se tratava de sua filha única, não tinha outra. Todo dia, pela manhã ao despertar, ele corria rapidamente à janela e a abria a fim de olhar para a direção do palácio de ᶜAlā'uddīn e chorar até os olhos ficarem secos e suas pálpebras se ulcerarem. Naquele dia, ele se levantou pela manhã, conforme o hábito, abriu a janela, olhou e viu diante de si o edifício do palácio, pondo-se então a esfregar os olhos e a olhar bem para se certificar de que se tratava do palácio de ᶜAlā'uddīn, e então ordenou que lhe trouxessem, naquele mesmo instante, o seu cavalo, que foi selado, e o sultão montou e cavalgou até o palácio de ᶜAlā'uddīn, que ao vê-lo chegando desceu para recebê-lo a meio caminho e, tomando-o pela mão, conduziu-o aos aposentos da jovem dama Badrulbudūr, sua filha, igualmente saudosa, muito saudosa, do pai; ela desceu pela escadaria que dava no saguão inferior, sendo abraçada pelo pai, que se pôs a beijá-la e a chorar, bem como ela. ᶜAlā'uddīn os fez subir aos aposentos superiores, onde eles se acomodaram e o sultão começou a perguntar à filha como estava e o que lhe sucedera.

E a aurora alcançou Šahrāzād, que interrompeu as suas agradáveis histórias.

585ª

NOITE

Disse Dīnāzād:

"Se você não estiver dormindo, maninha, conte-nos uma de suas belas histórias para atravessarmos o serão desta noite". [Šahrāzād respondeu:]

Eu tive notícia, rei do tempo, de que a jovem dama Badrulbudūr informou seu pai, o sultão, de tudo quanto lhe sucedera, dizendo: "Papai, não recuperei o alento senão ontem, quando vi meu marido, que me livrou da prisão do magrebino feiticeiro e maldito! Não presumo que exista na face da terra alguém mais repugnante do que ele. Não fosse meu amado ᶜAlā'uddīn eu não teria me livrado dele, nem você — Deus lhe prolongue a vida — tornaria a me ver, porque a tristeza e uma enorme aflição tinham me dominado, papai, não apenas pela separação de você, mas também pela separação do meu marido, a cuja generosidade serei devedora pelo resto dos dias da minha vida, pois ele me salvou do feiticeiro maldito", e pôs-se a relatar ao pai tudo quanto lhe sucedera e a falar sobre como era o magrebino e o que lhe fizera, e que se fingira de vendedor de lâmpadas que trocava novas por velhas. [E continuou:] "Tendo considerado isso falta de senso, a princípio eu ri dele, sem perceber-lhe a trapaça nem o propósito, e por meio de um eunuco mandei-lhe uma lâmpada velha aqui dos aposentos do meu marido para ser trocada por uma nova. No dia seguinte, papai, vimo-nos, com o palácio e tudo quanto continha, na África. Eu não conhecia as propriedades da lâmpada, por mim trocada, do meu marido ᶜAlā'uddīn, até que ele conseguiu nos localizar e arquitetou uma artimanha que nos salvou do magrebino. Se o meu marido não nos alcançasse, ele teria me possuído à força, mas ᶜAlā'uddīn me deu ervas que eu coloquei na taça de vinho do magrebino e lhe dei de beber; ele bebeu e desabou como um morto. Depois disso, meu marido ᶜAlā'uddīn veio até mim e, sem que eu saiba o que ele fez, mudou-nos da terra da África para o nosso lugar, aqui". Disse ᶜAlā'uddīn ao sultão: "Meu senhor, quando olhei e o vi tal e qual morto, adormecido graças ao narcótico, disse à jovem dama Badrulbudūr: 'Entre você com suas criadas nos aposentos de dentro', e então ela e as criadas assim agiram, afastando-se desse cenário aterrorizante. Avancei para o magrebino maldito, meti a mão no bolso da sua axila e retirei a lâmpada, que a jovem dama Badrulbudūr me informara estar sempre ali. Assim que peguei a lâmpada, desembainhei a espada, decepei a cabeça do maldito e lancei mão da lâmpada, ordenando aos seus escravos que nos transportassem, com o palácio e todo o seu conteúdo, e nos repusessem aqui neste lugar. E se Sua Excelência estiver duvidando das minhas palavras, venha comigo e veja o magrebino maldito". O sultão se levantou, ᶜAlā'uddīn o conduziu até o aposento onde estava o magrebino, e então o viu; ordenou imediatamente que recolhessem o cadáver, queimassem-no e espalhassem as cinzas,[56] e depois abraçou ᶜAlā'uddīn, começou a beijá-lo e lhe disse: "Perdoe-me, filho, pois eu iria tirar-lhe a vida por causa da ação asquerosa desse feiticeiro maldito, que o derrubou nesse buraco. Estou justificado pelo que lhe fiz, meu filho, pois me vi despojado de minha filha, minha única filha, que para mim é mais valiosa que o meu reino, e você bem sabe como o coração dos pais é dedicado aos filhos, e ainda mais o meu, que só tenho a jovem dama Badrulbudūr", e o sultão ficou se desculpando com ᶜAlā'uddīn e beijando-o.

E a aurora alcançou Šahrāzād, que interrompeu as suas agradáveis histórias.

[56] No manuscrito de Chavis, "ordenou que retalhassem o corpo e o dessem de comida para as aves".

586ª
NOITE

Disse Dīnāzād:

"Se você não estiver dormindo, maninha, conte-nos uma de suas belas histórias para atravessarmos o serão desta noite". [Šahrāzād respondeu:]

Eu tive notícia, rei do tempo, de que ᶜAlā'uddīn disse ao sultão: "Ó rei do tempo, você não fez comigo nada que contrarie a lei,[57] e tampouco eu tenho culpa, que é toda do repugnante feiticeiro magrebino". O sultão ordenou que a cidade fosse enfeitada e se iniciaram os festejos e comemorações; ordenou também que o arauto apregoasse o seguinte pela cidade: "Este dia é um feriado grandioso no qual as festividades devem tomar conta do reino inteiro pelo período de um mês, trinta dias contados, graças ao retorno da jovem dama Badrulbudūr, filha do sultão, e seu marido ᶜAlā'uddīn". Isso foi o que sucedeu a ᶜAlā'uddīn e ao magrebino.

Apesar disso, ᶜAlā'uddīn não tinha se livrado do maldito. Embora o seu cadáver tivesse sido queimado e as cinzas espalhadas ao vento, o magrebino tinha um irmão bem pior do que ele na feitiçaria, quiromancia e astrologia, tal como se diz no provérbio: "Era uma só fava e se dividiu em duas".[58] Os irmãos moravam em pontos opostos do mundo a fim de enchê-lo com as suas feitiçarias, ardis e trapaças. Sucedeu que certo dia o irmão do magrebino, querendo saber como estava o irmão, pegou a areia, jogou-a, examinou e contemplou as figuras formadas, tornou a examinar bem, viu a imagem de uma sepultura e constatou que o irmão estava morto.[59] Muito triste, e já certo de que o irmão morrera, tornou a jogar a areia para saber como tinha sido a sua morte, e em qual lugar, constatando então que morrera na China e que fora a mais indigna das mortes; tendo também sabido que quem o matara era um rapaz chamado ᶜAlā'uddīn, imediatamente se preparou e saiu em viagem, atravessando desertos, terras inóspitas

57 "Lei" traduz *šarīᶜa*, "lei religiosa".

58 No manuscrito de Chavis se acrescenta: "e também no provérbio corrente 'o cachorro gerou um filhote que saiu pior do que o pai'".

59 "Viu a imagem de uma sepultura e constatou que o irmão estava morto" traduz *fawajada aḫāhu fī bayt alqabr mayyit*, literalmente, "verificou que seu irmão estava na casa do cemitério, morto". Como as cinzas haviam sido espalhadas ao vento, para a tradução presumiu-se, sem que a sintaxe assim o permitisse, que ele vira, nas imagens formadas pela areia, uma sepultura.

e montanhas durante meses até chegar à capital imperial da China, onde vivia ᶜAlā'uddīn. Dirigiu-se ao albergue dos estrangeiros, alugou um quarto, repousou um pouco e foi zanzar pelas ruas da cidade a fim de entabular um método que o ajudasse a atingir o seu desprezível propósito, vingar-se de ᶜAlā'uddīn pela morte do irmão. No mercado, entrou num amplo café[60] no qual se ajuntavam muitas pessoas, algumas jogando *manqala*,[61] outras dama, outras xadrez, ou algum jogo qualquer. Acomodou-se ali e ouviu os que estavam ao seu lado conversando sobre uma velha devota chamada Fāṭima,[62] isolada em seu eremitério fora da cidade, devotando-se a Deus e não vindo para a cidade senão dois dias por mês apenas. Conversavam sobre os seus muitos milagres, e ao ouvir tais palavras o feiticeiro magrebino pensou: "Agora sim encontrei o que eu procurava! Por Deus altíssimo que, por meio dessa mulher, alcançarei o que procuro!".

E a aurora alcançou Šahrāzād, que interrompeu as suas agradáveis histórias.

587ª NOITE

Disse Dīnāzād:

"Se você não estiver dormindo, maninha, conte-nos uma de suas belas histórias para atravessarmos o serão desta noite". [Šahrāzād respondeu:]

Eu tive notícia, rei do tempo, de que o feiticeiro magrebino dirigiu-se às pessoas que conversavam sobre os milagres da velha devota e perguntou a um deles: "Titio, eu ouvi vocês falando dos milagres de uma santa chamada Fāṭima. Onde ela vive?". O homem respondeu: "É espantoso como, estando em nosso país, você ainda não tenha ouvido falar dos milagres da minha senhora Fāṭima! Parece

60 As referências ao "café", *qahwa*, tanto a bebida como, em especial, o lugar, parecem bem anacrônicas.

61 À falta de uma referência dicionarizada, preferiu-se transcrever essa palavra que, segundo Lane em sua famosa obra sobre os egípcios, designa um jogo popular no Egito do século XIX, jogado com um ou dois tabuleiros de doze casas, setenta e duas pedras e de mais de uma maneira. Segundo Dozy, esse jogo já é citado no *Livro das canções*, de Abū Alfaraj Alaṣbahānī, do século X d.C.

62 Nome próprio feminino árabe que significa "desmamada", prestigioso entre os muçulmanos por ter sido o da filha do profeta. A forma mais usual em português é "Fátima".

claro, coitadinho, que você só pode ser estrangeiro para não ter ouvido falar dos jejuns dessa devota, do seu ascetismo, da sua fé excelente!". O magrebino disse: "Sim, meu senhor, sou estrangeiro. Minha chegada à terra de vocês se deu na noite de ontem. Eu lhe imploro que me informe dos milagres dessa virtuosa, e onde ela vive, pois caí numa desgraça e o meu objetivo é ir até ela e pedir-lhe que rogue por mim, e quiçá Deus altíssimo e poderoso me livre dessa desgraça por meio dos rogos dela". Então o homem lhe falou sobre os milagres da devota Fāṭima, de sua fé, de sua excelente devoção e, conduzindo-o pela mão, saiu com ele da cidade e mostrou-lhe o caminho que conduzia até onde ela vivia, numa gruta situada no alto de um pequeno monte. O magrebino agradeceu efusivamente ao homem, louvou-lhe a generosidade e retornou ao albergue onde se hospedara. Por obra do destino, no dia seguinte Fāṭima desceu para a cidade. O feiticeiro magrebino saiu do albergue pela manhã e, vendo a multidão aglomerada, enfiou-se no meio para saber qual era a nova, vendo então Fāṭima parada, e todos quantos tinham alguma dor indo até ela pedir-lhe bênção e rogos, curando-se de seus males assim que tocados por ela. O feiticeiro magrebino a seguiu até que ela voltou à gruta e, após esperar o anoitecer, entrou na loja de um vendedor de bebidas e sorveu uma taça,[63] saindo em seguida da cidade e rumando para a gruta da asceta Fāṭima, onde entrou e a viu dormindo de costas sobre um pedaço de vime; avançou, sentou-se sobre o seu ventre, puxou o punhal e gritou com ela, que acordou, abriu os olhos e, ao ver aquele magrebino de punhal na mão sentado sobre o seu peito querendo matá-la, assustou-se e teve medo. O magrebino lhe disse: "Ouça, se você disser algo ou gritar, vou matá-la no mesmo instante. Levante-se agora e faça tudo o que eu ordenar", jurando-lhe ainda que, se agisse conforme as suas instruções, ele não a mataria. Fāṭima se levantou e o magrebino lhe disse: "Dê-me as suas roupas e tome as minhas roupas", e então ela lhe deu as roupas, as tiras de amarrar o cabelo, o lenço e a mantilha. Ele disse: "Agora é necessário que você me unte com alguma coisa que torne a cor do meu rosto igual à cor do seu rosto". Fāṭima foi para o fundo da gruta, apanhou um pequeno pote de pomada, colocou um pouco na palma da mão e untou-lhe o rosto, cuja cor ficou igual à do rosto dela. Entregou-lhe também o cajado, ensinou-o como caminhar e como agir quando fosse para a cidade e lhe colocou no pescoço o seu rosário, entregando-lhe finalmente um espelho e dizendo: "Veja, agora você não difere de mim em nada". Ao olhar, o

63 "Uma taça" traduz *ka's qanīẓ*, sintagma cujo segundo termo não está dicionarizado.

magrebino verificou que de fato estava bem parecido com Fāṭima, sem tirar nem pôr, e então, tendo obtido o seu intento, traiu a jura que fizera, pedindo à mulher uma corda, e, quando ela a trouxe, pegou-a e enforcou-a dentro da própria gruta. Arrastou a morta e a atirou num poço dali, fora da gruta.

E a aurora alcançou Šahrāzād, que interrompeu as suas agradáveis histórias.

588ª NOITE

Disse Dīnāzād:

"Se você não estiver dormindo, maninha, conte-nos uma de suas belas histórias para atravessarmos o serão desta noite". [Šahrāzād respondeu:]

Eu tive notícia, rei do tempo, de que, após matar Fāṭima e atirar o seu corpo no poço, o magrebino tornou a entrar na gruta, ali dormindo até o amanhecer, quando então desceu para a cidade, dirigindo-se para o sopé do palácio de ᶜAlā'uddīn, onde foi cercado pela multidão, pois todos estavam certos de que se tratava de Fāṭima, a asceta. Ele começou a agir como ela, colocando a mão em quem sentia dor, recitando para um os versículos de abertura do Alcorão, para outros algum dos demais capítulos desse livro, e por outros fazendo rogos a Deus. A aglomeração e a balbúrdia eram tamanhas que a jovem dama Badrulbudūr pediu às criadas: "Vejam qual é a novidade, e qual o motivo de tanta balbúrdia". O chefe dos eunucos foi verificar do que se tratava e voltou dizendo: "Patroa, essa balbúrdia se deve à senhora Fāṭima. Se você quiser, ordene-me que a traga à sua presença para que ela a abençoe". Badrulbudūr respondeu: "Vá trazê-la para mim agora! Faz tempo que eu sempre ouço a respeito dos seus milagres e virtudes, e tenho muita vontade de vê-la para receber a sua bênção, pois todo mundo me fala bastante dessas virtudes!". O chefe dos eunucos saiu e retornou trazendo o feiticeiro magrebino disfarçado com a roupa de Fāṭima, o qual, vendo-se diante da jovem dama Badrulbudūr, pôs-se a fazer um mar[64] de rogos a Deus por ela, e ninguém

[64] A tradução "mar" é fruto da suposição do tradutor de que se deve ler *baḥr*, "mar", em lugar de *majr*, conforme está grafado, e que não faz sentido. Em letra árabe é fácil confundir as duas palavras.

duvidou, em absoluto, de que se tratasse da asceta Fāṭima. A jovem dama Badrulbudūr levantou-se, cumprimentou-o, acomodou-o ao seu lado e disse: "Minha senhora Fāṭima, meu desejo é que você fique morando aqui para sempre, para que sejamos abençoados por seu intermédio e também para que eu aprenda com você os comportamentos de devoção e fé em Deus, tomando-a como exemplo". Era exatamente esse o propósito do feiticeiro maldito, o qual, objetivando completar a sua trapaça, disse: "Minha senhora, eu sou uma pobre mulher que vive no deserto, e alguém como eu não merece viver nos palácios dos reis". A jovem dama disse a ele: "Nem pense nisso, minha senhora Fāṭima. Eu lhe darei um lugar em minha casa para que nela você possa se dedicar à devoção e ninguém a interrompa. Aqui você poderá adorar a Deus mais do que em sua gruta". O magrebino respondeu: "Ouço e obedeço, minha senhora. Não discordo do que você diz porque as palavras dos filhos de reis não devem sofrer oposição nem hesitação. Porém, eu lhe rogo que a minha alimentação e residência sejam no meu quarto sozinha, e que ninguém entre. Não necessito de alimentação opulenta, ao contrário, basta que você me envie ao meu quarto, por intermédio da sua criada, um pedaço de pão e um gole d'água. Quando tiver fome, como em meu quarto, sozinha". Com isso, o maldito tencionava afastar o receio de se denunciar ao erguer o véu para comer e reconhecerem que se tratava de homem, por causa de sua barba e bigodes. A jovem dama Badrulbudūr lhe disse: "Esteja tranquila, minha senhora Fāṭima, pois não acontecerá senão o que você quiser. Agora levante-se comigo para eu lhe mostrar o aposento que pretendo arrumar para você viver conosco".

E a aurora alcançou Šahrāzād, que interrompeu as suas agradáveis histórias.

589ª NOITE

Disse Dīnāzād:

"Se você não estiver dormindo, maninha, conte-nos uma de suas belas histórias para atravessarmos o serão desta noite". [Šahrāzād respondeu:]

Eu tive notícia, rei do tempo, de que a jovem dama Badrulbudūr conduziu o feiticeiro que fingia ser a asceta Fāṭima ao lugar onde lhe permitira estabelecer-se, e lhe disse: "Minha senhora Fāṭima, é aqui que você vai morar. Este aposento ficará em seu nome; portanto, viva nele com todo sossego e tranquilidade interior".[65] Após o magrebino lhe agradecer a generosidade e rogar a Deus por ela, a jovem dama Badrulbudūr foi mostrar-lhe a sacada e o pavilhão elevado de pedras preciosas, com os seus vinte e quatro salões, e lhe perguntou: "Como você vê este espantoso palácio, minha senhora Fāṭima?". O magrebino respondeu: "Por Deus, minha filha, que é sumamente assombroso, e não creio que exista semelhante neste mundo. É extremamente magnífico, mas — ai! — quem dera contivesse mais uma coisinha que lhe multiplicaria a beleza e o adorno". A jovem dama Badrulbudūr perguntou: "Minha senhora Fāṭima, e o que é isso que o adornará? Fale-me a respeito! Eu achava que este palácio era totalmente perfeito!". O feiticeiro respondeu: "Minha jovem dama,[66] falta-lhe ter pendurado no alto da abóbada o ovo de um pássaro chamado roque.[67] Se tal ovo estivesse pendurado no alto de sua abóbada, este palácio não teria igual no mundo inteiro". A jovem dama Badrulbudūr lhe perguntou: "O que é esse pássaro? Onde encontramos seus ovos?". O magrebino respondeu: "Minha jovem dama, esse é um pássaro gigante que carrega camelos e elefantes entre as unhas, e voa com eles graças ao seu tamanho descomunal. Existe em maior quantidade na montanha de Qāf. O artesão que construiu o palácio pode trazer o ovo desse pássaro". Em seguida, pararam de conversar e, como era hora do almoço, as criadas começaram a servir a mesa. A jovem dama Badrulbudūr sentou-se e pediu ao maldito feiticeiro que fizesse a refeição consigo, mas ele não aceitou nem quis, retirando-se para o aposento que a jovem dama lhe dera, e as criadas levaram-lhe o almoço para lá. No final da tarde, ᶜAlā'uddīn regressou da caça, sendo recebido pela jovem dama Badrulbudūr, que o cumprimentou, e então ele a abraçou, a beijou e, ao olhar para o seu rosto, notou um pouco de chateação, sem nenhum sorriso, ao contrário do habitual. Perguntou-lhe então: "O que lhe aconteceu, minha querida? Diga-me, algum problema lhe incomoda os sentidos?". Ela respondeu: "Nada, de jeito nenhum! Só que, meu querido, eu achava que no nosso palácio nada faltava, nada, mas, meu amado ᶜAlā'uddīn, se na abóbada do palácio houvesse pendurado um ovo da ave roque, não haveria no

[65] "Tranquilidade interior" traduz *rāḥat sirr*.

[66] Note-se que, nesta passagem, o feiticeiro e Badrulbudūr se dão o mesmo tratamento: *sittī*, palavra aqui traduzida de maneira diversa, "minha senhora" e "minha jovem dama".

[67] "Roque" traduz *ruḫḫ*, ave gigante da mitologia árabe presente em outras histórias deste livro, tal como a do navegante Sindabād, no terceiro volume desta coleção.

mundo palácio igual ao nosso!". ʿAlā'uddīn lhe disse: "E é por isso que você está chateada? Isso para mim é a coisa mais fácil de todas. Fique calminha quanto ao seu desejo. Só me conte como é e eu trago para você nem que seja do fim do mundo, o mais depressa possível".

E a aurora alcançou Šahrāzād, que interrompeu as suas agradáveis histórias.

590ª NOITE

Disse Dīnāzād:

"Se você não estiver dormindo, maninha, conte-nos uma de suas belas histórias para atravessarmos o serão desta noite". [Šahrāzād respondeu:]

Eu tive notícia, rei do tempo, de que, após suavizar a aflição[68] da jovem dama Badrulbudūr prometendo-lhe tudo quanto ela pedia, ʿAlā'uddīn entrou imediatamente no seu quarto, pegou a lâmpada, esfregou-a e também imediatamente surgiu na sua frente o gênio, que lhe disse: "Peça o que quiser". ʿAlā'uddīn lhe disse: "Quero que você me traga um ovo do pássaro roque e pendure-o na abóbada do palácio". Ao ouvir as palavras de ʿAlā'uddīn, o gênio contraiu a cara, enfureceu-se e gritou com voz tonitruante, dizendo: "Ó ingrato! Já não lhe basta que eu e todos os escravos da lâmpada estejamos ao seu serviço? Ainda por cima você quer que eu lhe traga o nosso mestre para alegrá-lo, pendurando-o na abóbada do seu palácio? Só para ficar contente com a sua mulher? Por Deus que vocês dois merecem que agora mesmo eu os transforme em cinzas e os espalhe ao vento! Mas, como eu sei que você e sua mulher são ignorantes nesta questão e não sabem distinguir a aparência da essência, vou perdoá-los, pois são inocentes. A culpa toda é do maldito irmão do feiticeiro magrebino que está morando aqui fingindo ser a devota Fāṭima, cujas roupas ele passou a usar após matá-la em sua gruta; usando os trajes dela e imitando-lhe os modos, ele veio aqui para destruir você a fim de vingar o irmão. Foi ele quem instruiu a sua mulher a lhe pedir

68 "Suavizar a aflição" traduz *raṭṭab ḫāṭir*, literalmente, "refrescar (ou umedecer) a vontade".

isso". Em seguida, o gênio sumiu da frente de ᶜAlā'uddīn, que ao ouvir essas palavras quase endoidou, e, ainda tremendo por causa dos berros do gênio, ajuntou forças e disposição, levantou-se imediatamente, saiu do quarto, foi ver a esposa e fingiu estar com dor de cabeça — por saber que Fāṭima era famosa pelo enigma de curar qualquer dor. Ao vê-lo com a mão na cabeça, reclamando de dores, a jovem dama Badrulbudūr perguntou-lhe o motivo e ele respondeu: "Só sei que a minha cabeça dói muito". Então, a esposa imediatamente mandou chamar Fāṭima para passar-lhe a mão na cabeça. ᶜAlā'uddīn perguntou: "Quem é essa Fāṭima?", e a jovem dama Badrulbudūr lhe explicou que convidara a asceta Fāṭima para morar com eles no palácio. As criadas então trouxeram o maldito magrebino, a quem ᶜAlā'uddīn se dirigiu fingindo nada saber a seu respeito, cumprimentando-o como se cumprimentasse a asceta e beijando-lhe a ponta da manga. Deu-lhe as boas-vindas e perguntou: "Minha senhora Fāṭima, eu lhe imploro que me faça um favor, pois sei que você tem por hábito curar dores, e eu estou com uma terrível dor de cabeça". O maldito magrebino mal acreditou nessas palavras, pois isso era tudo que ele desejava.

E a aurora alcançou Šahrāzād, que interrompeu as suas agradáveis histórias.

591ª NOITE

Disse Dīnāzād:

"Se você não estiver dormindo, maninha, conte-nos uma de suas belas histórias para atravessarmos o serão desta noite". [Šahrāzād respondeu:]

Eu tive notícia, rei do tempo, de que, vestido com os trajes da asceta Fāṭima, o feiticeiro magrebino avançou para ᶜAlā'uddīn a fim de pôr-lhe a mão na cabeça e curá-lo de sua dor. Quando se aproximou, pôs uma das mãos na cabeça de ᶜAlā'uddīn e enfiou a outra debaixo das roupas para puxar um alfanje e matá-lo. ᶜAlā'uddīn, porém, estava de olho: esperou-o puxar o alfanje, arrancou-o das suas mãos e o enfiou no seu coração. Ao ver aquilo, a jovem dama Badrulbudūr gritou e disse: "O que lhe fez essa asceta virtuosa para você cometer esse terrível crime de sangue? Não tem medo da punição de Deus? Você matou Fāṭima, uma mulher virtuosa, de famosos milagres!". ʿAlā'uddīn respondeu: "Não matei Fāṭima, mas sim o assassino dela. Este é o irmão do maldito feiticeiro magrebino que com a sua magia havia sequestrado você e transferido o palácio para a África. Este maldito é o irmão dele, que veio a esta terra, fez essas trapaças, matou Fāṭima, vestiu-lhe as roupas e veio até aqui vingar o irmão. Foi também ele que instruiu você a pedir para mim o ovo do pássaro roque, a fim de que isso acarretasse a minha destruição. Se estiver duvidando das minhas palavras, venha ver quem eu matei", e puxou o véu do magrebino. A jovem dama Badrulbudūr olhou e, vendo um homem de barba cerrada, percebeu a verdade na hora. Disse a ʿAlā'uddīn: "Meu querido, já é a segunda vez que eu o coloco em perigo de morte!". ʿAlā'uddīn respondeu: "Sem problemas, minha jovem dama Badrulbudūr. Por seus olhos eu aceito qualquer coisa que provenha de você, com toda a alegria!". Ao ouvir tais palavras, ela foi correndo abraçá-lo e beijá-lo, dizendo: "Meu querido, é tão grande assim o seu amor por mim? Eu não sabia nem levava a sério esse seu amor!". Então ʿAlā'uddīn a beijou e a estreitou ao peito. O amor entre eles cresceu. Naquele momento, o sultão chegou e foi avisado de tudo quanto ocorrera da parte do irmão do feiticeiro magrebino, cujo corpo sem vida lhe mostraram. O sultão determinou que o queimassem e espalhassem as cinzas ao vento, tal como se fizera com o irmão. A vida de ʿAlā'uddīn com a jovem dama Badrulbudūr prosseguiu com toda a serenidade, pois aqui ele se livrou de todos os perigos. Passado algum tempo, o sultão morreu e ʿAlā'uddīn foi entronizado, reinando com justiça entre os súditos, e todos o amaram; levou com a esposa, a jovem dama Badrulbudūr, uma vida plena de felicidade, alegria e regozijo, até que lhe adveio o destruidor dos prazeres e separador das gentes.[69]

[69] Após a história de ʿAlā'uddīn, ambos os manuscritos prosseguem com a história "O rei Baḫt Zād e os seus dez vizires", já traduzida no vol. 3 desta coleção, pp. 148-203.

A INSÔNIA DO CALIFA[70]

Conta-se, entre as histórias dos mais diversos povos, uma sobre o califa Hārūn Arrašīd,[71] mas — afirma quem faz esta narrativa — Deus é que sabe mais sobre o que já é ausência, e é mais sapiente sobre o que passou e se acabou entre gentes de tempos antigos.

Certo dia, sentindo o peito opresso,[72] o califa Hārūn Arrašīd procurou por seu escravo Masrūr e o chamou: "Masrūr!". Ele respondeu: "Estou aqui, meu amo!". O califa disse: "Hoje sinto o peito opresso, e quero que você me traga algo que me reconforte coração e mente". Masrūr respondeu: "Amo, saia até o jardim, onde você verá árvores, flores e regatos, e ouvirá o canto dos pássaros". O califa respondeu: "Masrūr, você descreveu algo que eu estou habituado a ver, mas nada disso me reconfortará o peito". Masrūr disse: "Entre no palácio, reúna as suas criadas diante de si e que cada uma diga o que tiver para dizer. Que estejam todas enfeitadas de joias e belas roupas. Ao vê-las, o seu peito se reconfortará". O califa disse: "Masrūr, queremos algo diferente". Ele disse: "Mande convocar os vizires e os seus amigos, comandante dos crentes, e que eles lhe recitem poesias e lhe narrem notícias e crônicas. Aí então o seu coração se reconfortará". O califa disse: "Masrūr, nada disso me será útil". Ele respondeu: "Amo, então não tenho outra sugestão que não a de

[70] As histórias a seguir, até a 728ª noite, foram traduzidas do manuscrito "Bodleian Oriental 554", da Biblioteca Bodleiana, de 1764. De maneira semelhante ao falar árabe atual do Norte da África, as personagens alternam o tratamento no plural e no singular, como, por exemplo, "nós queremos que você me conte", o que em português pode eventualmente soar confuso. Por isso, diante de qualquer possibilidade de incompreensão, optou-se pelo singular.

[71] Quinto califa da dinastia abássida, largamente citado no *Livro das mil e uma noites*, governou entre 786-809. Masrūr era o seu escravo, ajudante de ordens e carrasco. Em mais de uma passagem desta história, Hārūn Arrašīd é tratado como "rei" em vez de "califa".

[72] "Sentindo o peito opresso" traduz, literalmente, *ḍāqa ṣadruhu*. É locução comum em árabe, e refere uma espécie de angústia, inquietude. É como se se dissesse "sentindo angústia" ou "sentindo uma inquietação angustiante".

que você pegue uma espada e me decepe o pescoço, e aí quem sabe, talvez, o seu coração se reconforte e se dissipe a sua angústia".

Disse o narrador: Ao ouvir tais palavras do seu escravo Masrūr, o rei Hārūn Arrašīd riu e lhe disse: "Vá até a porta e veja se encontra algum conviva".[73]

E a manhã atingiu Šahrāzād, que interrompeu a narrativa e o discurso autorizado. A irmã lhe disse: "Como é bela a sua história, maninha", e ela respondeu: "Isso não é nada comparado ao que irei contar na próxima noite, se eu viver".

NA NOITE SEGUINTE, QUE ERA A 625ª

Sua irmã lhe disse: "Por Deus, minha irmã, se não estiver dormindo, continue a história para atravessarmos o serão desta noite", e ela respondeu: "Com muito gosto e honra".

Eu tive notícia, ó rei venturoso, bem-sucedido e sensato, dono de correto parecer e belo e louvável proceder, de que o rei Hārūn Arrašīd disse ao seu escravo Masrūr: "Vá até a porta e veja se encontra algum conviva". Ele respondeu "sim" e saiu apressado, encontrando à porta um dos convivas, Ibn Manṣūr Addimišqī, o qual, conduzido ao califa, recebeu a ordem de sentar-se diante dele. O comandante dos crentes lhe disse: "Ó Ibn Manṣūr, quero que você me conte algo insólito, e quiçá assim o meu peito se reconforte e se dissipe a minha angústia". Ele perguntou: "Comandante dos crentes, você quer que eu lhe conte algo que ocorreu no passado remoto ou algo por mim visto com os meus próprios olhos?". O califa respondeu: "Se você tiver visto algo com os seus próprios olhos, então conte-nos a respeito, pois aquilo sobre o que se ouviu não é igual àquilo que se viu". Ibn Manṣūr disse: "Se eu lhe contar essa história, comandante dos crentes, será absolutamente imperioso que você me dê o seu ouvido e coração". Hārūn Arrašīd respondeu: "Comece

[73] "Conviva" traduz *nadīm*, e, neste contexto específico, indica a pessoa que, graças a determinadas qualidades, goza da preferência do poderoso e vive nas suas proximidades, quando não no interior do próprio palácio do poder, o que o tornava candidato potencial a conselheiro ou vizir. Veja adiante.

a falar, pois eis-me aqui prestando-lhe atenção com os ouvidos e os olhos, e procurando entender tudo com o coração". Disse então Ibn Manṣūr:

OS AMANTES DE BASRA[74]

Saiba, comandante dos crentes, que em certo ano fui até o sultão de Basra a fim de receber um tributo, e quando cheguei encontrei-o pronto para caçar. Saudei-o, ele me saudou e perguntou: "Quer cavalgar conosco para ir caçar, Ibn Manṣūr, ou prefere ficar na casa de hóspedes e caçar depois?". Respondi: "Por Deus, amo, agora não posso montar a cavalo nem lhe suportar a carreira. Deixe-me na casa dos hóspedes e vá você caçar, mas antes ordene que me tratem bem, alimentem e deem de beber", e então ele ordenou que me hospedassem com comida, bebida e outros, saindo depois para caçar. Sumamente dignificado e bem tratado, pensei: "Que coisa espantosa, meu Deus! Faz tanto tempo que venho sempre aqui para Basra e nunca passeei por seus mercados nem por suas ruas. Me deixe ir agora passear, com o que obterei dois benefícios, digerir a comida e me recrear nos mercados". Então vesti o meu traje mais chique e saí passeando pela cidade. Você sabe, comandante dos crentes, que Basra tem quarenta quarteirões com a extensão de quarenta parasangas,[75] e enquanto eu passeava por suas ruas, invadido pela sede, vi-me defronte de uma grande porta — atrás da qual se destacava uma videira e em cuja fachada pendia uma bistorta[76] — e parei para contemplar-lhe a beleza, para olhar aquela videira, e eis que lá de dentro saiu uma cantiga de um fígado em brasas, recitando os seguintes versos poéticos:

"Menos mal faria ouvir a conversa tua:
se vir o buquê, meu senhor se enfurece."

Então eu pensei, comandante dos crentes: "Se o dono dessa voz for gracioso, então ele terá empalmado toda a beleza". Em seguida, comandante dos crentes, aproximei-me da porta da casa, pus-me a espreitar um pouco pelas cortinas e eis que vi

[74] A fonte desta história é *Alḥikāyāt Alᶜajība wa Alaḫbār Alġarība* [Histórias espantosas e crônicas prodigiosas], coletânea de narrativas que remonta à primeira metade do século XIII. Ali, o enredo é bem mais longo, o narrador, diferente, as poesias, mais longas e substanciosas, embora as circunstâncias sejam basicamente as mesmas. Os trechos entre colchetes provêm do texto dessa coletânea. Também consta uma história ligeiramente semelhante a esta na vulgata do *Livro das mil e uma noites* (693ª a 695ª noites das edições impressas de Būlāq, 1835, e Calcutá², 1839-1842).

[75] "Parasanga" traduz *farsaḫ*, medida de origem persa equivalente a três milhas.

[76] "Bistorta" (espécie de erva) traduz *bustun*, mas é quase certo que se trate de erro de cópia por *sitr*, "cortina", conforme se lê nas *Histórias espantosas*...

uma jovem parecendo a lua brilhante na noite de vinte e quatro, com sobrancelhas que pareciam a letra "n",[77] seios como romã, lábios como cornalina, boca como o anel de Sulaymān, dentes como pérola e coral de alto valor, pescoço como o das gazelas; enfim, completa na beleza, no talhe, na esbelteza, no esplendor e na perfeição. Ao vê-la, comandante dos crentes, fiquei estupefato com a sua beleza, tal como disse a respeito dela um dos que a descreveram nos seguintes versos poéticos:

"Quando surge, deslumbra com a sua grande beleza,
e, quando parte, a sua separação mata de tristeza:
é como se fora beduína que, graças à sua beleza,
decidiu vestir o seu caráter com os trajos da dureza.
Os jardins do Éden ficam nas dobras de sua túnica,
e o plenilúnio se aninha em torno dos seus colares."

Então, comandante dos crentes, ela se voltou para a porta da casa e, vendo-me ali parado, chamou uma das suas criadas e disse: "Veja quem está à porta". A criada veio atender e disse: "Ai de você! Um velho encanecido, e com defeitos". Eu disse à dona da casa: "Eu tenho uma justificativa, senhora das beldades".

E a manhã atingiu Šahrāzād, que interrompeu a narrativa e o discurso autorizado. Sua irmã Dunyāzādah lhe disse: "Como é bela a sua história, maninha", e ela respondeu: "Isso não é nada comparado ao que irei contar na próxima noite, se eu viver e o rei me preservar".

NA NOITE SEGUINTE,
QUE ERA A
626ª

Sua irmã lhe disse: "Por Deus, minha irmã, se não estiver dormindo, continue a história para atravessarmos o serão desta noite", e ela respondeu: "Com muito gosto e honra".

[77] Em árabe, a letra "n" tem o formato aproximado de um "u" sem serifas e com um pingo em cima.

Eu tive notícia, ó rei venturoso, bem-sucedido e sensato, dono de correto parecer e belo e louvável proceder, de que Ibn Manṣūr disse:

Eu disse à jovem dona da casa, comandante dos crentes: "Tenho uma justificativa", e ela perguntou: "Qual é a justificativa?". Respondi: "Estou com sede". Ela disse: "Aceitamos a sua justificativa", e gritou, dizendo: "Šajarat Addurr,[78] traga-lhe um gole d'água!". Trouxeram-me então água num jarro de ouro vermelho cravejado de pérolas, rubis e pedras preciosas, e em cujas bordas se aspergiram almíscar e âmbar. Comecei a beber, comandante dos crentes, e a olhar às furtadelas para ela, que me disse quando terminei: "Vá-se embora com a paz de Deus altíssimo". Eu disse: "Senhora das beldades, lembrei-me de uma coisa". Ela perguntou: "O quê?". Respondi: "Eu tinha nesta casa um amigo. Não o vejo há tantos anos que até perdi as esperanças. Como era mesmo o nome dele...". Ela disse: "Fulano filho de beltrano, o persa". Perguntei: "E onde ele está?". Respondeu: "Subiu para a misericórdia de Deus altíssimo". Perguntei: "Que espantoso! E por acaso ele não deixou descendência?". Respondeu: "Deixou uma filha chamada Badrulbudūr".[79] Eu disse: "Minha senhora, deixe-me ver a menina". Ela disse: "Velho, essa conversa já está ficando comprida, e você vai falando e direcionando. Você pediu água, e então lhe demos de beber; depois perguntou sobre o dono da casa e se deixou descendência, e também respondemos. Agora vá embora, velho. Tome o seu rumo senão vamos expulsá-lo". Nesse momento, comandante dos crentes, eu disse a ela: "Minha senhora, veio-me à mente uma coisa". Ela perguntou: "E o que lhe veio à mente, velho?". Respondi: "Vi que o seu estado se alterou e a sua cor se amarelou. Quero que você me informe qual a sua história, e quem sabe, talvez, a salvação esteja nas minhas mãos". Ela disse: "Velho, conte-me quem você é para que eu me permita aproximações, informações sobre mim e revelações dos meus segredos. Acaso não ouviu o poeta que, entre as suas palavras, disse os seguintes versos:

'Só preserva os segredos o de boa linhagem:
entre os melhores, o segredo já está guardado?'."

[78] Sintagma que significa "árvore de pérolas". Era esse o nome da concubina de Aṣṣāliḥ Nijmuddīn, penúltimo sultão ayūbīta do Egito, e depois do primeiro governador mameluco da região, ᶜIzzuddīn Aybak. Tomou parte ativa tanto do complô para matar Tūrān Šāh, filho do seu primeiro marido, como do complô para matar o seu segundo marido, que, conforme alguns relatos, ela liquidou com as próprias mãos. Chegou a governar o Egito por alguns meses. Foi morta em 1257. Quando ela assumiu o poder, ficou famoso um remoque dirigido pelo califa de Bagdá, Almustaᶜṣim, aos egípcios: "Se vocês empossaram uma mulher por falta de homens, podemos lhes enviar alguns aqui do Iraque".

[79] Como já se deve ter notado, trata-se de um nome muito comum nas personagens femininas desta obra. Significa "plenilúnio dos plenilúnios".

Ao ouvi-la recitar tais versos, comandante dos crentes, eu lhe disse: "Sou Ibn Manṣūr Addimišqī, servidor do califa Hārūn Arrašīd". Quando ouviu o meu nome, ela se levantou, me cumprimentou e disse: "Muito bem-vindo! Que o espaço lhe seja amplo, comandante Ibn Manṣūr! Você sem dúvida não foi trazido senão por Deus altíssimo". E prosseguiu: "Estou apaixonada e liquidada, Ibn Manṣūr!". Perguntei: "Por quem você está apaixonada?". Respondeu: "Pelo meu primo paterno, um jovem excelente". Não havia em Basra, comandante dos crentes, nenhum jovem que o superasse em beleza e perfeição. Perguntei a ela: "Senhora das beldades, porventura ocorreu entre vocês contato ou correspondência?". Ela respondeu: "Não. Eu tive por ele uma paixão juvenil. Ele vinha nos visitar, e nem eu nem ninguém da casa se velava diante dele. Após algum tempo, ele nos abandonou e parou de vir aqui. Estou perdida de amores por ele". Perguntei: "Qual o motivo da separação entre vocês? Por que ele os abandonou e nunca mais veio?". Respondeu: "Certo dia ele entrou aqui em casa, conforme era o hábito, e eu estava sentada com esta criada, que me penteava os cabelos. Ao terminar de arrumá-los, atraída pelo vermelho das minhas faces, ela me deu um beijo no mesmo instante em que ele entrava em casa. Ao vê-la beijar-me a face, ele saiu enfurecido".[80]

E a manhã atingiu Šahrāzād, que interrompeu a narrativa e o discurso autorizado. Sua irmã Dunyāzādah lhe disse: "Como é bela a sua história, maninha", e ela respondeu: "Isso não é nada comparado ao que irei contar na próxima noite, se eu viver e o rei me preservar".

NA NOITE SEGUINTE, QUE ERA A 627ª

Sua irmã lhe disse: "Por Deus, minha irmã, se não estiver dormindo, continue a história para atravessarmos o serão desta noite", e ela respondeu: "Com muito gosto e honra".

[80] Nas demais versões, os detalhes desse contato são mais picantes.

Eu tive notícia, ó rei venturoso, bem-sucedido e sensato, dono de correto parecer e belo e louvável proceder, de que Ibn Manṣūr disse:

O jovem saiu enfurecido, comandante dos crentes, alterado, aflito, preocupado e irritado, recitando os seguintes versos poéticos:

"É tamanha a abundância da putaria em comum, que
me afasta da paixão, nem que a distância me mate.
Eu disse: 'Ó alma, veja se faz uma boa penitência,
pois não há notícia de paixão que tenha boa cara'."

E então ela prosseguiu, dizendo: "Depois disso eu nunca mais o vi, comandante Ibn Manṣūr. Dele não me chegou carta nem mensageiro. Contudo, Ibn Manṣūr, quero enviar a ele por seu intermédio uma carta. Se você me trouxer resposta, terá de mim quinhentos dinares; se não trouxer, cem dinares, para que a sua ida não seja em vão". Respondi a ela, comandante dos crentes: "Farei isso, e o que você quiser". Ela gritou por uma de suas criadas, a quem disse: "Traga-me tinteiro e papel", e então lhe trouxeram. Ela escreveu os seguintes versos:

"Ó encabulador do sol brilhante e do plenilúnio,
ó quem submete os galhos, mas nem sabe como![81]
Porventura irão voltar entre nós os dias de antes,
vingando a proximidade após tamanho abandono?"

Em seguida, comandante dos crentes, ela selou a carta e a entregou a mim, que a peguei e fui até o primo paterno dela, Jubayr, constatando que ele saíra para caçar. Postei-me à porta, à sua espera.

E a manhã atingiu Šahrāzād, que interrompeu a narrativa e o discurso autorizado. Sua irmã Dunyāzādah lhe disse: "Como é bela a sua história, maninha", e ela respondeu: "Isso não é nada comparado ao que irei contar na próxima noite, se eu viver e o rei me preservar".

[81] Esse verso certamente contém muitos erros de cópia.

NA NOITE SEGUINTE,
QUE ERA A

628ª

Sua irmã lhe disse: "Por Deus, minha irmã, se não estiver dormindo, continue a história para atravessarmos o serão desta noite", e ela respondeu: "Com muito gosto e honra".

Eu tive notícia, ó rei venturoso, bem-sucedido e sensato, dono de correto parecer e belo e louvável proceder, de que Ibn Manṣūr disse:

Postei-me ali munido da carta, comandante dos crentes, e eis que Jubayr retornou da caça, inclinando-se sobre a sua égua como se fosse a lua brilhante. Quando me viu, comandante dos crentes, veio me cumprimentar e abraçar, e se me afigurou que eu era abraçado pelo mundo com tudo quanto contém. Ele entrou em casa, convidou-me a entrar, acomodou-me no seu sofá, sentou-se ao meu lado e ordenou que servissem comida, que foi trazida, muito boa, com vários gêneros de mesa: doces, alguns salgados, um pouco de fritura, assados e assemelhados. Observei os recipientes, e eis que neles estavam gravadas palavras espantosas. O jovem me disse: "Sirva-se, Ibn Manṣūr". Respondi: "Por Deus, meu amo, que não comerei um só bocado da sua comida até que você me atenda uma necessidade", e, tirando o papel, entreguei-o a ele, que, após abri-lo, lê-lo e compreender-lhe o conteúdo, rasgou-o, jogou-o fora e me disse: "Se você tiver outras necessidades que não essa, Ibn Manṣūr, eu as satisfarei, mas a dona desse papel de mim não terá resposta". Ao ouvir tais palavras, comandante dos crentes, levantei-me irritado, mas ele me agarrou e disse: "Por vida minha, Ibn Manṣūr, mesmo que a dona deste papel lhe tenha dito: 'Se você me trouxer resposta receberá de mim quinhentos dinares', por favor fique hoje aqui comigo, e eu lhe darei, da minha parte, quinhentos dinares". Fiquei lá, comandante dos crentes, o dia inteiro, comi e bebi, e em seguida lhe perguntei: "Você não ouve música, meu amo?". Ele respondeu: "Já faz algum tempo, Ibn Manṣūr, que eu bebo sem ouvir nada, mas por você vou trazer quem toque música", e deu ordens a uma das suas criadas, que por seu turno trouxe outra criada do quarto; esta última veio carregando um alaúde que jamais se vira igual.

E a manhã atingiu Šahrāzād, que interrompeu a narrativa e o discurso autorizado. Sua irmã Dunyāzādah lhe disse: "Como é bela a sua história, maninha", e ela respondeu: "Isso não é nada comparado ao que irei contar na próxima noite, se eu viver".

NA NOITE SEGUINTE,
QUE ERA A

629ª

Sua irmã lhe disse: "Por Deus, minha irmã, se não estiver dormindo, continue a história para atravessarmos o serão desta noite", e ela respondeu: "Com muito gosto e honra".

Eu tive notícia, ó rei venturoso, bem-sucedido e sensato, dono de correto parecer e belo e louvável proceder, de que Ibn Manṣūr disse:

A criada veio carregando um alaúde, comandante dos crentes, que jamais se vira igual. Sentou-se diante de nós, colocou o alaúde no colo, ajustou-lhe as cordas, experimentou-o com uma palheta admirável e pôs-se a recitar os seguintes versos:

"Quem nunca da paixão provou doçura ou amargura
não distingue o contato com o amado do abandono;
de igual modo, quem nunca tomou estrada pela noite
não distingue um bom caminho de outro dificultoso;
bebi em longos tragos a taça da sua purulência,
e nisso me submeti ao seu escravo e ao seu nobre.
Por quantas noites vivi a companhia do meu amado,
da sua saliva sorvendo e da doçura da sua boca!
Mas tão curta foi a vida dessa noite de contato,
que parece não ter durado mais que curta aurora.
O tempo que juntos nós passamos já se foi,
mas agora regressou e quer cumprir a promessa.
O tempo já tomou a decisão, não há retorno:
quem pode contestar a ordem de um senhor?"

Após ouvir a poesia da criada, comandante dos crentes, Jubayr [soltou um enorme grito, rasgou as roupas e caiu desmaiado. Uma das criadas foi cuidar dele e me] disse: "Antes Deus o levasse, velho! Faz algum tempo que bebemos sem ouvir música, e estávamos a salvo das crises do nosso amo. Agora ele ficou excitado e não está bem. Vá, ó velho, para aquele aposento onde há um colchão, e durma até o amanhecer". Então me pus de pé, caminhei até o aposento e dormi até que Deus bem amanheceu a manhã. Levantei-me, abluí-me, fiz a prece matinal e eis que um criado chegou carregando um saco com quinhentos dinares e me disse: "Amo, o meu patrão lhe dá bom-dia e diz: 'Leve estes quinhentos dinares e que ninguém ouça sobre o que conversamos; quanto à jovem, jamais torne a me trazer notícias dela'.". Peguei o dinheiro, comandante dos crentes, e saí pensando: "Meu Deus, que espantoso! A jovem está à minha espera desde ontem. Por Deus que me é absolutamente imperioso ir até ela e informá-la do sucedido entre mim e ele", e assim procedi, encontrando-a parada atrás da porta, à espera da resposta. Ao me ver, ela disse: "Você não resolveu nada do que lhe foi pedido, Ibn Manṣūr". Perguntei: "E quem a informou disso?". Respondeu: "O homem cuja necessidade é atendida chega feliz com a boa-nova, caminhando a passos largos. Contudo, Ibn Manṣūr, entre o transcorrer da noite e do dia algo o alterou". E, erguendo os olhos para o céu, disse: "Ó Deus, da mesma maneira que você me desgraçou com o amor por ele, transfira esse amor de mim para ele!";[82] em seguida, entrou em casa, dando-me as costas, e me retirei.

E a manhã atingiu Šahrāzād, que interrompeu a narrativa e o discurso autorizado. A irmã lhe disse: "Como é bela a sua história, maninha", e ela respondeu: "Isso não é nada comparado ao que irei contar na próxima noite, se eu viver".

NA NOITE SEGUINTE,
QUE ERA A

630ª

Sua irmã lhe disse: "Por Deus, minha irmã, se não estiver dormindo, continue a história para atravessarmos o serão desta noite", e ela respondeu: "Com muito gosto e honra".

Eu tive notícia, ó rei venturoso, bem-sucedido e sensato, dono de correto parecer e belo e louvável proceder, de que Ibn Manṣūr disse:

[82] Essa praga – pois se trata de uma espécie de praga – não consta das *Histórias espantosas* e é bem tênue na vulgata das *Noites*.

A jovem, comandante dos crentes, me deu as costas, e me retirei, dirigindo-me para um palácio dali, o de Muḥammad Ibn Sulaymān, de quem eu tinha algo para receber. Caminhei até lá para buscar essa coisa, depois fui até o sultão de Basra, onde também resolvi o que precisava, e retornei a Bagdá. No ano seguinte, comandante dos crentes, tornei a ir para Basra e quando entrei na cidade pensei: "Por Deus que é imperioso ir até a casa daquela jovem ver o que sucedeu entre os dois, ou seja, ela e Jubayr". Cheguei à porta da casa e fiquei espiando um pouco pela cortina, conforme fizera da primeira vez, e eis que ela estava sentada com dez criadas virgens diante de si, todas parecendo o plenilúnio na noite de vinte e quatro, quando se completa, tal como disse a respeito um dos que a descreveram nos seguintes versos:

"Se aos politeístas ela fosse mostrada,
fariam dela o seu senhor, e não os ídolos;
se ela cuspisse no mar, mar bem salgado,
sua saliva o tornaria água doce cristalina;
soubesse um monge que no Ocidente ela surgiu,
esqueceria o Oriente e para o Ocidente partiria."

Então ela se voltou e, vendo-me ali parado à sua porta, reconheceu-me e disse: "Muito bem-vindo! Que o espaço lhe seja amplo", e autorizou a minha entrada. Quando entrei e me sentei, ela me censurou e disse: "Eu o encarreguei de uma coisa, Ibn Manṣūr, e você não a resolveu". Respondi: "Por Deus que é imperioso que eu o faça imediatamente", e saí incontinente dali, comandante dos crentes, indo até Jubayr, verificando então que o amor se transferira do coração dela para o dele, que estava desgraçado com tal amor ainda mais do que ela estivera. Ao me ver, levantou-se, cumprimentou-me, com mais ênfase que na primeira vez, acomodou-me e falou a respeito dela com o coração abrasado pelo fogo do amor. Tirou do bolso uma carta que escrevera. Tomei-a da sua mão e lhe disse: "Não se preocupe, Jubayr". Nesse momento ele me fez uma promessa, dizendo: "Se você me trouxer resposta, dar-lhe-ei mil dinares". Saí dali imediatamente e voltei até a casa da moça, onde entrei apressado, sem a sua permissão, e a encontrei sentada sozinha; tirei a carta do bolso e a entreguei a ela, que a abriu, leu e, ao reconhecê-la e compreendê-la, riu e disse: "Assā^{c}id não mentiu quando, entre outras coisas, disse os seguintes versos:

‘Fui firme, sem esperar pela sua paixão,
e agora ele vem mandar um mensageiro’”.

Em seguida prosseguiu: “De mim ele nunca mais terá resposta, Ibn Manṣūr, tal como ele procedeu comigo. Da mesma maneira que ele me abrasou o coração, também eu abrasarei o dele”. Então saí de lá, comandante dos crentes, retornei ao rapaz e o encontrei acamado por causa da paixão. Quando me viu, ele perguntou: “O que ela fez, Ibn Manṣūr?”. Respondi: “Ela agiu com você tal como você agiu com ela”. Sua preocupação e paixão aumentaram, e sua preocupação se intensificou, sem que nenhum dos seus parentes soubesse a causa da doença.

E a manhã atingiu Šahrāzād, que interrompeu a narrativa e o discurso autorizado. A irmã lhe disse: “Como é bela a sua história, maninha”, e ela respondeu: “Isso não é nada comparado ao que irei contar na próxima noite, se eu viver e o rei me preservar”.

NA NOITE SEGUINTE, QUE ERA A 631ª

Sua irmã lhe disse: “Por Deus, minha irmã, se não estiver dormindo, continue a história para atravessarmos o serão desta noite”, e ela respondeu: “Com muito gosto e honra”.

Eu tive notícia, ó rei venturoso, bem-sucedido e sensato, dono de correto parecer e belo e louvável proceder, de que Ibn Manṣūr disse:

Jubayr caiu doente de amores, comandante dos crentes, mas não avisou o motivo a nenhum dos parentes. O pai do rapaz [trouxe um médico que], ao entrar e vê-lo naquela prostração, tomou-lhe o pulso, examinou-lhe pele, mãos e cabeça, mas, incapaz de diagnosticar a enfermidade, abaixou a cabeça sem falar nada. Jubayr olhou para ele e se pôs a recitar os seguintes versos de poesia:

“Lágrimas dos olhos me escorrem pela face,
meu coração que a enorme ansiedade devastou,

meu corpo esquálido de paixão e desespero,
este corpo cujo crânio agora está bem vazio;
meu amado me impediu de me apaixonar,
mas eu disse: 'No mundo não tenho segundo';
quem morava em meu recôndito me ignorou,
deixando-me largado e doente de tanta paixão;
encerrei-me na cama mas abandonei o sono,
pois aquele que ama a noite nela não dorme.
Então veio ver o que eu tenho um médico,
destro conhecedor dos males de quem ama:
examinou minha carcaça e baixou a cabeça,
dizendo: 'Coitado, seu caso não tem jeito'."

Em seguida, comandante dos crentes, ele se voltou para mim e disse: "Se você não me trouxer resposta, Ibn Manṣūr, eu vou morrer". Eu disse: "Hoje, de qualquer maneira, lhe traremos resposta". Saí dali e fui até ela, que encontrei sentada. Entrei, beijei-lhe as mãos, agradei-a, dirigi-lhe palavras suaves e tentei seduzi-la para obter uma resposta. Ela disse: "Se escrevermos a resposta, Ibn Manṣūr, não será senão para agradar você. Mas se eu de fato responder, não entregue senão depois que ele cumprir a promessa feita a você". Eu disse: "Que Deus a recompense por mim, senhora das beldades". Ela mandou trazer tinteiro, papel, e nele escreveu os seguintes versos de poesia:

"Não tenho nada com vossa promessa e traição:
vós lavastes as mãos, de mim despreocupados,
afastando-vos, demonstrando a maior secura e
traindo: é da vossa parte, pois, que veio a traição;
eu ainda vos preservava, de vosso afeto zelosa,
protegendo vossa honra e por vós me arreceando;
mas então avistei o mal que de vós se escapava
e ouvi horríveis notícias do que de vós se falava:
porventura o meu destino deve ser amar-vos,
ser vós o meu amor, e por vós ter de jurar?"

Então eu disse a ela: "Por Deus, senhora das beldades, assim que ele ler esta carta o seu sopro vital lhe abandonará o corpo!". Ela disse: "Ibn Manṣūr, você não é mensageiro! Não passa de um fofoqueiro!". Então respondi a ela, comandante dos crentes: "Por vida minha, veja se lhe escreve outra carta que não estes versos". Levantei-me, entrei num aposento e escrevi os seguintes versos poéticos:

"Mesmo uma parte do meu amor por vós
já é a mais forte dentre todas as criaturas,
mas sabei que inda assim eu estou aquém:
vossa posição é a mais alta no meu coração."

Eu disse a ela: "Senhora das beldades, é este o papel que irá curar a doença dele". Então ela pegou a folha, dobrou-a, selou-a e a entregou a mim, que a recolhi e fui até Jubayr, encontrando-o já levantado da cama, sentado, à espera da resposta. Ao me ver, recebeu-me, entreguei-lhe o papel e ele o abriu, leu, entendeu e, quando terminou, soltou um suspiro tão forte que o seu sopro vital quase saiu junto, despencando ao solo inteiramente desmaiado.

E a manhã atingiu Šahrāzād, que interrompeu a narrativa e o discurso autorizado. A irmã lhe disse: "Como é bela a sua história, maninha", e ela respondeu: "Isso não é nada comparado ao que irei contar na próxima noite, se eu viver".

NA NOITE SEGUINTE,
QUE ERA A

632ª

Sua irmã lhe disse: "Por Deus, minha irmã, se não estiver dormindo, continue a história para atravessarmos o serão desta noite", e ela respondeu: "Com muito gosto e honra".

Eu tive notícia, ó rei venturoso, bem-sucedido e sensato, dono de correto parecer e belo e louvável proceder, de que [Ibn Manṣūr disse:]

Jubayr despencou ao solo inteiramente desmaiado, e ao acordar me perguntou: "Ibn Manṣūr, esse papel foi escrito com a própria mão dela ou com a falange dos dedos?". Respondi: "As pessoas costumam escrever com os pés". Mal concluí tais palavras e, juro por Deus, comandante dos crentes, eis que ouvimos o som dos chocalhos dela, que chegava com uma das suas criadas. Ao vê-la, ele perguntou: "É assim que são os corações?". E, agarrando os seus dedos, beijou-lhes as pontas. Depois, ele se sentou, mas ela não o fez. Perguntei: "Por que não se senta conosco?". Ela respondeu: "Por Deus que só me sentarei caso se cumpra o trato existente entre nós". Perguntei: "E qual o trato entre vocês?". Ela respondeu: "Ninguém deve se intrometer nos segredos dos amantes". Em seguida, comandante dos crentes, ela acorreu até ele e lhe segredou algo, ao que ele respondeu: "Com muito gosto e honra", e então, por sua vez, segredou algo a um dos escravos, o qual se levantou e retornou com um juiz e duas testemunhas. Jubayr pegou um saco contendo mil dinares e disse: "Sente-se, ó juiz, e registre este dote oficial". O juiz sentou-se e registrou o contrato de casamento deles. Badrulbudūr abriu o saco, encheu a palma da mão com um punhado de dinares e os entregou ao juiz; em seguida, repetiu o gesto e os entregou às testemunhas; depois, entregou o restante para mim. O juiz e as testemunhas se retiraram, permanecendo somente eu com os dois. Serviram comida, e nós comemos, bebemos e lavamos as mãos. Após permanecer ali por longo período, pensei: "Eles se amam, e há tempos esperam um pelo outro. Vá-se embora e deixe-os em paz, para que fiquem sozinhos e se desfrutem". Quando me pus de pé, ela me segurou e disse: "Mas, Ibn Manṣūr, a história não é assim!". Perguntei: "Que história?". Ela respondeu: "Se quiséssemos que você se retirasse, nós o dispensaríamos, sem você pedir. Não o deixaremos ir embora. Sente-se conosco". Então me sentei com eles por um período mais longo que o anterior, após o que ela me disse: "Pode sair, Ibn Manṣūr, mas não expulso!", e então me retirei dali após ter sido dignificado e bem tratado, cada um deles me dando quinhentos dinares. Ignoro o que lhes aconteceu depois disso.

[*Prosseguiu Šahrāzād*:] Ao ouvir a história de Ibn Manṣūr, diminuiu um pouco da preocupação e da tristeza de Hārūn Arrašīd, mas ele não sentiu nenhum alívio naquela noite. Quando amanheceu, convocou o seu vizir, o barmécida Jaᶜfar Bin Yaḥyā, e lhe disse: "Jaᶜfar!". O vizir respondeu: "Eis-me aqui, que Deus lhe prolongue a vida e o preserve!". O califa disse: "Como sinto o peito opresso, ocorreu-me de sairmos, eu e você, com o criado Masrūr como terceiro...".

E a manhã atingiu Šahrāzād, que interrompeu a narrativa e o discurso autorizado. A irmã lhe disse: "Como é bela a sua história, maninha", e ela respondeu: "Isso não é nada comparado ao que irei contar na próxima noite, se eu viver e o rei me preservar".

NA NOITE SEGUINTE,
QUE ERA A

633ª

Sua irmã lhe disse: "Por Deus, minha irmã, se não estiver dormindo, continue a história para atravessarmos o serão desta noite", e ela respondeu: "Com muito gosto e honra".

Eu tive notícia, ó rei venturoso, bem-sucedido e sensato, dono de correto parecer e belo e louvável proceder, de que o califa Hārūn Arrašīd disse a Jaᶜfar: "... com o criado Masrūr como terceiro. Caminharemos pelas ruas de Bagdá, visitaremos alguns lugares na cidade e quiçá eu veja algo que me divirta o coração, me alivie a preocupação e me desanuvie este aperto no peito". Jaᶜfar lhe disse: "Saiba, comandante dos crentes, que você é o califa, o governante, além de primo paterno do mensageiro de Deus.[83] Talvez algum dos moradores da cidade, ignorando que você a esquadrinha pela noite, diga algo que o contrarie, ou palavras desagradáveis ao seu coração, e nesse momento você ordene que o seu pescoço seja cortado. Aí então o que seria espairecimento se transformará em cólera e equívoco". Arrašīd disse: "Juro pelos meus pais e avós que, ocorra-nos o que ocorrer da parte da pessoa menos importante, diga ela o que disser, nada lhe faremos. É absolutamente imperioso que esquadrinhemos nesta noite os mercados da cidade".

ANDANÇAS DO CALIFA POR BAGDÁ[84]

Disse o narrador desta história: Então Jaᶜfar disse ao califa: "Comandante dos crentes, arroje-se e confie em Deus!"; levantaram-se ambos, chamaram Masrūr, e os três trocaram os trajes que usavam por trajes normalmente usados pelos bagdalis. Saíram pela porta secreta,[85] perambularam de um lugar a outro e chegaram a uma rua pela qual avançaram até uma viela que ninguém vira igual nem mais

[83] O ancestral dos abássidas, ᶜAbbās, era irmão de ᶜAbdullāh, pai do profeta Muḥammad.

[84] Essa história não foi localizada em nenhuma outra fonte, de modo que todas as intervenções entre colchetes são do próprio tradutor. É o mesmo caso das próximas deste manuscrito, com exceção de "Os amores de Hayfā e Yūsuf" e "O sofrimento das dez criadas".

[85] "Porta secreta", *bāb assirr*, é expressão característica da arquitetura egípcia na era dos mamelucos, designando o local exclusivamente destinado à saída e entrada do sultão e dos seus serviçais.

bela: brisa agradável, varrida, lavada e em seu ponto central uma casa muito alta, pendurada nas nuvens, com sessenta braças de comprimento e vinte de largura, porta de ébano cravejada de marfim e laminada com cobre amarelo, cortina de seda na porta e no alto uma lâmpada de ouro acesa com óleo de crisântemo iraquiano cuja luz iluminava toda a região.

Disse o narrador: O rei Hārūn Arrašīd, o vizir e Masrūr estacaram espantados ante tal visão, bem como com o aroma que aspiravam, proveniente daquela casa, e que mais parecia a brisa do paraíso. Ficaram contemplando-a, sua graciosa arquitetura e firmes alicerces, que não tinham igual naquele tempo, a porta ornamentada com gravuras, bordados de ouro brilhante e linhas escritas com lazulita. Após sentar-se debaixo daquela lâmpada, com Ja^{c}far à direita e Masrūr à esquerda, Arrašīd disse: "Esta casa não é senão a suma perfeição, Ja^{c}far, tamanhos são o seu valor e a sua beleza. O dono deve ter gastado muito dinheiro e ouro abundante. O aspecto exterior é muito bom. Como será o seu interior?". Então, olhando para a soleira superior da casa, viu que nela estava escrito com tinta dourada, brilhando à luz da lâmpada: "Quem fala sobre o que não lhe concerne ouve o que não lhe agrada", e disse: "Ja^{c}far, o dono desta casa só escreveu isso por algum motivo. Quero investigar isso. Vamos nos encontrar com ele e perguntar sobre a razão dessas linhas ali escritas". Ja^{c}far disse: "Comandante dos crentes, essas linhas não foram escritas senão por medo de que se viole alguma intimidade".

E a manhã atingiu Šahrāzād, que interrompeu a narrativa e o discurso autorizado. A irmã lhe disse: "Como é bela a sua história, maninha", e ela respondeu: "Isso não é nada comparado ao que irei contar na próxima noite, se eu viver e o rei me preservar".

NA NOITE SEGUINTE, QUE ERA A 634ª

Sua irmã lhe disse: "Por Deus, minha irmã, se não estiver dormindo, continue a história para atravessarmos o serão desta noite", e ela respondeu: "Com muito gosto e honra".

Eu tive notícia, ó rei venturoso, bem-sucedido e sensato, dono de correto parecer e belo e louvável proceder, de que Ja^c^far, o barmécida, disse ao rei: “O dono da casa não escreveu tais linhas senão por medo de ter a intimidade violada”.

Disse [*o narrador*]: O califa se calou por alguns instantes, refletindo sobre a questão, e depois disse: “Bata na porta, Ja^c^far, e peça um copo d’água”.

Disse [*o narrador*]: Então Ja^c^far bateu à porta e um escravo perguntou lá de dentro: “Quem bate à porta?”. Masrūr respondeu: “Abra a porta pra gente, primo, e nos dê um jarro d’água, pois o patrão está com sede”. Então o escravo lá dentro foi até o seu amo, o dono da casa, e lhe disse: “Meu senhor, estão batendo à porta três homens. Eles pediram um jarro d’água”. O dono da casa perguntou: “Como eles são?”. O escravo respondeu: “Meu senhor, um deles está sentado sob a lâmpada, com outro ao seu lado e um escravo diante de ambos. Há neles dignidade e respeito infinitos”. O senhor disse: “Vá até lá e diga: ‘Meu senhor os convida a ser seus hóspedes’”, e o escravo saiu e lhes falou segundo fora instruído.

Disse [*o narrador*]: Então eles entraram e se viram diante de cinco linhas escritas, cada qual com uma lâmpada pendurada, e em todas a mesma frase: “Quem fala sobre o que não lhe concerne ouve o que não lhe agrada”. Aquelas lâmpadas não haviam sido colocadas ali senão a fim de que a escrita ficasse clara para quem quer que a lesse. Hārūn Arrašīd entrou e notou um colchão de sultões, uma casa espantosa, da mais extrema beleza e adorno, bem como cinco escravos e cinco criados postados em posição de servir. Ao ver aquilo, Arrašīd ficou sumamente admirado com a casa e o dono, que lhes dava as boas-vindas. Depois disso, o jovem dono da casa se sentou em seu colchão, acomodando Arrašīd diante de si e Ja^c^far e Masrūr um diante do outro, enquanto os escravos e criados se mantinham de pé, aguardando as ordens do patrão.

Disse [*o narrador*]: Ele mandou trazer uma grande vela com a qual iluminou todo o lugar; depois, voltou-se para o rei e disse: “Seja muito bem-vindo, o espaço seja amplo para o nosso hóspede, a pessoa mais cara para nós. Deus lhe fortaleça a posição!”. E recitou os seguintes versos poéticos:

“Soubesse quem a visita, a casa se alegraria,
daria alvíssaras, beijaria o lugar onde pisam
e diria, com sua fala muda e tácita, o seguinte:
‘Seja muito bem-vinda, ó gente nobre!’.”

Em seguida, o jovem dono da casa ordenou que lhes servissem comida, refeição de maiorais, com todos os gêneros e espécies de alimento, e então os criados e escravos trouxeram o que lhes fora determinado; comeram à saciedade e depois lhes serviram doces com água de rosas, de sabor espantoso. Nesse momento, o jovem disse a Arrašīd e seus acompanhantes: "Felicite-os Deus altíssimo! Não nos censurem e desculpem-nos por esse pouco que Deus nos possibilitou servir-lhes nesta noite e ocasião. Não há dúvida de que este dia em que vocês vieram é [muito feliz para nós]".

Disse [*o narrador*]: Eles lhe agradeceram e o peito e o coração de Arrašīd espaireceram, findando-se a angústia que sentia. O rapaz os transferiu para outro local, onde os acomodou nos colchões mais elevados e lhes ofereceu uma travessa com frutas de toda qualidade; ordenou que servissem alimentos cozidos e fritos e colocou tudo diante dos hóspedes, providenciando em seguida apetrechos para bebida e, junto com a bebida, quatro grupos musicais de cantoras, cada qual composto por cinco moças, num total de vinte cantoras. Assim que entraram, todas beijaram o chão diante do jovem e se sentaram, cada qual no seu lugar; as taças começaram a circular, o mau agouro foi-se embora e os pássaros bateram as asas[86] por algum tempo enquanto eles ouviam as cantoras [do primeiro grupo] com os alaúdes e demais instrumentos; logo depois, as cinco cantoras do segundo grupo deram um passo adiante e cantaram de maneira maravilhosa, tal como fizera o primeiro grupo, e assim sucessivamente um grupo tocou após o outro até todas as vinte cantoras se exibirem. Ao ouvir aquilo, Arrašīd estremeceu de êxtase.

E a manhã atingiu Šahrāzād, que interrompeu a narrativa e o discurso autorizado. A irmã lhe disse: "Como é bela a sua história, maninha", e ela respondeu: "Isso não é nada comparado ao que irei contar na próxima noite, se eu viver e o rei me preservar".

NA NOITE SEGUINTE, QUE ERA A 635ª

Sua irmã lhe disse: "Por Deus, minha irmã, se não estiver dormindo, continue a história para atravessarmos o serão desta noite", e ela respondeu: "Com muito gosto e honra".

[86] "Os pássaros bateram as asas" traduz literalmente *taṣāfaqat alaṭyār*, que pode tratar-se de alguma metáfora.

Eu tive notícia, ó rei venturoso, bem-sucedido e sensato, dono de correto parecer e belo e louvável proceder, de que Arrašīd estremeceu de êxtase, espanto e alegria graças à intensa felicidade, a tal ponto que rasgou as roupas, e então o dono da casa disse ao vê-lo assim agir: "Que se dilacere o coração dos seus inimigos!". Entre as cantoras havia uma que recitou a seguinte poesia:

"O mundo se estreita quando tu não estás perto;
ausente de mim, do meu coração não te ausentas.
Tenho ânsias por ver o meu amado,
tal como Ya^{c}qūb[87] quando aprisionado."

Disse o narrador: Então foi Ja^{c}far que ficou intensamente extasiado e rasgou as roupas, tal como fizera o califa. Ao vê-los agirem assim, o dono da casa ordenou que lhes trouxessem novos trajes adequados, trocando-os pelas roupas rasgadas. O jovem disse: "Meus senhores, seja a sua vida agradável, felicite-os Deus, espaireça-lhes o peito, expulse de vocês o que os incomoda e lhes mantenha a força e a alegria!". Em seguida, ordenou a outra jovem que cantasse o que sabia, e ao ouvi-la o escravo Masrūr rasgou as roupas tal como haviam feito Arrašīd e o vizir. O dono da casa mandou trazer-lhe um novo traje adequado, fazendo-o vesti-lo após despir-se das roupas rasgadas. Então o rapaz ordenou que uma das jovens do quarto grupo cantasse, e ela cantou o seguinte:

"Contigo está meu amor, parecendo lua,
embora sua luz supere a do plenilúnio,
pois ela jamais cessa de se enfraquecer,
ao passo que a dele supera a perfeição."

Disse [*o narrador*]: Então o dono da casa soltou um terrível grito, rasgou as roupas e caiu desmaiado. Ao observá-lo caído, Arrašīd, notou-lhe nos flancos marcas de chicotadas e bastonadas e, intrigado, disse a Ja^{c}far: "Estou admirado com este rapaz, com sua nobreza, generosidade e decoro, Ja^{c}far. Mas veja o tanto de vergastadas que sofreu. Isso é que é o espanto!". Ja^{c}far disse: "Amo, talvez alguém lhe tenha tomado muito dinheiro e fugido em falência, provocando a cólera do

[87] Forma árabe do nome hebraico que em português é "Jacó" ou "Jacob". A referência ao evento bíblico, recontado no Alcorão, é bem clara.

proprietário do dinheiro, que o agrediu; ou então alguém o caluniou e ele caiu nas garras de algum sultão, que o surrou; ou então ele incorreu em algum lapso de língua e o destino agiu contra ele". Arrašīd disse: "Ja^{c}far, esse jovem não tem o jeito de nada do que você mencionou". O vizir respondeu: "Você está certo, amo, pois nós pedimos a esse rapaz um jarro d'água e ele nos introduziu em casa, nos dignificou dessa maneira e desanuviou o nosso coração, tudo graças à sua grande generosidade, à sua grande bondade".

Disse [*o narrador*]: Arrašīd continuou conversando com o seu vizir, enquanto o rapaz não despertava da letargia. Nesse momento, uma das jovens pronunciou-se e cantou os seguintes versos de poesia:

"O bastão lhe enfeita a estatura, como vedes,
e a gazela ama observá-lo quando ele canta;
foi a beleza que lhe criou tanta formosura,
e então de todos os corações ele se apoderou."[88]

Disse [*o narrador*]: E eis que então o rapaz soltou um grito terrível, mais forte que o primeiro, esticou as mãos para as próprias roupas e as rasgou e dilacerou, caindo de novo desmaiado; seus flancos ficaram mais desnudos que antes, e suas costas inteiras apareceram. Ao presenciar aquilo, Arrašīd ficou mais impaciente ainda, o peito perplexo, e disse: "É absolutamente imperioso, Ja^{c}far, perguntar sobre esses vestígios de vergasta". Enquanto eles assim discutiam sobre ele, eis que o rapaz despertou e os seus criados lhe trouxeram um novo traje e o vestiram. Arrašīd avançou para o dono da casa e lhe disse: "Rapaz, você foi generoso conosco, nos tratou bem e fez por nós o que ninguém mais faria, nem sequer uma parte, mas em meu coração resta uma palavra...".

E a manhã atingiu Šahrāzād, que interrompeu a narrativa e o discurso autorizado. A irmã lhe disse: "Como é bela a sua história, maninha", e ela respondeu: "Isso não é nada comparado ao que irei contar na próxima noite, se eu viver e o rei me preservar".

[88] Esses versos encontram-se tão estropiados no original que a tradução, quase um exercício de adivinhação, foi feita apenas para não deixar o espaço em branco.

NA NOITE SEGUINTE,
QUE ERA A

636ª

Sua irmã lhe disse: "Por Deus, minha irmã, se não estiver dormindo, continue a história para atravessarmos o serão desta noite", e ela respondeu: "Com muito gosto e honra".

Eu tive notícia, ó rei venturoso, bem-sucedido e sensato, dono de correto parecer e belo e louvável proceder, de que Arrašīd disse ao jovem dono da casa: "Resta em meu coração uma palavra que, se acaso não for proferida, o manterá engasgado, e tudo o que você fez por nós de nada terá valido. Queremos de você, de seu nobre mérito, que complete o seu gracioso favor". O rapaz perguntou: "E o que você quer, ó senhor?". Arrašīd respondeu: "Quero que você me informe sobre as vergastadas nos seus flancos, e me revele o motivo".

Disse [*o narrador*]: Ao ouvir aquilo, o rapaz abaixou a cabeça, chorou por algum tempo, limpou o rosto, ergueu a cabeça e lhe disse: "O que o leva a se ocupar disso? Mas a culpa é minha. Eu mereço muito mais! Seus filhos de gente nojenta, por acaso não leram as linhas escritas na porta da minha casa? E agora ficam indagando sobre o que não lhes concerne? Pois então vão ouvir o que não lhes agradará. Se não tivessem entrado na minha casa não teriam espionado a minha situação e os meus defeitos. Mas a verdade está com aquele que disse, entre outras coisas, esta poesia:

'Plantamos a mercê e nos deram o contrário:
ei-lo aí o proceder dos canalhas traiçoeiros'."

O rapaz prosseguiu: "Ó escória da humanidade! Vocês pediram um jarro d'água e nós os introduzimos em nossa casa, dignificamos e lhes demos boas-vindas; vocês comeram das nossas provisões e do nosso sal, e observaram as nossas mulheres. Nós supúnhamos que fossem [boa] gente, mas eis que vocês mostram ser gente de outra qualidade! Ai de vocês! Quem são?", e pôs-se a execrá-los, sem saber que se tratava do califa Hārūn Arrašīd, que lhe disse: "Somos de Basra". O rapaz respondeu: "É verdade, pois de Basra não vêm senão a gente mais abjeta e os intelectos mais vis. Mas levantem-se, vergonha da humanidade, agourentos e sórdidos, e deem o fora daqui. Amaldiçoe Deus quem fala sobre o que não lhe concerne".

Disse o narrador: Imediatamente,[89] Jacfar e Masrūr se retiraram, envergonhados do rapaz e dos xingamentos que dele ouviram. Saíram todos dali e Arrašīd — com o humor alterado, a jugular inchada e uma veia despontando entre os olhos — disse: "Ai de você, Jacfar! Vá agora mesmo até fulano, o delegado...".

E a manhã atingiu Šahrāzād, que interrompeu a narrativa e o discurso autorizado. A irmã lhe disse: "Como é bela a sua história, maninha", e ela respondeu: "Isso não é nada comparado ao que irei contar na próxima noite, se eu viver e o rei me preservar".

NA NOITE SEGUINTE,
QUE ERA A

637ª

Sua irmã lhe disse: "Por Deus, minha irmã, se não estiver dormindo, continue a história para atravessarmos o serão desta noite", e ela respondeu: "Com muito gosto e honra".

Eu tive notícia, ó rei venturoso, bem-sucedido e sensato, dono de correto parecer e belo e louvável proceder, de que Arrašīd disse a Jacfar: "Ai de você, Jacfar! Vá agora mesmo até o delegado fulano e diga-lhe que reúna um grupo de homens armados de bastões de ferro, dirijam-se todos até a casa do rapaz e a destruam tão completamente que ela fique na mesma altura do solo, a fim de não lhe restar vestígio algum sobre a face da terra".

Disse o narrador: Jacfar disse então a Arrašīd: "Comandante dos crentes, desde o início era justamente isso que temíamos. Qual era o nosso trato? Portanto, meu amo, não destrua o bom por causa do ruim. Trata-se de uma ação incorreta, e até mesmo hedionda. Certo sapiente já disse: 'O generoso não se conhece senão na hora da cólera'. Ademais, comandante dos crentes e califa do senhor dos

[89] Aqui ocorre uma palavra ilegível que se traduziu como "imediatamente" por suposição.

humanos, você jurou que, mesmo se insultado pela mais maligna das pessoas, não a puniria, não responderia nem manteria essa enormidade[90] no coração, e o rapaz, meu amo, não fez nada de mau, pois o erro partiu de nós: ele já havia alertado e advertido, e escrito várias vezes que 'quem fala sobre o que não lhe concerne ouve o que não lhe agrada'. Portanto, você não deve matá-lo, e sim enviar o delegado para trazê-lo até nós, e quando ele chegar, tratá-lo com gentileza até que o seu terror se abrande e o seu assombro se dissipe, e só então ele contará o que lhe sucedeu". Arrašīd respondeu: "Esse é o procedimento correto. Que Deus bem o recompense, Jaᶜfar! É de gente como você que consistem os vizires amigos e administradores das coisas dos reis".

Disse o narrador: Hārūn Arrašīd subiu para casa junto com Masrūr, e ambos entraram pela porta secreta já mencionada, de modo que ninguém os notou. Quanto a Jaᶜfar, ele chegou a sua casa, refletiu como resolveria a questão, com o envio do delegado para trazer o jovem, e então deu meia-volta e se dirigiu a pé até o delegado, a quem informou do caso do rapaz, cuja casa descreveu, e disse-lhe: "É absolutamente imperioso que você nos traga esse rapaz logo pela manhã. Porém, conduza-o com lhaneza[91] e trate-o com cuidado, sem o aterrorizar nem o assustar". Depois disso, Jaᶜfar retornou para casa e o delegado foi cuidar do assunto.[92] Quando amanheceu, o delegado, na companhia de um único escravo, dirigiu-se até a casa do rapaz, batendo na porta ao chegar, e ele próprio veio atender. O delegado, reconhecendo-o graças à descrição de Jaᶜfar, ordenou-lhe que o acompanhasse. O coração do rapaz se aterrorizou.

E a manhã atingiu Šahrāzād, que interrompeu a narrativa e o discurso autorizado. A irmã lhe disse: "Como é bela a sua história, maninha", e ela respondeu: "Isso não é nada comparado ao que irei contar na próxima noite, se eu viver".

[90] No original, consta *ḫiṭāb*, "sermão", "discurso", mas trata-se de evidente grafia equivocada, ou corruptela, por *ḫuṭūb*, "coisa grave".

[91] Nesse trecho consta *ḫuḏ ᶜalayhi* [*bi*]*ssiyāsa*, que poderia traduzir-se como "trate-o politicamente", mas seria anacrônico.

[92] No original, consta "Jaᶜfar entrou em casa e o delegado se retirou", o que não faz sentido, já que o vizir é que se dirigira à delegacia. Esse trecho evidencia que, em seu presente formato, a história ainda não fora retocada.

NA NOITE SEGUINTE,
QUE ERA A

638ª

Sua irmã lhe disse: "Por Deus, minha irmã, se não estiver dormindo, continue a história para atravessarmos o serão desta noite", e ela respondeu: "Com muito gosto e honra".

Eu tive notícia, ó rei venturoso, bem-sucedido e sensato, dono de correto parecer e belo e louvável proceder, de que, tendo recebido do delegado a ordem de acompanhá-lo, o rapaz ficou aterrorizado com aquela visão e assombrado com aquilo, mas o homem lhe disse: "Você não corre perigo. Atenda o comandante dos crentes". Ao ouvir tais palavras, o rapaz, ainda mais atemorizado e assombrado, entrou em casa, despediu-se dos familiares e filhos e saiu na companhia do delegado, dizendo: "Ouço e obedeço a Deus e ao comandante dos crentes". Subiu em sua montaria e avançou ao lado do delegado até a casa do califa Hārūn Arrašīd, onde pediu e recebeu permissão para entrar. Ao se ver diante do califa, o rapaz se acalmou e sua língua se soltou. Beijou o solo, acomodou-se polidamente e falou com língua escorreita, sem terror nem temor, recitando a seguinte poesia:

"Seja a paz sobre esta morada, a qual,
sublime, é do comandante dos crentes,
morada e deleite do nosso amo Arrašīd,
mais digno que os céus e ainda se eleva;
apressei-me no que escrevi nas paredes,
mas era a culta escrita de um tartamudo."

Em seguida, prosseguiu: "A paz esteja sobre você, comandante dos crentes. Deus lhe prolongue a vida e o felicite mediante o que lhe concedeu". Arrašīd ergueu a cabeça, respondeu a saudação e a um sinal seu o vizir Jaᶜfar, que ali se encontrava naquele instante, pegou o rapaz pela mão e o conduziu até perto do califa, acomodando-o ao seu lado. Arrašīd lhe disse: "Aproxime-se de mim", e o rapaz se aproximou até encostar nele. Então o califa lhe perguntou: "Qual o seu nome, meu jovem?". Ele respondeu: "Meu nome é Manjāb, o que perdeu toda esperança de viver, e que há um ano padece de tormentos". Arrašīd lhe disse: "Manjāb, o bem se paga com o bem, e quem inicia é o mais generoso; já o mal se paga com o mal, e quem inicia é o mais injusto. Quem planta o bem colhe o bem, e quem planta o mal colhe o mal. Saiba, Manjāb, que ontem éramos nós os seus hóspedes. Contudo, não é sua culpa, pois fomos nós os intrusos após você nos ter sumamente dignificado e tratado da maneira mais prodigamente generosa. Seja como for, eu gostaria que você nos contasse o motivo daqueles golpes no seu corpo. Não há perigo algum". Manjāb respondeu: "Se pretende ouvir, comandante dos crentes, coloque a almofada à sua direita e me dê três [coisas]: sua audição, sua visão e seu coração".

E a manhã atingiu Šahrāzād, que interrompeu a narrativa e o discurso autorizado. A irmã lhe disse: "Como é bela a sua história, maninha", e ela respondeu: "Isso não é nada comparado ao que irei contar na próxima noite, se eu viver e o rei me preservar".

NA NOITE SEGUINTE,
QUE ERA A

639ª

Sua irmã lhe disse: "Por Deus, minha irmã, se não estiver dormindo, continue a história para atravessarmos o serão desta noite", e ela respondeu: "Com muito gosto e honra".

Eu tive notícia, ó rei venturoso, bem-sucedido e sensato, dono de correto parecer e belo e louvável proceder, de que o rapaz disse a Arrašīd: "Deixe à minha disposição três coisas suas: audição, visão e coração, pois a minha história é espantosa e, fosse ela registrada com agulhas no interior das retinas, seria uma lição para quem reflete, e um pensamento para quem pensa".

OS SOFRIMENTOS DO JOVEM MANJĀB

Saiba, comandante dos crentes, que o meu pai era joalheiro, bom conhecedor da matéria, e eu o seu único filho varão. Quando cresci e desempenei, Deus me deu uma boa parte e cota de beleza, perfeição, formosura e esplendor, e o meu pai me deu a melhor criação. Depois de mim, Deus o agraciou com uma menina. Quando atingi a idade de vinte anos, meu pai se mudou para a misericórdia de Deus altíssimo, deixando para mim um milhão de dinares em propriedades, terras e posses. Providenciei-lhe uma mortalha adequada e demais acessórios utilizados no funeral, acompanhei-o até o enterro, por sua alma recitei dez vezes o Alcorão completo e distribuí muitas esmolas, guardando luto por ele durante um mês inteiro, ao cabo do qual meu coração se aferrou à diversão e ao jogo, à comida e à bebida. Fui generoso, distribuí dinheiro, dei esmolas com o cabedal herdado, comprei terras valiosas e em seguida escravas cantoras a preços bem elevados. Se algum companheiro meu se agradava de alguma escrava cantora, se a apreciava, eu a dava para ele gratuitamente, e, indo além, eu a dava acompanhada de um presente. Qualquer um que visse algo do seu agrado e me dissesse: "Isso é bacana", eu o dava a ele gratuitamente. Presenteei meus companheiros com túnicas valiosas e lhes concedi as mais elevadas dignificações com tudo quanto eu tivesse e fosse de minha propriedade.

[*Disse Šahrāzād*:] E o rapaz recitou a seguinte poesia:

"Vem, meu conviva, ter prazeres e emoções;
impaciente estou para sorver da uva o sumo!
Acaso não vês que partiu o exército da noite,
derrotado, e os exércitos da manhã espreitam?
As flores riem, as rosas silvestres se sorriem,
e o incenso e o aloés já foram bem dispostos!
Essa é a vida, meu amo, esse o seu regozijo,
e não ficar às portas de casa, com os livros."

[*Prosseguiu o jovem Manjāb*:] Ao observar esse meu proceder, comandante dos crentes, a minha mãe me advertiu mas eu não me emendei. Certa de que o dinheiro seria irremediavelmente perdido, ela o dividiu entre nós dois, exatamente a metade: uma para ela e a sua filha, e outra para mim. Em seguida, afastou-se de mim com as suas posses e me deixou, indo morar longe e me abandonando à diversão e à embriaguez. Continuei a comer e a beber, a me alegrar e deleitar com a companhia de graciosas coquetes, até que os dias me atingiram com os seus disparos e o meu dinheiro todo se acabou, não me restando nada por cima nem por baixo. Eu já não possuía mais nada: endividado, com a casa vazia — afinal, vendi tudo, utensílios domésticos e até o meu tapetinho de reza. Não sobrou coisa alguma, e passei a remendar os fundilhos das minhas roupas com pedaços das mangas, e nessa situação ninguém me acudiu, nem amigo, nem companheiro, nem amante; nenhum deles me dava sequer um pedaço de pão. A situação ficou tão difícil que todos passaram a me evitar, não restando entre os meus companheiros e amados ninguém que pensasse em mim: se por acaso eu cruzava com algum pelo caminho ou numa reunião, ele se desviava. Passei a arrancar pedaços do piso da casa para vender e sobreviver. Certo dia, enquanto eu tentava arrancar mais um pedaço do piso, eis que debaixo dele se abriu uma ampla entrada pela qual desci.

E a manhã atingiu Šahrāzād, que interrompeu a narrativa e o discurso autorizado. A irmã lhe disse: "Como é bela a sua história, maninha", e ela respondeu: "Isso não é nada comparado ao que irei contar na próxima noite, se eu viver e o rei me preservar".

NA NOITE SEGUINTE, QUE ERA A 640ª

Sua irmã lhe disse: "Por Deus, minha irmã, se não estiver dormindo, continue a história para atravessarmos o serão desta noite", e ela respondeu: "Com muito gosto e honra".

Eu tive notícia, ó rei venturoso, bem-sucedido e sensato, dono de correto parecer e belo e louvável proceder, de que o jovem disse a Arrašīd:

Então, comandante dos crentes, desci por aquela entrada e encontrei três caixas, cada qual contendo cinco sacos, e cada saco contendo cinco mil dinares. Peguei tudo, tirei dali, guardei num cômodo da casa e recoloquei o piso no lugar. Pensei no que os meus amigos e camaradas haviam feito comigo, e resolvi então, comandante dos crentes, comprar as mais belas roupas, retomando a postura anterior. Quando os camaradas e amigos — que antes me frequentavam, com os quais eu gastava e para os quais dava presentes — me viram em tal estado, voltaram a me procurar, e eu os aceitei para um jogo a que pretendia submetê-los. Esperei um mês inteiro — durante o qual eles diariamente vinham me visitar — e no trigésimo primeiro dia eu trouxe juiz e testemunhas, escondi-os num aposento e lhes ordenei que fizessem o registro oficial de tudo quanto ouvissem dos meus camaradas e amigos. Isso feito, preparei a recepção e os chamei. Após comermos, bebermos e espairecermos, estimulei-os a falar, perguntando a cada um dos que eu presenteara: "Por Deus, fulano, eu não lhe dei tal e tal coisa sem nada receber em troca?", ao que ele respondia: "Sim, você me deu graciosamente". Comecei, comandante dos crentes, a fazer tais perguntas a um por um, até que enfim fiz a todos, enquanto o juiz e as testemunhas anotavam tudo quanto ouviam deles e as palavras que me dirigiam, não restando nenhum sem ser questionado. Depois disso, comandante dos crentes, pus-me apressadamente em pé, e trouxe juiz e testemunhas antes que alguém saísse da reunião. Para cada um deles se fizera o registro, com o seu nome e o que levara do jovem Manjāb. Nesse momento, comandante dos crentes, recuperei tudo quanto tinham levado de mim, voltando tudo a ser minha propriedade. Recuperei minha anterior condição e tomei consciência de mim,[93] até que certo dia cogitei, comandante dos crentes, reabrir a loja do meu pai para ali me instalar e, tal como ele, vender e comprar valiosos tecidos indianos, joias e pedras preciosas. Fui até o local e encontrei a loja fechada, cheia de teias de aranha. Contratei os serviços de um homem que a limpou e varreu toda a sujeira. Quando os mercadores me viram, ficaram contentes comigo.

E a manhã atingiu Šahrāzād, que interrompeu a narrativa e o discurso autorizado. A irmã lhe disse: "Como é bela a sua história, maninha", e ela respondeu: "Isso não é nada comparado ao que irei contar na próxima noite, se eu viver e o rei me preservar".

NA NOITE SEGUINTE, QUE ERA A 641ª

Sua irmã lhe disse: "Por Deus, minha irmã, se não estiver dormindo, continue a história para atravessarmos o serão desta noite", e ela respondeu: "Com muito gosto e honra".

[93] Tradução literal de *waᶜaytu li-nafsī*; corresponde, pouco mais ou menos, a "tomei juízo".

Eu tive notícia, ó rei venturoso, bem-sucedido e sensato, dono de correto parecer e belo e louvável proceder, de que o jovem Manjāb disse:

Ao me verem, comandante dos crentes, os mercadores e donos de lojas ficaram contentes comigo e disseram: "Graças a Deus que a loja não foi reaberta senão pelo dono depois do pai". Deixei-a tão abarrotada de mercadorias que ela ficou sem igual no mercado. Entre as coisas que ali pus à venda estava o ônix. Entrei na loja, instalei-me naquele dia mesmo e comprei, vendi, peguei, dei, continuando assim pelos nove dias seguintes. No décimo dia, fui ao banho público e saí com um traje no valor de mil dinares. Fiquei mais bonito, minha cor reluzia e pareci muito mais novo, a tal ponto que as mulheres quase atiravam-se sobre mim. Ao chegar à loja, ali me instalei por algum tempo; de repente ouço uma gritaria proveniente do centro do mercado, alguém dizendo: "Esperem!", e eis que surgiu uma mula tordilha com uma sela de ouro cravejada com pérolas e pedras preciosas, na qual montava uma velha que tinha três criados diante de si. A velha continuou avançando até parar, juntamente com os criados, à porta da minha loja; cumprimentou-me e perguntou: "Há quanto tempo você abriu esta loja?". Respondi: "Hoje se completam dez dias". Ela disse: "Deus tenha misericórdia do dono desta loja, que era um mercador [generoso]". Eu disse: "Era meu pai". Ela perguntou: "É você Manjāb, dos amores reunidor?". Respondi: "Sim". A velha sorriu e perguntou: "Como vai a sua irmã? E a sua mãe? Como estão os seus vizinhos?". Respondi: "Estão muito bem". Ela disse: "Manjāb, meu filho, você cresceu e virou homem". Eu disse: "Quem vive cresce". Ela perguntou: "Você tem aí um colar de pedras preciosas que seja gracioso?". Respondi: "Tenho aqui na loja muitos colares, mas tenho em casa um gracioso colar. Posso trazê-lo para você amanhã de manhã, se Deus altíssimo quiser". Ao ouvir essas minhas palavras, a mulher deu meia-volta e foi-se embora, com os criados atrás dela. No final do dia, fui até minha mãe, contei-lhe a história ocorrida com a velha e ela me disse: "Manjāb, meu filho, aquela velha é camareira[94] e tem poder sobre todo mundo, mesmo sobre o seu pai, antes de você. Seja muito cuidadoso em lhe atender o pedido. Não atrase os compromissos com ela". A velha se ausentou por um dia e retornou no dia seguinte, da mesma maneira que a primeira vez. Assim que chegou à loja me disse: "Levante-se, Manjāb, e monte nesta mula, em paz e boa saúde". Então saí da loja e montei na mula.

[94] É bem possível que aqui falte uma palavra, embora o termo "camareira", *qahramāniyya*, remeta a uma função típica dos palácios do poder.

E a manhã atingiu Šahrāzād, que interrompeu a narrativa e o discurso autorizado. A irmã lhe disse: "Como é bela a sua história, maninha", e ela respondeu: "Isso não é nada comparado ao que irei contar na próxima noite".

NA NOITE SEGUINTE, QUE ERA A 642ª

Sua irmã lhe disse: "Por Deus, minha irmã, se não estiver dormindo, continue a história para atravessarmos o serão desta noite", e ela respondeu: "Com muito gosto e honra".

Eu tive notícia, ó rei venturoso, bem-sucedido e sensato, dono de correto parecer e belo e louvável proceder, de que o jovem Manjāb disse:

Então, comandante dos crentes, montei na mula e avancei com a velha até uma casa de pedra com a porta bem ampla; apeamos das montarias e a velha entrou na casa, comigo atrás, e avançamos até chegar ao fundo, comandante dos crentes, onde deparei com um tapete de seda e móveis de junco, colchões dourados, objetos também de ouro, tecidos e utensílios chineses, travessas de cristal; enfim, vi coisas que não conseguiria descrever-lhe, comandante dos crentes! Ao lado da casa e dentro dela havia bancos de cobre amarelo liso, sem desenhos. A velha me fez sentar, comandante dos crentes, no colchão mais elevado e em seguida me mostrou uma coluna na qual havia desenhos de diversas espécies de animais e aves, bem como de flores e regatos. Enquanto eu passeava o olhar por aquelas imagens, eis que surgiu uma jovem e, com voz aguda e melódica — voz que curaria uma pessoa gravemente enferma —, disse por detrás de um véu estas palavras: "Quem retirar este véu sofrerá cem chibatadas", mas em seguida ordenou que ele fosse tirado e eis que me vi, comandante dos crentes, em presença de um raio tão brilhante e refulgente que me ofuscou a vista, a tal ponto que quase dei com a cabeça ao solo; então, vi uma jovem cujo talhe era como o da lança, uma face como a aurora, reluzindo como uma estrela entre lâmpadas; suas vestimentas eram opulentas tal como disse a seu respeito o poeta nesta poesia:

"Ela se inclinou, e o traje da noite, estendido,
quase esteve a ponto de nos ocultar tal visão,
e então seu chocalho ecoou, e depois o colar,
com o som da saudade, e as lágrimas avisaram;
ela me recebeu com uma face que tinha quatro [coisas]:
água, luz, dignidade, e depois uma lâmpada."

Então, comandante dos crentes, a jovem disse às criadas: "Ai de vocês! Onde está a camareira?", e ela apareceu. A jovem lhe perguntou: "Você trouxe o joalheiro?". A camareira respondeu: "Sim, senhora das gazelas brancas. É esse que está aí sentado, parecendo o plenilúnio quando brilha". A jovem perguntou: "Velha, é ele mesmo ou algum criado?". A camareira respondeu: "Não, é ele mesmo, senhora das gazelas brancas". A jovem disse: "Por juventude minha que ter trazido isso aí não a torna merecedora de nada. Nem acredito que por causa dele você interrompeu a minha refeição! Eu supus que fosse alguém merecedor disso". Em seguida, voltando-se para mim, ela disse: "É assim que se apresenta? Que sujeira! Que roupa imunda de pobretão! Por que não lavou o rosto?". E eu, comandante dos crentes, mal acabara de sair do banho público! Meu rosto brilhava como um raio! Mas naquele momento eu me senti diminuído. Foi humilhante ela ter me olhado na cara, insultado as minhas vestes e me ridicularizado, a tal ponto que, diante dela, tornei-me o menor dos minúsculos. Em seguida ela voltou a me observar e perguntou: "Você é Manjāb, dos cachorros reunidor, ou, como disseram, dos amores reunidor?[95] Distante esteja disso! Por Deus, não há nada mais distante de você, Manjāb, do que os amores! Porém, joalheiro, espere-me comer, e quando terminar conversamos". Nesse momento, comandante dos crentes, trouxeram-lhe uma travessa de cristal com coxas de galinha e um bule de ouro. Ela se sentou na minha frente, comendo com bons modos e devagar, como se eu na frente dela não fosse sequer humano. Observando-a levar as porções de comida à boca, notei-lhe nos pulsos desenhos verdes, antebraço cheio de joias e pulseiras de ouro vermelho. E os dedos naquela palma de mão branca! Exalçado seja quem a criou, ela que não era senão um tormento[96] para

[95] O original joga com as rimas: *Manjāb* rima com *aḥbāb*, "amores", e *kilāb*, "cães".
[96] "Tormento" traduz *fitna*, palavra cujo leque de significações é amplo, desde "encanto" até "sedição", "guerra civil". A ideia é que se tratava de alguém cuja visão deixava os homens a ponto de fazer qualquer coisa para ficar com ela.

quem a visse. Louvado seja Deus, o melhor dos criadores, e tenha ele misericórdia do poeta que disse a respeito da beleza e do seu detentor os seguintes versos:

"Levanta e me dá vinho, Ibn Manṣūr:
não o desculparei se ela me abandonar,
a branca palma de uma dadivosa jovem
que parece ter saído do paraíso das huris;
quiçá víssemos os desenhos no seu pulso,
semelhante ao almíscar em estátua de luz."[97]

Disse [*o narrador*]: Em seguida ela se pôs a conversar comigo, comandante dos crentes, limpando a boca após cada bocado com um lenço bordado, e quando a sua manga subia lhe aparecia o pulso, tal como disse a respeito o poeta na seguinte poesia:

"Ela protege seu rosto das pessoas,
com um pulso ornado de perfumes,
que se assemelha, para quem olha,
a uma rara pilastra no círculo da lua."

Quando terminou de comer, olhei para o seu rosto e ela sutilmente disse: "Criadas, vejam que, enquanto como, Manjāb olha tanto para mim que fiquei mais forte!". E, voltando-se para mim, disse: "Manjāb, qual é o seu problema? Venha comer desta comida!". Então avancei, comandante dos crentes, e comi com ela. Contudo, o meu intelecto estava atônito e embasbacado.

E a manhã atingiu Šahrāzād, que interrompeu a narrativa e o discurso autorizado. A irmã lhe disse: "Como é bela a sua história, maninha", e ela respondeu: "Isso não é nada comparado ao que irei contar na próxima noite, se eu viver e o rei me preservar".

[97] Estes versos, como muitos outros, contêm visíveis falhas que a tradução buscou remediar.

NA NOITE SEGUINTE,
QUE ERA A

643ª

Sua irmã lhe disse: “Por Deus, minha irmã, se não estiver dormindo, continue a história para atravessarmos o serão desta noite”, e ela respondeu: “Com muito gosto e honra”.

Eu tive notícia, ó rei venturoso, bem-sucedido e sensato, dono de correto parecer e belo e louvável proceder, de que Manjāb disse:

Então, comandante dos crentes, avancei e comecei a comer com ela, mas, de tão atônito e embasbacado que eu estava com a jovem, com a sua beleza, com a sua visão, comecei a levar a comida aos olhos em vez de à boca, o que a fez rir de mim e se inclinar de soberba e vaidade, dizendo: “Por Deus que esse aí é um louco, um palhaço! Não distingue a boca dos olhos?”. Respondi: “Por Deus, senhora das gazelas brancas, a sua beleza me aturdiu o intelecto e já não sei que fazer”. Ela perguntou: “Eu lhe agrado, Manjāb?”. Respondi: “Sim, por Deus, minha senhora, você me agrada”. Ela perguntou: “Qual seria a punição se aquele a quem eu pertencesse me deixasse e tomasse outra?”. Respondi: “A punição dele deve consistir em mil chicotadas no flanco direito, mil no flanco esquerdo, ter a língua cortada, as mãos decepadas e os olhos arrancados”. Ela perguntou: “Você se casaria comigo dentro dessas condições?”. Respondi: “Minha senhora, você está brincando comigo e rindo de mim!”. Ela disse: “Não, por Deus! Minha fala não é senão a verdade”. Eu disse: “Satisfaço-me e aceito tais condições. Porém, seja rápida e não se demore”. Ao me ver e ouvir assim disposto ao casamento, ela começou a tremer de êxtase e espanto, inclinando-se diante de mim, e estive a ponto de perder a razão. Ela se levantou, ausentou-se por alguns instantes e retornou vestindo um traje ainda mais opulento e belo que o primeiro,[98] recendendo a perfume por todo o corpo, entre quatro criadas como a lua luminosa. Ao vê-la naquele estado, soltei um grito e desmaiei, tamanhas eram a sua beleza e perfeição; tudo isso, comandante dos crentes, devido ao meu desejo por ela.[99]

[98] Note que o primeiro traje não foi descrito.

[99] No manuscrito, “e o seu anelo não era senão o desejo por ela”, formulação que foi aqui considerada erro de cópia.

Quando despertei do desmaio, ela me perguntou: "Manjāb, o que me diz a respeito da minha beleza e formosura?". Respondi: "Por Deus, senhora das gazelas brancas, ninguém neste século se compara a você". Ela perguntou: "Portanto, se eu lhe agrado, você aceita aquela condição?". Respondi: "Aceito, aceito, aceito".

E a manhã atingiu Šahrāzād, que interrompeu a narrativa e o discurso autorizado. A irmã lhe disse: "Como é bela a sua história, maninha", e ela respondeu: "Isso não é nada comparado ao que irei contar na próxima noite, se eu viver e o rei me preservar".

NA NOITE SEGUINTE,
QUE ERA A
644ª

Sua irmã lhe disse: "Por Deus, minha irmã, se não estiver dormindo, continue a história para atravessarmos o serão desta noite", e ela respondeu: "Com muito gosto e honra".

Eu tive notícia, ó rei venturoso, bem-sucedido e sensato, dono de correto parecer e belo e louvável proceder, de que Manjāb disse:

Quando a jovem estipulou aquelas condições, comandante dos crentes, respondi: "Eu aceito, aceito, aceito"; então ela mandou chamar juiz e testemunhas, que compareceram sem demora, e disse ao juiz: "Ouça a fala do noivo e registre-a com as mesmas palavras. Trata-se de argumento, documento e juramento: se ele me trair e se casar com outra, lícita ou ilicitamente, eu lhe aplicarei mil chibatadas no flanco direito, mil no flanco esquerdo, cortarei a sua língua, deceparei as suas mãos e lhe arrancarei os olhos". O juiz me perguntou: "Podemos testemunhar que isso é verdade?". Respondi: "Sim", e ele escreveu, comandante dos crentes, o testemunho e o juramento. Eu mal podia acreditar. Em seguida, ela trouxe uma travessa com meio quilo de ouro e mil dirhams de prata e os distribuiu ao juiz e às testemunhas, que receberam e se retiraram, após terem redigido o contrato e registrado o juramento. Em seguida, serviu-se comida e todos comemos e bebemos. Dormi com ela, e tão boa foi a noite, de um viver tão gozoso, que desejei que o dia não voltasse a raiar, tamanhos eram o meu regozijo e prazer com aquela mulher que eu nunca vira, nem ouvira, nem tivera notícia de alguém que se lhe assemelhasse. Permaneci com ela, comandante dos crentes, sete dias num só ritmo, e quando foi o oitavo ela me disse: "Manjāb, amor dos amores, leve esta trouxa com mil dinares de ouro para com eles ampliarmos o seu estoque de colares, pedras preciosas e tecidos, e melhorarmos a sua loja de um modo apropriado a você, pois eu o quero o maioral do mercado, proprietário de mais mercadorias que qualquer outro. Contudo, Manjāb, quero que você se dirija à loja pela manhã e volte para mim ao meio-dia, a fim de que meu peito não fique opresso com a sua ausência". Respondi: "Ouço e obedeço". Porém, comandante dos crentes, meu desejo e propósito eram não sair de perto dela, fosse noite, fosse dia, tamanho o prazer que me proporcionava, ela que a todo instante ia vestir uma roupa diferente, e sempre que a via em tal estado, comandante dos crentes, eu não me continha e a possuía, e tampouco ela se continha. Pela manhã, levantava-me e me dirigia à loja, abria e me instalava ali até o meio-dia, quando então me vinha uma mula que eu montava e retornava para casa. Minha mulher me recebia sozinha no saguão, que era onde se localizava a porta do seu palácio, e mal tinha entrado eu já a abraçava e sofregamente a possuía, após o que ela gritava para as criadas que nos trouxessem o almoço; comíamos ambos e ela ordenava às criadas que limpassem o banho, passassem incenso de aloés e âmbar, adicionando água de rosas, e entrávamos os dois. Tão logo ela tirava a roupa eu sofregamente tornava a possuí-la por duas ou três vezes, após o que nos lavávamos e enxugávamos com tecidos de seda de cores ondulantes e toalhas felpudas;[100] ela gritava pelas criadas, que já tinham aprontado as bebidas, e elas as traziam; nós bebíamos até o início da tarde, quando então eu montava na mula e me dirigia à loja, [e ao final do dia,] após ordenar a um escravo que a trancasse, eu retornava para casa. Assim foi durante dez meses. Certo dia, estando eu sentado na loja, eis que surgiu, montada em sua camela, uma beduína cujos olhos dançavam sob a burca de brocado que ela usava. Pareciam olhos de gazela, e ao vê-los, comandante dos crentes, fiquei perplexo quanto ao que fazer.

E a manhã atingiu Šahrāzād, que interrompeu a narrativa e o discurso

[100] A tradução desses objetos não é inteiramente segura. Do primeiro, quanto à cor, existem referências em documentos comerciais egípcios do século XIX. Para o segundo, houve boa dose de inferência para chegar ao adjetivo.

autorizado. A irmã lhe disse: "Como é bela a sua história, maninha", e ela respondeu: "Isso não é nada comparado ao que irei contar na próxima noite, se eu viver e o rei me preservar".

NA NOITE SEGUINTE, QUE ERA A 645ª

Sua irmã lhe disse: "Por Deus, minha irmã, se não estiver dormindo, continue a história para atravessarmos o serão desta noite", e ela respondeu: "Com muito gosto e honra".

Eu tive notícia, ó rei venturoso, bem-sucedido e sensato, dono de correto parecer e belo e louvável proceder, de que Manjāb disse:

Olhei para os olhos da beduína sob a burca, comandante dos crentes, que pareciam olhos de gazela, e nesse momento a desejei, esquecendo-me da promessa, das testemunhas, do compromisso. Ela avançou para mim e disse: "Deus lhe dê boa vida, ó melhor dos árabes!", e respondi: "Melhor seja o seu viver". Ela perguntou: "Ó dono da face galharda, você tem algum colar gracioso que sirva para alguém como eu?". Respondi: "Sim", e fui buscar-lhe um colar, mas ao vê-lo ela disse: "Você não tem nada melhor que isto?". Então, comandante dos crentes, mostrei-lhe todos os colares que tinha na loja, mas nada lhe agradou. Eu disse: "Não existem em nenhuma outra loja colares melhores que estes". Foi aí, comandante dos crentes, que ela tirou um colar do pescoço e me disse: "Queremos um igual a este". Examinei o colar que ela tirara do pescoço: nunca tive em minha loja nada igual; aliás, tudo quanto ali se continha — colares, joias e demais mercadorias — não valia uma única pedra daquele colar, o que me levou a dizer-lhe: "Ó dona dos graciosos olhos, isso é algo que ninguém pode ter igual neste nosso tempo,[101] salvo o comandante dos crentes ou o seu vizir Jaᶜfar Bin Yaḥyā, o barmécida". Ela perguntou: "Quer comprá-lo de mim?". Respondi: "Não posso pagar

[101] "Neste nosso tempo": o original traz "naquele tempo", mais uma evidência de redação não revisada.

o preço!". Ela disse: "Não quero dinheiro por este colar; só o que quero de você é um beijo, um beijo em minha face". Eu disse: "Senhora das gazelas brancas, beijar sem enfiar é como ser flecheiro e não poder atirar".[102] Ela disse: "Quem beija enfia!", e em seguida, comandante dos crentes, desmontou da camela, sentando-se comigo no interior da loja. Então me dirigi aos fundos, ao que ela, inesperadamente para mim, me seguiu. Quando estávamos juntos no fundo da loja, ela me estreitou ao peito, apertando os seios contra mim, sem retirar a burca para mostrar o rosto. Não pude me conter, comandante dos crentes, e nesse momento, ao ver-me estreitado ao seu peito, também a estreitei e nela me satisfiz da maneira desejada. Depois que me satisfiz, ela se pôs em pé como um leão que se levanta do lugar e saiu pela porta da loja, mais ligeira que um pássaro, montando na camela, partindo e deixando o colar comigo. Tive a impressão, comandante dos crentes, de que nunca mais voltaria para mim, e o meu coração se contentou com o colar ali deixado comigo. Estava naquelas reflexões, conjecturando sobre o caso da mulher, e eis que chegaram os criados [da minha mulher] com a mula.

E a manhã atingiu Šahrāzād, que interrompeu a narrativa e o discurso autorizado. Sua irmã Dunyāzādah lhe disse: "Como é bela a sua história, maninha", e ela respondeu: "Isso não é nada comparado ao que irei contar na próxima noite, se eu viver e o rei me preservar".

NA NOITE SEGUINTE, QUE ERA A 646ª

Sua irmã lhe disse: "Por Deus, minha irmã, se não estiver dormindo, continue a história para atravessarmos o serão desta noite", e ela respondeu: "Com muito gosto e honra".

Eu tive notícia, ó rei venturoso, bem-sucedido e sensato, dono de correto parecer e belo e louvável proceder, de que o jovem Manjāb disse:

[102] No original, literalmente, "é como flecheiro sem arco". Adaptado para ter rima, pois o trecho em árabe é todo rimado: *albaws min ġayr daws miṯl arrāmī bi-ġayr qaws.*

Eis que então os criados [da minha mulher] chegaram com a mula e me disseram: "Senhor, venha para casa, pois a patroa o está chamando imediatamente. Ela já preparou o almoço e teme que esfrie". Por causa dos criados ali parados com a mula na porta da loja, comandante dos crentes, não pude lavar-me, e então montei e retornei para casa na companhia deles. Entrei e, conforme o hábito desde a primeira vez, ela me recebeu e disse: "Amor, o meu coração hoje ficou preocupado, pois você se atrasou bastante, fora do costume!". Respondi: "Hoje no mercado havia muitos mercadores, todos em suas lojas. Eu não podia sair com todos eles por ali". Ela me disse: "Meu amado, consolo da minha alma, agora mesmo eu estava lendo o Alcorão Sagrado e me confundi na recitação de uma coisinha no capítulo de Yā Sīn.[103] Gostaria que você me corrigisse para que eu o decore com base na sua leitura". Eu disse: "Senhora das gazelas brancas, agora não posso tocar no Alcorão nem recitá-lo". Ela perguntou: "Qual o motivo?". Respondi: "Estava eu sentado num canto da loja e então tive uma polução".[104] Ela disse: "Bom, se essas palavras forem verdade, então a sua ceroula está suja. Tire-a para que eu a lave". Eu disse: "A ceroula não se sujou porque eu a havia tirado antes de me sentar". Ao ouvir estas minhas palavras, comandante dos crentes, ela chamou um dos escravos, cujo nome era Rīhān, e lhe disse: "Rīhān, vá abrir a loja e traga de lá a ceroula".[105] Eu disse a ela: "Senhora das gazelas brancas, eu a dei como esmola para uma velha de cabeça descoberta cuja situação e pobreza me incomodaram". Ela me disse: "Por acaso não era uma velha montada numa camela, dona de um colar valioso, e que o vendeu para você em troca de um beijo? Aquela para quem você disse: 'Dona dos olhos graciosos, beijar sem enfiar é como ser flecheiro sem atirar'?". Quando ela concluiu tais palavras, comandante dos crentes, voltou-se para as criadas e lhes disse: "Tragam-me a cozinheira Sa^{c}īda agora mesmo!". Tratava-se de uma criada negra, e foi colocada diante da minha mulher. Ela mesma é que tinha ido até mim disfarçada de beduína. Ainda usava a mesma roupa, com a burca de brocado sobre o rosto. Minha mulher lhe tirou a burca, despiu-a e ela ficou nua, com o seu negrume de carvão. Ao ver aquilo, comandante dos crentes, fiquei perplexo, refleti sobre a questão e não soube o que fazer. Recordei-me da condição...

[103] Trigésimo sexto capítulo, ou sura, do Alcorão, constituído por 83 versículos.
[104] Lembre que, para o muçulmano, tocar o Alcorão ou recitá-lo exige pureza ritual.
[105] No original, *mandīl*, "lenço". Ou bem se trata de equívoco do copista, ou então falta algum trecho.

E a manhã atingiu Šahrāzād, que interrompeu a narrativa e o discurso autorizado. A irmã lhe disse: "Como é bela a sua história, maninha", e ela respondeu: "Isso não é nada comparado ao que irei contar na próxima noite, se eu viver e o rei me preservar".

NA NOITE SEGUINTE,
QUE ERA A

647ª

Sua irmã lhe disse: "Por Deus, minha irmã, se não estiver dormindo, continue a história para atravessarmos o serão desta noite", e ela respondeu: "Com muito gosto e honra".

Eu tive notícia, ó rei venturoso, bem-sucedido e sensato, dono de correto parecer e belo e louvável proceder, de que Manjāb disse:

Então, comandante dos crentes, recordei-me da condição e do compromisso que fora registrado pelo juiz e pelas testemunhas, e perdi o senso. Minha mulher olhou para mim e disse: "É essa a condição, ó Manjāb, seu ajuntador de cachorros". Ouvindo-lhe as palavras, comandante dos crentes, me mantive cabisbaixo, sem conseguir dar-lhe resposta nem falar o que quer que fosse. Ela me disse: "Ai de você! Eu não lhe dissera, ó Manjāb, que você era dos cães reunidor, e não dos amores? Ai de você! Não mentiu quem disse que os homens não são de confiança. Como, Manjāb, você prefere esta criada a mim, e a faz equivaler à minha juventude e aparência? Mas, criadas, mandem chamar o juiz e as testemunhas". Imediatamente, comandante dos crentes, eles foram trazidos e exibiram o contrato com a promessa e o compromisso. Ela disse às testemunhas: "Leiam tudo para ele", e eles leram e me perguntaram: "O que você tem a dizer sobre este contrato e este compromisso?". Respondi: "O contrato está correto. Nada tenho para dizer a seu respeito". Nesse momento, comandante dos crentes, ela mandou chamar o chefe de polícia e os ajudantes, diante dos quais reconheci e confessei minha culpa. Eles me xingaram, me insultaram e, malgrado eu lhes tenha contado a história inteira, nenhum deles me perdoou; ao contrário, todos disseram: "Você merece ser partido em dois ou ter os quatro membros amputados por ter abandonado esta beleza, perfeição, esplendor, talhe e esbelteza para se atirar sobre uma criada preta como carvão! Abandonou esta imagem que parece a luz da lua para ficar com esta imagem maligna que parece as trevas". Nesse momento, comandante dos crentes, ela disse ao chefe de polícia: "Ouça o que lhe digo. Eu os faço testemunhas de que o absolvo de ter a língua cortada, as mãos decepadas e os olhos arrancados, mas me façam justiça contra ele em uma das condições". Perguntaram: "Qual delas?". Ela respondeu: "Mil chibatadas no flanco direito e outras mil no flanco esquerdo".

Disse [*o narrador*]: Nesse momento, comandante dos crentes, o chefe de polícia avançou para mim, puxou-me e me aplicou mil golpes no flanco direito, até que perdi totalmente a consciência; depois, pegou um punhado de sal e passou onde eu fora golpeado; em seguida, aplicou outros mil golpes no meu flanco esquerdo, dando-me ao cabo de tudo uns trapos com os quais me cobriram. Quando consegui abrir os olhos após tanta pancada, comandante dos crentes, o que somente se deu passados três dias, vi-me atirado num monturo de lixo, mas mesmo em tais condições consegui reunir ânimo e me levantar. Fui até a casa onde eu morava antes do casamento, encontrando-a trancada com três cadeados, totalmente vazia, sem nenhum som que dela saísse, tal como disse a seu respeito certo poeta nos seguintes versos de poesia:

"Eram gomos de colmeia, bem habitados,
e quando as abelhas partiram se esvaziaram."

Parei à porta por alguns instantes e eis que uma mulher, comandante dos crentes, saiu da casa vizinha e me perguntou: "O que você quer, mendigo? O que procura?". Respondi: "Procuro os donos desta casa". Ela disse: "Nela moravam muitas pessoas, mas depois sumiram, sem que se saiba o seu paradeiro. Deus abençoe quem disse os seguintes versos de poesia:

'Sumiram e com seu sumiço sumiu meu sossego:
após a separação, meu coração já não tem repouso,
cheio de preocupação com quem tão bem me tratou.
Acaso não vês que a porta deles já não tem chaves?'."

Então, comandante dos crentes, arrependido pelo que fizera e aflito com o que me sucedera devido à má ação por mim cometida, eu disse àquela mulher que me dirigia a palavra: "Por Deus, minha senhora, você tem alguma pista ou notícia?".

E a manhã atingiu Šahrāzād, que interrompeu a narrativa e o discurso autorizado. Sua irmã Dunyāzādah lhe disse: “Como é bela a sua história, maninha”, e ela respondeu: “Isso não é nada comparado ao que irei contar na próxima noite, se eu viver e o rei me preservar”.

NA NOITE SEGUINTE
QUE ERA A

648ª

Sua irmã lhe disse: “Por Deus, minha irmã, se não estiver dormindo, continue a história para atravessarmos o serão desta noite”, e ela respondeu: “Com muito gosto e honra”.

Eu tive notícia, ó rei venturoso, bem-sucedido e sensato, dono de correto parecer e belo e louvável proceder, de que Manjāb disse:

[Perguntei à mulher:] “Minha senhora, você tem alguma pista ou notícia deles? Por acaso não obteve alguma informação clara?”. Ela respondeu: “Você teria obtido isso antes, pobre coitado, tal como disse o poeta nestes versos poéticos:

‘Minhas lágrimas escorrem e meu coração não dorme:
meu coração se derrete e se arrebenta depois disso tudo.
Será que a minha pupila um dia ainda os contemplará?
A lua já desapareceu: teremos alguém para dar o adeus?
O mais espantoso é que ainda aqui eu esteja,
enquanto o fogo me queima as entranhas.
Embora a separação eu já tenha chorado,
não encontro bom conselheiro nem quem me ajude!
Ó lua, que tão ausente te encontras
dos olhos, por que não surges?
Se te ausentas de mim, quem me acompanha no exílio
entre os homens? Já não sei o que faço!

O destino já decidiu meu exílio. Quem é que
poderá enfrentá-lo e impedir que se consume?'."[106]

Então, comandante dos crentes, fiquei ainda mais saudoso, minha lágrima escorreu copiosa e minha palavra se sufocou. Pus-me a perambular pelas ruas da cidade, arrastando-me de parede em parede, tamanhos eram meu medo e meu pesar por causa da ausência dos meus entes queridos; conforme caminhava eu ia dizendo os seguintes versos de poesia:

"Desabei humilhado ao perder meus amores,
e atirei meu bom senso por aqueles caminhos.
Padeço há um bom tempo de dor e fraqueza,
e eu sofro por causa dos decretos do destino.
Alguém por gentileza poderia aproximá-los,
a meu coração fazendo mercê? Saudades, amores!
Beijei tantos pés por meu amor a vocês!
Não haveria informante, mesmo mendaz?"

Continuei nesse estado, comandante dos crentes, padecendo preocupações e tristezas, pensando e zanzando [pelos arredores da casa], e eis que um homem me informou que os moradores tinham partido fazia três dias, e desde então ninguém mais recebera notícias sobre aonde haviam ido. Voltei de novo para a porta da casa, comandante dos crentes, e me sentei ao seu lado para descansar. Casualmente olhei para o alto da porta e ali vi um papel dobrado no qual estavam escritos os seguintes versos de poesia:

"O choro entre os justos não resolve,
pois fui traído por quem me subjugava.
Eu te era caro e contigo estava próspero,
mas ora mudaste e já não sou teu retorno.
Se me procurares e de modo algum encontrares,
terei partido e com outro estarei satisfeito.
Foi o que vi nos sonhos, pois sou bem-dotado;

[106] Note que essa poesia amorosa, em princípio, parece deslocada, uma vez que o texto não faz referência a nenhuma relação com vizinhos.

resigna então o teu coração com o que ele teme.
Também eu chorei a perda do amor, mas depois
vi que chorar por alguém como tu não resolve.
Então, ó tu que paras às portas outrora tão caras,
talvez ouças um dia, quiçá, notícias de nós."

Disse [*o narrador*]: Fui então até a minha mãe e a minha irmã,[107] informando-as verbalmente o que me ocorrera do início ao fim. Ambas choraram por mim, e minha mãe disse: "Nunca supus, filho, que isso pudesse acontecer com você. Porém, qualquer desgraça abaixo da morte não é desgraça. Paciência, filho, pois a recompensa do homem resignado é Deus quem dá. Isso que lhe sucedeu também sucedeu a muitos iguais a você. Saiba que o decretado se efetua e o destino é irreversível. Porventura você não ouviu a fala do poeta que disse os seguintes versos de poesia:

'O tempo são dois, um doce, outro amargo,
e a vida são duas, uma pura, outra turva.
Dize a quem urdiu as tramas do tempo:
o tempo só maltrata os importantes?
Não boia a carniça na superfície do mar,
em cujo fundo permanecem as pérolas?
São tantas plantas com folhas no solo,
mas não se arrancam senão as frutíferas.
Não vês que a ventania, quando assopra,
não arranca senão as árvores mais altas?
Nos céus existem incontáveis estrelas,
mas em eclipse só entram o sol e a lua.
Pensas bem dos dias quando tudo vai bem,
sem temeres o mal que o destino reserva:
se as noites são boas, com elas te iludes,
mas no sossego da noite é que se previne a torpeza?'."[108]

[107] Note que, páginas atrás, o narrador mencionou que a mãe e a irmã haviam mudado para longe, e, ao que parece, nem sequer tinham informações sobre o casamento. Tal indecisão quanto ao papel dessas personagens no enredo é mais uma prova de redação primitiva.
[108] Poesia bem semelhante, com variação em algumas palavras, já foi recitada na primeira noite, do vol. 1 desta coleção, e fragmentos dela surgiram nas noites 104, também do vol. 1, e 207, do vol. 2.

Disse [*o narrador*]: Ao ouvir as palavras da minha mãe, comandante dos crentes, e o discurso metrificado que ela me expôs, resignei-me e entreguei a questão a Deus.

E a manhã atingiu Šahrāzād, que interrompeu a narrativa e o discurso autorizado. A irmã lhe disse: "Como é bela a sua história, maninha", e ela respondeu: "Isso não é nada comparado ao que irei contar na próxima noite, se eu viver e o rei me preservar".

NA NOITE SEGUINTE, QUE ERA A 649ª

Sua irmã lhe disse: "Por Deus, minha irmã, se não estiver dormindo, continue a história para atravessarmos o serão desta noite", e ela respondeu: "Com muito gosto e honra".

Eu tive notícia, ó rei venturoso, bem-sucedido e sensato, dono de correto parecer e belo e louvável proceder, de que Manjāb disse:

Então, comandante dos crentes, resignei-me e entreguei a questão a Deus altíssimo. Minha mãe se pôs a me medicar com pós, pomadas e outros tipos de remédio que me beneficiaram, até que me curei, mas restaram os vestígios, conforme você viu. Quanto a mim, não escrevi aquelas linhas que você leu, comandante dos crentes, senão para que a minha notícia chegasse até você, e assim nada da minha história lhe ficaria oculto, nem da minha condição. Foi isso que me sucedeu e se abateu sobre mim, comandante dos crentes.

A INVESTIGAÇÃO DE JAᶜFAR

Disse o narrador desta história extasiante, maravilhosa e insólita: Ao ouvir aquilo, o califa Hārūn Arrašīd bateu uma mão sobre a outra e disse: "Não existe poderio nem força senão em Deus altíssimo e poderoso!". Em seguida, gritou com o seu vizir Jaᶜfar, o barmécida, dizendo-lhe: "Se você não me trouxer notícias sobre esse assunto, Jaᶜfar, se você não o investigar e desvendar o caso deste rapaz, ordenaremos que o seu pescoço seja decepado!". Ja^c^far respondeu: "Ouço e obedeço. Porém, comandante dos crentes, dê-me um prazo de três dias". O califa respondeu: "Prazo de três dias concedido". Então Ja^c^far saiu dali como se fosse cego e surdo, sem ver nem ouvir, perplexo, refletindo sobre a questão e dizendo: "Quem dera não nos tivéssemos reunido com esse rapaz, nem o visto". Continuou caminhando até chegar a sua casa, onde trocou de roupa e saiu vagando pelas ruas de Bagdá, que era uma grande cidade no tempo de Hārūn Arrašīd. Em cada rua que entrava, ele procurava notícias, fazendo algumas indagações a respeito de certas ocorrências na cidade. Agiu assim desde o amanhecer até o anoitecer mas não encontrou nenhuma pista ou notícia clara sobre o assunto. No segundo dia tampouco encontrou alguma coisa, desde o amanhecer até o anoitecer. No terceiro dia ele saiu de casa dizendo esta poesia:

"Convive com o sultão mas cuida-te da tirania,
e não discutas com aquele que quando fala cumpre."

Esquadrinhou a cidade até o meio-dia, mas nada encontrou. Voltou para casa, onde tinha uma camareira a quem deixou a par do que lhe sucedia, sem nada esconder. Ele disse: "O prazo que o rei me deu vai até hoje à noite. Se eu não lhe der nenhuma notícia ele cortará a minha cabeça". A camareira saiu e circulou pela cidade até o entardecer, mas não trouxe nenhuma notícia, e então Ja^c^far disse: "Não existe poderio nem força senão em Deus altíssimo e poderoso!". Ja^c^far, cuja irmã vivia sozinha numa casa com as criadas e os criados, pensou: "Vou até a minha irmã espairecer um pouco e despedir-me dela, pois talvez a morte esteja próxima". Ninguém podia pedir em casamento essa irmã, que na cidade de Bagdá não tinha quem se lhe comparasse em beleza, nem mesmo as mulheres do califa. Ja^c^far foi, portanto, à casa dessa irmã e entrou. Ela veio recebê-lo à porta do saguão, e ao vê-lo com as feições alteradas, disse: "Que você não esteja correndo perigo, meu irmão, pois as suas feições estão alteradas!". Ele respondeu: "Caí numa situação perigosa, um caso difícil do qual não serei salvo senão pelo poder de Deus altíssimo. Se eu não tiver solução até o amanhecer, o califa cortará a minha cabeça", e lhe contou a história do começo ao fim. Ao ouvir as palavras de Ja^c^far, a irmã empalideceu e a sua condição se alterou; ela disse: "Meu irmão, dê-me a sua garantia de integridade[109] e proteção que eu lhe contarei a história desse rapaz". Nesse momento, o terror de Ja^{c}far se amainou, seu coração se tranquilizou e ele lhe deu garantia de integridade.

E a manhã atingiu Šahrāzād, que interrompeu a narrativa e o discurso autorizado. A irmã lhe disse: "Como é bela a sua história, maninha", e ela respondeu: "Isso não é nada comparado ao que irei contar na próxima noite, se eu viver e o rei me preservar".

NA NOITE SEGUINTE, QUE ERA A 650ª

Sua irmã lhe disse: "Por Deus, minha irmã, se não estiver dormindo, continue a história para atravessarmos o serão desta noite", e ela respondeu: "Com muito gosto e honra".

Eu tive notícia, ó rei venturoso, bem-sucedido e sensato, dono de correto parecer e belo e louvável proceder, de que Ja^{c}far, o barmécida, deu à irmã garantia de integridade e proteção, comprometendo-se a não prejudicá-la, e então ela lhe disse: "Irmão, as mulheres foram criadas para os homens, e os homens, para as mulheres, e se a mentira salva, a verdade salva mais ainda.[110] Esse assunto todo se refere a mim; fui eu que me casei com ele e estipulei as tais condições, que ele aceitou, satisfazendo-se com o compromisso e a promessa". Ao ouvir o que a irmã lhe contava a respeito de Manjāb, Ja^{c}far ficou contente, tranquilizando-se por fora mas se afligindo por dentro, pois ele havia imposto à irmã que não se casasse e mesmo assim ela armara aquela artimanha e se casara.[111] Imediatamente ele se levantou e caminhou até chegar ao califa Hārūn Arrašīd, cumprimentando-o e rogando por ele. O

109 "Garantia de integridade" traduz *amān*, palavra recorrente já explicada nos outros volumes desta coleção.
110 Trata-se de fala comum, praticamente um provérbio. No texto, entretanto, consta "se a mentira é um argumento, a verdade salva melhor", o que parece não fazer sentido.
111 Desnecessário dizer que essas informações não encontram respaldo histórico. Na verdade, o que consta de alguns registros é que o califa Hārūn Arrašīd tinha uma irmã da qual sentia muitos ciúmes e não lhe permitia que se casasse.

califa devolveu o cumprimento e perguntou: "Você me trouxe notícias a respeito do caso, Ja^{c}far?". Ele respondeu: "Sim, amo, as notícias apareceram e se divulgaram. Trata-se de uma questão interna. Não tivesse sido socorrido pelo criador — que me fez encontrar a jovem ela mesma, em pessoa, por coincidência, sem nada preestabelecido —, eu estaria aniquilado". O califa perguntou: "E quem é ela, para que possamos puni-la por seus atos e pelo que fez com Manjāb, que não merece o que lhe aconteceu, mesmo tendo errado?". Ja^{c}far então deu um passo à frente e pediu ao califa perdão para a irmã. O califa perguntou: "Você está me dizendo, Ja^{c}far, que foi ela que você encontrou?". Ele respondeu: "Por Deus, comandante dos crentes, que se trata da minha irmã Budūr!". Ao ouvir aquilo, o califa perguntou: "Ja^{c}far, por que a sua irmã agiu assim?". O vizir respondeu: "O que está predestinado fatalmente ocorre; não há como evitar o preestabelecido, nem voltar atrás no que foi dado, nem dar o que foi negado. Enfim, foi isso que ocorreu, e não adianta fazer nada. Agora, o que você ordenar nós cumpriremos". Então o califa entregou Manjāb ao vizir, que foi com ele até a casa da irmã. Ambos entraram e as pazes foram seladas entre o casal, isso após o rei ter concedido a Manjāb as maiores benesses. A partir daí, sempre, em determinada época do ano, o califa se disfarçava e ia pela noite, junto com Ja^{c}far, até Manjāb para ouvir histórias. Certa noite, o califa disse a Manjāb: "Graças a Deus, Manjāb, que reuniu você à sua amada Budūr. Mas agora o meu propósito é que você nos conte uma história que seja insólita e faça o meu peito se desanuviar". Manjāb disse: "Ouço e obedeço, comandante dos crentes".

E a manhã atingiu Šahrāzād, que interrompeu a narrativa e o discurso autorizado. A irmã lhe disse: "Como é bela a sua história, maninha", e ela respondeu: "Isso não é nada comparado ao que irei contar na próxima noite, se eu viver e o rei me preservar".

NA NOITE SEGUINTE,
QUE ERA A

651ª

Sua irmã lhe disse: "Por Deus, minha irmã, se não estiver dormindo, continue a história para atravessarmos o serão desta noite", e ela respondeu: "Com muito gosto e honra".

Eu tive notícia, ó rei venturoso, bem-sucedido e sensato, dono de correto parecer e belo e louvável proceder, de que o califa Hārūn Arrašīd pediu ao jovem Manjāb algumas histórias sobre reis antigos, e ele respondeu: "Ouço e obedeço, comandante dos crentes".

O DERVIXE, O APRENDIZ DE BARBEIRO E O SULTÃO

Conta-se, mas Deus sabe mais sobre o que é ausência, e é mais sapiente, que vivia, no tempo de um rei chamado Addahmār, um barbeiro que tinha um jovem aprendiz em sua loja. Certo dia, entrou na loja do barbeiro um dervixe que, olhando para o aprendiz do barbeiro, achou-o belo e formoso, dotado de bom talhe e esbelteza, e lhe pediu um espelho. O rapaz lhe trouxe o espelho, o dervixe pegou-o, mirou-se nele, penteou a barba, enfiou a mão debaixo do braço, tirou um *ašrafī*[112] de ouro, colocou-o sobre o espelho e o devolveu ao rapaz. O barbeiro, voltando-se para o dervixe, ficou espantado e disse: "Louvado seja Deus! Este homem é dervixe e colocou um *ašrafī* no espelho. Essa é uma coisa espantosa".[113] O dervixe tomou o seu rumo e no segundo dia, logo pela manhãzinha, eis que ele voltou, entrou na barbearia, pediu o espelho ao aprendiz do barbeiro — que lho trouxe —, pegou-o, penteou a barba após mirar o próprio rosto, puxou um *ašrafī* do bolso, colocou-o sobre o espelho e o devolveu ao rapaz, recebendo novo olhar de espanto do barbeiro. Então, o dervixe se levantou e tomou o seu rumo. Como continuou a fazer isso diariamente — olhar-se no espelho e colocar um *ašrafī* sobre ele —, o barbeiro pensou: "Por Deus que esse dervixe deve ter alguma história. É possível que ele esteja apaixonado pelo rapaz; receio que o seduza e o leve consigo". Então, ele disse ao rapaz: "Menino, quando o dervixe vier não se aproxime, e quando ele pedir o espelho não lhe dê. Deixe que eu dou". No dia seguinte, eis que o dervixe chegou, conforme o hábito, e pediu o espelho ao rapaz, que fingiu não ouvir. O dervixe então o encarou, lançando-lhe um olhar tão furioso que quase o matou, e o rapaz, cheio de medo, entregou-lhe o espelho. O dervixe, encolerizado, olhou-se no espelho, penteou a barba e, ao terminar, tirou do bolso dez dinares de ouro, colocou-os sobre o espelho e o devolveu ao rapaz. O barbeiro olhou para ele sumamente espantado e pensou: "Por Deus que esse dervixe todo dia vinha e colocava um *ašrafī*, mas hoje ele colocou dez, ao

[112] Moeda cunhada na época do sultão mameluco Alašraf Sayf Addīn Barsbāy, que governou o Egito de 1422 a 1437. Virou sinônimo de dinar. O manuscrito registra *šarīfī*, erro de cópia ou corruptela.
[113] Note que "dervixe" é vocábulo proveniente do persa, língua na qual significa "pobre".

passo que eu, por dia, não recebo nesta loja nem meio centavo?". [E disse então ao rapaz:] "Menino, quando o dervixe vier conforme o hábito, estenda-lhe um tapete no banco lá de dentro; caso contrário, quem o vir aqui diariamente à porta pode suspeitar de alguma coisa". O menino respondeu: "Sim". No dia seguinte, o dervixe chegou e, quando entrou, o menino lhe fez um sinal e ele o seguiu até o fundo da loja. O coração do dervixe se enamorara do rapaz.

E a manhã atingiu Šahrāzād, que interrompeu a narrativa e o discurso autorizado. Sua irmã Dunyāzādah lhe disse: "Como é bela a sua história, maninha", e ela respondeu: "Isso não é nada comparado ao que irei contar na próxima noite, se eu viver e o rei me preservar".

NA NOITE SEGUINTE, QUE ERA A 652ª

Sua irmã lhe disse: "Por Deus, minha irmã, se não estiver dormindo, continue a história para atravessarmos o serão desta noite", e ela respondeu: "Com muito gosto e honra".

Eu tive notícia, ó rei venturoso, bem-sucedido e sensato, dono de correto parecer e belo e louvável proceder, de que [Manjāb disse:]

O coração do dervixe se enamorara do aprendiz, graças à sua beleza e perfeição, e por isso ele passara a ir diariamente até a barbearia. O rapaz o recebia, estendendo-lhe um tapete, e o dervixe colocava dez *ašrafīs* sobre o espelho. Tanto o barbeiro como o menino estavam satisfeitos com ele. Certo dia, o dervixe foi à barbearia, conforme o hábito, e não encontrou senão o rapaz, o aprendiz apenas, sem mais ninguém na loja. Perguntou-lhe sobre o mestre e o jovem o informou, dizendo: "Tio, o meu mestre foi assistir à fundição de canhões, pois hoje o sultão sairá, acompanhado do vizir e dos notáveis do governo, para presenciar a cerimônia". O dervixe disse: "Meu filho, vamos nós também assistir e antes que as pessoas cheguem, antes que o seu mestre chegue.[114] Vamos nos divertir, espairecer

[114] A redação confusa não permite entender se o propósito é chegar antes dos outros ao local da fundição ou sair antes que os fregueses cheguem à barbearia.

e assistir antes que eu viaje, pois o meu propósito é viajar hoje após o meio-dia". O rapaz respondeu: "Muito bem, tio", e, trancando a barbearia, caminhou com o dervixe, chegando ambos ao local onde se realizava a fundição dos canhões, e onde já estavam presentes o sultão, o vizir, os secretários, os notáveis do governo, os figurões do reino e todos os demais, aguardando que os caldeirões fossem tirados do fogo, e então o primeiro a se aproximar deles — que continham cobre derretido — foi o sultão, que enfiou a mão no bolso, encheu-a de ouro e o atirou dentro dos caldeirões; depois dele, o grão-vizir deu um passo adiante e imitou o sultão, e logo os principais do governo também passaram a jogar moedas de prata, centavos e reais dentro dos caldeirões. Nesse momento, o dervixe avançou, tirou da algibeira um frasco do qual extraiu, com uma concha funda,[115] algo semelhante à hena, e se pôs a atirar um pouco dentro de cada caldeirão, após o que se afastou da multidão, pegou o menino e retornou com ele à barbearia. O menino a abriu e o dervixe lhe disse: "Meu filho, se o sultão mandar chamar você e o indagar sobre mim, estarei na cidade tal, e se for me encontrar, me achará sentado diante dos portões dessa cidade". Em seguida, despediu-se do jovem aprendiz de barbeiro e rumou para a tal cidade. Isso foi o que sucedeu a ambos. Quanto ao sultão, ele continuou parado até que levaram os caldeirões para as formas de metal a fim de ali despejar-lhes o conteúdo, mas então verificaram que o conteúdo dos caldeirões se transformara totalmente em ouro puro. O sultão perguntou ao vizir e aos principais do governo: "Quem é que jogou coisas dentro dos caldeirões? Estava presente algum estrangeiro?". Responderam-lhe: "Nós vimos um dervixe que pegou uma concha e dela se pôs a atirar algo dentro dos caldeirões". Então o sultão indagou a respeito a um dos presentes, o qual o informou de que o dervixe andava fazendo a corte ao aprendiz do barbeiro que fica no lugar tal. Nesse momento o sultão determinou a alguns dos seus secretários que lhe trouxessem o aprendiz.

E a manhã atingiu Šahrāzād, que interrompeu a narrativa e o discurso autorizado. A irmã lhe disse: "Como é bela a sua história, maninha", e ela respondeu: "Isso não é nada comparado ao que irei contar na próxima noite, se eu viver".

115 "Algibeira" e "frasco" traduzem, respectivamente, a desconhecida palavra *kilāḥ*, que não consta de nenhum dicionário consultado, e *būṣa*, unidade de medida equivalente a "polegada", o que não faz sentido. Pode também ser má grafia ou corruptela de *būṣla*, "bússola", o que talvez fizesse sentido, sobretudo quando se lembra da associação, nas culturas medievais, desse objeto a práticas mágicas e alquímicas. E "concha funda" traduz *malʿaqa hilāliyya*, literalmente, "colher em forma de lua crescente".

NA NOITE SEGUINTE,
QUE ERA A

653ª

Sua irmã lhe disse: "Por Deus, minha irmã, se não estiver dormindo, continue a história para atravessarmos o serão desta noite", e ela respondeu: "Com muito gosto e honra".

Eu tive notícia, ó rei venturoso, bem-sucedido e sensato, dono de correto parecer e belo e louvável proceder, de que [Manjāb disse:]

O sultão enviou em busca do aprendiz alguns dos seus secretários, os quais foram até lá, trouxeram-no e colocaram-no diante dele. O rapaz saudou o sultão e rogou por ele tal como se roga para os califas, e o sultão, após responder ao cumprimento, indagou-o sobre o dervixe que o acompanhava. O rapaz disse: "Ó rei do governo, ele me recomendou que dissesse: 'Estou na cidade tal'". Nesse momento, o sultão lhe ordenou que viajasse até o dervixe e o trouxesse. O rapaz respondeu: "Ouço e obedeço". O sultão lhe destinou um carro, deu-lhe alguns presentes, e o rapaz, após curta viagem, chegou à cidade. Desembarcou, foi até os portões e tão logo entrou eis que o dervixe estava ali sentado num banco. Ao vê-lo, foi cumprimentá-lo e lhe contou o que sucedera. Sem discutir com o aprendiz de barbeiro, o dervixe se levantou e se dirigiu até o carro, desamarrando-o e viajando até o sultão; entraram, beijaram o chão diante dele, cumprimentaram-no e ele respondeu o cumprimento. Quanto ao rapaz, o sultão lhe deu presentes e um cargo entre governantes, enviando-o para governar certa província; quanto ao dervixe, ele ficou com Addahmār durante sete dias, após os quais o sultão lhe disse: "Eu desejo que você me ensine a fabricar ouro". O dervixe respondeu: "Ouço e obedeço ao nosso amo o sultão", e buscou um fogão, pôs sobre ele um caldeirão, acendeu o fogo, trouxe uma porção de chumbo, outra de estanho, outra de cobre, totalizando quarenta e cinco quilos, e os deixou ao fogo até se tornarem como líquido, enquanto o sultão assistia e observava. Com a concha, o dervixe retirou algo de um frasco e o aspergiu sobre aquele chumbo, cobre e estanho, que se transformaram em ouro puro, tudo isso feito e repetido na presença do sultão, que então repetiu aquelas ações e também obteve ouro puro, na frente do dervixe. Assim, toda vez que lhe dava vontade, o sultão se sentava diante do dervixe, mexia o chumbo, o cobre e o estanho, lançava sobre ele um pouco do pó que este lhe dera e transformava tudo em ouro puro. Até que, certa noite, o sultão resolveu fazer diante das mulheres do seu harém o mesmo que fazia diante do dervixe, mas não deu certo. Aborrecido, o sultão disse: "Não fiz mais nem menos. Por que não deu certo?".

E a manhã atingiu Šahrāzād, que interrompeu a narrativa e o discurso autorizado. A irmã lhe disse: "Como é bela a sua história, maninha", e ela respondeu: "Isso não é nada comparado ao que irei contar na próxima noite, se eu viver e o rei me preservar".

NA NOITE SEGUINTE,
QUE ERA A

654ª

Sua irmã lhe disse: "Por Deus, minha irmã, se não estiver dormindo, continue a história para atravessarmos o serão desta noite", e ela respondeu: "Com muito gosto e honra".

Eu tive notícia, ó rei venturoso, bem-sucedido e sensato, dono de correto parecer e belo e louvável proceder, de que [Manjāb disse:]

O rei disse: "Por que não deu certo?", e quando amanheceu reuniu-se com o dervixe, fez [a operação] diante dele e produziu ouro puro. Admirado, o rei disse: "Por Deus que isso é espantoso! Quando faço sozinho não dá certo, e quando faço diante do dervixe dá certo e se produz ouro". E o sultão passou a não fazer aquilo senão na frente do dervixe.

Certo dia, com o peito opresso, o sultão foi passear no bosque e saiu com os principais de seu governo, levando também o dervixe consigo. Avançaram até as proximidades do rio, o sultão na frente e o dervixe atrás do grupo. Devido à força com que as agarrava, as rédeas da montaria beliscaram a mão do sultão, obrigando-o a abri-la e fechá-la, e eis que o anel lhe escapou do dedo mindinho, bateu no solo e caiu no fundo do rio. Aborrecido, o rei estacou e disse: "Não sairemos deste lugar senão quando o anel voltar". Então todos apearam, fazendo tenção de mergulhar no rio, e eis que o dervixe chegou, encontrou o rei parado, chateado pelo anel, e lhe perguntou: "O que você faz aí parado, rei do tempo?". Ele respondeu: "O anel do reino escapou de mim e caiu no rio, neste local". O dervixe disse: "Não se aborreça, amo", e, sacando da algibeira uma caixinha, dela retirou um pedaço de cera de mel, moldou-a na forma de um homem, atirou-o no rio, ficou à espera e eis que a forma saiu do rio com o anel no pescoço e pulou no arção da sela, diante do sultão, que lhe retirou o anel do pescoço, mas ao tentar pegá-la ela pulou na direção do dervixe, que a pegou, amassou, fazendo-a voltar a ser um pedaço de cera como antes, recolocou-a na caixinha e disse ao sultão: "Vamos". Tudo isso aconteceu enquanto os principais do governo olhavam e viam o dervixe e as suas ações. Depois disso, todos avançaram até o bosque, onde apearam dos seus cavalos e se sentaram para conversar uns com os outros, espairecendo naquele dia até o anoitecer, quando então tornaram a montar e retornaram para casa, bem como o dervixe retornou ao local a ele destinado. Mas todos os principais do governo ficaram contra o dervixe e disseram ao sultão: "Rei do tempo, você deve se manter extremamente alerta com esse dervixe, pois, querendo, ele matará a todos no palácio e se apossará do sultanato no seu lugar, e também o matará". O sultão perguntou: "Por quê?". Responderam: "Será fácil para ele fazer homens de cera e empregá-los contra você e contra nós para que nos matem. Ele irá se apoderar do sultanato sem custo nenhum". Ao ouvir aquelas palavras, o sultão ficou receoso e disse: "Por Deus que vocês dizem a verdade; as suas palavras estão certas e a questão é irretorquível", e perguntou: "Como agir em relação a esse dervixe?". Responderam: "Mande chamá-lo, coloque-o na sua presença e mate-o aqui mesmo. Muito cuidado para que seja morto de imediato bem na sua frente, caso contrário ele lhe dirá: 'Vou ali e já volto'. Não o deixe fazer isso!". Então o sultão mandou chamar o dervixe, colocou-o diante de si...

E a manhã atingiu Šahrāzād, que interrompeu a narrativa e o discurso autorizado. A irmã lhe disse: "Como é bela a sua história, maninha", e ela respondeu: "Isso não é nada comparado ao que irei contar na próxima noite, se eu viver e o rei me preservar".

NA NOITE SEGUINTE, QUE ERA A 655ª

Sua irmã lhe disse: "Por Deus, minha irmã, se não estiver dormindo, continue a história para atravessarmos o serão desta noite", e ela respondeu: "Com muito gosto e honra".

Eu tive notícia, ó rei venturoso, bem-sucedido e sensato, dono de correto parecer e belo e louvável proceder, de que [Manjāb disse:]

O sultão mandou chamar o dervixe, colocou-o diante de si e lhe disse: "Dervixe, saiba que o meu desejo e propósito é matá-lo. Você tem alguma recomendação para a sua família?". O dervixe perguntou: "Por que vai me matar, amo? Que coisa tão terrível fiz eu para que me mate? Diga qual o meu delito, e se eu merecer a morte então me mate, ou se merecer o exílio, me exile". O sultão respondeu: "É absolutamente imperioso matá-lo". O dervixe se pôs a agradá-lo, mas nada conseguiu, e, percebendo e assegurando-se de que o sultão não o esqueceria nem o deixaria escapar, levantou-se, desenhou um grande círculo no chão, do tamanho de quinze braças, em forma de aro — traçando dentro dele um círculo menor —, parou diante do sultão e disse: "Ó rei do tempo, esse círculo maior é o seu reino, e o círculo menor é o meu reino"; deu alguns passos, entrou no círculo menor e disse: "Se o seu reino, rei do tempo, não me cabe, morarei no meu reino", e mal entrou no círculo menor desapareceu das vistas dos presentes. O sultão disse aos principais do seu governo: "Peguem-no!", mas eles entraram e não encontraram ninguém. O sultão lhes disse: "Ele estava aqui comigo agora mesmo e entrou dentro desse círculo menor". Vasculharam à sua procura, procuraram e procuraram por ele mas não encontraram ninguém. Nesse momento, o sultão se arrependeu e disse: "Não existe poderio nem força senão em Deus altíssimo e poderoso! Fui injusto com esse dervixe e dei ouvidos às palavras dos hipócritas, concordando com eles e acatando-lhes a fala. Porém, tal como eles fizeram comigo, farei com eles"; quando amanheceu e os principais do governo se reuniram no salão do conselho, o sultão chamou aqueles que lhe tinham dito para matar o dervixe, mandando matar alguns e desterrar outros.

[*Prosseguiu Šahrāzād*:] Ao ouvir essa história de Manjāb, o califa Hārūn Arrašīd ficou sumamente espantado e disse: "Por Deus, Manjāb, que você serve para ser companheiro de reis", e fez dele seu conviva, em dignificação ao barmécida Ja^{c}far, seu vizir, que se tornara cunhado do rapaz. Hārūn Arrašīd também lhe pediu algumas histórias sobre as astúcias das mulheres, e Manjāb ficou cabisbaixo de vergonha do califa, que disse: "Manjāb, o espaço destinado à intimidade dos reis é lugar de espairecimento". Manjāb respondeu: "Na próxima noite, comandante dos crentes, contarei uma história sucinta sobre as astúcias das mulheres, e o que elas fazem com os maridos". Na noite seguinte, o comandante dos crentes mandou trazer Manjāb à sua frente, e quando ele entrou beijou o solo diante do califa e disse: "Se for o seu desejo, comandante dos crentes, que lhe contemos histórias sobre as astúcias das mulheres, que seja num local escondido, pois talvez alguma das concubinas ou algum outro ouça e conte para a rainha". O califa respondeu: "Isso é que é correto e irretocável", e então ficou a sós com ele num local isolado, apenas os dois, e Manjāb disse:

A BEDUÍNA, SEU MARIDO E SEU AMANTE

Conta-se que havia um beduíno que vivia no deserto com a esposa, numa tenda. Mas é costume dos beduínos mudar de um lugar a outro por causa dos pastos para os camelos. A esposa desse beduíno, dotada de beleza e perfeição exuberantes, tinha um amante que a visitava de quando em quando, nela se satisfazia e então ia embora. Certo dia, esse amante veio até ela e disse: "Por Deus que somente ficarei com você se deitarmos juntos e nos satisfizermos com o seu marido olhando".

E a manhã atingiu Šahrāzād, que interrompeu a narrativa e o discurso autorizado. A irmã lhe disse: "Como é bela a sua história, maninha", e ela respondeu: "Isso não é nada comparado ao que irei contar na próxima noite, se eu viver".

NA NOITE SEGUINTE, QUE ERA A 656ª

Sua irmã lhe disse: "Por Deus, minha irmã, se não estiver dormindo, continue a história para atravessarmos o serão desta noite", e ela respondeu: "Com muito gosto e honra".

Eu tive notícia, ó rei venturoso, bem-sucedido e sensato, dono de correto parecer e belo e louvável proceder, de que [Manjāb disse:]

O amante da beduína disse a ela: "Por Deus que só ficarei com você se transarmos juntos, eu e você, com o seu marido olhando". Ela perguntou: "Por quê? Fiquemos com a nossa transa sem que o meu marido ou outrem nos vejam!". Ele disse: "Isso é absolutamente imperioso. Se você não aceitar, arranjarei outra amante". Ela perguntou: "Como transarmos com o meu marido olhando? Isso não é possível". Mas após alguns momentos de reflexão sobre o assunto, sobre como proceder, a mulher se levantou, escavou no centro da tenda um buraco do tamanho de um homem e ali escondeu o amante. Nas proximidades da tenda havia uma árvore. Quando o marido dela retornou do pasto, ela lhe disse: "Fulano, suba em cima da árvore e nos traga um pouquinho de sicômoro para comermos". O marido respondeu: "Tudo bem", e trepou na árvore. A mulher piscou para o amante, que subiu em cima dela. Vendo-a, o marido disse: "O que é isso, sua puta? O homem está montado em você na minha frente, comigo olhando!", e desceu rapidamente da árvore, e enquanto ele descia o amante se satisfez na mulher, tornando a entrar no buraco no centro da tenda, que foi coberto por ela com um tapete. Quando o marido desceu, não encontrou ninguém. A mulher lhe disse: "Homem, você está louco ao dizer: 'Um homem está montado em você', me fazendo falsas acusações!". O marido disse: "Por Deus que eu o vi com estes meus olhos!". Ela disse: "Fique aqui enquanto eu mesma vou olhar", e trepou na árvore, chegou ao alto, olhou para o marido e gritou, dizendo: "Homem, tenha vergonha pela sua honra! Por que está agindo assim, deitado e com um homem fazendo em cima de você?". O marido disse: "Não há ninguém aqui comigo, nem homem nem criança". Ela disse: "É o que estou vendo aqui de cima da árvore!". Ele disse: "Mulher, só pode ser que este lugar é encantado. Vamos nos mudar daqui". Ela disse: "Por que mudar daqui? Vamos continuar neste lugar!".[116]

Finda a narrativa, o califa disse a Manjāb: "Por Deus que se tratava de uma mulher iníqua". Manjāb disse: "Mas entre o gênero feminino existem mulheres mais iníquas ainda". O califa disse: "É absolutamente imperioso que você nos conte a respeito, Manjāb", e o rapaz disse:

Conta-se que havia um homem cuja mulher, dotada de beleza e formosura excessivas, fez com ele duas armações que são parte das astúcias femininas.

E a manhã atingiu Šahrāzād, que interrompeu a narrativa e o discurso autorizado. A irmã lhe disse: "Como é bela a sua história, maninha", e ela respondeu: "Isso não é nada comparado ao que irei contar na próxima noite, se eu viver".

[116] Compare com "O estúpido curioso", constante do vol. 3 desta coleção, pp. 268-269.

NA NOITE SEGUINTE,
QUE ERA A

657ª

Sua irmã lhe disse: "Por Deus, minha irmã, se não estiver dormindo, continue a história para atravessarmos o serão desta noite", e ela respondeu: "Com muito gosto e honra".

Eu tive notícia, ó rei venturoso, bem-sucedido e sensato, dono de correto parecer e belo e louvável proceder, de que [Manjāb disse:]

O CORNO E A SUA MULHER I: O CHACAREIRO

Certa mulher fez com o marido duas armações que são parte das astúcias femininas. A primeira armação foi: bela e formosa, ela tinha dois amantes, o primeiro dos quais, chacareiro, plantava melancias, e o segundo era azeiteiro. O chacareiro disse a ela: "Por Deus, fulana, só será possível montar em você se o seu marido estiver presente ao meu lado, acompanhando". Ela perguntou: "Por quê, fulano? Sempre que você me quer, a qualquer momento, eu venho até você e gozamos". Ele disse: "É absolutamente imperioso". Ela disse: "Então espere a gente lá na plantação, aguarde o dia tal", e ele respondeu: "Tudo bem". Quando chegou o dia aprazado, a mulher disse ao marido: "Homem, desejo visitar os meus parentes e familiares na vila tal"; ele respondeu: "Tudo bem" e, saindo com ela, trouxe-lhe um burro, colocou-a em cima e avançaram até o meio-dia. Quando chegaram à plantação do amante, que ficava no caminho, ela disse ao marido: "Homem, fiquei com muito calor e sede, pois está muito quente. Faça-me descer neste local, ao lado da plantação de melancia", e então ele a apeou. A mulher se sentou ao lado da plantação e disse: "Homem, entre na plantação e me traga uma melancia para eu comer, pois estou com muito calor".[117] O homem entrou, arrancou uma melancia e, quando fazia menção de sair dali de dentro, eis que o dono da plantação — o amante da sua esposa — avançava na sua direção empunhando um porrete do tamanho de uma canga com uma cabeça de ferro de dois arráteis e dizendo: "Seu putanheiro, seu corno! Recoloque já a melancia no

[117] Embora o manuscrito seja egípcio, aqui consta uma palavra reconhecidamente pertencente ao dialeto árabe levantino: *mušawwiba*.

pé tal como estava antes, senão vou quebrar o seu pescoço com este porrete", e se aproximou ameaçando e dizendo: "Se não recolocar a melancia no pé vou matar você!". O homem começou a tremer de medo enquanto o dono da plantação prosseguia com as ameaças. Então a mulher se levantou e, balançando o corpo, disse ao dono da plantação: "Homem, dono da plantação, se a melancia custar dez pratinhas nós lhe pagaremos vinte!". Ele respondeu: "Não quero nada, não estou pedindo dinheiro nem outra coisa, mas se ele não a recolocar tal como estava eu vou matá-lo. Essa é a minha primeira e última palavra, e não quero saber de outra coisa", e continuou ameaçando e dizendo: "É absolutamente imperioso matá-lo, seu putanheiro". A mulher se pôs a intermediar, a agradar e a adular o dono da plantação, e a dizer-lhe com a sua artimanha: "Por sua honra!", ao que ele respondia: "É imperioso matá-lo", e ela dizia: "Senhor, por mim, não o mate!". Continuaram nessa situação — o dono da plantação dizendo: "Vou matá-lo" e ela rogando pelo marido — até que o dono da plantação disse a ela: "Mulher, se for absolutamente imperioso que eu não o mate, então será para agradá-la que o perdoarei, mas com uma condição: só será possível se eu possuí-‑lo. Se vocês aceitarem essa condição não o matarei, mas se não aceitarem eu o matarei agora mesmo".

E a manhã atingiu Šahrāzād, que interrompeu a narrativa e o discurso autorizado. A irmã lhe disse: "Como é bela a sua história, maninha", e ela respondeu: "Isso não é nada comparado ao que irei contar na próxima noite, se eu viver".

NA NOITE SEGUINTE, QUE ERA A 658ª

Sua irmã lhe disse: "Por Deus, minha irmã, se não estiver dormindo, continue a história para atravessarmos o serão desta noite", e ela respondeu: "Com muito gosto e honra".

Eu tive notícia, ó rei venturoso, bem-sucedido e sensato, dono de correto parecer e belo e louvável proceder, de que [Manjāb disse:]

O dono da plantação disse ao marido da sua amante: "Se você não me deixar possuí-lo, vou matá-lo". A mulher interveio perguntando: "Meu senhor, como? Um homem possuindo outro homem?". Ele disse: "Já sei, chega! É assim que faço com os outros, pois quem arranca uma melancia sem a minha autorização eu mato ou possuo". A mulher se pôs a dizer-lhe: "Meu senhor, isso não está certo", e a rogar pelo marido, que durante todo esse tempo continuou tremendo de medo. No fim, ela disse: "Vamos, homem, eu substituo o meu marido e assim a coisa fica um pouquinho mais fácil". O dono da plantação disse: "Não é possível, tem de ser ele", e então o marido, amedrontado, lhe disse: "Homem, obedeça à minha mulher, que já está aí do seu lado, e faça com ela". O dono da plantação disse: "Então se aproxime de mim que eu vou lhe pedir uma coisa", e, estendendo a mulher no chão, montou nela e disse ao marido: "Pegue o meu saco por trás, e não deixe que encoste na bunda da sua mulher, porque se ele encostar a plantação murcha e se estraga", e então o marido se aproximou, pegou o saco do dono da plantação e ficou esfregando-o na bunda da esposa enquanto o outro montava nela até se satisfazer, descendo em seguida e dizendo ao marido: "Por Deus que, não fossem as súplicas da sua mulher, eu o teria matado ou possuído". A mulher disse ao marido: "Homem, vamos embora para casa, já basta o que aconteceu". O marido disse: "Não se arrependa disso, mulher". Ela perguntou: "Como não me arrepender? Você é meu marido e o homem montou em cima de mim na sua presença!". O marido disse: "Deixa estar, mulher, que eu fiz a plantação dele murchar, pois durante todo o tempo em que ele estava montado em você eu mantive o saco dele grudado na sua bunda. Agora ele não vai conseguir comer nem beber às custas daquela plantação".

Ao ouvir essa história de Manjāb, o califa Hārūn Arrašīd começou a rolar para a direita e para a esquerda de tanto rir, dizendo: "Por Deus, Manjāb, que essa é uma história espantosa sobre os ardis das mulheres". Manjāb respondeu: "Essa é a história do chacareiro. Quanto à história do outro amante, o azeiteiro...".

E a manhã atingiu Šahrāzād, que interrompeu a narrativa e o discurso autorizado. A irmã lhe disse: "Como é bela a sua história, maninha", e ela respondeu: "Isso não é nada comparado ao que irei contar na próxima noite, se eu viver e o rei me preservar".

NA NOITE SEGUINTE,
QUE ERA A

659ª

Sua irmã lhe disse: "Por Deus, minha irmã, se não estiver dormindo, continue a história para atravessarmos o serão desta noite", e ela respondeu: "Com muito gosto e honra".

Eu tive notícia, ó rei venturoso, bem-sucedido e sensato, dono de correto parecer e belo e louvável proceder, de que [Manjāb disse:]

O CORNO E A SUA MULHER II: O AZEITEIRO

O amante azeiteiro disse à mulher: "Por Deus, fulana, que eu não aceito senão que nos sentemos — eu, você e o seu marido — e jantemos juntos, uma só refeição". Ela respondeu: "É mole", e quando o marido chegou lhe disse: "Homem, esta noite estou com vontade de que você me compre *kunāfa*[118] para jantarmos". Ele respondeu: "Sobre a cabeça e o olho, minha senhora", e no início da tarde foi ao mercado, dirigiu-se ao doceiro — cuja loja, por coincidência, ficava do lado da do azeiteiro amante da sua mulher — e comprou dois arráteis de *kunāfa*, dizendo-lhe: "Capriche aí nessa *kunāfa*". O doceiro respondeu: "Sim, claro", e colocou sobre ela manteiga derretida e mel.[119] O homem carregou tudo aquilo, foi para casa e disse à esposa: "Mulher, vá acender uma vela para jantarmos à sua luz". Ela respondeu: "Mas a luz de Deus ainda está forte!", pois o seu amante já estava ali por perto. O casal colocou a *kunāfa* entre si para jantar e o amante se enfiou no meio dos dois, com muita sutileza, pondo-se a comer com ambos. O marido lançou um olhar para a travessa e, vendo três mãos tirando a comida do lugar, perguntou à esposa: "Mulher, a travessa está com três mãos na comida", e ela respondeu: "Somos dois, sem mais ninguém". Então o marido estendeu a mão, pegou na do amante e disse à esposa: "Isto aqui é um homem!". Levantando-se rapidamente do lugar, a esposa disse: "Ai, que vexame para mim, fulano! Você trouxe um homem

118 Doce árabe de consistência fibrosa, bem conhecido no Brasil.

119 "Manteiga derretida" traduz *samn*, produto então muito apreciado no Egito. Ainda hoje, entre o povo, "manteiga derretida e mel" são considerados índices de prosperidade, e "entrar na manteiga e no mel" era também índice de felicidade, como se depreende da ambígua fala final desta história.

dentro da *kunāfa*?". O marido respondeu: "Cale-se, mulher! A esta hora o mercado já fechou. Deixe-o aqui conosco até o amanhecer, e então eu o devolverei ao doceiro".[120] Então a esposa lhe disse com a sua artimanha: "Agarre-o e fique vigiando!". O marido respondeu: "Mulher, temo que ele fuja de mim!". Ela disse: "Se você estiver receoso de que ele fuja, eu o agarro e vigio". O marido disse: "Mulher, pegue-o", e ela o pegou — piscando e sorrindo para ele — e lhe disse: "Por que é que você veio no meio da *kunāfa*? Para me assustar e atemorizar! Por Deus, é absolutamente imperioso que o meu marido pegue você e o devolva ao doceiro para que ele lhe aplique uma boa surra", colocando-o em seguida sozinho num quarto.

E a manhã atingiu Šahrāzād, que interrompeu a narrativa e o discurso autorizado. A irmã lhe disse: "Como é bela a sua história, maninha", e ela respondeu: "Isso não é nada comparado ao que irei contar na próxima noite, se eu viver".

NA NOITE SEGUINTE, QUE ERA A 660ª

Sua irmã lhe disse: "Por Deus, minha irmã, se não estiver dormindo, continue a história para atravessarmos o serão desta noite", e ela respondeu: "Com muito gosto e honra".

Eu tive notícia, ó rei venturoso, bem-sucedido e sensato, dono de correto parecer e belo e louvável proceder, de que [Manjāb disse:]

A mulher pegou o amante, colocou-o sozinho num quarto e disse ao marido: "Vá você dormir e eu me deitarei à porta do quarto onde está esse homem traiçoeiro para vigiá-lo". O marido disse: "Vigie com atenção", e foi dormir no seu quarto. Assim que ele pegou no sono profundo, a mulher entrou no quarto do

120 O "doceiro" também é chamado de *zayyāt*, "azeiteiro", que em princípio é o mercador que comercializa o azeite. Embora seja possível que as duas atividades tenham se associado em algum momento, traduziu-se "azeiteiro" e "doceiro" para evitar confusões. A primeira referência ao vendedor de *kunāfa* se encontra truncada, de modo que podem estar faltando alguns elementos da história no manuscrito.

amante e ficou a noite inteira deitada com ele, transando e gozando até o amanhecer, quando então ela saiu e se sentou à porta do quarto. O marido acordou, lavou o rosto, pegou o amante e o conduziu ao doceiro seu vizinho, a quem disse: "Você colocou este homem no meio da *kunāfa*!". Ao ver o amante, o doceiro notou que se tratava do seu vizinho e entendeu o caso, isto é, que a esposa havia aprontado uma artimanha, e o pegou, dizendo-lhe: "Seu danado! Eu coloquei você no meio do azeite, mas não era para se afundar no meio da manteiga e do mel. Por Deus, é absolutamente imperioso lhe dar uma surra".

[*Prosseguiu Šahrāzād*:] Ao ouvir essa história de Manjāb, o califa Hārūn Arrašīd caiu sentado de tanto rir das artimanhas femininas, e perguntou: "Manjāb, você não conhece alguma história de reis dos tempos antigos ou mesmo destes nossos tempos?". Ele respondeu: "Por Deus, rei do tempo, eu tinha um amigo que agora se encontra ausente, vivendo em certo país, chamado Ibrāhīm Bin Mulūk.[121] Não se espante quando ouvir as suas histórias, pois neste nosso tempo não existe ninguém como ele, e nenhum tempo jamais ouviu falar de alguém que se lhe compare". O califa perguntou: "Onde ele está? Para que país viajou?". Manjāb respondeu: "Por Deus, comandante dos crentes, não sei para onde viajou nem em qual país vive". Mas o califa, ao ouvir a referência a Ibrāhīm Bin Mulūk, ficou transtornado por causa dele, com muita vontade de lhe ouvir as histórias. Manjāb disse: "Ele virá hoje mas não ficará senão um curto período, e [tão logo ele venha eu o trarei aqui]. Assim que soube de sua chegada, Manjāb foi informar o califa, que então mandou conduzi-lo à sua presença. Ao chegar, Ibrāhīm saudou o califa e rogou por ele, que respondeu e ordenou-lhe que se sentasse. Ibrāhīm se sentou, pondo-se a entreter o califa com sua fala eloquente e seu belo discurso, deixando-o bem satisfeito. O califa lhe perguntou: "Ibrāhīm, por acaso você tem aí a história de algum rei?". Ibrāhīm respondeu: "Deus prolongue a vida do nosso amo o sultão, e lhe faça perdurar o governo e [aniquile] os inimigos! Por Deus, comandante dos crentes, tudo quanto você me pedir eu lhe contarei". O califa disse: "Contenos conforme o seu entendimento". Ibrāhīm respondeu: "Ouço e obedeço".

[121] *Ibrāhīm* é a forma árabe do nome hebraico que em português é "Abraão" ou "Abrahão". E *Bin Mulūk* significa "filho de reis". É possível que essa personagem seja eco de uma personagem histórica, Abū Isḥāq Ibrāhīm Almawṣīlī (742-804), célebre cantor e instrumentista que foi conviva de três califas abássidas e morreu durante o governo de Hārūn Arrašīd. Mais adiante, na 705ª noite, ele será colocado no governo de Alma'mūn (que somente se tornou califa em 813) e chamado de "Ibn Isḥāq", o que torna mais plausível a incidência de uma memória histórica esmaecida na elaboração do enredo.

OS AMORES DE HAYFĀ E YŪSUF[122]

Conta-se, mas Deus sabe mais sobre o que já é ausência, e é mais sapiente, que certo rei do tempo, tendo sentido o peito opresso e perdido o norte, mandou que se trouxesse um dos seus convivas à sua presença e lhe disse: "Estou com o peito opresso e não sei o que fazer. Quero que você me conte algo que viu ou ouviu, uma história dos árabes antigos ou dos antigos registros históricos, a respeito dos amantes e enamorados, de quem se apaixonou e de quem alcançou o anelo". Ao ouvir-lhe tais palavras, o conviva disse: "Ouço e obedeço", e começou a sua história, dizendo: "Ouça e saiba que lhe contarei um caso espantoso".

E a manhã atingiu Šahrāzād, que interrompeu a narrativa e o discurso autorizado. A irmã lhe disse: "Como é bela a sua história, maninha", e ela respondeu: "Isso não é nada comparado ao que irei contar na próxima noite, se eu viver".

NA NOITE SEGUINTE QUE ERA A 661ª

Sua irmã lhe disse: "Por Deus, minha irmã, se não estiver dormindo, continue a história para atravessarmos o serão desta noite", e ela respondeu: "Com muito gosto e honra".

Eu tive notícia, ó rei venturoso, bem-sucedido e sensato, dono de correto parecer e belo e louvável proceder, de que [Ibrāhīm disse que] o conviva do rei disse:

Saiba e ouça de mim esta história espantosa. Tenho nos países do Norte um amigo chamado ᶜAbduljawwād, que é um grande mercador, próspero, com dinheiro, e que gosta de viajar. Eu sempre o visito e me reúno com ele para recitarmos

[122] Utilizou-se para comparação a versão desta história que circulou numa edição litográfica no Egito em 1870, autonomamente e sob o seguinte título: "Esta é a história da rainha Hayfā, do seu amado e do que entre ambos sucedeu: taças de vinho, brinquedos, diversões, deleites, espairecimentos, entrelaçamentos de uma perna na outra, beijos e abraços. Trata-se de uma estória espantosa em seu gênero, e insólita. Completa e integral". Não é a mesma versão deste manuscrito das *Noites*, mas foi a única ao alcance para comparação. A história também consta, resumida ao que parece, no chamado manuscrito "Reinhardt", de 1831, nas 20ª a 27ª noites. *Hayfā*, nome feminino árabe hoje muito comum, significa "esbelta", "elegante". Sua correta transliteração exigiria *Hayfā'*, com apóstrofo no final, que para maior leveza foi omitido.

poesia. Certo dia, tive vontade de visitá-lo e viajei até ele, reunindo-nos quando cheguei à sua casa, e nos pusemos a entreter um ao outro. Ele me disse: "Irmão, ouça só o que se deu e ocorreu neste tempo".

Viajei para a terra do Iêmen, onde eu tinha um amigo. Quando sentamos para nos entreter, ele me disse: "Irmão, deu-se e ocorreu na terra da Índia um caso insólito, uma história espantosa".[123]

Um dos grandes reis da Índia, cheio de dinheiro, soldados e auxiliares, chamado rei Mihrajān,[124] tinha grande força e prestígio. Já vivera muito tempo sem, no entanto, ter sido agraciado com filhos, nem macho nem fêmea, motivo pelo qual vivia preocupado e aflito, pois, sem filhos, não seria lembrado após a morte. Certa noite ele pensou: "Quando eu morrer, meu nome se apagará, meus vestígios desaparecerão e ninguém se lembrará de mim", e ergueu as mãos para o céu suplicando a Deus louvado e altíssimo que o agraciasse com um filho, que seria o filho da sua vida, e por meio do qual seria lembrado.

Disse o narrador: Certa noite, deitado em sua cama e mergulhado em sono e sonhos, eis que alguém cuja voz se ouvia mas cuja imagem não se via lhe disse: "Ó Mihrajān, ó rei do tempo...".

E a manhã atingiu Šahrāzād, que interrompeu a narrativa e o discurso autorizado. Sua irmã Dunyāzādah lhe disse: "Como é bela a sua história, maninha", e ela respondeu: "Isso não é nada comparado ao que irei contar na próxima noite, se eu viver e o rei me preservar".

NA NOITE SEGUINTE, QUE ERA A 662ª

Sua irmã lhe disse: "Por Deus, minha irmã, se não estiver dormindo, continue a história para atravessarmos o serão desta noite", e ela respondeu: "Com muito gosto e honra".

123 Note-se o aparente despropósito da proliferação de narradores.

124 Palavra de origem persa que significa, aproximadamente, "relativo ao amor", marcava o feriado do amor no outono. Em árabe moderno se usa para "festival".

Eu tive notícia, ó rei venturoso, bem-sucedido e sensato, dono de correto parecer e belo e louvável proceder, de que [Ibrāhīm Bin Mulūk disse que o conviva do rei disse que o amigo de ^{c}Abduljawwād disse:]

Veio até o rei alguém cuja voz se ouvia mas cuja imagem não se via e disse: "Ó Mihrajān, ó rei do tempo, vá agora até a sua mulher, deite-se ao seu lado e a possua, e então ela engravidará de você imediatamente. Se der à luz um menino, ele será o seu auxiliar em todas as situações, e se der à luz uma menina, ela será motivo da sua destruição, aniquilação e eliminação dos seus vestígios". Ao ouvir tais palavras e tal discurso da voz, o rei Mihrajān se levantou de imediato, feliz e contente, e foi até a esposa, deitou-se ao seu lado e a possuiu. Quando se levantou, ela disse: "Ó rei do tempo, já senti que fiquei grávida. Deus queira que assim seja". Ao ouvir as palavras da esposa, Mihrajān ficou contente, deu alvíssaras e registrou aquela noite por escrito; quando amanheceu, sentou-se no trono do reino e mandou chamar astrólogos, matemáticos e astrônomos, relatando-lhes o que lhe sucedera naquela noite, e o que ouvira da voz. Cada um dos sábios se pôs a jogar areia e lhe estudar os auspícios, mas todos esconderam o que viam, não lhe dando informação nenhuma nem lhe dirigindo qualquer resposta; disseram-lhe: "Ó rei do tempo, a interpretação dos sonhos às vezes acerta e às vezes erra, pois o homem, com a sua natureza melancólica, vê nos sonhos coisas terríveis e atemorizantes que lhe causam medo. Esse sonho que você teve talvez seja um pesadelo. Então, é melhor entregar a condução das coisas ao senhor das criaturas, que faz o que bem entende e escolhe". Ao ouvir essas palavras dos sábios e astrólogos, Mihrajān deu presentes e dádivas, libertou prisioneiros, distribuiu roupas às viúvas e aos desvalidos, e depois seu coração ficou lhe sussurrando coisas ruins devido ao que ouvira da voz; refletiu a respeito, perplexo, sem saber o que fazer, e assim se passou aquele dia.

Voltando à mulher de Mihrajān, com a passagem dos meses a sua gravidez se evidenciou, e ela mandou informar o rei a respeito. Mihrajān ficou contente, deu alvíssaras e ao cabo dos meses de gravidez, chegada a hora de parir, a mulher deu à luz uma menina. Glorificado seja quem a criou e se esmerou na constituição da sua aparência, da sua face galharda e bonita de se ver, bela de membros, bochechas rosadas, olhos graciosos, sobrancelhas em forma de arco e talhe perfeito. Ao receberem-na, as camareiras cortaram-lhe o cordão umbilical, passaram-lhe alquifol nos olhos e mandaram avisar o rei Mihrajān que a esposa havia parido uma menina. Quando os criados de Mihrajān vieram informá-lo, o seu peito se oprimiu e, cheio de dúvidas, ele foi imediatamente até onde estava a mulher, e ali lhe mostraram a menina. Ao lhe descobrir o rosto e ver-lhe a graça, a beleza, o esplendor, a formosura, o talhe e a esbelteza, o seu coração bateu forte e, dominado pelo amor paternal, deu-lhe, por sua graciosidade, o nome de Hayfā. Em seguida, mimoseou a camareira com uma valiosa túnica.

E a manhã atingiu Šahrāzād, que interrompeu a narrativa e o discurso autorizado. A irmã lhe disse: "Como é bela a sua história, maninha", e ela respondeu: "Isso não é nada comparado ao que irei contar na próxima noite, se eu viver e o rei me preservar".

NA NOITE SEGUINTE, QUE ERA A 663ª

Sua irmã lhe disse: "Por Deus, minha irmã, se não estiver dormindo, continue a história para atravessarmos o serão desta noite", e ela respondeu: "Com muito gosto e honra".

Eu tive notícia, ó rei venturoso, bem-sucedido e sensato, dono de correto parecer e belo e louvável proceder, de que [Ibrāhīm Bin Mulūk disse que o conviva do rei disse que o amigo de ᶜAbduljawwād disse:]

O rei Mihrajān mimoseou a camareira com uma valiosa túnica e mil dinares, e quando ele saiu entregaram a menina às amas de leite, das quais recebeu a melhor criação; quando completou quatro anos, trouxeram-lhe sábios e ela decorou o alfabeto e aprendeu a fazer contas, mostrando-se inteligente, sagaz, bem-falante, eloquente em suas palavras e com um discurso agradável, a cada dia acentuando-se a sua beleza, formosura, talhe e esbelteza; quando atingiu os dez anos de idade, leu sobre as ciências, estudou história, aprendeu astrologia e geomancia, escreveu com o cálamo, decorou os metros da poesia e o seu discurso se tornou ainda mais belo; quando completou catorze anos, o pai a colocou para morar num palácio só dela, com cem criadas de seios formados, caracterizadas pela beleza e pela formosura. Já instalada no palácio, ela pegou dez das criadas de seios formados, virgens, de esplêndida beleza e formosura, e as ensinou a fazer poesias, a contar histórias curiosas e crônicas históricas e a tocar os mais diversos instrumentos, até que elas a todos superaram em seu tempo. Por um bom período, Hayfā dedicou-se, com elas, a beber taças de vinho e a entreter-se com histórias e anedotas. Isso foi o que sucedeu à jovem; quanto ao pai dela, o rei Mihrajān, certa noite, deitado em sua cama a refletir sobre o que ouvira da voz, eis que alguém lhe disse, com uma voz que ele ouvia e uma imagem que ele não via: "Ó rei do tempo…".

E a manhã atingiu Šahrāzād, que interrompeu a narrativa e o discurso autorizado. A irmã lhe disse: "Como é bela a sua história, maninha", e ela respondeu: "Isso não é nada comparado ao que irei contar na próxima noite, se eu viver e o rei me preservar".

NA NOITE SEGUINTE,
QUE ERA A

664ª

Sua irmã lhe disse: "Por Deus, minha irmã, se não estiver dormindo, continue a história para atravessarmos o serão desta noite", e ela respondeu: "Com muito gosto e honra".

Eu tive notícia, ó rei venturoso, bem-sucedido e sensato, dono de correto parecer e belo e louvável proceder, de que [Ibrāhīm Bin Mulūk disse que o conviva do rei disse que o amigo de ᶜAbduljawwād disse:]

O rei Mihrajān ouviu a voz de alguém, sem lhe ver a imagem, e se levantou aterrorizado, o coração acelerado e a mente transtornada, perplexo quanto ao que fazer. Pediu a Deus auxílio contra o demônio maldito, leu um pouco do Alcorão e se cercou de alguns dos grandiosos nomes de Deus, voltando a recolher-se à cama, mas mal pousara a face na almofada e eis que a voz retornava e dizia: "Ó Mihrajān, você será aniquilado por causa dela?", e recitou os seguintes versos:

"Não vais, Mihrajān, ouvir o que te digo,
e atentar para o sentido da conversa em poesia?
Tua filha Hayfā, imperiosamente, será conquistada
por alguém nobre de ancestrais, de elevado destino,

que te fará beber taças da morte com a mão direita
e te tomará o reino com espada cruel e bem afiada."

Disse o narrador: Ao ouvir o que a voz lhe dizia em versos, e entender o sentido daquelas palavras, Mihrajān se levantou tal como embriagado, sem saber o que fazer, o coração preocupado, cheio de angústia, aflição e tristeza, vagando de um lugar a outro, lendo [o Alcorão] e se cercando [dos nomes de Deus]. Em seguida, pousou a cabeça na almofada mas mal fechara os olhos e eis que a voz, alta e dolorosa, retornou e o chamou dizendo: "Ó Mihrajān, por que não ouve as minhas palavras e entende os meus versos? A sua filha Hayfā lhe acarretará a infâmia e, por causa dela, você será aniquilado". E lhe recitou os seguintes versos desta poesia:

"Te vejo negligente, ó Mihrajān,
desatento aos donos dos sentidos!
Vejo Hayfā possuída por um enérgico,
de belo talhe e discursos acatados:
te fará, sem dúvida, morar nas tumbas,
reinando sobre o teu reino, às claras."

Disse o narrador: Ao ouvir as palavras da voz, e o que ela demonstrava em seus versos e discurso, Mihrajān se levantou da cama aterrorizado e preocupado, e quando Deus bem fez amanhecer e com a sua luz iluminou e fez brilhar, mandou chamar geomantas, astrólogos[125] e intérpretes, relatando-lhes o sonho completa e integralmente. Cada qual praticou o seu ofício e o que lhes apareceu eles ocultaram e não revelaram, mas sim disseram: "O que virá após o seu sonho será o bem...".

E a manhã atingiu Šahrāzād, que interrompeu a narrativa e o discurso autorizado. A irmã lhe disse: "Como é bela a sua história, maninha", e ela respondeu: "Isso não é nada comparado ao que irei contar na próxima noite, se eu viver e o rei me preservar".

[125] "Geomantas" traduz *muᶜabbirīn*, "intérpretes", "aqueles que fazem [algo] falar"; já "astrólogos" traduz *muhandisīn*, "arquitetos", visível erro de cópia; deve se tratar de *munajjimīn*, conforme consta adiante.

NA NOITE SEGUINTE,
QUE ERA A

665ª

Sua irmã lhe disse: "Por Deus, minha irmã, se não estiver dormindo, continue a história para atravessarmos o serão desta noite", e ela respondeu: "Com muito gosto e honra".

Eu tive notícia, ó rei venturoso, bem-sucedido e sensato, dono de correto parecer e belo e louvável proceder, de que [Ibrāhīm Bin Mulūk disse que o conviva do rei disse que o amigo de ᶜAbduljawwād disse:]

Os astrólogos disseram ao rei Mihrajān: "O que virá após o seu sonho será o bem". Na noite seguinte, Satanás,[126] o maldito, lhe apareceu numa boa imagem e disse: "Ó rei, fui eu quem o assustou ontem no seu sonho, porque você destruiu o mosteiro de Annašāba, no qual nós moramos. Porém, se acaso você o reconstruir, [eu vou parar]. É esse o meu conselho, ó rei". Mihrajān lhe respondeu: "Eu vou reconstruí-lo, já que você me aconselhou, ó voz!".

Disse [*o narrador*]: Satanás se pôs a mentir para o rei Mihrajān e a lhe dizer: "Eu irei auxiliá-lo na construção de um palácio no rio dos Seios Formados, ó meu viver, ó minha esperança, e anuncie isso abertamente para todos ficarem sabendo". Mihrajān despertou feliz e contente, e quando Deus fez amanhecer e com a sua luz iluminou e fez brilhar, o rei chamou engenheiros, mestres e arquitetos,[127] ordenando-lhes que reconstruíssem o mosteiro de Annašāba, e eles trabalharam até concluir o trabalho da melhor maneira. Depois disso, o rei Mihrajān ordenou que se construísse para a sua filha Hayfā um palácio que jamais houvesse existido igual no mundo, e que fosse edificado às margens do rio dos Seios Formados, bem amplo e constituído, cercado pelas montanhas. Ordenou aos arquitetos que lhe construíssem tal palácio naquele vale, às margens do rio, e eles lhe seguiram à risca as instruções: traçaram as fundações, colocaram as pedras, deram-lhe o comprimento de uma parasanga, a largura também de uma parasanga e mostraram o projeto

[126] "Satanás" traduz *Iblīs*.

[127] Na edição litográfica, o conselho de Satanás para que Mihrajān construa um palácio para a filha é dado em forma de versos, e ao despertar ele ordena aos cristãos que reconstruam o mosteiro. A comparação evidencia que a versão da qual o copista do manuscrito dispunha estava meio ilegível nesse ponto.

ao rei, que então reuniu os soldados e com eles retornou à cidade. Em seguida, os engenheiros e arquitetos deram início à edificação do palácio, dotando-o de quatro pilares, deixando-o bem elevado, mais de duas braças quadradas, e em seu centro construíram um pátio também dotado de quatro pilares com quatro salões um defronte do outro, e em cada salão um depósito e um cômodo para espairecimento; no ponto mais elevado de cada salão, uma janela dando para um jardim que será descrito a seu tempo; pavimentaram-no com placas de mármore colorido e pedras de marmoraria cravejadas de pérola e ágata iemenita, teto forrado com lazulita e enfeitado com ouro, pérolas e pedras preciosas; pintaram-lhe as paredes de branco, mediante o uso de carbono de chumbo, e as adornaram com ouro, lazulita, prata e outros metais valiosos; as bases das janelas, fizeram-nas de prata, metais e ouro trabalhado; as portas das salas de reunião, de madeira de sândalo e ébano, cravejada de prata e pintada com tinta dourada e prateada; em cada salão de reuniões, pilastras de aloés e sândalo.

E a manhã atingiu Šahrāzād, que interrompeu a narrativa e o discurso autorizado. A irmã lhe disse: "Como é bela a sua história, maninha", e ela respondeu: "Isso não é nada comparado ao que irei contar na próxima noite, se eu viver e o rei me preservar".

NA NOITE SEGUINTE,
QUE ERA A
666ª

Sua irmã lhe disse: "Por Deus, minha irmã, se não estiver dormindo, continue a história para atravessarmos o serão desta noite", e ela respondeu: "Com muito gosto e honra".

Eu tive notícia, ó rei venturoso, bem-sucedido e sensato, dono de correto parecer e belo e louvável proceder, de que [Ibrāhīm Bin Mulūk disse que o conviva do rei disse que o amigo de ᶜAbduljawwād disse:]

Cada sala de reuniões tinha pilastras de aloés e sândalo cravejadas de pérola, e no ponto mais elevado abóbadas ligadas às pilastras, e no ponto mais elevado das abóbadas enfeites de cristal, cornalina e ágata. No ponto mais alto de cada salão colocaram um leito de zimbro com pés de marfim e rubi, e em cada leito, estendido, um mosquiteiro tecido a ouro e cravejado de pedras preciosas, com janelinhas de pérolas enfiadas em fio de ouro e cortinas de âmbar, colchão de seda recheado com penas de avestruz, e almofadas recamadas a ouro; o piso dos salões foi acolchoado e tapetes tecidos com seda forraram o centro do pátio. No meio dos salões havia uma piscina com quatro pilares, tudo enfeitado, inclusive o fundo e as bordas, com diamantes pintados de todas as cores; nas beiradas da piscina também puseram estátuas de ouro e prata de animais e aves, cada animal e cada ave de acordo com as suas características, formas e cores, com os interiores ocos; no ponto mais elevado da piscina puseram uma fonte cuja água entrava no oco das estátuas e lhes saía pela boca, esguichando umas nas outras, como se fossem peixes em luta; aquela água caía no meio da piscina e dali era escoada para um jardim que será descrito no ponto apropriado. As paredes do pátio foram enfeitadas com pinturas maravilhosas, a ouro e lazulita, em todas as cores. Também colocaram na porta dos salões lampiões de cristal pendurados com correntes de ouro cravejado de rubis e valiosos diamantes, nelas escrevendo versos de poesia, que são os seguintes:

"Nosso salão está livre de detratores que o estraguem,
e de censores que de tanto censurar são censurados;
nele só quem procura é o servidor do vinho, e não
existe contra os convidados nenhum intrigante."

E nos lampiões escreveram os seguintes versos de poesia:

"Elevei-me por generosidade sobre as cabeças,
quando elas viram a graça da minha condição:
sou o deleite de quem observa. Pois então eia,
ó observadores, deleitem-se com minha beleza.
Minha resignação com essa desgraça me deu
bom motivo para ficar neste local elevado."

E escreveram na porta do palácio:

"Este palácio já aparece
como alegria para quem o vê;

o bom augúrio escreveu às suas portas:
'Entrem em paz e segurança'."

Disse o narrador desta história espantosa: Quando terminaram a escrita no salão, saíram pela porta que estava no ponto mais elevado do pátio e deram num amplo bosque repleto de árvores e abundante de riachos; colocaram-lhe uma cerca de pedra-pomes, pintaram e enfeitaram com tintas, plantaram toda espécie de fruta, anêmona, flores e frutos, enfim, toda espécie de planta, de todas as cores, e distribuíram os galhos de maneira admirável, fazendo escorrer debaixo deles fios d'água, com muita habilidade e técnica; forraram o solo com grãos e sementes de todos os alimentos e verduras, e instalaram uma acéquia cujo poço era de mármore.

E a manhã atingiu Šahrāzād, que interrompeu a narrativa e o discurso autorizado. A irmã lhe disse: "Como é bela a sua história, maninha", e ela respondeu: "Isso não é nada comparado ao que irei contar na próxima noite, se eu viver e o rei me preservar".

NA NOITE SEGUINTE, QUE ERA A 667ª

Sua irmã lhe disse: "Por Deus, minha irmã, se não estiver dormindo, continue a história para atravessarmos o serão desta noite", e ela respondeu: "Com muito gosto e honra".

Eu tive notícia, ó rei venturoso, bem-sucedido e sensato, dono de correto parecer e belo e louvável proceder, de que [Ibrāhīm Bin Mulūk disse que o conviva do rei disse que o amigo de ᶜAbduljawwād disse:]

Instalaram naquele palácio uma acéquia com poço de mármore, sustentáculos e tampa de madeira de sândalo, baldes de porcelana e cordas de seda. Quando concluíram a arrumação dos galhos, colocaram no meio das anêmonas e flores uma abóbada de estrutura elevada, com quatro pilares cujas pedras eram de mármore e rubi, teto baseado em pilares de mármore, aloés e sândalo, abóbada cravejada de pérolas, rubis e outros metais, adornada com ouro e prata, e quatro salões um defronte do outro; no ponto mais alto de cada salão, uma janela que dava para aquelas anêmonas e flores; as bases das janelas eram de prata, e suas portas, de sândalo cravejado de metais; cada janela tinha traçados de ouro com poesias que serão citadas no local pertinente; tais traçados estavam cravejados de diamantes e rubis, até que ela ficou parecendo uma das abóbadas do paraíso, em cujas janelas ficavam penduradas hastes de anêmonas e flores. Quando concluíram a abóbada e os seus adornos, fizeram dela um espetáculo. [O palácio] foi cercado de três muros talhados em rocha, cada muro com a espessura de sete braças, dotado de um portão inexpugnável de ferro chinês para além do qual se subia por escadas de mármore até o seu ponto mais alto. Finalmente, desviaram o curso do rio dos Seios Formados, fazendo-o cercar o palácio todo, até que o rio em torno do palácio ficou parecendo um anel em torno do dedo, ou uma pulseira em torno do pulso.[128]

Quando terminaram de construir o palácio e a abóbada, e de enxertar as árvores, os engenheiros e arquitetos foram até o rei Mihrajān, beijaram o solo diante dele...

E a manhã atingiu Šahrāzād, que interrompeu a narrativa e o discurso autorizado. A irmã lhe disse: "Como é bela a sua história, maninha", e ela respondeu: "Isso não é nada comparado ao que irei contar na próxima noite, se eu viver e o rei me preservar".

NA NOITE SEGUINTE,
QUE ERA A

668ª

Sua irmã lhe disse: "Por Deus, minha irmã, se não estiver dormindo, continue a história para atravessarmos o serão desta noite", e ela respondeu: "Com muito gosto e honra".

Eu tive notícia, ó rei venturoso, bem-sucedido e sensato, dono de correto parecer e belo e louvável proceder, de que [Ibrāhīm Bin Mulūk disse que o conviva do rei disse que o amigo de ᶜAbduljawwād disse:]

[128] Embora seja visível que o efeito buscado pela descrição é o da simetria na construção e no uso do espaço, ela certamente padece de muitos erros de cópia.

Os engenheiros [e arquitetos] foram até o rei, beijaram o solo diante dele e o informaram da conclusão. Ao ouvir aquilo, o rei Mihrajān montou, juntamente com os principais do seu governo, e cavalgaram até o rio dos Seios Formados, que distava três dias da sua cidade. Quando chegaram e o rei viu o palácio, a sua elevação e fortificações, gostou muito, e também gostaram os seus parentes e os principais do governo. Depois ele entrou, e ao ver os trabalhos e a técnica despendidos na construção do palácio, bem como o jardim, a abóbada, sua arquitetura e adornos, o rei mandou chamar os engenheiros, arquitetos e mestres de ofício, agradeceu-lhes o trabalho, deu-lhes valiosas túnicas e outros presentes, concedeu-lhes benefícios, mandou que lhes pagassem pensões e salários e eles beijaram o solo diante dele, saindo dali em seguida. O rei Mihrajān se hospedou no palácio com os seus soldados e ordenou que se fizessem banquetes e organizassem recepções com comida opulenta, e ali permaneceu com os soldados durante três dias, comendo, bebendo, divertindo-se, jogando e se deleitando, após o que distribuiu vestes valiosas aos comandantes, vizires e principais do governo e do reino, determinando-lhes depois que se retirassem. Quando eles foram embora, mandou trazer Hayfā, as criadas e todos os seus pertences, e quando ela chegou e viu o palácio, sua beleza, sua construção, seus adornos, ficou muito agradada. Após permanecer com ela por três dias, o pai se despediu e regressou à sua cidade. Quando o pai foi embora, Hayfā ordenou às criadas que colocassem os leitos nos salões, em cada salão um leito de marfim com lâminas de ouro brilhante, pés também de marfim, e sobre cada cama mosquiteiros...

E a manhã atingiu Šahrāzād, que interrompeu a narrativa e o discurso autorizado. Sua irmã Dunyāzādah lhe disse: "Como é bela a sua história, maninha", e ela respondeu: "Isso não é nada comparado ao que irei contar na próxima noite, se eu viver e o rei me preservar".

NA NOITE SEGUINTE, QUE ERA A 669ª

Sua irmã lhe disse: "Por Deus, minha irmã, se não estiver dormindo, continue a história para atravessarmos o serão desta noite", e ela respondeu: "Com muito gosto e honra".

Eu tive notícia, ó rei venturoso, bem-sucedido e sensato, dono de correto parecer e belo e louvável proceder, de que [Ibrāhīm Bin Mulūk disse que o conviva do rei disse que o amigo de ᶜAbduljawwād disse:][129]

Elas estenderam sobre cada cama mosquiteiros tecidos a ouro e seda, com pérolas e pedras preciosas, e em cima das camas almofadas e travesseiros; já o piso do palácio foi forrado com tapetes em cujos bordados de ouro havia os seguintes versos de poesia:

"Quem neles se senta, meu amor, se deleita,
exceto algum condenado ou desgraçado."

Depois, colocaram sobre os tapetes assentos nos quais se bordaram os seguintes versos:

"Assento, seja cada vez mais belo:
minha alegria com você é contínua;
se me penitencio do meu erro e pecado,
amanhã ganho no paraíso um assento."

Disse o narrador desta história espantosa: E tanto o adornaram que ele ficou parecendo um dos palácios do paraíso. Quando terminaram de mobiliá-lo e concluíram os trabalhos, Hayfā, muito agradada com ele, pegou as criadas pelas mãos, passeou com elas em volta do palácio, todas olhando para aqueles adornos e enfeites, para aquelas imagens desenhadas em suas paredes, e para a técnica com que fora construído, e ficaram espantadas com aquilo, louvando os mestres que o haviam edificado e feito tais gravuras.[130] Hayfā dirigiu-se para a entrada do palácio, desceu as escadas e, chegando à porta que dava para o rio, abriu-a, olhou como ele circundava o palácio, semelhando o anel no dedo ou a pulseira no pulso, para a sua extensão, para a força da sua correnteza, e considerou-o magnífico; olhou para a porta de ferro, para a sua firmeza e segurança, e pediu perdão a Deus altíssimo.

[129] Nesta noite e na seguinte, a retomada da narrativa é precedida do sintagma "disse o narrador", e isso evidencia que, em ambos os casos, talvez por comodismo do copista, a divisão em noites acompanhou essa marcação, que sem dúvida constava do original de onde a história era copiada.
[130] "E feito tais gravuras" traduz, por suposição, algumas palavras incompreensíveis no original.

E a manhã atingiu Šahrāzād, que interrompeu a narrativa e o discurso autorizado. [A irmã] lhe disse: "Como é bela a sua história, maninha", e ela respondeu: "Isso não é nada comparado ao que irei contar na próxima noite, se eu viver e o rei me preservar".

NA NOITE SEGUINTE,
QUE ERA A

670ª

Sua irmã lhe disse: "Por Deus, minha irmã, se não estiver dormindo, continue a história para atravessarmos o serão desta noite", e ela respondeu: "Com muito gosto e honra".

Eu tive notícia, ó rei venturoso, bem-sucedido e sensato, dono de correto parecer e belo e louvável proceder, de que [Ibrāhīm Bin Mulūk disse que o conviva do rei disse que o amigo de ᶜAbduljawwād disse:]

Hayfā pediu perdão a Deus poderoso, bem como socorro contra o demônio maldito, e disse: "Ninguém pode evitar o que decidiu o senhor, e nenhum cuidado será útil contra o que já foi determinado pelo poderoso vencedor no que ele resolveu relativamente a mim, cuja efetuação será absolutamente imperiosa". Em seguida, mandou que trouxessem um tinteiro de ouro e escreveu na porta do palácio os seguintes versos poéticos:

"Olha para uma casa semelhante à do paraíso,
que medica o debilitado e cura o enfermo:
contém jovens como gazelas, os seios formados,
todo tipo de moça, com talhes equilibrados,[131]
cujos olhos abatem qualquer fera do deserto,
e todo valente atiram prostrado e enfermo.
Para aquele que por seus olhares for alvejado,
nenhum remédio de sábio algum vai resolver,
e todo atemorizado perseguido que a procure,

[131] Traduzido da edição litográfica, pois o manuscrito está incompreensível.

esta Hayfā, filha de um generoso, protegerá;
com o bebedor mais sedento ela se ocupa:
cinco taças de vinho e um pouco de carne,
com recitadoras de poesia que são o meu anelo!
Bem-vindo seja aquele que é o meu conviva,
e que o rubro vinho sorva no meu jardim!
De cada par já se gerou alguém nobre.[132]
As rosas e açucenas da sua enseada, e
o mirto, a rosa silvestre, cujo aroma é brisa,
a margarida, o girassol e o malmequer;
e o terno jasmim, que já está podado;
quem não bebe não tem generosidade:
se não for convidado que se una a eles;
poesia e bebida são o meu desejo,
mas no meu vinho não tenho convidado!
Ó violador das vestes, vai para mim
à noite buscar bebida envelhecida!
Ó leitor destas linhas, vê se entende
e pensa, eu te peço por Deus poderoso!
Neste caro palácio não te faças de rogado:
quem para cá vem é sempre meu convidado!
Não te envergonhes dos outros quando vieres,
pois no interior destas portas só temos mulher".

Disse o narrador desta história espantosa: Quando terminou de escrever e exibir a sua poesia e metrificação, Hayfā fechou a porta do palácio e entrou com as suas criadas, refletindo e dizendo: "Será que esta fortificação tão poderosa feita por Mihrajān vai evitar o que está predestinado?".

E a manhã atingiu Šahrāzād, que interrompeu a narrativa e o discurso autorizado. Sua irmã Dunyāzādah lhe disse: "Como é bela a sua história, maninha", e ela respondeu: "Isso não é nada comparado ao que irei contar na próxima noite, se eu viver e o rei me preservar".

[132] "Alguém nobre" traduz *karīm*, que é o que consta da edição litográfica. O manuscrito traz *bahīm*, "quadrúpede", o que não faz o menor sentido.

NA NOITE SEGUINTE,
QUE ERA A

671ª

Sua irmã lhe disse: "Por Deus, minha irmã, se não estiver dormindo, continue a história para atravessarmos o serão desta noite", e ela respondeu: "Com muito gosto e honra".

Eu tive notícia, ó rei venturoso, bem-sucedido e sensato, dono de correto parecer e belo e louvável proceder, de que [Ibrāhīm Bin Mulūk disse que o conviva do rei disse que o amigo de ᶜAbduljawwād disse:]

Hayfā disse: "Será que esta fortificação vai impedir o que está predestinado? O que vai acontecer?". Em seguida se dedicou, com as criadas, a comer, beber, tomar vinho, conversar e ouvir música e canto, divertindo-se e alegrando-se, e isso por um bom tempo, a salvo de acidentes e imprevistos.

Disse o narrador desta história espantosa, cujo assunto é extasiante, maravilhoso e insólito: Continuemos a narrativa para que esta história se encaminhe até a adequada complementação dos seus sentidos e dos seus suaves vocábulos.

Entre as coisas ocorridas conforme o que estava predestinado e era irrevogável, por decisão do senhor naquilo que ele determinou e provocou relativamente às suas criaturas, havia na terra de Sind um rei chamado Sahl,[133] um dos mais poderosos dali, que governava com força, energia e prestígio, cheio de soldados e auxiliares. Deus louvado e altíssimo o agraciara com um filho que não tinha em seu tempo ninguém que o igualasse em aparência: beleza perfeita, língua eloquente, forte, valente, respeitado, cujo rosto superava o plenilúnio. Adorava tomar vinho em taças e ficar na companhia de rostos graciosos, bem como divertir-se e ouvir música, e vivia mergulhado em taças de vinho, delas não despertando à noite nem na maior parte do dia. Era tanta a sua beleza e a luz da sua face que, quando queria caminhar pela cidade, velava o rosto a fim de que as mulheres — e demais criaturas — não se perdessem de sedução por ele, sendo por isso chamado de Yūsuf, o belo esbelto.

Disse o narrador: Certa noite, a bebida foi mais forte do que ele e Yūsuf saiu pela porta do seu quarto vagando a esmo, totalmente embriagado, sem entender

133 Região que, grosso modo, corresponde ao atual Paquistão. Já *Sahl*, nome próprio bem disseminado, significa "fácil", "plano".

nem compreender o que fazia. Ao passar pelos aposentos do pai, Sahl, viu uma de suas concubinas parada à porta do quarto e, dominado pela bebida, avançou até ela, abraçou-a e atirou-a ao chão, enquanto ela gritava. Os criados do seu pai estavam todos parados olhando, mas nenhum teve a ousadia de se aproximar e salvar a concubina, que ele possuiu e deflorou,[134] levantando-se em seguida de cima dela e deixando-a imersa no seu próprio sangue. Aquela jovem fora dada de presente ao seu pai, o qual preferira esperar para quando ela estivesse pronta. Quando Yūsuf retornou ao quarto, sem se dar conta do que fizera, os criados pegaram a jovem, que estava imersa no próprio sangue, e a levaram ao rei Sahl, o pai de Yūsuf, que ao vê-la naquele estado perguntou aos criados: "Quem fez isso com ela?". Responderam-lhe: "O seu filho Yūsuf". Ao ouvir as palavras dos criados, aquilo lhe doeu e ele mandou que trouxessem o filho, e todos correram até ele. Um dos criados, que gostava muito de Yūsuf, foi informá-lo da história, e que seu pai ordenara que ele fosse conduzido à sua presença. Ao ouvir as palavras do criado, Yūsuf se levantou imediatamente, armou-se de espada e lança, foi até o estábulo, onde estavam os cavalos, pegou o melhor, pulou, montou nele, juntou vinte escravos e saiu com eles pelas portas da cidade, avançando sem saber o que o oculto lhe reservava.

E a manhã atingiu Šahrāzād, que interrompeu a narrativa e o discurso autorizado. A irmã lhe disse: "Como é bela a sua história, maninha", e ela respondeu: "Isso não é nada comparado ao que irei contar na próxima noite, se eu viver e o rei me preservar".

NA NOITE SEGUINTE, QUE ERA A 672ª

Sua irmã lhe disse: "Por Deus, minha irmã, se não estiver dormindo, continue a história para atravessarmos o serão desta noite", e ela respondeu: "Com muito gosto e honra".

[134] Na edição litográfica, "abraçou-a, atacou-a com a lança da sua cintura, extirpou-lhe a virgindade e destruiu a porta da sua cidade".

Eu tive notícia, ó rei venturoso, bem-sucedido e sensato, dono de correto parecer e belo e louvável proceder, de que [Ibrāhīm Bin Mulūk disse que o conviva do rei disse que o amigo de ᶜAbduljawwād disse:]

Yūsuf, o filho do rei Sahl, saiu da cidade sem saber para onde ir nem que rumo tomar, e continuou avançando com os seus criados durante dez dias, atravessando desertos, terras inóspitas, vales e locais perigosos, perplexo quanto ao que fazer. Enquanto avançava, eis que chegou às margens do imenso rio dos Seios Formados, avistando no meio dele o palácio de Hayfā, sua elevação e suas fortificações reforçadas.

Disse o narrador: Ao vê-lo, Yūsuf pensou: "Por Deus que esse magnífico palácio, com toda força, firmeza e fortificação, não foi construído senão devido a alguma questão importantíssima, algo muito grave. A quem pertencerá? Quem mora nele?". Com a mente ocupada em saber qual rei era o seu dono, Yūsuf ordenou aos criados que desmontassem às margens do rio e descansassem, perguntando-lhes depois que eles já haviam descansado: "Quem de vocês entrará no rio e o atravessará, verá o dono do palácio e nos trará notícias a respeito de tudo, do palácio, dos moradores e do dono?". Como ninguém respondesse, ele repetiu a pergunta, e tampouco recebeu resposta. Vendo aquilo, levantou-se de imediato, tirou as roupas, mantendo somente a túnica, pegou o arco e a aljava, amarrou-os na cabeça com a túnica, mergulhou na água e nadou até sair na outra margem, dali se dirigindo à porta, mas logo notou ser de ferro, inexpugnável, que ninguém poderia abrir; viu os versos nela escritos, leu-os e, ao compreender-lhes o sentido, deu alvíssaras e teve certeza de que entraria naquele palácio; tirou da aljava tinteiro e papel e nele escreveu os seguintes versos de poesia:

"À sua porta, fonte da generosidade, chegou
um forasteiro desterrado que se tornou errante;
talvez sua generosidade o salve da errância,
e o proteja da injustiça do inimigo contumaz.
Não tenho refúgio senão a sua porta, a qual
contém sentidos de versos como se fossem colares,
que o filho de Sahl leu, e recorreu a vocês.
Socorram o estranho que lhes chega sozinho".

Quando terminou de escrever no papel, Yūsuf o dobrou, amarrou na flecha, colocou-a no arco, dobrou-o e disparou para o alto do castelo, dentro do qual ela caiu após ter subido. Por algo que estava predestinado, Hayfā estava caminhando com as suas criadas quando a flecha caiu aos seus pés.

E a manhã atingiu Šahrāzād, que interrompeu a narrativa e o discurso autorizado. A irmã lhe disse: "Como é bela a sua história, maninha", e ela respondeu: "Isso não é nada comparado ao que irei contar na próxima noite, se eu viver e o rei me preservar".

NA NOITE SEGUINTE, QUE ERA A 673ª

Sua irmã lhe disse: "Por Deus, minha irmã, se não estiver dormindo, continue a história para atravessarmos o serão desta noite", e ela respondeu: "Com muito gosto e honra".

Eu tive notícia, ó rei venturoso, bem-sucedido e sensato, dono de correto parecer e belo e louvável proceder, de que [Ibrāhīm Bin Mulūk disse que o conviva do rei disse que o amigo de ᶜAbduljawwād disse:]

Hayfā — que passeava com as criadas pelo palácio quando súbito [a flecha com] o papel caiu aos seus pés — recolheu-a e, notando o papel, pegou, abriu, leu, compreendeu o conteúdo e, ao terminar, ficou contente, deu alvíssaras e, rosto ruborizado, disparou em direção à porta. Do alto do palácio, as criadas espiaram para ver quem chegara e, vendo Yūsuf parado ali, disseram à patroa: "À porta se encontra um jovem gracioso, cujo rosto parece a lua crescente do mês de *šaᶜbān*". Ao ouvir as palavras das criadas, Hayfā foi invadida por alegria, alvíssaras e regozijo, suas entranhas se revolveram e ela se borrou nas roupas. Em seguida, desceu até a porta, abriu e, ao ver Yūsuf, sorriu para ele, demonstrou contentamento e o cumprimentou, ao que ele respondeu com doces palavras e discurso atraente. Ela disse: "Muito bem-vindo! Que o espaço lhe seja agradável e amplo, ó quem veio até nós e se refugiou em nossa fortaleza e esconderijo. Aqui você terá segurança, respeito e dignificação". E prosseguiu dizendo: "Fique sob a nossa proteção, sem nenhum risco de hostilidade. Você chegou aonde esperava, obteve o que pretendia e alcançou o que almejava, ó dono do rosto resplandecente, ó perfeito de talhe, ó dono da face que supera o crescente. Tenha você a vida, e dos inimigos a salvação". Em seguida, rodeada pelas criadas, Hayfā subiu as escadas com ele atrás; conversava, fazia-o espairecer com as suas palavras e lhe dava boas-vindas. Quando já estavam no interior do palácio, ela o pegou pela mão e o acomodou no lugar mais alto do recinto. Contemplando o palácio e a sua bela arquitetura e adornos — que o faziam assemelhar-se a um dos palácios do paraíso — e observando aquela mobília, aqueles leitos, os mosquiteiros sobre eles, aqueles metais preciosos, aquelas pérolas e gemas, Yūsuf considerou tudo grandioso e pensou: "Este palácio não pertence senão a um rei deveras poderoso". Em seguida, Hayfā ordenou às criadas que lhe trouxessem uma trouxa de tecidos e, quando foi colocada diante de si, abriu-a e retirou um traje *daylaqī* com um *qibāṭī* egípcio,[135] recamado de ouro, fazendo-o vesti-lo; colocou-lhe na cabeça um turbante forrado de ouro com as laterais cravejadas de gemas. Ao vestir aquilo, o rosto de Yūsuf se iluminou, sua luz brilhou e suas faces ficaram rosadas; vendo-o nesse estado a mente de Hayfā se atordoou e ela quase desmaiou, pensando: "Esse aí não é um ser humano; não se trata senão de um dos efebos do paraíso". Em seguida, ordenou às criadas que trouxessem comida...

E a manhã atingiu Šahrāzād, que interrompeu a narrativa e o discurso autorizado. A irmã lhe disse: "Como é bela a sua história, maninha", e ela respondeu: "Isso não é nada comparado ao que irei contar na próxima noite, se eu viver e o rei me preservar".

NA NOITE SEGUINTE, QUE ERA A 674ª

Sua irmã lhe disse: "Por Deus, minha irmã, se não estiver dormindo, continue a história para atravessarmos o serão desta noite", e ela respondeu: "Com muito gosto e honra".

[135] Foi impossível descobrir o que poderia ser precisamente tal traje. Talvez se trate de erro de cópia, mas sem dúvida indica algo luxuoso, como se evidencia na edição litográfica, que traz: "um traje opulento, enfeitado com ouro brilhante".

Eu tive notícia, ó rei venturoso, bem-sucedido e sensato, dono de correto parecer e belo e louvável proceder, de que [Ibrāhīm Bin Mulūk disse que o conviva do rei disse que o amigo de ᶜAbduljawwād disse:]

Em seguida, Hayfā ordenou às criadas que preparassem as mesas para a comida, e elas assim procederam, colocando tudo diante de Yūsuf, que olhou e viu uma mesa de ágata iemenita, outra de cornalina, outra de cristal, todas com travessas de porcelana, esmeralda, prata e ouro, e nos pratos alimentos que deixariam perplexa qualquer mente, tão opulentos eram, com variedades de doces, perdizes, codornas, carne de carneiro, pombo, carne de gazela e de antílope, aves e pássaros de toda espécie, verduras, legumes em conserva, grãos, assados, frituras, todo gênero de conservas e cozidos com açúcar.[136] Em seguida, Hayfā se acomodou ao lado de Yūsuf e se pôs a oferecer-lhe de todas as comidas, doces e carnes, jurando e fazendo-o comer até que ele se saciou, ambos em meio a risos, diversões e brincadeiras, contemplando-se mutuamente, cada qual deles no molde da beleza, da formosura, do esplendor, do bom talhe e da esbelteza, semelhando paus de bambu. Apesar de muito contente com Yūsuf, Hayfā de quando em quando se lembrava do caso do pai, o rei Mihrajān, e pensava: "Será que ele me casaria com este rapaz de tão belas feições? Se ele não aceitar de bom grado, eu me casarei à força, mesmo que ele não queira", enquanto Yūsuf pensava: "Que providências o meu pai terá tomado quanto àquela moça que eu desvirginei? Será que ele saiu à minha procura ou me esqueceu e já não pergunta a meu respeito?". Assim, os dois se indagavam a si mesmos, o rapaz mal acreditando que se salvara e ambos ignorando o que lhes destinara aquele que, quando diz para algo "seja", é.

E a manhã atingiu Šahrāzād, que interrompeu a narrativa e o discurso autorizado. A irmã lhe disse: "Como é bela a sua história, maninha", e ela respondeu: "Isso não é nada comparado ao que irei contar na próxima noite, se eu viver e o rei me preservar".

[136] Na edição litográfica, todo o episódio é entremeado de uma imensa profusão de cantorias e poesias recitadas pelas criadas.

NA NOITE SEGUINTE,
QUE ERA A

675ª

Sua irmã lhe disse: "Por Deus, minha irmã, se não estiver dormindo, continue a história para atravessarmos o serão desta noite", e ela respondeu: "Com muito gosto e honra".

Eu tive notícia, ó rei venturoso, bem-sucedido e sensato, dono de correto parecer e belo e louvável proceder, de que [Ibrāhīm Bin Mulūk disse que o conviva do rei disse que o amigo de ᶜAbduljawwād disse:]

Hayfā e Yūsuf estavam nesse mar de reflexões, mas o deleite e regozijo os fizeram esquecer o que estava escrito. Olhando para a mesa maior, Yūsuf viu nela gravados os seguintes versos de poesia:

"Reunidora de amados e amigos,
sou posta ante vizires e sultões;
em mim está tudo que se deseja
de carnes e toda espécie de comida;
frua o prazer da comida que ofereço
e louve o seu senhor, criador do homem."

Disse o narrador: Em seguida, serviram pão sobre a mesa, e Yūsuf viu que em seu molde estavam gravados os seguintes versos de poesia:

"É o pão uma refeição de trigo
branco, quente, vindo do forno;
o censor me aconselhou dizendo:
'Amigo, não me censure a ternura'."

Depois, colocaram sobre a mesa as já mencionadas travessas de porcelana e prata, nas quais havia tudo quanto desejassem a vontade e a língua: carne de carneiro, perdiz, codorna, frango, pombo e tudo de toda espécie que um esfomeado poderia desejar. Yūsuf viu gravados nas travessas de porcelana os seguintes versos de poesia:

"Nossas travessas de porcelana
deixam atônitos todos os olhos:
ninguém viu em nossa praça-forte[137]
nada melhor que estas travessas."

E logo ele viu gravados nas travessas de prata os seguintes versos poéticos:

"Travessas de prata branca, moldadas
com extrema beleza e arte, meu bem:
concluídas e completadas com qualidade,
se tornaram graciosas travessas sem igual."

Nas travessas também estavam escritas outras coisas que sumiram e voaram por causa dos gansos e dos frangos. Uma criada veio cortar as carnes empunhando uma faca na qual Yūsuf viu gravados, em ouro vermelho, os seguintes versos nos quais se dizia esta poesia:

"Sou uma faca graciosa,
nenhuma coisa fiz horrorosa:
estás livre do meu mal, amigo,
e degolado está o teu inimigo."

Disse o narrador: Quando as criadas terminaram de ajeitar a mesa e depuseram cada coisa no lugar, Hayfā se acomodou ao lado de Yūsuf, filho do rei Sahl, e disse: "Meu senhor, seja gentil comigo e faça-nos o favor de comer conosco. Este é um dia de alegria graças à reunião com você. Nossos aposentos estão iluminados pela luz da sua chegada esplendorosa, sua preciosa louçania, sua estada em nossa casa, a gentileza das suas palavras e dos seus belos sentidos! Ó único desta era e destas horas! Ó aquele que não tem assemelhado neste tempo nem em nenhum outro!". Ao ouvir a fala de Hayfā, Yūsuf disse: "Por Deus, ó adorno das luzes, ó encabuladora do sol e da luz do dia, ó dona da fronte radiante, do talhe esbelto e mais luminoso, ó aquela cuja beleza e formosura superaram todos os mortais! Ó aquela de boca atraente, de saliva salobra e doces palavras! É você a

[137] "Nossa praça-forte" traduz *miṣrunā*, que poderia também ser entendida como "nosso Egito".

dona do mérito e da bondade, da liberalidade e da gratidão!". Então, Hayfā se pôs a [comer e a] lhe dar bocados até ambos ficarem saciados,[138] ordenando em seguida que as suas mãos fossem lavadas dos vestígios da comida; trouxeram para Yūsuf uma bacia de ouro brilhante que o deixou deslumbrado e mergulhado num mar de reflexões: olhando para Hayfā, perdia o senso e se sentia atraído a fazer algo, de tanto que a jovem era bela e formosa, mas se continha, pensando: "Tudo tem o seu momento"...

E a manhã atingiu Šahrāzād, que interrompeu a narrativa e o discurso autorizado. A irmã lhe disse: "Como é bela a sua história, maninha", e ela respondeu: "Isso não é nada comparado ao que irei contar na próxima noite, se eu viver".

NA NOITE SEGUINTE,
QUE ERA A

676ª

Sua irmã lhe disse: "Por Deus, minha irmã, se não estiver dormindo, continue a história para atravessarmos o serão desta noite", e ela respondeu: "Com muito gosto e honra".

Eu tive notícia, ó rei venturoso, bem-sucedido e sensato, dono de correto parecer e belo e louvável proceder, de que [Ibrāhīm Bin Mulūk disse que o conviva do rei disse que o amigo de ᶜAbduljawwād disse:]

Yūsuf pensou: "Tudo tem o seu momento, pois já diz o provérbio: 'Quem se apressa em algo antes da hora é punido e fica sem nada'.". Quando lhe trouxeram a bacia de água com uma jarra de cristal enfeitada com ouro, ele viu ali gravados os seguintes versos de poesia:

"Sou uma bacia: de ouro me fizeram
e ante senhores distintos me puseram;

[138] Note que a cena do banquete, inexistente na edição litográfica, parece ter sido copiada, ou redigida, duas vezes.

para lavar as mãos me chamaram bacia,
para molhá-las com a água das fontes."

Disse o narrador: Yūsuf também viu gravados na jarra os seguintes versos de poesia:

"Que bela forma de jarra pela qual se inclina
o nosso coração e na qual se fixa o nosso olhar!
Deleito-me quando olho para ela e me espanto
com tanta suavidade naquele corpo e pescoço."

Quando terminou de lavar as mãos e enxugá-las com as toalhas, Yūsuf fez um sinal para Hayfā, dizendo os seguintes versos de poesia:

"A paixão me cresce no coração, como ocultar?
E minha lágrima me umedece o prato da face:
oculto a paixão mas a lágrima do olho a revela,
me armo de paciência, mas as entranhas a dobram.
Ó frequentador das águas, meus olhos escorrem,
mas não procures pela água senão na sua fonte.
Todo aquele que tenta ocultar o amor é incapaz,
porque as suas lágrimas lhes denunciam o medo.
Eu sou aquele que no amor por vós virei exemplo,
meus senhores! O amor já me deixou sem norte!
Vós morais no meu coração, que é a vossa casa,
e mais sabedor do que há no coração é o morador."

Disse o narrador: Quando Yūsuf, filho do rei Sahl, concluiu a recitação e o que pretendia demonstrar com a sua versificação, Hayfā lhe beijou a fronte, o que o fez perder juízo e senso, e ele caiu desmaiado, assim permanecendo um bom tempo; quando despertou, refletiu sobre a atitude dela e ficou ainda mais desejoso de fazer uma coisa, mas se conteve, vencendo e derrotando o desejo.

E a manhã atingiu Šahrāzād, que interrompeu a narrativa e o discurso autorizado. A irmã lhe disse: "Como é bela a sua história, maninha", e ela respondeu: "Isso não é nada comparado ao que irei contar na próxima noite, se eu viver e o rei me preservar".

NA NOITE SEGUINTE,
QUE ERA A

677ª

Sua irmã lhe disse: "Por Deus, minha irmã, se não estiver dormindo, continue a história para atravessarmos o serão desta noite", e ela respondeu: "Com muito gosto e honra".

Eu tive notícia, ó rei venturoso, bem-sucedido e sensato, dono de correto parecer e belo e louvável proceder, de que [Ibrāhīm Bin Mulūk disse que o conviva do rei disse que o amigo de ᶜAbduljawwād disse:]

Yūsuf, filho do rei Sahl, conteve o seu desejo, derrotando-o e vencendo-o após ter recitado aquela poesia e recebido na fronte um beijo de Hayfā, que lhe disse: "Foi excelente a sua fala, ó aparição da lua crescente", e, enchendo uma taça, bebeu-a, tornou a enchê-la e a entregou para Yūsuf, que a pegou e a beijou. Então Hayfā lhe recitou os seguintes versos e disse na poesia:

"Contra a sedução da tua boca não tenho prevenção,
nem me recuso em confessar o meu afeto por ti!
Ó imagem de meus olhos, como calar a paixão por ti?
Esse talhe tão elevado, essa poesia tão bem recitada,[139]
o rubro das bochechas, que exibe uma vasta linha
deixada e bem marcada pelas taças do meu vinho.
Por Deus que lhe ocultei o fantasma, mas ele surgiu
ante o meu olhar, brilhando no perfume do seu rosto.
Como ocultar a minha paixão por ele, se eu tenho
o que me denuncie no vermelho da lágrima na face?
O fogo do seu rosto me incendiou o coração,
e ora se alastra, lavrando cada vez mais forte!
Por Deus que o amor por vós não se alterará jamais,
em nenhum dia, ainda que nele meu corpo se altere."

[139] Esse verso está truncado.

Disse o narrador desta história espantosa: Quando Hayfā concluiu a recitação da metrificação, Yūsuf, quase inconsciente, sorveu a taça, beijou-a e a entregou a ela, que a pegou, enquanto ele lhe recitava os seguintes versos de poesia:

"No amor por vós, criança, meu coração se perdeu.
Como ocultar a paixão por ela se o olho demonstra?
Lembrei os galhos de árvore se curvando de alegria,[140]
e cujo tronco me contou, sem sombra de confusão:
'Seu olho lhe vigia o próprio rosado da bochecha,
tal como protege meu fruto quem o deseja colher'.
Seus olhos denunciam o segredo de suas pupilas,
pois de um odre só se retira o que ele contém."

Disse o narrador: Quando Yūsuf concluiu a recitação da metrificação, Hayfā se sentou ao seu lado e começou a conversar com ele, usando a doçura do discurso e a beleza dos lábios para dizer: "Seja muito bem-vindo, ó dono da beleza maravilhosa, do belo discurso, do sorriso gracioso, do destino sublime e do orgulho evidente. Você iluminou os nossos aposentos com a luz da sua fronte radiante, deleitou corações, aliviou aflições e alegrou peitos. Este é um dia de festa e alegria; satisfaça o nosso coração e beba da nossa bebida, pois você é quem se procura, é o máximo que se pode desejar".

Disse o narrador desta história: E, tomando uma taça de cristal, Hayfā encheu-a da bebida mais pura, acrescentou almíscar e açafrão e ofereceu a Yūsuf, que a recebeu dela com as mãos tremendo devido a sua formosura, bela poesia e perfeição, e recitou os seguintes versos de poesia:

"Ó quem toma vinho com os amigos,
num jardim no interior de um pomar,
num lugar que nunca vimos igual
em nenhuma terra e nenhum país,
tome feliz este néctar e se apresse,
sorvendo isso que revigora o corpo.
A taça se expõe entre eles, na festa,

[140] Outro verso truncado. "Árvore" é tradução genérica para *naqā*, provável corruptela de *naqāwà*, árvore presumivelmente bela de ramos secos e flores vermelhas com a qual se produz detergente.

nunca possuída por nenhum grande rei.[141]
Entre o girassol e o mirto aromático,
margarida, rosa silvestre e açucena;
rosas e maçãs se veem nas suas faces,
nas bochechas brilhando como fogo;
vibram sons de instrumentos musicais,
de guitarras, de flautas, de alaúdes.
Se eu não conseguir logo ficar com ela,
irei morrer, por dentro, de abandono."

Disse o narrador: Então Hayfā lhe respondeu com uma poesia cuja rima era a mesma:[142]

"Ó tu que surgiste por detrás das dunas,
e cuja alma já revelou o que ocultavas:
tu sofres com o vinho enquanto ele dura;
ouvir-te é como ouvir bêbado apaixonado.
Olha para o nosso jardim e para a sua beleza,
cujas flores abrangem todas as cores,
e cujos pássaros piam alto nos galhos,
cantando a toda força as mais doces melodias:
toda espécie de rolinha, toda espécie de garça,
todas cantam no tom do melro e do alcaravão,
aqui, seus rouxinóis, e suas pombas de colar,
e ali, uma perdiz com uma codorna a gritar;
enche a nossa taça de vinho puro e contempla
outras taças cheias de nobreza e superioridade,
num jardim tão repleto de fontes e regatos,
que é melhor chamá-lo de paraíso das bênçãos."

Disse o narrador: Tão logo Hayfā concluiu a sua poesia metrificada, mal ouviu o último verso, o juízo de Yūsuf se transtornou, ele gemeu e, atônito com a jovem e as

141 Aqui, o original faz referência explícita a Kisrà, rei sassânida da Pérsia, e a Annuᶜmān, nome de mais de um rei dos reinos árabes pré-islâmicos de Ḥīra e Ġassān, ao norte da Península Arábica.
142 Ambas as poesias são monorrimas, com "n".

criadas que a rodeavam, soltou um grito e tombou desmaiado por um bom tempo, só acordando ao anoitecer, quando já se haviam acendido velas e lâmpadas, o que só fez aumentar-lhe a violenta paixão e diminuir-lhe a resignação; tentou se pôr de pé, mas, sem forças nos joelhos, assustou-se e voltou a sentar-se como estava.

E a manhã atingiu Šahrāzād, que interrompeu a narrativa e o discurso autorizado. A irmã lhe disse: "Como é bela a sua história, maninha", e ela respondeu: "Isso não é nada comparado ao que irei contar na próxima noite, se eu viver e o rei me preservar".

NA NOITE SEGUINTE,
QUE ERA A

678ª

Sua irmã lhe disse: "Por Deus, minha irmã, se não estiver dormindo, continue a história para atravessarmos o serão desta noite", e ela respondeu: "Com muito gosto e honra".

Eu tive notícia, ó rei venturoso, bem-sucedido e sensato, dono de correto parecer e belo e louvável proceder, de que [Ibrāhīm Bin Mulūk disse que o conviva do rei disse que o amigo de ᶜAbduljawwād disse:]

Depois, vexado, Yūsuf se sentou em seu lugar e Hayfā lhe perguntou: "Qual o seu nome, amado e alento do meu coração?". Então ele respondeu dando o nome, o nome do pai e tudo quanto lhe sucedera com a concubina deste, do começo ao fim, incluindo a fuga da sua cidade e a chegada ao palácio dela, e como nadara no rio e atirara o papel preso na flecha. E recitou os seguintes versos de poesia:

"Deixei minha casa devido a uma moça
contra a qual eu perpetrei injustiça,
ignorando a quem ela pertencia;
o que fiz bem merece a vindita.
Só depois eu descobri quem era ela:
a moça pertencia ao bravo rei Sahl,
rei temido que a mandou convocar,

desejoso de tal beldade desfrutar,
[mas a encontrou no pior dos estados,
e os mensageiros sobre mim foram informar;
muito encolerizado, ele mandou me buscar.]
Envergonhado estou com o escândalo:
buscador da glória, ora temo as mulheres."[143]

Disse o narrador: Ao tomar conhecimento do nome do rapaz, o amor de Hayfā por ele aumentou imensamente e, pondo o alaúde no colo, experimentou-o com os dedos, e então o instrumento se extasiou, chorou e se queixou, e ela se pôs a dizer a seguinte poesia:

"Mil vezes sejas tu bem-vindo,
ó querido Yūsuf, filho de Sahl;
já lemos nos livros e entendemos
dês que nasceste valente cavaleiro;
por Deus, digo que sou a tua moça
entre os homens, e tu, meu marido;
conquistaste a mais linda face,
beleza perfeita e nobre origem,
dos reis do Norte vieste até nós,
para derrotar e humilhar Mihrajān;
durante o combate olhei para ele,
o primeiro a chegar ao palácio é o marido,
que meu pai vai matar e o reino empalmar,
governando o país de leste a oeste,
mas logo nos deixarás, sem culpa nossa,
proferindo contra nós injustiças;
assim o deseja o senhor dos humanos,
único nos céus, poderoso e excelso."

143 A poesia está claramente truncada no manuscrito, e a tradução tentou remediar um pouco o problema mediante o recurso à edição litográfica – até onde foi possível, naturalmente, uma vez que o andamento dos eventos difere nas duas versões. Na edição litográfica, o último verso é: "buscador da generosidade, foi dela que obtive um favor". No manuscrito, parece – pois o verso também está truncado – que se procura destacar o temor que se apossou do rapaz em relação às mulheres após ter deflorado uma das concubinas do pai.

Disse o narrador: Ao ouvir as palavras de Hayfā, Yūsuf ficou deveras extasiado, bem como ela, e em seguida [se despiu e] a presenteou com todas as roupas que vestia, e também ela se despiu e o presenteou com todas as roupas que vestia, ordenando às criadas que trouxessem outros trajes, e então elas providenciaram uma nova trouxa, cujas roupas opulentas Hayfā fez Yūsuf vestir.

Disse o narrador: Yūsuf permaneceu com Hayfā no palácio por dez dias, na melhor vida, comendo, bebendo, conversando e trepando.

Disse o narrador: Então Deus louvado e altíssimo determinou que, tendo Yūsuf Bin Sahl se demorado, seu pai enviasse atrás dele Yaḥyā, o filho de sua tia materna, junto com vinte cavaleiros.

E a manhã atingiu Šahrāzād, que interrompeu a narrativa e o discurso autorizado. A irmã lhe disse: "Como é bela a sua história, maninha", e ela respondeu: "Isso não é nada comparado ao que irei contar na próxima noite, se eu viver e o rei me preservar".

NA NOITE SEGUINTE, QUE ERA A 679ª

Sua irmã lhe disse: "Por Deus, minha irmã, se não estiver dormindo, continue a história para atravessarmos o serão desta noite", e ela respondeu: "Com muito gosto e honra".

Eu tive notícia, ó rei venturoso, bem-sucedido e sensato, dono de correto parecer e belo e louvável proceder, de que [Ibrāhīm Bin Mulūk disse que o conviva do rei disse que o amigo de ᶜAbduljawwād disse:]

O rei Sahl enviou atrás de Yūsuf [seu sobrinho Yaḥyā com] vinte cavaleiros para tentar encontrar pistas e notícias dele, e então Deus louvado e altíssimo os conduziu até os criados de Yūsuf, que já estavam queimados pelo sol e massacrados pela fome. Indagaram-nos a seu respeito e os criados informaram que ele nadara pelo rio e entrara naquele palácio havia dez dias, "e não sabemos se está vivo ou morto". O primo Yaḥyā perguntou: "Algum de vocês poderia atravessar o rio a nado e ir nos trazer alguma notícia?", mas nenhum deles se prontificou a fazer aquilo: sem pronunciar palavra, ficaram olhando como parvos para ele, que repetiu a pergunta uma e duas vezes; como ninguém se manifestasse, Yaḥyā os repreendeu e, pegando um tinteiro de cobre e papel, escreveu os seguintes versos de poesia:

"Eu hoje vi uma coisa espantosa
sobre Yūsuf Bin Sahl, o querido:
dês que partiu, sem ele o palácio
ficou escuro e seu pai, deprimido;
ele parece plenilúnio entre estrelas:
quando some, a terra toda escurece;
o maior medo é que o seu coração
esteja ferido pelos fogos da paixão;
por Deus, ainda se rei fosses do mundo,
entre todos serás sempre estrangeiro."[144]

Disse o narrador: Em seguida, Yaḥyā pegou um cálamo persa, dobrou o papel, enfiou-o dentro dele, selou-o com vela, amarrou-o na flecha, pôs a flecha no arco, retesou-o e disparou na direção do palácio. A flecha voou, caindo sob a escada da porta bem no momento em que uma criada saía para buscar água; ela encontrou a flecha, recolheu-a e foi levar para a sua senhora, que estava conversando com Yūsuf. O rapaz pegou o cálamo, quebrou-o, retirou a carta, desdobrou, leu, entendeu o sentido e chorou amargamente até desmaiar.

Disse [*o narrador*]: Hayfā tomou-lhe a carta das mãos, leu-a e, pesarosa por ele, ordenou-lhe que aplicasse cem chibatadas na criada que trouxera a carta, e ele a chicoteou até ela desmaiar.

Disse o narrador: Quando se recuperou do desmaio,[145] Yūsuf, lembrando-se dos seus criados, da sua família, da sua casa e da sua tribo, disse a Hayfā: "Por Deus, cometi um grande equívoco ao abandonar a minha gente lá no interior. Foram o demônio e o vinho que me fizeram esquecê-la, esquecer da família, da

[144] Na edição litográfica a poesia é mais longa e pertinente ao contexto, com versos formulando hipóteses a respeito do destino de Yūsuf.

[145] Note a incoerência: na linha anterior, ele executara a ordem de chicotear a criada, mas somente na presente linha é que se recupera do desmaio. Na edição litográfica, a flecha disparada pelo primo cai aos pés do próprio casal, com o que o leitor é poupado da cena da surra na criada.

minha terra, tudo por causa da bebida. Agora, o meu propósito é ir ver os meus criados e Yaḥyā, filho da irmã do rei, cumprimentá-los e mandá-los de volta para casa, após o que voltarei para você rapidamente". Hayfā disse: "Por Deus, não consigo ficar sem você um único momento, caso contrário o meu sopro vital vai me abandonar o corpo. Mas eu lhe peço, por Deus, que me deixe responder essa mensagem!". Yūsuf disse: "Como é que você vai dizer que eu não vim até aqui? Os criados me viram quando entrei".

E a manhã atingiu Šahrāzād, que interrompeu a narrativa e o discurso autorizado. Sua irmã Dunyāzādah lhe disse: "Como é bela a sua história, maninha", e ela respondeu: "Isso não é nada comparado ao que irei contar na próxima noite, se eu viver e o rei me preservar".

NA NOITE SEGUINTE,
QUE ERA A

680ª

Sua irmã lhe disse: "Por Deus, minha irmã, se não estiver dormindo, continue a história para atravessarmos o serão desta noite", e ela respondeu: "Com muito gosto e honra".

Eu tive notícia, ó rei venturoso, bem-sucedido e sensato, dono de correto parecer e belo e louvável proceder, de que [Ibrāhīm Bin Mulūk disse que o conviva do rei disse que o amigo de ᶜAbduljawwād disse:]

Yūsuf disse a Hayfā: "Os criados me viram quando entrei aqui e já informaram Yaḥyā a respeito". Ela disse: "Deixe por minha conta a boa resposta, a sutileza da palavra e a essência da poesia". Pegou tinteiro, papel, cálamo de cobre e fez tenção de escrever, mas Yūsuf a impediu, dizendo de maneira dengosa: "Não é certo que você lhe dê a resposta, pois nesse caso ele vai pegar os meus criados, voltar com eles para minha casa e informar às pessoas tudo sobre nós. O mais certo é que eu vá pessoalmente até eles, cumprimente-os e os acompanhe até a minha terra, de onde retornarei para você rapidamente após tranquilizar o meu pai. Não agirei assim senão por temor de que nos descubram, denunciem e o caso chegue aos ouvidos do seu pai, que ficará muito aflito, pois é custoso para os reis que se fale mal deles. Se ele ficar sabendo, ou vai fazer você mudar para o palácio dele ou vai colocar vigias neste palácio, os quais a impedirão de ficar comigo, e eu também serei impedido de ficar com você, criando-se assim um motivo para a nossa separação".

Disse o narrador: Ao ouvir tais palavras, Hayfā gritou, chorou e soluçou, dizendo: "Meu senhor, me leve com você, eu, minhas criadas e tudo quanto existe neste palácio". Ele respondeu: "Só vou demorar o tempo de ida e volta, se eu viver e Deus altíssimo permitir". Hayfā chorou lágrimas copiosas, soluçou e, subjugada pela paixão, recitou os seguintes versos de poesia:

"Verto, olhos meus, lágrimas de sangue,
a vista turvada por nuvens vermelhas;[146]
ó magnífico, meus ossos estão em farelos,
ó dono do coração puro, derreto no fogo!
O amado do meu coração já vai partir!
Quem se resigna com a perda do amado?
Seja gentil e clemente com meu coração,
e volte logo ao meu palácio, sem tardança."

Disse o narrador: Quando Hayfā concluiu a sua poesia, Yūsuf chorou copiosamente e disse: "Por Deus que o meu propósito não era senão retornar a você, mas somente poderei fazê-lo depois de dispersar esses que chegaram".

E a manhã atingiu Šahrāzād, que interrompeu a narrativa e o discurso autorizado. A irmã lhe disse: "Como é bela a sua história, maninha", e ela respondeu: "Isso não é nada comparado ao que irei contar na próxima noite, se eu viver e o rei me preservar".

NA NOITE SEGUINTE, QUE ERA A 681ª

Sua irmã lhe disse: "Por Deus, minha irmã, se não estiver dormindo, continue a história para atravessarmos o serão desta noite", e ela respondeu: "Com muito gosto e honra".

[146] Verso quase incompreensível nas duas versões consultadas.

Eu tive notícia, ó rei venturoso, bem-sucedido e sensato, dono de correto parecer e belo e louvável proceder, de que [Ibrāhīm Bin Mulūk disse que o conviva do rei disse que o amigo de ᶜAbduljawwād disse:]

Yūsuf disse a Hayfā: "Espere até eu dispersar esses que chegaram, e então voltarei, se Deus altíssimo quiser", despediu-se e despiu-se. Hayfā perguntou: "Por que está tirando essa roupa?". [Ele respondeu:] "Não quero que ninguém suspeite nada sobre o nosso caso, pois, em sua maioria, são vestes femininas". Yūsuf saiu dali, embora o seu coração se mantivesse preso a ela, que chorava e pedia socorro, e também as criadas gritavam e choravam a sua partida.

Disse o narrador: Ao sair pela porta do palácio, Yūsuf tirou as roupas que usava ao chegar, fazendo com elas um turbante, agarrou o arco e a aljava e nadou até sair do outro lado, junto aos seus criados e aos recém-chegados; cumprimentou o primo Yaḥyā, cujos acompanhantes lhe beijaram as mãos, e em seguida Yaḥyā perguntou: "Por qual motivo você abandonou os seus criados durante esses dez dias?". Yūsuf respondeu: "Por Deus, primo, quando entrei nesse palácio encontrei um jovem filho de reis que me recebeu muito bem, me hospedou, me dignificou muito e me tratou com a mais suma deferência. Quando pretendi ir embora, sofri um golpe de ar que me atingiu no âmago e me fez mal. Fiquei com medo de atravessar o rio a nado e piorar. Foi esse o motivo da minha demora". Em seguida, montou no cavalo, Yaḥyā também montou e todos cavalgaram em direção à sua terra, atravessando desertos, terras inóspitas, vales e locais perigosos, até que se aproximaram do seu destino e vislumbraram a cidade ao longe.

Disse o narrador desta história espantosa: Quando eles chegaram à cidade, a notícia foi transmitida ao rei Sahl, que saiu junto com os principais do seu governo para receber o filho, ordenando que a cidade fosse engalanada da melhor maneira, com joias e adornos; o povo deu alvíssaras pela integridade do filho do rei e o seu regresso são e salvo à cidade. O rei cavalgou, saiu para recebê-lo e, ao vê-lo, apeou, abraçou-o, beijou-o entre os olhos e o conduziu ao palácio, onde o dignificou e o tratou muito bem. A alegria perdurou, e no dia do seu retorno se decretou feriado.

Disse o narrador: À noite, Yūsuf se dirigiu aos seus aposentos, encontrando então a mãe e as suas esposas, todas semelhantes ao plenilúnio brilhante. Yūsuf tinha três esposas e quarenta concubinas, mas evitou-as todas e dormiu sozinho, sem procurar nenhuma delas, arrulhando como arrulham as pombas quando perdem o seu amado; por toda a noite pensou em sua querida, recitou poesias e chorou.

E a manhã atingiu Šahrāzād, que interrompeu a narrativa e o discurso autorizado. A irmã lhe disse: "Como é bela a sua história, maninha", e ela respondeu:

"Isso não é nada comparado ao que irei contar na próxima noite, se eu viver e o rei me preservar".

NA NOITE SEGUINTE,
QUE ERA A

682ª

Sua irmã lhe disse: "Por Deus, minha irmã, se não estiver dormindo, continue a história para atravessarmos o serão desta noite", e ela respondeu: "Com muito gosto e honra".

Eu tive notícia, ó rei venturoso, bem-sucedido e sensato, dono de correto parecer e belo e louvável proceder, de que [Ibrāhīm Bin Mulūk disse que o conviva do rei disse que o amigo de ᶜAbduljawwād disse:]

Yūsuf passou toda a noite chorando e recitando poesias, mas sem que se pudesse interpretar o que estava dizendo, temeroso de que o seu segredo fosse revelado, e então as mulheres supuseram que ele estava irritado com o pai, e não descobriram o que lhe ia pelo coração, nem a sua enorme paixão por Hayfā. Quando o amanhecer se aproximou e ele, vendo o anunciar da aurora, despertou do seu sono, pensou, chorou, suspirou, queixou-se, arrulhou tal como as pombas e recitou os seguintes versos de poesia:

"Depois dessa humilhação, já não tenho terra nem família,
só me restando o choro, os lamentos do coração e a tristeza;
sempre que minhas vistas se lançaram na direção de outrem,
começava a lavrar em mim e a me queimar o fogo da paixão,
mas meu coração sente prazer com o fogo da paixão por você,
bem como as pálpebras sentem prazer com a insônia por você!
Por Deus, me deixe em paz, isso é tudo quanto eu suplico![147]
Por que não me deixa a mente tranquila, e sim me tortura?"

[147] Verso ininteligível.

Disse o narrador: Quando terminou a poesia, Yūsuf caiu desmaiado, debatendo--se como uma ave degolada, não acordando senão depois que o sol já estava alto e a tudo iluminava. Atônito no chão, ausente, Yūsuf não respondia nem dirigia a palavra a ninguém; depois, não saiu mais do colchão, e a notícia chegou ao seu pai, o qual, acompanhado dos notáveis do reino, foi vê-lo, cumprimentá-lo e perguntar: "Meu filho, eu o resgataria com a minha própria vida. Que doença você contraiu? Qual a sua queixa?". Yūsuf respondeu: "Pai, fui atingido por uma corrente de ar que me destroçou as articulações". O pai disse: "Que Deus altíssimo o faça curar-se disso que o atingiu!". Em seguida, saiu dali e lhe enviou um médico, que era um judeu hábil e inteligente.

Disse [*o narrador*]: O médico judeu entrou, cumprimentou o rapaz, sentou-se ao seu lado, tocou-lhe as articulações e o indagou sobre o seu estado. O rapaz silenciou, sem dar resposta, e o médico logo compreendeu que ele estava enamorado, afogado no mar da paixão; em seguida, saiu e disse ao rei: "Ele não tem doença nenhuma; está apaixonado, o coração roubado e ulcerado". Então a mãe foi até Yūsuf e lhe disse: "Meu filho, Deus altíssimo suavize o que você está sentindo. Olhe para as suas esposas e concubinas! Não obedeça à paixão, pois ela vai fazer você se perder do caminho de Deus", mas ele não lhe deu resposta. Yūsuf permaneceu nessa situação por três dias, sem conseguir comer nem beber nem ter o prazer de conversar ou dormir, e depois chamou um dos seus escravos...

E a manhã atingiu Šahrāzād, que interrompeu a narrativa e o discurso autorizado. A irmã lhe disse: "Como é bela a sua história, maninha", e ela respondeu: "Isso não é nada comparado ao que irei contar na próxima noite, se eu viver e o rei me preservar".

NA NOITE SEGUINTE, QUE ERA A 683ª

Sua irmã lhe disse: "Por Deus, minha irmã, se não estiver dormindo, continue a história para atravessarmos o serão desta noite", e ela respondeu: "Com muito gosto e honra".

Eu tive notícia, ó rei venturoso, bem-sucedido e sensato, dono de correto parecer e belo e louvável proceder, de que [Ibrāhīm Bin Mulūk disse que o conviva do rei disse que o amigo de ᶜAbduljawwād disse:]

Yūsuf chamou um dos seus escravos, de nome Hilāl,[148] e lhe perguntou: "Hilāl, você me acompanharia numa viagem?". Ele respondeu: "Sim, meu senhor, eu ouço e obedeço às suas ordens e desejos". Então Yūsuf ordenou ao escravo que lhe deixasse preparado o melhor dos cavalos, ao qual chamavam "o touro guardado para o dia do combate prolongado", que se tornara motivo de provérbios. Esperou a quietude da noite, montou no cavalo, colocou Hilāl na garupa e avançou, cortando desertos e terras inóspitas, até se aproximar do palácio de Hayfā e do rio dos Seios Formados.

Disse o narrador: Quando avistou o palácio e dele se aproximou, caiu desmaiado, e ao acordar disse: "Hilāl, tire a sela do cavalo e esconda na gruta, entre as pedras". O escravo então levou a sela e a enterrou entre as pedras, retornando em seguida. Yūsuf fez um turbante com as suas roupas e as de Hilāl, montou no cavalo e disse: "Hilāl, agarre-se à cauda do cavalo", e entrou no rio com o animal, que nadou com os dois até sair diante da porta do castelo. Yūsuf bateu à porta, e veio atendê-lo a criada Radāḥ,[149] que a abriu, abraçou-o, beijou-lhe o peito, as mãos e entre os olhos e foi correndo informar a sua patroa Hayfā, a qual, enlouquecida de alegria, veio rapidamente até ele e o abraçou, e ele a abraçou, e o estreitou ao peito, e ele a estreitou, e se beijaram abraçados, caindo em seguida desmaiados por tanto tempo que as criadas chegaram a supor que eles haviam morrido e emitido os seus últimos suspiros.

Disse o narrador: Quando despertaram do desmaio, queixaram-se mutuamente, choraram juntos e cada qual começou a se queixar para o outro da dor da distância. Hayfā indagou a respeito de Hilāl, e Yūsuf respondeu: "É meu escravo, um dos muitos". Admirada com a chegada a cavalo, Hayfā disse: "Yūsuf, você me torturou com a sua ausência!". Ele disse: "Deus, que é a única divindade, [é testemunha de que] minha mão não encostou em nenhuma fêmea nem mulher, nem mesmo uma gênia. Eu estava transtornado pela paixão e pela preocupação abrasadora no meu coração". Hayfā ordenou às criadas que levassem Hilāl para o jardim, e elas o levaram, indo todos juntos para lá, enquanto a patroa se punha a caminhar com Yūsuf...

148 Esse nome quer dizer em árabe "lua crescente".

149 Nome que pode ter muitos sentidos: "esquadrão", "treva", "fonte", "árvore frondosa" etc.

E a manhã atingiu Šahrāzād, que interrompeu a narrativa e o discurso autorizado. A irmã lhe disse: "Como é bela a sua história, maninha", e ela respondeu: "Isso não é nada comparado ao que irei contar na próxima noite, se eu viver e o rei me preservar".

NA NOITE SEGUINTE,
QUE ERA A

684ª

Sua irmã lhe disse: "Por Deus, minha irmã, se não estiver dormindo, continue a história para atravessarmos o serão desta noite", e ela respondeu: "Com muito gosto e honra".

Eu tive notícia, ó rei venturoso, bem-sucedido e sensato, dono de correto parecer e belo e louvável proceder, de que [Ibrāhīm Bin Mulūk disse que o conviva do rei disse que o amigo de [c]Abduljawwād disse:]

Hayfā levou Yūsuf para o salão de reuniões e ambos ficaram sozinhos pelo dia todo, em deliciosa felicidade; Yūsuf permaneceu hospedado por trinta dias, no mais completo regozijo, alegria e consumo de vinho. Hayfā lhe disse: "Luz dos olhos meus, suba comigo à parte mais elevada do palácio para de lá apreciarmos este rio corrente e contemplarmos estas montanhas e colinas, estes desertos e vales com gazelas".

Disse o narrador: Então ambos subiram à parte mais elevada do palácio para ver as gazelas pastando as heras do deserto. Hayfā disse: "Ai, meu senhor, como seria bom ter aqui no palácio um rebanho dessas gazelas". Yūsuf disse: "Pelos olhos seus, pelo negrume das suas pupilas, hei de encher este palácio de gazelas!", e, descendo dali rapidamente, pegou o cavalo, enquanto Hayfā se agarrava para impedi-lo de sair, mas ele se recusou a obedecer.

Disse o narrador: Hayfā então começou a praguejar muito contra si mesma, e Yūsuf saiu, deixando ali o seu escravo Hilāl, atravessou o rio puxado pelo cavalo, chegou a terra firme e partiu no rastro das gazelas, delas caçando trinta, que amarrou e carregou, avançando até chegar à margem do rio. Hayfā, que o vira capturando as gazelas no dorso do cavalo, tal como um leão, ficou sumamente espantada. Quando ele já estava próximo do retorno, ali perto do rio, e fazia menção de [atravessá-lo para] entrar no palácio, eis que um barquinho...

E a manhã atingiu Šahrāzād, que interrompeu a narrativa e o discurso autorizado. A irmã lhe disse: "Como é bela a sua história, maninha", e ela respondeu: "Isso não é nada comparado ao que irei contar na próxima noite, se eu viver e o rei me preservar".

NA NOITE SEGUINTE,
QUE ERA A

685ª

Sua irmã lhe disse: "Por Deus, minha irmã, se não estiver dormindo, continue a história para atravessarmos o serão desta noite", e ela respondeu: "Com muito gosto e honra".

Eu tive notícia, ó rei venturoso, bem-sucedido e sensato, dono de correto parecer e belo e louvável proceder, de que [Ibrāhīm Bin Mulūk disse que o conviva do rei disse que o amigo de ᶜAbduljawwād disse:]

Quando Yūsuf fazia menção de retornar, eis que surgiu no rio um barquinho vindo da direção da cidade. Do palácio, Hayfā viu a aproximação do barquinho, por meio do qual o seu pai Mihrajān lhe enviava grande quantidade de víveres.

Disse o narrador: Percebendo que o barquinho provinha do pai de Hayfā, Yūsuf interrompeu a entrada no rio para ver o que aconteceria. Também Hayfā, ao avistá-lo, percebera que fora enviado pelo pai e, pegando tinteiro, papel e um cálamo de cobre, escreveu, recitando e dizendo a Yūsuf os seguintes versos de poesia:

"Desejo meu, suma e se esconda nas montanhas,
pois se aproxima um barquinho cheio de homens
que suponho terem sido enviados por Mihrajān,
mas que também a comida, necessária, contém.
Espere lá um pouquinho e depois retorne a nós;
ouça minhas palavras, dono da beleza maravilhosa."

Disse o narrador: Em seguida, ela colocou a mensagem numa flecha, pôs a flecha no arco, vergou-o e disparou para o alto; a flecha caiu na frente de Yūsuf, que a pegou, leu a carta e lhe compreendeu conteúdo e sentido. Sabedor de que o barquinho provinha do pai dela, recuou e deu a volta pela montanha, dizendo em seguida: "É absolutamente imperioso descobrir quais são as notícias". Apeou do cavalo, introduziu-o numa gruta que havia ali, saiu caminhando, soltou as gazelas, apoiou-se numas pedras e se pôs a observar o barquinho, que continuou avançando até atracar às portas do palácio, dele saindo um rapaz de maravilhosa beleza a quem Hayfā cumprimentou, abraçou e conduziu para o interior do palácio; em seguida, descarregaram o que fora trazido; eram quatro rapazes, entre os quais um homem chamado Muḥammad Ibn Ibrāhīm,[150] conviva do rei; o rapaz que ela abraçara era o filho da sua tia materna, chamado Šalhūb. Quando a viu abraçando-o, Yūsuf perdeu a cabeça, brasas começaram a sair dos seus olhos e ele xingou e esbravejou; em seguida, controlando[151] a loucura, ele disse: "Por Deus que atravessarei o rio à noite para ver o que estão fazendo". Hayfā havia deixado uma criada à porta e lhe dito: "Fique aqui mesmo, pois talvez Yūsuf retorne à noite, e então você abre para ele". Em seguida, mandou servir vinho, acomodou Šalhūb e Ibn Ibrāhīm e sentou-se no meio deles, após ter escondido o escravo Hilāl num quarto e instalado os outros rapazes num dos cômodos do palácio. Assim, ela se sentou no meio deles para tomar vinho.

Disse o narrador desta história espantosa: Isso foi o que sucedeu a eles. Quanto a Yūsuf, ele esperou o anoitecer, atravessou o rio a nado, saiu diante da porta do palácio e bateu levemente à porta, que foi aberta pela criada de plantão, à qual ele indagou sobre a patroa. A criada respondeu: "Ela estava sentada com o filho da sua tia Rādiḥ[152] e com um comensal do pai dela". Ele perguntou: "Você poderia me levar para dar uma espiadela neles e ver o que estão fazendo?", e então ela o levou para um local de onde ele podia observá-los sem ser notado. Pôs-se então a olhar, estupefato, para eles, para Hayfā tratando-os bem e lhes recitando poesia, e aquilo lhe foi insuportável. Perguntou à criada: "Você tem tinteiro, papel e cálamo?".

E a manhã atingiu Šahrāzād, que interrompeu a narrativa e o discurso autorizado. A irmã lhe disse: "Como é bela a sua história, maninha", e ela respondeu: "Isso não é nada comparado ao que irei contar na próxima noite, se eu viver e o rei me preservar".

[150] Na edição litográfica, o nome da personagem é *Ibn Manṣūr*.
[151] No manuscrito consta "demonstrando", o que se trata de evidente equívoco.
[152] Nome que significa "o que se afirmou".

NA NOITE SEGUINTE,
QUE ERA A

686ª

Sua irmã lhe disse: "Por Deus, minha irmã, se não estiver dormindo, continue a história para atravessarmos o serão desta noite", e ela respondeu: "Com muito gosto e honra".

Eu tive notícia, ó rei venturoso, bem-sucedido e sensato, dono de correto parecer e belo e louvável proceder, de que [Ibrāhīm Bin Mulūk disse que o conviva do rei disse que o amigo de ᶜAbduljawwād disse:]

Desorientado pelos ciúmes, Yūsuf pegou da criada o tinteiro, o papel, o cálamo, e escreveu os seguintes versos de poesia:

"Eu considerava que me preserváveis,
pois o meu coração vivia triste por vós;
mas vi que não preservais o compromisso,
e não só, mas que, indo além, me traístes;
os olhos não olham senão para o próprio amor,
salvo se esse amor se tornou detestável,
pois agora vos inclinais por outro alguém,
e por isso de vossa terra estamos partindo;
e, se acaso quiserdes negar tais enormidades,
tenho contra vós testemunhas de vossa parte.
E qual é a serventia da fera que vê o seu poço
frequentado por sedentos cachorros selvagens?
E quem é que aceita de bom grado ter um sócio
no amado, seja ele quem for, ó muçulmanos?"

Disse o narrador: Em seguida, dobrou a mensagem, entregou para a criada e perguntou-lhe: "Você sabe onde está Hilāl?". Ela respondeu: "Sim". Ele disse: "Traga-o para mim", e então ela saiu e voltou trazendo-o. Yūsuf usou de uma artimanha para fazer a criada se afastar, abriu a porta do palácio, fez um turbante com as suas roupas e as de Hilāl, entrou com ele no rio e nadaram até a margem, dali se encaminhando até o cavalo, que Yūsuf selou, montou — colocando Hilāl na garupa — e cavalgou até chegar à sua terra. Isso foi o que sucedeu a Yūsuf.

Quanto a Hayfā, pela manhã ela indagou sobre Yūsuf, e a criada lhe estendeu a mensagem, que ela pegou e leu, compreendendo-lhe conteúdo e sentido.

Disse o narrador: Nesse momento, Hayfā chorou copiosamente até desmaiar e o sangue lhe sair dos olhos; ao despertar do desmaio, dispensou Šalhūb e os seus acompanhantes e disse a Ibn Ibrāhīm: "Fique aqui conosco, pois é possível que homens atravessem o rio a nado e invadam o palácio", e então Ibn Ibrāhīm ficou e Šalhūb partiu com os seus acompanhantes. Quando eles sumiram dali, Hayfā perguntou: "Ibn Ibrāhīm, você poderia guardar um segredo meu e me ajudar num caso de paixão?". Ele respondeu: "Como eu não guardaria um segredo seu, que é minha patroa, senhora e filha do meu senhor? Mesmo que fosse com os próprios olhos!". Ela disse: "Ibn Ibrāhīm, veio até aqui um jovem chamado Yūsuf, o belo, filho do rei Sahl, do Sind, e me apaixonei por ele e ele por mim. Após ter ficado aqui comigo por quarenta dias, eu lhe disse: 'Vamos ao alto do palácio para ver o panorama'. Então subimos, vimos bandos de gazelas e eu lhe disse: 'Ai, como eu gosto de gazelas!'. Ele disse: 'Por Deus, pela vida dos olhos seus e pelo negrume das suas pupilas que eu hei de lhe deixar o palácio cheio dessas gazelas', e saiu imediatamente, pegou o seu cavalo, cruzou com ele o rio, saiu na outra margem e caçou três gazelas enquanto eu via; em seguida, olhei na direção da cidade, vi um barquinho atravessando o rio e, percebendo que era o meu pai que nele enviava para mim alguma coisa, escrevi-lhe numa flecha um recado ordenando que sumisse das vistas dos forasteiros até que fossem embora, e ele se escondeu atrás duma gruta, amarrou o cavalo, viu quando cumprimentei o meu primo Šalhūb e nesse instante foi invadido pelo ciúme devido à maneira como o cumprimentei. Esperou o anoitecer, cruzou o rio a nado e veio até aqui. Eu dissera à criada Radāḥ: 'Fique aqui à porta, e se acaso ele voltar abra'. Quando ela lhe abriu a porta, ele foi a um cômodo de onde podia nos observar e me viu sentada com vocês bebendo vinho. Sem conseguir suportar isso, escreveu esta mensagem, pegou o seu escravo e partiu de volta para a sua família e casa.[153] Eu quero que você vá até ele"...

E a manhã atingiu Šahrāzād, que interrompeu a narrativa e o discurso autorizado. A irmã lhe disse: "Como é bela a sua história, maninha", e ela respondeu: "Isso não é nada comparado ao que irei contar na próxima noite, se eu viver e o rei me preservar".

[153] Curiosamente, na edição litográfica, que contém mais poesias e em vários pontos é mais prolixa nas descrições, essa longa repetição de eventos previamente conhecidos pelo leitor não é feita, com o narrador se limitando a comentar: "Hayfā lhe informou a sua história e tudo quanto ocorrera entre ela e Yūsuf, o belo, do começo ao fim, e a repetição não trará nenhuma nova informação" (*wa laysa bilicāda ifāda*). Note que, antes, o texto falara em trinta gazelas.

NA NOITE SEGUINTE,
QUE ERA A

687ª

Sua irmã lhe disse: "Por Deus, minha irmã, se não estiver dormindo, continue a história para atravessarmos o serão desta noite", e ela respondeu: "Com muito gosto e honra".

Eu tive notícia, ó rei venturoso, bem-sucedido e sensato, dono de correto parecer e belo e louvável proceder, de que [Ibrāhīm Bin Mulūk disse que o conviva do rei disse que o amigo de ᶜAbduljawwād disse:]

Hayfā disse a Ibn Ibrāhīm: "Gostaria que você levasse esta carta para Yūsuf". Ele respondeu: "Ouço e obedeço. Porém, eu vou pegar a carta, ir para a casa dos meus pais, montar o meu cavalo e só então ir até ele".

Disse [*o narrador*]: Então ela lhe deu cem dinares e lhe entregou a carta, cujo conteúdo eram os seguintes versos citados por Hayfā:

"Que tem esse teu coração, duro que não se dobra?
Para a tua secura eu não tenho nada que me auxilie,
senão o choro e o lamento que sai com as lágrimas
torrenciais, que ora escorrem e navegam no sangue.
Meu alento está tomado pelo fogo e pela debilidade,
ambos bem acomodados, morando no meu âmago.
Meu coração de ti não se cura jamais, ó meu desejo,[154]
ó meu sequestrador, ó tormento dos muçulmanos!
Eu não pensara na separação, mas assim determinou
o senhor altíssimo, dos determinadores o mais sábio."

Disse o narrador: Então Muḥammad Ibn Ibrāhīm pegou a carta e saiu. Hayfā disse: "Ibn Ibrāhīm, não informe a ninguém que você esteve aqui conosco esta noite", e ele partiu, avançando até aproximar-se da casa dos pais, onde montou a sua

[154] Verso ininteligível no manuscrito. Na edição litográfica, onde a poesia é bem mais longa, a tradução é: "tem piedade do meu coração, ó meu desejo".

camela[155] e retomou a marcha até se aproximar da capital do Sind, onde perguntou a respeito do filho do rei, e então lhe mostraram onde estava. Ibn Ibrāhīm entrou e, encontrando-o sozinho, beijou-lhe as mãos e entregou a carta; Yūsuf pegou, tirou o selo, leu e, ao compreender-lhe conteúdo e sentido, virou a cara e franziu tanto o sobrecenho que quase rasgou a carta, atirando-a em seguida para Ibn Ibrāhīm, que lhe disse: "Ó rei do tempo e das eras, não é assim que procedem os filhos dos reis. Jogar as cartas fora sem responder?". Yūsuf disse: "Não tenho resposta para ela". Ibn Ibrāhīm disse: "Ó rei do tempo, seja misericordioso e receberá misericórdia!".

Disse o narrador: Então Yūsuf mandou que lhe trouxessem tinteiro, papel e cálamo de cobre e escreveu para Hayfā uma resposta à sua poesia, dizendo os seguintes versos:

"Se acaso Hayfā, com a poesia da língua,
me procura desejando alguma promessa,
de mim ela não a terá, e que vá buscá-la
em outro lugar, pois o tempo é bem vasto:
traiu, me evitou, riu para outro e foi desleal,
e dês que viu a traição meu coração me traiu,
mas se ele hoje voltasse atrás e desejasse o
amor dela, para ele eu criaria novos desprezos;
e se os olhos meus acaso olhassem para ela,
eu os arrancaria em público com a ponta dos dedos;
foi diversão tudo quanto aconteceu no tempo dela,
se bem que, na verdade, o tempo dela nunca existiu."

Disse o narrador desta história espantosa: Yūsuf dobrou a carta e, acompanhada de uma gorjeta de cem dinares, a entregou a Ibn Ibrāhīm, que por sua vez viajou até o palácio de Hayfā, amarrou a camela, escondendo-a numa gruta e tapando-a com pedras; depois, foi ao rio, cruzou-o a nado, subiu até Hayfā, puxou a carta e a entregou a ela, que pegou, leu e, compreendendo-lhe conteúdo e sentido, chorou copiosamente e se lamentou até desmaiar, do choro e da enormidade que a atingiram ao tomar ciência do conteúdo da carta. Sem poder atinar com o que aconteceria em consequência daquilo tudo, ficou perplexa e bêbada sem vinho.

[155] Assim no original. Linhas atrás, a personagem falara em "cavalo", *jawād*, e agora ela monta a "camela", *nāqa*. É o que também consta da edição litográfica.

E a manhã atingiu Šahrāzād, que interrompeu a narrativa e o discurso autorizado. Sua irmã Dunyāzādah lhe disse: "Como é bela a sua história, maninha", e ela respondeu: "Isso não é nada comparado ao que irei contar na próxima noite, se eu viver e o rei me preservar".

NA NOITE SEGUINTE,
QUE ERA A

688ª

Sua irmã lhe disse: "Por Deus, minha irmã, se não estiver dormindo, continue a história para atravessarmos o serão desta noite", e ela respondeu: "Com muito gosto e honra".

Eu tive notícia, ó rei venturoso, bem-sucedido e sensato, dono de correto parecer e belo e louvável proceder, de que [Ibrāhīm Bin Mulūk disse que o conviva do rei disse que o amigo de ᶜAbduljawwād disse:]

Hayfā ficou perplexa e bêbada sem vinho. Mal despertou do desmaio, mandou que lhe trouxessem tinteiro, papel e cálamo de cobre e escreveu dizendo os seguintes versos de poesia:

"Ó senhor dos humanos, dimensão do tempo,
encanto para o coração de graciosos e belos:
as queixas que te fiz, sobre os efeitos da paixão,
se fossem feitas a um rochedo o dobrariam;
tu te manténs indiferente à paixão que desejo;
fui humilhada e atingida pela flecha do desprezo."

Disse o narrador: Quando concluiu a carta, dobrou-a e entregou a Ibn Ibrāhīm, que a pegou e disse aos criados: "Selem a minha camela". Montou-a e viajou até a capital do Sind, onde foi ter com Yūsuf, a quem cumprimentou e entregou a carta. Yūsuf pegou, leu, entendeu o conteúdo e, ao terminar, atirou-a na cara de Ibn Ibrāhīm, deixando-o e se retirando. Ibn Ibrāhīm tentou ir atrás dele, mas Yūsuf ordenou aos seus criados: "Façam-no ir embora mas não batam nele".

Disse [*o narrador*]: Então os criados o expulsaram e ralharam com ele, que montou na sua camela e viajou até o palácio de Hayfā; escondeu a camela naquela gruta, cruzou o rio a nado, subiu até o palácio e ao ficar diante de Hayfā entregou-lhe a carta; ao verificar que era a mesma por ela enviada, Hayfā chorou, incapaz de suportar aquilo, e depois perguntou: "Ibn Ibrāhīm, quais são as notícias?". Ele disse: "Tão logo lhe entreguei a carta, ele abriu, leu, atirou-a na minha cara e saiu encolerizado da minha frente. Tentei segui-lo mas ele ordenou aos criados que me impedissem, e eles me impediram e ralharam comigo". E prosseguiu: "É por isso que estou sem carta nem resposta. Foi isso o que sucedeu da parte dele". Ao ouvir os dizeres de Ibn Ibrāhīm, Hayfā não suportou e começou a chorar, sem saber como agir, permanecendo desmaiada por um bom tempo. Ao acordar, disse: "Como agir, Ibn Ibrāhīm? O que faremos? Ajude-me a administrar este assunto! Quiçá o alívio se dê por seu intermédio, pois você é administrador e conviva de reis!". Ele disse: "Minha senhora, não interrompa o envio de notícias suas para ele, pois quem sabe Deus altíssimo não lhe muda o coração de uma circunstância a outra. O insistente às vezes derrota o indiferente". Ela disse: "Tivesse ele enviado alguma carta, eu me orientaria por ela sobre o que escrever, mas agora não sei. Se eu continuar nesta situação, vou morrer". Ibn Ibrāhīm disse: "Escreva para ele que eu vou até lá. Por você sacrifico a vida, e não volto sem resposta".

E a manhã atingiu Šahrāzād, que interrompeu a narrativa e o discurso autorizado. Sua irmã Dunyāzādah lhe disse: "Como é bela a sua história, maninha", e ela respondeu: "Isso não é nada comparado ao que irei contar na próxima noite, se eu viver e o rei me preservar".

NA NOITE SEGUINTE, QUE ERA A 689ª

Sua irmã lhe disse: "Por Deus, minha irmã, se não estiver dormindo, continue a história para atravessarmos o serão desta noite", e ela respondeu: "Com muito gosto e honra".

Eu tive notícia, ó rei venturoso, bem-sucedido e sensato, dono de correto parecer e belo e louvável proceder, de que [Ibrāhīm Bin Mulūk disse que o conviva do rei disse que o amigo de ᶜAbduljawwād disse:]

Ibn Ibrāhīm disse a Hayfā: "Escreva para ele e eu imperiosamente lhe trarei uma resposta, mesmo ao custo da minha vida". Ela mandou trazer tinteiro, papel, cálamo de cobre, e escreveu, dizendo os seguintes versos de poesia:

"Será que sabeis como passo com a distância?
Sofro muito, seja às ocultas, seja às claras!
Paixão, sentimento, anseios e sofreguidão:
a minha desgraça se amplia, e estou sozinha;
tenha Deus os dias passados que não voltarão,
nos quais eu parecia estar no paraíso sempiterno;
eu vos cultivarei, com certeza, a vós e vosso amor,
fazendo-vos o mais caro dos seres para mim;
esteja convosco a paz de Deus, que estamos distantes,
e a despeito de mim ainda sobrevivo à distância;
contudo, meu senhor, se acaso não vierdes ter comigo,
o amor por vós me fará residir no interior de uma tumba."

Disse o narrador: Quando terminou de escrever a carta, dobrou-a e a entregou a Ibn Ibrāhīm, juntamente com cem dinares; ele pegou tudo, cruzou o rio a nado, montou em sua camela e viajou até a capital do Sind, mas encontrou com Yūsuf fora da cidade, caçando; cumprimentou-o, entregou-lhe a carta e Yūsuf retornou para a cidade, instalou Ibn Ibrāhīm num bom aposento e passou toda a noite indagando-o a respeito de Hayfā. Quando amanheceu, mandou trazer tinteiro, papel, cálamo de cobre, e escreveu, dizendo os seguintes versos de poesia:

"Mentiras mandais, com elas buscando a concórdia,
mas de mim não recebereis elogios nem louvores;
eu sou aquele cujo coração já não permite poesias,
ao contrário do que faz quem o pacto contrariou;
se quem eu amo me tornou sócio de outro alguém,
então o deixarei para esse amor, e sozinho viverei;
eia, portanto, juntai-vos com quem desejais ficar,
pois já não é o sentido da vossa beleza o que busco;

esta imensa distância, indiferença, secura, todos eles,
abertamente vossos amigos, são agora meus soldados;
vossa atitude, por Deus, não seria aceita nem sequer
por meus criados e escravos, e nem por vossos escravos."

Disse o narrador: Yūsuf dobrou a carta e a entregou a Ibn Ibrāhīm, dando-lhe como recompensa um traje verde e cem dinares. Ele recebeu tudo e viajou até o palácio de Hayfā; escondeu a camela na gruta, cruzou o rio a nado, entrou no palácio e entregou a carta a ela, que a pegou, rompeu o lacre, leu, compreendeu-lhe conteúdo e sentido e chorou até soluçar; perplexa, já não sentia prazer em comer ou beber, nem repousava ao dormir, tamanho era o seu anelo por Yūsuf; sentiu vontade de atirar-se do alto do palácio…

E a manhã atingiu Šahrāzād, que interrompeu a narrativa e o discurso autorizado. A irmã lhe disse: "Como é bela a sua história, maninha", e ela respondeu: "Isso não é nada comparado ao que irei contar na próxima noite, se eu viver e o rei me preservar".

NA NOITE SEGUINTE, QUE ERA A 690ª

Sua irmã lhe disse: "Por Deus, minha irmã, se não estiver dormindo, continue a história para atravessarmos o serão desta noite", e ela respondeu: "Com muito gosto e honra".

Eu tive notícia, ó rei venturoso, bem-sucedido e sensato, dono de correto parecer e belo e louvável proceder, de que [Ibrāhīm Bin Mulūk disse que o conviva do rei disse que o amigo de ᶜAbduljawwād disse:]

Hayfā fez menção de se atirar do alto do palácio, sendo contida por Ibn Ibrāhīm, que lhe disse: "Escreva-lhe uma carta atrás da outra, pois assim quiçá ele se enterneça e retorne". Então ela mandou trazer tinteiro, papel, cálamo de cobre, e escreveu, dizendo, das profundezas do seu coração, os seguintes versos de poesia:

"Tens no meu coração um lugar que não será ocupado
senão por teu amor, pois o de outrem será a sua morte;
ó aquele cuja formosura de rosto, quando aparece,
[faz o censor descobrir que a sua censura é injusta;
teu rosto é plenilúnio com as maçãs da tua fronte;][156]
o talhe é galho de bela árvore,[157] e teu cabelo, sombra;
livre esteja alguém como eu de querer outro alguém,
pois a formosura do teu rosto não tem semelhante;
não existe entre os homens plenilúnio tão belo,
e é só em ti que a beleza hoje está, por inteiro".

Disse o narrador: Ela dobrou a carta, selou-a e a entregou a Ibn Ibrāhīm, que a pegou e viajou até chegar à capital do Sind, onde se encontrou com Yūsuf e lhe entregou a carta, cujo selo ele rompeu, leu-a, compreendeu-lhe conteúdo e sentido, que lhe foram difíceis de suportar, e, pegando um tinteiro, escreveu, dizendo os seguintes versos de poesia:

"Deixa-te de alinhavar cartas e carregá-las,
ó Ibn Ibrāhīm, e para de bancar o ignorante,
pois já me consolei da tua casa e seus amores,
e até esqueci daquele tempo e de quem conheci;
portanto, informa Hayfā, a meu respeito, que eu
desejo dela é distância pelo resto da minha vida;
não existe bem num amor que a outrem deseja,
como se fora de comida uma espécie qualquer;
vai procurar outro que não Ibn Sahl, pois ele
não aceita esse remédio e tampouco seus efeitos;
essas características não vão ser aceitas senão
por aquele que até os próprios pais desconhece."

156 O trecho entre colchetes foi traduzido da edição litográfica. Embora o critério aqui adotado seja o de não "completar" as poesias do manuscrito, que são muito mais curtas e menos copiosas que as dessa edição litográfica, o fato é que neste ponto específico os versos são necessários para a inteligibilidade da passagem.

157 Novamente aparece a palavra *naqā*, já comentada na nota 140. Agora, preferiu-se traduzi-la por "bela árvore".

Disse o narrador: E, dobrando a carta, Yūsuf a entregou a Ibn Ibrāhīm, que a recolheu e viajou, após ter recebido cem dinares, não interrompendo a marcha até se aproximar do palácio de Hayfā; introduziu a camela na gruta, cruzou o rio a nado, foi ao palácio, entrou, cumprimentou Hayfā e lhe entregou a carta, que ela pegou, rompeu-lhe o lacre, leu, compreendeu-lhe conteúdo e sentido e, sem suportar aquilo, chorou até o coração soluçar.

Disse o narrador: Então, ela ergueu as mãos para o céu, rogou a Deus e lhe suplicou, dizendo: "Meu Deus, meu senhor! Abrande o coração de Yūsuf Ibn Sahl, ponha-lhe afeto e faça-o cair de amores por mim tal como você me fez cair de amores por ele! Você, que pode fazer tudo quanto quer, ó melhor dos senhores, ó melhor dos auxiliadores!". Em seguida ela escreveu, dizendo a seguinte poesia:

"A paixão me domina o coração, que passou a gritar:
'Ai de mim, pois o poderoso derrotou o mais fraco'.
Violaste as frágeis pálpebras do meu coração,
e te impuseste a mim com a tua fina espada.
Tenho anseios de ver-lhe as tenras rosas da face,
e mesmo que outrem as colha continua bem-vindo;
ainda que a paixão por ele me deixe infeliz,
para sempre com essa beleza me darei por feliz.
Ó tudo quanto desejo, juro por quem criou o amor,
e determinou que em tua paixão fosses cruel:
ainda hei de te ver à excessiva tristeza fiel;
é Ya^{c}qūb que eu evoco na perda de Yūsuf."[158]

Disse o narrador: Em seguida, dobrou a carta e a entregou, juntamente com cem dinares, a Ibn Ibrāhīm, que recolheu tudo, saiu, cruzou o rio a nado, foi até a camela, montou-a e viajou até chegar à capital do Sind, indo ter com Yūsuf, a quem entregou a carta. Yūsuf a pegou, rompeu-lhe o lacre, leu-a, compreendeu-lhe conteúdo e sentido e, lamentando-se, pensou: "Por Deus que Hayfā está aferrada a esse amor".

[158] Esse último verso é o mesmo no manuscrito e na edição litográfica. Possível jogo de palavras com eventos narrados na Torá hebraica, em que, como se sabe, Ya^{c}qūb (Jacó) chora a perda de seu filho favorito, Yūsuf (José), traído e vendido no Egito pelos irmãos. O eu lírico desta poesia se dirige ao amado ora diretamente, em segunda pessoa (tu), ora o refere indiretamente, em terceira pessoa (ele).

E a manhã atingiu Šahrāzād, que interrompeu a narrativa e o discurso autorizado. A irmã lhe disse: "Como é bela a sua história, maninha", e ela respondeu: "Isso não é nada comparado ao que irei contar na próxima noite, se eu viver e o rei me preservar".

NA NOITE SEGUINTE, QUE ERA A 691ª

Sua irmã lhe disse: "Por Deus, minha irmã, se não estiver dormindo, continue a história para atravessarmos o serão desta noite", e ela respondeu: "Com muito gosto e honra".

Eu tive notícia, ó rei venturoso, bem-sucedido e sensato, dono de correto parecer e belo e louvável proceder, de que [Ibrāhīm Bin Mulūk disse que o conviva do rei disse que o amigo de ᶜAbduljawwād disse:]

Yūsuf pensou: "Por Deus, se Hayfā tivesse outro alguém ela não teria escrito todas essas cartas. E o destino irremediável dos corações é se apaixonarem e se reunirem uns aos outros". Em seguida, pegou tinteiro, papel e cálamo de cobre, refletiu e escreveu uma carta na qual dizia os seguintes versos de poesia:

"Ó dona do talhe gracioso e esbelto,
que supera o galho da árvore elegante,
ouve palavras de doce essência poética,
que nunca entre os homens tiveram autor:
de um povo poderoso o senhor se hospedou
junto ao plenilúnio perfeito, e Yūsuf se tornou;
em vossas terras bem tratado eu estava
por seios formados que o coração debilitam;
vossas cantigas e alaúde, cujo som extasiou
o coração entristecido, a sorver taças de vinho;
vós porém permitistes o contato de outrem,
e até para informar-vos estou sendo digno;

meu interior se debilitou e angustiado fiquei,
afligido por pesares, por depressão e tristeza;
a graça não está só na beleza do corpo
mas também, e é bem melhor, no caráter;
quanta garota cuja fronte a lua crescente semelha,
mas cujo caráter depaupera e debilita o coração;
não possui o ser humano adorno que não o caráter,
que se junta à língua e ao intelecto apaixonado."

Disse o narrador: Ao concluir a sua poesia e metrificação, Yūsuf dobrou a carta e, juntamente com cem dinares, entregou-a a Ibn Ibrāhīm, que a recolheu e viajou, cortando desertos e terras inóspitas, até se aproximar do palácio de Hayfā, quando então colocou a camela na gruta, conforme o hábito, dirigiu-se ao rio, cruzou-o a nado, foi até o palácio e entregou a carta a Hayfā, que a pegou, leu, compreendeu-lhe conteúdo e sentido, e ao terminar chorou copiosamente até soluçar; disse: "Ibn Ibrāhīm, esta carta é mais suave de todas. Porém, se você o trouxer em pessoa, Ibn Ibrāhīm, terá de mim mil dinares e dois trajes honoríficos com bordados". E, pegando tinteiro, papel e cálamo de cobre, ela escreveu, dizendo a seguinte poesia:

"Meu senhor, tua fala me adoeceu as entranhas,
ó essência do mundo, plenilúnio da perfeição!
Quanto tempo ainda esse desdém, essa secura?
Teu coração é tão duro quanto as montanhas!
Deixaste meu coração afundado em languidez,
e é tão forte e me queima o fogo da distância!
Quanto me fazem gritar as labaredas do langor,
e assim quiçá faças o favor de retomar o contato;
tem piedade deste coração que tanto te cuidou
no interior das entranhas, antes da separação!"

Disse o narrador: Ao concluir a poesia, Hayfā dobrou o papel e o entregou a Ibn Ibrāhīm, que o pegou e viajou até se aproximar da capital do Sind, indo ter com Yūsuf, cuja mão beijou e lhe entregou a carta, que ele leu, compreendendo-lhe conteúdo e sentido. Então disse a Ibn Ibrāhīm: "Não volte a me trazer cartas...".

E a manhã atingiu Šahrāzād, que interrompeu a narrativa e o discurso autorizado. A irmã lhe disse: "Como é bela a sua história, maninha", e ela respondeu: "Isso não é nada comparado ao que irei contar na próxima noite, se eu viver e o rei me preservar".

NA NOITE SEGUINTE,
QUE ERA A

692ª

Sua irmã lhe disse: "Por Deus, minha irmã, se não estiver dormindo, continue a história para atravessarmos o serão desta noite", e ela respondeu: "Com muito gosto e honra".

Eu tive notícia, ó rei venturoso, bem-sucedido e sensato, dono de correto parecer e belo e louvável proceder, de que [Ibrāhīm Bin Mulūk disse que o conviva do rei disse que o amigo de ᶜAbduljawwād disse:]

Yūsuf disse a Ibn Ibrāhīm: "Não volte a me trazer nenhuma carta depois desta". Ibn Ibrāhīm perguntou: "Por que motivo eu não deverei trazer-lhe cartas, meu senhor?". Yūsuf respondeu: "Deixe-a conhecer o valor da capacidade masculina". Ibn Ibrāhīm lhe disse: "Eu lhe peço por Deus poderoso, ó rei, filho de reis poderosos, não lhe frustre os rogos. Por Deus, por que não se apieda da alma dela, para que não se abatam sobre você a aflição e a paixão?[159] Tudo isso que ela fez se deve ao amor verdadeiro!". Nesse momento Yūsuf sorriu, pegou tinteiro, papel, e escreveu, dizendo os seguintes versos de poesia:

"Diminui o choro: dureza e abandono acabaram,
pois não é assim que desaparece o que se possui;
já desapareceram as coisas que me turvaram a alma,
após um abandono que já se prolongou demasiado;
sou uma fera predadora no que tange a sentimentos,
e a minha alma não aceita ficar na simples conversa;

[159] Na edição litográfica, "pois ela não o procura senão por paixão e desespero".

hoje, meu coração e meu sopro vital estão convosco,
mas o coração e a mente, cá comigo, estão em luta:
mente e juízo, ambos em mim desejam a secura,
enquanto sopro vital e coração desejam a relação,
e se essa disputa entre coração e mente continuar,
nem o coração nem o sopro vital verão a relação."

Disse o narrador: Quando concluiu a poesia e a metrificação, Yūsuf, após dar cem dinares a Ibn Ibrāhīm, dobrou a carta e a entregou a ele, que a recolheu, montou na camela e viajou sem interrupção até se aproximar do palácio de Hayfā; cruzou o rio a nado, foi até a jovem e lhe entregou a carta; ela pegou, leu, compreendeu-lhe conteúdo e sentido, chorou e disse: "Ibn Ibrāhīm, já que o sopro vital e o coração dele estão conosco, Deus logo determinará que também recobre a mente e o juízo". Em seguida, pegou tinteiro, papel, cálamo de cobre, e escreveu, dizendo os seguintes versos de poesia:

"Ó senhor que fez do seu alento morada das paixões!
Ó aquele cuja presença aclara a escuridão das trevas!
Ó regozijo do coração! Ó delícia de relação! Ó
aquele cuja história emociona os vivos e a audição!
Ó detentor da glória! Ó mais poderoso dos reis!
Ó aquele cuja origem supera a dos reis da terra!
Porventura não temes o senhor do trono, meu bem?
Aquele que fez a debilidade morar em teu coração?
Sê generoso: me atende e dá um pouco de contato,
para me confortar o coração e minha dúvida dissipar;
dos homens o leão não me deixaria sem seu perdão,
pois dentre todos detém o poder, que é seu orgulho."

Disse o narrador: Ao concluir a carta, Hayfā a entregou a Ibn Ibrāhīm, juntamente com cem dinares. Ele pegou tudo, saiu do palácio, cruzou o rio a nado, montou a sua camela e viajou com rapidez até se aproximar da capital do Sind; foi ter com Yūsuf, beijou-lhe as mãos, os pés, e lhe entregou a carta; Yūsuf rompeu o lacre, leu-a, compreendeu-lhe conteúdo e sentido, sorriu, riu e disse: "Ó Ibn Ibrāhīm, se Deus glorioso e altíssimo quiser que eu vá, eu logo irei até ela. Agora, entrementes, volte para lá e a informe que eu estou chegando". Ibn Ibrāhīm disse: "Ai, meu senhor, escreva-lhe uma resposta, caso contrário ela não vai acreditar em mim". Yūsuf então pegou tinteiro, papel, e escreveu os seguintes versos de poesia:

"Vejo o coração suavizado pela ausência,
e o seu adversário, o juízo, ainda se opõe,
mas dei ouvidos ao coração e lhe obedeci:
diante do coração a gente não tem escolha;
andei ouvindo que do amor me aborreceram
as súplicas, e que Deus lhe atendeu o rogo;
mas o fato é que perdoei e hoje vou até vós.
O jovem não se alça senão às suas virtudes."

Disse o narrador: Ao concluir a carta, Yūsuf dobrou-a, selou-a e entregou, juntamente com cem dinares, a Ibn Ibrāhīm, que recolheu tudo e viajou até se aproximar do rio; escondeu a camela na gruta, cruzou o rio a nado, entrou no palácio e entregou a carta a Hayfā, que a leu, compreendendo-lhe conteúdo e sentido, e depois Ibn Ibrāhīm a informou que Yūsuf logo estaria com ela.

E a manhã atingiu Šahrāzād, que interrompeu a narrativa e o discurso autorizado. A irmã lhe disse: "Como é bela a sua história, maninha", e ela respondeu: "Isso não é nada comparado ao que irei contar na próxima noite, se eu viver e o rei me preservar".

NA NOITE SEGUINTE, QUE ERA A 693ª

Sua irmã lhe disse: "Por Deus, minha irmã, se não estiver dormindo, continue a história para atravessarmos o serão desta noite", e ela respondeu: "Com muito gosto e honra".

Eu tive notícia, ó rei venturoso, bem-sucedido e sensato, dono de correto parecer e belo e louvável proceder, de que [Ibrāhīm Bin Mulūk disse que o conviva do rei disse que o amigo de ᶜAbduljawwād disse:]

Ibn Ibrāhīm disse a Hayfā: "O propósito de Yūsuf é vir logo até você". Ao ouvir tais palavras, Hayfā não acreditou, mas o seu coração se alegrou, e Ibn Ibrāhīm lhe recitou a seguinte poesia:

"Encanto do mundo, plenilúnio perfeito,
dá-me a alvíssara e me ouve as palavras:
o amor me prometeu que te vem visitar
logo e me disse: 'Ide arrumando o lugar,
pois hoje despertei deprimido e fraco,
chorando bem triste, atônito e perdido;
a dureza e a distância que vós antes víeis
fugiram perplexas, derrotadas suas tropas'."

Disse o narrador: Quando Ibn Ibrāhīm concluiu a poesia, Hayfā ficou ainda mais feliz e recitou emocionada em resposta às suas rimas uma poesia na qual dizia os seguintes versos:

"Ó Ibn Ibrāhīm, ó dispersador de aflições,
pelo senhor altíssimo, no alto do trono fique,
e pelo nobre profeta, que extinguiu a idolatria,
o enviado Muḥammad, o melhor dos humanos,
pela fonte de Zamzam, pela parede da Caaba,
pela esplêndida Caaba, e o seu nobre lugar,
se verdadeiro for o teu dito e me vier o amado,
terás mil dinares, e também dois mil criados;[160]
tuas benesses, Ibn Ibrāhīm, serão verdadeiras:
sela enfeitada, estribo e rédeas para a montaria,
seis turbantes e quatro vestimentas de honra,
e junto um corcel, mais escuro que a noite;
não suponha ser eu como as outras pessoas,
que a generosidade só praticam em discurso."

[160] "Dois mil criados" foi traduzido da edição litográfica. No mesmo verso o manuscrito fala em mil dinares e logo a seguir em dois mil, o que parece contraditório.

Disse o narrador: Tão logo Hayfā concluiu a poesia, Ibn Ibrāhīm lhe estendeu a carta, e ao lê-la o seu coração se tranquilizou e ela foi tomada de imensa alegria, ordenando que lhe dessem um belo traje honorífico e mil dinares numa bandeja. Em seguida, conduzindo-o pela mão, levou-o a um quarto e disse: "Tudo quanto existe aqui, Ibn Ibrāhīm, pertencerá a você quando o meu amor vier".

Isso foi o que sucedeu a eles. Quanto a Yūsuf, sucedeu o seguinte: quando Ibn Ibrāhīm foi embora, fogueiras começaram a lavrar no seu coração e, chamando o seu escravo Hilāl, disse-lhe: "Providencie para mim o cavalo conhecido como 'o touro guardado para o dia do combate'", e então Hilāl o deixou pronto. Yūsuf montou, colocou o escravo na garupa e viajou depressa, ansioso por Hayfā, não interrompendo o percurso até se aproximar do palácio, quando então apeou a si e a Hilāl, fez um turbante com as roupas de ambos, montou no cavalo e entrou no rio, pedindo a Hilāl que se agarrasse à cauda do animal, que cruzou o rio a nado e saiu na frente do palácio; Yūsuf bateu e a porta foi aberta por uma criada chamada Nuzhat Azzamān,[161] que ao reconhecê-lo lhe beijou as mãos, indo sem delongas informar a patroa. Ao ouvir que Yūsuf chegara, ela caiu desmaiada.

Disse [*o narrador*]: Ao acordar e ver Yūsuf parado à sua cabeceira, Hayfā ficou de pé, abraçou-o longamente e durante esse momento recitou a seguinte poesia:

"Ó quem visita o amor após abandono!
Já sumiram os intrigantes e os invejosos;
eu perdera um amor, que generoso me veio,
uma generosidade que nem se pode superar;
eram excessivas as mensagens que eu remeti,
e tu não vinhas, malgrado o nosso muito contato;
no mundo e no coração o que vejo é um só.
Desejo meu, Deus já não volte a nos separar!"

Disse o narrador: Quando concluiu a poesia, Hayfā ordenou às criadas que levassem Hilāl e Ibn Ibrāhīm aos jardins, enquanto ela e Yūsuf iam para o salão de intimidades. Ambos ficaram juntos em agrados e gozos, passando uma noite de felicidade. Quando Deus fez amanhecer, Hayfā se levantou e disse: "Que

[161] Nome que significa "recreio do tempo".

noite mais curta! Quem dera fosse mais longa! Porém, faço minhas as palavras de Imru' Alqays,[162] que entre as suas falas disse os seguintes versos:

"A noite me é comprida quando a desejo curta,
e quando a quero longa rapidamente amanhece;
ele fica comigo tanto tempo que eu digo: 'É meu',
e quando o possuo a sua partida está em minha mão."

Disse o narrador: No dia seguinte, Hayfā se acomodou no salão de recepções...

E a manhã atingiu Šahrāzād, que interrompeu a narrativa e o discurso autorizado. A irmã lhe disse: "Como é bela a sua história, maninha", e ela respondeu: "Isso não é nada comparado ao que irei contar na próxima noite, se eu viver e o rei me preservar".

NA NOITE SEGUINTE,
QUE ERA A

694ª

Sua irmã lhe disse: "Por Deus, minha irmã, se não estiver dormindo, continue a história para atravessarmos o serão desta noite", e ela respondeu: "Com muito gosto e honra".

Eu tive notícia, ó rei venturoso, bem-sucedido e sensato, dono de correto parecer e belo e louvável proceder, de que [Ibrāhīm Bin Mulūk disse que o conviva do rei disse que o amigo de ᶜAbduljawwād disse:]

Hayfā foi para o salão de recepções junto com Yūsuf, mandou chamar Ibn Ibrāhīm e ordenou às criadas que trouxessem tudo quanto havia no aposento [que ela lhe mostrara]. As criadas então trouxeram tudo, e ali havia, entre outras coisas, dez trajes honoríficos, três baús de seda crua, linho, almíscar, cornalina, pérola, rubi, coral e outros materiais assemelhados. Hayfā deu tudo a Muḥammad Ibn Ibrāhīm e recitou a seguinte poesia:

[162] Considerado o maior dos poetas árabes pré-islâmicos, estima-se que tenha morrido em 540.

"Somos nobres, senhores liberais,
insistimos em presentear e doar;
tivéssemos que doar nossas vidas,
nós o faríamos às claras, sem dor."

Disse o narrador desta história espantosa: Quando Hayfā concluiu a poesia e a metrificação, Yūsuf disse gritando para Ibn Ibrāhīm: "De mim você terá mil dinares, quarenta concubinas, cem camelas, cem trajes de brocado, oitenta cavalos dos quais o mais barato custa quinhentos dinares, cada cavalo equipado com uma sela dourada". Em seguida, Yūsuf recitou esta poesia:

"A generosidade e os homens testemunham
que Ibn Sahl é o senhor de todos os nobres,
e todos os séculos e o mundo e a humanidade,
todos são testemunhas da minha generosidade;
presenteio aquele que tanto me foi procurar
querendo agradar, mesmo que com a luz dos olhos;
também protejo o meu vizinho que se refugia
da injustiça dos inimigos e de todas as dívidas;
quem tiver dinheiro mas nenhuma generosidade,
eu o vejo pilhado, e pelo menosprezo coberto."

Disse o narrador: Quando Yūsuf concluiu a poesia e a metrificação, Ibn Ibrāhīm lhe beijou as mãos, os pés, e lhe disse: "Deus lhe dê o que você deseja". Yūsuf disse: "Quando você for à minha cidade, vá me visitar e receba o que lhe prometemos". Yūsuf e Hayfā ficaram mergulhados na comida e no vinho durante meses e anos. Ibn Ibrāhīm lhes pediu permissão para visitar os pais, recebeu-a e então partiu, levando o que era de peso baixo e valor alto. Hayfā lhe disse: "Chegando bem aos seus pais, cumprimente o meu pai e lhe fale sobre o cavalo, pois ele dará um a você, e também as rédeas". Então ele se despediu e saiu dali.

E a manhã atingiu Šahrāzād, que interrompeu a narrativa e o discurso autorizado. Sua irmã Dunyāzādah lhe disse: "Como é bela a sua história, maninha", e ela respondeu: "Isso não é nada comparado ao que irei contar na próxima noite, se eu viver e o rei me preservar".

NA NOITE SEGUINTE,
QUE ERA A

695ª

Sua irmã lhe disse: "Por Deus, minha irmã, se não estiver dormindo, continue a história para atravessarmos o serão desta noite", e ela respondeu: "Com muito gosto e honra".

Eu tive notícia, ó rei venturoso, bem-sucedido e sensato, dono de correto parecer e belo e louvável proceder, de que [Ibrāhīm Bin Mulūk disse que o conviva do rei disse que o amigo de ᶜAbduljawwād disse:]

Ibn Ibrāhīm se despediu de Hayfā e Yūsuf, saiu do palácio, cruzou o rio a nado, chegou à outra margem, tirou a camela da gruta, amarrou-lhe a sela, montou e partiu para casa. Quando chegou à sua cidade, foi ver os seus familiares, que o saudaram.

Disse o narrador: Quando o rei Mihrajān soube da chegada de Muḥammad Ibn Ibrāhīm, mandou chamá-lo, e assim que o teve diante de si indagou-o sobre o motivo da ausência. Ele respondeu: "Ó rei das eras e dos tempos, eu estava na cidade de Yaṯrib".[163] Como Ibn Ibrāhīm era um dos seus convivas, e por obra do destino naquele momento se realizava no palácio uma enorme reunião, o rei Mihrajān o convidou para ali beber. Também por obra do destino, uma das cartas da correspondência entre Yūsuf e Hayfā, na qual se registrava o nome de ambos e o seu, estava dentro do turbante de Ibn Ibrāhīm. Assim que ficou alto e balançou a cabeça, a carta caiu do seu turbante e voou para o colo do rei Mihrajān, que a pegou, leu, compreendeu-lhe conteúdo e sentido mas ocultou o assunto no peito, mandando que os convidados fossem dispensados e logo em seguida que Muḥammad Ibn Ibrāhīm fosse chicoteado até os seus flancos se esfacelarem; disse-lhe: "Fale-me a respeito desse jovem para o qual minha filha envia correspondência, tendo você como mensageiro. Caso contrário, vou cortar o seu pescoço". Ibn Ibrāhīm disse: "Ó rei, essa poesia eu encontrei numa história de tempos antigos".[164]

E a manhã atingiu Šahrāzād, que interrompeu a narrativa e o discurso autorizado. Sua irmã Dunyāzādah lhe disse: "Como é bela a sua história, maninha", e

163 Antigo nome de Medina, na Península Arábica, cidade onde o profeta está enterrado.
164 "De tempos antigos" traduz *min baᶜḍ assalaf*, literalmente, "de certo ancestral".

ela respondeu: "Isso não é nada comparado ao que irei contar na próxima noite, se eu viver e o rei me preservar".

NA NOITE SEGUINTE,
QUE ERA A

696ª

Sua irmã lhe disse: "Por Deus, minha irmã, se não estiver dormindo, continue a história para atravessarmos o serão desta noite", e ela respondeu: "Com muito gosto e honra".

Eu tive notícia, ó rei venturoso, bem-sucedido e sensato, dono de correto parecer e belo e louvável proceder, de que [Ibrāhīm Bin Mulūk disse que o conviva do rei disse que o amigo de ᶜAbduljawwād disse:]

Ibn Ibrāhīm disse: "Encontrei esta poesia numa história de tempos antigos", e o rei Mihrajān ordenou que o seu pescoço fosse cortado. Socorreu-o então um encarregado chamado Ṭā'il Alwaṣf,[165] e o rei determinou que ele fosse preso. Muḥammad Ibn Ibrāhīm perguntou ao carcereiro: "Você poderia trazer-me tinteiro, papel e cálamo?". Ele respondeu: "Sim", e lhe providenciou o pedido. Ibn Ibrāhīm escreveu a Yūsuf, dizendo a seguinte poesia:

"Meu senhor Yūsuf, fugi e vos salvai,
pois Ibn Ibrāhīm caiu em desgraça
ao chegar, vindo daí, aos seus pais.
Célere, Mihrajān mandou chamá-lo,
e o colocou no centro de uma reunião;
ardiloso, deixou-o embriagar-se sozinho;
na cabeça ele tinha uma de vossas cartas,
que caiu, foi pega e lida por Mihrajān,
e ele agora, sabedor da paixão entre vós,

[165] O nome quer dizer "rico de qualidades". E, antes, "encarregado" foi traduzido da edição litográfica. No manuscrito consta "comensal", mas antes o texto informa que todos eles haviam sido dispensados.

encolerizou-se e dispensou os presentes,
e, de bruços mandando pôr Ibn Ibrāhīm,
ordenou que fosse violentamente surrado,
lacerando-lhe, a chicotadas, os flancos,
usando de força na fraqueza de Ibn Ibrāhīm;
levantai e ide logo ao vosso povo convocar
o exército, rápido, para um ataque surpresa.
Quanto a mim, sabotarei os exércitos daqui,
e tudo farei por vós, ó filho de gente elevada,
pois a enormidade que me atingiu é tamanha
que me encorajou a desafiar o fogo da desgraça."

Disse o narrador: Quando concluiu a sua poesia e metrificação, Ibn Ibrāhīm disse ao carcereiro: "Traga-me o meu sobrinho Mannā^c que eu lhe dou cem dinares", e então o carcereiro lhe trouxe o sobrinho, a quem ele disse: "Filho do meu irmão, pegue esta carta e a leve até o palácio de Hayfā. Cruze o rio a nado, saia na margem do palácio e quando entrar faça esta carta chegar às mãos do jovem que você vir sentado com Hayfā; cumprimente-o de minha parte e informe-o de tudo quanto me sucedeu, tudo quanto você presenciou e viu, e de mim você receberá cem dinares". O sobrinho pegou a carta e viajou no início da noite até se aproximar do palácio.

Isso foi o que sucedeu a Ibn Ibrāhīm, com o envio do seu sobrinho Mannā^c ao palácio de Hayfā. Quanto ao rei Mihrajān, assim que a manhã surgiu e iluminou com a sua luz, e o sol raiou sobre a superfície, ele mandou chamar Ibn Ibrāhīm, colocou-o diante de si e disse: "Juro pelo Deus que é único e uno em seu reino e que ergueu os céus sem colunas e estendeu as terras sobre a água gelada, Ibn Ibrāhīm, que se você não falar e me contar a notícia verdadeira e correta eu vou mandar cortar-lhe o pescoço agora mesmo".

E a manhã atingiu Šahrāzād, que interrompeu a narrativa e o discurso autorizado. Sua irmã Dunyāzādah lhe disse: "Como é bela a sua história, maninha", e ela respondeu: "Isso não é nada comparado ao que irei contar na próxima noite, se eu viver e o rei me preservar".

NA NOITE SEGUINTE,
QUE ERA A

697ª

Sua irmã lhe disse: "Por Deus, minha irmã, se não estiver dormindo, continue a história para atravessarmos o serão desta noite", e ela respondeu: "Com muito gosto e honra".

Eu tive notícia, ó rei venturoso, bem-sucedido e sensato, dono de correto parecer e belo e louvável proceder, de que [Ibrāhīm Bin Mulūk disse que o conviva do rei disse que o amigo de ᶜAbduljawwād disse:]

O rei Mihrajān jurou que, ou Ibn Ibrāhīm lhe contava sobre a filha e quem estava com ela, ou então lhe cortaria a cabeça. Então Ibn Ibrāhīm lhe falou a respeito de Hayfā e Yūsuf, e o que existia entre ambos. O rei Mihrajān perguntou: "E esse tal Yūsuf, de onde é?". Ele respondeu: "É filho de Sahl, rei do Sind". O rei perguntou: "Ele ainda está no palácio ou voltou para a sua terra?". Ibn Ibrāhīm respondeu: "Está no palácio. Contudo, agora não sei se continua lá ou se já foi embora". Mihrajān ordenou aos seus soldados que montassem.

Disse o narrador: Então todos montaram e galoparam em direção ao palácio de Hayfā. Enquanto isso, Mannāᶜ — que tinha em relação ao rei Mihrajān a vantagem de apenas uma noite — subiu ao palácio após haver cruzado o rio e bateu à porta; abriram-lhe, ele entrou, foi até Yūsuf e lhe entregou a carta, que Yūsuf abriu, leu e, compreendendo-lhe conteúdo e sentido, gritou por Hilāl, que lhe foi trazido, e ordenou que providenciasse o cavalo. Hayfā disse: "Por Deus eu lhe pergunto, meu senhor: o que está acontecendo?". Ele respondeu: "Depois de ter saído daqui para encontrar a família, Ibn Ibrāhīm foi chamado por seu pai e foi até ele" — e lhe contou o que aconteceu do começo ao fim, entregando-lhe em seguida a carta. Ao lê-la, ela disse: "Meu senhor, leve-me consigo para evitar que ele me mate". Ele disse: "Ó meu desejo extremo, não temos aqui senão este cavalo, que não correrá com três, e então o seu pai nos alcançará no caminho e matará a todos. Para mim, o melhor parecer é que você se esconda aqui no palácio e instrua as criadas a dizerem ao seu pai, quando ele chegar, que eu levei você comigo para a minha terra. Não ficarei distante senão poucos dias".

Disse [*o narrador*]: E, pegando o seu cavalo e o seu escravo, Yūsuf cruzou o rio a nado, saiu na outra margem, selou o cavalo, colocou Hilāl na garupa e partiu para a sua terra, viajando sem interrupção até se aproximar da cidade. Isso foi o que se deu com Yūsuf, filho do rei Sahl. Quanto a Mihrajān e os seus soldados, eles cavalgaram até chegar ao palácio de Hayfā — mas após a partida de Yūsuf. Quando chegaram, os soldados, que pareciam um mar encapelado, descavalgaram às margens do rio, e após breve descanso o rei chamou Šalhūb e lhe ordenou que nadasse e fosse ao palácio. Šalhūb cruzou o rio a nado, saiu diante do palácio, bateu à porta, as criadas abriram-lhe e o cumprimentaram, e ele perguntou sobre Hayfā.

E a manhã atingiu Šahrāzād, que interrompeu a narrativa e o discurso autorizado. Sua irmã Dunyāzādah lhe disse: "Como é bela a sua história, maninha", e ela respondeu: "Isso não é nada comparado ao que irei contar na próxima noite, se eu viver e o rei me preservar".

NA NOITE SEGUINTE, QUE ERA A 698ª

Sua irmã lhe disse: "Por Deus, minha irmã, se não estiver dormindo, continue a história para atravessarmos o serão desta noite", e ela respondeu: "Com muito gosto e honra".

Eu tive notícia, ó rei venturoso, bem-sucedido e sensato, dono de correto parecer e belo e louvável proceder, de que [Ibrāhīm Bin Mulūk disse que o conviva do rei disse que o amigo de ᶜAbduljawwād disse:]

Quando Šalhūb entrou no palácio e indagou a respeito de Hayfā, as criadas responderam: "Veio até ela um jovem que a pegou e a levou para o país dele". Então Šalhūb retornou e informou aquilo ao rei Mihrajān, que montou com todo o seu exército e cavalgou atrás de Yūsuf em marcha forçada. Havia entre ambos menos de um dia de jornada. Quando Yūsuf se aproximou da sua cidade no décimo dia de viagem, foi ver o pai e lhe contou tudo quanto se passara, do começo ao fim, sem nada esconder.

Disse o narrador: Então o rei Sahl mandou apregoar entre todos os seus soldados: "Todo aquele que se alimenta da ração do sultão, e todo aquele que tem saúde, que cavalgue junto com o meu filho Yūsuf". E os soldados cavalgaram junto com Yūsuf, que avançou na vanguarda das tropas, e então os dois exércitos ficaram frente a frente. Ibn Ibrāhīm tinha prometido cinco mil dinares a cinco dos principais chefes militares do governo do rei Mihrajān, e quando os dois exércitos se confrontaram um desses chefes militares a quem se prometera o dinheiro foi até Yūsuf e lhe disse: "Ó filho de rei, Ibn Ibrāhīm prometeu cinco mil dinares de ouro a cinco chefes militares, e disse que os receberíamos de você". Yūsuf respondeu: "Vocês terão de mim essa quantia e tudo o mais que desejarem".

Disse o narrador: Então esse chefe militar voltou até o rei Mihrajān e lhe disse: "Eu pedi a esse jovem que suspendesse a batalha entre nós, mas ele não aceitou e jurou que não voltará atrás até que as tropas se enfrentem, afirmando possuir muitos soldados, e ninguém conhece o início nem o fim do seu exército serpeante. Minha opinião é que você o pegue e tente agradá-lo, sobretudo porque ele é filho de um rei dos mais poderosos e tem um milhão de soldados com toda espécie de armadura e roupa, intimoratos na batalha". Furioso com as palavras do chefe militar, Mihrajān disse: "Que conversa é essa? Você quer que os reis vindouros digam a meu respeito que um homem corrompeu a filha do rei Mihrajān, tomando-a à força e por cima do nariz do pai? Jamais vou fazer uma coisa dessas! Mas fique sabendo, ó comandante, que, se vocês não têm vontade de combater, se não servem para a guerra, se não estão habituados senão a beber vinho e ao conforto, eu juro por aquele que acendeu as luzes do sol e da lua que me apresentarei pessoalmente para lutar com esse rapaz". E, ignorando o que lhe reservava o mundo das disposições ocultas, apareceu no centro do campo de batalha.

E a manhã atingiu Šahrāzād, que interrompeu a narrativa e o discurso autorizado. Sua irmã Dunyāzādah lhe disse: "Como é bela a sua história, maninha", e ela respondeu: "Isso não é nada comparado ao que irei contar na [próxima] noite, se eu viver e o rei me preservar".

NA NOITE SEGUINTE,
QUE ERA A

699ª

Sua irmã lhe disse: "Por Deus, minha irmã, se não estiver dormindo, continue a história para atravessarmos o serão desta noite", e ela respondeu: "Com muito gosto e honra".

Eu tive notícia, ó rei venturoso, bem-sucedido e sensato, dono de correto parecer e belo e louvável proceder, de que [Ibrāhīm Bin Mulūk disse que o conviva do rei disse que o amigo de ᶜAbduljawwād disse:]

O rei Mihrajān se apresentou no centro do campo de batalha a toda velocidade, desfilou entre as duas fileiras, mostrou tanta habilidade com a espada, a lança e as flechas que deixou as mentes perplexas, e recitou os seguintes versos:

"Ó filho de Sahl, ó homem de origem vil,
levanta e me enfrenta, sê digno e aparece!
sequestraste minha filha, ação condenável,
e ora de medo te escondes atrás dos soldados!
Viesses até mim pedir-lhe a beleza, às claras,
para com ela casar-te, generoso eu teria sido;
com a tua atitude, no entanto, tu me encheste
de infâmia, violando o limite de todo interdito."

Disse o narrador: Quando o rei Mihrajān concluiu a poesia, Yūsuf se apresentou para enfrentá-lo, soltando contra ele um grito que lhe aterrorizou o coração e sequestrou os miolos, deixando-o atônito; em seguida, saltou com o seu corcel para o centro do campo de batalha, exibiu a sua habilidade com a espada e as lanças, deixando estupefatos os cavaleiros, e recitou em resposta os seguintes versos:[166]

"Não sou eu de quem se diz ter vil origem,
ó filho da ralé, gente com cara de macaco;
não sou menos que um leão entre humanos,
jovem intrépido que com o chicote domino!
A bela Hayfā não é adequada senão para nós,
ó quem entre os homens imita a cor do macaco!"

Disse o narrador: Quando Yūsuf concluiu as suas palavras, Mihrajān ficou na sua frente; aproximaram-se e duelaram, atacando-se e golpeando-se mutuamente, e pareciam duas montanhas ou duas embarcações que se chocavam;

[166] Aqui, provavelmente devido a um fenômeno simetricamente oposto ao "salto-bordão", repetem-se no manuscrito os versos antes recitados pelo rei Mihrajān. Como eles apresentam algumas variantes, é possível que o defeito remonte ao próprio processo de elaboração da narrativa. A tradução seguiu a edição litográfica.

aproximavam-se, afastavam-se, os estandartes tão cheios de pó que não se viam; atacavam-se com arremetidas violentas e poderosas, e passados alguns momentos Yūsuf fez carga contra Mihrajān, cercando-o e bloqueando-lhe o caminho; aproximou-se, colou-se a ele e o golpeou com a espada na cabeça, que caiu aos seus pés; Mihrajān desabou do cavalo ao solo, revolvendo-se no próprio sangue. Então os ajuntamentos viram o que Yūsuf fizera com o seu rei, separando-lhe a cabeça do corpo e matando-o.

Disse o narrador: Nesse momento, Yūsuf reconheceu no meio das tropas o primo materno de Hayfā, Šalhūb, [que era um bravo cavaleiro e] por causa do qual a abandonara e ficara magoado com ela. Então, aproximou-se dele, [sem lhe dar tempo de recitar a sua poesia,] atravessou-lhe o flanco direito com a espada, que saiu brilhando pelo flanco esquerdo, e ele caiu se debatendo no próprio sangue. Yūsuf o deixou prostrado sobre a terra e, após ter matado Mihrajān e Šalhūb, recebeu os cumprimentos dos notáveis do governo.

E a manhã atingiu Šahrāzād, que interrompeu a narrativa e o discurso autorizado. A irmã lhe disse: "Como é bela a sua história, maninha", e ela respondeu: "Isso não é nada comparado ao que irei contar na próxima noite, se eu viver e o rei me preservar".

NA NOITE SEGUINTE, QUE ERA A 700ª

Sua irmã lhe disse: "Por Deus, minha irmã, se não estiver dormindo, continue a história para atravessarmos o serão desta noite", e ela respondeu: "Com muito gosto e honra".

Eu tive notícia, ó rei venturoso, bem-sucedido e sensato, dono de correto parecer e belo e louvável proceder, de que [Ibrāhīm Bin Mulūk disse que o conviva do rei disse que o amigo de ᶜAbduljawwād disse:]

Os notáveis do governo do rei Mihrajān, ao vê-lo morto, foram até Yūsuf e o cumprimentaram, admirados com sua beleza, coragem e destreza, concordando em seguida em fazê-lo sultão e aceitando-o de bom grado como o seu rei;

conduziram-no à capital de Mihrajān, e quando chegaram enfeitaram a cidade e ele se instalou no trono do reino, dando ordens, estabelecendo proibições, dispensando e contratando. Libertou Muḥammad Ibn Ibrāhīm da cadeia, fazendo-o seu vizir, e ele lhe mostrou todas as concubinas do rei Mihrajān e onde estavam todas as suas riquezas, bens, escravos e escravas. Yūsuf verificou que ele tinha duzentas concubinas, quatrocentos escravos e escravas, quatro esposas, cem baús cheios de popelina, seda, brocado, cornalina, rubi, gemas, pedras preciosas e muitas outras riquezas, e distribuiu tudo entre os seus chefes militares, acrescentando a essas muitíssimas outras riquezas mais. Os súditos e soldados se lhe afeiçoaram e foram oferecer presentes dos mais variados gêneros, e toda a população do país, muito contente com ele, foi parabenizá-lo.

Disse o narrador: Em seguida, ele enviou Ibn Ibrāhīm até Hayfā, filha do rei Mihrajān, dizendo-lhe: "Traga-a, bem como todas as suas criadas e tudo quanto o palácio contém". Então Ibn Ibrāhīm saiu em direção ao palácio de Hayfā, não interrompendo a viagem até se aproximar. O rei Yūsuf também havia enviado um navio por via fluvial.

Disse o narrador: Assim, quando chegou, Ibn Ibrāhīm topou com o navio já atracado. Entrou no palácio, foi ver Hayfā, cumprimentou-a, informando-a do que Yūsuf fizera ao seu pai e como o matara por causa de tudo quanto ocorrera. Hayfā disse: "Não existe poderio nem força senão em Deus altíssimo e poderoso! Isso já estava registrado no livro". Em seguida, ela indagou sobre a mãe, e Ibn Ibrāhīm respondeu: "Está viva e bem, no seu lugar, do qual ela não saiu, nem ninguém entrou. Está à espera da sua chegada".

Disse o narrador: Em seguida, ele tirou os objetos pesados do palácio e todo o dinheiro que ali havia, bem como as criadas. Não restou nada: levaram tudo e colocaram no navio. Depois, embarcou Hayfā num estrado de sândalo com lâminas de ouro vermelho, suas criadas numa liteira, e viajou com elas até a cidade, onde foi ter com Yūsuf e informá-lo da chegada. Yūsuf disse: "Deixe-as lá até o anoitecer". Ibn Ibrāhīm aguardou o anoitecer, após o que Hayfā entrou no palácio. Quando Deus fez o dia amanhecer e brilhar com a sua luz, o rei Yūsuf mandou chamar juiz, testemunhas, e escreveu o contrato de casamento com Hayfā, em conformidade com o livro e a tradição religiosa. Nesse momento, Hayfā mandou chamar a mãe.[167]

[167] Essa parte em que se fala de juiz, testemunhas e casamento conforme "o livro" (o Alcorão) e "a tradição religiosa", *sunna*, não consta da edição litográfica, que nesse ponto deve estar mais correta.

E a manhã atingiu Šahrāzād, que interrompeu a narrativa e o discurso autorizado. A irmã lhe disse: "Como é bela a sua história, maninha", e ela respondeu: "Isso não é nada comparado ao que irei contar na próxima noite, se eu viver".

NA NOITE SEGUINTE, QUE ERA A 701ª

Sua irmã lhe disse: "Por Deus, minha irmã, se não estiver dormindo, continue a história para atravessarmos o serão desta noite", e ela respondeu: "Com muito gosto e honra".

Eu tive notícia, ó rei venturoso, bem-sucedido e sensato, dono de correto parecer e belo e louvável proceder, de que [Ibrāhīm Bin Mulūk disse que o conviva do rei disse que o amigo de ᶜAbduljawwād disse:]

Hayfā mandou chamar a mãe para morar consigo e todos ficaram bem e felizes.

O SOFRIMENTO DAS DEZ CRIADAS[168]

[*Prosseguiu Šahrāzād*:] E Deus altíssimo determinou que, certa noite, o califa Alma'mūn, com o peito opresso, convocasse Ibrāhīm [Bin Mulūk], o conviva; como não o encontrou, mandou convocar outro, a quem chamavam Alḫadīᶜ.[169]

[168] Malgrado aparentemente consista numa continuação da história anterior, essa parte pode ser considerada efetivamente independente da outra, ou pelo menos um desdobramento dela. "Criadas" também pode ser entendido como "escravas", conquanto a diferença, nesse contexto, não seja muito visível, pois o criado podia consistir igualmente numa espécie de escravo doméstico com habilidades específicas. Note que, embora não exista nenhuma marcação sintática, a narração desta história "retorna" diretamente para Šahrāzād, que a situa no califado de Alma'mūn (786-833), cujo governo se iniciou em 813, quatro anos após a morte do seu pai, Hārūn Arrašīd. Em sua primeira parte, foi o conviva Ibrāhīm que a narrou para o pai – com o devido distanciamento espacial e temporal produzido pelo cômico e aparentemente despropositado acúmulo de narradores –, ao passo que nesta segunda parte o mesmo conviva participa diretamente dos eventos, tornando-se, portanto, personagem. É essa inversão de papéis, de narrador a narrado, que o discurso constitui como efeito da passagem do tempo. A notar, ainda, a quase total exclusão de Hayfā da história.

[169] Palavra cuja raiz em árabe tem o sentido de "enganar". Na edição litográfica, o homem se chama *Alḫazīᶜ*.

Quando ele compareceu, Alma'mūn lhe disse: "Faz algum tempo que não o vejo". Ele respondeu: "É que eu estava viajando por terras do Leste,[170] comandante dos crentes". Alma'mūn disse: "Faça o peito do comandante dos crentes desanuviar-se com alguma história agradável". Ele disse: "Saiba, comandante dos crentes, que eu tive notícia de uma história entre um jovem da terra do Sind, chamado Yūsuf, o belo, filho de Sahl Alḥabīb, rei do Sind, e Hayfā, filha do rei Mihrajān. É uma história que nunca ninguém ouviu igual", e então ele contou ao comandante dos crentes a história de Yūsuf e Hayfā, do começo ao fim, e depois disse: "Ademais, comandante dos crentes, essa Hayfā possui dez criadas sem semelhante até aqui no seu próprio palácio: sabem tocar todos os instrumentos musicais e mais outros. É tanta a sua admiração por elas que, entre outras coisas, Hayfā disse: 'Eu hoje ganhei dez criadas que talvez nem mesmo Alma'mūn possua iguais'.". [Ao ouvir esta história, o comandante dos crentes lhe deu uma luxuosa túnica, uma bela escrava, e passou a noite toda pensando na história delas.][171] Quando Deus fez amanhecer, mandou chamar Ibrāhīm, o conviva, dizendo-lhe, assim que se apresentou: "Monte imediatamente, leve consigo mil escravos e vá até aquele rapaz que se tornou rei do Sind,[172] cujo nome é Yūsuf, o belo, e me traga as dez criadas [que ele tem]. Indague sobre ele e sobre os seus súditos; se for justo com eles, dê-lhe um traje honorífico, e se ele for injusto, traga-o para mim". Então Ibrāhīm se despediu do comandante dos crentes e partiu sem mais delongas em direção à terra do Sind, viajando sem interrupção até se aproximar, bem no momento em que Yūsuf saía com o propósito de caçar. Porém, ao ver aquele exército se aproximando...

E a manhã atingiu Šahrāzād, que interrompeu a narrativa e o discurso autorizado. A irmã lhe disse: "Como é bela a sua história, maninha", e ela respondeu: "Isso não é nada comparado ao que irei contar na próxima noite, se eu viver e o rei me preservar".

170 Na edição litográfica, consta "por terras do Norte"; no manuscrito, "Síria". Para a tradução, supôs-se que tanto *šamāl*, "Norte", como *šām*, "Síria", fossem má leitura de *šarq*, "Oriente", "Leste".

171 O trecho entre colchetes foi traduzido da edição litográfica. No manuscrito consta apenas: "Ao ouvir a história, o comandante dos crentes passou a noite toda conversando sobre elas".

172 No manuscrito e na edição litográfica, em lugar de *Assind*, "Sind", consta *Aṣṣīn*, "China", evidente equívoco, que se repetirá sistematicamente.

NA NOITE SEGUINTE,
QUE ERA A

702ª

Sua irmã lhe disse: "Por Deus, minha irmã, se não estiver dormindo, continue a história para atravessarmos o serão desta noite", e ela respondeu: "Com muito gosto e honra".

Eu tive notícia, ó rei venturoso, bem-sucedido e sensato, dono de correto parecer e belo e louvável proceder, de que, quando viu Ibrāhīm, o conviva, e todos quantos estavam com ele, Yūsuf retornou para a cidade levando-os consigo; ele e Ibrāhīm não se conheciam. Ao entrar na cidade, foi recepcionado por seus servidores e soldados, que rogaram para ele uma vida longa e muitos anos, e nesse momento Ibrāhīm percebeu que se tratava de um rei justo. Yūsuf os conduziu, foi até a casa de hóspedes, subiu ao seu palácio e mandou chamar Ibrāhīm, o conviva, após lhe haver preparado acomodações, abastecendo-as do bom e do melhor. Quando Ibrāhīm entrou, Yūsuf ficou de pé, abraçou-o, cumprimentou-o e o levou ao quarto que lhe preparara, instalando-o ali e logo ordenando que comparecessem as dez criadas com dez instrumentos musicais, as quais se sentaram ao seu redor. Em seguida, ordenou que servissem bebidas, e então se serviram jarros de vinho, garrafas de cristal e taças de pedras preciosas.

Disse o narrador: Yūsuf fez sinal para que uma das criadas lhe recitasse alguma de suas belas poesias, e então ela empunhou o alaúde, colocou-o no colo, afinou, testou com os dedos, tocou em onze modulações, voltou à primeira e pôs-se a recitar os seguintes versos:

"Meu coração se incendeia com o fogo da vossa distância,
e as pálpebras estão arregaladas, queimadas e submersas...
Ai, quão grande é a paixão! Dos mais apaixonados
atravessamos o caminho e deles a roubamos!
Quantos jovens não têm as entranhas habitadas
pelos súditos de olhares agudos e talhe gracioso!
Coitados dos que se tornaram vítimas da paixão,
pois de nada lhes adianta ter irmãos pressurosos,

nem para a paixão conseguirão achar mediadores,
nem camaradas afetuosos, e tampouco amigos."

Disse o narrador: Quando a criada concluiu a poesia, o rei Yūsuf e Ibrāhīm, o conviva, se extasiaram profundamente, e este último ordenou que dessem a ela um magnífico traje honorífico; em seguida, a criada bebeu da taça e a passou para a sua acompanhante, cujo nome era Taknā, que apanhou a taça, colocou-a diante de si, empunhou o alaúde, tocou em várias modulações, retomou a primeira delas e cantou até deixar atônitas as mentes, recitando os seguintes versos:

"Vejo um alaúde que imita a catapulta:
suas cordas são de música, é verdade,
acompanhadas por flautas em voz alta,
célere seguidas de néctar delicioso;[173]
vê, os jarros de vinho já batem palmas,
e as taças estão em torno da taça de néctar."

Disse o narrador: Quando Taknā concluiu a poesia, Yūsuf e Ibrāhīm, o conviva, se extasiaram e o rei ordenou que lhe dessem um valioso traje honorífico e mil dinares. Ela bebeu da taça de vinho, encheu-a e a entregou para a sua acompanhante, cujo nome era Mubdi^{c},[174] que a apanhou, colocou-a diante de si, empunhou o alaúde, tocou em várias modulações, retomou a primeira e recitou os seguintes versos:

"Meu afeto cresceu, me debilitou o corpo,
me derreteu o coração e lacerou o fígado,
e minha lágrima desaba qual tempestade,
pois está apaixonada pelo que não obterei;
ó Yūsuf, te peço, por quem te fez nosso rei,
ó filho de Sahl, ó meu apreço, ó meu sustento!
Acredite que esse estranho nos veio separar:
nos seus olhos se vê, muito clara, a inveja."

[173] "Néctar delicioso", *ḥusn arraḥīq*, é o que consta da edição litográfica; no manuscrito está *ḥusn alẓa^{c}īq*, "bela gritaria".
[174] Nome que significa "inovador".

Disse o narrador: Quando Mubdi[c] concluiu a poesia, o conviva Ibrāhīm sorriu, e ambos, ele e Yūsuf, atingidos por violento êxtase, caíram desmaiados.

E a manhã atingiu Šahrāzād, que interrompeu a narrativa e o discurso autorizado. A irmã lhe disse: "Como é bela a sua história, maninha", e ela respondeu: "Isso não é nada comparado ao que irei contar na próxima noite, se eu viver".

NA NOITE SEGUINTE, QUE ERA A 703ª

Sua irmã lhe disse: "Por Deus, minha irmã, se não estiver dormindo, continue a história para atravessarmos o serão desta noite", e ela respondeu: "Com muito gosto e honra".

Eu tive notícia, ó rei venturoso, bem-sucedido e sensato, dono de correto parecer e belo e louvável proceder, de que, ao ouvirem a poesia da criada Mubdi[c], o rei Yūsuf e o conviva Ibrāhīm caíram desmaiados, assim ficando por algum tempo, mas depois acordaram, e Ibrāhīm mandou dar à criada mil dinares e um traje honorífico cujo brocado parecia ouro reluzente. Ela então sorveu a taça, tornou a enchê-la e a entregou à sua acompanhante, cujo nome era Nasīm,[175] que a apanhou, colocou-a diante de si, empunhou o alaúde e tocou em várias modulações, depois voltando à primeira, e recitou os seguintes versos:

"Ó censor, que me censura só pelo vinho,
pode censurar: para isso hoje me esforço;
como é bela sua visão por detrás da garrafa!
Me admiro de vê-la, é vida para meu corpo!
Mas como lembrá-la, se Deus ma proibiu,
fadando-a a permanecer no paraíso eterno?"

[175] "Brisa".

Disse o narrador: Quando a criada concluiu a poesia, o conviva Ibrāhīm determinou que dessem mil dinares e um traje honorífico ao seu patrão, o rei Yūsuf. Ela então sorveu a taça de vinho, tornou a enchê-la e a entregou à sua acompanhante, que a apanhou, colocou-a diante de si, empunhou o alaúde, dedilhou-o e tocou em várias modulações, retomando a primeira, e recitou os seguintes versos:

"Coração sofredor que bebe e canta,
onde estão as encantadoras dos olhos,
e o alaúde cujo som faz adoecer,
e o vinho saboroso que traz a cura?
Acaso viste algum vil aqui bebendo?
Ou então algum cretino ignorante, viste?
É vinho que em sua jarra envelheceu,
como o sol de verão na casa de Áries. "

Disse o narrador: Quando a criada concluiu a poesia, Ibrāhīm ordenou que lhe dessem mil dinares e um valioso traje honorífico. Então, ela sorveu a taça de vinho, tornou a enchê-la e a entregou à sua acompanhante, cujo nome era Radāḥ, que a apanhou, colocou-a diante de si, empunhou o alaúde, colocou-o no colo, dedilhou-o, tocou em vinte e quatro modulações, depois retomando a primeira, e se pôs a dizer os seguintes versos:

"Ó conviva do vinho, não mostres tédio;
dá-me de bebê-lo e deixa-te de preguiça;
entende as poesias e ouve-lhe a beleza,
larga mão do 'disse', deixa o 'que me disse',
nesta reunião em torno do vinho, bebida que
expulsa todo desgosto da casa do intelecto;
O poeta Imru' Alqays adorava bebê-lo,
e então recitava poesias doces como mel,
bem como ᶜAntar Alᶜabsī, que veio depois,
ou Muhalhil, ainda que tenha sido o primeiro."

Disse o narrador: Quando Radāḥ concluiu a poesia e o que nela inovou em sentidos ocultos, o rei Yūsuf e Ibrāhīm, o conviva, levantaram-se e arrancaram as roupas, não ficando senão de ceroulas à cintura, apenas; ambos gritaram juntos e pararam juntos, desacordados de si e do resto do mundo.

E a manhã atingiu Šahrāzād, que interrompeu a narrativa e o discurso autorizado. A irmã lhe disse: "Como é bela a sua história, maninha", e ela respondeu: "Isso não é nada comparado ao que irei contar na próxima noite, se eu viver".

NA NOITE SEGUINTE, QUE ERA A 704ª

Sua irmã lhe disse: "Por Deus, minha irmã, se não estiver dormindo, continue a história para atravessarmos o serão desta noite", e ela respondeu: "Com muito gosto e honra".

Eu tive notícia, ó rei venturoso, bem-sucedido e sensato, dono de correto parecer e belo e louvável proceder, de que o rei Yūsuf e Ibrāhīm, o conviva, arrancaram as roupas e caíram ambos no chão desmaiados, devido ao vinho em excesso que lhes subira à cabeça e à poesia da criada Radāḥ, ficando desacordados por algum tempo, e quando acordaram, perplexos e embriagados, vestiram-lhes as roupas e ambos voltaram a se sentar. Radāḥ sorveu a taça de vinho, tornou a enchê-la e a entregou à sua acompanhante, cujo nome era Naᶜīm,[176] que a apanhou, colocou diante de si, empunhou o alaúde, tocou em diversas modulações, retomou a primeira e recitou os seguintes versos:

"A essência de meus versos revela o que já foi,
desde que a pérola e o coral escorrem pela face;
lágrimas me saem da retina, e fogo, do fígado,
mas me espanto de chuvas que não apagam fogos.
Ai, o afeto! As mãos da paixão nos manipularam,
e o amor agora nos dilacera entranhas e membros!

[176] "Delícia", "paraíso", "bem-estar". Hoje, é nome exclusivamente masculino.

Ó recitador de poesia, recita-me pois a sua essência,
enquanto estamos aqui bebendo, as taças bem cheias;
canta nesta reunião da qual o invejoso está ausente,
bem como o intrigante, mas onde o amor extasia.
Que belo vinho vermelho, que o intelecto faz cativo:
é tão suave, como suave é seu sentido dentro de nós.”

Disse o narrador: Quando Na^{c}īm concluiu a poesia, o rei Yūsuf e o conviva Ibrāhīm ficaram profundamente extasiados, cada um deles ordenando que lhe dessem mil dinares. Ibrāhīm disse: “Por Deus poderoso, nunca nenhum califa ou rei ou vizir ou chefe militar possuiu criadas iguais a essas”. Na^{c}īm sorveu a taça, tornou a enchê-la e a entregou à sua acompanhante, cujo nome era Surūr,[177] que a apanhou, colocou-a diante de si, empunhou o alaúde, pôs no colo, e com ele tocou em várias modulações, retomando a primeira, e recitou os seguintes versos:

“Que tem o meu coração, cheio de paixões?
As lágrimas são tempestade que o afogam!
Choro um tempo que oxalá tivesse perdurado,
mas, pudera, o tempo da glória é traiçoeiro.
Ó meu senhor Yūsuf, ó tudo quanto anelo!
Juro, por quem te fez sultão da beleza,
temo que este tempo de glória nos separe,
e que o destino, após a bondade, atraiçoe!
Ó Deus, não viceje a mão da separação
antes da morte, e não atinja o nosso amo!”

Disse o narrador: Quando Surūr[178] concluiu a poesia, tanto o conviva Ibrāhīm como o rei Yūsuf ficaram extasiados e espantados com a sua eloquência e boa metrificação, êxtase e espanto que foram aumentando tanto que eles estiveram a ponto de rasgar as roupas que vestiam.

E a manhã atingiu Šahrāzād, que interrompeu a narrativa e o discurso autorizado. A irmã lhe disse: “Como é bela a sua história, maninha”, e ela respondeu:

177 “Alegria”.
178 Por evidente distração do copista, o manuscrito traz aqui o nome da criada anterior.

"Isso não é nada comparado ao que irei contar na próxima noite, se eu viver e o rei me preservar".

NA NOITE SEGUINTE,
QUE ERA A

705ª

Sua irmã lhe disse: "Por Deus, minha irmã, se não estiver dormindo, continue a história para atravessarmos o serão desta noite", e ela respondeu: "Com muito gosto e honra".

Eu tive notícia, ó rei venturoso, bem-sucedido e sensato, dono de correto parecer e belo e louvável proceder, de que Ibrāhīm e o rei Yūsuf estiveram a ponto de rasgar as roupas que vestiam, tamanho foi o êxtase que os acometeu quando ouviram a recitação poética da criada Surūr na reunião. Então ela sorveu a taça de vinho, e após enchê-la entregou-a à sua acompanhante, cujo nome era Zahrat Alḥay,[179] que a apanhou, colocou-a diante de si, empunhou o alaúde e tocou em várias modulações, cantou e recitou os seguintes versos:

"Ó servidor de vinho, sê o meu conviva,
doce com meu coração, que enfermo está;
não me estendas as taças de vinho, pois eu
temo me perder se acaso ficar embriagado,
e cometer escândalos na frente do mundo,
e só me alegrar ao sopro da brisa mais fresca.
Como são boas todas as melodias do alaúde,
que me fazem provar os maiores tormentos,
junto com formosas palavras cuja essência
me queima o coração feito o fogo do inferno!
Por Deus, sê doce comigo e tem misericórdia,
pois Deus, ao julgar, perdoa e tem misericórdia."

179 "Flor do bairro".

Disse o narrador: Quando Zahrat Alḥay[180] concluiu a poesia, Yūsuf e Ibrāhīm ficaram profundamente extasiados e Ibrāhīm pensou: "Elas são boas como os anos férteis", e em seguida ordenou que lhe dessem mil dinares, e também assim procedeu o seu patrão. Então a criada sorveu a taça de vinho, tornou a enchê-la e a entregou à sua acompanhante, cujo nome era Muhjat Alqulūb,[181] que a apanhou, colocou diante de si, empunhou o alaúde, nele tocou em várias modulações, retomando a primeira, e em seguida recitou os seguintes versos:

"Ó meu censor, não sabes a minha condição!
Deixa-me, só canalhas censuram o apaixonado.
Quem das coisas da paixão nada sabe ou entende,
esse sim é entre os homens o maior desprezível.
Oh, que paixão! Ó gente de sangue quente, eu,
após ter mamado do contato, fiquei desmamado.
Eu, que conhecia os decretos da paixão, todos eles,
desde criancinha, ainda em meu berço vivendo;
por Deus, não me indaguem sobre a minha condição!
Como pode estar aquele cuja paixão virou sua inimiga?
Ó essência dos heroísmos, ó meu querido Yūsuf,
glorificado seja quem te vestiu com essa perfeita beleza,
e que o Deus do trono faça perdurarem os teus dias,
com poderio e benesses, para todo o sempre perdurem!
Ibn Isḥāq, de fato, dominou todas as espécies de arte
entre os homens, e dele todos os poetas são serviçais."

Disse o narrador: Quando Muhjat Alqulūb concluiu a poesia, Yūsuf e Ibrāhīm ficaram profundamente extasiados, e então Yūsuf lhe deu um valioso traje honorífico, bem como mil dinares, e o conviva Ibrāhīm, após fazer o mesmo, perguntou a ela: "Quem seria esse Ibn Isḥāq[182] que você cantou?". Ela respondeu: "Por Deus, meu senhor, que ele é o único do seu tempo e conviva de califas. Trata-se de Ibrāhīm Ibn Isḥāq, o tesouro escondido, o comensal e conviva do nosso amo comandante

[180] Aqui, o nome da criada aparece mudado para *Jawharat Alḥay*, "joia do bairro", o que pode ser indício de que a cópia da qual dispunha o escriba era uma espécie de rascunho da elaboração inicial.
[181] "Alento dos corações".
[182] Note que a personagem histórica que inspirou essa era "Abū Isḥāq", e não "Ibn Isḥāq".

dos crentes Alma'mūn, a quem ele ensinou o êxtase. Ai, como seria bom reunir--nos com ele, vê-lo, gozar do seu convívio antes que morra! Por Deus que se trata do mestre do seu tempo, o singular da sua época! Por Deus, meu senhor, se acaso estivesse nas mãos dele, este alaúde falaria todas as línguas: as das aves, as das feras e as dos homens; qualquer lugar em que esteja fica a ponto de dançar antes que ele comece a falar; ele deixa os horizontes em êxtase, e aniquilados os apaixonados; depois da sua morte, ninguém mais irá falar". Tudo isso e Muhjat Alqulūb nem sequer o conhecia, ignorando que era ele mesmo que estava ali sentado.

E a manhã atingiu Šahrāzād, que interrompeu a narrativa e o discurso autorizado. A irmã lhe disse: "Como é bela a sua história, maninha", e ela respondeu: "Isso não é nada comparado ao que irei contar na próxima noite, se eu viver e o rei me preservar".

NA NOITE SEGUINTE, QUE ERA A 706ª

Sua irmã lhe disse: "Por Deus, minha irmã, se não estiver dormindo, continue a história para atravessarmos o serão desta noite", e ela respondeu: "Com muito gosto e honra".

Eu tive notícia, ó rei venturoso, bem-sucedido e sensato, dono de correto parecer e belo e louvável proceder, de que Muhjat Alqulūb começou a elogiar Ibrāhīm, o conviva, sem saber que o próprio estava sentado à sua frente, pois não o conhecia. Então ele tomou o alaúde das mãos dela e tocou tão bem que todos os demais imaginaram tratar-se de filhotes de gênio gritando, e as cordas falaram de tal modo que Yūsuf supôs estar o palácio flutuando entre o céu e a terra; as criadas começaram a cantar com ele, atônitas; Ibrāhīm fez menção de falar alguma coisa mas foi impedido por Yūsuf, que se pôs a recitar os seguintes versos:[183]

[183] Poesia com alguns versos semelhantes, mas bem mais longa, já fora recitada na 692ª noite.

"Juro por nosso amo, piedoso e clemente,
nosso purificado condutor, o nobre profeta,
e pela reluzente Caaba, e o local onde fica,
e as suas paredes, e pela fonte de Zamzam:
eis que és tu, Ibrāhīm, entre os humanos;
se é verdade o que falo, dize que sou sagaz,
pois em tua face brilha o olhar da eloquência,
com o seu *r*, depois o seu *ī* e depois o seu *m*."[184]

Disse o narrador: Escondendo a identidade e sem se revelar para ninguém, Ibrāhīm se pôs a recitar os seguintes versos:

"Juro por quem elegeu Mūsà[185] seu amado,
e, entre o clã de Hāšim, elegeu um órfão:[186]
onde está Ibrāhīm? Eu é que não sou ele!
O seu califa em Bagdá está estabelecido!
De seus ancestrais herdou a arte da palavra,
e neste seu tempo não há quem se lhe ombreie."

Disse o narrador: Quando Ibrāhīm concluiu a sua poesia e metrificação, Yūsuf lhe disse: "Juro por Deus poderoso que, ou eu estou muito enganado, ou você é Ibrāhīm!", mas, mantendo oculta a sua condição e segredo, ele respondeu: "Meu senhor, Ibrāhīm é meu amigo. Quanto a mim, eu sou de Basra, mas dele roubei algumas maneiras de tocar alaúde e outros instrumentos, e passei a compor poesias".

Disse o narrador: Enquanto Ibrāhīm assim falava, eis que apareceu no ponto mais alto do recinto um dos criados do califa com uma carta na mão e a entregou a Ibrāhīm, mas Yūsuf esticou o braço e a apanhou; após lê-la, descobriu que se tratava, sem sombra de dúvida, de Ibrāhīm, e lhe disse: "Por Deus, meu senhor! Você me colocou em situação vexaminosa ao não me revelar quem é!". Ibrāhīm respondeu: "Por Deus que eu tive receios de que você exagerasse nos gastos".

[184] Nos versos da edição litográfica, o tom dubitativo é bem mais evidente. A impressão é de que a redação do manuscrito fica indecisa entre o fato de Yūsuf saber ou não se se tratava de Ibrāhīm. No último verso, as três letras citadas, além de fazer parte do nome *Ibrāhīm*, também formam a palavra *rīm*, "gazela branca". Na edição litográfica, o verso cita todas as letras do nome.

[185] Forma árabe do nome que em português é "Moisés".

[186] Referência ao profeta Muḥammad, que pertencia a esse clã e era órfão, como se sabe.

Yūsuf disse: "Leve estas criadas que o comandante dos crentes mandou você vir buscar". Ibrāhīm disse: "Não levarei as suas criadas; ao contrário, vou compensá-lo diante do comandante dos crentes". Yūsuf disse: "Mas eu já permiti que elas se tornem propriedade do comandante dos crentes. Se você não as levar, eu as enviarei com outro", e em seguida presenteou Ibrāhīm[187] com muito dinheiro.

Disse o narrador: Ao ouvir aquilo, as criadas começaram a chorar copiosamente, e Ibrāhīm, ouvindo-lhes o choro, ficou muito tocado e também chorou, dizendo: "Eu lhe peço em Deus, Yūsuf, que deixe essas dez criadas aqui com você, e eu contornarei o problema junto ao comandante dos crentes!". Yūsuf disse: "Juro por aquele que tornou fixas as montanhas gigantes, se você não as levar consigo, eu as enviarei com outra pessoa". Então Ibrāhīm as levou, despedindo-se de Yūsuf, e viajou sem descanso até chegar a Bagdá, morada da paz, onde se dirigiu ao palácio do califa Alma'mūn.

E a manhã atingiu Šahrāzād, que interrompeu a narrativa e o discurso autorizado. A irmã lhe disse: "Como é bela a sua história, maninha", e ela respondeu: "Isso não é nada comparado ao que irei contar na próxima noite, se eu viver e o rei me preservar".

NA NOITE SEGUINTE, QUE ERA A 707ª

Sua irmã lhe disse: "Por Deus, minha irmã, se não estiver dormindo, continue a história para atravessarmos o serão desta noite", e ela respondeu: "Com muito gosto e honra".

Eu tive notícia, ó rei venturoso, bem-sucedido e sensato, dono de correto parecer e belo e louvável proceder, de que, ao chegar a Bagdá, Ibrāhīm foi ao

[187] Traduzido da edição litográfica. No manuscrito, consta que o rei deu o dinheiro ao próprio califa, o que, nesse caso, não faz sentido. Na edição litográfica, aliás, todo o trecho é entremeado de grande quantidade de poesias, que no caso servem tanto para justificar a fama de Ibrāhīm como para realçar a destreza artística das criadas e a sua tristeza em razão da partida.

palácio do comandante dos crentes, que lhe perguntou ao vê-lo diante de si: "O que é que você nos trouxe dessa sua viagem, Ibrāhīm?". Ele respondeu: "Eu lhe trouxe, meu amo, tudo quanto você deseja e lhe apetece, por meio de dizeres corretos e opiniões sensatas". O califa perguntou: "E o que é?". Ibrāhīm respondeu: "As dez criadas", e mandou que elas entrassem.

Disse o narrador: Após entrarem e beijarem o solo, cumprimentando o califa e por ele rogando, as criadas se postaram lado a lado, e cada uma se pronunciou com a língua mais diserta e afetuosa, deixando atônito o comandante dos crentes, que ficou sumamente espantado com uma eloquência e um vocabulário tão doces que ele jamais vira em alguém, e também com a sua beleza e formosura, com o seu talhe e esbelteza. Como o coração do patrão delas se permitira deixá-las partir? Em seguida, ele perguntou: "Ibrāhīm, como você se resolveu com o senhor destas criadas? Ele as entregou forçado e desgostoso, ou com magnanimidade de alma, peito aberto, alegria e risonha fisionomia?". Ibrāhīm respondeu: "Meu senhor, ele não as entregou senão de boa vontade. Deus prolongue a vida daquele jovem, de face tão magnânima, tão belo e perfeito! Que mãos magnânimas, e como fala rimado! Como é perfeito o seu intelecto, como é bondoso, como é bom o seu convívio, como é suave a sua natureza! Como é forte e justo com os seus súditos! Por Deus, comandante dos crentes, quando cheguei a ele, encontrei-o de saída da cidade: ia caçar, pescar, encontrar maneiras de divertir-se, mas por Deus, comandante dos crentes, assim que me viu foi me receber, cumprimentou-me, deu boas-vindas e ficou sumamente feliz com a minha presença, a despeito de nem sequer me conhecer, assim como eu tampouco o conhecia. Pegou-me e retornou comigo para a cidade. Quando entramos, os membros do seu governo vieram recebê-lo e os súditos rogaram por ele, e só então percebi que aquele homem era o seu rei e guia, e também que era justo com eles. Em seguida, hospedou-me na casa de hóspedes, foi ao seu palácio e logo mandou me chamar; fui até lá e vi que tinha preparado especialmente para mim um recinto no interior do palácio, para onde me conduziu pela mão. Vi que homem melhor não pode existir. Mandou buscar vinho, velas, frutas, petiscos, substâncias aromáticas e outras coisas apropriadas a esse gênero de reunião. Depois, ordenou que viessem as criadas, que ali se sentaram"...

E a manhã atingiu Šahrāzād, que interrompeu a narrativa e o discurso autorizado. A irmã lhe disse: "Como é bela a sua história, maninha", e ela respondeu: "Isso não é nada comparado ao que irei contar na próxima noite, se eu viver e o rei me preservar".

NA NOITE SEGUINTE,
QUE ERA A

708ª

Sua irmã lhe disse: "Por Deus, minha irmã, se não estiver dormindo, continue a história para atravessarmos o serão desta noite", e ela respondeu: "Com muito gosto e honra".

Eu tive notícia, ó rei venturoso, bem-sucedido e sensato, dono de correto parecer e belo e louvável proceder, de que Ibrāhīm disse: "Então Yūsuf ordenou que viessem as criadas, e elas vieram, tocaram e cantaram poesias, cada uma delas superando a anterior, e então uma delas citou o meu nome em sua poesia, dizendo: 'Esta poesia não poderia ter sido composta senão pelo conviva Ibrāhīm Ibn Isḥāq', embora eu tivesse ocultado a minha identidade do patrão delas, sem lhe revelar o meu nome; quando concluiu a poesia, eu a mimoseei com mil dinares e lhe perguntei, comandante dos crentes, 'quem seria esse Ibrāhīm que você cantou em sua poesia', e ela respondeu: 'Meu senhor, ele é conviva do califa e um dos homens mais elegantes', e se pôs a me elogiar, mesmo sem me conhecer, de maneira tão profusa que seria impossível acrescentar algo. Então tirei o alaúde das suas mãos e toquei de maneira diversa da que as criadas haviam tocado. Nesse momento, o patrão delas tentou me forçar a confessar, dizendo em sua poesia: 'Você é Ibrāhīm, sem nenhuma sombra de dúvida', mas eu continuei ocultando a minha identidade e dizendo: 'Sou de Basra, e Ibrāhīm é meu amigo'; era assim que eu estava respondendo quando, subitamente, veio até nós um rapaz com uma carta sua que Yūsuf pegou, abriu e leu, certificando-se de que era eu o conviva Ibrāhīm; ao me reconhecer, censurou-me perguntando: 'Você se esconde de mim, Ibrāhīm?'. Respondi: 'Meu senhor, eu apenas queria poupá-lo de gastos'. Ele disse: 'Estas dez criadas são meu presente para o comandante dos crentes'. Ao ouvi-lo dizer isso, respondi: 'Não levarei as criadas, mas sim compensarei isso por você quando eu voltar ao comandante dos crentes'. Ele disse: 'Se você não as levar, Ibrāhīm, irei mandá-las para o comandante dos crentes por intermédio de outra pessoa'. Em seguida, me presenteou com vinte cavalos de raça inteiramente equipados, cinquenta escravas e escravos, cinquenta criados, quatrocentas camelas e vinte frascos de almíscar". E o conviva Ibrāhīm tanto elogiou Yūsuf para o califa — atento e espantado com aquele homem, com a sua nobreza, generosidade, eloquência e decoro —, que este desejou conhecê-lo, bem tratá-lo e dignificá-lo.

Disse o narrador desta história: Então, Alma'mūn ordenou que as dez criadas fossem trazidas à sua presença. Era hora do anoitecer, e o único visitante naquele momento era o conviva Ibrāhīm, sem mais ninguém. Quando elas entraram, o califa lhes ordenou que se acomodassem e depois foram passadas entre elas as taças de vinho. O califa também ordenou que cantassem e tocassem, e elas se puseram a tocar os instrumentos musicais e a cantar poesias, uma atrás da outra, com o califa entrando em êxtase a cada exibição e poesia. A última delas foi Muhjat Alqulūb...

E a manhã atingiu Šahrāzād, que interrompeu a narrativa e o discurso autorizado. A irmã lhe disse: "Como é bela a sua história, maninha", e ela respondeu: "Isso não é nada comparado ao que irei contar na próxima noite, se eu viver".

NA NOITE SEGUINTE, QUE ERA A 709ª

Sua irmã lhe disse: "Por Deus, minha irmã, se não estiver dormindo, continue a história para atravessarmos o serão desta noite", e ela respondeu: "Com muito gosto e honra".

Eu tive notícia, ó rei venturoso, bem-sucedido e sensato, dono de correto parecer e belo e louvável proceder, de que a última a recitar poesia diante do comandante dos crentes foi Muhjat Alqulūb, e ao ouvi-la ele gritou e tombou desmaiado por algum tempo, dizendo quando acordou: "Por Deus, ó Muhjat Alqulūb, ó alento dos olhos, repita a sua exibição!". Então ela tocou de novo e recitou a poesia de maneira diferente, cantando agora ao modo de Nahavend.[188] Ao ouvi-la, o califa perdeu a cabeça, rasgou as roupas e caiu no chão desmaiado, a ponto de Ibrāhīm e as dez criadas suporem que morrera; passados alguns momentos, ele despertou e disse à criada: "Muhjat Alqulūb, peça o que quiser e você terá". Ela respondeu: "Eu peço a Deus e ao comandante dos crentes o retorno de nós dez para o nosso senhor Yūsuf", e incontinente o califa lhe concedeu o pedido; depois

[188] Cidade da Pérsia Ocidental.

de lhes dar presentes e benesses, escreveu ao senhor delas, o rei Yūsuf, um decreto nomeando-o sultão de todos os reis do Sind e da China, e também que "se acaso Alma'mūn se ausentar da cidade de Bagdá, Yūsuf o substituirá no governo, ordenando e proibindo". Em seguida, enviou-lhe de volta as criadas com um grupo de secretários, além de muito dinheiro e mais outros presentes e joias. Elas viajaram sem interrupção até a capital do Sind,[189] e ao chegar mandaram avisar o rei Yūsuf que as dez criadas haviam voltado. Ele mandou o seu vizir Muḥammad Ibn Ibrāhīm recebê-las e conduzi-las ao palácio; intrigado, Yūsuf pensava: "Será que as criadas não agradaram ao comandante dos crentes?". Chamou-as à sua presença e as indagou, mas elas o informaram do que de fato ocorrera. Muhjat Alqulūb avançou até ele e lhe entregou o decreto do califa e, ao lê-lo e compreender-lhe o sentido, Yūsuf ficou mais alegre e feliz, pedindo a Muḥammad Ibn Ibrāhīm que dormisse ali, e quando anoiteceu ele[190] disse: "É absolutamente imperioso que você nos conte uma história que nos divirta". Ibn Ibrāhīm respondeu: "Por Deus, ó rei, que eu ouvi uma história sobre certo rei"...

E a manhã atingiu Šahrāzād, que interrompeu a narrativa e o discurso autorizado. A irmã lhe disse: "Como é bela a sua história, maninha", e ela respondeu: "Isso não é nada comparado ao que irei contar na próxima noite, se eu viver".

NA NOITE SEGUINTE, QUE ERA A

710ª

Sua irmã lhe disse: "Por Deus, minha irmã, se não estiver dormindo, continue a história para atravessarmos o serão desta noite", e ela respondeu: "Com muito gosto e honra".

[189] Note – embora isso, efetivamente, careça de maior relevo – que, em tese, Yūsuf estava não no Sind, terra do seu pai, mas na Índia, terra de Mihrajān, seu sogro, a quem ele derrotara em batalha. Mas isso também pode ser efeito da passagem do tempo entre a primeira e a segunda parte da história.

[190] O texto passa a se referir ao personagem como "o comandante dos crentes", mas trata-se de equívoco, já que o diálogo, claramente, é entre o rei Yūsuf (que não é califa) e o seu vizir Muḥammad Ibn Ibrāhīm (que não é o conviva Ibrāhīm).

Eu tive notícia, ó rei venturoso, bem-sucedido e sensato, dono de correto parecer e belo e louvável proceder, de que Ibn Ibrāhīm disse:

OS TRÊS FILHOS DO REI DA CHINA[191]

Eu ouvi uma história sobre certo rei na terra da China que tinha três filhos varões cuja mãe fora atingida por uma ignota perturbação mental, sem que nenhum dos sábios e médicos trazidos soubesse diagnosticá-la, e ela permaneceu durante um bom tempo prostrada na cama, até que certo sábio para o qual descreveram o problema lhes disse: "Essa perturbação não pode ser curada senão pela água da vida, que só existe na terra do Iraque". Ao ouvirem aquelas palavras, os filhos disseram ao pai: "É absolutamente imperioso que procuremos e viajemos a fim de trazer a água da vida para a nossa mãe". Então, providenciados todos os mantimentos necessários, os rapazes se despediram do pai e saíram dali em viagem à terra estrangeira, viajando sem descanso por sete dias, ao cabo dos quais disseram uns aos outros: "Vamos nos separar aqui; que cada um de nós siga uma direção e talvez encontremos o que buscamos", e então se despediram e se separaram, com cada um pegando a sua parte nos mantimentos e tomando um rumo diferente. O mais velho atravessou vários desertos sem chegar a nenhum país senão após um bom tempo, quando os seus víveres haviam se esgotado e já não lhe restava nada. Entrou numa cidade em cujo caminho topou com um judeu, que lhe perguntou: "Quer trabalhar, muçulmano?". O jovem pensou: "Rapaz, trabalhe e quem sabe Deus [o ajude a] encontrar o que procura", e logo respondeu: "Quero!". O judeu lhe disse: "Trabalhe todo dia comigo nesta sinagoga,[192] varrendo-a, limpando-lhe os tapetes e alcatifas e lavando-lhe as lâmpadas". O jovem respondeu: "Tudo bem", e começou a trabalhar com o judeu, até que certo dia este lhe perguntou: "Menino, quer fazer uma aposta?". O jovem perguntou: "Qual aposta?". O judeu respondeu: "Todo dia você pode comer um pão e meio, mas o pão partido não o coma, e o pão inteiro não o quebre.[193] Fora isso, coma até se fartar, mas todo aquele que viola essa condição nós lhe esfolamos o rosto. Isso se você quiser prosseguir no trabalho". O rapaz era tão idiota que respondeu: "Continuarei trabalhando". Então o judeu deixou com ele um pão e meio e

[191] Para a presente história, como novamente não existe nenhuma outra fonte para comparação, todas as correções se devem a suposições do tradutor.

[192] "Sinagoga" traduz *kanīsa*, que em árabe também se emprega para "igreja".

[193] É evidente que aqui existe um pequeno ardil sintático e semântico para ocultar a obviedade da formulação.

foi-se embora, largando-o sozinho na sinagoga. Quando chegou o meio-dia, o jovem teve fome e comeu aquele pão e meio. O judeu chegou pela tarde e, vendo que o rapaz comera o pão e meio, indagou-o a respeito; o rapaz respondeu: "Tive fome e comi". O judeu lhe disse: "Desde o começo eu estabeleci como condição que você não comesse o partido nem partisse o inteiro" e, saindo dali, trouxe um grupo de judeus que agarraram o rapaz e o mataram, enrolando-o numa esteira e deixando-o num canto da sinagoga.

Enquanto isso, o irmão do meio mantinha-se em viagem, vagando por vários países, até que o destino o lançou no mesmo local onde o seu irmão mais velho havia sido morto. Ao se aproximar, topou à porta da sinagoga com o judeu, que lhe perguntou: "Quer trabalhar, muçulmano?". O rapaz respondeu: "Quero!", e então [o rapaz começou a trabalhar na sinagoga;] o judeu esperou o primeiro dia, o segundo...

E a manhã atingiu Šahrāzād, que interrompeu a narrativa e o discurso autorizado. A irmã lhe disse: "Como é bela a sua história, maninha", e ela respondeu: "Isso não é nada comparado ao que irei contar na próxima noite, se eu viver e o rei me preservar".

NA NOITE SEGUINTE, QUE ERA A 711ª

Sua irmã lhe disse: "Por Deus, minha irmã, se não estiver dormindo, continue a história para atravessarmos o serão desta noite", e ela respondeu: "Com muito gosto e honra".

Eu tive notícia, ó rei venturoso, bem-sucedido e sensato, dono de correto parecer e belo e louvável proceder, de que [Ibn Ibrāhīm disse:]

Após os dois primeiros dias de trabalho, o judeu fez com o filho do rei o mesmo que antes fizera com o seu irmão mais velho, matando-o, enrolando-o numa esteira e colocando-o ao seu lado.

Foi isso o que sucedeu a ambos. Quanto ao caçula, ele ficou perambulando por várias terras, o que lhe acarretou exaustão, fome e andrajos. E, como já estava decretado, o destino o lançou diante daquele judeu, o qual, parado à porta da sinagoga, dirigiu-lhe a palavra, perguntando: "Quer trabalhar, muçulmano?". Ele respondeu: "Trabalho!"; então, o judeu o encarregou dos mesmos serviços que os seus irmãos, e o rapaz respondeu: "Tudo bem, patrão". O judeu disse: "Varra a sinagoga, limpe e tire o pó dos tapetes e alcatifas". O rapaz respondeu: "Tudo bem", e, quando o judeu se separou dele e foi embora, o menino entrou na sinagoga, notando de relance as duas esteiras nas quais os seus irmãos estavam enrolados; puxando-as pelas beiradas, encontrou-os, cadáveres putrefatos, saiu da sinagoga, abriu uma cova no chão e, muito triste e choroso, enterrou-os e voltou. Enrolou os tapetes da sinagoga e os amontoou, bem como as alcatifas, acendeu fogo debaixo deles e tudo se queimou; foi até as lâmpadas e as quebrou todas, e quando entardeceu eis que o judeu chegou à sinagoga, encontrando tudo quanto existia no seu interior em chamas, tapetes e alcatifas queimados, e ao ver aquilo estapeou o próprio rosto e disse: "Por que fez isso, muçulmano?". O rapaz respondeu: "Alguém enganou você, patrão!". O judeu disse: "Ninguém me enganou coisa nenhuma. Mas vá a minha casa, muçulmano, e diga à sua patroa que sacrifique uma pomba e a cozinhe, e então a traga para mim. Vá logo". O rapaz respondeu: "Tudo bem, patrão". O judeu tinha dois filhos com os quais estava muito feliz. O rapaz foi até a casa dele, bateu na porta, abriram e perguntaram: "O que você quer?". O rapaz disse à mulher do judeu: "Patroa, o patrão mandou dizer que você sacrifique os carneiros aí da casa, cinquenta galinhas e cem casais de pombo, tudo para os mestres que estão na sinagoga, pois ele pretende circuncidar os meninos". A judia perguntou: "E quem vai sacrificar isso tudo para mim?". O rapaz respondeu: "Eu", e então a mulher lhe trouxe os dois carneiros, as galinhas e os pombos, e ele os sacrificou a todos. A judia foi chamar os vizinhos para ajudá-la a cozinhar, até que toda a comida ficou pronta e foi colocada em travessas, que o rapaz se pôs a levar de dez em dez para os famélicos[194] que viviam no bairro, batendo-lhes à porta e dizendo: "Meu patrão lhes envia isto", embora o judeu, na sinagoga, não tivesse nenhuma notícia daquilo. Quando o rapaz já levara a última travessa, eis que o judeu, estranhando a demora, chegou a casa para acompanhar como andavam as coisas relativamente à pombinha que ele encomendara. Ao ver o lugar naquele rebuliço, com coisas sendo postas e tiradas, perguntou: "Que história é essa?",

[194] "Os famélicos" traduz, por suposição, *addiyāḥ*, palavra que não consta de nenhum dicionário; supôs-se que fosse erro de cópia, por *aljiyā*ᶜ.

e então lhe contaram tudo, dizendo: "Foi você que mandou pedir isso e aquilo". Ao ouvir a história, estapeou o próprio rosto com as sandálias...

E a manhã atingiu Šahrāzād, que interrompeu a narrativa e o discurso autorizado. A irmã lhe disse: "Como é bela a sua história, maninha", e ela respondeu: "Isso não é nada comparado ao que irei contar na próxima noite, se eu viver e o rei me preservar".

NA NOITE SEGUINTE,
QUE ERA A

712ª

Sua irmã lhe disse: "Por Deus, minha irmã, se não estiver dormindo, continue a história para atravessarmos o serão desta noite", e ela respondeu: "Com muito gosto e honra".

Eu tive notícia, ó rei venturoso, bem-sucedido e sensato, dono de correto parecer e belo e louvável proceder, de que [Ibn Ibrāhīm disse:]

Quando o judeu retornou para casa e viu a situação armada pelo rapaz, bateu no rosto com a sandália e disse: "Ai, minha perdição!",[195] e eis que o rapaz retornava; o judeu lhe perguntou: "Por que você fez isso, muçulmano?". Ele respondeu: "Você foi enganado!". O judeu disse: "Fui enganado coisa nenhuma", mas pensou: "É imperioso que eu apronte alguma com esse rapaz e o mate"; então, foi até a esposa e disse: "Estenda os colchões no telhado[196] e vamos trazer o menino muçulmano, meu criado, para fazê-lo dormir na beirada; quando ele mergulhar no sono faremos pressão uns sobre os outros e o empurraremos, fazendo-o cair de cima do telhado, e o seu pescoço se quebrará". Por decreto do destino, o rapaz estava ali por perto e ouviu a conversa; ao anoitecer, a mulher estendeu os colchões sobre o telhado, conforme a orientara o marido. Assim que havia entardecido, o rapaz pegara um arrátel de avelãs e guardara na manga com muito cuidado, e, quando ele fez menção de ir embora, o judeu lhe disse: "Muçulmano, nós queremos dormir no telhado porque está muito calor neste verão". O rapaz respondeu: "Tudo bem,

[195] No original, *yā ḫarāb baytī wa dārī*, literalmente, "ai, destruição do meu lar e da minha casa!", lamúria muito comum em árabe.

[196] Dormir no telhado durante o verão é até hoje um hábito em regiões interioranas do Oriente Médio.

patrão", e então o judeu, a esposa e os dois filhos, juntamente com o criado, subiram ao telhado. O primeiro a se deitar foi o judeu, com os dois filhos e a esposa ao seu lado; disseram ao criado: "Deite-se aqui na beirada"; então ele subiu, tirou as avelãs da manga e começou a mastigá-las, e toda vez que lhe diziam: "Vamos, muçulmano, venha deitar", ele respondia: "Assim que eu terminar as avelãs". E ficou acordado esperando que eles se deitassem e mergulhassem no sono, quando então se deitou entre os dois filhos do casal e a mãe deles. O judeu acordou e, supondo que o rapaz estivesse deitado na beirada, empurrou a esposa, que empurrou o criado, que empurrou os filhos do judeu até o limite extremo do telhado, e os dois caíram juntos, quebrando-se o pescoço de ambos, que morreram.

E a manhã atingiu Šahrāzād, que interrompeu a narrativa e o discurso autorizado. Sua irmã Dunyāzādah lhe disse: "Como é bela a sua história, maninha", e ela respondeu: "Isso não é nada comparado ao que irei contar na próxima noite, se eu viver e o rei me preservar".

NA NOITE SEGUINTE,
QUE ERA A

713ª

Sua irmã lhe disse: "Por Deus, minha irmã, se não estiver dormindo, continue a história para atravessarmos o serão desta noite", e ela respondeu: "Com muito gosto e honra".

Eu tive notícia, ó rei venturoso, bem-sucedido e sensato, dono de correto parecer e belo e louvável proceder, de que [Ibn Ibrāhīm disse:]

Os dois filhos do judeu caíram de cima do telhado, seus pescoços se quebraram e ambos morreram. Ao ouvir o barulho da queda, o judeu supôs que quem caíra não fora senão o seu criado muçulmano, levantou-se alegre e acordou a esposa, dizendo: "O criado caiu de cima do telhado e morreu". A mulher se levantou e, não encontrando os filhos mas sim o criado a dormir, começou a chorar, a gritar e a estapear o rosto, dizendo ao marido: "Os nossos filhos é que caíram!". Então o judeu tentou jogar o rapaz, mas este se desviou mais rápido que um raio, ficou de pé, deu um grito que o assustou e o aturdiu, e por fim o golpeou com uma faca que carregava, prostrando-o morto ao solo, o sangue lhe escorrendo aos borbotões. O rapaz então se voltou para a esposa, que tinha formosura e beleza, talhe e esbelteza, disposto a também matá-la, mas ela caiu aos seus pés e os beijou, obtendo-lhe a clemência, e ele a deixou viver, pensando: "Essa é uma mulher e não tem malandragem". Ela perguntou ao filho do rei: "Meu senhor, qual o motivo de ter agido assim? Primeiro você veio aqui contando um monte de mentiras, e depois provocou a morte dos meus filhos"; ele respondeu: "O seu marido matou os meus dois irmãos injustamente, sem motivo algum". Ao ouvir sobre o assassinato dos irmãos do rapaz, a judia perguntou: "Você era irmão deles?". Ele respondeu: "Sim, meus irmãos", e lhe contou o motivo de sua saída da terra do pai em busca da água da vida para a mãe. A judia lhe disse: "Por Deus, meu senhor, que a injustiça partiu do meu marido, e não de você. Contudo, o que está decretado imperiosamente ocorrerá, pois não há como fugir. Esteja tranquilo quanto a isso. Quanto à questão da água da vida, eu a tenho. Só lhe peço que me leve com você para a sua terra que eu lhe darei a água da vida, mas se não me levar eu não darei nada. Ademais, talvez a minha ida lhe carreie alguma vantagem". O rapaz pensou: "Leve-a, pois quiçá ela lhe sirva para algo", e prometeu levá-la. A mulher então se levantou e o conduziu até um aposento no qual estava toda a riqueza do judeu: dinheiro, joias e taças. Naquela terra viviam cerca de cinquenta judeus, e ela entregou ao rapaz tudo quanto possuía de dinheiro e preciosidades, entre elas a água da vida. O rapaz carregou tudo aquilo e levou consigo a judia, que era dotada de beleza e formosura, de talhe e esbelteza, não existindo em seu tempo ninguém que se lhe comparasse em beleza. Durante vários dias viajaram, atravessando desertos e terras inóspitas, em busca da China.

E a manhã atingiu Šahrāzād, que interrompeu a narrativa e o discurso autorizado. A irmã lhe disse: "Como é bela a sua história, maninha", e ela respondeu: "Isso não é nada comparado ao que irei contar na próxima noite, se eu viver".

NA NOITE SEGUINTE,
QUE ERA A

714ª

Sua irmã lhe disse: "Por Deus, minha irmã, se não estiver dormindo, continue a história para atravessarmos o serão desta noite", e ela respondeu: "Com muito gosto e honra".

Eu tive notícia, ó rei venturoso, bem-sucedido e sensato, dono de correto parecer e belo e louvável proceder, de que [Ibn Ibrāhīm disse:]

O rapaz [e a judia] continuaram viajando até a capital da China,[197] onde, por obra do destino e do seu decreto incontornável, verificou que o seu pai se mudara para a glória de Deus altíssimo, e que a cidade sem rei se assemelha às ovelhas sem pastor: o povo, os membros do governo do seu pai e os principais do reino estavam ao léu. Quando entrou no palácio foi falar com a mãe e, encontrando-a no mesmo estado de perturbação, pegou a água da vida e a fez beber; então, ela se sentou, cumprimentou-o e lhe perguntou sobre os irmãos, mas ele escondeu a notícia a respeito, nada lhe revelando e limitando-se a dizer: "Nós nos separamos no lugar tal em busca da água da vida". A mãe, vendo com ele aquela judia dotada de beleza e formosura, indagou-o sobre ela, e ele lhe contou a história do começo ao fim, apenas ocultando a parte relativa aos irmãos, por medo de que a mãe sofresse uma recaída e a perturbação voltasse.[198] No dia seguinte, espalhou-se na cidade a notícia do seu retorno, e então os principais do governo, os chefes militares e os vizires e outros detentores de cargos governamentais se reuniram com ele e o ungiram rei e sultão no lugar do pai. Ele se sentou no trono e se pôs a distribuir ordens e proibições, a nomear e a dispensar, assim permanecendo por um bom tempo.

Certo dia, ele quis caçar, pescar e se divertir, saindo então com os seus soldados para além dos limites da cidade. Ao olhar de relance, viu uma jovem de cerca de treze anos assistindo com o pai à passagem da comitiva, e o amor por ela, que era dotada de beleza e formosura, invadiu o coração do rei e o ocupou. Após vê-la, retornou ao palácio e dali mandou pedi-la em casamento ao pai, que respondeu: "Sultão, nosso amo, não darei a mão da minha filha a não ser para quem conheça algum ofício".

E a manhã atingiu Šahrāzād, que interrompeu a narrativa e o discurso autorizado. A irmã lhe disse: "Como é bela a sua história, maninha", e ela respondeu: "Isso não é nada comparado ao que irei contar na próxima noite, se eu viver e o rei me preservar".

[197] Em vez de "China", o texto traz "Sind", óbvio equívoco.

[198] Como a partir desse ponto a judia desaparece da narrativa, parece que falta a parte relativa à função que ela desempenharia na vida do rapaz, conforme se anuncia na tópica por ela antes formulada, "talvez a minha ida lhe carreie alguma vantagem".

NA NOITE SEGUINTE,
QUE ERA A

715ª

Sua irmã lhe disse: “Por Deus, minha irmã, se não estiver dormindo, continue a história para atravessarmos o serão desta noite”, e ela respondeu: “Com muito gosto e honra”.

Eu tive notícia, ó rei venturoso, bem-sucedido e sensato, dono de correto parecer e belo e louvável proceder, de que [Ibn Ibrāhīm disse:]

Quando o rei pediu a mão da jovem beduína ao seu pai, este disse: “Não a darei em casamento senão a quem tiver algum ofício, pois isso é uma segurança contra a pobreza, e as pessoas dizem que o ofício, se não enriquece, ao menos protege”. Nesse momento o rei pensou e disse ao pai da jovem: “Homem, eu sou rei e sultão, e tenho muito dinheiro”. Ele respondeu: “Ó rei do tempo, o reinado não tem garantia!”. E tão grande era o amor do sultão pela jovem que ele mandou chamar, para ensiná-lo a tecer tapetes, o mestre dos tecelões, com quem aprendeu a fazer tanto tapetes coloridos como lisos e riscados, só depois disso mandando chamar o pai da menina a fim de informá-lo a respeito. O homem disse: “Ó rei do tempo, a menina é pobre e vocês são reis, e de certas coisas podem advir outras, com as pessoas comentando que o rei se casou com uma beduína”. O rei lhe disse: “Amigo, todos são filhos de Adão e Eva”, e então o homem permitiu o casamento da filha, escreveu o contrato e em pouco tempo a deixou pronta. O rei a possuiu e constatou que a jovem era como uma pérola, ficando muito feliz e confortável com ela durante o período de um ano.

Certo dia, o sultão quis sair disfarçado, sozinho, para caminhar pela cidade e ver o que aconteceria. Entrou no quarto dos disfarces, tirou a roupa e vestiu outra que o deixou parecido com um dervixe. Saiu pela manhã e se pôs a perambular pela cidade, observando as suas ruas e mercados, sem saber o que o mundo das coisas ocultas lhe preparara: por volta do meio-dia entrou numa rua sem saída, cujo início era no mercado; caminhou até o fim e, avistando no seu ponto mais elevado o estabelecimento de um fazedor de kebab,[199] pensou: “Vou

[199] Carne de carneiro assada em espetos, típica do Oriente Médio. Adotou-se a grafia usual no português brasileiro.

entrar aí para almoçar", sendo então recebido pelos donos, os quais, notando aquele aspecto de dervixe, deram-lhe boas-vindas, cumprimentaram-no e o fizeram entrar. Ele disse: "Quero almoçar", e lhe responderam: "Sobre a cabeça e os olhos", introduzindo-o num recinto no interior daquele, no qual havia outro recinto, até que ele chegou ao último recinto e lhe disseram: "Entre aqui, meu senhor". Ele abriu a porta com a mão e, vendo dentro desse recinto uma esteira e um tapete sobre ela, pensou: "Por Deus que este local é bem escondido dos olhos das pessoas". Foi até o tapete para se sentar, descalçando-se antes das sandálias, e mal se sentara um alçapão se abriu e ele despencou lá embaixo, de uma altura de cerca de dez corpos. Quando percebeu que ia cair, ele pensou: "Ai, meu Deus! Os donos deste restaurante usam o kebab como artimanha, pois possuem aqui dentro um poço interno, e introduzem neste recinto todo aquele que vem aqui almoçar, o qual, ao ver o tapete estendido, supõe que é justamente para isso". Quando o rei caiu naquele poço, os donos foram atrás dele querendo matá-lo e roubar os seus pertences, tal como haviam feito com outros.

E a manhã atingiu Šahrāzād, que interrompeu a narrativa e o discurso autorizado. A irmã lhe disse: "Como é bela a sua história, maninha", e ela respondeu: "Isso não é nada comparado ao que irei contar na próxima noite, se eu viver e o rei me preservar".

NA NOITE SEGUINTE, QUE ERA A 716ª

Sua irmã lhe disse: "Por Deus, minha irmã, se não estiver dormindo, continue a história para atravessarmos o serão desta noite", e ela respondeu: "Com muito gosto e honra".

Eu tive notícia, ó rei venturoso, bem-sucedido e sensato, dono de correto parecer e belo e louvável proceder, de que [Ibn Ibrāhīm disse:]

Quando o rei caiu no poço, vestido como estava com aquelas roupas de dervixe, os donos foram atrás dele para matá-lo e levar os seus pertences, e então ele lhes disse: "Por que me matar? Meus pertences não valem nem cem moedas de prata. Mas eu não tenho ninguém e conheço um ofício que aprendi. Enquanto eu estiver aqui no poço, levem o resultado do meu trabalho e vendam, diariamente, por mil moedas de prata; todo dia eu trabalharei para vocês sem exigir em troca senão comida e bebida, e deixem-me aqui para sempre". Eles perguntaram: "Qual dos ofícios você conhece?". Ele respondeu: "Tecer tapetes. Tragam-me um tostão de junco e um tostão de fios", e então eles saíram e trouxeram o que pedira. Ele teceu um tapete e disse: "Levem-no e não o vendam senão por mil moedas de prata". Eles pegaram o tapete, levaram-no ao mercado e tão logo os presentes o viram começaram a brigar para comprá-lo, cada um oferecendo mais que o outro, até que o preço chegou a mil e duzentas moedas de prata. Os donos da kebaberia pensaram: "Por Deus que este dervixe nos trará imenso benefício e nos dispensará de caçar outras vítimas". Passaram a levar-lhe diariamente um tostão de junco e um tostão de fios que ele transformava num tapete que por sua vez eles vendiam por mil e duzentas moedas de prata, e isso durante dez dias.

Isso foi o que sucedeu ao rei. Quanto aos membros do seu governo, eles compareceram ao conselho no primeiro dia, no segundo dia, no terceiro dia, até o sétimo dia, sempre à espera do sultão, mas dele não tiveram notícia nem nenhuma pista. Ignorando para onde ele fora, os vizires, chefes militares e principais do governo logo se cansaram e começou a balbúrdia, com muita discussão, cada qual falando uma língua, sem atinar com o que fazer. Toda vez que indagavam a família, respondiam-lhes: "Não temos notícia dele". Atarantados, concordaram então em substituí-lo por outro sultão.

E a manhã atingiu Šahrāzād, que interrompeu a narrativa e o discurso autorizado. A irmã lhe disse: "Como é bela a sua história, maninha", e ela respondeu: "Isso não é nada comparado ao que irei contar na próxima noite, se eu viver e o rei me preservar".

NA NOITE SEGUINTE, QUE ERA A 717ª

Sua irmã lhe disse: "Por Deus, minha irmã, se não estiver dormindo, continue a história para atravessarmos o serão desta noite", e ela respondeu: "Com muito gosto e honra".

Eu tive notícia, ó rei venturoso, bem-sucedido e sensato, dono de correto parecer e belo e louvável proceder, de que [Ibn Ibrāhīm disse:]

Sentindo falta do rei e sem nenhuma notícia sobre ele, concordaram em substituí-lo por alguém. Os vizires então disseram: "Tenham paciência até que Deus nos abra alguma porta através da qual nos cheguem notícias dele". O rei pedira aos donos do poço juncos pintados de vermelho e verde e teceu um tapete parecido com uma *ḫuṭāya*,[200] nele escrevendo, em código numérico, o nome do local onde estava e desenhando o caminho para chegar ali. Disse: "Este tapete não serve senão para o palácio do rei, e o seu valor é de sete mil moedas de prata. Peguem-no e levem até o sultão, que vai comprá-lo de vocês e pagar essas sete mil moedas de prata". Eles então pegaram o tapete e o levaram até o palácio, onde o vizir, os principais do governo e os chefes militares estavam sentados conversando a respeito do rei, e eis que entraram aquelas pessoas com o tapete. O vizir perguntou: "O que vocês têm aí?". Eles responderam: "Um tapete". O vizir disse: "Estendam-no", e eles o estenderam à sua frente. Aquele vizir era um homem sagaz, conhecedor de todas as coisas, e ao ver o tapete pôs-se a examiná-lo, a olhá-lo, a contemplá-lo, e eis que, notando o código numérico no tapete, compreendeu-lhe o conteúdo e descobriu o local onde o rei estava. Levantou-se imediatamente, ordenou a prisão dos que haviam levado o tapete e, junto com um grupo, foi até o local, após haver anotado o código numérico constante no tapete. Avançaram até chegar à kebaberia, para onde os donos também haviam sido levados à força, abriram o poço e retiraram o rei, que estava vestido com trajes de dervixe. Nesse momento, o vizir mandou chamar o carrasco, que compareceu, agarrou todos os donos daquele lugar e lhes decepou a cabeça. Quanto às mulheres, foram colocadas em barquinhos e afogadas no rio. O lugar foi saqueado e o sultão ordenou que o demolissem, a tal ponto que ficou no nível do solo. Depois de salvo, perguntaram ao rei sobre o motivo daquela história, e então ele contou o sucedido do começo ao fim, e concluiu, dizendo: "Por Deus que o único motivo de eu ter me salvado desta situação não foi senão o ofício de tecer tapetes. Deus altíssimo recompense da melhor maneira quem o ensinou a mim, pois foi esse o motivo da minha salvação; não conhecesse eu tal ofício, vocês não teriam sabido como chegar a mim, pois para cada coisa Deus altíssimo criou um motivo".

[*Disse Šahrāzād*:] Em seguida, Muḥammad Ibn Ibrāhīm disse:

[200] Não foi possível descobrir o sentido dessa palavra em nenhum dicionário disponível.

O BRAVO GUERREIRO E A SUA MULHER

Entre o que se conta sobre certo rei, diz-se que ele tinha um bravo guerreiro[201] que, enviado a qualquer província cujos habitantes andassem em desobediência, fazia-os volver à obediência após matar alguns deles. Esse bravo guerreiro tinha uma esposa com a qual nenhuma outra mulher competia em beleza, não existindo naquele tempo ninguém semelhante a ela. Deu-se então que chegou ao rei uma correspondência de certa província com queixas e reclamações, e na qual se dizia: "Fomos espoliados e se você não nos socorrer esta terra estará perdida".

E a manhã atingiu Šahrāzād, que interrompeu a narrativa e o discurso autorizado. A irmã lhe disse: "Como é bela a sua história, maninha", e ela respondeu: "Isso não é nada comparado ao que irei contar na próxima noite, se eu viver e o rei me preservar".

NA NOITE SEGUINTE, QUE ERA A

718ª

Sua irmã lhe disse: "Por Deus, minha irmã, se não estiver dormindo, continue a história para atravessarmos o serão desta noite", e ela respondeu: "Com muito gosto e honra".

Eu tive notícia, ó rei venturoso, bem-sucedido e sensato, dono de correto parecer e belo e louvável proceder, de que [Ibn Ibrāhīm disse:]

Tão logo essa correspondência chegou às suas mãos, o rei mandou chamar o bravo guerreiro e, ao tê-lo diante de si, ordenou-lhe que viajasse, juntamente com o seu grupo, para aquela província. Ele respondeu: "Ouço e obedeço", e imediatamente saiu dali para se preparar; foi até a esposa e disse: "Mulher, vou viajar. Você tem em casa comida e bebida suficientes. Se estiver precisando de alguma outra coisa, diga agora para que eu providencie antes de viajar. Porém — por Deus, mulher! — se nesta viagem a minha ausência se prolongar, fazendo-a

201 "Bravo guerreiro" traduz *rajul šujā*ᶜ, "homem valente". Pelo desenrolar da narrativa, parece claro tratar-se de uma espécie de chefe de armas do rei.

perder a paciência, e o demônio brincar com você, fazendo-a desejar aquilo que as mulheres desejam dos homens, e se Deus altíssimo houver determinado que você cometa a abominação e o adultério, então não se entregue a nenhum outro que não fulano de tal. Mande chamá-lo e receba dele o que para você Deus houver escrito". Ela respondeu: "Que conversa é essa que você está falando? Que vergonha, fulano! Eu sou fulana, filha de beltrana, filha de sicrano! Meus familiares são conhecidos pela fé e pela honestidade!". Ele respondeu: "Eu lhe disse que, se Deus altíssimo tiver determinado que você cometa algo disso, então aja de acordo com as minhas ordens, pois o demônio não se afasta de ninguém, e se introduz no homem entre a carne e o osso, não existindo escapatória daquilo que está predeterminado". Depois disso, ele se despediu dela e saiu em viagem por alguns dias e noites para a província determinada pelo rei. Isso foi o que sucedeu àquele homem.

Quanto à sua mulher, ela permaneceu em casa sozinha, sem ninguém para distraí-la nem lhe fazer companhia, com exceção de algumas mulheres que vinham vê-la durante o dia; assim ela permaneceu por dias, mas logo a ausência do marido começou a lhe parecer prolongada, e o demônio se achegou, brincou-lhe com o intelecto e eis que ela sentiu vontade de fazer algo, reprimindo-se da primeira vez, e também da segunda, mas a sua situação se agravou, pois, se os homens têm um desejo, as mulheres têm setenta e dois. Agravada aquela situação que lhe silvava na alma, ela mandou chamar o homem recomendado pelo marido.

E a manhã atingiu Šahrāzād, que interrompeu a narrativa e o discurso autorizado. Dunyāzādah lhe disse: "Como é bela a sua história, maninha", e ela respondeu: "Isso não é nada comparado ao que irei contar na próxima noite, se eu viver e o rei me preservar".

NA NOITE SEGUINTE, QUE ERA A 719ª

Sua irmã lhe disse: "Por Deus, minha irmã, se não estiver dormindo, continue a história para atravessarmos o serão desta noite", e ela respondeu: "Com muito gosto e honra".

Eu tive notícia, ó rei venturoso, bem-sucedido e sensato, dono de correto parecer e belo e louvável proceder, de que [Ibn Ibrāhīm disse:]

A mulher mandou chamar o homem recomendado pelo marido, mas, uma vez após a outra, nunca o encontrava em casa, até que, certo dia, eis que ele passava pelo bairro estando ela à janela, e então a mulher desceu e saiu rapidamente — naquele momento, toda adornada e com os seus trajes mais luxuosos —, parando à porta, enquanto ele entrava na rua, e lhe dizendo: "Meu senhor, apanhe a cesta de pão e envie ao padeiro". Ele respondeu: "Sobre a cabeça e o olho!". Ela disse: "Entre para apanhá-la", e então o homem entrou de boa-fé, supondo que tais palavras fossem verdadeiras; porém, quando já estavam no saguão, ela trancou a porta. Ele perguntou: "Onde está o pão?". Ela respondeu: "Meu senhor, luz dos meus olhos, não existe pão nenhum! Neste dia, o que eu quero é que nos divirtamos, eu e você, e transemos gostoso". Nesse momento ele disse: "Ó flor dos corações! Transar e se divertir sem banquete, nem vinho, nem perfume, nem flores? Que diversão seria essa?". Ela perguntou: "Então como é que fica?". Ele respondeu: "Saio eu daqui agora para trazer-lhe carne sem gordura e depois torno a sair para buscar outros pedidos", e saiu da casa pensando, sem saber o que fazer; comprou um pequeno carneiro degolado e já esfolado, levou-o para a mulher e lhe ordenou que o pendurasse, estabelecendo como condição que ela o mantivesse pendurado, não lhe cortasse nenhum pedaço e o vigiasse. Saiu em seguida e partiu dali, após ter se comprometido a voltar, mas se ausentou pelo período de sete dias. Quanto à mulher, ela foi dormir naquela noite, e pela manhã o esperou, mas o homem não voltou. Ela ficou o dia inteiro dizendo: "Ele virá, ele virá", mas ele não veio. Quando se aproximou a tardezinha, o odor do carneiro se alterara, tornando-se fedido e podre. Pela noite, os cachorros da vizinhança lhe sentiram o cheiro e pularam o muro e os portões para comê-lo. A mulher pegou uma bengala e se pôs a enxotar os cachorros, e isso a noite inteira, sem que eles fossem embora; amanheceu e eles não a abandonavam; quanto mais sentiam o cheiro da carne apodrecida aumentar, mais os cachorros avançavam, e quando ela os expulsava de um lado, eles pulavam na casa pelo outro lado.

E a manhã atingiu Šahrāzād, que interrompeu a narrativa e o discurso autorizado. A irmã lhe disse: "Como é bela a sua história, maninha", e ela respondeu: "Isso não é nada comparado ao que irei contar na próxima noite, se eu viver".

NA NOITE SEGUINTE,
QUE ERA A

720ª

Sua irmã lhe disse: "Por Deus, minha irmã, se não estiver dormindo, continue a história para atravessarmos o serão desta noite", e ela respondeu: "Com muito gosto e honra".

Eu tive notícia, ó rei venturoso, bem-sucedido e sensato, dono de correto parecer e belo e louvável proceder, de que [Ibn Ibrāhīm disse:]

A mulher ficou protegendo a carne do carneiro enquanto os cachorros pulavam sobre ela querendo devorá-la; ela os enxotava de um lado e eles pulavam de outro, e isso durou sete dias, quando então o homem retornou e a encontrou com a bengala na mão a enxotar os cachorros enquanto pulavam o muro: tal era a situação em que ele a encontrou. A mulher disse: "Por que essa ausência tão longa?". Nesse momento ele respondeu: "Fulana, eu só me afastei para que você percebesse certas coisas e delas compreendesse a lição e o sentido, preservando a sua pessoa. Contudo — por Deus, fulana! —, tivesse entre nós ocorrido adultério ou abominação, houvesse eu me submetido ao que a sua cabeça desejava e aceitado o adultério, você teria se tornado igual a esta carne podre e fétida: os homens lhe saltariam em cima tal como esses cachorros — sem que você conseguisse afastar nenhum —, e talvez eles a traíssem e lhe roubassem todas as posses, tornando-a, ademais, um caso na boca do povo". Nesse instante a mulher compreendeu e se atirou aos seus pés e mãos, beijando-os, agradecendo-lhe e dizendo: "Deus o recompense da melhor maneira por mim, meu senhor, que me impediu de cometer abominação e adultério". Depois disso, durante algum tempo, o homem — cujo ofício era o de alfaiate — passou a visitá-la diariamente para lhe resolver alguns problemas e tudo o mais que ela precisasse. Subitamente, o marido retornou da sua longa ausência, com a alma a lhe sussurrar toda sorte de coisa ruim.

E a manhã atingiu Šahrāzād, que interrompeu a narrativa e o discurso autorizado. A irmã lhe disse: "Como é bela a sua história, maninha", e ela respondeu: "Isso não é nada comparado ao que irei contar na próxima noite, se eu viver".

NA NOITE SEGUINTE,
QUE ERA A

721ª

Sua irmã lhe disse: "Por Deus, minha irmã, se não estiver dormindo, continue a história para atravessarmos o serão desta noite", e ela respondeu: "Com muito gosto e honra".

Eu tive notícia, ó rei venturoso, bem-sucedido e sensato, dono de correto parecer e belo e louvável proceder, de que [Ibn Ibrāhīm disse:]

O marido retornou da sua longa ausência com a alma a lhe sussurrar toda sorte de coisa ruim; ele se perguntava: "Como será que a minha mulher se comportou durante a minha ausência?". Quando entrou na casa, a esposa lhe ofereceu uma bela recepção, ficando contente com ele; à noite, ambos já a sós, o marido a indagou sobre a sua situação durante o período da ausência, e ela contou sobre o que lhe sucedera da parte do alfaiate, como ela tentara seduzi-lo movida pela maldição do demônio, como ele procedera com o carneiro sobre o qual os cachorros se atiraram noite e dia, e como lhe dissera: "Tivesse agido assim e assado, você se assemelharia a esta carne apodrecida, e os homens lhe saltariam em cima tal como esses cachorros". Ao ouvir tais palavras, o marido agradeceu muito o mérito daquele homem, elogiou-o e disse: "Mulher, os homens não são todos iguais, pois já diz o provérbio: 'Os homens não são senão um numa tribo, e mil não se contam como um'.". Quando amanheceu, o marido saiu, encontrou-se com o alfaiate e lhe pediu que cortasse tecidos para um traje completo; o homem lhe atendeu o pedido, costurou os tecidos, concluiu o trabalho e o entregou ao marido, que depois retornou ao alfaiate, dizendo: "Este traje é um presente meu para você, como recompensa pelo que fez em prol da minha mulher durante o período em que me ausentei. Isto é que é atitude de gente de bem".

O VALENTÃO E A SUA MULHER

[*Prosseguiu Šahrāzād*:] Conta-se de um valentão[202] que tinha um porrete semelhante a um jugo em cuja ponta havia um bico de ferro de mais de meio quilo, e também

202 "Valentão" traduz o mesmo sintagma da história anterior, *rajul šujāᶜ*, mas se trata de outra coisa, conforme se verá. De novo, aqui não existe indicação sintática de quem seria o narrador; supôs-se, para a tradução, a retomada da voz narrativa direta por Šahrāzād.

uma mulher, sua prima, de beleza exuberante. Todo dia o valentão saía pela manhã com o porrete ao ombro, cofiando os bigodes, fungando forte, e sumia desde a manhã até a tardezinha, quando então retornava, entrava em casa, bengala ao ombro, sempre com um pouco de sangue na ponta de ferro do porrete e dizendo: "Pegue este porrete, prima, e observe a sua ponta: hoje eu matei dois"; às vezes dizia: "Matei três ou quatro"; às vezes dizia: "Hoje eu deitei por terra dez homens!". A prima pensava: "Por Deus que o meu primo é um homem valente e bravo!". Até que certo dia...

E a manhã atingiu Šahrāzād, que interrompeu a narrativa e o discurso autorizado. A irmã lhe disse: "Como é bela a sua história, maninha", e ela respondeu: "Isso não é nada comparado ao que irei contar na próxima noite, se eu viver e o rei me preservar".

NA NOITE SEGUINTE, QUE ERA A 722ª

Sua irmã lhe disse: "Por Deus, minha irmã, se não estiver dormindo, continue a história para atravessarmos o serão desta noite", e ela respondeu: "Com muito gosto e honra".

Eu tive notícia, ó rei venturoso, bem-sucedido e sensato, dono de correto parecer e belo e louvável proceder, de que a esposa do homem que alegava bravura pensava sobre ele: "Por Deus que o meu primo é um bravo", e durante algum tempo o homem viveu naquela condição. Certo dia, porém, a mulher pensou: "Por Deus que não acreditarei que o meu primo é valente e corajoso senão se eu vir [essa coragem] com os meus próprios olhos", e imediatamente se esfregou com líquido de cúrcuma até a sua cor ficar amarela, deitando-se em seguida e ficando a gemer[203] na cama. Quando o primo chegou e a encontrou naquele estado, prostrada na cama a gemer, perguntou-lhe: "O que você tem, prima? Melhoras! Que não seja nada grave!", e se sentou ao seu lado, pondo-se a acariciar-lhe o rosto e a perguntar: "O que dói?". Ela respondia: "São dores por todo o corpo". Passou-se um dia, e mais

[203] "Gemer" traduz o verbo *tunāzi*ᶜ, "disputar", aqui utilizado em outra acepção. Pode também significar "debater-se".

outro, e a mulher ali prostrada. O marido dizia: "Seja o que for que lhe faça bem, eu trarei", e ela respondia: "Não me fará bem senão me deitar numa plantação de favas". Ele disse: "Isso é fácil", e nesse momento a pegou e a levou para uma plantação de favas. Quando se aproximou, eis que havia na montanha um beduíno conduzindo uma cabra. Ao ver que o homem estava acompanhado da esposa e levava um porrete ao ombro, o beduíno se aproximou rapidamente, olhou para a mulher, cujo molde era o da beleza e formosura, e sentiu desejo por ela; aproximou-se do valentão, gritou com ele, ameaçou-o, tomou-lhe a mulher e disse: "Segure esta cabra com as mãos até que eu me satisfaça com esta beleza" e, entregando-lhe a cabra, agarrou a mulher, entrou com ela na plantação de favas, satisfez-se, saiu, apanhou a cabra e tomou o seu rumo. A mulher saiu da plantação de favas e disse ao primo: "Toda vez que você volta para casa me diz: 'Hoje eu matei um, eu matei três, eu derrubei dez', e banca o valentão para cima de mim. Mas esse beduíno grita com você, me arranca das suas mãos, me viola e você fica aí parado sem nenhum brio de homem?". O marido disse: "Cale-se! Por Deus que você não tem notícia do que eu fiz!". Ela perguntou: "O quê?". Ele respondeu: "Durante todo o tempo em que ele estava montado em você eu fiquei enfiando o dedo no rabo[204] da cabra dele". Ela disse: "Dê-lhe Deus o malogro, ó mais abjeto dos homens!".

E a manhã atingiu Šahrāzād, que interrompeu a narrativa e o discurso autorizado. A irmã lhe disse: "Como é bela a sua história, maninha", e ela respondeu: "Isso não é nada comparado ao que irei contar na próxima noite, se eu viver e o rei me preservar".

NA NOITE SEGUINTE, QUE ERA A 723ª

Sua irmã lhe disse: "Por Deus, minha irmã, se não estiver dormindo, continue a história para atravessarmos o serão desta noite", e ela respondeu: "Com muito gosto e honra".

[204] Tradução, por suposição, do verbo *baᶜbaṣ*, coloquialismo cujo sentido não está registrado em nenhuma fonte disponível, mas que é claramente obsceno.

Eu tive notícia, ó rei venturoso, bem-sucedido e sensato, dono de correto parecer e belo e louvável proceder, de que a mulher, em estado de desespero devido ao que o beduíno lhe fizera, disse ao primo: "Ó mais abjeto dos homens! Não zela por suas mulheres? Você se parece com os judeus. Mas agora siga você um caminho que eu seguirei outro". Nesse mesmo momento ela o abandonou, tomou outro caminho e foi cuidar da vida.

O HOMEM QUE NÃO CALCULAVA E A SUA MULHER

[*Prosseguiu Šahrāzād*:] Conta-se[205] que certo homem abestalhado tinha um tanto de dinheiro e era casado com uma prima que em seu tempo era singular em beleza, talhe e esbelteza. Possuidor de certa quantidade de grãos, e desejoso de vendê-los, aluga dez burros, carrega-os com os grãos e viaja com tudo aquilo para uma terra próxima da sua, onde vende os grãos que possuía, recebe o valor e volta com os dez burros sem carga. Quando sai da terra aonde fora vender os grãos, monta num dos burros, conduzindo os outros nove à sua frente, e pensa: "Vou contar os burros". Conta-os e verifica que há nove à sua frente, mas não conta o burro sobre o qual está montado; então, bate uma mão contra a outra e diz: "Não existe poderio senão em Deus, perdeu-se um burro!"; então desmonta, torna a contar os burros e, verificando serem dez, o seu coração se reconforta e ele diz: "Graças a Deus que não se perdeu nenhum burro!"; então, monta no burro, conduz os restantes à sua frente, conta-os, verifica serem nove e diz: "Não existe poderio senão em Deus! Um dos burros se perdeu!"; aflito, torna a desmontar, põe-se a conduzi-los todos à sua frente e os conta, verificando serem dez; continua, a pé, conduzindo os animais, até que, cansado, volta a montar num deles, conduz os demais à sua frente, conta-os e verifica serem nove, pois ele não contou o burro sobre o qual está montado; afinal, derrotado, diz: "Quando eu monto, um burro se perde; é melhor seguir a pé", e desmonta, indo a pé até chegar à sua terra, onde devolve os burros aos donos e retorna para a sua casa, de quatro aposentos; entra, senta-se num dos aposentos, conta os que estão à sua frente e verifica serem três, pois não contou o aposento em que ele próprio se acomodara; diz então à esposa: "Mulher, o outro aposento foi aonde?". A mulher responde: "Não sei", e então ele vai ameaçá-la, dizendo: "Sua puta, me conte aonde foi o aposento!", e ela responde: "Não sei!".

[205] Esta história apresenta a peculiaridade de usar, na sua primeira metade, a maioria das flexões verbais no presente para indicar as ações das personagens ("então ele diz", "ele passa a contar", "a mulher responde" etc.), o que lhe confere um tom mais cômico e dramático. Na medida do possível, a tradução manteve esse recurso.

Essa mulher tinha alguns amantes, entre eles um moleiro. Certo dia, o homem entrou num dos quatro aposentos...

E a manhã atingiu Šahrāzād, que interrompeu a narrativa e o discurso autorizado. A irmã lhe disse: "Como é bela a sua história, maninha", e ela respondeu: "Isso não é nada comparado ao que irei contar na próxima noite, se eu viver e o rei me preservar".

NA NOITE SEGUINTE, QUE ERA A 724ª

Sua irmã lhe disse: "Por Deus, minha irmã, se não estiver dormindo, continue a história para atravessarmos o serão desta noite", e ela respondeu: "Com muito gosto e honra".

Eu tive notícia, ó rei venturoso, bem-sucedido e sensato, dono de correto parecer e belo e louvável proceder, de que o homem entrou, sentou-se num dos quatro aposentos da sua casa e disse à esposa: "Mulher!". Ela disse: "Sim?". Ele perguntou: "Nossa casa tem quantos aposentos?". Ela respondeu: "Quatro". Então ele os contou, verificou serem três, pois não contou aquele onde estava, e disse à mulher: "Não existem aqui senão três aposentos! Onde está o quarto?". Ela respondeu: "Vou lhe contar a verdade. Ele está apaixonado por uma aposenta". Ao ouvir tais palavras, o homem disse: "Por Deus que é absolutamente imperioso dar-lhe uma lição!", e, pegando um porrete, perguntou à esposa: "O aposento saiu atrás da amada?". Ela respondeu: "Está fora desde o amanhecer". Então, armado com o porrete, o homem saiu correndo e perguntando a todo aquele com quem topava: "Você por acaso não viu um aposento por aí?". A pessoa ria dele e respondia: "Está logo ali adiante", e então ele continuou correndo até chegar ao moinho cujo dono gostava da sua mulher; parou na porta, entrou e perguntou: "Por acaso você não viu um aposento entrar aqui?". O moleiro respondeu: "Por Deus, meu senhor, ele diariamente passa por mim, bem aqui, pela manhã, e só volta ao entardecer. Porém, entre aqui e se sente; tão logo ele entrar, eu aviso. O homem entrou, sentou-se dentro do moinho até aproximadamente o meio-dia, quando então se deitou e afundou no sono. Ao vê-lo dormindo, o moleiro pegou uma navalha e lhe raspou a barba e os bigodes. O homem continuou dormindo até o entardecer, quando então acordou e perguntou ao moleiro: "O aposento passou?". O moleiro respondeu: "Ele acabou de ir embora, neste exato instante, pouco antes de você acordar". O homem se levantou apressado, empunhou o porrete e saiu correndo até chegar a sua casa, onde bateu à porta, e a esposa, que também era sua prima, respondeu lá de dentro: "Quem é que bate?". Ele disse: "Abra". Então ela veio espiar pelas frestas da porta, pois estava na hora do encontro com o moleiro, seu amante, a quem ela instruíra para raspar a barba do marido. Assim, ao espiar pelas frestas da porta ela disse: "Ai, minha desgraça! Você? Você não é o meu primo!". Ele disse: "Por Deus que eu sou o seu primo!". Ela disse: "O meu primo tem barba, e você não tem!". Então o homem passou a mão no rosto, nele não encontrando nem um pelo.

E a manhã atingiu Šahrāzād, que interrompeu a narrativa e o discurso autorizado. A irmã lhe disse: "Como é bela a sua história, maninha", e ela respondeu: "Isso não é nada comparado ao que irei contar na próxima noite, se eu viver e o rei me preservar".

NA NOITE SEGUINTE, QUE ERA A 725ª

Sua irmã lhe disse: "Por Deus, minha irmã, se não estiver dormindo, continue a história para atravessarmos o serão desta noite", e ela respondeu: "Com muito gosto e honra".

Eu tive notícia, ó rei venturoso, bem-sucedido e sensato, dono de correto parecer e belo e louvável proceder, de que o homem abestalhado passou a mão pelo rosto e, nele não encontrando nem um só fio de barba, disse: "E a minha barba, foi aonde?". Confuso, pôs-se de pé e saiu correndo até chegar ao moinho, onde parou e disse: "Homem! Moleiro!", e o dono veio atendê-lo e perguntou: "O que você tem?". O homem perguntou: "Eu primeiro vim aqui com barba ou sem barba?". O moleiro respondeu: "Você veio até aqui com barba". O homem perguntou: "E aonde ela foi?". O moleiro respondeu: "Só pode ser que o peão carregou-a consigo quando partiu levando os cavalos ao pasto. Mas permaneça aqui o período de trinta dias e assim que o peão retornar pegue a sua barba de volta". O homem respondeu: "Sim" e entrou no moinho, ficando ao lado do moleiro durante o período que este dissera, até que, completados os trinta dias, sua barba já crescera de novo; então [o moleiro][206] mandou chamar um barbeiro, que lhe cortou o cabelo e lhe aparou a barba de cima a baixo até deixá-la um pouquinho acertada, após o que lhe deu um espelho no qual ele se mirou e viu a barba acertada e peluda. O moleiro lhe disse: "Veja aí que eu lhe trouxe a barba de volta". O homem respondeu: "É verdade", e saiu dali, retornando para casa após os trinta dias; bateu na porta, a mulher saiu para atender, espiou pelas frestas da porta, abriu, cumprimentou-o e o questionou sobre aquela ausência toda. Ele respondeu: "O peão do moleiro pegou a minha barba e viajou com ela. Por isso, fiquei no moinho até que voltasse da viagem, pois ele fora levar os cavalos ao pasto, e então a peguei de volta". Como aquela era uma sexta-feira, a mulher lhe disse: "Vou visitar a minha irmã e volto logo". Ele disse: "Vá e não demore. Olhe direito, é rápido!". Ela respondeu: "Tudo bem", vestiu o seu traje mais luxuoso, enfeitou-se, perfumou-se e saiu: tinha compromisso marcado com os seus amantes. Caminhou sem interrupção até o local onde eles estavam, encontrando-os à sua espera; entrou, eles serviram um banquete com comida e vinho, e todos comeram e beberam até perder a cabeça de tanta bebedeira; olhando para ela, viram-na enfeitada e perfumada, e se puseram a agarrá-la e a excitá-la até nela colher o gozo. Permaneceram em tal situação, ela e eles, sete dias e sete noites, comendo, bebendo vinho e transando, até a sexta-feira seguinte, quando então ela disse: "Agora eu preciso voltar ao meu marido". Eles disseram: "Vá, mas não nos abandone". Ela disse: "Sempre que eu vier, ficaremos juntos sete dias". Ela se foi e ao chegar a sua casa encontrou o marido parecendo um louco, ou parecendo um macaco numa corrente; tão logo a mulher entrou, ele se pôs de pé e perguntou: "Onde é que você estava?". Ela respondeu: "Eu fui rápido e voltei, homem!".

E a manhã atingiu Šahrāzād, que interrompeu a narrativa e o discurso autorizado. A irmã lhe disse: "Como é bela a sua história, maninha", e ela respondeu: "Isso não é nada comparado ao que irei contar na próxima noite, se eu viver".

[206] Sintaticamente, não é claro quem chama o barbeiro. Ao tradutor, pareceu ser o moleiro.

NA NOITE SEGUINTE,
QUE ERA A

726ª

Sua irmã lhe disse: "Por Deus, minha irmã, se não estiver dormindo, continue a história para atravessarmos o serão desta noite", e ela respondeu: "Com muito gosto e honra".

Eu tive notícia, ó rei venturoso, bem-sucedido e sensato, dono de correto parecer e belo e louvável proceder, de que o homem abestalhado perguntou à esposa: "Onde é que você estava?". Ela respondeu: "Quando saí daqui de casa, fui rapidinho, nem me sentei, voltei e nem demorei, de jeito nenhum, nem dez minutos". O homem disse: "Sua puta, faz sete dias que você está ausente". A mulher disse: "Homem, você está caducando ou ficando louco? Hoje é que dia da semana?". Ele respondeu: "Sexta-feira". Ela perguntou: "E eu saí daqui que dia?". Ele respondeu: "No dia de sexta-feira". Ela disse: "Então ou você está enlouquecendo ou saiu da sua cabeça uma torre! Eu saí daqui na sexta-feira e hoje é dia de sexta-feira! Só pode ser que você está bêbado ou imbecilizado!". Nesse momento o homem se calou e não falou mais nada, pensando: "É verdade que hoje é sexta-feira, e ela saiu no dia de sexta-feira; portanto, ela não se ausentou".

A MULHER DO CAIRO E OS TRÊS TARADOS

[*Prosseguiu Šahrāzād*:] Esta foi uma das astúcias das mulheres. E, entre as demais astúcias delas, conta-se que no Egito certa mulher dotada de beleza e formosura, talhe e esbelteza, saiu dada manhã para ir ao banho público, cruzando no meio do caminho com três homens que olharam para ela e disseram entre si: "Por Deus que é uma beleza, e gostaríamos de possuí-la". Seguiram-na até o banho, e depois da sua entrada ficaram rondando as proximidades da porta até ela sair e tomar o caminho de casa. Olhando de relance, ela percebeu os três homens atrás de si a segui-la, e então parou e perguntou: "O que vocês querem?". Responderam: "Senhora, nós gostamos de você e queremos transar". Ela disse, com a sua astúcia: "Sem problemas com isso. Se Deus quiser, quando o sol se puser, vocês venham. Esta é a minha casa". Eles disseram: "Muito bem". No pátio da casa havia um depósito cheio de feno, que a mulher abriu ao entrar, arregaçando as mangas e se pondo a empurrar o feno para cima. O depósito também dispunha de uma porta superior, e ela não cessou de empurrar o feno até conseguir abrir espaço para os três, após o que saiu e se sentou em casa até o poente, quando súbito os três homens chegaram à sua casa.

E a manhã atingiu Šahrāzād, que interrompeu a narrativa e o discurso autorizado. A irmã lhe disse: "Como é bela a sua história, maninha", e ela respondeu: "Isso não é nada comparado ao que irei contar na próxima noite, se eu viver e o rei me preservar".

NA NOITE SEGUINTE, QUE ERA A 727ª

Sua irmã lhe disse: "Por Deus, minha irmã, se não estiver dormindo, continue a história para atravessarmos o serão desta noite", e ela respondeu: "Com muito gosto e honra".

Eu tive notícia, ó rei venturoso, bem-sucedido e sensato, dono de correto parecer e belo e louvável proceder, de que os três homens chegaram à hora do poente, conforme o horário estipulado pela mulher, que lhes recomendara, ainda, o uso de trajes os mais luxuosos, e cada um foi vestido com roupas no valor de duzentas moedas de prata. Assim que se viram defronte da casa, bateram à porta, a mulher foi abrir e os três entraram por ali. A mulher lhes disse: "Agora o meu marido está aqui, mas entrem neste depósito e esperem o anoitecer, quando ele dormirá, e então virei até vocês e os introduzirei na casa", e lhes abriu o depósito de feno, onde entraram os três, após o que ela o trancou, subiu até a porta superior, abriu-a e se pôs a jogar feno ali dentro e a socá-lo até que os três ficaram cobertos e impossibilitados de sair, asfixiando-se e sendo esmagados, sem encontrar maneira de se livrar daquilo; tal situação se prolongou, a quantidade de feno aumentou e os três desmaiaram, logo perdendo o seu sopro vital, e morreram. Aqueles três homens tinham por natureza a nocividade, e não podiam ver mulher, moça ou garoto imberbe que logo iam agarrando,[207] e passaram aquela noite mortos sob o feno;

[207] O verbo "agarrar" foi escolhido para traduzir o vulgarismo egípcio *qallaš*, cujo sentido exato hoje está perdido, mas que o contexto deixa mais ou menos evidente.

ao amanhecer, a mulher se levantou, abriu o depósito e arrastou o primeiro dos homens até o pátio da casa, onde lhe arrancou as roupas e mandou chamar um dos coveiros, ao qual disse: "Tenho um empregado que morreu; leve-o e enterre-o", e lhe pagou o valor da mortalha e outras necessidades para o sepultamento; o coveiro levou o corpo, lavou-o, amortalhou-o, alugou carregadores, transportou-o ao cemitério e ali o enterrou num canto. No segundo dia, a mulher arrastou o segundo homem, mandou chamar o coveiro e quando ele veio disse-lhe: "O homem que você levou ontem voltou". O coveiro perguntou: "Como é que ele voltou?". A mulher respondeu: "Talvez o cemitério não lhe tenha agradado. Mas agora leve-o e o enterre direitinho". O coveiro avançou até o corpo e disse: "Por Deus, seu filho da puta, que é imperioso enterrá-lo a sete côvados"; trouxe os seus carregadores, transportou-o ao cemitério, lavou-o, amortalhou-o, escavou-lhe uma cova de cinco côvados e o cobriu de terra. Isso foi o que aconteceu com eles.

Quanto à mulher, no terceiro dia ela abriu o depósito de feno com o propósito de retirar o terceiro homem; afastou o feno, arrastou o corpo, verificando que nele ainda havia um sopro de vida, e lhe arrancou as roupas, sem saber o que lhe reservava o oculto.

E a manhã atingiu Šahrāzād, que interrompeu a narrativa e o discurso autorizado. A irmã lhe disse: "Como é bela a sua história, maninha", e ela respondeu: "Isso não é nada comparado ao que irei contar na próxima noite, se eu viver e o rei me preservar".

NA NOITE SEGUINTE, QUE ERA A 728ª

Sua irmã lhe disse: "Por Deus, minha irmã, se não estiver dormindo, continue a história para atravessarmos o serão desta noite", e ela respondeu: "Com muito gosto e honra".

Eu tive notícia, ó rei venturoso, bem-sucedido e sensato, dono de correto parecer e belo e louvável proceder, de que a mulher arrastou o terceiro homem com o propósito de lhe arrancar as roupas, mas, por algo predeterminado, a porta da casa estava aberta e eis que o chefe de polícia por ali passava; olhando de relance, viu a mulher arrastando o homem de sob o feno e entrou, perguntando: "O que é isso que você está fazendo?". Ao ver o policial, a mulher levou um susto e se atrapalhou, e então ele a agarrou. Nesse momento chegava o coveiro que enterrara os outros dois homens, a fim de cobrar o pagamento. O chefe de polícia perguntou: "O que é que você quer, meu velho?". O coveiro respondeu: "Ontem eu enterrei um homem que voltou do cemitério e então eu o levei e o enterrei de novo". O chefe de polícia perguntou: "Grande Deus! Você enterrou um homem e ele voltou?". O coveiro respondeu: "Sim". Nesse momento, o chefe de polícia, percebendo que eram três os homens que haviam morrido, agarrou a dona da casa e a levou à delegacia, onde a prendeu. Isso foi o que se deu com ela.

Já os familiares dos três mortos, ao darem pela falta dos seus entes, saíram à sua procura, mas não os encontraram. Toparam então com o chefe de polícia, a quem interpelaram a respeito, e ele os informou que os três haviam morrido vítimas da artimanha de uma mulher, a qual estava presa com ele. Os familiares perguntaram: "Como é que fica o caso? O que fazer?". Ele respondeu: "Processem-na e convoquem-na diante do rei". Então eles a processaram, a convocaram e a acusaram, mas ela negou e disse: "Sultão, nosso amo, como é que uma mulher poderia matar três homens? Essas palavras são corretas?". O rei disse: "Podem ser corretas dependendo do caso. Se você for uma pessoa desonesta, são corretas, mas se for uma pessoa honesta,[208] então não conseguiria matá-los". Nesse momento, o juiz dos muçulmanos decidiu que se tratava de uma questão de juramento, e então lhe impuseram a jura como condição. A mulher jurou e a soltaram. Acabou-se.[209]

[208] "Desonesta" e "honesta" traduzem, respectivamente, *arbāb attuhma* e *ahl alkamāl*, "os mestres da suspeita" e "a gente da perfeição".

[209] O manuscrito prossegue, depois disso, até a 1001ª noite, mas considerou-se suficiente, para os propósitos da presente tradução, chegar até aqui (veja o posfácio a este volume).

[illegible]

A redação do texto é ambígua, somente se chegando a uma solução mediante consulta a obras históricas. Conforme [illegible] em seu célebre e volumoso *[illegible]* [O livro perfeito em história], esses dois líderes políticos e militares se confrontaram em disputa pelo controle da região de Hurasān e ʿAmrū saiu derrotado; Ismāʿīl então lhe teria oferecido a opção: ficar consigo em Samarcanda ou ser enviado a Bagdá. ʿAmrū preferiu ser enviado a Bagdá, onde o califa [illegible] o aprisionou imediatamente e na prisão ele morreu. Assim, de certo modo ele foi sim enviado a Bagdá como "mensageiro", pois o envio se deu por opção dele próprio.

As demais versões acrescentam *[illegible]*, "e então seu reinado se extinguiu".

[illegible] contém algum equívoco. Na edição crítica consta a lição que parece ser a mais correta: [illegible]

CONSELHOS A REIS[210]

Em nome de Deus, misericordioso, misericordiador.

Louvores a Deus, senhor dos humanos, e sejam as suas bênçãos e paz sobre o nosso senhor Muḥammad, sobre todos os seus parentes, companheiros e membros de sua família, e sobre todos os profetas e enviados, bem como os seus parentes, companheiros, seguidores e seguidores dos seus seguidores, com obras pias, até o dia do Juízo Final.

QUANDO FOI A NOITE
SEGUINTE, QUE ERA A

[740ª]

A JUSTIÇA DIVINA E OS ENCARREGADOS DOS HOMENS

Conta-se que ᶜUmar Ibn Alḫaṭṭāb,[211] Deus esteja com ele satisfeito, acompanhava certo dia um enterro quando um homem avançou, fez suas preces e, quando

[210] As narrativas seguintes, até a 775ª noite, foram traduzidas do manuscrito "Arabe 3612", da Biblioteca Nacional da França, no qual ocupam toda a 26ª parte, inteiramente composta por trechos do tratado político *Attibr Almasbūk fī Naṣīḥat Almulūk* [Ouro em lingotes no aconselhamento aos reis], do teólogo e letrado Algazel (m. 1111 d.C.). As notas apontam as diferenças entre o texto do presente manuscrito e os da edição crítica do texto de Algazel e de uma vulgata egípcia, isto é, o texto tal e qual circula comercialmente. Nesta tradução, tudo quanto se encontrar entre colchetes é acréscimo feito a partir de uma das versões impressas, e rara vez por iniciativa do tradutor. Veja, a respeito, o posfácio a este volume. Na página de rosto do manuscrito, lê-se, na forma de pirâmide invertida, característica do final dos antigos manuscritos árabes: "Parte vigésima sexta da história excelsa das mil e uma noites, inteiras e completas. E louvores a Deus. Acabou-se".

[211] Segundo califa do islã (m. 644), companheiro do profeta, é sempre citado como exemplo de justiça.

o morto foi enterrado, aproximou-se do túmulo e disse: "Ó Deus, se acaso o castigares, estarás com a razão, porque ele te terá desobedecido, e se acaso dele tiveres misericórdia, tratar-se-á de alguém que a merece. E congratulações a ti, ó morto, se acaso não fores comandante, ou inspetor, ou escriba, ou espião do comandante,[212] ou coletor de impostos". Mal concluiu tais palavras, a sua figura desapareceu diante dos olhos dos presentes e, conquanto ᶜUmar Ibn Alḫaṭṭāb tenha ordenado que o procurassem, não foi encontrado. Então ᶜUmar, Deus esteja satisfeito com ele, disse: "Esse era Alḫiḍr,[213] a paz esteja com ele".

E disse o profeta, a paz esteja com ele: "Ai dos comandantes, dos inspetores, dos escribas e dos espiões, pois se trata de gente que, no dia do Juízo Final, [será pendurada nos céus pela cabeleira, e arrastada de cara para o fogo,] e desejará então nunca ter exercido cargo algum". E também disse: "Não existe homem que, tendo sido encarregado de dez pessoas ao menos, não esteja, no dia do Juízo Final, com as mãos acorrentadas ao pescoço; se acaso o seu trabalho tiver sido bom, a corrente será solta, mas, se tiver sido ruim, ser-lhe-á acrescida mais uma corrente".

E a aurora alcançou Šahrāzād, que interrompeu a sua fala autorizada. Sua irmã Dunyāzād lhe disse: "Como é bela, prazerosa, agradável e saborosa a sua história, maninha", e ela respondeu: "Isso não é nada perto do que lhes contarei na próxima noite, se acaso eu viver e o rei me preservar".

E QUANDO FOI A NOITE SEGUINTE, QUE ERA A 741ª

Disse Dunyāzād: "Por Deus, maninha, se você não estiver dormindo, conte-nos uma de suas belas historinhas", e ela respondeu: "Sim, com gosto e honra".

212 "Espião do comandante" traduz *ᶜawānī*, vocábulo tardio, o que torna impossível ter sido efetivamente proferido na época de ᶜUmar ou do profeta. Conforme se explica no *Dicionário de vocábulos dos períodos ayubita, mameluco e otomano*, tratava-se de um grupo de pessoas "empregadas pelo governante para auxiliá-lo delatando os súditos, como preâmbulo à expropriação de seus bens e sua sujeição".

213 Personagem mítica, envolta em mistério, à qual, segundo os exegetas, se faz alusão na sura 18 do Alcorão, num episódio com Mūsà. Alguns a identificam ao profeta Elias do Velho Testamento. É muito importante para a tradição mística do islã, o sufismo.

O REI DĀWŪD E O DINHEIRO PÚBLICO

Eu soube, ó rei venturoso, que se relata nas crônicas que Dāwūd, a paz esteja com ele, saía à noite disfarçado de modo que ninguém o reconhecesse, perguntando em segredo a quem quer que visse sobre a conduta de Dāwūd. Então, certo dia lhe veio [o arcanjo] Jibrā'īl,[214] a paz esteja com ele, na forma de homem. Dāwūd lhe perguntou: "O que me dizes sobre a conduta de Dāwūd?". Jibrā'īl respondeu: "É o melhor dos homens, com o porém de que se alimenta por meio do dinheiro público e não por meio do seu trabalho e do esforço das suas próprias mãos", e então Dāwūd retornou ao nicho [do seu templo] choroso e triste, dizendo: "Ensina-me, meu Deus, um ofício que me faça alimentar-me por meio do esforço de minhas próprias mãos", e então Deus altíssimo o ensinou a fazer malhas.

HISTÓRIAS SOBRE O CALIFA ᶜUMAR

E ᶜUmar Ibn Alẖaṭṭāb, Deus esteja satisfeito com ele, saía de sua casa e rondava [pela cidade] com os seus guardas para corrigir qualquer falha que visse. Ele dizia: "Se eu deixar uma só cabra com sarna na pata sem tratá-la com pomadas, temo ser questionado a respeito no dia do Juízo Final". Olha, ó sultão, para ᶜUmar, Deus esteja satisfeito com ele, os seus cuidados e a sua justiça: embora nenhum filho de Adão se aproximasse dele em piedade, ᶜUmar refletia sobre os terrores do dia do Juízo Final e os temia, ao passo que tu te instalaste [no trono] sem observar a condição dos teus súditos e indiferente à gente sob o teu governo.[215]

ᶜAbdullāh Ibn ᶜUmar[216] e um grupo de seus familiares contam: "Rogávamos a Deus que nos mostrasse ᶜUmar em nossos sonhos, e então eu o vi em sonho, após doze anos; parecia que ele estava banhado e enrolado num avental, e eu lhe perguntei: 'Como encontraste o teu Deus, ó comandante dos crentes, e com qual bênção ele te recompensou?'; então ele perguntou: 'Quanto tempo faz desde que me separei de vós, ó ᶜAbdullāh?'; respondi: 'Doze anos'; ele disse: 'Desde que me separei de vós estou prestando contas, e temi ser aniquilado, mas Deus é perdoador, misericordiador, bom e generoso'. Tal é a condição de ᶜUmar, Deus

[214] Forma árabe do nome que em português é "Gabriel". E *Dāwūd* é "Davi".

[215] Note que, no "original", isto é, no texto de Algazel, essa admoestação é por ele dirigida ao sultão seldjuque Muḥammad Ibn Malikšāh, ao passo que, nesta apropriação, a admoestação é feita por Šahrāzād e se dirige ao rei Šahriyār.

[216] Filho do supracitado califa ᶜUmar, narrador de tradições e companheiro do profeta e combatente pela causa do islã. Morreu em 692.

esteja satisfeito com ele, o qual, em sua vida terrena, da governança não detinha nenhum instrumento com exceção do chicote".

História O César[217] dos romanos enviou um emissário a ^{c}Umar Ibn Alḫaṭṭāb, Deus esteja satisfeito com ele, a fim de espionar-lhe a condição e acompanhar-lhe as ações. Quando entrou em Medina, o emissário perguntou ao povo: "Onde está o vosso rei?". Responderam-lhe: "Não temos rei, mas sim um comandante, e ele foi para o limite exterior da cidade". O emissário saiu atrás dele e o viu deitado ao sol, dormindo sobre a areia escaldante, tendo o chicote por travesseiro, o suor lhe escorrendo pela testa e molhando o chão. Ao vê-lo naquela situação, a sua humildade lhe tocou o coração e ele pensou: "Um homem que a maioria dos reis teme devido ao seu poder, e eis a sua situação! Mas tu, ^{c}Umar, és justo e por isso te manténs seguro, e enquanto dormes o nosso rei pratica injustiças; não é de estranhar, portanto, que ele se mantenha insone, com medo! Declaro que a vossa religião é a verdadeira religião, e, não tivesse eu vindo como emissário, ter-me-ia convertido agora ao islã. Porém, depois disso voltarei para cá e me converterei".

Ó sultão, os perigos do governo são enormes, e sua gravidade, gigantesca; explanar a respeito seria muito longo, mas o governante não se salva senão mediante a aproximação de sábios da fé que lhe ensinem os caminhos da justiça e lhe facilitem as dificuldades nesse assunto.

O ASCETA E O CALIFA

Conta-se que Šaqīq Albalḫī,[218] que a bênção de Deus esteja com ele, foi ter com Hārūn Arrašīd, que lhe perguntou: "Tu és Šaqīq, o asceta?". Ele respondeu: "Sou Šaqīq, o asceta, mas tu não és austero".[219] O califa disse: "Admoesta-me". Respondeu: "Deus altíssimo te instalou no lugar de [Abū Bakr], o veraz, e te pede que sejas veraz como ele; deu-te o lugar de ^{c}Umar Ibn Alḫaṭṭāb, [o

[217] No original, *qayṣar*, que é como os árabes se referiam a quaisquer líderes políticos de Roma e de Bizâncio.

[218] Teólogo da *sunna* (tradição islâmica) e místico (*ṣufī*) nascido em Balḫ, no Ḫurāsān, Irã Oriental. Muito célebre e acatado em seu tempo, formou discípulos. Morreu na batalha de Kawlān, em 194 H./809 d.C.

[219] No texto da edição crítica, a resposta é: "Sou Šaqīq, mas não asceta". É possível que essa leitura seja mais correta, mas a resposta do manuscrito parece mais aguda. As palavras "asceta", *zāhid*, e "ascetismo", *zuhd*, não devem necessariamente evocar o anacoreta de cajado vivendo em algum retiro ou ermida, podendo, mais comumente, indicar indiferença ou rigorosa austeridade em relação aos bens materiais; daí o jogo com a palavra *zāhid*, "asceta" e "austero". Nessa linha, conforme se verá adiante, um rei pode ser constituído como asceta, ou ascético, pelo simples fato de fazer pouco da riqueza.

discernidor], e te pede cuidado e que como ele saibas discernir a verdade da falsidade; acomodou-te no lugar de [ᶜUṯmān Ibn ᶜAffān],[220] o das duas luzes, e te pede que tenhas o mesmo recato e a mesma generosidade que ele; te fez sentar no lugar de ᶜAlī Ibn Abī Ṭālib,[221] e te pede saber e justiça, tal como pediu a ele". Disse o califa: "Dá-me mais de tuas recomendações!". Respondeu: "Pois não. Fica sabendo que Deus altíssimo possui uma casa que se chama inferno, da qual te fez porteiro, e te deu três coisas, o tesouro público, o chicote e a espada, ordenando-te que, por meio delas, impeças as pessoas de chegarem ao fogo. Quem vier a ti necessitado, não o afastes do tesouro público; quem desobedecer às ordens de Deus altíssimo, corrige-o com este chicote; e quem matar alguém injustamente, mata-o com a espada, com a permissão do responsável pelo morto. Se acaso não fizeres o que Deus te ordena, serás o líder das gentes do fogo, à testa deles rumo à casa da aniquilação". Disse o califa: "Dá-me mais recomendações". Respondeu: "O teu paradigma é como o da fonte d'água, e o paradigma de todos os teus encarregados de trabalhos é como o do aguadeiro: se a fonte d'água for pura, a sujeira do aguadeiro não a prejudicará, e se a fonte d'água for impura, a limpeza do aguadeiro não a beneficiará".[222]

E o amanhecer atingiu Šahrāzād, que interrompeu o seu discurso autorizado. Disse-lhe sua irmã Dunyāzād: "Como é boa a sua história, maninha, prazerosa, gostosa e saborosa", e ela respondeu: "Isso não é nada perto do que irei contar-lhes na próxima noite, se acaso eu viver e o rei cortês e sensato me poupar".

[220] Abū Bakr (m. 634), ᶜUmar e ᶜUṯmān (m. 656) foram os três primeiros califas, isto é, sucessores do profeta Muḥammad na condução da comunidade muçulmana. Seus apelidos – em árabe *Aṣṣiddīq*, *Alfārūq* e *Ḏū Annūrayn* – são autoevidentes. No caso do último, "as duas luzes" são exatamente as duas características citadas a seguir, a saber, "recato" e "generosidade".

[221] Note como a referência ao quarto califa (m. 661) é mais frugal. Isso se deve ao fato de que o texto se alinhava com a ortodoxia sunita, e qualquer laivo de preferência por ᶜAlī em relação aos seus três antecessores poderia ser interpretado como simpatia pelo xiismo.

[222] Esta última fala foi traduzida da versão constante da edição crítica, uma vez que no manuscrito se lê: "O teu paradigma é como o do aguadeiro: se a fonte for pura, a sujeira do aguadeiro não te prejudicará". É visível, pois, que aí a passagem está truncada.

E QUANDO FOI A NOITE
SEGUINTE, QUE ERA A

742ª

Disse sua irmã Dunyāzād: "Por Deus, maninha, se você não estiver dormindo, conte-nos uma de suas belas historinhas", e ela respondeu: "Sim, com gosto e honra".

MATAR OU PERDOAR?

Eu tive notícia, ó rei venturoso, de que o califa Abū Jaᶜfar Almanṣūr[223] ordenou a morte de um homem. Almubārak Ibn Alfaḍl,[224] que estava presente, disse-lhe:

Ó comandante dos crentes, ouve de mim uma história antes de matá-lo. Alḥasan Albaṣrī,[225] Deus esteja com ele satisfeito, contou que o profeta de Deus, com ele estejam suas bênçãos e paz, disse: "Quando for o dia do Juízo Final e Deus reunir as pessoas num só planalto, um arauto gritará: 'Que se levante quem houver feito alguma boa ação perante Deus', e somente se levantarão aqueles que perdoaram os outros".

Então o califa disse: "Libertai-o, pois eu já o perdoei".

JESUS[226] E OS MENTIROSOS

Disse Jesus, a paz esteja com ele, a João, filho de Zacarias: "Se alguém falar de ti e disser a verdade a teu respeito, lembra-te de Deus; e se mentir, agradece a Deus e multiplica os agradecimentos, e ele multiplicará os registros [de tuas boas ações sem que nada faças. Ou seja, as boas ações desse mentiroso serão creditadas no teu registro]".

A CORAGEM SEGUNDO MUḤAMMAD

Falou-se diante do enviado de Deus, sobre ele sejam suas bênçãos e paz, a respeito de certo homem nos seguintes termos: "Fulano é forte e corajoso". O profeta perguntou: "Como?". Responderam-lhe: "É mais forte do que qualquer

223 Segundo califa da dinastia abássida, governou de 754 a 775. Caracterizado pela rudeza, foi o fundador de Bagdá.

224 Natural de Basra, era profundo conhecedor das tradições do islã e respeitado asceta. Morreu em 781.

225 Natural de Medina (642-728), viveu a maior parte de sua vida em Basra. Letrado e erudito, é um dos místicos mais importantes do islã, venerado pela tradição sufi.

226 Em árabe, a forma desse nome varia: *ᶜĪsà* entre os muçulmanos e *Yasūᶜ* entre os cristãos.

um e não luta com ninguém sem que o derrote". O profeta disse: "O forte corajoso é quem derrota a própria cólera, e não quem derrota outro homem".[227]

MŪSÀ E O DEMÔNIO

Conta-se que Iblīs, o demônio, Deus o amaldiçoe, viu Mūsà, a paz esteja com ele, e lhe disse: "Mūsà, eu te ensinarei três coisas e tu pedirás a meu senhor uma necessidade minha". Mūsà, a paz esteja com ele, perguntou: "Quais são essas três coisas?". O demônio respondeu: "Acautela-te da inveja, da cólera e da fúria, pois a cabeça do enfurecido é leviana e eu a manipulo tal como as crianças manipulam uma bola. Acautela-te das mulheres, pois nenhuma das armadilhas que montei para as criaturas é tão eficiente quanto elas. Acautela-te da avareza, pois do avarento eu corrompo a fé e também a vida mundana".[228]

MÁXIMAS E SENTENÇAS (I)

Fica sabendo, ó sultão, que o conforto no mundo é composto de poucos dias, a maioria dos quais turvados pela fadiga e tisnados pela exaustão, mas é por causa desse pequeno conforto que se perde o conforto da outra vida, a qual, ela sim, é permanente e duradoura, reino que não termina nem tem fim. Para o dotado de intelecto,[229] portanto, é fácil ter paciência com esses poucos dias para alcançar o conforto permanente e inesgotável.

Anedota Caso algum homem tenha uma amada e lhe seja dito: "Se a visitares nesta noite não tornarás a vê-la jamais, mas se tiveres a paciência de privar-te da tua amada esta noite ela será tua por mil noites, sem fadiga nem exaustão" — isto é, se ele se privar dela nesta noite irá ter a sua proximidade por mil noites —, por mais que o seu amor por ela seja imenso e privar-se dela doloroso, essa privação de uma noite lhe será facilmente suportável, pois ganhará a sua proximidade por mil noites, e [não] perderá o bem-estar constante e permanente. Este mundo não é mais do que a milésima parte da duração da outra vida, ou, melhor dizendo, posto lado a lado com a outra vida, este mundo não é nada, não havendo comparação entre ambos, pois a outra vida não tem fim, nem se pode conjecturar a sua extensão.

[227] Na edição crítica, "o forte corajoso é quem derrota a si próprio, e não quem derrota outro homem". Parece mais amplo e sábio, mas a tradução preferiu manter a versão do manuscrito.

[228] Curiosamente, nem no manuscrito, nem na edição crítica, nem na vulgata egípcia consta o pedido que o demônio faria a Mūsà.

[229] "Dotado de intelecto" traduz *ʿāqil*, palavra que, dependendo do contexto, pode também ser traduzida como "ajuizado". Seu cognato *ʿaql*, que aparece muito no texto, pode ser "intelecto", "juízo" e também "inteligência".

JESUS, OS TRÊS HOMENS E O TESOURO

Havia no tempo de Jesus, a paz esteja com ele, três homens que, caminhando por certa estrada, encontraram um tesouro e disseram: "Foi Deus quem nos reuniu para encontrar isso.[230] [Estamos com fome,] que um de nós vá comprar comida". Então um deles foi buscar comida e pensou: "O mais certo é que eu lhes coloque veneno na comida para que comam e morram, apoderando-me eu sozinho do tesouro, sem ter de dividi-lo com eles", e assim procedeu, envenenando a comida. Os outros dois combinaram que, quando ele chegasse com a comida, iriam matá-lo e apoderar-se, ambos, do tesouro, sem ter de reparti-lo com ele.

Disse o narrador: Quando o terceiro homem chegou trazendo a comida envenenada, os outros dois mataram-no, comeram da comida e morreram.[231] Jesus, a paz esteja com ele, passou por tal lugar, e então os discípulos lhe perguntaram: "O que são aqueles?". Jesus respondeu: "Este é o mundo. Vede como ele matou esses três, ao passo que ele permaneceu. Ai de quem busca o mundo!".[232]

Fica sabendo, ó sultão, que os filhos de Adão constituem dois grupos: um grupo que só vê o que se fala sobre as [boas] circunstâncias do mundo e se apega ao anseio por uma vida longa, sem pensar no derradeiro suspiro; e um grupo de inteligentes, que colocaram o último suspiro diante de si e olham para onde será o seu destino final, e como sairão do mundo e o abandonarão com a fé intacta, e o que, deste mundo, descerá com eles para suas sepulturas, e o que deixarão para suas famílias[233] após a partida, e disso quais suplícios e nocividades reverterão contra si.

Este pensamento é obrigação de todas as criaturas, e mais ainda no caso dos reis, pois eles não raro incomodam o coração dos homens e lhes enviam efebos [para cometer pecados]; agridem as pessoas, introduzindo-lhes o terror no coração. Na presença de Deus[234] altíssimo há um indivíduo chamado ʿAzrā'īl, conhecido

[230] Nas outras versões, essa primeira frase é: "Estamos com fome", provável fruto da confusão entre *jammaʿnā*, "reuniu-nos", e *juʿnā*, "tivemos fome". Na dúvida, a tradução manteve as duas.

[231] O leitor de literatura portuguesa não deixará de reconhecer aí a base do enredo do conto "O tesouro", de Eça de Queirós, cuja ação se passa na "mata de Roquelanes", onde o tesouro ainda se encontra.

[232] Em árabe, a palavra *dunyā*, "mundo", é feminina, o que confere às ocorrências um tom de sedução.

[233] Nas demais versões, consta "seus inimigos" em lugar de "suas famílias".

[234] Aqui, "Deus" é designado por um de seus noventa e nove epítetos, "verdade". Mas o trecho ficaria incompreensível assim traduzido, uma vez que, para a laicidade contemporânea, "Deus" e "verdade" são concepções inteiramente desconectadas (ao contrário, por exemplo, de "onipotente", "misericordioso" etc.). Mais adiante, "indivíduo" traduz *šaḫṣ*; na edição crítica, *malak*, "arcanjo", e na vulgata, *ġulām*, "rapaz", "efebo".

como arcanjo da morte, de cuja busca e tenacidade[235] ninguém escapa. Enquanto todos os encarregados dos reis levam a sua paga em ouro, prata e alimentos, este encarregado não leva senão o sopro vital como paga; com todos os encarregados dos sultões, a intermediação de qualquer intermediário funciona, [mas com este encarregado nenhuma intermediação de intermediário algum funciona]; todos os encarregados dilatam o prazo dos dias e das horas, mas este encarregado não dilata o prazo de nenhuma alma. As coisas espantosas a respeito da condição de ᶜAzrā'īl são muitas, e sobre elas eu contarei cinco histórias. A primeira...

E o amanhecer atingiu Šahrāzād, que interrompeu o seu discurso autorizado. Disse-lhe sua irmã Dunyāzād: "Como é boa a sua história, maninha, prazerosa, gostosa e saborosa", e ela respondeu: "Isso não é nada perto do que irei contar-lhes na próxima noite, se acaso eu viver e o rei cortês e sensato me poupar".

E QUANDO FOI A NOITE SEGUINTE, QUE ERA A 743ª

Disse sua irmã Dunyāzād: "Por Deus, maninha, se você não estiver dormindo, conclua a sua história", e ela respondeu: "Sim, com gosto e honra".

Eu tive notícia, ó rei venturoso, [do seguinte:]

O ARCANJO DA MORTE E O REI PODEROSO

A primeira história, narrada por Wahb Ibn Munabbih,[236] Deus esteja satisfeito com ele, conta que certo rei poderoso um dia quis cavalgar junto com um grupo [de gente] do seu reino, a fim de exibir ao povo as maravilhas de sua pompa.

[235] No manuscrito, consta *tasabbub*, "motivação", o que não faz sentido; na vulgata, *taštīt*, "dispersão", o que tampouco faz sentido. Para a tradução, supôs-se, devido à grande semelhança nas grafias, que fosse *tašabbuṭ*, "tenacidade".

[236] Narrador de tradições dos primórdios do islã, e um de seus primeiros historiadores, comumente refutado e acusado pela posterior tradição historiográfica de forjar mentiras e narrar invencionices. De origem persa, nasceu e morreu no Iêmen, em 732. Nas versões impressas, acrescenta-se: "ele fazia parte dos sábios judeus e se converteu ao islã".

Ordenou que seus comandantes[237] cavalgassem ao seu lado para que todos vissem o seu poder, e também que lhe trouxessem os trajes mais luxuosos e, ainda, os cavalos mais bem avaliados, escolhendo dentre eles um puro-sangue conhecido por sua velocidade; montou-o com sela de ouro e arreio cravejado de pedras preciosas, fazendo-o correr entre seus soldados, orgulhoso do temor reverencial que impunha e de sua soberba. Então Iblīs, o demônio, que Deus altíssimo o amaldiçoe, veio e colocou a boca em suas narinas, soprando-lhe o vento da arrogância no nariz. O rei pensou: "Quem no mundo é como eu?", e pôs-se a correr com arrogância, jactando-se presunçosamente, sem enxergar mais ninguém, tamanhas eram as suas autoadmiração, soberba e petulância. Foi quando um homem de roupas puídas parou diante dele e o cumprimentou, mas o rei não lhe retribuiu o cumprimento. Porém, como o homem segurasse as rédeas do seu cavalo, o rei lhe disse: "Tira as mãos daí, pois não sabes a quem pertencem as rédeas que estás pegando!". O homem disse: "Preciso de algo de ti". O rei respondeu: "Espera até que eu descavalgue". O homem disse: "O que preciso de ti é agora, e não quando descavalgares". O rei disse: "Dize o que precisas". O homem respondeu: "É segredo que não revelarei senão ao teu ouvido". Então o rei se abaixou para ouvi-lo e o homem disse: "Sou o arcanjo da morte e quero levar o teu sopro vital". O rei disse: "Dá-me um prazo para que eu vá até a minha casa despedir-me dos meus filhos e da minha esposa". Respondeu: "De forma alguma. Não irás tornar a vê-los nunca mais. Terminou o teu período de vida". E lhe tirou o sopro vital sobre o dorso de seu cavalo, e o rei voltou morto para casa. Saindo dali, o arcanjo da morte foi até um homem piedoso com o qual Deus estava satisfeito. Cumprimentou-o e o homem retribuiu o cumprimento. O arcanjo disse: "Preciso de algo de ti, e é segredo". O homem piedoso respondeu: "Dize o que precisas em meu ouvido". Ele disse: "Sou o arcanjo da morte". O homem disse: "Bem-vindo! Graças a Deus vieste, pois eu muito aguardei a tua chegada. Tua demora já me parecia demasiada". O arcanjo da morte disse: "Se te resta algum serviço a fazer, termina-o". O homem piedoso respondeu: "Para mim não existe nenhum serviço mais importante do que encontrar o meu Deus". O arcanjo da morte perguntou: "De que maneira preferes que eu extinga

237 "Seus comandantes" traduz uma palavra do manuscrito que foi lida como *umarāhu*, forma vulgar de *umarā'ihi*, mas que à primeira vista deveria ser lida como *imra'a*, "uma mulher". Contudo, apesar do interesse que tal variante poderia suscitar nessas circunstâncias, trata-se de inegável erro de cópia: na vulgata se diz "seus comandantes, secretários e notáveis de seu governo", e, na edição crítica, "seus comandantes e vizires".

o teu sopro vital? Eu recebi ordens para dar-te a opção".[238] Respondeu: "Permite que eu me ablua e reze; quando eu estiver prosternado, leva o meu sopro vital". Então o arcanjo da morte agiu como lhe fora ordenado, e o transportou para a misericórdia de seu senhor.

O ARCANJO DA MORTE E O REI ENDINHEIRADO

A segunda história Conta-se que um rei muito endinheirado amealhara a sua riqueza mediante o saque dos mais variados bens de tudo quanto é lugar criado por Deus altíssimo, saques esses que constituíram os seus vastos cabedais. Construiu então um palácio elevado que servia para reis e poderosos, nele instalando dois portões muito seguros, bem como jovens criados, guardas e porteiros, e ordenando que nele se cozinhassem as refeições mais saborosas. Reuniu os seus familiares e cortesãos para lá comerem e desfrutarem a sua liberalidade, enquanto ele, sentado no trono do reino, pensava: "Ó alma, reuniste as delícias do mundo inteiro; come, portanto, destas delícias, felicitando-te com a vida longa e a sorte generosa". Mal terminara de falar assim de si para si quando veio procurá-lo um homem cuja pobreza era evidente, roupas puídas e alforje rasgado pendurado ao pescoço, com aparência de pedinte. Bateu violentamente na argola do portão do palácio, fazendo-o estremecer, atemorizando os jovens criados, que acorreram ao portão e disseram: "Ó desvalido, que batidas violentas ao portão são essas? Que falta de modos é essa? Espera que terminemos de comer e então te daremos as sobras". Ele disse: "Dizei a vosso patrão que venha até mim, pois tenho com ele um importante serviço, uma questão premente". Perguntaram-lhe: "Retira-te, ó desvalido! Quem és para assim ordenares que nosso patrão venha até ti?". Respondeu: "Limitai-vos a informá-lo do que eu vos disse", e quando eles o informaram o rei perguntou: "Por que não o matastes?". Então o homem tornou a bater na argola do portão mais violentamente do que da primeira vez. Foram até ele armados e correram para atacá-lo, mas o homem gritou com eles e disse: "Permanecei em vossos lugares, pois eu sou o arcanjo da morte", e então seus corações se amedrontaram, suas peles se arrepiaram e seus membros estremeceram. O rei lhes disse: "Dizei-lhe que leve alguém que me substitua e compense". O arcanjo respondeu: "Não levarei substituto nem compensação, pois não vim senão por tua causa".

[238] "Eu recebi ordens para dar-te a opção." No manuscrito, diz-se apenas: "eu recebi a ordem para isso", o que torna a afirmação dúbia: ordem para extinguir a vida ou ordem para dar a opção? Optou-se pelo que consta de um dos manuscritos citados no rodapé da edição crítica, no qual a ambiguidade se desfaz.

E o amanhecer atingiu Šahrāzād, que interrompeu o seu discurso autorizado. Disse-lhe sua irmã Dunyāzād: "Como é boa a sua história, maninha, prazerosa e gostosa", e ela respondeu: "Isso não é nada perto do que irei contar-lhes na próxima noite, se acaso eu viver e o rei cortês me poupar".

E QUANDO FOI A NOITE SEGUINTE, QUE ERA A 744ª

Disse sua irmã Dunyāzād: "Por Deus, maninha, se você não estiver dormindo, conclua a sua história", e ela respondeu: "Sim, com gosto e honra".

Eu tive notícia, ó rei venturoso, de que o arcanjo da morte disse: "Não levarei substituto nem compensação, pois não vim senão por tua causa, para separar-te dos bens que reuniste e do dinheiro que acumulaste e guardaste". O rei suspirou profundamente e disse: "Deus amaldiçoe esse dinheiro que me seduziu e prejudicou, impedindo-me de adorar a meu senhor. Eu supunha que esse dinheiro iria me beneficiar, mas hoje ele se transformou no meu pesar e na minha desgraça. Amaldiçoe Deus este dinheiro que não me beneficiou e que passará às mãos dos meus inimigos". Então Deus altíssimo fez o dinheiro falar o seguinte: "Por que me amaldiçoas? Amaldiçoa a ti mesmo, pois Deus altíssimo me criou, e a ti, do pó, e me colocou nas tuas mãos a fim de ajuntares víveres para a outra vida e me prodigalizares aos pobres, e dares esmolas aos desvalidos, e por meu intermédio construíres fortalezas, mesquitas, [pontes,] de modo tal que eu te auxiliasse na outra vida, mas tu me ajuntaste e acumulaste e em tuas paixões me gastaste, e ao invés de me dares o justo agradecimento me desagradeces, deixando-me agora para os teus inimigos. Por qual motivo me insultas e amaldiçoas?". Em seguida, o arcanjo da morte arrebatou o sopro vital do rei antes que ele pudesse comer alguma coisa daqueles alimentos, e ele caiu do trono e despencou morto.

A terceira história Yazīd Arruqāšī,[239] que Deus esteja satisfeito com ele, disse:

O ARCANJO DA MORTE E O REI TIRÂNICO

Havia entre os filhos de Israel um rei muito tirânico que, estando certo dia sentado em seu trono, viu entrar-lhe pela porta da casa um homem de aparência detestável e tamanho descomunal, e o medo do rei foi tamanho que ele se levantou, perguntando: "Quem és, ó homem? Quem te permitiu entrar em minha casa?". O homem respondeu: "Quem me permitiu foi o próprio dono da casa. Eu sou aquele que nenhum secretário barra, e não necessito de permissão para ter com reis e sultões, nem me amedronta nenhum tirano, nem ninguém pode escapar do meu punho". Ao ouvir tais palavras, o rei desabou desmaiado, as mãos a tremer, e perguntou: "Tu és o arcanjo da morte?". Respondeu: "Sim". Disse o rei: "Eu te peço, por aquele que te criou, que me concedas o prazo de um dia, um único dia, para que eu me arrependa dos meus pecados, peça perdão ao meu senhor e devolva aos donos o dinheiro que acumulei em meu tesouro, para escapar ao terrível sofrimento de o haver acumulado". Perguntou o arcanjo: "Como poderia dar-te um prazo se os dias da tua vida já estão contados, e o teu tempo, registrado?". Disse o rei: "Dá-me nem que seja o prazo de uma hora!". Disse o arcanjo: "A hora que está na tua conta já se passou sem que tu percebesses, e se encerrou enquanto estás aturdido. Já deste todas as tuas respirações, não te restando mais nenhuma!". O rei perguntou: "Quem estará comigo quando me carregarem para a tumba?". Respondeu o arcanjo: "Só estará contigo a tua obra". O rei disse: "Não tenho obra". O arcanjo disse: "Não é de estranhar. O teu descanso será o fogo, e o teu fim, a cólera do todo-poderoso",[240] e lhe arrancou o sopro vital; o rei despencou do trono e caiu no chão, iniciando-se então a gritaria, cada vez mais alta, dos seus familiares.[241] No entanto, se acaso soubessem quanta cólera de Deus ele receberá, chorariam e se lamentariam ainda mais por ele.

239 Pregador e narrador de tradições de origem persa, muito acusado em seu tempo de invencionices e mentiras. Morreu no segundo século da Hégira, correspondente ao século VIII. No manuscrito, por equívoco, *Arruqāʿī*.

240 "Todo-poderoso" traduz *jabbār*, que é a mesma palavra usada nesta história para caracterizar o rei, e que foi traduzida como "tirano".

241 "Seus familiares." No manuscrito e nas demais versões consultadas consta *ahl mamlakatihi*, "o povo de seu reino". Porém, dada a descrição que se faz do rei, optou-se pelo que consta de um dos manuscritos citados no rodapé da edição crítica, no qual se lê *ahl baytihi*, literalmente, "a gente da sua casa", isto é, "seus familiares".

SULAYMĀN E O HOMEM QUE QUIS FUGIR DO ARCANJO DA MORTE

A quarta história [Conta-se que] o arcanjo da morte foi certo dia ver Sulaymān, filho de Dāwūd,[242] a paz esteja com ambos, pondo-se a encarar e olhar longamente para um de seus companheiros, e depois saiu. O homem perguntou a Sulaymān: "Ó profeta de Deus, quem era aquele homem que entrou aqui?". Sulaymān respondeu: "O arcanjo da morte". O homem disse: "Temo que ele queira extinguir o meu sopro vital. Livra-me, pois, da sua mão". Sulaymān perguntou: "Como eu poderia salvar-te?". O homem respondeu: "Ordenando ao vento que me carregue agora mesmo para a região mais extrema da Índia, e quiçá ele se extravie de mim e não me localize". Então Sulaymān ordenou e imediatamente, sem delongas, o vento carregou aquele homem até a Índia. O arcanjo da morte retornou e entrou na casa de Sulaymān, com ele esteja a paz, que lhe disse: "Por que motivo olhaste longamente para aquele homem?". O arcanjo respondeu: "Eu estava admirado com ele por ter recebido a ordem de extinguir-lhe a vida na Índia, da qual ele estava distante, até que, por coincidência, o vento o carregou até lá a fim de que as coisas se dessem conforme a determinação de Deus altíssimo".

ALEXANDRE BICORNE ENTRE DOIS CRÂNIOS

A quinta história Conta-se que Alexandre Bicorne, com ele esteja a paz, passou por um povo que, sem possuir nenhum bem terreno, escavava túmulos para enterrar os mortos na porta de casa, varrendo tais túmulos de tempos em tempos, limpando-os, visitando-os e adorando a Deus altíssimo sobre eles. Sua alimentação não passava de ervas e plantas rasteiras. O Bicorne enviou a essa gente dois homens para falar com o rei, que não os atendeu e disse: "Não tenho precisão disso". Então o Bicorne lhe disse: "Como estais? Não estou vendo convosco ouro nem prata, nem nada dos bens do mundo!". O rei respondeu: "É que dos bens do mundo ninguém se farta jamais". O Bicorne perguntou: "Por que escavastes os túmulos...".

E o amanhecer atingiu Šahrāzād, que interrompeu o seu discurso autorizado. Disse-lhe sua irmã Dunyāzād: "Como é boa a sua história, maninha, prazerosa, gostosa e saborosa", e ela respondeu: "Isso não é nada perto do que irei contar-lhes na próxima noite, se acaso eu viver e o rei cortês me poupar".

242 *Dāwūd*, como já se viu, é a forma árabe do nome que em português é "Davi", e *Sulaymān* é a de "Salomão".

E QUANDO FOI A NOITE
SEGUINTE, QUE ERA A

745ª

Disse sua irmã Dunyāzād: "Por Deus, maninha, se você não estiver dormindo, conclua a sua história", e ela respondeu: "Sim, com gosto e honra".

Eu tive notícia, ó rei venturoso, de que o Bicorne perguntou ao rei: "Por que escavais os túmulos diante de vossas portas?". O rei respondeu: "Para que estejam diante dos nossos olhos e os vejamos, renovando em nós a lembrança da morte e arrancando dos nossos corações o amor ao mundo, que assim não nos distrairá da devoção a Deus excelso e poderoso". O Bicorne perguntou: "Por que comeis ervas?". Respondeu o rei: "Porque nos repugna transformar nossos ventres em cemitério de animais, e porque o prazer da comida[243] não vai além da laringe". E, estendendo a mão para uma portinhola, dela retirou um crânio humano, colocou-o diante de si e perguntou: "Ó Bicorne, acaso sabes quem era este?". O Bicorne respondeu: "Não". Ele disse: "Este era um dos reis do mundo, que oprimia os súditos e os injustiçava. Deus lhe extraiu o sopro vital e fez do fogo a sua morada. Esta é a cabeça dele". Em seguida, tornou a estender a mão e puxou outro crânio humano, colocando-o diante de si e perguntando: "Acaso reconheces este?". O Bicorne respondeu: "Não". O rei disse: "Era um rei justo e piedoso com os seus súditos, amante das gentes de seu reino. Deus lhe extraiu o sopro vital, instalou-o no paraíso e elevou-lhe a distinção". Em seguida, o rei pôs a mão na cabeça do Bicorne e perguntou: "Qual destas duas cabeças acreditas que serás?". Então o Bicorne chorou copiosamente e, estreitando aquele rei ao peito, disse-lhe: "Se desejares permanecer na minha companhia eu te entregarei os meus vizires e contigo dividirei o meu reino". O rei respondeu: "Não necessito disso, nem o desejo". O Bicorne perguntou: "Por quê?". O rei respondeu: "Porque todas as criaturas são tuas inimigas por causa do dinheiro e do poder. E todas são minhas amigas por causa da resignação e do ascetismo".[244] Então o Bicorne o deixou e seguiu o seu caminho.

[243] "O prazer da comida." Na edição crítica, "o prazer do mundo".

[244] "Resignação" e "ascetismo" traduzem, respectivamente, *qanāʿa* e *ṣaʿlaka* (esta última significa mais propriamente "errância").

[*Prosseguiu Šahrāzād*:] E agora te é necessário aprender as histórias do último suspiro, como também deves ficar ciente de que os estúpidos que se deixam seduzir pela dilatação de prazo não apreciam ouvir histórias sobre a morte, a fim de que o amor pelo mundo não se esfrie em seus corações, nem lhes transtorne o [prazer de] comer e beber.[245]

TRÊS HISTÓRIAS SOBRE O ÚLTIMO SUSPIRO

[Consta das crônicas: Quem muito se lembra da morte e das trevas da campa terá como sepultura um dos jardins do paraíso. E quem olvida a morte e se distrai de sua lembrança terá como sepultura um dos buracos do inferno. O enviado de Deus, sobre ele estejam suas bênçãos e paz, descrevia os túmulos dos mártires e a recompensa dos bem-aventurados que morreram em luta contra os infiéis, e então ᶜĀ'iša,[246] esteja Deus satisfeito com ela, perguntou: "Ó enviado de Deus, quem não morre como mártir alcança a mesma recompensa que os mártires?". Respondeu o enviado, sobre ele esteja a paz: "Quem se lembra da morte vinte vezes por dia terá a mesma recompensa e o mesmo estatuto dos mártires". E disse o enviado de Deus, com ele esteja a paz: "Lembrai-vos deveras da morte, pois tal lembrança apaga os pecados e esfria o amor do mundo nos corações". E perguntou-se ao enviado de Deus, com ele esteja a paz: "Quem são os mais arrojados e ajuizados dentre os homens?". Respondeu: "Os homens mais ajuizados são aqueles que mais se lembram da morte, e os mais arrojados são os que fazem da morte algo bem-aventurado, com honra no mundo e dignidade na outra vida".

Para quem conhece o mundo tal como mencionamos, e repete no coração a lembrança do último suspiro, as questões do mundo se lhe tornam mais fáceis, as bases da árvore da fé se fortalecem em seu coração, crescendo e multiplicando-se, bem como as ramificações daquela árvore, e Deus considerará adequada a sua fé. E Deus, excelsa seja a sua força e exalçada a sua palavra, ilumina a visão do sultão sábio para que veja o mundo e a outra vida tal como são, se esforce nas questões atinentes à sua outra vida e trate bem os adoradores de Deus e a

245 Curiosamente, após essa fala, pulam-se alguns trechos do "original": três curtas narrativas do gênero "último suspiro", correspondente ao *memento mori* latino. O acréscimo nesse caso se justifica porque o discurso anuncia tais histórias, cuja falta se deve a erro de cópia.

246 Uma das esposas do profeta Muḥammad, na verdade a principal delas, era filha de Abū Bakr. Conhecida como "a mãe dos crentes", após a morte do marido envolveu-se em vários eventos políticos e militares, dos quais o mais célebre foi a "Batalha do Camelo", em 656, na qual tomou partido contra o então califa ᶜAlī. Morreu em 678. Seu nome significa, em árabe, "a que vive".

sua criação, pois entre os seus súditos existe um milhão de criaturas, as quais, se ele for justo com elas, irão defendê-lo, e aquele que tem como defensoras tantas criaturas dentre os crentes estará a salvo do castigo no dia do Juízo Final, mas, se ele as oprimir, todas serão suas contendoras, tornando-se o seu caso de extrema dificuldade e enorme risco, pois, quando o advogado se torna contendor, o assunto se complica.][247]

ADMOESTAÇÕES A UM LÍDER

História [Abū] ᶜAlī Bin Ilyās, comandante de Nīsāpūr, certo dia foi à presença do [xeique] Abū ᶜAlī Addaqqāq,[248] que Deus tenha dele misericórdia, um dos maiores e mais sábios ascetas do seu tempo; ajoelhou-se diante dele e disse: "Admoesta-me". Disse o xeique: "Ó comandante, quero fazer-te uma questão e pedir-te resposta sem hipocrisia". O comandante respondeu: "Responderei". O asceta perguntou: "De que gostas mais, do dinheiro ou do inimigo?". O comandante respondeu: "Gosto mais do dinheiro do que do inimigo". O asceta disse: "Como então deixarás atrás de ti o que gostas e tomarás para ti a companhia do inimigo de quem desgostas?". Com os olhos lacrimosos, o comandante chorou e disse: "É a melhor das admoestações, esta".

O REI DA PÉRSIA E AS RUÍNAS

História Conta-se que o rei Kisrà Anū Širwān certo dia fingiu estar doente para a gente do seu reino, e ordenou a seus homens de confiança e secretários que circulassem pelas suas diversas regiões à procura de um tijolo velho de alguma aldeia em ruínas a fim de com ele medicar-se, informando-lhes que os médicos é que lhe haviam prescrito tal remédio. Os seus homens partiram, circularam por todo o país e retornaram, dizendo: "Não encontramos em todo o reino um único local em ruínas nem tijolo antigo", e então Anū Širwān ficou contente, agradeceu ao deus dos deuses[249] e disse: "Com isso, eu só quis experimentar o meu governo e testar os meus encarregados, a fim de saber se de fato restava no reino algum local em ruínas para poder reconstruí-lo. Agora, que não resta local que não esteja construído e próspero, completaram-se as

[247] Traduzido a partir da edição crítica.

[248] Existe algum equívoco no relato, uma vez que a primeira personagem citada foi um líder político e militar morto em 869, ao passo que o segundo, acatado estudioso e erudito do islã, morreu em 1058.

[249] O manuscrito e as demais versões trazem "seu Deus". Optou-se pelo que consta de um dos manuscritos citados no rodapé da edição crítica.

questões relativas ao reino, arrumou-se a situação geral e a prosperidade chegou ao nível da perfeição".

[*Prosseguiu Šahrāzād*:] Fica sabendo, ó sultão, que a preocupação e o esforço daqueles reis antigos era a prosperidade do país, pois eles estavam cientes de que, quanto mais próspero for o governo, mais prósperos serão os súditos, mais numerosos e mais gratos.

O FISCAL OPRESSOR E O POBRE PESCADOR

História Conta-se que havia entre os filhos de Israel um pescador que alimentava a si, aos filhos e à esposa do fruto de sua pesca. Certo dia, enquanto pescava, caiu-lhe na rede um grande peixe, o que o alegrou; pensou: "Levarei este peixe ao mercado para vendê-lo e gastar o dinheiro com as crianças". Então, topou com um fiscal opressor que lhe perguntou: "Queres vender este peixe?". O pescador pensou: "Se eu disser que sim, ele o comprará por metade do valor", e disse: "Não o vendo". Aquele fiscal opressor se enfureceu e, golpeando o pescador na coluna com um pedaço de pau que carregava, tomou-lhe o peixe à força, sem nada pagar.

E o amanhecer atingiu Šahrāzād, que interrompeu o seu discurso autorizado. Disse-lhe sua irmã Dunyāzād: "Como é boa a sua história, maninha, prazerosa, gostosa e saborosa", e ela respondeu: "Isso não é nada perto do que irei contar-lhes na próxima noite, se acaso eu viver e o rei cortês e sensato me poupar. Será mais espantoso".

E QUANDO FOI A NOITE SEGUINTE, QUE ERA A 746ª[250]

Disse sua irmã Dunyāzād: "Por Deus, maninha, se você não estiver dormindo, conclua a sua história", e ela respondeu: "Sim, com gosto e honra".

250 Por equívoco, a noite está numerada como 747.

Eu tive notícia, ó rei venturoso, de que o fiscal opressor golpeou o pescador na coluna com um pedaço de pau que trazia consigo e lhe tomou o peixe à força, sem nada pagar. Então o pescador rogou contra ele, dizendo: “Meu Deus, me fizeste pobre e fraco, e o fizeste forte e violento. Faze-me justiça contra ele já neste mundo, pois não tenho paciência até a outra vida”. Nesse ínterim, aquele fiscal se dirigiu para casa, entregou o peixe à esposa, ordenando-lhe que o assasse, e quando ela terminou de assá-lo, colocou-o diante dele para que o comesse. Então o peixe abriu a boca e mordeu o dedo do fiscal com tanta força que o seu coração quase parou, e com tanta violência que lhe abalou a segurança e o vigor. Ele foi ao médico queixando-se da dor, da situação em que se encontrava, e lhe contou o que sucedera. O médico lhe disse: “Esse teu dedo deve ser amputado para evitar que a dor se espalhe para o resto da mão”, e lhe amputou o dedo, mas a dor se transferiu para a mão, mais intensamente, e ele retornou ao médico, que lhe disse: [“A mão deve ser amputada na altura do pulso para evitar que a dor se espalhe para o antebraço”. Então o antebraço começou a doer, e o médico lhe disse:] “O teu antebraço deve ser amputado para evitar que a dor se espalhe até o ombro”, e amputou-lhe o antebraço; como a dor então fosse até o ombro, o fiscal saiu correndo do lugar onde estava, implorando a Deus que se descobrisse o que o atingira; topou com uma árvore, colocou-se sob a sua sombra e foi vencido pelo sono, vendo então em sonho alguém a lhe dizer: “Pobre coitado, até quando os teus membros serão amputados? Vai e agrada o teu litigante”. O fiscal acordou de seu sono, pensou e disse: “Eu tomei o peixe à força e causei dor ao pescador de tanto bater nele. Foi aquele peixe que me mordeu”.[251] O fiscal então se levantou, foi até a cidade, procurou o pescador e, ao encontrá-lo, colocou-se na frente dele, pediu perdão, deu-lhe um pouco do seu dinheiro e se penitenciou dos seus atos. O litigante aceitou e de imediato a dor cessou. Naquela noite, o fiscal dormiu em sua cama e se penitenciou sinceramente a Deus altíssimo. No dia seguinte, com sua misericórdia e poder, Deus corrigiu a sua situação e lhe devolveu a mão tal como era. Mūsà, a paz esteja com ele, recebeu a seguinte mensagem divina: “Ó Mūsà, juro por meu poder e magnificência que, não tivesse aquele homem agradado o seu litigante, eu o teria feito sofrer por toda a vida”.

[251] Na edição crítica, acrescenta-se: “É este o meu processo, e o pescador é o meu litigante”.

MŪSÀ E A JUSTIÇA DIVINA

[*Prosseguiu Šahrāzād*:] Mūsà, a paz esteja com ele, disse numa das preces que fazia a Deus em certa montanha: "Meu Deus, mostra-me a tua justiça e equanimidade". Deus disse: "Mūsà, tu, homem sério e corajoso, não consegues ter paciência". Mūsà disse: "Conseguirei ter paciência com a tua ajuda". Deus disse: "Vai até a fonte tal, esconde-te nas proximidades e vê o meu poder e conhecimento do que está oculto".[252] Então Mūsà, a paz esteja com ele, dirigiu-se até a fonte, subiu numa colina situada defronte dela e se escondeu. De repente, um cavaleiro chegou, descavalgou, abluiu-se com água da fonte, bebeu, tirou do cinturão um alforje com mil dinares de ouro, colocou-o ao seu lado, rezou e montou, esquecendo o alforje naquele lugar, e foi-se embora. Em seguida veio um garoto que bebeu da fonte, pegou o alforje e foi-se embora. Depois do garoto veio um velho cego que bebeu da água e se pôs a rezar. Nesse momento, o cavaleiro se lembrou do alforje e imediatamente retornou à fonte, onde encontrou o velho cego, a quem abordou, dizendo: "Eu tinha um alforje com mil dinares de ouro, e enquanto me lavava nesta fonte coloquei-o aqui. Ninguém veio a este lugar com exceção de ti". O velho disse: "Eu sou cego! Como poderia enxergar o teu alforje?". Enfurecido com a resposta, o cavaleiro desembainhou a espada e golpeou o cego, matando-o, mas ao revistá-lo nada encontrou com ele, deixando-o então e indo-se embora.

[*Prosseguiu Šahrāzād*:] Mūsà, a paz esteja com ele, disse: "Meu Deus, já se esgotou a minha paciência e tu és justo; ensina-me, pois, o porquê dessas situações". Então Jibrā'īl, a paz esteja com ele, pousou e disse: "Mūsà, o criador, excelsa seja a sua força, te diz: 'Eu conheço o mundo dos mistérios e conheço o que não conheces. Quanto ao garoto que levou o alforje, ele levou o que era seu direito, pois o pai dele havia sido empregado daquele cavaleiro, e os proventos que este lhe devia equivaliam ao valor existente no alforje;[253] agora, os direitos do garoto chegaram até ele. Quanto ao velho cego, antes de cegar ele havia matado o pai daquele cavaleiro, que agora se vingou dele. Assim, o direito chegou a quem era devido. Portanto, nossa justiça e equanimidade são exatas, como viste'.". Ao tomar conhecimento daquilo, Mūsà ficou perplexo e pediu perdão.

[252] "Conhecimento do que está oculto" traduz *ʿilm alġuyūb*. No islã, essa característica divina é sempre enfatizada.

[253] Na edição crítica se acrescenta: "mas não lhe pagou e o pai do garoto morreu".

[*Prosseguiu Šahrāzād*:] Trouxemos à tona essa história para que o ajuizado saiba que nada se oculta a Deus, que dá justiça ao oprimido neste mundo.[254] Contudo, nós somos negligentes, e quando nos advém a desgraça não sabemos de onde veio.

A FELICIDADE SEGUNDO ALEXANDRE

[*Prosseguiu Šahrāzād*:] Perguntou-se a Alexandre Bicorne: "No teu reino, qual é a coisa que te deixa mais feliz?". Ele respondeu: "Duas coisas, sendo a primeira a justiça e a equanimidade, e a segunda, recompensar quem me fez um bem fazendo-lhe um bem maior ainda".

A JUSTIÇA DO REI E A DOS SÚDITOS

História Ocorreu no tempo de Kisrà Anū Širwān, o rei justo, que um homem comprou terras de outro homem e, nelas encontrando um tesouro, foi célere até o vendedor e lhe disse: "O tesouro é teu!". Respondeu o vendedor: "Eu só te vendi a terra, e o que nela encontraste é teu. Parabéns a ti!". Disse o comprador: "Não o quero nem o ambiciono", e então ambos levaram a questão ao rei justo Kisrà Anū Širwān, o qual, muito contente com aquilo, perguntou-lhes: "Porventura tendes filhos?". Um deles respondeu: "Tenho um filho", e o outro respondeu: "Tenho uma filha". Disse Kisrà: "Eu gostaria que houvesse ligação e parentesco entre vós, e que para tanto casásseis o rapaz com a moça e gastásseis este tesouro com os preparativos do casamento, a fim de que o tesouro pertença a ambos e aos vossos filhos". Então eles procederam conforme essa ordem, ficando mutuamente satisfeitos com o que ele determinara. Se acaso esses dois homens vivessem no tempo de um rei injusto, cada qual teria dito: "O tesouro é meu!", mas, cientes de que o seu rei era justo, procuraram a veracidade e preferiram a verdade à falsidade. Já diziam os sábios que o rei é como o mercado...

E o amanhecer atingiu Šahrāzād, que interrompeu o seu discurso autorizado. Disse-lhe sua irmã Dunyāzād: "Como é boa a sua história, maninha, prazerosa, gostosa e saborosa", e ela respondeu: "Isso não é nada perto do que irei contar-lhes na próxima noite, se acaso eu viver e o rei cortês me poupar".

[254] Na edição crítica se acrescenta: "e na outra vida".

E QUANDO FOI A NOITE SEGUINTE, QUE ERA A

747ª

Disse sua irmã Dunyāzād: "Por Deus, maninha, se você não estiver dormindo, conclua a sua história", e ela respondeu: "Sim, com gosto e honra".

Eu tive notícia, ó rei venturoso, de que os sábios já diziam que o rei é como o mercado, para o qual cada um leva as mercadorias demandadas e não as recusadas; assim, o que sabidamente se recusa não se leva ao mercado. Os dois homens que [encontraram o tesouro e] foram levar a disputa ao sultão estavam cientes de que a austeridade, a justiça e a veracidade lhe eram caras, e de que com ele a verdade era demandada e a falsidade, recusada, sendo esse o motivo de lhe levarem a questão e a exporem.[255] Agora nestes nossos tempos, contudo, tudo quanto corre pelas mãos de nossos líderes e nas línguas de nossos governantes é nosso merecido castigo, pois, tal como nossas obras são vis, e feias as nossas ações, traiçoeiras e desleais, os nossos líderes são opressores despóticos e tiranos hostis. Tal como sois, são os vossos governantes.[256] Essa história mostra como é certo que as ações das criaturas remetem às ações dos reis. Acaso não vês que, quando um país é descrito como próspero, os seus habitantes vivem em segurança, conforto e júbilo? Isso é um indicativo do proceder do rei[257] e de suas boas intenções para com os súditos, mas não provém deles. Portanto, está correto o que disseram os sábios: "As pessoas são mais parecidas com os seus reis do que com o seu próprio tempo".[258] E consta das crônicas: "As pessoas praticam a religião do seu proprietário".[259]

255 O trecho está confuso em todas as versões, embora o sentido geral permaneça claro. A tradução, neste ponto, é fruto de uma leitura hiperinclusiva, isto é, com a reunião dos elementos constantes das três versões consultadas.

256 "Tal como sois são os vossos governantes" traduz *kamā takūnū yūlà ᶜalaykum*.

257 "Proceder do rei" traduz *fiᶜl almalik*; na edição crítica, consta *ᶜaql almalik*, "intelecto (ou razão, ou juízo) do rei".

258 Essa frase, *annās bimulūkihim aǎbah minhum biẓamānihim*, com sua estranheza, parece adaptação de uma fala atribuída a ᶜAlī Ibn Abī Ṭālib, o quarto califa muçulmano: *annās bimulūkihim aǎbah minhum biābā'ihim*, "as pessoas são mais parecidas com os seus reis do que com os seus pais". Traduziu-se da edição crítica e da vulgata, pois a frase parece truncada no manuscrito: *annās bimulūkihim aǎbah biriᶜāyātihim*, algo como "as pessoas são mais parecidas com os seus reis do que com os seus súditos".

259 "Seu proprietário", *malīkihim*, é o que consta do manuscrito. Também poderia ser lido como *mulaykihim*, "seu régulo". Nas outras versões, consta *mulūkihim*, "seus reis", que é certamente o que consta do "original" de Algazel.

[*Prosseguiu Šahrāzād*:] Um [dos resultados] das políticas de Anū Širwān era que se algum homem deixasse um fardo de ouro [onde quer que fosse] ninguém o tocava com a mão nem o retirava do lugar, até que o dono viesse e o levasse. E Yūnān, o vizir de Anū Širwān, disse-lhe certo dia: "Não faças companhia aos malvados,[260] pois assim destruirás o teu governo e empobrecerás[261] os teus súditos, e nesse momento o teu dinheiro[262] se tornará ruína, o teu sultanato, pobreza, e o teu nome será enxovalhado pelo mundo". Então Anū Širwān escreveu aos seus administradores provinciais: "Se eu for informado de que restou uma única terra em ruínas — com exceção dos pântanos que não aceitam plantação —, crucificarei o administrador de tal terra". A ruína da terra provém de duas coisas: a primeira é a incapacidade do sultão, e a segunda, a sua injustiça. Os reis daqueles tempos se orgulhavam da prosperidade [dos seus reinos] e disputavam ciumentamente entre si a agregação do reino.[263]

A PÉRSIA E AS ALCAPARRAS

História O rei do Hindustão enviou a Anū Širwān um mensageiro para dizer-lhe: "Detenho a primazia do reinado sobre ti; envia-me, portanto, tributos do teu governo". Anū Širwān ordenou que o mensageiro fosse hospedado e no dia seguinte reuniu os principais do governo e os notáveis do reino, permitiu que o mensageiro entrasse e lhe disse: "Ouve a resposta à tua mensagem". Ordenou que se trouxesse uma caixa, abriu-a, tirou dela uma caixa menor da qual retirou um punhado de alcaparras,[264] entregou-o ao mensageiro e perguntou: "Existe disto em vosso país?". O mensageiro respondeu: "Sim, temos uma grande quantidade disso". Anū Širwān lhe disse: "Volta, portanto, e dize ao rei da Índia: 'Deves fazer prosperar o teu país, que está em ruínas. E depois disso não alimentes a ambição[265] de [conquistar] um governo

260 Na edição crítica, "não concordes com os malvados".

261 "Empobrecerás", *tufqir*, é o que consta da vulgata. No manuscrito e na edição crítica, *tufarriq*, "dispersarás".

262 "O teu dinheiro", *māluka*, é o que consta do manuscrito. Na edição crítica, *mamlakatuka*, e na vulgata, *mulkuka*, ambas as palavras significando "o teu reino".

263 "Agregação do reino", *ijtimā^c almamlaka*, é o que consta do manuscrito e da vulgata; na edição crítica, *ijtimā^c arra^ciyya*, "agregação de súditos". Mais adiante, em vez de "Hindustão", a edição crítica traz "Índia".

264 "Alcaparras" e, mais adiante, "alcaparreira" traduzem *kabar*, palavra de origem persa à qual o dicionário de Dozy atribui, ainda, o sentido de "pepino da Índia", o que não é o caso aqui. Seja como for, parece evidente que se trata de uma planta negativamente constituída, cuja simples existência no país seria, simultaneamente, índice de negligência administrativa e, por consequência, de ruína. Na verdade, embora a alcaparra hoje seja produto de culinária sofisticada, a existência de alcaparreiras evidencia, na região mediterrânea, descuido em relação ao solo agricultável.

265 "E depois não alimentes a ambição" é o que consta do manuscrito. Nas versões impressas, "e só depois disso alimenta a ambição", o que parece mais coerente.

próspero, pois se acaso percorreres todas as regiões por mim governadas à procura de uma única raiz de alcaparreira [não encontrarás. E, se acaso eu ouvir que nas terras por mim governadas existe uma única raiz de alcaparreira], crucificarei o administrador da região'.". O rei deve trilhar o caminho dos reis que o precederam, agir conforme a tradição por eles seguida quanto [à prática do] bem, e ler os livros contendo as admoestações e recomendações feitas a eles, que viveram mais tempo, tiveram mais experiências e gozaram de maior consideração, sabendo distinguir o bom e o ruim, e discernir o manifesto do oculto. E tão boa era a conduta de Anū Širwān...

E o amanhecer atingiu Šahrazād, que interrompeu o seu discurso autorizado. Disse-lhe sua irmã Dunyāzād: "Como é boa a sua história, maninha, prazerosa, gostosa e saborosa", e ela respondeu: "Isso não é nada perto do que irei contar-lhes na próxima noite, se acaso eu viver e o rei cortês e sensato me poupar".

E QUANDO FOI A NOITE SEGUINTE, QUE ERA A 748ª

Disse sua irmã Dunyāzād: "Por Deus, maninha, se você não estiver dormindo, conclua a sua história", e ela respondeu: "Sim, com gosto e honra".

Eu tive notícia, ó rei venturoso, de que tão boa era a conduta de Anū Širwān que ele lia os livros dos antigos, exigia ouvir as suas crônicas e agia conforme [o que consta das] histórias [que se contam a respeito deles] e o seu modo de proceder, mas os reis deste nosso tempo evitam agir assim.[266]

O ELOGIO DOS ANTIGOS

História Certo dia, o justo [Kisrà] Anū Širwān pediu ao seu vizir [Yūnān]: "Informa-me a respeito da conduta dos antigos". O vizir perguntou: "Queres que eu os elogie por três coisas, duas, ou uma só?". Respondeu o rei: "Elogia-os por três coisas". Disse o vizir: "Não lhes encontrei, em uma atividade ou obra

[266] Nas outras versões, "[...] pedia para ouvir as histórias deles e agia em conformidade com o modo de proceder deles e suas tradições. Mas os reis deste nosso tempo é que deveriam agir assim".

sequer, mentiras, nem vi da parte deles nada que fosse ignorância, e em nenhuma situação os vi coléricos". Disse o rei: "Elogia-os agora por duas coisas". Disse o vizir: "Sempre acorriam para a prática do bem, e se precaviam da prática do mal". Disse o rei: "Elogia-os por uma coisa só". Disse o vizir: "O seu poder e coragem se exerciam mais sobre si mesmos do que sobre os outros". Então Anū Širwān pediu uma taça e disse: "Um brinde aos generosos que virão depois de nós e se apossarão de nossa coroa e trono, e se recordarão de nós tal como nos recordamos de quem nos precedeu. O mais miserável dentre os homens é quem se ilude com o seu reino, e vive longamente no mundo[267] sem saber como nele viver, fazendo-o[268] mediante fadigas, e então o acomete na outra vida o arrependimento sempiterno e o sofrimento eterno. Porém, aqueles reis antigos, com o seu esforço em fazer prosperar o mundo, tinham como objetivo que, após a morte, lhes permanecesse a boa memória pelo correr dos dias e das eras".[269]

TRÊS REIS NA VINHA

História Anū Širwān tinha uma [vinha conhecida como *hazār*][270] na qual certo dia esse rei justo se reuniu com os seus hóspedes Qayṣar, rei dos bizantinos, e Qafqūrjīn, rei do Hindustão,[271] e então cada um deles proferiu a sua palavra. Disse Qayṣar: "Nada neste mundo é melhor que a prática do bem, a obra piedosa e a boa recordação, pois quem detém tudo isso será sempre lembrado, e se dirá sobre ele após a sua morte: 'Por que nós não somos como ele?'.". Disse Anū Širwān: "Vinde, pratiquemos nós o bem e nele pensemos". Disse Qayṣar: "Quando eu penso no bem, pratico o bem, e, quando eu faço o bem, atinjo o meu propósito". Disse Qafqūrjīn: "Que Deus altíssimo de nós afaste o pensamento que ao se manifestar nos envergonha, ao ser por nós lembrado nos acabrunha e ao ser ocultado nos deixa arrependidos".[272] Perguntou Qayṣar a Anū Širwān: "Qual é a coisa

[267] "Vive longamente no mundo." Na edição crítica, "passa pelo mundo".

[268] Nas demais versões, "passando por ele".

[269] Nas demais versões acrescenta-se: "tal como consta da história".

[270] Traduzido das versões impressas. No manuscrito consta uma palavra quase ilegível (*ubwān?*). *Hazār* é palavra persa que significa "mil".

[271] Na edição crítica, "Yaᶜfūr, rei da Índia".

[272] Essa fala do rei do Hindustão está truncada em todas as versões, das quais se fez uma "mescla" para a tradução. No manuscrito, literalmente, "que Deus altíssimo afaste de nós o seu mal, que quando se manifesta nos envergonha, e quando lembramos nos acabrunha e quando abandonamos nos arrependemos". Parece que nesta passagem o principal equívoco do escriba do manuscrito foi ter copiado *šarrihi*, "o seu mal", em vez de *fikra*, "um pensamento".

de que mais gostas?". Respondeu: "O que mais gosto é atender a necessidade de quem me quer para isso". Então Qayṣar disse: "E eu gosto de não cometer erros para não ter medo". Vê, portanto, como eles procediam com os seus súditos, ó sultão do universo.[273]

ᶜUMAR E A FAMÍLIA ESFOMEADA

História Disse Zayd Ibn Aslam,[274] esteja Deus satisfeito com ele:

Certa noite, vi [o califa] ᶜUmar Ibn Alḫaṭṭāb, esteja Deus satisfeito com ele, circulando com os vigias, e então lhe perguntei: "Acaso me permites que te acompanhe?". Ele respondeu: "Sim". Quando saímos de Medina, avistamos um fogo ao longe, dissemos: "Talvez algum viajante tenha parado por ali", e rumamos naquela direção. Vimos então uma viúva com três crianças pequenas a chorar, e para as quais ela colocara uma panela no fogo, dizendo: "Meu Deus, faze-me justiça contra ᶜUmar e toma dele os meus direitos, pois ele está saciado e nós, esfomeados". Ao ouvir aquilo, ᶜUmar deu um passo adiante, saudou a mulher e lhe perguntou: "Acaso permites que eu me aproxime de ti?". Ela respondeu: "Se fores te aproximar para o bem, sim, em nome de Deus". Então ᶜUmar, esteja Deus satisfeito com ele, se aproximou e a indagou sobre a sua condição e a de seus filhos. Ela respondeu: "Viemos, eu e meus filhos, de um lugar distante,[275] todos esfomeados, e por causa deles estou enormemente preocupada; e tão grandes são nossa fome e esgotamento que eles não conseguem dormir à noite". ᶜUmar perguntou: "O que há nessa panela?". Ela respondeu: "Coloquei água para que eles se distraiam, imaginem tratar-se de comida, e assim ganhem paciência e durmam".

Prosseguiu Zayd Ibn Aslam:

Então ᶜUmar, esteja Deus satisfeito com ele, voltou a Medina, foi à loja de um vendedor de trigo e comprou um saco cheio; depois, foi ao açougueiro e comprou [carne gorda,[276] colocou tudo nas costas, carregou e foi até a mulher e as crianças]. Eu lhe disse: "Ó comandante dos crentes, dá-me o fardo para que eu o carregue

[273] Ó sultão do universo", *yā sulṭān alᶜālam*: trata-se aqui de uma clara adaptação do copista para manter a coerência da narrativa, pois nas outras versões consta *yā sulṭān alislām*, "ó sultão do islã", e, como se sabe, o texto não constitui Šahriyār como muçulmano. Nas demais versões o trecho continua assim: "Deves ouvir a fala daqueles reis, observar as suas obras, ler-lhes as histórias nos livros e o que neles se alinhavou de elogios à sua justiça, equanimidade, boa conduta, bons relatos e a memória sobre eles existente na língua das criaturas, até o dia do Juízo Final".

[274] Jurisconsulto e intérprete do Alcorão, nasceu em Medina. Morreu em 753. No manuscrito, por equívoco, "Yazīd".

[275] No manuscrito, *badīᶜ*, "maravilhoso", em vez de *baᶜīd*, "distante", claro erro de cópia.

[276] "Carne gorda" traduz *dasm*, "gordura". No manuscrito, o trecho está truncado.

por ti", e ele me respondeu: "Se neste mundo o carregares por mim, quem me carregará os pesos e erros no dia do Juízo Final? Quem intervirá entre mim e os rogos daquela mulher contra mim?". E continuou caminhando e chorando até chegar à mulher, que lhe disse: "Que Deus te dê, por nós, a melhor recompensa". ᶜUmar pegou um tanto de trigo...

E o amanhecer atingiu Šahrāzād, que interrompeu o seu discurso autorizado. Disse-lhe sua irmã Dunyāzād: "Como é boa a sua história, maninha, prazerosa, gostosa e saborosa", e ela respondeu: "Isso não é nada perto do que irei contar-lhes na próxima noite, se acaso eu viver e o rei cortês me poupar".

E QUANDO FOI A NOITE SEGUINTE, QUE ERA A 749ª

Disse sua irmã Dunyāzād: "Por Deus, maninha, se você não estiver dormindo, conte-nos uma de suas belas historinhas", e ela respondeu: "Sim, com gosto e honra".

Eu tive notícia, ó rei venturoso, de que [Zayd disse:]

ᶜUmar pegou um tanto de trigo, outro tanto de carne, colocou tudo na panela e acendeu o fogo, soprando-o toda vez que queria se apagar, com as cinzas voando para todas as partes do seu rosto,[277] até que a panela ferveu e se cozinhou a comida, que ele colocou na tigela e deu de comer às crianças e à mulher, a quem ele disse afinal: "Ó mulher, não rogues contra ᶜUmar, pois ele não tinha informações a respeito de vós".

QUATRO HISTÓRIAS DE ᶜUMAR IBN ᶜABDULᶜAZĪZ

[*Prosseguiu Šahrāzād*:] Conta-se que perguntaram ao responsável pelo tesouro público: "Por acaso [o califa] ᶜUmar [Ibn ᶜAbulᶜazīz] se refestelava com o

277 "Todas as partes do seu rosto" traduz *wajhihi wa maḥāsinihi*, o que normalmente se entenderia como "seu rosto e sua formosura". Porém, não é o caso. A segunda palavra tem vários sentidos, entre os quais "as partes belas do corpo". No contexto desta narrativa, e de outra mais adiante, o sentido só pode ser o de alguma das partes do rosto (olhos, nariz, bochechas), muito embora tal uso não conste de nenhum dicionário. Outra possibilidade é que a palavra, aqui, signifique o conjunto dos traços faciais, a feição.

tesouro público?". Ele respondeu: "No início [do seu califado], quando ele não tinha nada para comer, pegava um pouco para a comida, mas quando ganhava alguma coisa devolvia o dinheiro ao tesouro".[278] Vê, ó sultão, as notícias sobre ᶜUmar Ibn ᶜAbdulᶜazīz, pois nenhum dos omíadas era como ele: o único contra o qual não se rogava, pois era justo, piedoso, generoso e de boa conduta.

História No tempo de ᶜUmar Ibn ᶜAbdulᶜazīz ocorreu uma terrível seca. Os beduínos lhe enviaram uma delegação e escolheram um dos membros para falar com ele. O homem disse: "Ó comandante dos crentes, viemos a ti devido a uma enorme premência, pois as nossas peles já secaram sobre os nossos corpos pela falta de comida. Nosso conforto está no tesouro público, que fatalmente pertencerá a uma dessas três partes: ou a Deus altíssimo, ou aos adoradores de Deus, ou a ti. Se pertencer a Deus, ele não precisa disso; se pertencer aos adoradores de Deus, entrega-o a eles; se pertencer a ti, dá-o de esmola a nós, pois Deus altíssimo recompensa quem dá esmolas". Ao ouvir aquilo, o califa, com os olhos rasos d'água, ordenou que as suas necessidades fossem atendidas com dinheiro do tesouro público, e disse ao beduíno, que fazia menção de se retirar: "Ó homem nobre, do mesmo modo que os adoradores de Deus transmitiram a mim as suas necessidades e tu me fizeste ouvir as palavras deles, transmite as minhas palavras e eleva a minha necessidade a Deus poderoso e excelso". Então o beduíno voltou o rosto para o céu e disse: "Meu Deus, com o teu poder e magnificência, faze por ᶜUmar Ibn ᶜAbdulᶜazīz o mesmo que ele fez pelos teus adoradores". Mal terminou seu rogo, ergueram-se nuvens e choveu torrencialmente, e com a chuva veio um grande granizo que caiu sobre uma telha e se quebrou, dele saindo um papel no qual estava escrito: "Este é um alvará de Deus poderoso a ᶜUmar Ibn ᶜAbdulᶜazīz, livrando-o do fogo".

[*Prosseguiu Šahrāzād*:] Conta-se que, certa noite, ᶜUmar Ibn ᶜAbulᶜazīz lia alguns relatos dos súditos à luz de um lampião quando veio um de seus criados falar-lhe sobre um fato ligado à sua casa. ᶜUmar então lhe disse: "Apaga o lampião e depois me conta, porque esta gordura provém do tesouro público dos

[278] Trata-se aqui de outro califa chamado ᶜUmar (681-720), o nono da dinastia omíada, também conhecido por sua devoção e piedade. No manuscrito se pula o seguinte trecho: "Certo dia ele discursou e disse: 'Ó gente, a inspiração divina baixava na época do profeta de Deus, sejam as suas bênçãos e paz sobre ele, e por meio dela ficávamos sabendo a exterioridade e a interioridade das pessoas, bem como o que nelas era bom e o que era ruim. Mas agora, tendo-se interrompido a inspiração divina, nós só olhamos para o que cada um exterioriza, pois Deus é que sabe mais o que lhe vai pelo interior. Eu e meus encarregados temos o compromisso de nada tomar que não esteja no direito, nem nada conceder que não esteja no direito'. Portanto, se quiseres saber que a justiça do sultão e sua piedade são o motivo da sua boa memória e orgulho, vê as notícias sobre...".

muçulmanos e não deve ser usada senão nas questões atinentes aos muçulmanos". É assim que se dão a prevenção e o êxito do sultão: se ele for justo.

História ᶜUmar Ibn ᶜAbdulᶜazīz tinha[279] três filhas que na véspera do feriado da peregrinação vieram dizer-lhe: "Amanhã é feriado e as mulheres e filhas dos súditos nos censuram, dizendo: 'Vós sois filhas do comandante dos crentes mas vos vemos malvestidas,[280] usando coisa pior que roupas brancas'", e choraram. Com o peito opresso, o califa mandou chamar o seu criado encarregado do tesouro público e lhe disse: "Paga-me adiantado o salário de um mês". O encarregado respondeu: "Ó comandante dos crentes, vais levar do tesouro público dos muçulmanos o empréstimo de um mês adiantado? Vê antes se ainda tens um mês de vida e então recebe adiantado o teu salário!". Perplexo, ᶜUmar lhe disse: "É muito bom o que disseste, rapaz. Que Deus te parabenize", e em seguida disse às filhas: "Recolhei vosso desejo, pois ninguém entra no paraíso sem sacrifícios". Se os líderes assim procedem, então sua corte e servidores seguirão o mesmo método. A justiça perfeita é que faças equivaler o anônimo que ninguém conhece ao respeitável dono de prestígio, colocando-os no mesmo patamar durante os litígios e olhando-os com o mesmo olhar, sem dares preferência a um sobre o outro com base na pobreza ou na riqueza, porque a pedra preciosa e a argila têm um só preço na outra vida, e ninguém ajuizado irá se queimar no fogo [por causa da respeitabilidade alheia].[281] Se um homem fraco tiver litígio contra algum sultão, este deve sair da sua sala real e agir conforme o decreto de Deus altíssimo a esse respeito, fazendo justiça àquele homem fraco, satisfazendo-o, não o prejudicando nem se envergonhando da verdade; deve agir conforme as palavras de Deus altíssimo: "Deus ordena a justiça e a benevolência, e a concessão da esmola, e a doação aos parentes, e adverte contra enormidades, coisas condenáveis".[282] E isso na verdade quer dizer que o rei, se acaso tiver direitos sobre alguém...

E o amanhecer atingiu Šahrāzād, que interrompeu o seu discurso autorizado. Disse-lhe sua irmã Dunyāzād: "Como é boa a sua história, maninha, prazerosa, gostosa e saborosa", e ela respondeu: "Isso não é nada perto do que irei contar-lhes na próxima noite, se acaso eu viver e o rei me poupar".

279 Na edição crítica se acrescenta: "um criado que era encarregado do tesouro público e três filhas...".

280 "Malvestidas" traduz *ᶜarāyā*, literalmente, "nuas".

281 O trecho entre colchetes foi traduzido da vulgata egípcia.

282 Alcorão, 16, 90. A continuação do versículo é: "e a iniquidade; ele vos exorta, e quiçá reflitais".

E QUANDO FOI A NOITE SEGUINTE, QUE ERA A

750ª

Disse sua irmã Dunyāzād: "Por Deus, maninha, se você não estiver dormindo, conte-nos uma de suas belas historinhas", e ela respondeu: "Sim, com gosto e honra".

Eu tive notícia, ó rei venturoso, de que isso na verdade quer dizer que o rei, se acaso tiver direitos sobre alguém, deve perdoá-lo e concedê-los como dádiva, ordenando aos seus encarregados que lhe imitem o exemplo e ajam conforme o seu proceder, a fim de não ser questionado sobre os seus súditos.[283] A situação é dessa forma. Fica sabendo disso.

ORDENS SÃO ORDENS

História Conta-se que Ismāᶜīl Ibn Aḥmad, líder de Ḫurāsān, hospedou-se em Merv,[284] e o seu protocolo, em todo lugar que visitava, era ordenar que o arauto anunciasse, entre militares e soldados, que eles não tinham nada de se meter com os súditos. Então, sucedeu que ali um de seus ajudantes invadiu uma plantação de melancias, delas colhendo umas poucas. O dono da plantação foi até as portas do chefe gritar por socorro; então o chefe ordenou que o auxiliar fosse trazido à sua presença e lhe perguntou: "Por tua causa devemos algo àquele homem?". O auxiliar respondeu: "Sim". O chefe perguntou: "Por acaso não ouviste o arauto?". O auxiliar respondeu: "Ouvi". O emir perguntou: "Por qual motivo prejudicaste os meus súditos?". O auxiliar respondeu: "Errei". O emir disse: "Não podemos entrar no fogo por causa do teu erro", e ordenou que a sua mão fosse decepada.

[283] Na edição crítica se acrescenta: "no dia do Juízo Final".

[284] Merv, "pedra branca", é a principal cidade da região de Ḫurāsān. O líder citado foi um dos governadores da dinastia samânida, que dominou aquela região de 874 a 999. Morreu em 908.

História[285] No livro "A conduta dos reis", conta-se que Ismāᶜīl [Ibn Aḥmad] Assāmānī[286] costumava se dirigir à região de Kawkabānī, fazendo a prece da tarde na cidade de Kundur, onde ordenava ao arauto que anunciasse ao povo [a sua presença para a audiência]; mandava que fossem retirados os secretários e afastados os porteiros, e pedia a Deus o acerto, a fim de que viesse a ele quem tinha alguma queixa de injustiça; o queixoso parava diante do tapete [de reza] e lhe dirigia a palavra, tendo a sua demanda satisfeita; ele julgava entre os querelantes como um árbitro, até que se acabassem as demandas, quando então ele se levantava de onde estava, comprimia a face[287] com as mãos e a voltava para o céu, dizendo: "Meu Deus, este é o meu esforço no qual gastei toda a minha energia. Tu sabes os segredos, sabes o meu propósito, ao passo que eu não sei qual dos teus adoradores prejudiquei, nem com qual deles fui injusto — eu que nem sequer fui justo com um dos meus companheiros. Perdoa-me, meu Deus, por aquilo que eu não conheço".

[*Prosseguiu Šahrāzād*:] E tão puros eram os seus propósitos, e tão belo o seu caráter, sem mácula, que a sua estrela se elevou, seus soldados chegando ao número de um milhão[288] de cavaleiros equipados com armamentos [e protegidos por ferro]. Com aquela justiça e equanimidade, e com a bênção que lhe carreavam, Deus altíssimo lhe deu a vitória contra ᶜAmrū Ibn Allayṯ,[289] a quem ele prendeu, e a conquista de Ḫurāsān. Então ᶜAmrū lhe enviou uma mensagem da cadeia: "Tenho muito dinheiro em Ḫurāsān, e abundantes tesouros. Entregar-te-ei tudo se me soltares". Quando ouviu aquilo, Ismāᶜīl riu e disse: "Até agora ᶜAmrū Ibn Allayṯ não se corrigiu; quer pendurar no meu pescoço as injustiças que cometeu e os crimes que perpetrou, a fim de se livrar do seu fardo de iniquidades na outra vida! Dizei-lhe que não tenho precisão do seu dinheiro". Em seguida, retirou-o da cadeia e o

[285] O início da narrativa a seguir está drasticamente estropiado em todas as versões. Consultou-se também uma versão dela constante num obscuro tratado político tardio, *Addurra Alġarrā' fī Naṣīḥat Assalāṭīn wa Alquḍā* [Pérola encantadora no aconselhamento de sultões e juízes], onde se encontra igualmente ininteligível em seu início. A tradução procurou aproveitar todos os elementos que conferissem alguma coerência à história.

[286] No manuscrito, por equívoco, "Ismāᶜīl Aššībānī". Trata-se do mesmo personagem da narrativa anterior.

[287] Aqui, novamente, "face" traduz *maḥāsinuhu*, "as partes belas [do rosto]", cuja tradução já se discutiu na nota 277.

[288] Na edição crítica, "cem mil"; na vulgata, "mil". Adiante, o acréscimo entre colchetes provém das demais versões.

[289] Líder político da dinastia safárida, que dominou a região de Sijistān, no Oriente da Pérsia, na segunda metade do século IX. Sua derrota pelos samânidas, em 903, e consequente morte nas mãos do califa abássida, marcou o fim do poder daquela dinastia.

enviou como mensageiro[290] a Bagdá, ganhando então vestes honoríficas e honrarias do comandante dos crentes. Ismā^cīl se instalou em seu reino em Ḫurāsān, tranquilo e em boa situação, e o reino permaneceu nas mãos dos samânidas por cento e trinta anos. E, quando o poder se transferiu para os pequeninos dessa dinastia, e para os garotos, eles oprimiram o povo e rechaçaram a verdade.[291]

[*Prosseguiu Šahrāzād*:] Conta-se nas crônicas que Dāwūd, com ele esteja a paz, olhava certo dia para o céu quando viu algo como farelos caindo no ar, e perguntou: "O que é isso, meu Deus?", e então Deus lhe enviou a seguinte inspiração: "Esta é a maldição que faço descer sobre as casas dos tiranos, Dāwūd".

História [Quando] Anū Širwān se assenhoreou do reino, o seu sábio vizir Yūnān escreveu-lhe o seguinte: "Fica sabendo, ó rei, que as questões do rei se dividem em três partes: se ele é equânime com os seus súditos e não exige que eles sejam consigo, este é um mérito, e o seu nível, o mais elevado; se ele pratica a equanimidade com os seus súditos e a cobra deles para consigo, isso é justiça, e o seu nível, médio; se ele exige dos seus súditos equanimidade para consigo e não é equânime com eles, esse é o nível mais baixo de qualidade.[292] Olha, ó rei, estas três partes e escolhe aquela que quiseres. E eu sei que o rei escolherá a primeira, tal como disse o poeta na seguinte poesia:

'Quem justiça faz aos outros e não a exige
deles para si, magnânimo, esse é o comandante;
quem quer justiça para os outros tal e qual
a quer para si mesmo, esse hoje não tem igual;
e quem quer que lhe façam justiça, mas aos
outros não a faz, esse é o desprezível abjeto'."

[290] A redação do texto é ambígua, somente se chegando a uma solução mediante consulta a obras históricas. Conforme relato do historiador Ibn Alaṯīr (1160-1234) em seu célebre e volumoso *Kitāb Alkāmil fī Attārīḫ* [O livro perfeito em história], esses dois líderes políticos e militares se confrontaram em disputa pelo controle da região de Ḫurāsān, e ^cAmrū saiu derrotado. Ismā^cīl então lhe teria oferecido a opção: ficar consigo em Samarcanda ou ser enviado a Bagdá. ^cAmrū preferiu ser enviado a Bagdá, onde o califa Almu^ctaḍid (m. 902) o aprisionou imediatamente, e na prisão ele morreu. Assim, de certo modo ele foi sim enviado a Bagdá como "mensageiro", pois o envio se deu por opção dele próprio.
[291] As demais versões acrescentam: *fazāla mulkuhum*, "e então seu reinado se extinguiu".
[292] "E esse é o nível mais baixo de qualidade" traduz *wa hya darajat aljawd assuflà*; o que possivelmente contém algum equívoco. Na edição crítica consta a lição que parece ser a mais correta: "isso é injustiça, e o seu nível, o inferior".

Admoestação e conselho Šabīb Bin Šība[293] foi ter com [o califa] Almahdī[294] e lhe disse: "Ó comandante dos crentes, Deus te deu o mundo! Dá aos teus súditos, então, uma parte do que é bom em teu viver". O califa perguntou: "E o que eu deveria dar aos súditos?". Respondeu Šabīb: "Justiça, pois quando os súditos dormem seguros em relação a ti, tu dormirás em segurança na tua sepultura. Acautela-te, comandante dos crentes, de uma noite que não será sucedida por dia, e de um dia que não será sucedido por noite! Sê justo o quanto puderes, pois exercendo a justiça serás recompensado com justiça, e exercendo a injustiça serás recompensado com injustiça. E ornamenta a tua alma com a piedade, pois no dia da Ressurreição ninguém te emprestará o seu ornamento, tal como disse o poeta na seguinte poesia:

'Embeleza e ornamenta a tua alma com a piedade:
no dia da Ressurreição o piedoso a ninguém a emprestará;
[a mão que faz favores não se desgraça, então a mantenha,][295]
que muito ganharás de um cabedal que não se esgota'."

KISRÀ E A PRESERVAÇÃO DO REINO

[*Prosseguiu Šahrāzād*:] Chegou ao rei Kisrà Anū Širwān uma carta de Qayṣar, rei de Bizâncio, na qual lhe perguntava: "Com que meios se dá a permanência do reino?". Então Kisrà lhe escreveu como resposta: "Não determino nada com desconhecimento, e, quando dou uma ordem, completo-a e não a abandono por medo ou a rogo. Não altero nada do que ordenei". E perguntou-se ao sapiente Aristóteles...

E o amanhecer atingiu Šahrāzād, que interrompeu o seu discurso autorizado. Disse-lhe sua irmã Dunyāzād: "Como é boa a sua história, maninha, prazerosa, gostosa e saborosa", e ela respondeu: "Isso não é nada perto do que irei contar-lhes na próxima noite, se acaso eu viver e o rei cortês e sensato me poupar".

[293] Letrado que gozava do favor de poderosos e tinha afeto pelos pobres, como afirma um historiador. Morreu em 786.

[294] Terceiro califa da dinastia abássida, morreu em 785.

[295] Esse verso foi traduzido das versões impressas. A lição do manuscrito é meio incompreensível: "Veste a roupa de quem conheces, pois com ela lograrás".

E QUANDO FOI A NOITE SEGUINTE, QUE ERA A

751ª

Disse sua irmã Dunyāzād: "Por Deus, maninha, se você não estiver dormindo, conclua a sua história", e ela respondeu: "Sim, com gosto e honra".

QUEM MERECE SER REI, SEGUNDO ARISTÓTELES

Eu tive notícia, ó rei venturoso, de que se perguntou ao sapiente Aristóteles: "É aceitável que alguém além de Deus altíssimo se declare 'rei'?". Ele respondeu: "Quem reunir as seguintes características, ainda que [isoladas] sejam comuns: o saber, a justiça, a liberalidade, a benevolência, a piedade e o que lhes corresponde, pois os reis somente o eram graças à sombra divina, à luz da bondade, à pureza de alma, a amplitude de intelecto e saber, à antiguidade de governo, à dignidade de origem. Por isso eram reis e sultões". Quanto ao sentido de suas palavras "sombra de Deus", ele aparece em dezesseis coisas:[296] intelecto, saber, agudez de inteligência, compreensão das coisas, imagem perfeita, bravura, coragem, sagacidade, ousadia, reflexão, bom caráter, equanimidade para com o fraco, demonstração de liderança,[297] abnegação, adulação no momento adequado, bom parecer, administração dos problemas, leitura constante das crônicas históricas, preservação do segredo[298] dos reis, exame das situações e obras nas quais se basearam e conforme as quais agiram os reis, pois este mundo não passa do resto dos governos dos antigos que o dominaram, morrendo e se extinguindo em seguida, e tornando-se, para as pessoas, memória por meio da qual cada um é lembrado graças às suas ações. Tanto este mundo como a outra vida são tesouros, sendo o tesouro deste mundo o bom elogio e a boa memória, e o tesouro da outra vida, a obra pia e a obtenção de recompensa.

[296] "Dezesseis" é o que consta de todas as versões, mas elas são vinte. A não ser que algumas delas estejam agrupadas como uma única característica.

[297] No manuscrito, "demonstração de súditos", o que não tem cabimento. Trata-se de confusão entre as grafias assemelhadas de *riʿāya*, "súditos", e *zaʿāma*, "liderança".

[298] "Segredo" traduz *sirr*. Nas versões impressas, consta *siyar*, "condutas", com o que a tradução ficaria: "decorar as condutas dos reis", o que parece mais provável. A grafia de ambas as palavras é bem semelhante.

Sabedoria Alexandre perguntou ao sapiente Aristóteles: "O que é melhor para os reis, coragem ou justiça?". Respondeu: "Se o sultão for justo, não necessitará de coragem".

HISTÓRIAS DE ALEXANDRE

Sabedoria Alexandre cavalgava com um grupo dos que faziam parte do seu governo quando lhe disse um dos almocadéns do exército: "Deus altíssimo te deu um reino enorme. Toma, pois, muitas mulheres para que aumentem os teus filhos, e por meio deles serás lembrado depois de partires". Respondeu Alexandre: "Após a sua partida, os homens não são lembrados pela abundância de filhos, mas sim pela boa conduta e justiça da lei. Ademais, para um homem que derrotou todos os homens do mundo não é aceitável ser derrotado pelas mulheres".

História Alexandre dispensou um de seus encarregados de um cargo importante e grave, incumbindo-o de um assunto insignificante e desprezível. Até que, certo dia, aquele homem foi vê-lo e Alexandre lhe perguntou: "Como vês o teu trabalho?". O homem respondeu: "Prolongue Deus a vida do rei! Não são os homens que dignificam os trabalhos, mas os trabalhos que dignificam os homens, e isso mediante a boa conduta, a equanimidade, a prática da justiça e o evitar o desperdício". Então Alexandre considerou boas as suas palavras e o devolveu ao cargo anterior.

MÁXIMAS E SENTENÇAS (II)

Disse Sócrates: "O mundo é estruturado na justiça. Quando advém a injustiça, o mundo não se equilibra nem se firma".

Sabedoria Perguntou-se a Buzurjmihr:[299] "O que faz aparecer a justiça do rei?". Ele respondeu: "Três coisas: a segurança das regiões fronteiriças, a dignificação e o fortalecimento dos sábios, e o amor aos virtuosos, pois, se a política do sultão for temível, as gentes da fronteira, devido ao medo, não divulgarão as benesses que ele distribui, ainda que muitas, ao passo que a segurança faz com que as benesses que ele distribui se divulguem, ainda que poucas, tal como consta das crônicas".[300]

[299] Mítico vizir do rei persa Kisrà Anū Širwān, seu nome, que significa "amorosíssimo", é sempre associado à sabedoria.

[300] Essa narrativa não consta da edição crítica. Na vulgata, a partir de "pois, se a política do sultão for...", a redação é mais clara. Eis a tradução: "Pois, quanto mais o sultão é injusto, mais o temem as gentes das fronteiras, ainda que muitas sejam as suas benesses, as quais quando há medo não se aceitam, ao passo que, mesmo sendo poucas, são aceitas quando existe segurança, tal como se relata na [seguinte] história".

O PEREGRINO, A MISÉRIA E A TIRANIA

História Conta-se que um homem se desgarrou da caravana de peregrinos e se perdeu no caminho, vendo-se então no meio da areia; caminhou até chegar a uma tenda na qual avistou uma velha, e à entrada, um cão dormindo. O peregrino cumprimentou a velha e lhe pediu comida, ao que ela respondeu: "Vai para aquele vale e caça uma quantidade de cobras suficiente para ti, a fim de que eu as asse e te dê de comer". O homem disse: "Não sei caçar cobras". A velha disse: "Caçarei contigo. Nada temas", e saiu na sua frente, seguida por ele e pelo cão. Após caçarem uma quantidade suficiente de cobras, voltaram e a velha pôs-se a assá-las, não vendo o peregrino mais remédio que comer aquilo, pois temia morrer de fome. Então comeu, pediu água e a velha lhe disse: "Vai até aquela fonte e bebe dela". Ele foi até a fonte, onde encontrou água salobra, mas não viu saída senão beber, e foi o que fez, retornando em seguida até a velha, a quem disse: "Estou de fato espantado contigo, ó velha, com a tua residência neste local e com essa tua alimentação". A velha perguntou: "Como é a situação em vosso país?". O homem respondeu: "Em nosso país existem casas espaçosas e agradáveis...".

E o amanhecer atingiu Šahrāzād, que interrompeu o seu discurso autorizado. Disse-lhe sua irmã Dunyāzād: "Como é boa a sua história, maninha, prazerosa, gostosa e saborosa", e ela respondeu: "Isso não é nada perto do que irei contar-lhes na próxima noite, se acaso eu viver e o rei cortês me poupar".

E QUANDO FOI A NOITE SEGUINTE, QUE ERA A 752ª

Disse sua irmã Dunyāzād: "Por Deus, maninha, se você não estiver dormindo, conclua a sua história", e ela respondeu: "Sim, com gosto e honra".

Eu tive notícia, ó rei venturoso, de que o peregrino disse: "Em nosso país existem casas espaçosas e agradáveis, frutas maduras e água potável, comida saborosa e carnes gordas. As benesses são muitas". A velha disse: "Já ouvi isso tudo. Mas conta-me, acaso ficais sob o jugo de um sultão que pratica injustiça contra vós? Se cometeis delitos, confisca os vossos cabedais, vos aniquila e expulsa de vossas casas e propriedades?". O homem respondeu: "Às vezes isso acontece". A velha disse: "Portanto, essa comida agradável e essa bela vida se tornam, com a injustiça e a iniquidade, veneno agudo, ao passo que a nossa comida, com a segurança, se torna antídoto benéfico. Acaso não ouviste que as mais excelsas benesses, após a benesse do islã, são a saúde e a segurança, com a justiça da política do sultão?".

Portanto, o sultão deve usar a política, pois ele é o califa de Deus na terra, e sua venerabilidade deve ser tanta que os súditos, ao verem-no, temam-no mesmo que ele esteja distante. O sultão deste nosso tempo deve ter a mais leal política[301] e a mais perfeita venerabilidade, porquanto as pessoas deste nosso tempo não são como os antigos: trata-se de gente descarada e vulgar,[302] gente arruaceira e turbulenta. Se o sultão — Deus altíssimo nos livre! — for débil ou não tiver política, isso sem dúvida será motivo para a ruína do país, e a falha atingirá tanto a fé como o mundo. Diz-se nos provérbios: "Injustiça de cem anos do sultão, mas não injustiça de um só ano de súdito contra súdito". Se os súditos forem iníquos, Deus lhes imporá um sultão iníquo e um rei implacável.

MÁXIMAS E SENTENÇAS (III)

História Alḥajjāj Bin Yūsuf[303] recebeu certo dia uma história na qual estava escrito: "Teme a Deus e não sejas tão injusto com as pessoas", e então ele, que era eloquente, subiu ao púlpito e disse: "Ó gente, Deus me deu poderes sobre vós devido às vossas obras, e se acaso eu morrer não vos livrareis da injustiça com essas obras tão más, pois Deus altíssimo tem muitos iguais a mim, e se acaso não for eu, virá algum outro pior ainda, tal como disse o poeta:

'Não existe mão sobre a qual não esteja a mão de Deus,
nem existe opressor ao qual não se imporá outro opressor'."

Perguntou-se a Buzurjmihr: "Qual rei é mais puro?". Ele respondeu: "Aquele com o qual os puros se sentem seguros e que os delinquentes temem. Quanto ao sultão que não tem política, ele tampouco tem importância aos olhos dos súditos,

301 Nas versões impressas, acrescenta-se aí: "e que com essa política seja justo".
302 "Gente vulgar" traduz *ahl tafāha*; na edição crítica, *ahl safāha*, "gente estulta".
303 Líder político e militar do período omíada, tem o nome sempre associado à extrema dureza do seu governo e métodos. Morreu em 714.

a todos deixando exasperados, a falar mal dele a todo instante. Acaso não vês que o homem, se pertencer ao vulgo e for nomeado governador, logo quer pedir contas aos súditos? E assim que lhes dirige a palavra quer causar-lhes temor e mostrar a sua dignidade na política? Isso é porque ele sabe que os súditos continuam a olhar para ele com os mesmos olhos de antes".

A JUSTIÇA DE ZIYĀD

História espantosa Abū Sufyān Bin Ḥarb tinha um filho chamado Ziyād Bin Abīhi,[304] pois lhe nascera na época da Jāhiliyya e ele o expulsara e o repudiara, dizendo: "Não é meu filho". Quando Mu^{c}āwya Ibn Abī Sufyān ascendeu ao poder, aproximou Ziyād e o nomeou governador do Iraque. Ao chegar lá, verificando que o povo do Iraque era desmazelado, corrupto e ladrão, Ziyād se dirigiu à mesquita, subiu ao púlpito, fez o seu sermão e disse após concluí-lo: "Por Deus que se algum de vós sair [de casa] depois da última prece da noite eu lhe cortarei o pescoço. Que o saibam os presentes e os ausentes!". Em seguida, ordenou que [um arauto] anunciasse aquilo durante três dias. Quando foi a quarta noite, Ziyād saiu, já passado um terço da noite, a vagar pelos bairros da cidade, avistando então, parado, um beduíno com ovelhas. Ziyād perguntou-lhe: "O que fazes aqui?". O beduíno respondeu: "Cheguei à noite, não encontrei lugar para pernoitar e então fiquei aqui até o amanhecer para vender minhas ovelhas". Ziyād lhe perguntou: "Não ouviste o anúncio do arauto?". O beduíno respondeu: "Sim". Disse Ziyād: "Sei que falas a verdade, mas se eu te soltar temo que se espalhe sobre mim a notícia de que 'Ziyād fala, mas não faz', com o que minha política se corromperá e o respeito por mim se quebrará. O paraíso é melhor para ti", e lhe cortou o pescoço. Continuou caminhando e cortando o pescoço e decepando a cabeça de quem encontrava. Quando amanheceu, o número dos mortos de cabeça decepada era de mil e quinhentos homens, cujas cabeças Ziyād pendurou na porta de sua casa, como se fossem bolas.[305] Então as pessoas

[304] Morto em 673, foi um importante líder político e militar do período omíada, e seu nome, literalmente, significa "Ziyād, filho do seu pai", devido à obscuridade de suas origens; com o aparente desejo de nobilitar-se, divulgou que seu pai seria o aristocrata Abū Sufyān (m. 652), pai de Mu^{c}āwya (m. 680), fundador da dinastia omíada. A história chegou a receber crédito, como se evidencia nesta crônica, mas parece que a sua mãe, Sumayya, exercia o meretrício na cidade de Aṭṭā'if, na Península Arábica, donde o apelido. "Jāhiliyya" é o nome que se dá ao período anterior ao surgimento do islã. Literalmente, significa algo como "época da ignorância", mas existem controvérsias quanto ao efetivo sentido da expressão.
[305] Nas versões impressas, "como se fossem eiras".

passaram a respeitá-lo, atemorizadas com o que viram de suas ações. Quando foi a noite [seguinte], ele saiu e vagou [pela cidade], fazendo a mesma coisa com quem encontrasse, e foram trezentos homens cujas cabeças se levaram. Depois disso, ninguém mais conseguiu sair depois da última reza da noite. Quando foi a sexta-feira...

E o amanhecer atingiu Šahrāzād, que interrompeu o seu discurso autorizado. Disse-lhe sua irmã Dunyāzād: "Como é boa a sua história, maninha, prazerosa e gostosa, e ela respondeu: "Isso não é nada perto do que irei contar-lhes na próxima noite, se acaso eu viver e o rei cortês e sensato me poupar".

E QUANDO FOI A NOITE SEGUINTE, QUE ERA A 753ª

Disse sua irmã Dunyāzād: "Por Deus, maninha, se você não estiver dormindo, conclua a sua história", e ela respondeu: "Sim, com gosto e honra".

Eu tive notícia, ó rei venturoso, de que, quando foi a sexta-feira, Ziyād subiu ao púlpito e disse: "Ó gente, que esta noite ninguém feche as portas das lojas, e tudo quanto for roubado eu ressarcirei", e então ninguém se atreveu a fechar a loja naquela noite. No dia seguinte, um cambista foi até Ziyād e lhe disse: "Ontem me foram furtados quatrocentos dinares". Ele perguntou: "Podes jurar a veracidade de tuas palavras?". O cambista respondeu: "Sim", e jurou. Ziyād lhe ressarciu os quatrocentos dinares e lhe disse: "Guarda segredo disso, não informes a ninguém". Na sexta-feira seguinte, as pessoas se reuniram [na mesquita], Ziyād subiu ao púlpito e disse: "Sabei que se roubaram quatrocentos dinares da loja de fulano, o cambista. Todos vós estais presentes. Se acaso devolverdes o dinheiro, o cambista terá o seu direito e dinheiro devolvidos. E se acaso não devolverdes, impedirei que qualquer um de vós saia da mesquita e ordenarei que sejais mortos agora mesmo". Imediatamente as pessoas agarram um homem de quem se desconfiava haver roubado e o colocaram diante de Ziyād. O homem devolveu o ouro que roubara e Ziyād ordenou que fosse crucificado sem delongas.

[*Prosseguiu Šahrāzād*:] Depois disso, Ziyād perguntou em qual localidade de Basra não havia segurança. Responderam-lhe: "O bairro de Banī Alazad". Então ele ordenou que ali se deixasse à noite uma roupa com brocados de ouro, de pesado valor, de modo que ninguém visse [quem a deixara]. A roupa permaneceu ali jogada por dias e ninguém [teve o atrevimento] de se aproximar [nem tirá-la do lugar].

Depois disso, os seus parentes lhe disseram: "A tua política é a melhor coisa, com o porém de que, primeiro, não poupas os muçulmanos, e, segundo, mataste muita gente". Ele respondeu: "Antes disso, por três dias, eu argumentei com eles. Mas, devido às suas péssimas ações, não se emendaram, e o que os atingiu se deve à sua péssima desobediência".[306]

COMO DIVIDIR O DIA DO SOBERANO

O sultão não deve sempre se ocupar com jogos de gamão, xadrez, pela e caça, pois isso o afasta das atividades [importantes] e o impede de realizá-las. Cada atividade tem o seu tempo, e se ele for desperdiçado, o lucro se reverte em perda, e a alegria, em tristeza. Os antigos reis dividiam o dia em quatro partes: a primeira, para a adoração de Deus altíssimo; a segunda, para analisar os assuntos do poder, fazer justiça aos oprimidos, sentar-se com os sábios e os dotados de intelecto para administrar as coisas, a condução do povo, a execução das ordens e do protocolo, a escrita da correspondência e o envio de mensageiros; a terceira, para comer, dormir, munir-se das coisas do mundo e gozar o seu quinhão de alegria e felicidade; a quarta, para caçar, jogar bola, atirar flechas, apostar corrida e coisas assemelhadas.

Conta-se que Bahrām Gōr[307] dividiu o seu dia em duas partes, dele fazendo duas metades, a primeira das quais ele gastava resolvendo os problemas das pessoas, e a segunda ele usava para desfrutar. Diz-se que em todos os dias de sua vida ele jamais trabalhou um dia inteiro numa única atividade.

KISRÀ E SEUS ENCARREGADOS

[Kisrà] Anū Širwān ordenava aos seus companheiros que subissem ao ponto mais alto do país [para observar as casas das pessoas]. A toda casa de onde não saía fumaça eles iam indagar sobre a situação dos moradores e qual o seu problema. Se tivessem

[306] Nas versões impressas, a posição de "péssimas ações" e "péssima desobediência" está invertida.
[307] Rei da dinastia sassânida, também conhecido como Bahrām 5º, governou de 421 a 438. A dureza de sua perseguição aos cristãos provocou a intervenção bizantina.

alguma aflição, informava-se Anū Širwān, que lhes solucionava as tristezas e extinguia as preocupações. O sultão tampouco deve aceitar que os seus servidores tomem alguma coisa ilegalmente dos súditos, tal como consta da seguinte crônica.

História Conta-se que Anū Širwān, o justo, havia nomeado um encarregado [administrador de certa região], e então esse encarregado lhe enviou três mil dirhams a mais em tributos. Anū Širwān ordenou que o excesso fosse devolvido aos seus donos, e que o administrador fosse crucificado.

Conta-se que todo sultão que toma de seus súditos algo injustamente e à força, e o coloca em seus depósitos, tem como paradigma o do homem que fez uma parede para ser base de uma construção, mas, sem esperar que secasse, construiu sobre ela enquanto estava úmida, e perdeu tanto a construção como a parede. O sultão deve cobrar o seu direito dos súditos na mesma medida em que lhes dá os seus direitos, pois cada um desses dois assuntos tem limites e medidas, [tal como consta da seguinte história.]

História Conta-se que o califa Alma'mūn...

E o amanhecer atingiu Šahrāzād, que interrompeu o seu discurso autorizado. Disse-lhe sua irmã Dunyāzād: "Como é boa a sua história, maninha, prazerosa, gostosa e saborosa", e ela respondeu: "Isso não é nada perto do que irei contar-lhes na próxima noite, se acaso eu viver e o rei cortês me poupar".

E QUANDO FOI A NOITE SEGUINTE, QUE ERA A 754ª

Disse sua irmã Dunyāzād: "Por Deus, maninha, se você não estiver dormindo, conclua a sua história", e ela respondeu: "Sim, com gosto e honra".

ALMA'MŪN E SEUS ENCARREGADOS

Eu tive notícia, ó rei venturoso, de que se conta que o califa Alma'mūn[308] nomeou três homens como governadores. Ao primeiro, ele deu um édito para

[308] Sexto califa da dinastia abássida, também amiúde citado no *Livro das mil e uma noites*, estimulou as ciências e a filosofia. Governou de 786 a 833.

governar Ḫurāsān e um traje honorífico de três mil dinares; o segundo, ele nomeou para governar o Egito e lhe deu um traje semelhante; o terceiro, ele nomeou governador de Ḫūzistān[309] e também lhe deu um traje semelhante. Em seguida, chamou um sacerdote zoroastrista e lhe perguntou: "Chefe, acaso algum dos reis persas deu a alguém, durante o seu reinado, algo como esses trajes? Eu fui informado de que os trajes honoríficos deles valiam pouco mais de quatro mil dirhams". O sacerdote respondeu: "Deus te prolongue a vida, ó rei. Os reis dos persas possuíam três coisas que vos faltam: a primeira é que eles tomavam das pessoas e a elas davam na mesma medida; a segunda é que eles tomavam dos lugares de onde era lícito levar, e davam a quem merecia receber; a terceira é que eles não eram temidos senão pelos delinquentes". O califa respondeu: "Falaste a verdade", e mais não disse. Foi por isso que Alma'mūn abriu a porta da tumba de Kisrà, levantou a tampa do caixão, examinou-o, observou-lhe a beleza do rosto, que ainda mantinha a sua água, sem se corromper, as roupas ainda inteiriças, não rasgadas nem corroídas, o anel em seu dedo com um valiosíssimo engaste de rubi que jamais nenhum outro rei vira semelhante, e no qual estava escrito *mah bih nih bih mah*, isto é, "o melhor é o maior, e não o contrário".[310] Então Alma'mūn ordenou que ele fosse coberto com um traje tecido em ouro. Estava com o califa um criado que, sem ser percebido, levou o anel do dedo de Kisrà. Mas, quando soube do acontecido, o califa mandou matar o criado e devolveu o anel ao dedo de Kisrà, dizendo: "Ele quis me desmoralizar, de modo que se dissesse a meu respeito, até o dia do Juízo Final, que Alma'mūn era ladrão de tumbas, abriu o túmulo de Kisrà e levou-lhe o anel".

MÁXIMAS E SENTENÇAS (IV)

Sabedoria Certo dia, em preparativos para viagem, Alexandre perguntou a um grupo de sábios que o acompanhava: "Esclarecei-me um método de sabedoria que regule as minhas atividades e aperfeiçoe os meus trabalhos". Respondeu o sábio-mor: "Ó rei, não deixes que o amor ou o ódio pelo que quer que seja te adentre o coração, pois o coração possui uma especificidade inscrita em seu nome, não tendo sido chamado de coração senão por se revirar.[311] Age mediante

[309] Região do sul do Irã, próxima ao Golfo Arábico.

[310] As palavras em itálico estão em persa no original. Literalmente, a frase se estrutura por meio da inversão, ou seja, "o melhor é o maior, e o maior não é o melhor", o que em português é redação débil.

[311] Em árabe, a palavra *taqallub*, nome de ação do "ato de revirar-se", é cognata de *qalb*, "coração".

reflexão, tomando-a como vizir, faze do intelecto teu companheiro, esforça-te para te manteres desperto durante a noite inteira,[312] não te aventures a qualquer assunto que seja sem antes fazeres consultas, evita o favoritismo e a parcialidade no momento da justiça [e da equanimidade. Se assim procederes, todas as coisas seguirão o teu rastro e procederás com elas][313] como bem entenderes. O rei deve ser sábio, indulgente e imponente, e não estouvado e apressado". Os sapientes disseram: "Três coisas são feias, e mais feias ainda em outras três: a cólera nos reis, a avidez nos sábios e a avareza nos ricos".

Sabedoria O vizir Yūnān escreveu para o rei Kisrà Anū Širwān recomendações e admoestações nas quais afirmou: "Deves sempre ter contigo, rei do mundo, quatro coisas: justiça, intelecto, paciência e pudor, bem como deves expulsar de ti quatro coisas: inveja, arrogância, dureza de coração — ele queria dizer avareza — e hostilidade". Também disse: "Fica sabendo, ó rei, que os reis anteriores a ti já passaram, e os posteriores a ti ainda não chegaram; esforça-te, pois, para que todos os reis do tempo e seus súditos te amem e anseiem por ti".

KISRÀ E O AUMENTO DE IMPOSTOS

História Conta-se que certo dia de primavera Kisrà Anū Širwān cavalgava para espairecer, pondo-se a galopar pelas campinas verdejantes, a notar-lhes as árvores e frutas e a observar-lhes os pomares bem cuidados. Descavalgou então em louvor ao seu senhor e se prosternou, mantendo a face encostada na terra por um longo tempo, e ao erguer a cabeça disse aos seus acompanhantes: "A fertilidade dos anos se deve à justiça dos reis e sultões, de suas boas intenções e de sua benemerência para com os súditos. Gratidão a Deus, que fez aparecerem as nossas boas intenções em todas as coisas". E somente disse isso porque foi o que ele vivenciou durante a maior parte do seu tempo.

História Conta-se que Kisrà Anū Širwān...

E o amanhecer atingiu Šahrāzād, que interrompeu o seu discurso autorizado. Disse-lhe sua irmã Dunyāzād: "Como é boa a sua história, maninha, prazerosa, gostosa e saborosa", e ela respondeu: "Isso não é nada perto do que irei contar-lhes na próxima noite, se acaso eu viver e o rei cortês e sensato me poupar".

312 Nas versões impressas não consta "durante a noite inteira", o que é mais verossímil.

313 A tradução do trecho entre colchetes é fruto da leitura combinada das versões impressas.

E QUANDO FOI A NOITE SEGUINTE, QUE ERA A

755ª

Disse sua irmã Dunyāzād: "Por Deus, maninha, se você não estiver dormindo, conclua a sua história", e ela respondeu: "Sim, com gosto e honra".

Eu tive notícia, ó rei venturoso, de que se conta que Kisrà Anū Širwān, em certo dia de caça, apartou-se dos seus soldados, avistou uma aldeia nas proximidades de onde se encontrava e, como estivesse com sede, foi até lá, bateu à porta de uma casa e pediu água para beber. Saiu para atendê-lo uma jovem, que olhou para ele, entrou de novo em casa, espremeu um único gomo de cana-de-açúcar, misturou o suco com água, colocou num copo e deu-o ao rei, o qual, olhando para dentro do copo e nele vendo um pouco de terra e pedaços de casca, bebeu aos poucos, até terminar, dizendo em seguida à jovem: "*Šābāš*[314] — que significa 'o melhor dos caldos' —, apesar dos pedaços de casca que o turvavam". Ela respondeu: "Eu coloquei aquilo de propósito no copo". Kisrà perguntou: "Por que agiste assim?". Ela respondeu: "Notei que estavas com muita sede, e, se o caldo não contivesse aquelas casquinhas, tu o terias tomado e sorvido rapidamente, num só gole, o que te faria mal". Admirado com tais palavras, Kisrà percebeu que ela dissera aquilo por inteligência e sagacidade, e perguntou-lhe: "De quantos gomos espremeste o caldo?". Ela respondeu: "De um único gomo". Admirado, Kisrà pediu o registro dos impostos recolhidos por aquela região e, verificando serem baixos, refletiu, pensou: "Uma aldeia na qual um único gomo de cana-de-açúcar é assim só paga isso de imposto?", e arquitetou o plano de, ao voltar, mandar aumentar os impostos daquela região. Tempos depois retornou para aquela aldeia, passou sozinho pela mesma porta e pediu água. Saiu para atendê-lo a mesma jovem, viu-o, reconheceu-o, entrou de novo para espremer-lhe o suco mas, como se demorasse, Kisrà apressou-a, perguntando: "Por que tanta demora?". Ela respondeu: "Não está saindo do gomo a quantidade que te é necessária; hoje tive de espremer três gomos, e eles não renderam o que rendia um único gomo, que te seria suficiente". Kisrà perguntou: "Qual o motivo

[314] Palavra persa composta de *šād*, "feliz", e *bāš*, "que seja". Seu sentido geral é "muito bem". Corrigiu-se a grafia da palavra, que contém equívocos em todas as versões.

disso?". Ela respondeu: "O motivo disso é que a modificação dos propósitos do sultão em relação a algum povo faz com que as bênçãos desse povo se extingam". Então Kisrà riu, afastou de si aquilo que tencionava fazer com o povo da aldeia e se casou com aquela jovem, tamanha foi a sua admiração pela inteligência dela.

MÁXIMAS E SENTENÇAS (V)

Sabedoria Diz-se que os verazes dentre os homens são três: os profetas, os reis e os loucos. [E se diz que a embriaguez é loucura e que o louco teme o ébrio, pois a embriaguez do louco é interior e a loucura do ébrio é exterior. E ai daquele que permanece sempre na embriaguez da inadvertência, tal como disse o poeta:

"Quem pelo vinho é rapidamente embriagado
não deve, quando acorda, envergonhar-se,
mas quem estando no poder se embriaga,
será certo que dele o poder se transfira."

São muito poucos os que se mantêm despertos da embriaguez do poder, os que têm gente leal e honesta na execução de suas obras, e cujos frequentadores são sinceros e auxiliadores. O sinal da embriaguez do sultão é quando ele entrega o seu vizirato a alguém necessitado e carente, mantendo-o e se apegando a ele até que a sua pobreza se acabe e suas necessidades se satisfaçam, quando então o dispensa e nomeia outro; o seu paradigma é o de quem cria uma criança pequena até atingir a maioridade e se tornar capaz de trabalhar e prestar serviços, e então a mata e aniquila.][315] E se diz que quatro coisas nos reis são obrigatórias: afastar os vis do seu reino; fazê-lo prosperar aproximando os dotados de intelecto; preservar os pareceres dos anciões e experientes; incrementar a força do rei mediante dizeres e ações.[316]

História Quando assumiu o poder, ᶜUmar Ibn ᶜAbdulᶜazīz, esteja Deus satisfeito com ele, escreveu para Alḥasan de Basra: "Ajuda-me por meio dos teus conselhos",[317] e Alḥasan lhe escreveu em resposta: "Quem procura o

[315] O longo trecho entre colchetes foi traduzido da edição crítica, que por sua vez o acrescenta, conforme nota do organizador, de um manuscrito cujo texto neste ponto é similar ao do aqui empregado. Também consta da vulgata.

[316] Nas versões impressas, a última coisa é: "incrementar a força do reino com a diminuição das ações condenáveis". A lição do manuscrito parece mais consistente.

[317] Todas as versões trazem "companheiros" em vez de "conselhos", o que está obviamente errado (devido, talvez, à semelhança de grafia entre as duas palavras).

mundo não te dará conselhos, e quem procura a outra vida não te deseja. O sultão não deve entregar o seu vizirato nem [a execução de] nenhuma de suas atividades a quem disso não for merecedor, pois, se acaso ele os entregar a alguém assim, o seu reinado se corromperá e o seu reino se arruinará, surgindo falhas enormes em todos os cantos e por todos os lados, tal como disse o poeta na seguinte poesia:

'Quando se avizinha a ruína de uma casa,
rachaduras começam a se traçar na parede;
se o rei der poder àqueles que não merecem,
entregarão o governo a toda sorte de imbecil'."[318]

[*Prosseguiu Šahrāzād*:] Quem serve os reis deve ser tal como disse o poeta:

"Se fores servir os reis, veste
a melhor roupa da piedade;
quando entrares, entra cego,
e quando saíres, sai mudo."

Quem se sente à vontade na companhia do sultão está oprimindo a si mesmo, ainda que seja o seu filho, pois não existe nenhuma regra que lhe permita sentir-se à vontade na presença de sultões, conforme disse o poeta:

"Mesmo que do sultão sejas rebento, adula-o;
teme-o, se amas a tua cabeça, e sairás a salvo."

O paradigma de quem se sente à vontade com o sultão é o mesmo do adestrador de cobras, que com elas passa a vida, comendo, [dormindo,] sentando-se e levantando-se ao lado delas, e o mesmo do homem no mar, no meio de crocodilos, cuja vida estará sempre em risco.

Sabedoria[319] Sultões não têm amigo, nem parente, nem criado, nem filho…

[318] Não fica claro onde, precisamente, se encerra a fala de Alḥasan de Basra e onde ela é retomada pelo narrador. Ante tal imprecisão sintática, supôs-se que o ponto foi este.
[319] Nas versões impressas, esse trecho se inicia com: "Conta-se a respeito daqueles a quem sucede a provação de ter de ficar ao lado dos sultões".

E o amanhecer atingiu Šahrāzād, que interrompeu o seu discurso autorizado. Disse-lhe sua irmã Dunyāzād: "Como é boa a sua história, maninha, prazerosa e gostosa", e ela respondeu: "Isso não é nada perto do que irei contar-lhes na próxima noite, se acaso eu viver e o rei cortês e sensato me poupar".

E QUANDO FOI A NOITE
SEGUINTE, QUE ERA A

756ª

Disse sua irmã Dunyāzād: "Por Deus, maninha, se você não estiver dormindo, conclua a sua história", e ela respondeu: "Sim, com gosto e honra".

Eu tive notícia, ó rei venturoso, de que sultões não têm amigo, nem parente, nem criado, nem filho, nem respeito por ninguém, nem protegem ninguém, a não ser que desse alguém estejam necessitados, em virtude do seu saber ou da sua coragem. E quando eles alcançam aquilo de que necessitam, essa pessoa deles já não receberá nenhuma afeição, nem dignidade, nem pudor. Como a maior parte de suas ocupações é hipocrisia, eles diminuem a importância dos seus grandes pecados e aumentam excessivamente a importância dos pequenos pecados alheios. Disse Sufyān Aṯṯawrī,[320] esteja Deus satisfeito com ele: "Não faças companhia ao sultão, e acautela-te de servi-lo, pois, se acaso fores obediente, esgotar-te-á, e, se dele divergires, matar-te-á". Ninguém deve adentrar a porta dos reis se para tanto não tiver permissão. Compreende, pois.

A EDUCAÇÃO DOS PRÍNCIPES

História Conta-se que Yazdagard Ibn Šahrabān[321] adentrou a porta do seu pai numa hora em que ninguém tinha permissão para entrar. Então o rei Šahrabān disse a Bahrām: "Vai e aplica no secretário fulano de tal trinta pauladas, e

[320] Intérprete do Alcorão, fez escola e polemizou. Nasceu em Kufa e morreu em Basra no ano de 778.
[321] Nas versões impressas, "Šahriyār", o mesmo nome do rei para o qual Šahrāzād conta as histórias, e que é a forma correta, já que os historiadores árabes fazem referência a esse rei e a essa filiação. Manteve-se a forma do manuscrito pela possibilidade de que o nome ali tenha sido propositalmente alterado.

depois demite-o da portaria do palácio, colocando sicrano em seu lugar". Naquela época, a idade do seu filho Yazdagard era treze anos. O novo secretário da portaria ficou sabendo daquilo, bem como os criados, e o primeiro secretário foi afastado. Alguns dias depois, Yazdagard tornou a tentar entrar onde o pai estava, mas o secretário colocou-lhe a mão no peito e o fez recuar, dizendo-lhe: "Se eu tornar a te ver aqui irei aplicar-te sessenta chicotadas, trinta pelo secretário dispensado e trinta para que não tentes entrar onde o rei está fora do horário permitido, e para que não me causes prejuízo e humilhação". É necessário ao rei que, toda noite, faça alguém dormir em sua cama e que ele se mude para outro local, a fim de que, caso algum inimigo o procure para matá-lo, encontre outro em seu lugar, [e assim a mão de tal inimigo não o atingirá, como consta da seguinte história].

A FUGA PODE SER VITÓRIA

História Conta-se que, derrotado por Bahrām Gōr, disse H̬osraw [Bin Perv]ez:[322] "Fugi, ainda que a fuga seja vergonhosa, para com ela salvar a vida de um grupo de companheiros meus, e também porque, se acaso eu fosse morto, por minha causa milhares de pessoas seriam igualmente mortas". Com tal narrativa, ó sultão, o meu desígnio é [mostrar] que este nosso tempo não é conveniente, nele os homens se dividindo entre quem tem o juízo ruim e quem finge ter juízo,[323] enquanto os reis estão ocupados com o mundo e o amor pelo dinheiro. Não se deve tolerar nem negligenciar o homem mau, pois já se dizia nos provérbios dos árabes: "O escravo se adverte com bastão, mas ao homem livre basta um sinal". Esse provérbio se aplica àqueles que têm estirpe e aos que não a têm. Mas os homens tiveram um tempo e um momento nos quais um só homem dava segurança aos homens do mundo todo, e lhes tomava [como tributo] uma bolsa cheia de moedas de ouro, a qual ele carregava aos ombros. Esse homem era ᶜUmar Ibn Alh̬aṭṭāb, esteja Deus satisfeito com ele. Mas hoje, se os súditos fossem tratados dessa maneira, [não suportariam e] a terra se corromperia.

[322] Rei persa da dinastia sassânida, governou de 590 a 628. Tomou o poder com o auxílio dos bizantinos e invadiu Jerusalém, mas, derrotado enfim pelo imperador bizantino Héracles, foi assassinado na cadeia.
[323] "Quem tem o juízo ruim e quem finge ter juízo" traduz *qabīḥ alᶜaql* e *mutaᶜaqqil*, grafia evidentemente incorreta, por *mutaᶜāqil*. Nas versões impressas, consta *qabīḥ alfiᶜl* e *ᶜāqil*, "malfeitor" e "ajuizado". Como se vê, a variante do manuscrito é muito mais condizente com o andamento da narrativa. A palavra *ᶜaql*, "juízo", também poderia ser traduzida por – e no mais das vezes corresponde a – "intelecto".

Perguntou-se[324] ao comandante dos crentes ᶜAlī Ibn Abī Ṭālib, esteja Deus satisfeito com ele, o seguinte: "Por qual motivo as admoestações não beneficiam estes homens?". Respondeu: "A notícia conhecida é que o enviado de Deus, sobre ele sejam suas bênçãos e paz, quando estava às portas da morte e fazia recomendações, exibiu três dedos e disse com o canto da língua: 'Não me indagueis a respeito destes'. Os seus companheiros disseram que aquilo era uma referência a três meses, e um grupo disse que era referência a três anos, e outro grupo disse que era referência a trinta anos, e outro grupo disse que era referência a trezentos anos. [Ele quis dizer: 'Mesmo que se passem trezentos anos] não me indagueis sobre a condição destes homens'. Se o profeta, sobre ele estejam as bênçãos e a paz de Deus, disse: 'Não me indagueis sobre esses', por que as admoestações haveriam de beneficiá-los?". Questionado sobre essa pergunta, ele disse: "Os homens daquele tempo estavam acordados, e os sábios, despertos, ao passo que hoje os sábios estão adormecidos e os homens, mortos. Qual é então o benefício das palavras de um adormecido para um morto?". Quanto a este nosso tempo, nele todo mundo está morto, e as obras e os desígnios dos homens se tornaram malignos.

Disse Buzurjmihr: "O rei não deve ser, nos cuidados com o seu reino, menos cuidadoso que o jardineiro nos cuidados com o seu jardim, pois este, quando planta murtas e nascem ervas, apressa-se em arrancar as últimas a fim de que não estraguem os locais onde estão as murtas".[325] E o rei deve buscar o saber, aprendendo com os sábios, ter méritos amplos, afastar do seu reino os caçadores de

[324] Antes dessa narrativa, as edições impressas trazem o seguinte trecho omitido no manuscrito: "Porém, nestes tempos o sultão deve adotar a política mais perfeita e ter respeitabilidade para que cada pessoa cuide de seus próprios misteres, e para que uns estejam a salvo dos outros. E nós agora divulgaremos uma notícia a este respeito, a qual beneficiará o leitor e o ouvinte".

[325] Entre essa fala e a próxima, que nas versões impressas é atribuída ao "sapiente Sócrates", consta um longo trecho atribuído a Platão: "Disse Platão: 'O sultão vitorioso sobre o seu inimigo tem como característica ser forte consigo mesmo, observador do silêncio, pensante com o intelecto em seus pareceres e administrações, dotado de intelecto em seu reino, nobre para consigo mesmo, doce ao coração dos súditos, hábil em todas as suas obras, conhecedor das leis de quem o antecedeu, especialista nas obras de quem o antecedeu, firme em sua fé e arrojo'. Todo rei no qual se reunirem tais características será venerável aos olhos do inimigo, e o caçador de defeitos nada encontrará para dizer a seu respeito. E, se o rei considerar que o seu poder e força provêm de Deus altíssimo, mesmo que o seu inimigo seja forte, derrotá-lo-á e o vencerá, tal como no dizer de Deus altíssimo: "Quantas vezes um pequeno grupo venceu um grupo numeroso, com a permissão de Deus, e Deus está com quem tem paciência" [Alcorão, 1, 249]. Disse o sapiente Sócrates: "A característica do rei cujo reinado perdura é que, nele, a fé e o intelecto lhe estejam vivos no coração, a fim de que ele seja amado no coração dos súditos".".

defeitos e possuir intelecto abundante, pois os defeitos são resultado da sua falta,[326] tal como disse o poeta:

"Diz o leão, sábio em discursos:
'Chega de chiste, nisso não és leão,
preserva-te a ti com os dois olhos
teus, pois teu olhar ao rei faz amuo;
e teme desafiá-lo em seu reino,
e na hora da cólera dele te afasta:
é a cólera dele que mata, não teu crime'.
[Ouvi dizer, a respeito do vinho, que
o régulo dele se embriaga a desoras]."

[O califa] Mu^{c}āwya perguntou a Alaḥnaf Bin Qays:[327] "Ó Abū Yaḥya, como é o tempo?". Ele respondeu: "O tempo és tu, ó comandante dos crentes...".

E o amanhecer atingiu Šahrāzād, que interrompeu o seu discurso autorizado. Disse-lhe sua irmã Dunyāzād: "Como é boa a sua história, maninha, prazerosa, gostosa e saborosa", e ela respondeu: "Isso não é nada perto do que irei contar-lhes na próxima noite, se acaso eu viver e o rei cortês me poupar".

E QUANDO FOI A NOITE SEGUINTE, QUE ERA A 757ª

Disse sua irmã Dunyāzād: "Por Deus, maninha, se você não estiver dormindo, conclua a sua história", e ela respondeu: "Sim, com gosto e honra".

[326] Em lugar de "e ter intelecto abundante, pois os defeitos são resultado da sua falta", nas versões impressas consta o seguinte: "Todo rei que não tem características como essas não será feliz em seu reino, os motivos de sua aniquilação lhe chegarão céleres e seus parentes e comensais serão mortos por suas próprias mãos, pois o assassinato se manifesta na falta de intelecto, tal como disse o poeta". Essa redação parece mais coerente com o que vem a seguir.

[327] Líder da tribo dos Banū Tamīm, na Península Arábica, de eloquência e generosidade proverbiais, constantemente mencionadas nas obras de *adab*. Morreu em 691.

Eu tive notícia, ó rei venturoso, de que [Alaḥnaf Bin Qays] respondeu: "O tempo és tu, ó comandante dos crentes; se fores bom, o tempo será bom; se fores corrupto, o tempo será corrupto". E continuou Alaḥnaf Bin Qays: "Tal como o mundo prosperou mediante a justiça, também se arruína mediante a opressão, pois a luz da justiça brilha, e cintilam as suas alvíssaras, a uma distância de mil parasangas". Disse Alfaḍīl Bin ᶜAyyāḍ,[328] Deus dele se apiede: "Fossem os meus rogos atendidos, eu não rogaria senão pelo sultão [justo], pois o sultão justo é o bom estado dos súditos [e o adorno do país]". Tal como consta da notícia do que disse o senhor dos humanos,[329] sobre ele sejam as bênçãos e a paz de Deus: "Os imparciais neste mundo estarão em púlpitos de pérola no dia do Juízo Final".

LADRÃO SEM QUERER

História Certo dia, Alexandre estava no trono, cercado por seus secretários, quando colocaram diante de si um ladrão, que ele mandou crucificar. O ladrão disse: "Ó rei, eu roubei mas não desejava o roubo, nem meu coração o pedia!". Alexandre respondeu: "Deixa estar, pois serás crucificado sem que o teu coração peça a crucificação". Assim, o sultão deve praticar a justiça e observar escrupulosamente as políticas que determina.

A CAÇA DA CORRUPÇÃO

História O rei Guštāsip[330] tinha um vizir chamado Rāst Rawšan, o qual, graças a este nome,[331] era considerado pio e bom pelo rei, que não dava atenção às palavras de quem falava mal dele, embora não o tivesse experimentado. Rāst Rawšan disse [certo dia] ao rei: "Os súditos se tornaram insolentes devido à nossa demasiada justiça para com eles, e ao escasso disciplinamento que lhes ministramos. Já se disse que, quando o sultão é justo, os súditos se tornam injustos. Agora, o fedor da corrupção deles já se espalha, e devemos disciplina-los, admoestá-los,

328 Narrador de tradições do profeta e administrador da região da Caaba, em Meca. Morreu em 803. No manuscrito, por equívoco, está grafado *Alfaḍl*.

329 "Senhor dos humanos" é um dos epítetos do profeta Muḥammad.

330 Trata-se de um rei persa bem anterior à dinastia sassânida, que é a normalmente citada em obras deste gênero. Na verdade, é um rei mítico a quem se dedica um trecho do *Avesta*, texto sagrado da religião zoroástrica, e que o *Šāh Nāmah* [Livro dos reis], do poeta persa Firdūsī (932-1020), celebra como herói. Essa história, com maior profusão de detalhes, consta do tratado político *Siyāsat Nāma* [Livro da política], do vizir seldjuque Niẓām Almulk (1018-1092), escrito originariamente em persa. Nela, o rei é o sassânida Bahrām Gōr, também conhecido como Bahrām v (m. 438), o que parece bem mais plausível.

331 Locução persa, *Rāst Rawšan* significa "o de correta conduta".

afastar os hostis e expulsar os pervertidos e corruptores”. Em seguida, o vizir começou a achacar todos quantos necessitavam de disciplinamento e a dar--lhes total liberdade, até que os súditos se debilitaram, a sua situação e atividade se tornaram críticas, e o dinheiro acabou. Então, apareceu um inimigo. O rei Guštāsip inspecionou o tesouro e, sem encontrar nada com que pudesse corrigir a situação dos súditos e soldados, cavalgou certo dia, com o coração opresso, avançando pela estepe, e avistou ao longe um rebanho de carneiros em cuja direção rumou. Vendo uma tenda montada, o rebanho dormindo e um cachorro crucificado, aproximou-se da tenda, da qual saiu um jovem que o cumprimentou e o convidou a descavalgar. Quando o rei descavalgou, o rapaz o dignificou, colocando na sua frente o que tinha de comida. Guštāsip disse: “Para que eu coma da sua comida, informa-me antes sobre o caso desse cachorro”. O rapaz respondeu: “Fica sabendo, com toda a certeza, que este cachorro era fiel para com o meu rebanho, até que conheceu uma loba com a qual passou a conviver e dormir. Diariamente, essa loba ia até o rebanho e roubava uma rês atrás da outra. Um dia, o responsável pelo lugar[332] me pediu a paga do direito de pasto, e eu me pus a pensar, a calcular e a contar as reses, constatando que o seu número havia diminuído; vi também um lobo levando uma rês com o cachorro ali quieto ao seu lado, e percebi que era ele o motivo da diminuição do rebanho, era ele o traidor. Então crucifiquei o cachorro”. Guštāsip considerou aquilo e pôs-se a refletir de si para si. Pensou: “Nossos súditos são o nosso rebanho, e nós é que devemos perguntar a seu respeito para chegar à verdade da sua condição”. Retornou para casa, começou a examinar os registros oficiais, todos constituídos por intermediações do vizir Rāst Rawšan. Então ele aplicou um provérbio, dizendo: “Quem se ilude com o nome de gente corrompida fica sem comida”, e “Quem trai na comida fica sem vida”,[333] e em seguida ordenou que o vizir fosse crucificado. Esta história está registrada por escrito no “Livro das obras”. A seu respeito disse o poeta:

“Eu é que não me iludo com o teu nome, pois
assim te chamaste para lograres riquezas,
mas quem faz do seu nome de riquezas cilada
é contado como incapaz, na angústia atirado.”

332 “Responsável pelo lugar” traduz *ṣāḥib almawḍiʿ*, que era um cargo oficial do governo persa.
333 O segundo provérbio foi traduzido da edição crítica. No manuscrito, “quem trai no parecer deve perecer”.

A SAGACIDADE DE ARDAŠĪR

[*Prosseguiu Šahrāzād*:] Conta-se que Ardašīr[334] era muito atento, e de tanta sagacidade nas coisas que, quando lhe chegavam os convivas pela manhã, ele conversava com cada um deles sobre o que haviam feito; dizia a um: "Ontem agiste assim e assado, e fizeste tal coisa, e dormiste com a tua esposa [ou] com a tua criada fulana", e de tudo quanto havia sucedido aos seus convivas desde o amanhecer ele lhes falava a respeito, a tal ponto que eles supunham que algum anjo celeste o informava a respeito do que faziam. Também esse era o caso do sultão justo Maḥmūd Ibn Subuktakīn,[335] que Deus dele tenha piedade.

Sabedoria Disse Aristóteles...

E o amanhecer atingiu Šahrāzād, que interrompeu o seu discurso autorizado. Disse-lhe sua irmã Dunyāzād: "Como é boa a sua história, maninha, prazerosa, gostosa e saborosa", e ela respondeu: "Isso não é nada perto do que irei contar-lhes na próxima noite, se acaso eu viver e o rei cortês e sensato me poupar".

E QUANDO FOI A NOITE
SEGUINTE, QUE ERA A

758ª

Disse sua irmã Dunyāzād: "Por Deus, maninha, se você não estiver dormindo, conclua a sua história", e ela respondeu: "Sim, com gosto e honra".

MÁXIMAS E SENTENÇAS (VII)

Eu tive notícia, ó rei venturoso, de que Aristóteles disse: "O melhor dos reis é aquele que, na agudeza do olhar, é igual ao abutre, e cujos soldados ao seu redor

[334] Nome de três reis persas da dinastia sassânida. Aqui a referência é ao primeiro, que fundou a dinastia e governou entre 226 e 241. As máximas a ele atribuídas são constantemente referidas pelos autores árabes, e seu "testamento", citado logo adiante, foi reconstituído em 1968 pelo historiador palestino Iḥsān ᶜAbbās. Em persa, literalmente, significa "a cólera do leão", ou seja, "o campeão irascível".

[335] O mais célebre dos reis do Estado Gaznévida, governou de 998 a 1030. Seus domínios abrangeram a maior parte do Irã, do Afeganistão e da Transoxiana.

sejam iguais aos abutres, e não à carniça".[336] Disse Pervez:[337] "São três aqueles que o rei não pode deixar para trás nem lhes perdoar os delitos: quem faz intrigas contra o seu reinado, quem lhe corrompe o mulherio, e quem lhe divulga os segredos". Disse Sufyān Aṯṯawrī, Deus com ele esteja satisfeito: "O melhor dos reis é aquele que se senta com a gente de saber". E se diz que todas as coisas são embelezadas pelos homens[338] que se embelezam com o saber, e cujos destinos se elevam por meio do intelecto; por isso, para o rei não existe nada melhor que o saber e o intelecto, pois no saber estão a manutenção do poder e a sua permanência, e no [intelecto], a manutenção da felicidade. E quem reunir doze características — a jurisprudência,[339] o decoro, a piedade, a confiança, o pudor, a misericórdia, o bom caráter, a correção, a lealdade, a paciência, a generosidade e a tolerância — terá o que caracteriza o decoro dos reis.

Conta-se que o conceito de Yaᶜqūb Bin Allayṯ[340] se elevou, seu destino se destacou, seu nome apareceu e passou a ser mencionado, e ele reinou sobre muitos países. Foi ao Iraque, onde o califa, naquele tempo, era Almuᶜtamid,[341] que lhe escreveu, perguntando: "Tu, que eras latoeiro, de onde aprendeste a administrar um reino?". Yaᶜqūb lhe escreveu em resposta: "O rei que me entregou o governo ensinou-me a administrar".

E consta do "Testamento de Ardašīr": "Qualquer poderoso que não ponha os pés no tapete do saber terá como fim a humilhação. E toda justiça[342] que não porta consigo temor a Deus terá por destino o arrependimento, ainda que completa".

336 Após essa fala, que tem passagem semelhante em *Kalīla e Dimna*, as versões impressas trazem: "Isso quer dizer que, se acaso o sultão tiver largueza de vistas e for atento às questões, pensar nas consequências, e os seus aproximados e principais do seu governo tiverem tais características, a situação do seu reino ficará em ordem e os misteres do seu governo se manterão estáveis".

337 Trata-se do 28º rei da dinastia sassânida, morto em 591, após ter sido aprisionado e cegado por um dos seus chefes militares. Fez guerra aos bizantinos. Em árabe, a forma do nome é *Abrawīẓ*.

338 "Todas as coisas são embelezadas pelos homens que..." No manuscrito, "todas as coisas são embelezadas pelas roupas, e todos os homens são embelezados pelo saber..."; na edição crítica, "todas as coisas são embelezadas pelos homens, e todos os homens são embelezados pelo saber...". Nada disso faz sentido. A tradução só atinou com o melhor sentido do trecho por meio de um visível erro de revisão no texto da vulgata.

339 Nas versões impressas, *alᶜiffa*, "a castidade", em lugar de *alfiqh*, "a jurisprudência".

340 Fundador do Estado Safárida, sobre o qual já se falou, foi morto em 879 e substituído por seu irmão ᶜAmrū, também já citado aqui.

341 O 15º dos califas da dinastia abássida, nascido em Samarra em 843, governou de 870 a 892, mas o poder efetivo era exercido por seu irmão e líder militar Almuwaffaq Ṭalḥa. Morreu envenenado.

342 Nas versões impressas, "toda criatura" em lugar de "toda justiça", o que parece mais correto.

ᶜAbdullāh Bin Ṭāhir[343] perguntou certo dia ao filho: "Quanto tempo este Estado permanecerá em nossas mãos e se manterá em nossa dinastia?". O filho respondeu: "Enquanto o tapete da justiça e da equanimidade se mantiver estendido diante do palácio".

História Certo dia, Alma'mūn se sentou para examinar as queixas e sentenças a ele encaminhadas, quando chegou às suas mãos uma história que entregou ao seu vizir, Alfaḍl Bin Sahl,[344] dizendo: "Satisfaz imediatamente a demanda de quem a enviou, pois é mais fácil que um astro, na velocidade de sua rotação, pare sobre mim do que o amante desistir dos seus anelos".[345]

Conta-se que Marwān,[346] [o último dos califas] omíadas, inspecionou o seu exército, composto de trezentos mil homens totalmente armados. Seu vizir lhe disse: "Esse exército é decerto o mais magnífico de todos". Marwān respondeu: "Cala-te, pois quando o prazo se esgota o armamento não resolve, e, mesmo que dominemos o mundo inteiro, necessariamente ele nos será subtraído. Porventura o mundo foi leal com alguém para ser leal conosco?".

Conta Abū Alḥasan Alahwāzī[347] em seu livro "Pérolas e colares": "O mundo não tem carinho por ninguém nem perdura para ninguém; portanto, abastece-te do teu dia para o teu amanhã, e não deixes para trás nenhum dia ou manhã".

Conta-se que estão gravados na tumba de Yaᶜqūb Bin Allayṯ os seguintes versos:

"Reinamos sobre H̬urāsān e demais recantos da Pérsia,
e mesmo de reinar sobre o Iraque não me desesperancei.
[Saudações à gente das tumbas, ao que é devastado,
que é como se nas reuniões não tivessem se acomodado;
como se da boa água gelada nada tivessem tomado,

343 Brilhante líder político e militar da dinastia tahírida, que governou a região de H̬urāsān por cerca de um século. Morreu em 844.

344 Vizir e administrador do califa Alma'mūn, era conhecido como "o das duas lideranças", no caso, a política e a guerra. Zoroastrista, converteu-se ao islã pelas mãos do próprio califa, o qual, segundo algumas fontes históricas, foi quem mandou matá-lo em 818.

345 Trecho obscuro. Nas versões impressas a fala é mais simples: "pois o astro, na velocidade de sua rotação, não para". Possivelmente o texto se encontre truncado, e em sua forma completa deveria fazer referência ao pedido de algum apaixonado.

346 Morto em 750, esse califa, o último dos omíadas, foi derrubado por uma revolução chefiada pelos abássidas, que tomaram o poder no mundo islâmico.

347 Gramático sobre o qual as únicas referências são alguns comentários sobre a língua árabe. Era de origem persa, provavelmente.

nem comido de tudo quanto é seco e molhado.
Então veio a morte terrível com a sua embriaguez,
e não puderam me salvar nem um milhão de soldados.
Ó visitante das tumbas, pensa e reflete sobre nós:
eu, que de reinar sobre o Iraque não estava desesperançado].[348]
Saudações ao mundo, com as suas deliciosas benesses,
no qual é como se Ya^{c}qūb jamais tivesse estado."

Pergunta e resposta Perguntou-se a um rei cujo reinado se extinguira: "Por qual motivo a tua situação se transtornou e o reino te foi subtraído?". Respondeu: "Porque me iludi com o governo, com a força, me satisfiz com a minha opinião, saber e intelecto, negligenciei as consultas, encarreguei gente pequena de grandes obras, extraviei a artimanha, pouco refleti sobre ela nem a elaborei no momento azado, procrastinei, parei quando deveria apressar-me e aproveitar a ocasião, e me desviei do atendimento das demandas do povo".

CUIDADOS COM OS MENSAGEIROS

Perguntou-se: "Qual maligno possui maior malignidade?". Respondeu-se: "Os mensageiros traidores, que traem a sua missão por causa de promessas. Toda ruína do reino provém deles, tal como disse Ardašīr a seu respeito: 'Quanto sangue derramaram, quantos exércitos derrotaram, quantas honras de gente decente conspurcaram, quanto dinheiro empalmaram, quantas juras desmentiram com as suas traições, quantos compromissos quebraram com a sua desonestidade!'.". Os reis persas se preveniam e se mantinham em alerta contra isso.

E o amanhecer atingiu Šahrāzād, que interrompeu o seu discurso autorizado. Disse-lhe sua irmã Dunyāzād: "Como é boa a sua história, maninha, prazerosa, gostosa e saborosa", e ela respondeu: "Isso não é nada perto do que irei contar-lhes na próxima noite, se acaso eu viver e o rei me poupar".

348 Traduzido da edição crítica. O texto do manuscrito traz apenas quatro hemistíquios. Na edição crítica também se acrescenta sobre os versos: "Ele os elaborou antes de morrer e ordenou que fossem inscritos em sua tumba".

E QUANDO FOI A NOITE SEGUINTE, QUE ERA A

759ª

Disse sua irmã Dunyāzād: "Por Deus, maninha, se você não estiver dormindo, conclua a sua história", e ela respondeu: "Sim, com gosto e honra".

Eu tive notícia, ó rei venturoso, de que os reis persas se preveniam e se mantinham em alerta contra isso, não enviando o mensageiro senão após o terem testado e experimentado.

Sabedoria Conta-se que os reis persas, quando enviavam algum mensageiro a outros reis, enviavam também um espião para registrar tudo quanto aquele dizia e ouvia. Quando o mensageiro retornava, comparavam o seu relato com o registro escrito do espião; se estivesse correto, certificavam-se de que se tratava de um mensageiro veraz, passando, depois disso, a enviá-lo aos inimigos.[349]

História Alexandre enviou um mensageiro ao rei Dario. Quando ele regressou com a resposta, Alexandre duvidou de uma das palavras nela contida, e a repetiu. O mensageiro disse: "Eu ouvi tais palavras com estes meus dois ouvidos". Então Alexandre ordenou que aquela palavra fosse escrita [tal e qual] e enviou a carta, pelas mãos de outro mensageiro, para Dario, o qual, quando a carta chegou e lhe foi exposta, pediu uma faca, cortou aquela palavra e devolveu a carta a Alexandre, escrevendo-lhe ainda: "A base do reinado está no bom apoio do rei e na correção da sua natureza; a base da correção do sultão está na correção da palavra dos seus embaixadores e na veracidade do discurso do mensageiro honesto, [pois] o que ele diz [como porta-voz] do rei e as respostas que ouve devem ser transmitidas ao rei. Agora, eu cortei aquela palavra da carta porque ela não fazia parte do meu discurso, e porque não encontrei maneira de cortar a língua do teu mensageiro". Quando o segundo mensageiro retornou e Alexandre leu a carta de Dario, chamou o primeiro mensageiro, gritou com ele e perguntou: "Ai de ti! O que te levou a desconceituar um rei com aquela palavra que disseste?". O mensageiro confessou respondendo:

349 "Inimigos" é o que consta das versões impressas. No manuscrito, consta *amr*, "assunto" ou "ordem", o que não faz o menor sentido. Já o envio aos inimigos faz todo o sentido, pois se tratava das missões mais importantes.

"Ele me tratou com desconsideração e me revoltou". Disse Alexandre: "Glória a Deus! Por acaso nós te enviamos para cuidares dos teus interesses e extraviares os nossos? Para caluniar os outros diante de nós?". Em seguida, ordenou que a sua língua lhe fosse arrancada desde a raiz.

O DINHEIRO DO REI E A NECESSIDADE PÚBLICA

[*Prosseguiu Šahrāzād*:] Quando os seus súditos sofrem algum aperto e lhes sucedem dificuldades ou privações, impõe-se ao sultão socorrê-los, especialmente em tempos de seca e carestia de preços, pois nesse momento eles se tornam incapazes de se sustentar e nada conseguem ganhar, devendo o sultão socorrê-los com alimentos, ajudá-los com dinheiro tirado do seu tesouro e impedir a quem quer que seja — membros da sua corte, criados ou seguidores — a prática da injustiça contra os súditos, a fim de evitar que as pessoas se enfraqueçam, se coloquem sob outra autoridade[350] [e se mudem para outro reino], com o que se quebraria o estatuto do sultão e diminuiriam os tributos arrecadados.[351]

OS REIS E AS AUDIÊNCIAS PÚBLICAS

História[352] Conta-se que, entre as suas ordenações, os reis persas autorizavam os súditos a vir falar com eles durante as festividades de Nayrūz e de Mihrajān,[353] o que era anunciado alguns dias antes pelo arauto: "Preparai-vos para o dia tal. Que cada um se prepare, se arranje, revele a sua história e aprimore os argumentos.[354] Quem tiver algum contencioso deve apresentar a sua queixa

350 "E se coloquem sob outra autoridade" traduz *wa yantaqilū ilà ġayr wilāya*. Não fica claro se se trata de mudança física ou de atitude. Em seguida, o trecho entre colchetes, traduzido da edição crítica, dá ideia de mudança física.

351 Na edição crítica o trecho continua assim: "e o benefício disso será dos monopolistas do comércio [*ḏawī aliḥtikār*], que ficam felizes com a elevação dos preços. Isso consistirá em desadorno para o sultão, e se farão rogos contra ele. É por tal motivo que os reis antigos se precaviam muitíssimo contra isso, socorrendo os súditos com o dinheiro do seu próprio tesouro e auxiliando-os com as suas riquezas e reservas".

352 Essa narrativa consta do já citado *Siyāsat Nāma* [Livro da política].

353 Conforme explica Muḥammad Altawanji em seu *Dicionário de termos persas arabizados*, trata-se de feriados persas anteriores ao islã. *Nayrūz*, corruptela de *Nūrūz*, significa "dia novo" em pahlevi. Comemora-se no primeiro dia do ano solar, quando o Sol entra na casa de Áries. Corresponde, entre os egípcios, à festividade chamada *Šamm Annasīm*. Já *Mihrajān*, que entrou no árabe com o sentido de "festival", significa "[dia] do amor". Comemora-se durante seis dias no início do inverno.

354 Nas versões impressas, "assegure-se dos argumentos" em lugar de "aprimore os argumentos".

ao rei, que procurará satisfazê-lo".[355] Quando chegava o dia, o arauto se postava às portas do rei e anunciava: "O rei lava as mãos quanto ao sangue de quem impedir alguém de entrar". Em seguida, as histórias eram recolhidas das pessoas e colocadas diante do rei, que examinava uma por uma, com o juiz supremo à sua direita.

Disse o narrador: [Se entre as] histórias houvesse alguma na qual o súdito se queixasse do rei, esse súdito saía do seu lugar, avançava e parava diante do juiz supremo e diante de seu adversário, no caso, o rei, que dizia ao juiz: "Primeiramente, faze justiça a este homem contra mim, sem favoritismo nem parcialidade; não me dês preferência em detrimento de ti mesmo, pois Deus, excelso seja, já escolheu os seus adoradores quando estabeleceu a sorte de cada um, e os fez ser governados pelos melhores dentre eles; se Deus quisesse mostrar aos seus adoradores qual é o valor que tal criatura tem diante de si, lhe tornaria a língua tão escorreita quanto a tua". Em seguida — caso o apelo do antagonista do rei fosse legítimo e existissem provas contra ele —, o juiz supremo cobrava total e integralmente os direitos devidos pelo rei. Mas, se as alegações do litigante contra o rei não fossem legítimas…

E o amanhecer atingiu Šahrāzād, que interrompeu o seu discurso autorizado. Disse-lhe sua irmã Dunyāzād: "Como é boa a sua história, maninha, prazerosa, gostosa e saborosa", e ela respondeu: "Isso não é nada perto do que irei contar-lhes na próxima noite, se acaso eu viver e o rei me poupar".

E QUANDO FOI A NOITE SEGUINTE, QUE ERA A 760ª

Disse sua irmã Dunyāzād: "Por Deus, maninha, se você não estiver dormindo, conte-nos uma de suas belas historinhas", e ela respondeu: "Sim, com gosto e honra".

[355] O trecho iniciado com "quem tiver algum contencioso" é o que se pode depreender do texto do manuscrito, corroborado, com variantes, pelas versões impressas. Mas é obscuro e não faz parte da versão conhecida do *Livro da política*.

Eu tive notícia, ó rei venturoso, de que, se as alegações contra o rei não fossem legítimas, ordenava-se a punição do queixoso e se anunciava contra ele: "Esta é a recompensa de quem pretende impingir defeitos ao rei e ao reinado". Quando terminava de examinar as queixas e se instalava no trono do reino, o rei punha a coroa na cabeça e dizia:[356] "Fiz a justiça contra mim mesmo a fim de que ninguém cobice praticar injustiça e opressão contra ninguém. Todo aquele dentre vós contra o qual houver queixas que faça justiça ao queixoso". Nesse dia, o rei mantinha afastados todos quantos lhe eram próximos [e quem era forte se tornava fraco para ele].

YAZDAGARD E O CAVALO

Os reis trilharam esse caminho e adotaram esse método até os dias de Yazdagard,[357] que alterou os fundamentos do reinado, oprimiu as criaturas e as corrompeu, até que certo dia surgiu um cavalo da mais extrema qualidade e perfeição, a tal ponto que ninguém jamais vira nada igual a ele, à sua aparência e perfeição de características. Esse cavalo entrou pela porta da casa do rei Yazdagard, cujos soldados se ajuntaram para agarrá-lo, mas sem conseguir. O cavalo se acercou do rei e parou quieto ao lado do seu aposento. Yazdagard disse: "Afastai-vos desse cavalo! Que nenhum de vós se aproxime dele! Trata-se de um presente de Deus altíssimo só para mim". Levantou-se e começou a acariciar vagarosamente a cara do cavalo, passando em seguida a alisar-lhe o dorso, enquanto o cavalo se mantinha quieto, sem movimento. Yazdagard mandou trazerem uma sela, colocou-a sobre o cavalo, amarrou o cinto, passou por trás do cavalo a fim de amarrar-lhe a correia por trás, e então o cavalo lhe deu um coice bem no coração que o fez despencar morto. Imediatamente o cavalo saiu, sem que se soubesse de onde viera nem para onde fora. As pessoas disseram: "Esse cavalo era um anjo mandado por Deus altíssimo para destruí-lo e nos livrar de sua injustiça e opressão".

[356] Nas versões impressas e no *Livro da política* consta que o rei se dirige aos notáveis e maiorais do seu reino, e não ao público em geral. Parece mais coerente..

[357] Como se disse, foi nome de mais de um soberano sassânida. Aqui, com toda plausibilidade, a referência é ao último deles, cujas tropas foram desbaratadas pelos árabes na batalha de Qādisiyya, em 635. Foi assassinado em 642.

A ADMINISTRAÇÃO DA JUSTIÇA

História Disse o juiz Abū Yūsuf:[358] "Certo dia, Yaḥyā Ibn Ḫālid,[359] o barmécida, veio ver-me no tribunal acompanhado de um seu litigante zoroastrista, que fez queixas contra ele. Pedi-lhe uma testemunha e ele respondeu: 'Não tenho testemunhas. Faze-o jurar!'. Então fiz Yaḥyā jurar, satisfazendo o seu litigante com tal juramento, e durante o julgamento equiparei a ambos — pela glória do islã — sem favoritismo algum nem proteção a ninguém, devido ao temor de que Deus me questionasse a respeito".

[*Prosseguiu Šahrāzād*:] Impõe-se a ti, ó sultão, conhecer o valor dos líderes e dos grandes, e se impõe aos grandes que não oprimam os pequenos, que se acautelem com os rogos do oprimido e que temam a opressão [daquele de quem somente se escapa mediante o choro], pois não existem barreiras para os rogos do oprimido, que são atendidos, em especial os rogos feitos durante a alvorada, bem como as súplicas feitas na quietude da noite, dirigidas ao todo-poderoso, tal como disse o poeta:

"Não te apresses à injustiça enquanto podes,
pois o fim dela é crime, temor e sofrimento;
dormes, mas o oprimido por ti não adormece,
e o seu rogo não esmorece diante de barreiras."

Disse o mensageiro de Deus, sobre ele sejam as suas bênçãos e paz: "Fiquei triste com a morte de quatro dos infiéis: [Kisrà] Anū Širwān, por sua justiça, Ḥātim Aṭṭā'ī,[360] por sua generosidade, Imru' Alqays,[361] por sua poesia, e Abū Ṭālib,[362] por sua devoção filial.

OS REIS E OS BONS VIZIRES

Fica sabendo, ó rei venturoso, que o sultão é bem lembrado e valorizado graças ao seu vizir, caso este seja bom, adequado e justo, pois nenhum rei pode utilizar

358 Principal juiz de Bagdá sob três califas abássidas, consecutivamente: Almahdī, Alhādī e Hārūn Arrašīd, escreveu, a pedido deste último, seu célebre *Kitāb Alḫarāj* [O livro do imposto], que abrange muito mais do que o título insinua, uma vez que trata da própria arte de governar. Morreu em 792.

359 Membro da família barmécida, que forneceu vizires e conselheiros aos primeiros califas abássidas, foi preceptor do califa Hārūn Arrašīd, o qual mais tarde mandaria aprisionar e eliminar toda a família. Conhecia as tradições do profeta e fazia interpretações de sonhos. Morreu na cadeia em 806.

360 Poeta e cavaleiro pré-islâmico celebrizado por sua coragem e generosidade. Seus feitos estão envoltos em lenda. Morreu em 605.

361 Principal poeta pré-islâmico, morreu em 540.

362 Tio paterno do profeta, não se converteu ao islã nem aceitou a missão do sobrinho. Morreu em 620.

bem o tempo e administrar o poder sem um vizir. Quem se limita unicamente à sua própria opinião falhará, sem dúvida. Acaso não vês que ao profeta, sobre ele sejam as bênçãos e a paz de Deus, a despeito da excelsitude do seu valor, da magnificência do seu nível e da sua eloquência, Deus altíssimo e poderoso lhe determinou que consultasse os seus companheiros ajuizados e sábios? Eis o que disse o mais poderoso dos dizentes: "Consulta-os sobre as decisões [a tomar]".[363] E se informou em outro ponto, a respeito de Mūsà, sobre ele esteja a paz: "E constitui para mim um vizir da minha família, o meu irmão Hārūn, e reforça com ele a minha força, e associa-o ao que eu devo fazer".[364] Se nem os profetas, sobre eles seja a paz, puderam dispensar-se de vizires, as outras pessoas têm deles necessidade ainda maior.

Perguntou-se a Ardašīr: "Qual dos companheiros é melhor para o rei?".

E o amanhecer atingiu Šahrāzād, que interrompeu o seu discurso autorizado. Disse-lhe sua irmã Dunyāzād: "Como é boa a sua história, maninha, prazerosa e gostosa", e ela respondeu: "Isso não é nada perto do que irei contar-lhes na próxima noite, se acaso eu viver e o rei me poupar".

E QUANDO FOI A NOITE SEGUINTE, QUE ERA A 761ª

Disse sua irmã Dunyāzād: "Por Deus, maninha, se você não estiver dormindo, conte-nos uma de suas belas historinhas", e ela respondeu: "Sim, com gosto e honra".

Eu tive notícia, ó rei venturoso, de que se perguntou a Ardašīr: "Qual dos companheiros é melhor para o rei?". Respondeu: "O bom vizir, ajuizado, solícito e honesto, para com ele administrar as decisões e lhe segredar o que está pensando".[365] O rei deve lidar com o vizir mediante três coisas: a primeira, se acaso ele incorrer em

[363] Alcorão, 3, 159.
[364] Alcorão, 20, 29-32.
[365] Nas versões impressas, "sugerir-lhe o que está pensando" em lugar de "segredar o que está pensando". No primeiro caso, o sujeito é o vizir e, no segundo, o rei.

alguma falha ou se verificar alguma distração, não tratá-lo senão com punição;[366] a segunda, se acaso o vizir enriquecer durante o governo, e a sua sombra[367] se estender enquanto estiver a seu serviço, não lhe cobiçar o dinheiro e a riqueza; a terceira, se acaso o vizir pedir para que lhe seja atendida alguma questão, não hesitar em atendê-la. O rei também não deve impedir o vizir de três coisas: não se subtrair quando o vizir quiser vê-lo, não ouvir a seu respeito palavras de gente corrupta e não lhe ocultar nada do que lhe vai pelo íntimo, pois o bom vizir é o que preserva os segredos do rei, lhe administra as decisões, zela pela prosperidade das províncias e do tesouro, cuida dos adornos do reino[368] e da força da autoridade; é ele quem detém a palavra sobre as obras, ouve as respostas, faz a alegria do rei ao lhe reprimir os inimigos,[369] constituindo-se, portanto, no mais merecedor de ser cativado, atendido, bem valorizado e magnificado. Disse Kisrà Anū Širwān ao filho: "Dignifica o teu vizir, pois se acaso ele te vir fazendo algo que não deves, divergirá de ti". O vizir deve inclinar-se ao bem e precaver-se contra o mal. Se acaso o sultão for de boa-fé e piedoso para com as criaturas, o vizir o ajudará nisso e lhe determinará que amplifique tal proceder. Mas se o sultão for odioso e impiedoso, caberá ao vizir orientá-lo pouco a pouco, da maneira mais sutil, conduzindo-o ao caminho louvável.

Perguntou-se a Bahrām Gōr: "Do que precisa o sultão para que o seu sultanato se passe em alegria e em júbilo à sua época?". Respondeu: "De seis companheiros. Um bom vizir para quem revelar o que lhe vai pelo íntimo e com o qual administre os pareceres e conduza as decisões. Um cavalo de raça que o salve no dia da necessidade. Uma espada cortante e armas resistentes. Muitos cabedais, leves de carregar e de pesado valor, tais como pedras preciosas, pérolas e rubis. Uma boa esposa que lhe espaireça o coração e lhe disperse as angústias. Um cozinheiro experiente que, se acaso lhe sobrevier alguma constipação, lhe prepare algo que o aliviará".[370]

Sabedoria Disse Ardašīr: "É lícito que o rei procure quatro [pessoas], as quais, encontradas, ele preservará: vizir honesto, escriba sábio, secretário piedoso e

[366] Nas versões impressas, em lugar de "não tratá-lo senão com punição", consta "não se apressar em puni-lo", o que parece mais apropriado.

[367] No manuscrito, "sua opressão" em lugar de "sua sombra". Traduziu-se das versões impressas.

[368] "Adornos do reino", *zīnat almamlaka*, é o que consta de todas as versões, mas deve ser erro de revisão.

[369] "Faz a alegria do rei ao lhe reprimir os inimigos": no manuscrito, "a alegria do rei está na queda dos seus inimigos"; nas versões impressas, "e com ele se dá a alegria do rei e a repressão aos inimigos". A interpretação da tradução é mais adequada.

[370] Na edição crítica, "um padeiro experiente que, ao pegar alguma coisa, a prepara com sutileza".

conviva bom conselheiro,[371] pois, se honesto, o vizir assinalará a manutenção do reinado; se sábio, o escriba assinalará o intelecto e a prudência do rei; se piedoso, o secretário não incitará a cólera da população do reino contra o rei; se bom conselheiro, o conviva assinalará a organização e bondade das decisões".

Sabedoria[372] O rei deve ser crente em Deus, e considerar que a sua força e administração, o seu triunfo contra os inimigos, o bom auxílio [que recebe] e a conquista dos seus objetivos provêm de Deus altíssimo, não devendo o rei cair na autoadmiração, pois se ele o fizer temer-se-á por sua destruição, tal como consta da crônica.

A RETIDÃO DO REI SULAYMĀN

História Conta-se que Sulaymān, a paz esteja com ele, estava sentado no trono do reino quando o vento o elevou ao ar e o carregou para o céu; enquanto ele olhava espantado para o reino, para a obediência a ele devotada por gênios e humanos e para a submissão deles à sua magnífica autoridade, o trono balançou e esteve a ponto de virar de cabeça para baixo, e então Sulaymān, a paz esteja sobre ele, lhe disse: "Fica reto!". O trono se pronunciou, respondendo: "Tu é que deves ficar reto para que nós fiquemos retos", [tal como] disse Deus altíssimo: "Deus não modifica o que vai pelo [íntimo] de qualquer povo até que este povo modifique o que lhe vai pelo íntimo".[373]

MÁXIMAS E SENTENÇAS (VIII)

[*Prosseguiu Šahrāzād*:] O vizir deve ser sábio, ajuizado, um xeique virtuoso, pois o jovem, ainda que ajuizado, não terá a mesma experiência. E o aprendizado das pessoas, com a experiência dos dias, não se dá senão por meio dos velhos. Sendo o adorno do sultanato, o vizir necessita de cinco coisas: a vigilância, para observar a correta maneira de sair de algo em que entrou; o saber, com o qual as coisas ocultas se lhe tornam claras; a coragem, a fim de não temer coisas que não constituem temor algum; a veracidade, a fim de não fazer com ninguém senão o que é correto; e a guarda dos segredos do sultão, até que a morte o atinja.

371 "Bom conselheiro" traduz *nāṣiḥ*, que é o que consta da edição crítica. No manuscrito e na vulgata, *ṣāliḥ*, "bom".

372 Não consta do manuscrito, por motivos ignorados, um longo trecho que antecede essas máximas, atribuídas nas versões impressas a um sacerdote zoroastrista da época do rei sassânida Kisrà Anū Širwān.

373 Alcorão, 13, 11. Modernamente, existe a tendência, reacionária e financiada pelo wahhabismo, de interpretar esse belíssimo trecho sob um viés exclusivamente materialista.

Disse Ardašīr: "O vizir deve ser...".

E o amanhecer atingiu Šahrāzād, que interrompeu o seu discurso autorizado. Disse-lhe sua irmã Dunyāzād: "Como é boa a sua história, maninha, prazerosa, gostosa e saborosa", e ela respondeu: "Isso não é nada perto do que irei contar-lhes na próxima noite, se acaso eu viver e o rei me poupar".

E QUANDO FOI A NOITE SEGUINTE, QUE ERA A 762ª

Disse sua irmã Dunyāzād: "Por Deus, maninha, se você não estiver dormindo, conte-nos uma de suas belas historinhas", e ela respondeu: "Sim, com gosto e honra".

Eu tive notícia, ó rei venturoso, de que Ardašīr disse: "O vizir deve ser experimentado a fim de facilitar as coisas para o rei; vigilante a fim de observar as consequências das coisas; temente às mudanças dos destinos; e cuidadoso para não ser atingido pelo olho do tempo". Todo vizir que tiver amor ao seu rei e com ele for piedoso terá muitos inimigos, e tais inimigos serão em maior número que os amigos. O vizir deve ter métodos louváveis a fim de que, ao ver algum proceder insensato no rei, demovê-lo para o hábito louvável, sem grosserias, pois, se acaso o rei estiver fazendo algo indesejável, ao ouvir uma admoestação que o desgoste, passará a agir de maneira pior ainda. A prova disso é que o criador — exalçado seja o seu poder —, quando enviou Mūsà, sobre ele seja a paz, ao faraó, Deus o amaldiçoe, ordenou-lhe com o seu dizer: "Falai-lhe de maneira afável".[374] Assim, se Deus louvado e altíssimo ordenou ao seu profeta que dissesse ao inimigo palavras afáveis, as pessoas [comuns] devem com maior razão [tornar afáveis os seus dizeres].[375] Se o vizir tiver amor ao rei, palavras corretas e boas ações, não será adequado que fique enumerando os favores que lhe fez nem os jogue na sua cara.

[374] Alcorão, 20, 44.

[375] Na edição crítica se acrescenta: "e se acaso o sultão usar de palavras grosseiras, o vizir não lhe deve guardar rancor, controlando as palavras em seu coração, pois o poder do rei lhe tira os freios da língua, levando-o a falar o que bem entende".

Disseram as gentes de saber: "Se fizeres favores a alguém e te puseres a enumerá-los, isso será pior do que jogá-los na sua cara". O vizir e todos os membros da corte real devem saber que, por mais numerosos que sejam, os favores eventualmente feitos por eles se devem à boa acolhida do rei e à bênção da sua sombra. O vizir[376] não deve encorajar o sultão à guerra e ao combate em condições nas quais seja possível remediar a situação sem guerra, uma vez que ela, em todas as situações, esgota as reservas e o dinheiro dos reis, nela se desperdiçando as almas mais nobres. No "Livro das recomendações", do adorno dos sapientes:[377] "Toda questão que se resolva pelas mãos de outrem, sem guerra nem violência, te é melhor do que aquela que resolves com as tuas próprias mãos, por meio da guerra e da cólera". Os sábios aplicam este paradigma e dizem: "Deves pegar a cobra com as mãos de outrem", e o que eles pretendem dizer com isso é: os vizires tentam ao máximo possível guerrear por meio de escritos, e quando não conseguem as coisas com artimanhas e administração, esforçam-se para obtê-las por meio do dinheiro, das relações e das mercês; quando o seu exército é derrotado, perdoam os delitos dos soldados e não se apressam em matá-los, pois é possível matar os vivos, mas impossível ressuscitar os mortos;[378] se acaso algum soldado dos companheiros do rei é aprisionado, a obrigação do vizir é soltá-lo, pagar o seu resgate, libertá-lo e comprá-lo, a fim de que os soldados ouçam a respeito e os seus corações se fortaleçam para dar prosseguimento aos combates. O vizir deve preservar os cabedais dos soldados, cada qual conforme o seu valor. Deve também adestrar os homens corajosos com equipamentos de guerra e dirigir-lhes os melhores e mais afáveis discursos, ainda que em tempos passados os soldados tenham matado muitos vizires. Disse o mensageiro de Deus, sobre ele sejam as suas bênçãos e paz: "Quando Deus quer o bem de algum homem, destina-lhe um bom vizir que o lembra quando ele se esquece, e que o ajuda quando ele se lembra".[379]

Disse Buzurjmihr: "As coisas não se medem umas pelas outras porque a essência do ser humano é mais excelsa do que qualquer essência. Todo o adorno do mundo consiste nos seres humanos, e o criador — excelsa seja a sua força — não se remete ao erro; ele concede a boa condição a quem quiser, dando a cada ser humano o que

[376] Nas versões impressas, essa fala é atribuída a Kisrà Anū Širwān.

[377] Nas versões impressas, consta "Aristóteles" em vez da antonomásia "adorno dos sapientes".

[378] Na edição crítica se acrescenta: "pois o homem somente se torna homem aos quarenta anos, e de cada cem homens somente um reúne condições de servir ao sultão".

[379] Entre este parágrafo e o seguinte, a edição crítica contém dois longos trechos, um dos quais atribuído ao "autor do livro", no caso, Algazel.

é melhor para si e mais adequado". Destarte, os vizires dos reis devem possuir tais características e preservar as tradições e os métodos dos antigos, buscando o dinheiro que se recolhe dos súditos no tempo e momento azados, quando for legal; que eles conheçam as tradições e só imponham aos súditos o que lhes for suportável e conforme às suas forças, e que sejam em sua caça como o caçador de grous, e não como o assassino de passarinhos, a fim de que seja boa a sua memória neste mundo e que obtenham a melhor recompensa na outra vida, se assim o quiser Deus altíssimo.

A IMPORTÂNCIA DOS ESCRIBAS E DA ESCRITA

Disse o mensageiro de Deus, sobre ele sejam suas bênçãos e paz: "A primeira coisa criada por Deus altíssimo foi o cálamo, que escreveu tudo quanto será até o dia do Juízo Final". [Interpretando o seguinte versículo da história de José, a paz esteja com ele]: "Faze-me responsável pelos cofres da terra, pois sou um guardião sapiente",[380] disse ᶜAbdullāh Bin ᶜAbbās,[381] esteja Deus satisfeito com ambos: "Seu sentido é: torna-me encarregado dos tesouros da terra, pois sou escriba e faço cálculos. E o cálamo é o produtor dos discursos". Disse o sábio Plínio:[382] "O cálamo é um grande talismã". [Disse Ibn Almuᶜtazz:[383] "O cálamo é o metal, e o intelecto, a sua essência. O cálamo é pintor, e a caligrafia é a sua arte". Disse o sábio Galeno: "O cálamo é o médico do discurso"]. Disse Alexandre: "O mundo está à mercê de duas coisas, a espada e o cálamo, e a espada está à mercê do cálamo". O cálamo faz parte do decoro dos estudiosos, consistindo em sua mercadoria; é por meio dele que se conhece a opinião de cada um, de perto ou de longe, e por mais que o homem seja experimentado pelo tempo, se acaso ele não estudar nos livros, o seu intelecto não será completo, pois o período da vida de um homem é sabido...

E o amanhecer atingiu Šahrāzād, que interrompeu o seu discurso autorizado. Disse-lhe sua irmã Dunyāzād: "Como é boa a sua história, maninha, prazerosa, gostosa e saborosa", e ela respondeu: "Isso não é nada perto do que irei contar-lhes na próxima noite, se acaso eu viver e o rei cortês me poupar".

380 Alcorão, 12, 55.

381 Primo do profeta, era autoridade em jurisprudência e legislação. Morreu em 687.

382 Em grafia árabe, *Bilyānus*.

383 Letrado, poeta e líder político abássida. Califa por um dia, foi morto por sufocação em 908. Entre outros, é-lhe atribuído o *Kitāb Albadīᶜ*, que trata da linguagem poética.

E QUANDO FOI A NOITE
SEGUINTE, QUE ERA A

763ª

Disse sua irmã Dunyāzād: "Por Deus, maninha, se você não estiver dormindo, conte-nos uma de suas belas historinhas", e ela respondeu: "Sim, com gosto e honra".

Eu tive notícia, ó rei venturoso, de que o período da vida de um homem é sabido, como também é sabido [o quanto] neste período exíguo e nesta vida curta lhe é possível aprender por meio das experiências e [quanto] ele preservará no coração. A espada e o cálamo são árbitros em todas as coisas, e não fora eles o mundo [não] se estabilizaria.

Quanto aos escribas, eles não devem conhecer mais que os limites da escrita a fim de serem úteis no serviço dos notáveis.

Disseram os sábios e os reis antigos: "O escriba deve dominar dez coisas: a proximidade e a distância da água sob a terra; a extração das coisas; o encurtamento e o alongamento dos dias no verão e no inverno; a rota do sol, da lua e das estrelas; a álgebra[384] e o cálculo com os dedos; cálculo de geometria e de calendário; escolha dos dias adequados aos agricultores; medicina e remédios; os ventos sul e norte; poesia e rima. E com tudo isso impõe-se ao escriba que seja de espírito leve, agradável de encontrar, sabedor de como apontar o cálamo[385] e cauteloso no [uso do] seu poder".

Conta-se que o rei dos reis de Ray[386] tinha dez vizires, entre os quais Aṣṣāḥib Ismāᶜīl Ibn ᶜAbbād,[387] contra quem todos os demais se aliaram para destruir, fazendo acordo para atacá-lo; disseram: "Aṣṣāḥib não consegue apontar o seu

384 "Álgebra" traduz *istiqbāl*, "recepção", que é o que consta de todas as versões. Como não há cabimento no fato de ela estar no mesmo item do "cálculo", supôs-se que, por um problema qualquer de cópia, se deveria ler *aljabr wa almuqābala*, "álgebra". Outra possibilidade é que o segundo item, "a extração das coisas", faça na verdade parte do primeiro, ou seja, "localizar a água e saber extraí-la", sem o que tal conhecimento resultaria inútil. Nesse caso, poder-se-ia então considerar "saber recepcionar" um item, separado do "cálculo".
385 Na edição crítica se acrescenta nesta passagem: "sabedor de como administrar o cálamo, afiná-lo e elevá-lo, devendo demonstrar em sua ponta tudo quanto lhe anda pelo coração", o que é incoerente.
386 Antiga cidade do sul do Irã conquistada pelos árabes em 642.
387 Letrado e gramático respeitado, foi vizir por dezoito anos dos soberanos buwayhidas, clã persa que submeteu a região da Mesopotâmia de 932 a 1055, e em cuja corte acolheu poetas e letrados, embora pelo menos um deles, o célebre Abū Ḥayyān Attawḥīdī, tenha escrito uma obra ridicularizando-o virulentamente. Morreu em 995.

próprio cálamo". Ao ser informado disso, o rei dos reis os reuniu e Aṣṣāḥib lhes disse: "Qual decoro vós possuís para vos atreverdes a falar na presença do rei dos reis? Meu pai me ensinou o vizirato, e não a marcenaria, mas a menor parte do meu decoro é o apontamento do cálamo. Agora, existe entre vós alguém capaz de escrever uma carta com um cálamo de ponta quebrada?". Como o grupo se mostrasse incapaz daquilo, o rei dos reis disse a Aṣṣāḥib: "Escreve tu". Então ele tomou um cálamo, quebrou-lhe a ponta e com ele escreveu numa folha inteira, e o grupo admitiu o seu mérito, e lhe reconheceu o decoro e a nobreza.

O melhor dos cálamos é o reto, de cor amarela, fino no meio, e o cálamo cortado obliquamente do lado direito é bom para a caligrafia árabe, persa e hebraica, ao passo que para a língua pahlevi o cálamo deve ser obliquamente cortado do lado esquerdo. Os cálamos não podem ser nem grossos nem finos, [devendo-se apontá-los com] uma faca aguda, de tal modo que a sua ponta fique igual ao bico de um grou. O osso usado para apontar o cálamo deve ser firme ao extremo. ᶜAbdullāh Ibn Rāfiᶜ, que era escriba do comandante dos crentes ᶜAlī Ibn Abī Ṭālib, Deus esteja satisfeito com ele, disse: "Eu estava a escrever uma carta quando ᶜAlī me disse: 'Prolonga a ponta do teu cálamo, aumenta o espaço entre as linhas e deixa as letras mais ligadas, ᶜAbdullāh'".

[*Prosseguiu Šahrāzād*:] ᶜAbdullāh Ibn Jibilla,[388] que era um escriba generoso, disse [aos seus empregados]: "Que vossos cálamos sejam [abundantes] como o mar, e se não forem, que sejam um zero.[389] Cortai os nós de vossos cálamos a fim de que as coisas não fiquem cheias de nós. Não se deve enviar uma carta sem selo, pois a dignidade da carta está no selo". É de ᶜAbdullāh Ibn ᶜAbbās, esteja Deus satisfeito com ambos, [a interpretação do dizer do altíssimo:] "Foi-me enviada uma carta digna",[390] ou seja, selada. O profeta, sobre ele sejam as bênçãos e a paz de Deus, ordenou que se escrevesse uma carta aos persas e disse: "Eles nem olham para uma carta que não tenha selo", e a selou com o seu selo bendito, que era de prata, com três linhas gravadas: "Não existe divindade senão Deus, e Muḥammad é o mensageiro de Deus". Conta Ṣaḫr Bin ᶜAmrū[391] que o mensageiro de Deus, sobre ele sejam as suas bênçãos e paz, ao escrever a

[388] Nas obras históricas, essa personagem é citada como alfaqui (o que não impede que, eventualmente, tenha sido escriba). Morreu em 834.

[389] O início destes conselhos, igual em todas as versões, parece meio incompreensível. Normalmente, os árabes usavam um pingo para representar o zero.

[390] Alcorão, 27, 29.

[391] Cavaleiro e guerreiro do período pré-islâmico, morreu em 612. Irmão da célebre poetisa elegíaca Alḫansā'.

sua carta ao Negus da Abissínia, jogou-a por terra e só depois a enviou.[392] Disse o enviado de Deus, sobre ele sejam as suas bênçãos e paz: "Colocai terra em vossas folhas, pois isso proporcionará maior triunfo às vossas necessidades".[393]

Quando o escriba redige a sua epístola, que a leia antes de dobrá-la, e, se ela contiver erros, que os verifique e corrija. O escriba deve se esforçar para que o discurso seja curto e o seu sentido, longo, e que não se repita a palavra já escrita.[394]

E o amanhecer atingiu Šahrāzād, que interrompeu o seu discurso autorizado. Disse-lhe sua irmã Dunyāzād: "Como é boa a sua história, maninha, prazerosa, gostosa e saborosa", e ela respondeu: "Isso não é nada perto do que irei contar-lhes na próxima noite, se acaso eu viver e o rei me poupar".

E QUANDO FOI A NOITE SEGUINTE, QUE ERA A 764ª

Disse sua irmã Dunyāzād: "Por Deus, maninha, se você não estiver dormindo, conte-nos uma de suas belas historinhas", e ela respondeu: "Sim, com gosto e honra".

Eu tive notícia, ó rei venturoso, de que o escriba não deve repetir a palavra já escrita, bem como acautelar-se de termos pesados e desagradáveis, a fim de ser louvado. Como a respeito da escrita já existe muito discurso, baste-nos o tanto que já dissemos, a fim de que não se torne longo.[395]

A ELEVAÇÃO DE DESÍGNIOS

Disse ᶜUmar Ibn Alḫaṭṭāb, Deus esteja satisfeito com ele: "Esforça-te para não seres de baixos desígnios, pois eu nunca vi nada que rebaixe mais o valor de um

[392] Nas versões impressas se acrescenta: "e ele efetivamente se converteu ao islã; ao escrever a sua carta a Kisrà Anū Širwān, não a jogou na terra, e ele efetivamente não se converteu ao islã".
[393] Na edição crítica: "pois a terra é bendita".
[394] A recomendação aqui é para que se evite um problema comum em manuscritos, qual seja, a repetição da mesma palavra em seguida. Na tradição filológica, tal erro se chama "ditografia".
[395] Na edição crítica: "O melhor discurso é o curto, excelso, útil e não aborrecido".

homem do que a baixeza de desígnios". Disse ᶜAmrū Ibn Alᶜāṣ,[396] Deus esteja satisfeito com ele: "O homem coloca a alma onde quiser; caso a valorize, seu valor se eleva, e, caso a rebaixe, diminui o seu valor". E a interpretação do sentido de "desígnio" é [que o homem] eleve a alma e não se apresse a fazer o que não deve ser feito por alguém como ele, nem dizer coisas que os outros dirão serem defeitos seus, e todo rei que não tiver tais características, que as aprenda de seus vizires e cortesãos, tal como consta da crônica.

REIS NÃO DEVEM SER AVARENTOS

[*História*] Abū Addawāniq ordenou que se dessem quinhentos dirhams a certo homem. Disse então Aḥmad Ibn Alḫaṭīb:[397] "O rei não deve gastar nada cuja soma seja inferior a mil". Certo dia, Hārūn Arrašīd cavalgava com o seu séquito quando caiu o cavalo de um membro de seu exército, e ele disse: "Que lhe deem quinhentos dirhams!". Então Yaḥyà Ibn Ḫālid lhe fez com o olho um sinal que dizia: "Isso é um erro". Quando descavalgaram, Hārūn lhe perguntou: "Qual erro eu deixei escapar para que me fizesses um sinal com o olho?". Ele respondeu: "Não deve circular, pela língua de nenhum rei, menos de mil". Perguntou Hārūn: "E se ocorrer algo no qual não se deva dar mais do que quinhentos, tal como agora, o que dizer?". Respondeu: "Dize: 'Que se lhe dê um cavalo', e então ele receberá um cavalo, conforme o hábito corrente, e tu manterás os teus desígnios a salvo da menção desprezível". Foi por esse motivo que Alma'mūn afastou da sucessão o seu filho Alᶜabbās. O fato foi que Alma'mūn passava pelo aposento de Alᶜabbās quando o ouviu dizendo a um seu criado: "Rapaz, eu vi bons legumes na entrada de Arruṣāfa[398] e fiquei com vontade de comer. Toma meio dirham e vá lá me trazer um pouco". Então Alma'mūn disse: "Só agora fiquei sabendo que o dirham tem metade! Não serves para herdeiro nem para a organização do reino. De ti não provirão coisas boas nem êxito algum".

396 Líder militar árabe dos primórdios do islã, derrotou os bizantinos e conquistou o Egito, onde fundou a cidadela de Alfusṭāṭ, núcleo do atual Cairo. Morreu em 664.

397 Não se encontraram referências para essa personagem. O nome mais próximo foi Aḥmad Ibn Alḫaṣīb, vizir do 12º califa abássida Almustaᶜīn, que governou de 862 a 866. Antes, durante o governo do califa Alwāṯiq (842-847), nono dos abássidas, seus bens teriam sido expropriados. Mas a referência é problemática porque o nome citado no início da anedota, Abū Addawāniq, significa "pai dos centavos" e era, conforme se verá adiante, o apelido depreciativo do segundo califa da dinastia abássida, Abū Jaᶜfar Almanṣūr (754-775), devido à sua avareza. É possível, contudo, que esse apelido tivesse sido dado, circunstancialmente, a qualquer governante avarento.

398 Aqui, a referência é à parte oriental da cidade de Bagdá.

História Conta-se que nas recomendações de Ardašīr ao seu filho constava o seguinte: "Meu filho, se acaso quiseres conceder algo a algum dos teus filhos, esforça-te para que a tua dádiva não seja menor que o valor dos proventos de uma província, vila, cidade ou aldeia com campos cultivados, com os quais se enriqueça [até mesmo] um homem de baixa condição e desapareçam as suas carências, enriquecendo-se também os seus filhos e inclusive os filhos dos seus filhos enquanto viverem, obtendo-se isso durante a vida, e não após a morte. Esforça-te para não te apegares de modo algum ao comércio, pois tal coisa indicaria a baixeza dos desígnios do rei".

GOVERNO E COMÉRCIO

História Conta-se que o rei Hurmuzd Bin Šāpūr[399] tinha um vizir que lhe escreveu uma carta mencionando haverem chegado, por via marítima, mercadores com pérolas, rubis e pedras preciosas de tamanho magnífico, "as quais eu comprei deles, para o tesouro real, no valor de cem mil dinares. Agora, compareceu aqui o mercador fulano de tal querendo comprar as joias por um preço bem maior que o pago. Se o rei quiser, que dê a ordem com o seu parecer". O rei Hurmuzd lhe escreveu em resposta: "Cem mil a mais, cem mil a menos, é tudo igual, não tendo aos nossos olhos uma importância que nos faça desejá-los; ademais, se nós formos exercer o comércio, quem exercerá o poder? Olha bem, ó ignorante da tua própria condição, e não tornes a repetir tais palavras, nem mistures ao nosso dinheiro um só dirham, ou mesmo um único centavo, de lucros com o comércio, pois isso faz decair o valor do rei, avilta-lhe o bom nome, anuncia os seus maus fundamentos e decretos e lhe prejudica a venerabilidade tanto durante a vida como depois da morte".

O DESAPEGO DE ᶜAMĀRA

História Conta-se que o comandante ᶜAmāra Bin Ḥamza[400] estava sentado no conselho do califa Almanṣūr Abū Addawāniq no dia em que este analisava as queixas dos súditos, quando um homem se pôs de pé e disse: "Ó comandante dos crentes, eu sou um injustiçado!".

[399] Nome de cinco reis persas da dinastia sassânida. Aqui, a referência é ao primeiro deles, neto do fundador, Ardašīr. Governou de 272 a 273.

[400] Um dos mais notáveis funcionários do Estado Abássida, era escriba e poeta. Muito respeitado pelos califas a quem serviu devido à sua generosidade proverbial. Morreu em 814.

E o amanhecer atingiu Šahrāzād, que interrompeu o seu discurso autorizado. Disse-lhe sua irmã Dunyāzād: "Como é boa a sua história, maninha, prazerosa, gostosa e saborosa", e ela respondeu: "Isso não é nada perto do que irei contar-lhes na próxima noite, se acaso eu viver e o rei cortês e sensato me poupar".

E QUANDO FOI A NOITE SEGUINTE, QUE ERA A

765ª

Disse sua irmã Dunyāzād: "Por Deus, maninha, se você não estiver dormindo, conclua a sua história", e ela respondeu: "Sim, com gosto e honra".

Eu tive notícia, ó rei venturoso, de que um homem se pôs de pé e disse: "Ó comandante dos crentes, eu sou um injustiçado". O califa perguntou: "Quem te injustiçou?". O homem respondeu: "ᶜAmāra Bin Ḥamza tomou à força minhas aldeias, posses e propriedades". Almanṣūr disse então a ᶜAmāra: "Levanta-te do teu lugar e fica ao lado do teu querelante para o julgamento". ᶜAmāra disse: "Ó comandante dos crentes, se as aldeias lhe pertencerem, eu não as disputarei com ele, e se forem minhas eu lhas darei. Não tenho necessidade de julgamento nem trocarei este meu lugar, com o qual o comandante dos crentes me dignificou, por aldeias nem o que quer que seja". Então os notáveis ali presentes ficaram admirados com os seus elevados desígnios, a sua honradez e o seu brio.

[*Prosseguiu Šahrāzād*:] O desígnio e o [apetite insaciável][401] têm uma só forma, e cada ser humano tem de ambos uma parte, um [com coragem e outro] com generosidade, um oferecendo comida, outro agindo em prol do saber, outro por meio da devoção, outro com a temperança, [outro com o ascetismo, abandono do mundo e procura da outra vida, outro procurando ganhar mais. Quanto ao desígnio da generosidade, da doação de dinheiro e da prestação de favores, isso deve ser tal como consta da seguinte história.][402]

[401] "Desígnio" traduz *himma*, e "apetite insaciável", *nahma*. Embora haja comparação entre os dois elementos, por "pulo" de cópia o manuscrito não traz a palavra, que consta apenas das versões impressas.
[402] O trecho entre colchetes, traduzido das versões impressas, é necessário à lógica da narrativa.

O DESAPEGO DOS BARMÉCIDAS

História Conta-se que Yaḥyà Bin Ḫālid, o barmécida, saiu a cavalo da sede do califado e chegou à sua casa, a cuja porta viu um homem que, quando ambos se aproximaram, acorreu até ele, saudou-o e disse: "Ó Abū ᶜAlī, tenho necessidade do que tens em mãos, e já fiz de Deus o meu instrumento para chegar a ti". Yaḥyà ordenou que reservassem um cômodo da casa para o homem, lhe entregassem diariamente mil dirhams e que a sua comida fosse a dos hóspedes especiais. O homem ficou nessa situação por um mês completo, ao cabo do qual ele, tendo recebido trinta mil dirhams, recolheu o dinheiro e se retirou. Questionado a respeito, Yaḥyà respondeu: "Por Deus que, se ele ficasse comigo por toda a sua vida, eu não lhe negaria o meu convívio nem a minha hospitalidade".

O DESAPEGO E A TOCADORA DE ALAÚDE

História Jaᶜfar Bin Mūsa Alhādī[403] tinha uma criada tocadora de alaúde conhecida como Budūr, a grande, a qual não tinha naquele tempo ninguém que a superasse na beleza facial nem na destreza da arte do canto e do dedilhar as cordas. Tendo ouvido a respeito da criada, Muḥammad Alamīn Ibn Zubayda[404] tentou comprá-la de Jaᶜfar, que lhe disse: "Tu bem sabes que alguém como eu não vende criadas nem entra em disputas por concubinas. Não tivesse sido criada na minha casa,[405] eu a cederia para ti gratuitamente". Mas, [alguns dias] depois disso, Muḥammad Alamīn Ibn Zubayda foi para a casa de Jaᶜfar, que o instalou no cômodo onde se bebia, ordenando a Budūr que cantasse para ele e o deixasse arrebatado. Muḥammad começou a beber e a se arrebatar [com a música], também ordenando a Jaᶜfar que bebesse, até que, tendo-o forçado a se embriagar, levou a criada consigo para a sua casa, sem no entanto encostar a mão nela.[406] No dia seguinte, ordenou que Jaᶜfar fosse convocado e, quando ele se apresentou, ofereceu-lhe bebida e ordenou que a criada cantasse por detrás das cortinas. Jaᶜfar ouviu-lhe o canto mas nada falou devido à dignidade dos seus desígnios, nem deixou escapar nenhuma alteração em sua conversa. Em seguida, Muḥammad

[403] Filho de Alhādī, quarto califa abássida, foi contemporâneo de Hārūn Arrašīd, a quem o pai tentou convencer a abandonar a posição de herdeiro ao califado em seu favor.

[404] Filho de Hārūn Arrašīd, foi califa por quase cinco anos, o sexto da dinastia abássida. Deposto por uma sublevação chefiada por seu meio-irmão Alma'mūn, foi morto em 813.

[405] Na edição crítica, "não fosse ela o adorno da minha casa", o que talvez seja mais adequado.

[406] Nas versões impressas se acrescenta: "devido à dignidade de sua alma e de seus desígnios". Curiosamente, essa personagem era célebre por sua pederastia, donde a possível ironia da observação.

Alamīn ordenou que se enchesse de dirhams o barco no qual Jaᶜfar viera até ali. Conta-se que ele colocou no barco mil bolsas de moedas que equivaliam, no total, a vinte mil dirhams,[407] a tal ponto que os marinheiros pediram socorro e disseram: "O barco já não suporta carregar mais nada", e então ele ordenou que o dinheiro fosse levado à casa de Jaᶜfar. Assim era o desígnio dos reis.

MAIS UMA HISTÓRIA DE DESAPEGO DOS BARMÉCIDAS

Contou Saᶜīd Bin Sulaymān Albāhilī:[408]

Minha situação ficou difícil no tempo de Hārūn Arrašīd, pois acumulei dívidas que fui incapaz de saldar e se me tornou impossível pagar, passando então os credores a se aglomerar diante das minhas portas, e os cobradores, a se atropelar, e os litigantes, a me perseguir. Desprovido de artimanha e cheio de reflexões, fui atrás de ᶜAbdullāh Bin Mālik Alḫuzāᶜī[409] e lhe solicitei que me desse a sua opinião e me guiasse à porta da libertação. Ele me disse: "Ninguém pode salvar-te dessa provação, aflição, aperto e tristeza senão os barmécidas". Respondi: "E quem pode lhes suportar a arrogância e a prepotência?". Ele respondeu: "Deves suportar isso para consertar a tua situação". Levantei-me então e fui até Alfaḍl e Jaᶜfar, [os filhos de Yaḥyà Ibn Ḫālid], e relatei a ambos o meu tormento. Eles disseram: "Que Deus te ajude e te proveja do suficiente!".[410] Retornei a ᶜAbdullāh Bin Mālik Alḫuzāᶜī com o peito opresso, os pensamentos divididos, e lhe repassei o que ambos me haviam dito. Ele respondeu: "Hoje te é necessário que permaneças aqui conosco a fim de veres o que será e o que Deus altíssimo determinará". Então fiquei na sua casa por algum tempo, e eis que um criado meu entrou e me disse: "Meu senhor, estão às nossas portas alguns jumentos...".[411]

407 Nas versões impressas, são duas mil bolsas de moedas cujo valor corresponde a vinte milhões de dirhams, o que talvez seja mais adequado ao decoro desse gênero de história, porquanto, entre gente graúda, vinte mil dirhams não eram constituídos como fortuna naquela época.

408 Esta narrativa também consta da obra *Alfaraj baᶜda Aššidda* [Libertação após angústia], do juiz bagdali Almuḥassin Attanūḫī (m. 994), sua provável origem. Embora vários detalhes do enredo sejam diferentes, a tradução manteve o que consta do manuscrito e das versões impressas. Apenas se modificou o nome do narrador, em consonância com o que consta da obra do juiz, de "Sālim" para "Sulaymān", nome correto, segundo as fontes, da personagem histórica. No manuscrito, consta *Albāqilī* em vez de *Albāhilī*.

409 Um dos principais líderes (798-845) do período abássida, serviu sucessivamente aos califas Almahdī, Alhādī e Arrašīd como chefe da polícia, e depois como governador e combatente. As fontes históricas falam da forte rivalidade entre ele e o clã barmécida, que será objeto de uma narrativa logo adiante.

410 Em árabe, tais palavras normalmente têm efeito deceptivo. No relato do juiz Attanūḫī, eles se comprometem diretamente a ajudar, dizendo: "Prover-te-emos".

411 Na versão do juiz Attanūḫī, consta "camelos" em lugar de "jumentos".

E o amanhecer atingiu Šahrāzād, que interrompeu o seu discurso autorizado. Disse-lhe sua irmã Dunyāzād: "Como é boa a sua história, maninha, prazerosa, gostosa e saborosa", e ela respondeu: "Isso não é nada perto do que irei contar-lhes na próxima noite, se acaso eu viver e o rei cortês e sensato me poupar".

E QUANDO FOI A NOITE SEGUINTE, QUE ERA A 766ª

Disse sua irmã Dunyāzād: "Por Deus, maninha, se você não estiver dormindo, conclua a sua história", e ela respondeu: "Sim, com gosto e honra".

Eu tive notícia, ó rei venturoso, de que Saᶜīd Bin Sālim Albāhilī disse:

Eis que um criado meu entrou e me disse: "Meu senhor, estão às nossas portas alguns jumentos carregados e um homem, dizendo: 'Eu sou o procurador de Alfaḍl e Jaᶜfar'.". ᶜAbdullāh me disse: "Espero que a tua libertação já tenha chegado! Levanta e vai ver qual é o caso". Levantei-me, [saí correndo] e vi às minhas portas um homem com uma folhinha na qual estava escrito:[412] "Depois que foste embora de nossa casa, fomos até o califa e o pusemos a par da situação que se abateu sobre ti, e então ele nos ordenou que carregássemos até ti, da casa do tesouro, um milhão de dirhams. Perguntamos ao califa: 'Estes dirhams, ele os gastará com os seus credores, mas de onde extrairá os gastos consigo mesmo?', e então ele ordenou mais oitocentos mil dirhams, e nós fizemos carregar, de nosso próprio dinheiro, mais um milhão e oitocentos mil dirhams para com eles proveres as tuas necessidades".[413]

[412] Nas versões impressas, a carta a seguir fala no singular. No manuscrito, começa no plural e passa para o singular. Como a personagem falara com dois irmãos, e na carta não há assinatura, a tradução manteve tudo no plural. Na versão bem mais antiga do juiz Attanūḫī, a carta é descrita em discurso indireto, e não reproduzida, com a atribuição das ações e iniciativas aos dois irmãos.

[413] Na versão do juiz Attanūḫī, os montantes são diversos: a dívida é de oitocentos mil dirhams, aos quais, à vista das mesmas ponderações, o califa acrescenta outros oitocentos mil dirhams, e a estes, enfim, os irmãos ajuntam mais dois milhões de dirhams.

O DESAPEGO DE KISRÀ

História[414] Conta-se que, enquanto Kisrà Anū Širwān bebia com os seus comensais, um deles roubou uma taça de ouro cravejada de pedras preciosas que estava no local. Anū Širwān o viu. Quando o copeiro procurou a taça e não a encontrou, mandou anunciar no local: "Ó participantes, perdemos uma taça de ouro. Ninguém vai sair, de jeito nenhum, até essa taça ser devolvida". Anū Širwān disse ao copeiro: "Deixa-os saírem, pois quem roubou a taça não a devolverá, e quem o viu não o denunciará".[415]

O DESAPEGO E A TRAIÇÃO

História[416] Conta-se que, por volta da época em que se voltou contra os barmécidas, Hārūn Arrašīd convocou Ṣāliḥ[417] e lhe disse: "Ṣāliḥ, vai até Manṣūr [Bin Ziyād][418] e dize-lhe: 'Tua dívida para conosco é de dez milhões[419] de dirhams, e queremos que a pagues agora'. Se ele não pagar até o entardecer, corta-lhe a cabeça e traze-a para mim". Disse Ṣāliḥ:

Fui então até Manṣūr e o pus a par do que dissera Arrašīd quanto à política a adotar consigo. Ele me disse: "Estou morto, por Deus!", e jurou que o valor de todos os seus cabedais e haveres não ultrapassava cem mil dirhams. Então eu lhe disse: "Prepara alguma artimanha para o caso, pois eu não me posso tardar nem ser parcial no que ele me determinou". Ele disse: "Perdoa-me, Ṣāliḥ, e me conduz aos meus parentes e filhos para eu me despedir". Fui com ele, que se pôs a despedir-se dos seus parentes, e pela casa o som do choro e a gritaria dos pedidos de socorro se elevaram. Eu lhe disse: "Talvez consigas algum alívio por intermédio dos barmécidas. Vamos até Yaḥyà Ibn Ḫālid", e então nos encaminhamos até ele. Como Manṣūr chorava e

[414] Esta narrativa também se encontra em outro tratado político, intitulado *Sirāj Almulūk* [O lampião dos reis], do letrado andaluz Abū Bakr Aṭṭurṭūšī (1058-1162), "o tortosiano". E sua origem é vislumbrável na já citada obra *Libertação após angústia* ou na obra *Albaṣā'ir wa Aḏḏaḫā'ir* [Clarividências e tesouros], do já citado Abū Ḥayyān Attawḥīdī, cujos enredos são muito mais longos e complexos.

[415] Na versão de Aṭṭurṭūšī, a narrativa continua assim: "Após alguns dias, o homem [que roubara a taça] foi ter com Kisrà trajando uma bela túnica, a condição renovada. Kisrà lhe disse: 'Isso provém daquilo', e o homem respondeu: 'Sim', e mais não disse". Na edição crítica, ocorre a seguinte continuação: "Onde estiver a generosidade e a elevação de desígnios também estarão a tranquilidade e o bem, mas quem nega a benfeitoria e rechaça os favores não vale nada [*lā aṣla lahu*], e quem não vale nada é incapaz de encobrir uma falha".

[416] A origem desta narrativa, também incorporada às edições de Bulāq e Calcutá[2] do *Livro das mil e uma noites* (noites 305-306), está na referida obra do juiz Attanūḫī, com maior riqueza de detalhes.

[417] Antigo serviçal dos abássidas, conta-se que ganhou de presente do califa Almanṣūr o tapete de reza que pertencera ao profeta.

[418] Escriba de Yaḥyà, muito estimado pela família barmécida, que nele confiava.

[419] "Dez milhões" é o que consta de todas as versões, excetuada a do manuscrito, que fala em "vinte milhões". Mas dez milhões, conforme se verá a seguir, é a quantia mais verossímil.

gritava, Yaḥyà percebeu qual era a sua situação e o que o atingira, ficando muito aflito com aquilo e abaixando a cabeça em direção ao solo durante algum tempo, após o que a ergueu, chamou o seu tesoureiro e lhe perguntou: "Quantos dirhams temos em nosso depósito?". O homem respondeu: "A quantia de cinco milhões de dirhams", e Yaḥyà lhe ordenou que os trouxesse; depois, mandou um emissário a [seu filho] Alfaḍl e lhe disse: "Dize-lhe que me foi oferecida a venda de aldeias excelentes, que não se esgotam nem se arruínam nunca; por favor, envia-nos alguns dirhams", e então o filho lhe enviou dois milhões de dirhams; enviou ainda uma pessoa a [seu filho] Jacfar e lhe disse: "Dize-lhe que nos ocorreu um compromisso e precisamos de alguns dirhams", e então Jacfar lhe enviou dois milhões de dirhams. Yaḥyà disse: "Agora ajuntamos nove milhões de dirhams". Manṣūr lhe disse: "Meu amo, estou agarrado à tua cauda, e não conheço este dinheiro senão graças à tua generosidade; completa, pois, o restante da minha dívida". Yaḥyà abaixou a cabeça, chorou e disse: "Criado, o comandante dos crentes deu à nossa criada [Danānīr] uma pedra preciosa de valor formidável; vai até ela e dize-lhe que me envie tal pedra". O criado foi até ela, informou-a, e ela enviou a pedra. Yaḥyà me disse: "Ṣāliḥ, fui eu que comprei dos mercadores esta pedra para o comandante dos crentes, por um milhão de dirhams, e ele a deu de presente para [a nossa criada] Danānīr, a tocadora de alaúde. Se acaso ele vir essa pedra, irá reconhecê-la. Agora se completou o dinheiro da expropriação dos bens de Manṣūr. Dize ao comandante dos crentes que o entregue a nós". Fui então, com o dinheiro e a joia, até Arrašīd, e enquanto estávamos a caminho...

E o amanhecer atingiu Šahrāzād, que interrompeu o seu discurso autorizado. Disse-lhe sua irmã Dunyāzād: "Como é boa a sua história, maninha, prazerosa e gostosa", e ela respondeu: "Isso não é nada perto do que irei contar-lhes na próxima noite, se acaso eu viver e o rei cortês e sensato me poupar".

E QUANDO FOI A NOITE SEGUINTE, QUE ERA A

767ª

Disse sua irmã Dunyāzād: "Por Deus, maninha, se você não estiver dormindo, conclua a sua história", e ela respondeu: "Sim, com gosto e honra".

Eu tive notícia, ó rei venturoso, de que Ṣāliḥ disse:

Enquanto eu e Manṣūr estávamos a caminho, eis que o ouvi citando como paradigma um verso, e me espantei de sua vileza e sordidez. Eis o verso:

"Não me compraste por apego a mim,
Mas para livrar-te das setas, isso sim!"[420]

[*Prosseguiu Ṣāliḥ:*] Aborrecido com ele, eu lhe disse: "Que morras! Não existe na face da terra ninguém mais generoso que os barmécidas, nem mais malvado do que tu! Eles se associaram e te salvaram da morte, mas tu não lhes agradeces nem os louvas". Em seguida, fui até Arrašīd, contei-lhe o que se passara e ele, pasmado com a generosidade e o brio de Yaḥyà e com a baixeza de Manṣūr, ordenou que a pedra preciosa fosse devolvida a Yaḥyà [dizendo: "Uma coisa que damos de presente não deve retornar a nós"].

[*Prosseguiu Šahrāzād:*] Ṣāliḥ retornou até Yaḥyà e lhe contou a história de Manṣūr e o seu mau proceder, e ele respondeu: "Quando o homem está em penúria, o peito opresso, o coração turvado, pensando nas dificuldades de provisão, tudo quanto diz não provém do coração", e pôs-se a pedir desculpas por Manṣūr. Então Ṣāliḥ chorou e disse: "Este planeta rodante não tornará a trazer à existência um homem como tu. Oh, tristeza, como é que poderá um homem como tu desaparecer sob a terra!".

UMA FALSIFICAÇÃO OPORTUNA

História Conta-se que havia entre o barmécida Yaḥyà Bin Ḫālid e ᶜAbdullāh Bin Mālik Alḫuzāᶜī uma hostilidade secreta que eles não demonstravam, e cujo motivo [era que Hārūn Arrašīd tinha por ᶜAbdullāh um afeto tão extremado que Yaḥyà e os seus filhos diziam que ele enfeitiçava o comandante dos crentes]. Passaram um bom tempo com aquele rancor no coração. Então Arrašīd nomeou ᶜAbdullāh governador da Armênia, e para lá o enviou. Depois, um iraquiano de inteligência e decoro — que empobrecera e cujo dinheiro se acabara — falsificou uma carta, que seria dirigida de Yaḥyà para ᶜAbdullāh, e com ela viajou até a Armênia. Quando chegou à porta da casa do governador, entregou a carta a um dos secretários, e este a levou e a entregou para ᶜAbdullāh, que lhe rompeu o lacre, leu, percebeu que era falsificada [e permitiu

[420] Nas edições de Bulāq e Calcutá², os versos falam em primeira pessoa: "Não foi por amor que os meus pés acorreram até eles/ Mas sim porque eu temi o disparo das setas".

que o homem entrasse]. Depois que o homem entrou, cumprimentou-o e rogou por ele, ᶜAbdullāh lhe disse: "Suportaste os sofrimentos da jornada para me trazeres uma carta falsificada? Contudo, fica tranquilo e não te aflijas, pois não frustaremos o teu esforço". O homem disse: "Que Deus prolongue a vida do comandante! Se a minha chegada te foi pesada, não é necessária muita argumentação para evitar-me, pois este mundo de Deus é vasto, e ele, que dá a riqueza, está vivo e firme, e a carta que eu trouxe é verdadeira e não falsificada". ᶜAbdullāh lhe disse: "Estabelecerei contigo duas condições. Escreverei uma carta ao meu procurador em Bagdá determinando-lhe que pergunte sobre a situação desta carta que trouxeste. Se ela for verdadeira, te entregarei a direção de uma das minhas terras, mas se preferires presentes te darei duzentos mil dirhams mais um cavalo, roupas honoríficas e outras honrarias. Agora, se a tua carta for falsificada, ordenarei que recebas duzentas pauladas e que o teu rosto seja raspado". Em seguida, ordenou que o homem fosse hospedado num quarto e lhe dessem comida e tudo o mais quanto necessitasse, escrevendo então a seguinte carta ao seu procurador em Bagdá: "Veio até mim um homem com uma carta de Yaḥyà Bin Ḫālid, mas, como não conjecturo coisa boa, impõe-se que tu investigues este caso, a fim de discernires a verdade da mentira, e depois me coloques a par da resposta". Quando a carta de ᶜAbdullāh chegou, o procurador cavalgou e se dirigiu até a casa de Yaḥyà Bin Ḫālid, a quem encontrou sentado com os seus convivas e amigos particulares. Entregou-lhe a carta, Yaḥyà rompeu o lacre, leu-a e disse ao procurador: "Retorna amanhã, para que eu te escreva a resposta", e o homem se retirou. Em seguida, Yaḥyà se voltou para os seus convivas e perguntou: "Qual a punição de quem porta uma carta em meu nome, mas falsificada, para um inimigo meu?". Cada um dos presentes se pôs a lhe enumerar uma espécie de castigo e uma forma de tortura, até que ele lhes disse: "Estais equivocados! Isso que citais faz parte da baixeza de desígnios. Vós todos conheceis ᶜAbdullāh, sabeis da sua proximidade para com o comandante dos crentes e tendes ciência do ódio e da hostilidade existentes entre mim e ele. Agora, porém, Deus fez desse homem um intermediário para a paz entre nós, e no-lo enviou a fim de apagar de nossos corações um rancor de vinte anos. Impõe-se que eu seja leal às esperanças desse homem e lhe concretize as aspirações. Escreverei, em seu favor, uma carta para ᶜAbdullāh pedindo-lhe que o dignifique e o atenda". Quando ouviram aquilo, os convivas rogaram todo o bem para Yaḥyà...

E o amanhecer atingiu Šahrāzād, que interrompeu o seu discurso autorizado. Disse-lhe sua irmã Dunyāzād: "Como é boa a sua história, maninha, prazerosa, gostosa e saborosa", e ela respondeu: "Isso não é nada perto do que irei contar-lhes na próxima noite, se acaso eu viver e o rei cortês e sensato me poupar".

E QUANDO FOI A NOITE SEGUINTE, QUE ERA A

768ª

Disse sua irmã Dunyāzād: "Por Deus, maninha, se você não estiver dormindo, conclua a sua história", e ela respondeu: "Sim, com gosto e honra".

Eu tive notícia, ó rei venturoso, de que, quando ouviram aquilo, os convivas rogaram todo o bem para Yaḥyà e se espantaram com a sua nobreza. Então ele pediu tinteiro, papel e escreveu para ᶜAbdullāh, com a sua própria mão, uma carta que, após a *basmala*,[421] continha o seguinte: "Chegou-me a tua carta, cujo lacre eu rompi e a li. Fiquei contente por estares bem. Tua suposição foi a de que esse homem livre falsificou a carta, colocando palavras em minha boca, mas isso não está correto. A carta foi escrita por mim, e com a minha própria mão eu a enviei. Minha expectativa em relação à tua nobreza é que atenderás as esperanças desse homem livre e nobre, cuja respeitabilidade de propósitos conhecerás, e que lhe dedicarás abundantes benesses e muito reconhecimento. Tudo quanto fizeres por ele, serei eu o penhorado e o agradecido". Em seguida, escreveu a destinação da carta, selando-a e entregando-a ao procurador, que por sua vez a enviou a ᶜAbdullāh, o qual, ao lê-la, se regozijou com o seu conteúdo, mandou chamar o homem e lhe perguntou: "Qual das duas coisas que te mencionei preferes?". O homem respondeu: "Os presentes me são preferíveis". Então ᶜAbdullāh ordenou que lhe dessem dois mil dirhams, dez cavalos árabes, cinco dos quais com estribos adornados e [cinco com alcofas], vinte armários cheios de roupas, dez escravos que sabiam cavalgar e tudo quanto convinha de pedras preciosas coloridas, enviando-o em companhia segura para Bagdá. Assim que se viu com os seus familiares, o homem se dirigiu às portas de Yaḥyà Bin Ḫālid e pediu permissão para vê-lo. O secretário foi até Yaḥyà e lhe disse: "Patrão, está à porta um homem de evidente respeitabilidade, feições agradáveis, de boa condição e com muitos criados", e então se autorizou a sua entrada. O homem beijou o solo diante de Yaḥyà, que lhe disse: "Eu não te conheço". Ele respondeu: "Eu era um homem morto pelas injustiças do tempo,

[421] Trata-se da conhecida formulação muçulmana "em nome de Deus, misericordioso, misericordiador".

e tu me ressuscitaste e devolveste à vida. Fui eu que levei a carta falsificada em teu nome para ᶜAbdullāh Bin Mālik". Yaḥyà perguntou: "E o que ele fez contigo? O que te deu e com que te presenteou?". O homem respondeu: "Com a tua bênção e por mercê da tua sombra, do teu desígnio e do teu mérito, ele me deu e presenteou. Trouxe comigo tudo quanto ele me deu, e está aqui à tua porta. O assunto te pertence e o julgamento está em tuas mãos". Yaḥyà lhe disse: "O que fizeste por mim é mais do que fiz por ti. Tens a minha enorme gratidão e a mão generosíssima, pois transformaste em amizade a inimizade que havia entre nós e aquele homem venerável. Foste o motivo disso e eu te presentearei com a mesma quantia de dinheiro com a qual ele te presenteou", e ordenou que lhe dessem o mesmo que ᶜAbdullāh havia dado. Olha bem para o caráter desses dois homens generosos.[422]

QUAL O CLÃ MAIS GENEROSO?

História Conta-se que dois escravos puseram-se a disputar os méritos dos clãs aos quais pertenciam, um deles ao clã hachemita, e o outro ao clã omíada.[423] Cada um deles dizia: "Meus senhores são mais generosos que os teus". Então combinaram: "Vamos agora experimentá-los". O escravo dos omíadas foi a um dos seus senhores, [queixou-se de dificuldades e reclamou da pobreza,] e o senhor lhe deu dez mil dirhams. Então ele passou por dez dos seus senhores, e cada qual lhe deu dez mil dirhams, com o que ele ajuntou cem mil dirhams e foi dizer ao outro escravo: "Agora vai tu aos hachemitas, experimenta-os e observa-lhes a generosidade". O escravo dos hachemitas foi então até Alḥasan Ibn ᶜAlī,[424] que Deus esteja satisfeito com ambos, e reclamou da sua situação, mencionando a pobreza em que vivia. Alḥasan lhe deu cem mil dirhams. Em seguida, o escravo foi até ᶜAbdullāh Bin [Abī] Rabīᶜa,[425] que lhe deu outros cem mil dirhams; então, ele foi com o dinheiro até o escravo dos omíadas

[422] Esta crônica carece de maior fundamento histórico, pois o ódio entre ᶜAbdullāh Bin Mālik e a família barmécida perdurou até a eliminação física desta última. Existe mesmo um relato de ᶜAbdullāh em que se evidencia a sua satisfação com a crucificação de um dos membros da família, Jaᶜfar, que lhe desejara, tempos antes, o mesmo castigo. Esta narrativa consta igualmente das edições de Bulāq e Calcutá², nas quais ocupa as 306ª e 307ª noites, e na de Breslau, na 566ª noite.

[423] Esta narrativa trata da rivalidade existente entre ambos os clãs, o omíada – que tomara, e na opinião de muitos muçulmanos usurpara, o califado após a morte de ᶜAlī, o quarto califa, em 661, constituído por árabes coraixitas que no início da pregação de Muḥammad o haviam hostilizado abertamente –, e o hachemita, constituído pelos apoiadores de primeira hora do profeta.

[424] Filho mais velho do califa ᶜAlī e de Fāṭima, filha do profeta. Após a morte do pai, foi proclamado califa, mas preferiu evitar combates e abriu mão do califado. Morreu em Medina em 670.

[425] Companheiro do profeta, membro de família tradicional em Meca, morreu em 656.

e lhe disse: “Os teus donos aprenderam a generosidade com os meus senhores. Mas vamos experimentá-los novamente devolvendo-lhes o dinheiro”. O escravo dos omíadas foi até eles e disse: “Já não preciso destes dirhams, pois Deus me facilitou outro lugar onde resolver a minha pobreza, e por isso não tenho necessidade deste dinheiro”. E cada um deles recebeu de volta o seu dinheiro, os seus dirhams. O escravo dos hachemitas levou o dinheiro aos seus senhores e lhes disse: “Obtive, em outro lugar, o suficiente para eliminar a minha carência e acabar com a minha pobreza, e agora devolvo o dinheiro que de vós eu levara...”.

E o amanhecer atingiu Šahrāzād, que interrompeu o seu discurso autorizado. Disse-lhe sua irmã Dunyāzād: “Como é boa a sua história, maninha, prazerosa, gostosa e saborosa”, e ela respondeu: “Isso não é nada perto do que irei contar-lhes na próxima noite, se acaso eu viver e o rei cortês me poupar”.

E QUANDO FOI A NOITE SEGUINTE, QUE ERA A 769ª

Disse sua irmã Dunyāzād: “Por Deus, maninha, se você não estiver dormindo, conclua a sua história”, e ela respondeu: “Sim, com gosto e honra”.

Eu tive notícia, ó rei venturoso, de que o escravo dos hachemitas disse: “E agora devolvo o dinheiro que de vós eu levara”. Eles disseram: “Nós não recebemos de volta nada que tenhamos dado, nem misturamos as nossas doações com o nosso dinheiro. Portanto, se desse dinheiro já não tens necessidade, doa-o como esmola”.

A DIGNIFICAÇÃO DO NOME

História ᶜAbdulᶜazīz Bin Marwān[426] era comandante no Egito e certo dia, cavalgando, passou por um local e eis que assim um homem chamava o filho: “Ó ᶜAbdulᶜazīz”. O comandante ouviu o chamado e ordenou que dessem ao

[426] Nascido em Medina e morto no Egito em 704, era membro da dinastia omíada, pai do califa ᶜUmar Ibn ᶜAbulᶜazīz, várias vezes citado nesta obra.

homem dez mil dirhams a fim de que os gastasse com aquele menino que era o seu xará. Então a notícia se espalhou [no Egito] e, naquele ano, todo aquele que teve um filho lhe deu o nome de ᶜAbdulᶜazīz.[427]

MÁXIMAS E SENTENÇAS (IX)

Sobre esse assunto a conversa seria longa, e assim estenderíamos demais [o livro. O que deves saber é que] o elevado desígnio, ainda que tarde, um dia haverá de fazer o homem chegar ao seu intento, tal como disse o poeta:

"Se eu estiver buscando, a serviço do sultão,
sustento, de seus criados eu seria o mais diserto.
Busco glória e, não fosse minha plena certeza
de que a conseguirei, eu jamais a procuraria."

[É louvável no homem que ele não ultrapasse, com o seu desígnio, a medida do seu destino e capacidade, a fim de não viver aflito por toda a sua vida e existência.] Outrem disse a seguinte poesia:

"Se te contentas com o suficiente, não verás
na vida ninguém mais confortável que tu.
Mas se ambicionares muito mais que isso,
o mundo e tudo quanto tem não te bastará.
De que adiantam os teus altos desígnios, se
não servem para atingir aquilo que se almeja?"

Disse Hipócrates:[428] "Aquele a quem Deus deu sabedoria mas que deseja dinheiro é como quem, estando com boa e íntegra saúde, troca-a pela fadiga e pela doença, pois o fruto da sabedoria é a tranquilidade e a elevação, ao passo que o fruto do

[427] Na edição crítica acrescenta-se aqui: "E, em sentido oposto a esse, conta-se que o secretário Tāš era o comandante supremo de Ḫurāsān, e certo dia, passando pelas lojas de cambistas de Buḫārà, ouviu um homem chamando o seu criado pelo nome de Tāš. Ordenou então a extinção das lojas e a desapropriação dos bens dos cambistas, dizendo: 'O que pretendestes foi rebaixar o meu nome'. Vê, pois, a diferença entre um homem nobre (*ḥurr*) coraixita e um mameluco comprado com dinheiro". Nas fontes históricas não existem muitas informações sobre essa personagem, Tāš Farāš, serviçal de Maḥmūd Bin Subuktākīn (970-1030), membro da dinastia turca dos gaznévidas, a qual, a partir da sua base no Pendjab, dominou regiões do Oriente, em particular da Pérsia, entre 926 e 1178.

[428] Nas versões impressas, *Suqrāṭ*, "Sócrates", em lugar de *Buqrāṭ*, "Hipócrates".

dinheiro é a fadiga e o sofrimento". Disse alguém:[429] "Os reis da Índia tinham livros em tal quantidade que os elefantes os carregavam, daí eles terem ordenado aos seus homens sapientes que os resumissem, e então os sábios chegaram a um acordo para resumi-los em quatro formulações: a primeira, 'justiça', para os reis; a segunda, 'obediência', para os súditos; a terceira, 'não comer até a hora da fome', para a alma; a quarta, 'não olhar para si mesmo', para o ser humano".[430]

História Disse certo sapiente: "Os homens são [quatro]. O homem que entende e sabe que entende; é o sábio, e deveis segui-lo. O homem que entende e não sabe que entende; é o esquecido, e deveis lembrá-lo. [O homem que não entende e sabe que não entende; é alguém à procura de orientação, e deveis orientá-lo.] O homem que não entende e não sabe que não entende; é o ignorante, e deveis tomar cuidado com ele".

Perguntou-se a certo sapiente: "O que está mais perto?". Ele respondeu: "O fim". Então se perguntou: "E o que está mais distante?". Ele respondeu: "A esperança". Disse Alaḥnaf Bin Qays: "Há duas coisas contra as quais nenhuma artimanha resolve: quando o fim se aproxima não existe artimanha para fugir dele, e quando a esperança foge não existe artimanha para se aproximar dela".[431] Disse o sapiente Luqmān[432] ao seu filho: "Há duas coisas que, preservadas, te pouparão depois de preocupações com o que fizeres: o teu dinheiro para a tua vida, e a tua fé para a tua outra vida". Perguntou Anū Širwān a Buzurjmihr: "Por qual motivo o amigo pode virar inimigo e o inimigo não pode virar amigo?". Respondeu: "Porque arruinar o que está construído é mais fácil do que construir o que está arruinado".[433] E disse [Buzurjmihr]: "A sanidade do corpo é preferível ao consumo de remédios; o abandono do pecado é preferível ao pedido de perdão; a repressão do desejo é preferível à [repressão da] tristeza; a desobediência às paixões da alma é preferível à entrada no fogo".

[429] Nas versões impressas, consta *Ibn Almuqaffa*ᶜ (letrado de origem persa morto por volta de 754) em lugar de "alguém".

[430] No manuscrito, "não olhar senão para si mesma, para a língua". Trata-se de erro evidente, fruto da confusão entre as grafias de *insān*, "ser humano", e *lisān*, "língua".

[431] Formulação problemática, pois o que consta do manuscrito e da edição crítica é *amr*, palavra muleta que apresenta uma infinidade de sentidos: "ordem", "questão", "decreto", "assunto" etc. Talvez se trate de "decreto divino", ou mesmo "destino", o que tornaria a formulação por demais óbvia. A tradução optou por considerar que *amr* é má leitura de *amal*, "esperança", e de *ajal*, "fim". O trecho difere no manuscrito e na edição crítica, e não consta da vulgata. Uma tradução possível para a formulação da edição crítica é: "quando a coisa vem não há como fazê-la ir, e quando vai não há como fazê-la vir".

[432] Profeta da Península Arábica citado no Alcorão como exemplo de sabedoria.

[433] Nas versões impressas se acrescenta: "E a quebra do vidro, quando está inteiriço, é mais fácil do que consertá-lo quando quebrado".

Sabedoria Certo homem de tempos antigos vagou pelo mundo durante vários anos ensinando às pessoas estas palavras: "Quem não tem saber não tem força neste mundo nem na outra vida; quem não tem paciência não é íntegro em sua fé [e em seu mundo]; quem não tem piedade não tem nobreza perante Deus; quem não tem generosidade não terá sorte com dinheiro; e quem não tem bons conselhos não tem argumento perante Deus".

Sabedoria Perguntou-se a Buzurjmihr: "Qual é a força que está ligada à humilhação?". Respondeu: "A força a serviço do sultão, a força da cobiça e a força da compaixão". Também se perguntou a ele: "Como educar os fátuos?". Respondeu: "Ordenando-lhes que façam muitas atividades e utilizando-os nos serviços mais pesados, de modo a não lhes deixar espaço para exercer a curiosidade". Perguntou-se-lhe: "E como educar os inúteis?". Respondeu: "Com humilhação e desprezo, a fim de que saibam a baixeza de sua condição". Perguntou-se-lhe: "Como educar os de nobre origem?". Respondeu: "Não lhes satisfazendo sempre as necessidades". Perguntou-se-lhe também sobre o generoso, e ele respondeu: "É aquele que dá e não lembra que deu". Perguntou-se-lhe: "Por que as pessoas arruínam a vida pelo dinheiro?".

E o amanhecer atingiu Šahrāzād, que interrompeu o seu discurso autorizado. Disse-lhe sua irmã Dunyāzād: "Como é boa a sua história, maninha, prazerosa, gostosa e saborosa", e ela respondeu: "Isso não é nada perto do que irei contar-lhes na próxima noite, se acaso eu viver e o rei cortês e sensato me poupar".

E QUANDO FOI A NOITE SEGUINTE, QUE ERA A 770ª

Disse sua irmã Dunyāzād: "Por Deus, maninha, se você não estiver dormindo, conclua a sua história", e ela respondeu: "Sim, com gosto e honra".

Eu tive notícia, ó rei venturoso, de que se perguntou a Buzurjmihr: "Por que as pessoas arruínam a vida pelo dinheiro?". Respondeu: "Porque elas supõem que o dinheiro é a melhor das coisas, e ignoram que aquilo que torna o dinheiro desejável é melhor que o dinheiro". Perguntou-se-lhe ainda: "Existe algo tão mais caro que a vida que faça as pessoas darem as suas vidas sem questionamento?". Respondeu: "Três coisas são mais caras que a vida: a fé, o intelecto[434] e o livrar-se de tormentos". Perguntou-se-lhe igualmente: "Com o que se adorna o saber, a liberalidade e a coragem?". Respondeu: "O adorno do saber é a veracidade; o da liberalidade, o sorriso; o da coragem, o perdão quando se detém a força".

Disse o vizir Yūnān: "Quatro coisas consistem em enormes desgraças: ter muitos filhos e pouco dinheiro, mau vizinho, esposa sem vergonha nem dignidade e afeto de gente iníqua".

Os mundanos[435] concordaram que todas as atividades concernentes ao mundo são de vinte e cinco espécies. Cinco delas pertencem ao juízo e decreto divinos, e são: busca de esposa, de filho, de dinheiro, de posses e de prestígio. Cinco delas pertencem à labuta e ao esforço, e são: o saber, a escrita, o heroísmo, a entrada no paraíso e a salvação do fogo. Cinco delas pertencem à natureza: a lealdade, a tolerância, a modéstia, a generosidade e a veracidade. Cinco delas pertencem ao hábito: caminhar, comer, dormir, copular, urinar e defecar.[436] Cinco delas pertencem ao decoro: capacidade de suportar,[437] bom caráter, elevação de desígnios, orgulho e afabilidade.[438]

Consta que três calamidades não devem ser olvidadas pelos inteligentes: a finitude e o término do mundo, a reviravolta das circunstâncias do tempo e as provações dos séculos. E seis coisas equivalem ao mundo todo: comida saborosa, filho de membros sadios, companheiro cordato, comandante piedoso, discurso bem-ordenado e intelecto pleno. Disse o sapiente: "Cinco coisas se perdem ante outras cinco: a lâmpada ante o sol, a chuva ante a região estéril, a mulher bela ante o cego, a boa comida ante o saciado, e a palavra de Deus altíssimo ante o peito do opressor".

Perguntou-se a Alexandre: "Por que dignificas o teu mestre mais do que o teu pai?". Respondeu: "Porque o meu pai é o motivo da minha vida finita, ao

[434] No manuscrito, em lugar de "intelecto", *ᶜaql*, consta *ḥaqd*, "ódio", "rancor".

[435] "Mundanos" traduz *aṣḥāb addunyā*, literalmente, "amigos do mundo", sintagma comumente usado para caracterizar os aferrados à vida terrena.

[436] Possivelmente, estas duas últimas são consideradas como um único tópico.

[437] Nas versões impressas, "herança", *irṯ*, em vez de *adab*, "decoro", e "beleza", *jamāl*, em lugar de *iḥtimāl*, "capacidade de suportar".

[438] Em todas as versões consta *danā'a*, palavra que normalmente se traduz como "vileza", "abjeção". Porém, como todas as características são positivas (seja o último item "decoro", seja "herança"), supôs-se que a palavra correta seria *danāwa*, "proximidade", implicando a ideia de "capacidade de se aproximar", e, por extensão, "afabilidade".

passo que o meu mestre é o motivo da minha vida duradoura". E continuou: "Se as coisas ocorressem conforme a destinação que lhes dá Deus altíssimo, então o esforço seria proscrito, e quem o abandonasse, louvado". E disse também: "Se o tempo não anda contigo conforme queres, então anda tu conforme ele quer, pois o homem é escravo do tempo, e o tempo é inimigo do homem. A cada respirada que dá, o homem se afasta da vida e se aproxima da morte".

Sabedoria Um grupo perguntou a Buzurjmihr: "Dentre as partes da sabedoria, ensina-nos o que é benéfico aos nossos espíritos e corpos, a fim de que nele nos apliquemos, e o que lhes é nocivo, a fim de que dele nos afastemos. E que Deus te recompense por essa boa ação". Ele respondeu: "Sabei e tende certeza de que quatro coisas aumentam a luz dos olhos e tornam a vista mais aguda, e outras quatro lhe diminuem a luz; quatro coisas engordam o corpo e lhe dão volume, e outras quatro o emagrecem e subtraem volume; [quatro coisas tornam o corpo sadio, e outras quatro o debilitam;] quatro coisas ressuscitam o coração, e outras quatro o fazem morrer. Quanto às quatro coisas que aumentam a luz dos olhos, são elas o verde, a água corrente, a bebida[439] pura e a visão da face dos amados; quanto às quatro que lhe diminuem a luz, são elas comer comida salgada, despejar água quente na cabeça, olhar fixamente para o sol e ver o inimigo. Quanto às quatro que engordam e aumentam o volume do corpo, são elas o uso de roupas finas, a inexistência de tristezas na mente, o aroma agradável e o sono em local aquecido; quanto às quatro que o emagrecem, são elas o consumo de carne-seca, o excesso de cópula, a permanência prolongada no banho público e o uso de roupas grosseiras. Quanto às quatro coisas que deixam o corpo sadio, são elas a alimentação no momento correto, o respeito pelo destino das coisas, o evitar atividades exaustivas e o abandono da tristeza; quanto às quatro que o fragilizam, são elas o trilhar caminhos inóspitos, montar cavalo indócil, caminhar após ter se exaurido e copular com velhas. Quanto às quatro coisas que ressuscitam o coração, são elas o intelecto útil, o professor sábio, o sócio honesto, a esposa cordata e o amigo prestativo;[440] quanto às quatro que o fazem morrer, são elas o frio cortante, o calor dos venenos, a fumaça detestável e o medo ao inimigo".

Disse o sapiente Sócrates: "São cinco as coisas com as quais o homem se aniquila: enganar os amigos, distrair-se do trabalho, desprezar-se a si mesmo, suportar a arrogância de quem não presta e entergar-se às paixões". E disse

[439] Na edição crítica, "terra" em lugar de "bebida".
[440] Em todas as versões constam cinco coisas em lugar de quatro.

Hipócrates: "Cinco não enjoam de cinco: o olho, de olhar; a fêmea, do macho; o ouvido, de notícias; o fogo, de madeira; e o sábio, de saber".

Sabedoria Perguntou-se a um sapiente: "Qual a coisa mais amarga?".

E o amanhecer atingiu Šahrāzād, que interrompeu o seu discurso autorizado. Disse-lhe sua irmã Dunyāzād: "Como é boa a sua história, maninha, prazerosa, gostosa e saborosa", e ela respondeu: "Isso não é nada perto do que irei contar-lhes na próxima noite, se acaso eu viver e o rei me poupar".

E QUANDO FOI A NOITE SEGUINTE, QUE ERA A 771ª

Disse sua irmã Dunyāzād: "Por Deus, maninha, se você não estiver dormindo, conclua a sua história", e ela respondeu: "Sim, com gosto e honra".

Eu tive notícia, ó rei venturoso, de que se perguntou a um sapiente: "Qual a coisa mais amarga do mundo, e qual a mais doce?". Ele respondeu: "A coisa mais amarga é ouvir palavras grosseiras de quem não tem valor, ter dívidas [enormes] e estar em estado de penúria. E as coisas mais doces são os filhos, as boas palavras e a prosperidade". Perguntou-se a [outro] sapiente: "O que é a riqueza?". Respondeu: "A temperança e a satisfação". Perguntaram: "O que é o apaixonar-se?". Respondeu: "Doença do espírito e morte na tristeza". Perguntou-se a [outro] sapiente: "O que é a morte? E o que é o sono?". Respondeu: "O sono é uma morte leve, e a morte é um sono pesado". Perguntou-se a Aristóteles: "Qual é o amigo mais confiável, e o companheiro mais compassivo?". Respondeu: "O amigo legítimo é o mais confiável, e o companheiro mais antigo é o mais compassivo, e a administração dos inteligentes é a melhor". Disse Galeno: "Sete coisas trazem o esquecimento: ouvir discursos grosseiros que o intelecto não concebe, fazer sangria na cerviz,[441] urinar em águas paradas, comer comida azeda, olhar na face do morto, dormir em excesso e fixar o olhar em ruínas". E ele também disse no

[441] "Cerviz" traduz *ḫaraẓat al*ᶜ*unq*, sintagma sobre cujo sentido não existe concordância.

"Livro dos remédios": "O esquecimento provém de sete coisas: a bílis, a gargalhada, a comida salgada, a carne gorda, o excesso de cópula, a insônia com fadiga e toda espécie de [comidas] frias e úmidas, [cuja ingestão] prejudica o corpo e deixa como sequela o esquecimento".

Sabedoria Disse o sapiente Abū Alqāsim:[442] "As seduções do mundo provêm de três elementos: do transmissor das notícias, do buscador das notícias e do receptor das notícias. Esses três nunca se livram de censuras". Disse certo sapiente: "Três coisas não se juntam com outras três: alimento lícito com corrida atrás dos desejos, piedade com prática de cólera, e veracidade no discurso com tagarelice". Disse Buzurjmihr: "Se pretendes fazer parte dos santos,[443] transforma o teu caráter em caráter infantil". Perguntaram-lhe: "Como fazer isso?". Respondeu: "As crianças têm cinco características que, estivessem nos adultos, torná-los-iam santos, e que consistem no seguinte: não se afligem com a riqueza, quando adoecem não duvidam do seu altíssimo criador, alimentam-se em grupo, quando disputam alguma coisa não sentem rancor e rapidamente fazem as pazes, são enganadas e se amedrontam com qualquer coisa, e seus olhos vertem lágrimas". Disse Wahb Ibn Munabbih: "Existem na Torá quatro formulações registradas: todo sábio que não teme a Deus é como um ladrão, todo homem desprovido de intelecto é exatamente igual a uma besta, todo rico que não dá descanso ao corpo está no mesmo nível do serviçal, e todo pobre que se humilha para um rico por causa da sua riqueza é do mesmo nível de um cachorro".

Sabedoria Disse o sapiente: "O homem não deve ser serviçal com o seu coração, nem ousado com o seu corpo, nem idiota com o seu hábito, ou seja, deve ficar além do bom e do ruim. E também deve [esperar] ouvir palavras sapientes de quem não é sábio, pois às vezes se acerta o alvo sem querer".[444] Disse Alaḥnaf Bin Qays: "Não existe amizade para com o escravo, nem lealdade para com o mentiroso, nem descanso para com o invejoso, nem afabilidade para com o vil, nem cuidados para com o mau-caráter".[445]

442 Trata-se do vizir Aṣṣāḥib Ibn ᶜAbbād, já citado neste texto.

443 "Santos" foi a discutível opção para traduzir *abdāl*, literalmente "substitutos", termo da mística islâmica, o sufismo, usado para caracterizar as pessoas por meio das quais Deus mantém o equilíbrio no mundo. Segundo o dicionário de Alfayrūḏabādī (1329-1414), tais pessoas são em número de setenta, e cada vez que uma morre outra aparece.

444 "Às vezes se acerta o alvo sem querer" é adaptação do conhecido provérbio árabe pré-islâmico *rubba ramyatin min ġayr rāmin*, "às vezes acerta-se o alvo sem que haja atirador".

445 Nas versões impressas, "reis" em lugar de "escravo", e "liderança" em lugar de "cuidados".

História Disse Ḏū Arriyāsatayn:[446] "Um homem se queixou de um adversário a Alexandre, que lhe perguntou: 'Gostarias que eu ouvisse as tuas palavras a respeito dele com a condição de ouvir as palavras dele a teu respeito?', e o homem teve medo e voltou atrás. Alexandre disse então: 'Afastai vossa língua dos outros a fim de ficardes a salvo dos perversos' ".

Sabedoria Disse Buzurjmihr: "A sanidade está em [quatro] coisas: sanidade da fé, sanidade do dinheiro, sanidade do corpo [e sanidade da família]. Quanto à sanidade da fé, está ela em três coisas: o não correres atrás das paixões, o agires conforme os mandamentos da lei religiosa e o não invejares ninguém. Quanto à sanidade do dinheiro, [ela está em três coisas: cuidado] no olhar, cumprimento do que te foi confiado e fazê-lo render licitamente. Quanto à sanidade do corpo, [ela está em três coisas:] alimentação parcimoniosa, poucas palavras e pouco sono. Quanto à sanidade da família, ela também está em três coisas: temperança, boa convivência e perseverança na obediência a Deus". Perguntou-se a Ḥātim Alaṣamm:[447] "Por que motivo não temos o que tiveram os antigos?". Respondeu: "Porque vos faltam cinco coisas: mestre conselheiro, companheiro cordato, esforço permanente, ganhos lícitos e tempo que ajude". Consta das crônicas que o mensageiro de Deus, sobre ele estejam suas bênçãos e paz, disse: "ᶜAlī, olha para mim e me entrega teu coração e audição. [Come] e encobre, prepara-te, teme e sê forte". Perguntou ᶜAlī, Deus esteja com ele satisfeito...

E o amanhecer atingiu Šahrāzād, que interrompeu o seu discurso autorizado. Disse-lhe sua irmã Dunyāzād: "Como é boa a sua história, maninha, prazerosa, gostosa e saborosa", e ela respondeu: "Isso não é nada perto do que irei contar-lhes na próxima noite, se acaso eu viver e o rei cortês e sensato me poupar".

[446] Alcunha – cujo sentido é "o das duas lideranças", isto é, a política e a guerra – do letrado e político de origem persa Alfaḍl Bin Sahl, morto em 818, já citado na nota 344.

[447] Místico e conhecedor da tradição islâmica. Morreu em 851. *Alaṣamm* significa "o surdo", alcunha que se deve ao fato de que, certa vez, ele fingiu não ter ouvido o flato de uma mulher que lhe fazia uma pergunta, a fim de não constrangê-la.

E QUANDO FOI A NOITE
SEGUINTE, QUE ERA A

772ª

Disse sua irmã Dunyāzād: "Por Deus, maninha, se você não estiver dormindo, conclua a sua história", e ela respondeu: "Sim, com gosto e honra".

Eu tive notícia, ó rei venturoso, de que ᶜAlī perguntou: "Qual o sentido dessas palavras, ó mensageiro de Deus?". Respondeu o mensageiro de Deus: "[*Come*] a tua cólera, *encobre* o erro do teu irmão, *teme* a opressão do opressor, *prepara-te* para aquele túmulo apertado e escuro, e *sê forte* na fé do islã".

Sabedoria Um homem disse a certo sábio: "Faze-me recomendações". O sábio respondeu: "Observa as decisões dele, procura-lhe a satisfação e evita-lhe a secura".[448] Perguntou-se a alguém: "O que mais existe entre as criaturas?". Respondeu: "A administração, mas não o quanto merece, [pois o excesso não elimina a necessidade]. O homem cobiça tudo, com exceção da pobreza, que ninguém cobiça, pois todos buscam a riqueza. Ninguém tampouco cobiça a aflição, pois todos buscam a alegria e cobiçam a felicidade. Ninguém tampouco cobiça a morte, pois todos cobiçam a vida". Disse o sapiente Abū Alqāsim: "O homem se aniquila em duas coisas, a desobediência e o limitar-se à sua própria opinião. A desobediência reside no vulgo e o limitar-se à sua própria opinião reside nos recitadores [de Alcorão].[449] A desgraça dos homens está em três [coisas]: sábio extraviador, [leitores de Alcorão] idiotas e vulgo invejoso". E se disse: "Não peças companheirismo a um ambicioso nem lealdade a homem de origem vil".

Sabedoria Disse o sapiente: "Três coisas devem ser olhadas com três olhares: olhar para o pobre com o olhar da modéstia, e não com o da superioridade; olhar para os ricos com o olhar do aconselhamento e não com o da inveja; e olhar para as mulheres com o olhar da piedade e não com o do desejo". Disse Wahb Ibn

[448] Trata-se, presumivelmente, de uma pergunta sobre como lidar com reis ou líderes políticos.

[449] A tradução se ateve ao que consta do manuscrito, malgrado seja possível intuir a existência de algum erro de cópia, pois aqui o jogo de oposições efetuado pela comparação parece ser de outro nível. Mas, como o trecho inexiste nas versões impressas, não houve remédio senão seguir o manuscrito. A suposição seria a de que a palavra deve ser oposta a "vulgo", *ᶜawāmm*, provavelmente o seu antônimo, *ḫawāṣṣ*, "nobres". Mais adiante, traduziu-se "recitadores de Alcorão", *qurrā'*, com base nas versões impressas, pois o manuscrito traz *fuqarā'*, "pobres", o que, naquele ponto, não faz sentido.

Munabbih, Deus esteja satisfeito com ele: "Eu li na Torá que as desobediências são três, o orgulho, a cobiça e a inveja, e que elas são resultado de cinco coisas, abuso no comer, abuso no dormir, repouso do corpo, amor pelo mundo e adulação das pessoas". E também disse: "Quem se livrar de três coisas terá como refúgio o paraíso: cobrar favores feitos, ser pesado e praticar a censura — não atirando sua generosidade na cara de quem a recebeu, diminuindo a sua carga para os outros e não censurando alguém em quem veja defeitos". Conta-se que Ibn Alqarya,[450] que em sua época era um dos homens de mais notável sagacidade, foi certo dia ver Alḥajjāj, que lhe perguntou: "O que é a blasfêmia?". Respondeu: "Ser insolente com as benesses e desesperar-se da misericórdia". Perguntou: "O que é a satisfação?". Respondeu: "A resignação com o decreto de Deus e a paciência com os desgostos". Perguntou: "O que é a resignação?". Respondeu: "A contenção da ira e o suportar aquilo que não se deseja". Perguntou: "O que é a magnanimidade?". Respondeu: "A demonstração de misericórdia quando se está por cima, e a paciência quando sucede [algo que possa causar] a cólera". Perguntou: "O que é a nobreza?". Respondeu: "A preservação do amigo e o cumprimento dos direitos". Perguntou: "O que é a temperança?". Respondeu: "A paciência na fome e na nudez". Perguntou: "O que é a riqueza?". Respondeu: "Considerar enorme [o pequeno] e excessivo o pouco". Perguntou: "O que é a habilidade?". Respondeu: "É atingir muitas coisas com poucos e desprezíveis instrumentos". Perguntou: "O que é a altivez?". Respondeu: "É ficar lado a lado com quem está abaixo de ti". Perguntou: "O que é a coragem?". Respondeu: "Atacar de frente inimigos e infiéis, e ser firme no momento da fuga". Perguntou: "O que é o intelecto?". Respondeu: "A veracidade no discurso e o agradar os homens". Perguntou: "O que é a justiça?". Respondeu: "Veracidade no que se quer e correção de conduta e de crença". Perguntou: "O que é a equanimidade?". Respondeu: "Dispensar tratamento equivalente às alegações dos homens". Perguntou: "O que é a humilhação?". Respondeu: "A doença proveniente das mãos vazias, e o abatimento por causa da fortuna escassa". Perguntou: "O que é a cobiça?". Respondeu: "A agudez do desejo na esperança". Perguntou: "O que é a confiança?". Respondeu: "O cumprimento da obrigação". Perguntou: "O que é a traição?". Respondeu: "A indolência quando se está por cima". Perguntou: "O que é o entendimento?". Respondeu: "A reflexão e a compreensão das coisas em sua verdade".

[450] Beduíno e analfabeto, sua eloquência, não obstante, era proverbial. Foi protegido pelos omíadas. Morreu em 703. No manuscrito, por erro de cópia, *Ibn Qarīn*.

Sabedoria Oito [coisas] acarretam humilhação para quem as pratica. São elas: sentar-se num banquete para o qual não foi convidado, querer dar ordens ao dono da casa, ambicionar favores dos inimigos, prestar atenção na conversa de outros que nela não o introduziram, desprezar o sultão, instalar-se num grau acima do seu, falar a quem não lhe presta atenção nas palavras e ter amizade com quem dela não é digno.

Sabedoria Perguntou-se a Buzurjmihr: "Qual coisa é feia de se mencionar nos homens, ainda que verdadeira?". Respondeu: "O louvor do homem para si mesmo. Não existe avarento louvado, nem colérico feliz, nem inteligente cobiçoso, nem nobre invejoso, nem desesperado rico, bem como não encontrarás amigo para rei".[451] E se disse: "Se preservares quatro coisas farás parte da humanidade...".

E o amanhecer atingiu Šahrāzād, que interrompeu o seu discurso autorizado. Disse-lhe sua irmã Dunyāzād: "Como é boa a sua história, maninha, e prazerosa", e ela respondeu: "Isso não é nada perto do que irei contar-lhes na próxima noite, se acaso eu viver e o rei cortês me poupar".

E QUANDO FOI A NOITE SEGUINTE, QUE ERA A 773ª

Disse sua irmã Dunyāzād: "Por Deus, maninha, se você não estiver dormindo, conclua a sua história", e ela respondeu: "Sim, com gosto e honra".

Eu tive notícia, ó rei venturoso, de que se disse:

"Se observares quatro [coisas], farás parte da humanidade. A primeira: que o que ocultas no peito seja de modo tal que, se descoberto, as pessoas o aceitem. A segunda: que o que expões em público seja de modo tal que, se as pessoas te

[451] Esse trecho apresenta visíveis problemas de concatenação que não são resolvidos em nenhuma das versões. Na edição crítica, em lugar de "nem desesperado rico", lê-se "nem arrogante desesperado", e, no lugar de "não encontrarás amigo para rei", lê-se no manuscrito "não encontrarás amigo para pessoa tediosa", o que também é plausível.

imitarem, irás aceitá-las. A terceira: que trates as pessoas de modo tal que, se elas te tratarem da mesma maneira, tu aceitarás. A quarta: que a condição em que te apresentas para as pessoas seja de modo tal que, se elas assim se apresentarem a ti, as aceitarás". E se disse: "Cinco se alegram com cinco, e em seguida se arrependem. O preguiçoso quando perde as oportunidades, o separado dos seus irmãos quando atingido por dificuldades, aquele que tem a chance de derrotar os inimigos e se mostra incapaz de aproveitá-la, aquele que se desgraça com uma mulher ruim e se lembra da boa mulher [que tinha] antes dela, e o homem pio que incide em pecados". Perguntou-se a Buzurjmihr: "Porventura o dinheiro provoca reviravolta no coração dos sábios?". Respondeu: "Aquele cujo coração se revolve por causa do dinheiro não é sábio". Disse o sapiente: "O reproche aberto é melhor do que o rancor oculto". E disse também: "Os aflitos e tristes no mundo são três: amante separado do seu amado, pai afetuoso cujo filho se extraviou, e rico que retornou à pobreza". E também disse: "Para cinco o dinheiro é mais valioso que as suas próprias vidas: guerreiro que combate a soldo, escavador de poços, mercador navegante, encantador de serpentes que as caça com as próprias mãos, e devorador de veneno em apostas". Disse ᶜAmrū Bin Maᶜdī Karb:[452] "Palavras suaves suavizam mesmo os corações mais duros que o ferro, e palavras ásperas tornam ásperos mesmo os corações mais suaves que a seda". Disse o sapiente: "A tristeza é um mal do coração, tal como a dor é um mal do corpo; a alegria é o alimento do espírito tal como a comida é o alimento do corpo". Um sapiente pediu dinheiro emprestado a um homem, mas ele se recusou. O sapiente então lhe disse: "Quem sabe não fosses impedido de me emprestar se o meu rosto não se avermelhasse de vergonha!". O homem respondeu: "Quem sabe eu te emprestasse, não tivesse o meu rosto se amarelado te cobrando, não só por esta vez, mas nas outras mil vezes!".[453]

Sabedoria [Disse um sapiente:] "Quem nada planta, mesmo tendo a sua terra umedecida, não [vale nada". E também disse: "Quem não tem] coração nem elevação é árvore sem fruto". E também disse: "Quem desembainha a espada da injustiça acaba se matando com ela. [Quem não é equânime consigo próprio] não

[452] Guerreiro iemenita (m. 642) muito célebre pela coragem. Em 631, foi a Medina pessoalmente para converter-se ao islã, do qual apostasiou depois da morte do profeta, no ano seguinte.

[453] Nas versões impressas, a fala é toda do sapiente, argumentando que o seu rosto se avermelhou uma vez ao pedir emprestado, mas se amarelaria mil vezes ao ser cobrado. Ambas as variantes são cabíveis, mas a das versões impressas é mais verossímil porque dificilmente em textos desse gênero um "sapiente", *ḥakīm*, receberia sem reação uma resposta atravessada dessas.

se livra da tristeza. Quem libera a mão no doar tem o rosto iluminado pela luz". E também disse: "Quem não se previne do seu pecado, o tem sempre ao seu lado. A juventude é amamentada pela loucura, e a velhice é companheira da respeitabilidade[454] e da placidez".

UM HOMEM MISTERIOSO

Disse o sapiente Luqmān:

Caminhava eu por uma estrada quando vi um homem sobre o qual havia roupa grosseira. Perguntei-lhe: "Quem és tu, ó homem?". Respondeu: "Um filho de Adão". Perguntei: "Qual o teu nome?". Respondeu: "Tenho de ver como me chamarei". Perguntei: "O que fazes?". Respondeu: "Abandono o mal". Perguntei: "O que comes?". Respondeu: "Aquilo que ele me dá de comer e beber". Perguntei: "De onde ele lhe dá?". Respondeu: "De onde ele quiser". Eu disse: "Bem-aventurado sejas, consolada seja a tua alma".[455]

MÁXIMAS E SENTENÇAS (X)

Sabedoria Disse o sapiente: "Três [coisas] dispersam a tristeza do coração: a companhia do sábio, o pagamento da dívida e a visão do amado". E também disse: "Evita quatro coisas e te livrarás de outras quatro: evita a inveja e te livrarás da [tristeza; evita a má companhia e te livrarás da] censura; evita cometer a desobediência e te livrarás do fogo; evita acumular dinheiro e te livrarás da hostilidade de todos". Disse o sapiente: "Quatro atividades são condenadas e por elas os homens que as praticam serão punidos neste mundo e na outra vida...".

E o amanhecer atingiu Šahrāzād, que interrompeu o seu discurso autorizado. Disse-lhe sua irmã Dunyāzād: "Como é boa a sua história, maninha, prazerosa e gostosa", e ela respondeu: "Isso não é nada perto do que irei contar-lhes na próxima noite, se acaso eu viver e o rei me poupar".

[454] No manuscrito, "êxito", *tawfīq*, em lugar de "respeitabilidade", *tawqīr*.

[455] Nas versões impressas se acrescenta: "Ele disse: 'E o que te impede dessa bem-aventurança e desse consolo da alma?'.".

E QUANDO FOI A NOITE
SEGUINTE, QUE ERA A

774ª

Disse sua irmã Dunyāzād: "Por Deus, maninha, se você não estiver dormindo, conclua a sua história", e ela respondeu: "Sim, com gosto e honra".

Eu tive notícia, ó rei venturoso, de que o sapiente disse: "Quatro atividades são condenadas e por elas os homens que as praticam serão punidos neste mundo e na outra vida. A primeira é a calúnia, da qual se diz ser um cavaleiro que rapidamente se alcança; a segunda, o desprezo pelos sábios, pois quem faz isso se torna ele próprio desprezível; a terceira, a ingratidão para com as benesses de Deus altíssimo; a quarta, tirar uma vida ilicitamente, e os grandes sábios têm um antigo provérbio, que é: 'Todo aquele que mata será morto, ainda que tarde'.". O poeta disse os seguintes versos:

"Ao ver um morto num caminho,
Jesus mordeu os dedos longamente e
disse: 'Por que mataste? Já te vejo
igual a este que morto vejo e estirado,
e teu assassino, que te matou, também
provará a morte, e virão os gemidos'.
Quando na mão de alguém pões uma faca
para gente matar, lembra-te dessa rota."[456]

A BEBIDA E O INTELECTO

História Conta-se que [não] existiu entre os califas abássidas nenhum mais sábio, fosse qual fosse o ramo de saber, que Alma'mūn, o qual dedicava dois dias por semana para debater com os jurisconsultos, além de mestres de vários saberes e teólogos, que também se reuniam com ele. Certo dia, compareceu à sua tertúlia um jovem estrangeiro com roupas esfarrapadas e se instalou na última fileira, mantendo-se em local escondido atrás dos

[456] Para a tradução dessa poesia, lançou-se mão de todas as versões disponíveis.

jurisconsultos. Quando começaram a discutir os temas, como de hábito fazendo-os circular entre todos os presentes, quem quer que conhecesse algum acréscimo divertido ou anedota curiosa contava-o. Quando o tema chegou ao jovem estrangeiro, ele deu uma resposta melhor que as de todos os jurisconsultos, e então Alma'mūn o apreciou e ordenou que ele fosse retirado daquele local e colocado numa posição mais elevada. Quando o segundo tema chegou até ele, o jovem respondeu melhor que da primeira vez, e então Alma'mūn ordenou que ele fosse colocado numa posição mais elevada ainda. Quando lhe chegou o terceiro tema, o jovem deu uma resposta melhor e mais correta que as duas primeiras, e então Alma'mūn ordenou que ele fosse instalado próximo de si. Quando terminou a discussão, [trouxeram água e todos lavaram as mãos, e depois] serviram comida, todos comeram, e então os jurisconsultos se levantaram e foram embora. Alma'mūn aproximou-se daquele jovem, tratou-o muito bem[457] e lhe prometeu benesses e ajudas. Em seguida, o califa pediu que se instalasse o sarau de bebidas, chamou os comensais e as taças começaram a circular.[458] Quando chegou a vez daquele jovem beber, ele se pôs de pé e disse: "Se o comandante dos crentes permitir, falarei uma única coisa". O califa disse: "Fala o que quiseres". Ele disse: "O sublime parecer — Deus o faça elevar-se mais e mais — sabe que este escravo estava hoje na honrada tertúlia — Deus lhe aumente a honradez e elevação —, entre o vulgo ignoto e os mais humildes presentes, e que o comandante dos crentes, mercê do ínfimo intelecto que este escravo [demonstrou, fê-lo conhecido, elevou-lhe a posição e guindou-o a uma altura à qual sua importância não lhe permitiria chegar. Agora, o comandante dos crentes pretende separar este escravo do seu ínfimo intelecto, que] o fortaleceu após a humilhação e lhe deu abundância após a penúria. Isento esteja, absolutamente, o comandante dos crentes de invejar esta ínfima porção de intelecto — ele que possui intelecto, inteligência e mérito —, mas, se este escravo beber, o seu intelecto se distanciará dele, aproximando-se a ignorância, que lhe subtrairá o decoro, e então ele retornará àquela posição mesquinha, humilhado como antes, e aos olhos de todos voltará a ser desprezível e ignoto. Assim, se o comandante dos crentes, com o seu mérito, generosidade e caráter, considerar de bom alvitre não lhe subtrair essa pedra

457 "Tratou-o muito bem" traduz *ṭayyaba qalbahu*, literalmente, "perfumou-lhe o coração".
458 Lembre-se que as taças passavam de mão em mão.

preciosa, fará tal concessão por longo tempo e generosamente lhe concederá esse obséquio". Ao ouvir tal discurso, Alma'mūn louvou-o, agradeceu-lhe, instalou-o em seu lugar e ordenou que lhe fossem dados cem mil dirhams. Fê-lo ser carregado por um cavalo, deu-lhe roupas opulentas, e a cada tertúlia passou a colocá-lo numa posição mais próxima à dos jurisconsultos, até que ele os superou em posição e prestígio.

[*Prosseguiu Šahrāzād*:] Só contamos esta história para elogiar o intelecto, que guinda quem o possui a todas as posições elevadas e graus sublimes, ao passo que a ignorância rebaixa a posição de quem a possui, fazendo-o despencar do lugar mais alto.

O CALIFA E A SÚPLICA DO SEU COLEGA INCONVENIENTE

História Conta-se que certo dia um homem foi até [o califa] Abū Addawāniq Almanṣūr e disse ao secretário: "Informa ao comandante dos crentes que está às portas um homem proveniente da Síria, chamado ᶜĀṣim, e ele lembra que em tempos passados foi companheiro do comandante dos crentes, cerca de um ano ou menos, no estudo e no aprendizado. Ele chegou agora para saudá-lo e renovar seu compromisso de obediência ao líder". Quando o secretário relatou isso ao califa, a entrada do homem foi autorizada, e, mal ele entrou e saudou o califa, a sua presença se tornou pesada para Almanṣūr.

E o amanhecer atingiu Šahrazād, que interrompeu o seu discurso autorizado. Disse-lhe sua irmã Dunyāzād: "Como é boa a sua história, maninha, prazerosa e gostosa", e ela respondeu: "Isso não é nada perto do que irei contar-lhes na próxima noite, se acaso eu viver e o rei cortês e educado me poupar".

E QUANDO FOI A NOITE SEGUINTE, QUE ERA A 775ª

Disse sua irmã Dunyāzād: "Por Deus, maninha, se você não estiver dormindo, conclua a sua história", e ela respondeu: "Sim, com gosto e honra".

Eu tive notícia, ó rei venturoso, de que, após o homem ter entrado e saudado o califa, a sua presença,[459] [devido à trivialidade da sua conversa e à sua falta de decoro, se tornou pesada para Almanṣūr, que o fez sentar-se e lhe perguntou: "Qual necessidade te fez vir aqui?". Ele respondeu: "A de ver o comandante dos crentes, com base naquele antigo companheirismo". Então o califa ordenou que lhe dessem mil dirhams, que o homem pegou e se retirou. Depois de um ano o homem retornou, por ocasião da morte de um dos filhos de Almanṣūr, que estava sentado para receber os pêsames. O homem entrou, cumprimentou-o e rogou por ele, que lhe perguntou: "Vieste a propósito de quê?". O homem respondeu: "Sou aquele homem que estudava contigo na Síria. Vim dar-te os pêsames pela perda da tua prole, em cumprimento à obrigação de fazê-lo". Então o califa ordenou que lhe dessem quinhentos dirhams. Ele era avarento, um dos mais avarentos dos abássidas, motivo pelo qual o apelidaram de Abū Addawāniq.[460] No ano seguinte, o homem voltou, mas, sem dispor de argumento para entrar, introduziu-se no meio das pessoas que entravam e o cumprimentou. O califa lhe perguntou: "Por que motivo vieste aqui?". Ele respondeu: "Eu sou aquele homem que estudava contigo na Síria a leitura de relatos históricos; também ouvíamos as tradições do profeta. Eu escrevi contigo a 'súplica da necessidade', por meio da qual quem quer que a fizesse teria a sua necessidade atendida por Deus altíssimo. Eu perdi aquela súplica, e vim até o comandante dos crentes para escrever uma cópia e conservá-la comigo". Almanṣūr respondeu: "Não te fatigues procurando aquela súplica, pois ela não funciona. Eu a faço há três anos para que Deus me livre de ti e da dor de cabeça que me provocas, mas não me livrei. Se ela funcionasse, eu já teria me livrado!". Então o homem se envergonhou ao ouvir tais palavras.

Só divulgamos esta história porque, se acaso o homem, mesmo sábio, não utilizar o intelecto, decairá de prestígio e posição.][461]

[459] Nesse ponto se encerra a 26ª parte do manuscrito, com os seguintes dizeres: "Terminou-se a vigésima sexta parte das mil e uma noites, completas e integrais. Louvores a Deus sempre. Acabou-se". Na folha seguinte, inicia-se a 29ª parte, contendo histórias do fabulário de origem sânscrita *Kalīla e Dimna*, adaptado ao árabe no século VIII por Ibn Almuqaffaᶜ.

[460] Locução equivalente a "pai dos centavos".

[461] O trecho entre colchetes foi traduzido da edição crítica. "Relatos históricos" traduz *aḫbar*, "crônicas", "notícias", e "tradições do profeta" traduz *aḥādīṯ*.

824ª
NOITE

Na noite seguinte,[462] o rei Šāhriyār se recolheu à cama, juntamente com sua esposa Šahrāzād, deleitando-se ambos com libidinagens e amassos;[463] após atingirem o gozo sexual por meio do contato corporal,[464] Dunyāzād saiu de baixo da cama e disse: "Por Deus, irmãzinha, se não estiver dormindo, termine a sua história para a gente". Šahrāzād respondeu: "Com muito gosto e honra".

O GROU, SUA MULHER E O CARANGUEJO

Eu tive notícia, ó rei venturoso, exitoso e sensato, dono de certeira opinião e forte disposição, de que certo grou, o mais gigantesco de todos, morava numa praia do mar imenso e era muito ciumento com mulheres, motivo pelo qual continuava solteiro e não pretendia casar-se. Dada manhã, foi até ele uma coruja, que o cumprimentou e disse: "O celibato não traz sossego. O melhor parecer é que você encontre uma esposa da sua espécie". Ele respondeu: "Sou muito ciumento e por isso

[462] Antes disso, o presente manuscrito – "Arabe 3619", "a sexta parte das mil e uma noites" – inicia-se com o trecho final de outra fábula. No conjunto, trata-se das mesmas fábulas constantes de pelo menos outros dois manuscritos da mesma família: o "614", da Biblioteca Rashid Efêndi, em Kayseri, Turquia, copiado no século XVI, e o "We 662", da Biblioteca Nacional de Berlim, copiado em 1759. Todas as fábulas anteriores a essa (muitas das quais também fazem parte do ramo egípcio tardio das *Noites*) foram por nós traduzidas no "Anexo" ao quinto volume desta coleção, pp. 602-648.

[463] "Libidinagens e amassos" traduz *basṭ wa hirāš*, palavras que aí se encontram em evidente uso metafórico: a primeira significa, entre outras coisas, "alegria" e "regozijo", ao passo que a segunda quer dizer "tumulto", "batalha" etc.

[464] "Gozo sexual" traduz *laḏḏat alwiṣāl*, sintagma cuja última palavra significa "contato físico", "relação carnal". E "contato corporal" traduz *nayl alittiṣāl*. A tradução procurou manter a rima.

temo. Se for mesmo o caso, porém, eu gostaria de uma esposa de boa estirpe, de linhagem distinta, livre, formosa, cuja família seja constituída por gente de nobreza, generosidade, virtude e boa condição. Não permaneci todo esse tempo solteiro senão por receio de me casar com uma mulher que me traia; agora mesmo, eis-me aqui cheio de temores". Então a ave de defunto[465] lhe disse: "Eu me esforçarei para lhe arranjar um casamento; você apreciará os meus serviços e o meu conselho", e em seguida voou e sumiu, dirigindo-se a certa ilha do mar na qual viviam os grous; pousou no meio deles e após cumprimentá-los indagou-os quanto à sua necessidade, dizendo: "Saibam que fui enviada a vocês por nosso amo, senhor e rei, aquele cujas ordens entre nós são acatadas graças à grandiosidade do seu ser, e à sua grande força e poder. Ele é da mesma espécie de vocês, e, como já se prolonga a sua solidão e celibato, enviou-me até aqui a fim de que eu lhe arranje uma noiva, a ave mais formosa e honesta para ser a sua esposa, fazer-lhe companhia e mitigar-lhe a solidão. Vocês, que já conhecem as dificuldades da solidão e sofreram com o isolamento, não me façam voltar derrotada". Eles então responderam com audição e obediência, arranjando-lhe, dentre os da sua espécie, uma fêmea gigantesca, cujo corpo e estrutura se aproximavam dos dele em tamanho, e à qual propuseram casamento com o grou; ela aceitou, escreveram o contrato de casamento entre ambos, arrumaram-na e a enviaram para ele na companhia da coruja, recomendando-lhe ainda que o servisse. As aves voaram até chegar ao grou, a quem a coruja disse: "Eis aqui a sua esposa, que é uma boa mulher, de uma linhagem de justos e nobres; portanto, cuide dela!". Muitíssimo contente, o grou a possuiu naquela noite e a fêmea caiu no seu gosto, mas poucos dias depois ela se apaixonou e se envolveu com outro pássaro em encontros furtivos na ausência do grou, o qual, logo percebendo o tédio e o aborrecimento da esposa, disse de si para si: "Tenho muito medo de que o coração da minha esposa esteja atraído por alguém da minha espécie!", e então, com a vida tornada um desgosto, dirigiu-se certo dia à praia, onde avistou uma garça branca, que, arrastando um caranguejo preso por uma das garras com uma corda de junco,[466] gritava: "Este é Abū Alḥuṣayn,[467] que me caiu nas garras por desígnio e decisão de Deus, e com ele pagarei a minha

[465] "Ave de defunto", tratamento antonomástico da coruja, traduz *ṭayrat alma'sūf.*

[466] "Corda de junco" traduz *ḥulbūṣ ḥalfa*, sintagma cujo sentido do primeiro termo (literalmente, "palhaço", "libertino" etc.) é problemático. Traduziu-se pelo contexto.

[467] Na verdade, *Abū Alḥuṣayn* é a denominação popular da raposa. Talvez exista algum erro na transmissão da história, ou então, como se verá logo adiante, o caranguejo fosse considerado uma espécie de raposa do mar.

dívida!". Espantado com aquela garça, o grou parou diante dela e perguntou: "Qual é o caso desse que você chama de Abū Alḥuṣayn?". Ela respondeu: "Ó rei, tenho uma dívida de dois dirhams emprestados por certo pássaro que, casado, começou a desconfiar da esposa. Vencida a minha dívida, ele exigiu pagamento, mas, como eu me encontrava em dificuldades para quitá-la, ele estabeleceu como condição para liberá-la que eu lhe pescasse este Abū Alḥuṣayn marítimo a fim de deixá-lo em casa vigiando-lhe a esposa, que desse modo não irá até ninguém nem ninguém virá até ela. Assim, fazia dois ou três dias que estava à procura deste Abū Alḥuṣayn, até que hoje o capturei, e eis-me agora gritando 'Abū Alḥuṣayn, foram o desígnio e a decisão de Deus que capturaram você!' e arrastando-o a fim de, por meio dele, quitar a minha dívida". Ao ouvir as palavras da garça, o grou percebeu que correspondiam ao que tinha em mente e disse: "Dê-me este caranguejo para que eu o leve até a minha esposa, pois faz alguns dias que ela anda mudada, e essa sua nova condição não me está agradando". A garça respondeu: "Como é que eu posso fazer isso? Fiquei três dias sem dormir, me exauri para caçar este caranguejo e conseguir agradar o meu credor. Temo que ele me prenda e me mantenha um bom tempo preso". Disse o grou: "Eu compro o caranguejo de você por dois dirhams; leve-os, vá ao seu credor e finja que não conseguiu caçar o caranguejo. Assim resolvemos o meu problema e o seu problema, e eu fico devendo um favor às suas mãos, que eu nunca irei punir". A garça respondeu: "Em nome de Deus, pague os dois dirhams",[468] e aceitou a oferta de compra. Com o bico, o grou puxou o caranguejo pela corda de junco e voou até chegar aonde estava a esposa, diante da qual o atirou. Ao ver o caranguejo, espantada, ela perguntou ao marido: "O que é isso?". Ele respondeu: "Um caranguejo". Ela perguntou: "E que serventia ele tem?". Ele respondeu: "A menor coisa que ele faz é vigiar a mulher para que não traia o marido". Ao ouvir essa fala, a ave teve medo do caranguejo, acreditando que era verdade, e temeu por si, mas deixou-se estar com ele. Naquele dia, o grou ficou na melhor vida, descansado, e quando amanheceu saiu bem cedinho, enquanto a esposa permanecia triste, o peito opresso, e eis que aí chegou o seu amante.

[468] "Em nome de Deus" é tradução literal de *bismillāh*, mas nesse gênero de texto tal locução se utiliza para exprimir concordância. E "pague" traduz *azin*, literalmente, "pese", reminiscência de épocas em que, de fato, empregavam-se lingotes de ouro e prata sem valor fixo, os quais nas operações de pagamento eram efetivamente pesados. Embora a prática tenha acabado ou diminuído com a introdução de moedas com valor fixo, a palavra permaneceu. E, antes, "eu fico devendo um favor às suas mãos" traduz *yakūn laka ʿindī alyad albayḍā'*, literalmente, "você terá comigo a mão branca".

Então a aurora alcançou Šahrāzād, que interrompeu sua história e seu discurso autorizados. Sua irmã Dunyāzād lhe disse: "Como é prazerosa, boa, agradável e deliciosa a sua história, maninha", e ela respondeu: "Isso não é nada perto do que irei lhes contar na próxima noite, se acaso eu viver e este rei cortês me poupar. Eu lhes contarei algo mais espantoso e insólito, mais prazeroso e extasiante, com mais palavras e ordem melhor".

825ª NOITE

Na noite seguinte, o rei Šāhriyār se recolheu à cama, juntamente com sua esposa Šahrāzād, deleitando-se ambos com libidinagens e amassos; após atingirem o gozo sexual por meio do contato corporal, Dunyāzād saiu de baixo da cama e disse: "Por Deus, irmãzinha, se não estiver dormindo, termine a sua história para a gente". Šahrāzād respondeu: "Com muito gosto e honra".

Eu tive notícia, ó rei venturoso, exitoso e sensato, dono de certeira opinião, forte disposição e louvável ação, de que, ao ver o amado do seu coração, o seu adorado, a esposa do grou ficou com as penas arrepiadas e o bico amarelado, com medo do caranguejo, e por sinais disse ao seu amado: "Não fale comigo, pois esse aí foi trazido pelo meu marido, que disse que ele vai me vigiar e impedir o meu envolvimento com outrem". O amante riu daquelas palavras e disse: "Vocês mulheres têm intelecto escasso e pouca fé. O que é que esse aí poderá fazer? Ele não pode nada. Deixe de lado essa conversa", e, após brincar um pouco com a grou, agarrou-a, subiu em cima dela e, após gozar, foi até o caranguejo, arrastou-o pelas cordas de junco, colocou-o debaixo das pernas e fez menção de lhe urinar na cabeça. Então, o caranguejo agarrou o seu pênis com uma das garras e a ave gritou. A esposa do grou acorreu e, vendo a situação, disse: "Eu não falei?". Ele gritou, dizendo: "Jogue água em cima e quem sabe ele me solta!", e ela assim procedeu, mas ao sentir a água fria o caranguejo se contraiu e apertou mais ainda o pênis do amante, que disse: "Me arranje água quente!". A grou respondeu: "Onde é que eu vou arranjar isso? Já está chegando a hora da volta do meu marido", mas, aflita e arfando, ela refletiu, foi até o crustáceo, colocou uma pedra debaixo dele para deixá-lo mais alto, virou o rabo e defecou e urinou na sua cabeça. Já com uma das patas apertando o pênis do amante, com a outra o caranguejo agarrou a vagina da grou, e ambos começaram a gritar e a berrar de dor, assim permanecendo até que chegou o grou e, vendo o que o caranguejo fizera, agarrando a vagina de sua esposa e o pênis do amante dela, gritou de alegria, bateu as asas e disse: "Por Deus que isso é excelente, meu valoroso caranguejo! Eu só o comprei por dois dirhams porque você pegaria os dois". Em seguida, golpeou o amante com as asas e o cegou, soltando-o em seguida, matou a esposa e ficou só com o caranguejo, limitando-se à sua companhia.

[*Prosseguiu Šahrāzād*:] "Isso é o que me foi transmitido da história deles, ó rei venturoso". O rei disse: "Conte-me mais histórias como essas, Šahrāzād", e ela disse:

OS FRANCOLINS E O REI DE TAIFAS

Eu tive notícia, ó rei venturoso, de que os francolins[469] foram viver em desertos e montanhas, longe dos países habitados, buscando a autopreservação, pois se tratava de uma ave muitíssimo valorizada entre os reis por sua raridade, sobretudo a bela espécie montanhesa. Existiu, porém, certo rei de taifas,[470] perfeito em todas as suas qualidades, generoso, de boa conduta, louvado pelos súditos, os quais rogavam pelo prolongamento do seu reinado; esse rei extraiu os melhores frutos do governo, o seu reino se tornou magnífico, a sua justiça se destacou e a memória dos seus feitos se espalhou. Certo dia, saiu para praticar a caça — atividade pela qual era conhecido — e eis que topou, no deserto, com um francolim, o qual, ao vê-lo avançando na sua direção, foi invadido pelo medo e, com o coração angustiado, encostou o dorso no rochedo e ergueu as patas em direção ao céu. Espantado com a sua beleza e graça, o rei mandou recolhê-lo e o levou, dele se admirando e considerando-o belo; disse: "Eu não tinha prestado atenção na caça das aves dessa espécie, mas agora não vou descansar até caçar muitas delas", e passou a caçá-las diariamente, até que naquele lugar não restou um único francolim; ademais, os membros da corte, sabedores do seu amor pelos francolins,

[469] Espécie de perdiz, essa ave era importante nos rituais das antigas religiões persas. O próprio termo árabe para designá-la, *durrāj*, provém do persa *turrāj*. O texto parece tomar essa importância por assim dizer sagrada como algo implícito, o que evidencia tratar-se, neste caso, de tradução do persa.

[470] "Reis de taifas" era a denominação árabe aos soberanos partas que dominaram a Pérsia desde o século III a.C. até o III d.C. (quando foram substituídos pelos sassânidas), bem como, mais tarde e por analogia, aos soberanos muçulmanos que governaram Alandalus a partir do século XI d.C. Aqui, trata-se de referência aos partas.

reuniram-lhe uma quantidade que ele próprio não havia reunido. O rei lhes destinou então um enorme jardim, cheio de árvores e frutos, e nele colocou as aves, que ali botaram e se reproduziram, abandonando as montanhas e enchendo as cidades. Conta-se que o louvor dos francolins a Deus é: "Exalçado seja o antigo que perdura". É isso que se conhece da história dessas aves.

Então a aurora alcançou Šahrāzād, que interrompeu sua história e seu discurso autorizados. Sua irmã Dunyāzād lhe disse: "Como é prazerosa, boa, agradável e deliciosa a sua história, maninha", e ela respondeu: "Isso não é nada perto do que irei lhes contar na próxima noite, se acaso eu viver e este rei cortês me poupar. Eu lhes contarei algo mais espantoso e insólito, mais prazeroso e extasiante, com mais palavras e ordem melhor".

826ª

NOITE

Na noite seguinte, o rei Šāhriyār se recolheu à cama, juntamente com sua esposa Šahrāzād, deleitando-se ambos com libidinagens e amassos; após atingirem o gozo sexual por meio do contato corporal, Dunyāzād saiu de baixo da cama e disse: "Por Deus, irmãzinha, se não estiver dormindo, termine a sua história para a gente". Šahrāzād respondeu: "Com muito gosto e honra".

O MENINO, A PEGA E O ZODÍACO AGOURENTO

Eu tive notícia, ó rei venturoso, exitoso e sensato, dono de certeira opinião, forte disposição e louvável ação, de que certo rei de taifas, dotado de fé, intelecto, decoro, mérito e boa conduta, era amado por todos os reis vizinhos, que lhe escreviam desejosos de alcançar a sua amizade ou se tornar seus genros, pois ele tinha dez filhas crescidas, todas elas em idade de mulher, mas não havia sido agraciado com um filho varão que lhe desse sossego e o sucedesse. Muito preocupado com isso, deixou igualmente aflitos os seus súditos, temerosos de que o reino passasse às mãos de alguém inferior. De tanto pensar nesse assunto, o rei perdeu o gosto por comer e beber, e reclamou para um dos seus vizires, a quem disse: "Você conhece a minha conduta, a minha relação com os súditos e a administração que dou ao reino. Temo morrer sem deixar um filho varão para me suceder. Faça-me alguma sugestão, pois você bem sabe da fé que lhe tenho e de como aceito o que diz". O vizir respondeu: "Não se preocupe, ó rei, pois Deus bendito e altíssimo lhe dará um filho varão que trará sossego a você. A sugestão que farei é relativa àquilo mediante o qual Deus trará a concórdia e o bem com a sua liberalidade e generosidade". O rei disse: "Sugira e seja breve, homem de opinião abençoada!". O vizir disse: "Você já sabe, ó rei venturoso, que fulano, o rei da Índia, tem uma filha dotada de beleza e formosura, esplendor e perfeição, talhe e proporção. Meu parecer é que eu vá até lá com uma carta sua ao rei pedindo-a em casamento, e eu rogo que por meio dela você seja agraciado com um filho que o suceda após a sua partida". Contente com tais palavras, o rei concordou com o parecer e o propósito do vizir, determinando-lhe que fosse até a Índia e enviando junto com ele presentes, joias em tão grande quantidade e tanto gênero de roupa opulenta e pedra preciosa que nenhum ser humano seria capaz de descrever e nenhuma lista poderia abarcar. O vizir e os seus criados viajaram até chegar àquele lugar, onde ele fez a carta chegar ao respeitado rei local, bem como os presentes enviados. Ao receber a carta e compreender o que dizia, o rei da Índia mandou convocar os seus filósofos e sábios e lhes disse: "Analisem o que indica o zodíaco da minha filha e da sua prole". Como os astrólogos analisaram e constataram que ela era adequada àquele rei de taifas em todas as circunstâncias, o pai ordenou que ela fosse preparada e enviada para ele, e assim foi feito. Quando a jovem chegou ao marido, ele a possuiu e ficou imensamente feliz com ela, que de imediato engravidou e ao término do período de gravidez deu à luz um menino varão perfeito, belo e formoso, tornando maior ainda a alegria do rei e do povo do reino. Por escrito, ela informou o nascimento do neto ao avô, o qual ordenou aos astrólogos que examinassem o zodíaco do menino, mas após fazerem isso eles informaram ao rei os bons augúrios e ocultaram os maus augúrios, pensando: "Não devemos informar verbalmente ao rei sobre este menino, mas sim escrever-lhe que as suas características estão em conformidade com as desta ave", e a ave era a pega.[471] Conta-se que naquele tempo a aparência da pega era diferente da de hoje, pois ela tinha rabo curto e asas e penas compridas. Os astrólogos disseram uns aos

[471] "Pega", também conhecida como "gralha-do-campo", traduz *ʿaqʿaq*, que também significa "ave de mau agouro". Entre os antigos persas, a crença no azar trazido por essa ave era tão intensa que se manteve mesmo após a islamização, a tal ponto que existem decretos de jurisconsultos muçulmanos, como o de Abū Ḥanīfa (699-767), condenando como infiel, por exemplo, a pessoa que desistia de sair quando ouvia o canto da pega.

outros: “Vocês sabem que essa ave é conhecida entre os reis, os quais a consideram de mau agouro, e por esse motivo devemos contornar o problema a qualquer custo. Procurem uma saída para isso em que se meteram, na medida da sua capacidade, e se lhes for possível modificar a aparência desta ave para a forma preferida pelos reis, aí estará a salvação de vocês, bem como aquilo de que necessitam e gostam. Mas, se acaso não conseguirem, terão informado o rei de que o garoto será corrupto e obstruído”. Disse um deles: “Não pode modificar-lhe a aparência senão Deus altíssimo. O único recurso é rogar a ele e esperar que se apresse em transformá-la no que vocês desejam”. Disse outro: “Próximo daqui, à distância de uma parasanga, vive um homem devoto, asceta, jejuador, vigilante e que não cessa de citar o seu senhor. Vamos, então, até ele para pedir que rogue por nós para evitar tal ocorrência, e talvez ele nos obtenha algum alívio”. Disseram: “Eis aí uma opinião da qual não nos podemos desviar!”, e foram até o homem, a quem contaram a sua história, e então ele ordenou que lhe trouxessem a ave.

Então a aurora alcançou Šahrāzād, que interrompeu sua história e seu discurso autorizados. Sua irmã Dunyāzād lhe disse: “Como é prazerosa, boa, agradável e deliciosa a sua história”, e ela respondeu: “Isso não é nada perto do que irei lhes contar na próxima noite, se acaso eu viver e este rei cortês me poupar. Eu lhes contarei algo mais espantoso e insólito, mais prazeroso e extasiante, com mais palavras e ordem melhor”.

827ª NOITE

Na noite seguinte, o rei mais velho, Šāhriyār, se recolheu à cama, juntamente com sua esposa Šahrāzād, deleitando-se ambos com libidinagens e amassos; após atingirem o gozo sexual por meio do contato corporal, Dunyāzād saiu de baixo da cama e disse: “Por Deus, irmãzinha, se não estiver dormindo, termine a sua história para a gente”. Šahrāzād respondeu: “Com muito gosto e honra”.

Eu tive notícia, ó rei venturoso, exitoso e sensato, dono de certeira opinião, forte disposição e louvável ação, de que o devoto lhes ordenou que trouxessem a ave, e eles a trouxeram. O devoto estendeu a mão para ela, pronunciou algumas palavrinhas e em seguida entregou-a a eles já com a aparência que desejavam: cauda comprida, branco imaculado, preto escuro, pernas curtas, linhas equilibradas e asas escondidas. Quando a viram com tal aparência, os astrólogos ficaram muito felizes com a ave e a entregaram ao rei, a quem disseram: "O recém-nascido, em sua conduta e tudo quanto lhe suceder, imitará esta ave. Conserve-a, portanto, e jamais a expulse, pois toda situação em que ela estiver o recém-nascido também estará". Foi assim que se ocultou a questão ao rei, o qual determinou a preservação e a manutenção daquela [espécie de] ave, e ela, por sua vez muito feliz, reproduziu-se abundantemente no país desse rei. Contava-se que essa ave dizia nas louvações: "Ó grande, ó elevado, ó agente do bem, ó pródigo em bênçãos, ó provedor das necessidades, ó atendedor das súplicas, ó sabedor do que foi e do que será".

[*Prosseguiu Šahrāzād*:] O príncipe recém-nascido, cujas características estavam amarradas às da pega, cresceu e atingiu idade de homem, e, como o seu pai morresse, herdou o reinado, e os súditos lhe prestaram obediência. Ele passou a se dedicar exclusivamente às diversões e festas, sem outra preocupação além destas: jogos e mulheres, negligenciando o cultivo do poder e os cuidados com o reinado [e só se preocupando com os] deleites que proporciona. [Então os seus vizires e membros da sua corte se reuniram] para deliberar entre si, aliando-se contra ele e [concluindo que] ultrapassara [os limites]. Quando sentiu que os seus servidores haviam adotado tal posição, muitíssimo temeroso, superestimando-os e subestimando-se, ordenou que todos sem exceção comparecessem diante de si a fim de prevenir-se contra os seus planos e o que já circulava a respeito. Eles compareceram sem mais tardar, e o rei, instalado no posto de vingança do seu palácio, selecionou os seus melhores ajudantes e criados, em número de quinhentos, todos postados na sua frente e bem armados, e começou a chamar [os conspiradores] um por um, matando-os a todos; deles não restou senão um único homem que lhe disse: "Ó rei, você não foi levado a fazer isso senão pelo seu pouco êxito. Nenhum deles merecia a morte. Qual seria a sua resposta se acaso os carcereiros o prendessem fortemente e você se tornasse semelhante àquela ave que, após ter as asas cortadas, tentou voar mas não pôde? Pobre de você e do seu reino. A reviravolta já se anuncia contra você, que só cevou os próprios desejos e ficou sem vizires nem bons conselheiros", e se retirou. Dali a pouco, gente de tudo quanto é lugar fez a informação circular e o rei foi cercado, atacado e morto, juntamente com quem estava com ele. Depois, escolheram para reinar um homem que descendia de reis, cuja autoridade reconheceram, instalando-o no trono, e ele reinou com justiça, adotou boa conduta e boas disposições e assim se manteve até que se abateu sobre ele o destruidor dos prazeres e dispersador das comunidades.

Então a aurora alcançou Šahrāzād, que interrompeu sua história e seu discurso autorizados. Sua irmã Dunyāzād lhe disse: "Como é prazerosa, boa, agradável e deliciosa a sua história, maninha", e ela respondeu: "Isso não é nada perto do que irei lhes contar na próxima noite, se acaso eu viver e este rei cortês me poupar. Eu lhes contarei algo mais espantoso e insólito, mais prazeroso e extasiante, com mais palavras e ordem melhor".

828ª NOITE

Na noite seguinte, o rei Šāhriyār se recolheu à cama, juntamente com sua esposa Šahrāzād, deleitando-se ambos com libidinagens e amassos; após atingirem o gozo sexual por meio do contato corporal, Dunyāzād saiu de baixo da cama e disse: "Por Deus, irmãzinha, se não estiver dormindo, termine a sua história para a gente". Šahrāzād respondeu: "Com muito gosto e honra".

ANEDOTAS SOBRE GENTE AVARENTA

Eu tive notícia, ó rei venturoso, exitoso e sensato, dono de certeira opinião, forte disposição e louvável ação, de que certa pessoa disse a um avarento: "Por que você não me convida para comer na sua casa?". Ele respondeu: "Porque você mastiga muito bem, engole rápido e, enquanto um bocado ainda está na sua boca, o outro já está preparado". Então aquela pessoa respondeu ao avaro: "E por acaso você queria alguém que entre um bocado e outro fizesse a prece noturna de Ramadã?",[472] e o deixou vexado.

Disse alguém: "Fui à casa de certo avarento e nos serviram comida. Olhei bem e, vendo que era muito pouca, disse: 'Não tenho como comer'. Ele respondeu: 'Basta-me Deus, que é o melhor procurador'.".[473]

472 "Prece noturna de Ramadã" traduz *ṣalāt attarāwīḥ*, que no islã é a prece mais demorada.

473 Sentença tradicionalmente pronunciada pelos muçulmanos em situações penosas.

Um avarento disse ao filho: "Seja como o jogador de xadrez, que preserva os seus homens e faz artimanhas contra os homens do adversário".

Um dia, certo avarento se queixou ao juiz contra o seu vizinho, dizendo: "Senhor juiz, este é meu vizinho. Ontem eu comprei um carneiro[474] e o comi, juntamente com quem mora na minha casa, e depois atirei os ossos à porta para adorná-la e me exibir entre os meus amigos. Então, veio este vizinho e colocou os ossos na frente da sua casa!". O juiz riu e lhe disse: "Vá embora, pois já está claro para mim que você faz parte dos generosos".

Perguntou-se a certo avarento: "Qual é o alívio após a angústia?".[475] Respondeu: "É quando você oferece comida a alguém, mas a pessoa recusa dizendo estar de jejum".

Conta-se que um avarento adoeceu tão gravemente que ficou para morrer, e então [mandou] assar uma galinha, mas quando a serviram, notando que lhe faltava uma asa, saiu gritando: "Ai, uma só! Ai, desespero!", e circulou por todos os cômodos da casa, dizendo: "Quem se incumbiu abateu!";[476] assim, andava e se lamuriava: "Quem se incumbiu abateu!", mas, como ninguém lhe respondesse, jurou que não alimentaria ninguém naquela casa durante três dias. Encontrava-se presente um homem eloquente que lhe perguntou: "Meu senhor, 'porventura nos aniquilais por causa da ação dos desvairados?'".[477] Ele respondeu: "E por acaso você não ouviu os seguintes dizeres de Deus altíssimo: 'Acautelai-vos contra uma sedição que não se limitará a atingir aqueles dentre vós que foram injustos?'".[478]

Conta-se[479] que certo homem, cuja avareza era tão grande que se tornou proverbial, foi visitado por um vizinho asceta para o qual ele se pôs a reclamar da avareza, das desgraças que lhe provocara e da sua falta de artimanhas contra ela. O devoto asceta então lhe disse: "Esse assunto é muito longo e extenso, mas eu afirmo, com base no seu relato, que você não é generoso consigo mesmo nem com um centavo para comer pão". O avarento perguntou: "Como assim?

474 "Carneiro" traduz, por suposição, uma palavra ilegível no manuscrito.

475 "Alívio após a angústia" traduz *alfaraj ba^cda aššidda*, que também consistia num gênero narrativo entre os árabes.

476 Alcorão, 54, 29. Referência ao abate, pelo mais vil dos membros da tribo pré-islâmica de Ṯamūd, de uma camela interdita pelo profeta corânico Ṣāliḥ.

477 Alcorão, 7, 155.

478 Alcorão, 8, 25.

479 Antes desta, pulou-se uma anedota cujos erros de cópia lhe impedem a compreensão. Contudo, ela se repete de maneira mais clara logo adiante, e será traduzida.

E a descrição que lhe fiz?". O devoto respondeu: "[Isso se dá] porque você economiza todo o dinheiro para aquele que dele irá comer licitamente, com o corpo sadio, enquanto você suporta o peso da avareza e presta as contas na outra vida". Então o avarento voltou atrás nessa sua característica, passando a ser considerado, depois disso, um homem generoso.[480] Existe uma poesia que fala sobre esses significados:

"Conta com a ajuda e benesse do misericordioso
quando te vier alguém te pedindo algum bem,
e nada negues ao necessitado que de ti espera,
pois não sabes quando serás tu o necessitado."[481]

Então a aurora alcançou Šahrāzād, que interrompeu sua história e seu discurso autorizados. Sua irmã Dunyāzād lhe disse: "Como é prazerosa, boa, agradável e deliciosa a sua história, maninha", e ela respondeu: "Isso não é nada perto do que irei lhes contar na próxima noite, se acaso eu viver e este rei cortês me poupar. Eu lhes contarei algo mais espantoso e insólito, mais prazeroso e extasiante, com mais palavras e ordem melhor".

829ª NOITE

Na noite seguinte, o rei mais velho, Šāhriyār, se recolheu à cama, juntamente com sua esposa Šahrāzād, deleitando-se ambos com libidinagens e amassos;

480 Na coletânea *Naṯr Addarr* [Pérolas espalhadas], de Manṣūr Ibn Ḥusayn Alābī (m. 1029), existe uma versão mais clara dessa narrativa: "Certo avarento queixou-se da própria avareza a certo sapiente, que lhe disse: 'Você não é avarento, pois avarento é quem não dá nada do seu dinheiro; você tampouco é medianamente generoso, pois medianamente generoso é quem dá um pouco do seu dinheiro, recusando-se a dar a outra parte; você é, isto sim, extremamente generoso, pois quer dar todo o seu dinheiro', querendo dizer que o deixaria todo para os seus herdeiros".

481 Versos atribuídos a mais de um poeta, como Zuhayr Ibn Abī Sulmà (530-627) e Abū Alaswad Addu'alī (605-688). Na supracitada coletânea de Alābī, a poesia é bem mais longa. No manuscrito, consta um hemistíquio diferente: "Dá mais do que te pedem e os teus pedidos serão ainda mais atendidos".

após atingirem o gozo sexual por meio do contato corporal, Dunyāzād saiu de baixo da cama e disse: "Por Deus, irmãzinha, se não estiver dormindo, termine a sua história para a gente". Šahrāzād respondeu: "Com muito gosto e honra".

CASOS DE MUZABBID, O MEDINÊS

Eu tive notícia, ó rei venturoso, exitoso e sensato, dono de certeira opinião, forte disposição e louvável ação, de que Muzabbid[482] certo dia estava se banhando e a esposa lhe perguntou: "O que é isso?". Respondeu: "Chicoteei ᶜUmayra".[483] Alguns dias depois, ele viu a esposa se banhando e perguntou: "O que você tem?". Ela respondeu: "ᶜUmayra veio e me chicoteou".[484]

Certo dia, Muzabbid usou de palavras grosseiras e lhe disseram: "Dite alguma coisa boa para os seus dois secretários!". Respondeu: "Desgosta-me que eles se confundam".[485]

Os cabelos de Muzabbid foram aparados por um homem muito feio, que lhe disse: "Ai de você! [Por que não roga por mim?". Muzabbid respondeu: "Desgosta-me][486] dizer-lhe 'Que Deus afaste o mal de você', pois nesse caso eu temo que ele o deixe sem rosto".

Certo dia, Muzabbid foi visitar um avarento, que ao pressentir a sua presença escondeu um prato de figo debaixo da cama e disse a Muzabbid, para o qual a manobra não passara despercebida: "O que o traz a esta hora?". Respondeu:

[482] Muzabbid Abū Isḥāq (muitas vezes, e em várias obras, equivocamente grafado como Muzayyid ou Mazīd), personagem do século VIII nascido em Medina. Encoberto pela lenda, a ele se atribuem inúmeras características: alcoviteiro, pederasta, piadista, hipócrita, infiel, bufão, livre-pensador, sábio, avarento etc. Como se notará, várias das anedotas a seu respeito se assemelham às que mais tarde seriam atribuídas à personagem conhecida como Juḥā, e também Naṣruddīn. Para a tradução das anedotas sobre Muzabbid contidas neste manuscrito, nas quais existem muitos erros de cópia, lançou-se mão da supracitada coletânea de Alābī e da obra de registros biográficos *Fawāt Alwafāyāt* [Os lapsos do registro dos falecimentos], de Muḥammad Bin Šākir Alkatbī (1287-1363), que contém a maioria delas. A propósito, o título dessa obra faz menção direta ao de outra, bem mais célebre, escrita cerca de um século antes, *Wafāyāt Alaᶜyān wa Anbā' Abnā' Azzamān* [O registro do falecimento dos principais e notícias dos notáveis do tempo], de Ibn Ḫallikān (1211-1282).

[483] Locução cujo sentido literal é: "masturbei-me".

[484] Essa resposta apresenta algumas variações nas compilações em que está inserida, tais como: "Você chicoteou ᶜUmayra e então ela me chicoteou" e "Veio o marido de ᶜUmayra e me chicoteou".

[485] Na única outra versão encontrada dessa anedota, na coletânea de Alābī, os termos são os mesmos. O pressuposto do seu humor, parece, é o desprezo que Muzabbid demonstra por seus secretários, e a falta de preocupação com o que porventura venham a aprender.

[486] O trecho entre colchetes foi traduzido da coletânea de Alābī, na qual se fala de "barba" em lugar de "cabelo".

"Passei ainda há pouco pela mesquita de fulano e nela havia um leitor do Alcorão recitando com voz bela e melodiosa, e entonação agradável, e eu vim mostrá-la a você, que talvez goste de entonações agradáveis". O avarento disse: "Dê-me o que você trouxe!". Então Muzabbid recitou: "Em nome de Deus, misericordioso, misericordiador. Pela oliva e pelo Monte Sinai!".[487] O avarento perguntou: "E onde está o figo?". Respondeu: "Debaixo da cama". Então o avarento riu e lhe ofereceu os figos.

Conta-se que se deu uma ventania muito forte, com relâmpagos terríveis, [e então as pessoas gritaram: "É o Juízo Final! O Juízo Final!".] Disse Muzabbid: "Será um Juízo Final bem desagradável, sem Anticristo nem besta nem Salvador, sem Gog nem Magog".[488]

Conta-se que Muzabbid estava comendo peixe com leite e lhe disseram: "Você não deve reunir o peixe ao leite". Ele respondeu: "O peixe está morto e não saberá que eu o comi com leite".

Muzabbid quis separar-se da esposa e lhe disseram: "Pense na longa convivência". Ele respondeu: "É esse o único crime dela".[489]

Certa vez, Muzabbid dormia numa mesquita quando um homem entrou, fez uma prece com duas genuflexões e ao terminar disse: "Ó meu Deus, enquanto eu rezo esse aí está dormindo!". Muzabbid ergueu a cabeça e disse: "Idiota, peça-lhe o que quiser, mas não o incite contra mim!".

Conta-se que a esposa de um vizinho foi até a casa de Muzabbid e perguntou: "Às mulheres só é lícito o casamento com um único homem, e não podem possuir um único escravo ou serviçal, ao passo que os homens podem se casar com quatro de nós, além de ter quantas amantes secretas e concubinas quiserem. O que você acha disso?". A esposa dele respondeu: "É porque dos homens é que provêm os profetas, os santos, os califas, os reis, os vizires, os

[487] Alcorão, 95, 1. Na verdade, como se verá, esse capítulo, chamado justamente "Sura do figo", se inicia com "Pelo figo, pela oliva e pelo Monte Sinai". É dessa omissão que se extrai o humor da anedota, que consta do *Kitāb Albuḫalā'* [Livro dos avaros], não a célebre obra-prima de Aljāḥiẓ (775-868), da qual se falará mais adiante, mas da homônima, bem mais modesta, do letrado Alḫaṭīb Albaġdādī (m. 1071). Nela, o protagonista não é Muzabbid, mas sim um beduíno, e as circunstâncias são ligeiramente diversas.

[488] "Gog e Magog", *Ya'jūj wa Ma'jūj*, referência corânica (18, 94 e 21, 96) a tribos mongóis nômades que viviam para além do Turquestão. Na cosmovisão islâmica, representam a corrupção, a desordem e o desequilíbrio. Nas demais versões, em lugar de "bem apertado", *ʿalà ḍayq*, consta *ʿalà rīq*, "a seco".

[489] Anedota também constante do fabulário político anônimo *O leão e o chacal Mergulhador*, elaborado entre os séculos XI e XIII, mas sem referência a Muzabbid e apresentada como diálogo entre um casal.

comandantes e os juízes; é por isso que eles tomam todas as decisões em causa própria".[490]

Então a aurora alcançou Šahrāzād, que interrompeu sua história e seu discurso autorizados. Sua irmã Dunyāzād lhe disse: "Como é prazerosa, boa, agradável e deliciosa a sua história, maninha", e ela respondeu: "Isso não é nada perto do que irei lhes contar na próxima noite, se acaso eu viver e este rei cortês me poupar. Eu lhes contarei algo mais espantoso e insólito, mais prazeroso e extasiante, com mais palavras e ordem melhor".

830ª

NOITE

Na noite seguinte, o rei mais velho, Šāhriyār, se recolheu à cama, juntamente com sua esposa Šahrāzād, deleitando-se ambos com libidinagens e amassos; após atingirem o gozo sexual por meio do contato corporal, Dunyāzād saiu de baixo da cama e disse: "Por Deus, irmãzinha, se não estiver dormindo, termine a sua história para a gente". Šahrāzād respondeu: "Com muito gosto e honra".

Eu tive notícia, ó rei venturoso, exitoso e sensato, dono de certeira opinião, forte disposição e louvável ação, de que Muzabbid tinha um criado a quem perguntava, após enviá-lo a uma missão qualquer: "Trigo ou cevada?". Era um sinal entre ambos: se o criado tivesse logrado êxito, dizia "trigo", e se tivesse fracassado, dizia "cevada". Então, certo dia Muzabbid o enviou numa missão qualquer e,

[490] Neste caso, ao contrário do que possa parecer, não existe erro de cópia nem falha de transmissão. Em verdade, trata-se de uma narrativa que só pode ser considerada anedota num contexto patriarcal. Hoje, a tendência é considerar, sem mais, que a personagem, simultaneamente, fala a verdade e faz uma denúncia, o que pressupõe um mundo no qual a divisão entre os gêneros é vista como antagonismo, caso da sociedade contemporânea, e não como complementaridade, caso da sociedade patriarcal, na qual essa narrativa é uma anedota porque, em síntese, a personagem diz uma obviedade, donde, por consequência, o humor. A título de comparação, esse humor é o mesmo que o da piada do homem que comprou um sorvete, colocou-o no bolso e levou para o filho, mas quando chegou à sua casa o sorvete havia derretido, o que o fez imaginar, furioso, que algum ladrão, além de haver chupado o sorvete, lhe urinara no bolso. Ou seja, para além da incapacidade do protagonista de enxergar o óbvio, o humor se extrai de sua irritação com o inelutável. Dá-se o mesmo no caso da resposta da mulher de Muzabbid.

quando ele retornou, perguntou-lhe: "Trigo ou cevada?". O criado respondeu: "Merda!". [Muzabbid perguntou: "Ai de você! Por quê?". O criado respondeu:] "Além de não satisfazerem o meu pedido, humilharam-me com xingamentos, me foderam e me arrancaram merda".[491]

Muzabbid ouviu um homem dizendo a outro: "Se você sair à noite e for atacado por um cão feroz, recite: 'Ó coorte de gênios e humanos, se puderes atravessar os limites dos céus e da terra, então faze-o, e somente o farás mediante ordem [divina]'.".[492] Disse Muzabbid: "Deixe-se disso e ouça o que eu lhe digo: esforce-se para ter consigo pedras e pau, pois nem todos os cães sabem o Alcorão de cor".

Entre as coisas que lhe sucederam, conta-se que certo dia o chefe de polícia[493] se enfureceu com ele e ordenou que a sua barba fosse raspada. Veio então o alfageme para executar a tarefa e lhe disse: "Encha as bochechas". Muzabbid perguntou ao chefe de polícia: "Este putanheiro,[494] que Deus o desgrace! Você lhe ordenou que raspasse a minha barba ou me ensinasse a tocar flauta?".[495]

Perguntaram-lhe: "Como é o seu amor pelos companheiros do profeta?". Respondeu: "A comida não deixou no meu coração espaço para amar ninguém".[496]

Ele vendeu uma escrava garantindo tratar-se de excelente cozinheira, mas, como ela não soubesse cozinhar nada, foi-lhe devolvida, e ele não aceitou. Foi então levado a um juiz diante do qual jurou e disse: "Torne-me Deus um cachorro feroz que roa as pernas dos profetas no dia do Juízo Final se esta moça não tiver cozinhado para mim, com uma lagosta, quatro espécies [de comida, e ainda sobrou um pouco para fazer carne-seca], sem contar um dos lombos, que ela me deu de comer frito e assado, em espetinhos, [e com o outro fez doces". Então

491 Na versão de Alābī, a resposta é mais leve: "Além de não satisfazerem o meu pedido, espancaram-me e xingaram você". Numa versão constante da obra cômica *Alajwiba Almuskita* [Respostas emudecedoras], de Ibrāhīm Ibn Abī ᶜAwn (m. 924), esse criado era "enviado às mulheres dissolutas para que as trouxesse para ele".

492 Alcorão, 55, 33.

493 "Chefe de polícia" traduz *wālī*, que em outras circunstâncias também poderia ser "governador".

494 "Este putanheiro" traduz *rafaᶜa alqaḥba*, "ergueu a prostituta". O verbo "erguer" era metáfora muito comum para "possuir sexualmente".

495 Nas versões de Alābī e Alkatbī, a fala da personagem é mais leve.

496 Trata-se de uma pergunta com implicações teológicas e políticas. Nas outras versões, em vez de "companheiros do profeta", pergunta-se especificamente sobre os dois primeiros califas, Abū Bakr e ᶜUmar. A questão era importante porque definia a posição do muçulmano em relação a ᶜAlī e, consequentemente, ao xiismo (no qual se considera que ele é que deveria ter sido o primeiro califa) e, logo, à própria legitimidade do califado, omíada ou abássida, pois os xiitas consideravam ambas as dinastias usurpadoras, reivindicando a autoridade sobre a comunidade muçulmana, como se disse, para os descendentes do profeta, entre os quais estavam os filhos e netos de ᶜAlī.

todos riram e o litigante, desanimando-se de receber dele o que quer que fosse, deixou-o ir embora].[497]

Muzabbid reuniu em sua casa um homem e sua amante, e por um bom tempo ambos ficaram se fazendo recriminações mútuas, após as quais o homem quis pôr as mãos sobre ela, que lhe disse: "Isso não é hora nem lugar!". Ao ouvir aquilo, disse Muzabbid: "Sua puta, e quando será a hora e o lugar? Nos dias da Peregrinação? Entre o pilar e a casa?[498] Por Deus que não construí esta casa senão para putas e festejos adúlteros!".[499]

Então a aurora alcançou Šahrāzād, que interrompeu sua história e seu discurso autorizados. Sua irmã Dunyāzād lhe disse: "Como é prazerosa, boa, agradável e deliciosa a sua história, maninha", e ela respondeu: "Isso não é nada perto do que irei lhes contar na próxima noite, se acaso eu viver e este rei cortês me poupar. Eu lhes contarei algo mais espantoso e insólito, mais prazeroso e extasiante, com mais palavras e ordem melhor".

831ª NOITE

Na noite seguinte, o rei mais velho, Šāhriyār, se recolheu à cama, juntamente com sua esposa Šahrāzād, deleitando-se ambos com libidinagens e amassos; após atingirem o gozo sexual por meio do contato corporal, Dunyāzād saiu de baixo da cama e

497 A redação desta anedota está bem confusa no manuscrito, no qual o seu texto parece ter se contaminado com o de outra. Os trechos entre colchetes foram traduzidos da versão constante em Alkatbī. "Em palitinhos" traduz *ʿalà alʿuwaydāt*.

498 "Nos dias da Peregrinação" traduz, muito livremente, *yawm annaḥr e yawm ʿarafa*, correspondentes ao nono e ao décimo dia do mês islâmico da peregrinação, datas dedicadas à pureza, santificação, perdão etc. Na segunda parte da formulação, parece que "pilar" e "casa" aludem a locais sagrados, conforme se evidencia em outra versão desta anedota, constante do livro *Aḫlāq Alwazīrayn* [O caráter dos dois vizires], do letrado bagdali Abū Ḥayyān Attawḥīdī (m. 1010), no qual a pergunta é: "Entre a tumba e o púlpito?", isto é, conforme explicação do organizador do texto, a tumba e o púlpito do profeta. A personagem, como já se disse, é de Medina, cidade onde Muḥammad está enterrado.

499 Nas versões de Alkatbī e de Attawḥīdī, a fala se encerra assim: "Por Deus que não construí esta casa senão para putas e alcoviteiros, nem comprei sua madeira senão com o dinheiro ganho em jogos de azar. Haveria melhor lugar para o adultério do que ela?".

disse: “Por Deus, irmãzinha, se não estiver dormindo, termine a sua história para a gente”. Šahrāzād respondeu: “Com muito gosto e honra”.

Eu tive notícia, ó rei venturoso, exitoso e sensato, dono de certeira opinião, forte disposição e louvável ação, de que Muzabbid transportava um odre de vinho vazio quando foi encontrado pelo chefe de polícia de Medina, que ordenou o seu espancamento. Muzabbid disse: “Que Deus dê prosperidade ao comandante! Por que você ordenou que eu seja surrado?”. O homem respondeu: “Porque você está portando o instrumento de bebida”. Ele disse: “Mas eu também estou portando o instrumento do adultério!”.[500]

Conta-se que um amigo foi visitá-lo enquanto ele cozinhava numa panela. O amigo disse: “Louvado seja Deus magnífico! A fortuna é espantosa!”. Muzabbid respondeu: “E a carência é mais espantosa ainda! Divorcio-me da minha mulher[501] se você provar desta comida!”.

Conta-se que Muzabbid levou um rapaz para casa e o sodomizou, mas o rapaz saiu alegando que ele é que tinha sido o ativo. Ao ouvir aquilo, Muzabbid observou: “Deus proibiu a sodomia por causa dessas coisas, salvo se houver duas testemunhas probas”.

Conta-se que certo dia Muzabbid exigiu copular com a esposa, mas ela se recusou, dizendo: “Estou menstruada”, e, ao se virar, soltou um flato. Muzabbid lhe disse: “Sua maldita! Não basta que você nos livre do mal da sua vagina, mas também do mal do seu ânus”.

Conta-se que certo dia se reuniram vários camaradas na casa de Ja^c^far Bin Sulaymān, que lhes perguntou: “O que vocês gostariam de comer?”, e cada um deles respondeu citando uma espécie de comida. Perguntaram então a Muzabbid: “E você, do que gostaria?”. Ele respondeu: “Que o que vocês estão dizendo desse certo”.

Conta-se que Muzabbid levou uma criada à mesquita e lá fornicou com ela. Então entrou o muezim, que os viu. Muzabbid foi até o púlpito e ali defecou. O muezim perguntou: “Não basta o que você já fez nesta mesquita, inimigo de Deus? Precisava defecar no púlpito?”. Ele respondeu: “Sabendo que ele testemunhará contra mim no dia do Juízo Final, eu o transformei em meu litigante a fim de que o seu testemunho não seja aceito”.[502]

Conta-se que um homem convidou Muzabbid e outras pessoas para visitá-lo

[500] Na versão de Alābī, a resposta é mais aguda: “E você está portando o instrumento do adultério”.
[501] Juramento muito comum em tempos antigos, ainda hoje usado, embora raramente.
[502] Na jurisprudência muçulmana, o testemunho do litigante em causas de terceiros não é aceito.

em casa, e pôs-se então a entrar e sair a todo instante, dizendo: "Cozinhamos uma *sikbāja* que voa ao vento e uma *mağliyya* que voa no céu!".[503] Como a sua fome aumentasse, Muzabbid lhe disse: "Meu senhor, traga-me um pão de asas cortadas, pois eu temo que ele voe com a sua comida e então você não possa contê-lo".

Disseram-lhe: "O comandante dos crentes pretende dar-lhe de presente uma graciosa escrava". Ele respondeu: "Alguém como eu não se deixa seduzir nem desmente o comandante dos crentes. Se ela me aceitar, desde que eu possa sustentá-la, tudo bem; caso contrário, não obterá nada de mim". Ao saber daquilo, o califa riu e lhe deu a escrava.

Conta-se que Muzabbid enterrou dez dirhams numa ruína, mas foi visto por um homem que foi para o lugar e os desenterrou. Quando voltou para apanhar o dinheiro e encontrou o lugar escavado, Muzabbid se arrependeu longamente, mas pouco depois, tendo descoberto quem era o homem que o roubara, enterrou mais dez dirhams em outro local e se pôs a espionar se aquele homem viria, e ele de fato veio. Muzabbid se dirigiu a ele e pediu: "Meu senhor, por favor, me faça um cálculo, veja qual é a soma e me diga quanto ficou sendo a quantia total". O homem respondeu: "Sim". Muzabbid perguntou: "Dez dirhams no lugar tal, vinte no lugar tal, e duzentos no lugar tal... Qual é a soma?". [O homem respondeu: "Duzentos e trinta". Muzabbid lhe disse: "Amanhã vou juntar tudo no lugar onde estão os dez dirhams".][504] Supondo que ele falava a verdade, o homem levou os dez dirhams ao local de onde os escavara e enterrou-os de volta, na ambição de que Muzabbid lhes acrescentasse a quantia à qual se referira, e mesmo mais. Muzabbid foi ao local, escavou-o, recolheu os dirhams e defecou no buraco. Quando o homem retornou para pegar o dinheiro, remexeu no lugar, sua mão se sujou de cocô e ele percebeu que Muzabbid fizera uma artimanha contra ele. Em seguida, encontraram-se no caminho e Muzabbid lhe perguntou: "Faça-me uma conta: dez num lugar, vinte no outro, cheire a sua mão e veja quanto é o total", e então o homem fugiu.

Conta-se que Muzabbid entrou na mesquita sem estar ritualmente limpo para a prece, e então pegou uma vasilha cheia de água do aguadeiro e se

[503] *Sikbāja* é uma espécie de sopa de carne com vinagrete, menos perecível do que outros alimentos, o que a fazia ser preferida pelos avarentos. Quanto ao outro alimento, cuja grafia está provavelmente errada no manuscrito (*bağliyya*), não foi possível descobrir do que se trata; talvez seja alguma outra espécie de sopa.
[504] O trecho entre colchetes, exigido pela lógica da narrativa, é adição do tradutor, pois não se encontrou nenhuma outra versão dessa história.

abluiu. O aguadeiro foi então cobrá-lo, e Muzabbid lhe disse: "Não tenho nenhum dinheiro!". Como o homem exigisse com insistência o valor, Muzabbid soltou um flato detestável e disse: "Tome de volta a sua limpeza ritual. Vou rezar sem fazê-la!".[505]

Então a aurora alcançou Šahrāzād, que interrompeu sua história e seu discurso autorizados. Sua irmã Dunyāzād lhe disse: "Como é prazerosa, boa, agradável e deliciosa a sua história, maninha", e ela respondeu: "Isso não é nada perto do que irei lhes contar na próxima noite, se acaso eu viver e este rei cortês me poupar. Eu lhes contarei algo mais espantoso e insólito, mais prazeroso e extasiante, com mais palavras e ordem melhor".

832ª NOITE

Na noite seguinte, o rei mais velho, Šāhriyār, se recolheu à cama, juntamente com sua esposa Šahrāzād, deleitando-se ambos com libidinagens e amassos; após atingirem o gozo sexual por meio do contato corporal, Dunyāzād saiu de baixo da cama e disse: "Por Deus, irmãzinha, se não estiver dormindo, termine a sua história para a gente". Šahrāzād respondeu: "Com muito gosto e honra".

ANEDOTAS SOBRE DEFEITOS FÍSICOS

Eu tive notícia, ó rei venturoso, exitoso e sensato, dono de certeira opinião, forte disposição e louvável ação, de que um homem foi até o cego Baššār[506] e lhe disse: "Deus altíssimo não tira de um crente os seus olhos sem lhe dar alguma compensação. Com o que Deus o compensou pela perda da visão?". Ele respondeu: "Ter perdido a vista é para mim preferível a ver gente como você".

[505] Segundo os sunitas, para realizar as suas preces, o muçulmano é obrigado a estar ritualmente limpo, ou seja, antes da prece ele não pode ter praticado sexo nem satisfeito necessidades fisiológicas. É por isso, por exemplo, que qualquer cochilo antes da prece impõe ao muçulmano a realização de abluções, pois ele não tem como saber se expeliu gases durante o sono.

[506] Referência ao famoso poeta satírico Baššār Bin Burd (714-784), de origem persa. Acusado de heresia por passear embriagado pelas ruas de Basra recitando o Alcorão, recebeu setenta chicotadas e morreu.

Qutāda, que era cego, compareceu um dia à casa de Ḫālid Ibn ᶜAbdullāh Alqasrī, e deu-se então que um dos assuntos foi sobre os cegos, que Ḫālid, desgostoso, descreveu como desavergonhados, desrespeitando [a presença de] Qutāda. Em seguida, lembrou-se dele, arrependeu-se do que falara e perguntou: "Ó Qutāda, o que você ouviu lhe fez mal?". Ele respondeu: "Sim". [Ḫālid perguntou: "Você já passou por algo semelhante?". Ele respondeu: "Sim".][507] Ḫālid perguntou: "E o que foi?". Ele respondeu: "Eu estava na casa de certo nobre e nos foi servida uma galinha muito bem cozinhada. Quando íamos estender as mãos para comer, como um mendigo se aproximasse da porta da casa, o dono pegou a galinha, juntou-lhe dois pães e entregou tudo àquele mendigo. Então eu, ao estender a mão em direção à galinha, não a encontrei e perguntei: "Onde está a galinha?". O dono da casa respondeu: "Eu a repus no lugar, entre mim e você". Eu pensei: "Que Deus ponha você no fogo do inferno, tal como fez com ela!". Então Ḫālid riu e ordenou que lhe dessem uma recompensa.[508]

Conta-se que existem dois a cuja existência a morte é preferível: pobre sem dinheiro e cego sem comida.

Conta-se que a esposa de certo cego um dia lhe disse: "Ai, se você pudesse ver a minha beleza, formosura e brancura! Seu amor por mim aumentaria". Ele respondeu: "Se você fosse de fato como diz, os que enxergam não a teriam deixado para mim".

Conta-se que um grupo de cegos combinou ir passear num jardim, sob a condição de que não houvesse entre eles um único que enxergasse. Destarte, acertaram tudo, levaram consigo comida e bebida e quando chegaram ao local trancaram os portões do jardim e puseram-se a comer, beber e brincar de dar tapas, divertindo-se deveras. Um homem passou pelo jardim, ouviu o barulho, observou-os por cima da parede, viu-os e pensou: "Não posso deixar que esses aí passem. Irei até eles, comerei a sua comida, beberei a sua bebida e lhes darei uns tapas no cangote".[509] Desceu então até eles, estapeou um, dois e já no terceiro os cegos disseram: "Existe alguém que enxerga no meio de nós!", e ficaram atentos, não tardando em agarrá-lo. Ele

507 Aqui, procura-se remediar a evidente falta de um trecho, que provavelmente foi "pulado" devido à resposta igual que o cego deu, "sim" em ambos os casos. Trata-se de um lapso comum em manuscritos, chamado "salto-bordão".

508 As duas personagens citadas nessa narrativa são históricas: Ḫālid Bin ᶜAbdullāh Alqasrī (que o manuscrito grafa equivocamente como *Alqušayrī*) foi líder político e militar do período omíada, tendo governado as cidades de Meca, Kufa e Basra; torturado e morto por volta de 743. E o cego Qutāda Assaddūsī, que viveu entre 680 e 735 e foi uma das grandes autoridades em história árabe e genealogia.

509 Estapear alguém no cangote é uma ação bem aviltante no âmbito da cultura árabe, indicando que a vítima é sexualmente passiva.

disse: "Eu lhes pergunto, por Deus, antes de tudo: como perceberam que no meio de vocês havia um clarividente?". Responderam: "Quando um de nós esbofeteia o outro, o bofetão ora cai na mão, ora no rosto, ora no ombro, ora na barriga, ora nas costas. Mas você não, sua mão nunca deixou de acertar o meio do nosso cangote!". Ato contínuo, aplicaram-lhe uma surra de morte e o espancaram como soem os cegos espancar, largando-o em seguida no jardim, e se retiraram.

Então a aurora alcançou Šahrāzād, que interrompeu sua história e seu discurso autorizados. Sua irmã Dunyāzād lhe disse: "Como é prazerosa, boa, agradável e deliciosa a sua história, maninha", e ela respondeu: "Isso não é nada perto do que irei lhes contar na próxima noite, se acaso eu viver e este rei cortês me poupar. Eu lhes contarei algo mais espantoso e insólito, mais prazeroso e extasiante, com mais palavras e ordem melhor".

833ª

NOITE

Na noite seguinte, o rei mais velho, Šāhriyār, se recolheu à cama, juntamente com sua esposa Šahrāzād, deleitando-se ambos com libidinagens e amassos; após atingirem o gozo sexual por meio do contato corporal, Dunyāzād saiu de baixo da cama e disse: "Por Deus, irmãzinha, se não estiver dormindo, termine a sua história para a gente". Šahrāzād respondeu: "Com muito gosto e honra".

Eu tive notícia, ó rei venturoso, exitoso e sensato, dono de certeira opinião, forte disposição e louvável ação, de que em dada reunião estava um cego com um caolho ao lado. Então o cego se queixou ao caolho da perda da visão, lamuriando-se de sua condição. O caolho respondeu: "Já tenho metade dessas informações".

Certo poeta disse os seguintes versos após a oração pelo senhor dos senhores:

"Ouvi um cego dizer numa reunião:
'Ó gente, como dói perder a visão!'.
Dentre eles responde um caolho, então:
'É verdade, pois tenho meia informação!'."

Conta-se que um caolho cruzou com uma mulher no mercado e se voltou para vê-la, ao que ela lhe disse: "Que Deus lhe tire a visão!". Encarando-a, ele respondeu: "Minha senhora, Deus já atendeu [metade do] seu pedido".

Conta-se que um homem comprou um burro por duzentos dirhams e o exibiu para um amigo caolho, a quem perguntou: "Quanto vale este burro?". O amigo respondeu: "Cem dirhams". O homem disse: "Você o avaliou pela metade do preço por só tê-lo visto com metade da visão".

Conta-se que um grande sábio sofria de surdez e soltava flatos nas reuniões achando que eram traques. Então o seu secretário lhe contou a verdade por meio de um bilhete, ao qual o sábio respondeu: "Será que entre os meus pares eu não gozo de respeito suficiente para que suportem um barulho situado entre o traque e o flato?".

Conta-se que um surdo rezou atrás do xeique, tendo ao seu lado um tartamudo. Quando o xeique finalizou a prece com os cumprimentos aos anjos, o tartamudo disse ao surdo: "O xeique cochilou!", ao que o surdo concordou: "Sim, peidou!".

Conta-se que um careca tinha uma mulher peluda que lhe disse: "Seria mais adequado que os pelos do meu púbis estivessem na sua cabeça, e a sua careca estivesse na minha vagina".

Consta em dado livro que a liberalidade está nos surdos;[510] a memória, nos cegos; a graça, nos estrábicos; a soberba, nos caolhos; a honradez,[511] nos mudos; a pilhéria,[512] nos grandalhões; a sagacidade, nos aleijados; a higiene, nos coxos;[513] a densidade, nos cegos; e a vileza, nos corcundas.[514]

510 "A liberalidade está nos surdos" traduz *aṭṭirāš fī alkirām*, literalmente, "a surdez está nos generosos" (ou "nobres", ou "liberais"), o que, no presente contexto, não faz sentido, já que se fala de características existentes nos portadores de defeitos físicos, tratando-se antes de erro por alteração de ordem, problema assaz comum em manuscritos.

511 "Honradez" traduz *ẓakā* (corruptela de *ẓakāt*), mas também pode ser possível erro de grafia por *ḏakā*, corruptela de *ḏakā'*, "sagacidade", "esperteza". As grafias são bem semelhantes.

512 Para traduzir "pilhéria" leu-se *maẓḥ* onde o manuscrito registra *harj*, que neste caso seria "excitação" ou mesmo "bufoneria". Como no caso anterior, trata-se de grafias assemelhadas.

513 "Coxos" foi a única alternativa viável para *diyāl*, possível corruptela de *dī'āl*, plural hipotético de um também hipotético *di'al*, do verbo *da'la*, que tem como um dos seus sentidos "andar com dificuldade".

514 Para a tradução de "corcundas", leu-se *ḥidbān* onde está escrito *ḥūlān*, "estrábicos". "Vileza" traduz *ḥaqāra*. No manuscrito se lê claramente *ḥakāra*, palavra que, embora inexistente na linguagem culta, poderia ser identificada como substantivo derivado, por analogia de paradigmas, do verbo *ḥakara*, "maltratar", "usurpar" etc. Preferiu-se, porém, essa leitura, bem mais verossímil, ainda que em árabe a troca do fonema *k* por *q* não seja exatamente usual na escrita. No caso anterior, também a tradução de *kaṯāfa* por "densidade" foi dificultosa, mas simplesmente não se vislumbrou nenhuma outra possibilidade a cogitar.

Conta-se que um cego, um caolho, um paralítico, um eunuco e um aleijado se reuniram numa festa, beberam e se extasiaram, combinando em seguida que cada um entoasse uma canção.[515] Então o cego recitou os seguintes versos:

"Olhei, como que através da garrafa,
para a casa, em meio à forte neblina."

E o caolho recitou estes versos, dizendo:

"Se com Layla eu ficar a sós, deverei,
pés descalços, visitar a casa de Deus."

E o paralítico disse os seguintes versos:

"Meus dedos escreveram para ti
reclamando do meu desconcerto."

O eunuco disse os seguintes versos:

"Não fossem os pecados como perdizes assustadas,
eu os retomaria a todos, um por um."

O aleijado disse os seguintes versos:

"Vamos dançar com minúcia,
sem temer nenhum enjoo."

Conta-se que Abū Šurāba[516] contemplou no espelho a feiura do próprio rosto e disse: "Graças a Deus, que não tornou nenhuma abominação bela para mim, exceto ele".

Certo homem riquíssimo tinha um filho muito feio de rosto, e para ele pediu em casamento a filha de um homem nobre. O filho disse ao pai: "Eu tive notícia

[515] É bem possível que haja sérios erros de cópia nessas poesias.
[516] Trata-se, decerto, de referência a alguma personagem de feiura proverbial na época, mas a quem não foi possível identificar.

de que a noiva é caolha". O pai respondeu: "Quem dera fosse cega para não ver a feiura da sua cara".

Conta-se que um homem de aparência horrorosa contemplou certo dia a própria cara no espelho e disse: "Graças a Deus, que me criou com a mais bela aparência". Um dos seus criados, que estava ali parado e lhe ouvira as palavras, saiu e se encontrou com um homem que lhe perguntou sobre o patrão. O criado respondeu: "Está lá dentro de casa mentindo contra Deus".

A ALEGRIA, SEGUNDO UNS E OUTROS

Perguntou-se a um rei: "O que é a alegria?". Respondeu: "É o afeto do verdadeiro afetuoso e a derrota do invejoso".

Perguntou-se a um poeta: "O que é a alegria?". Respondeu: "Inspiração rápida[517] e cantor eloquente".

Perguntou-se a um lutador: "O que é a alegria?". Respondeu: "Espada cortante e escudo resistente".

Perguntou-se a um árabe: "O que é a alegria?". Respondeu: "Esposa, butim e benesses abundantes".

Perguntou-se a um homem de nobre origem: "O que é a alegria?". Respondeu: "Tomar vinho e conviver com pessoas nobres".

Perguntou-se a um indiano: "O que é a alegria?". Respondeu: "Uma benesse distraída".

Perguntou-se a um juiz: "O que é a alegria?". Respondeu: "A boa aceitação e intelectos que entendam o que digo".

Perguntou-se a um escriba: "O que é a alegria?". Respondeu: "Papéis macios, tinta brilhante e cálamo deslizante".

Perguntou-se a um apaixonado: "O que é a alegria?". Respondeu: "O encontro do amado, reencontro próximo e ausência de vigia".

Perguntou-se a um cantor: "O que é a alegria?". Respondeu: "Público, voz e aparência boas, e alaúde que fala por meio das cordas".

Perguntou-se a um intrujão: "O que é a alegria?". Respondeu: "Jovens de coração puro e sem impaciência".

Perguntou-se a um asceta: "O que é a alegria?". Respondeu: "Segurança contra o medo da hora final".

517 "Inspiração rápida" é a tradução não muito segura de *ʿaṭāʾ mūjaz*.

Perguntou-se a um inteligente: "O que é a alegria?". Respondeu: "Um amigo com quem você possa contar e um amado que você possa socorrer".

Perguntou-se a um alcoviteiro: "O que é a alegria?". Respondeu: "Um amante que me obedeça e uma amásia que nunca me desobedeça".

Então a aurora alcançou Šahrāzād, que interrompeu sua história e seu discurso autorizados. Sua irmã Dunyāzād lhe disse: "Como é prazerosa, boa, agradável e deliciosa a sua história, maninha", e ela respondeu: "Isso não é nada perto do que irei lhes contar na próxima noite, se acaso eu viver e este rei cortês me poupar. Eu lhes contarei algo mais espantoso e insólito, mais prazeroso e extasiante, com mais palavras e ordem melhor".

834ª NOITE

Na noite seguinte, o rei mais velho, Šāhriyār, se recolheu à cama, juntamente com sua esposa Šahrāzād, deleitando-se ambos com libidinagens e amassos; após atingirem o gozo sexual por meio do contato corporal, Dunyāzād saiu de baixo da cama e disse: "Por Deus, irmãzinha, se não estiver dormindo, termine a sua história para a gente". Šahrāzād respondeu: "Com muito gosto e honra".

O DIVERTIDO AŠ^{c}AB E O GOVERNADOR AVARENTO

Eu tive notícia, ó rei venturoso, exitoso e sensato, dono de certeira opinião, forte disposição e louvável ação, de que Aš^{c}ab[518] disse:

Medina passou a ser governada por um homem avarento e mesquinho do clã dos Banū ^{c}Āmir. A toda hora ele mandava me chamar para diverti-lo contando histórias, enviando-me os seus asseclas, fosse noite, fosse dia. Se eu me

[518] Equivocadamente, o manuscrito registra *Alaš^{c}aṯ*, sobrenome de mais de um líder político e militar árabe. No presente caso, contudo, trata-se de Aš^{c}ab Bin Jubayr Almadanī (m. 771), artista (essa é a melhor palavra) da cidade de Medina, na Península Arábica. Era cantor, foi companheiro de várias personalidades importantes e o seu nome aparece amiúde associado, nas obras de *adab*, à narração de histórias, especialmente as cômicas. Ele também ficou associado à ambição, e a locução "mais ambicioso que Aš^{c}ab" se tornou proverbial.

escondesse, ele me azucrinava por meio do chefe de polícia, e se eu estivesse num banquete ele mandava recados ao dono da festa pedindo que me enviasse a ele, e depois exigia que eu lhe contasse histórias e o divertisse, sem pausa nem sono, e apesar disso não me dava de comer nem me pagava nada; dele eu só recebi sofrimentos enormes e fadigas terríveis. Quando chegou a temporada da peregrinação, ele me disse: "Peregrine comigo, Aš^{c}ab!". Respondi: "Estou doente e não tenho condições de peregrinar". Ele disse: "Juro por tudo, e de todas as formas possíveis entre os seres humanos, que, se acaso você não peregrinar comigo, eu o meterei na cadeia até o meu retorno". Então saí em peregrinação com ele. Na primeira parada, simulando estar de jejum, ele dormiu até que eu me ocupasse de outra coisa e comeu de tudo quanto havia sido trazido na viagem, e depois mandou o seu criado guardar dois pães com sal para mim. Fui até ele, crente de que estava em jejum, e fiquei esperando que ele saísse ao entardecer, na suposição de que ele também estava esperando. Após fazer a prece da tarde, perguntei ao seu criado: "Vocês não vão romper o jejum, não vão comer?". Ele respondeu: "O comandante já comeu faz tempo". Perguntei ao criado: "Ué, ele não estava de jejum?". Respondeu: "Não". Eu disse: "Então eu vou romper o meu jejum [sozinho]". O criado disse: "Ele guardou algo para você comer", e me mostrou os dois pães e o sal, que eu comi e depois fui dormir com fome. Assim foi até chegarmos à segunda parada, quando ele disse ao criado: "Compre carne para nós", e, depois que o criado comprou, disse-lhe: "Asse a carne para nós", e o criado assou. Ele comeu e depois disse ao criado: "Corte-a em pedaços pequenos, faça uma sopa com eles e me dê para comer", e o criado assim procedeu, enquanto eu me mantinha sentado olhando, sem que ele me desse nenhum bocado nem me convidasse ou oferecesse algo. Quando a carne acabou, ele disse: "Criado, dê comida para Aš^{c}ab", e o rapaz me atirou os dois pães. Fui até a panela mas não encontrei senão o caldo e os ossos, e então comi o pão com o caldo. Em seguida, o criado lhe trouxe um saco com frutas secas das quais ele apanhou um bocado e comeu, não restando em sua mão senão amêndoas que ele não pôde quebrar porque eram pontiagudas; ao se ver sem nenhuma artimanha para descascá-las, atirou-as na minha direção e disse: "Coma isso, Aš^{c}ab!". Fiz tenção de quebrar uma das amêndoas, mas eis que um pedaço do meu molar se quebrou e caiu diante dele. Saí dali, procurei uma pedra para quebrar alguma amêndoa, e então bati com força. A amêndoa voou Deus sabe para onde, parecendo um disparo de flecha, e pus-me a procurá-la. Enquanto eu o fazia, apareceram algumas pessoas do clã de Muṣ^{c}ab cantando aquelas lindas melodias, e então eu gritei para eles: "Socorro! Socorro! Ajude-me, ó clã de Muṣᶜab". Então eles correram até mim, me alcançaram e perguntaram: "O que você tem?". Respondi: "Levem-me com vocês e salvem-me da morte vermelha!". Então eles me levaram consigo e eu comecei a chacoalhar as mãos tal como faz um bebezinho quando quer ser carregado pelos pais. Eles me perguntaram: "Ai de você! O que há?". Respondi: "Este não é o lugar adequado para contar", e então eles me carregaram no meio das coisas deles e depois me perguntaram: "Conte-nos a sua história", e então eu lhes contei toda ela, após o que me disseram: "Pobre de você! O que o fez cair nas garras do maior avarento deste tempo?". Então jurei que me divorciaria se eu tornasse a pôr os pés em Medina enquanto ele fosse o governador, e assim fiz até a sua destituição.

Então a aurora alcançou Šahrāzād, que interrompeu sua história e seu discurso autorizados. Sua irmã Dunyāzād lhe disse: "Como é prazerosa, boa, agradável e deliciosa a sua história, maninha", e ela respondeu: "Isso não é nada perto do que irei lhes contar na próxima noite, se acaso eu viver e este rei cortês me poupar. Eu lhes contarei algo mais espantoso e insólito, mais prazeroso e extasiante, com mais palavras e ordem melhor".

835ª NOITE

Na noite seguinte, o rei mais velho, Šāhriyār, se recolheu à cama, juntamente com sua esposa Šahrāzād, deleitando-se ambos com libidinagens e amassos; após atingirem o gozo sexual por meio do contato corporal, Dunyāzād saiu de baixo da cama e disse: "Por Deus, irmãzinha, se não estiver dormindo, termine a sua história para a gente". Šahrāzād respondeu: "Com muito gosto e honra".

ANEDOTAS SORTIDAS

Eu tive notícia, ó rei venturoso, exitoso e sensato, dono de certeira opinião, forte disposição e louvável ação, de que alguém contou o seguinte: "Vi um beduíno fazendo o seu primogênito dançar[519] e dizendo-lhe: 'Tenho por você o mesmo amor que um avarento tem pelo dinheiro que ganhou após ter provado o gosto da pobreza'.".

Disse alguém:

Entrei em Kufa e vi um garoto com um pão do qual ele arrancava pedaço por pedaço, balançava-o diante de um buraco na parede, do qual saía fumaça, e depois o comia. Estaquei, espantado com aquilo, e então o pai do garoto flagrou-o e lhe perguntou o que estava fazendo. O garoto respondeu: "Nessa casa está havendo um casamento, e eles cozinharam *sikbāja* azeda, e eu estou temperando o pão com o cheiro". O pai o esbofeteou com força e lhe disse: "Ai de você! Não vá se acostumar a comer pão com tempero".

Conta-se que Abū ᶜAmrū disse:

Um homem me convidou para comer e serviu a mesa. Éramos um grupo. Ofereceram cabrito. Enquanto comíamos, uma rês gritava. Eu disse: "Façam essa que perdeu o filho calar-se!". O dono da casa disse: "Como calá-la se estamos devorando o alento de sua alma?". O homem disse ao escravo: "Traga a comida e feche a porta", e então o escravo assim procedeu. O homem disse: "Agora eu lhe concedo a liberdade, por Deus exalçado e altíssimo, graças ao seu conhecimento de como servir!".[520]

Perguntaram a Muzabbid: "Você almoçou na casa de fulano?". Ele respondeu: "Não, mas passei por sua porta". Perguntaram: "E como foi isso?". Respondeu: "Vi os seus criados carregando os restos de avelã e os atirando ao vento".

Um avarento disse a outro a cuja mesa estava: "Corte esse pão". O outro respondeu: "Deixe-o em paz".

Perguntou-se a um avarento: "À mesa, quais são as melhores mãos?". Respondeu: "As decepadas".

Disse Muzabbid: "Um homem avarento me convidou para comer e eu notei que ele andava em torno da mesa, remexia em tudo, suspirava profundamente e dizia: "E por sua paciência serão recompensados com o paraíso e a seda".[521]

[519] "Fazendo o primogênito dançar" traduz o incompreensível *yaquṣṣu bikratan*. Como esse sintagma não faz o menor sentido, foi necessário decompô-lo para remontá-lo, e, após muito trabalho e ajuda de colegas, chegou-se a essa possibilidade, qual seja, a de que a forma presumivelmente correta é *yurqiṣu bikrahu*, pois os beduínos, e não só eles, têm esse hábito, que se encontra registrado em antigas poesias, de manifestar o seu amor pelo primogênito fazendo-o dançar pelos braços. Outra possibilidade aventada foi *yafuḍḍu bakāratan*, "rompendo uma virgindade", "deflorando", o que não seria tão estranho, não fosse a presença do verbo "ver" no início da formulação.

[520] Há evidentes falhas de cópia nessa anedota e nas duas seguintes. Não foi possível averiguar a identidade de Abū ᶜAmrū.

[521] Alcorão, 76, 12.

[Abū Isḥāq Ibrāhīm Bin Sayyār Annaẓẓām[522] me contou o seguinte:

Certa vez eu pedi a um meu vizinho, que era originário de Ḫurāsān:[523] "Empreste-me sua frigideira, pois estou precisando dela". Ele respondeu: "Nós tínhamos uma, mas foi roubada". Então peguei uma frigideira emprestada de outro vizinho. Ao ouvir os estalidos da carne fritando, e sentir o cheiro da carne com ovos e cebola, o ḫurāsānida veio me dizer com cara de revoltado: "Não existe na terra ninguém mais estranho do que você. Se me tivesse avisado que queria a frigideira para carne ou gordura, eu a teria emprestado rapidamente. Mas eu temia é que você a quisesse para as favas, pois o metal da frigideira se queima se o que se frita nela não contiver gordura. Como eu não a emprestaria para isso, se depois de usada para fritar carne com cebola e ovos a frigideira volta melhor do que quando estava em casa?".][524]

Então a aurora alcançou Šahrāzād, que interrompeu sua história e seu discurso autorizados. Sua irmã Dunyāzād lhe disse: "Como é prazerosa, boa, agradável e deliciosa a sua história, maninha", e ela respondeu: "Isso não é nada perto do que irei lhes contar na próxima noite, se acaso eu viver e este rei cortês me poupar. Eu lhes contarei algo mais espantoso e insólito, mais prazeroso e extasiante, com mais palavras e ordem melhor".

836ª

NOITE

Na noite seguinte, o rei mais velho, Šāhriyār, se recolheu à cama, juntamente com sua esposa Šahrāzād, deleitando-se ambos com libidinagens e amassos; após

[522] Filósofo da doutrina muᶜtazilita, muito afamado em sua época e fundador de uma escola de pensamento. Morreu em 846. Como se verá em nota adiante, a versão dessa história no manuscrito é ininteligível, e por isso preferiu-se traduzi-la da sua fonte indireta, que está na obra-prima *Kitāb Albuḫalā'* [Livro dos avaros], de Abū ᶜUṯmān ᶜAmrū Bin Baḥr Aljāḥiẓ (775-868), renomado autor, no mais lato sentido do termo, das letras árabes.

[523] A avareza do povo de Ḫurāsān era tópica nas antigas anedotas sobre avaros.

[524] Para se ter uma ideia do nível de distorção que essa história apresenta no manuscrito, eis a sua tradução: "Disse Abū Yazīd: Šujāᶜ Abū Isḥāq me disse: 'Uma vez você me disse que preferia a carne sem a fritar na gordura, e supus que fosse porque as frituras se queimam se forem ao fogo junto com a carne'.". Como se vê, o trecho é praticamente ininteligível.

atingirem o gozo sexual por meio do contato corporal, Dunyāzād saiu de baixo da cama e disse: "Por Deus, irmãzinha, se não estiver dormindo, termine a sua história para a gente". Šahrāzād respondeu: "Com muito gosto e honra".

O AVARENTO E A CARNE

Eu tive notícia, ó rei venturoso, exitoso e sensato, dono de certeira opinião, forte disposição e louvável ação, de que certo avarento dizia:[525] "Nunca mais deixei de comer carne[526] desde que comecei a ganhar dinheiro". Isso porque ele comprava toda sexta-feira carne de vaca por um dirham; cebola por um *dāniq*,[527] berinjela por um *dāniq*, carne de cabeça[528] por um *dāniq*, e cenoura, quando era a estação, por um *dāniq*, cozinhando tudo numa panela, como *sikbāja*;[529] naquele dia, junto com os seus familiares, comia pão misturado com um pouco do que havia na borda da panela, e do que dela escorria de cebola, berinjela, cenoura, carne de cabeça e gordura da carne; no sábado, molhavam o pão no caldo e o comiam; no domingo, comiam cebola; na segunda, cenoura; na terça, carne de cabeça; na quarta, berinjela; e na quinta, carne de vaca. Era por isso que ele dizia: "Nunca mais deixei de comer carne desde que comecei a ganhar dinheiro".[530]

É COMER E MORRER

Disse Alaṣmaᶜī:[531]

Certa noite, Maḥfūẓ Annaqāš[532] me acompanhou na saída da mesquita, e quando nos aproximamos da sua casa, que ficava mais perto da mesquita do que

[525] Esta anedota também consta do *Livro dos avaros*, de Aljāḥiẓ. Para as passagens incompreensíveis do texto do manuscrito, optou-se por traduzir o que consta desse livro.

[526] No manuscrito, "nunca mais tive nem comi carne", o que, conforme se verá, não tem cabimento. No *Livro dos avaros*, essa afirmação é atribuída a certo Abū Yaᶜqūb Aḏḏahqān, sobre o qual não existem informações.

[527] Trata-se de décima parte do dirham. Indica valor irrisório.

[528] Refere-se, basicamente, à pele que recobre o crânio dos animais, bem como, eventualmente, os miolos etc. Era comida muito barata.

[529] Sobre o caldo de *sikbāja*, veja nota 503.

[530] No manuscrito, repete-se a afirmação do início da anedota, que aqui foi considerada erro de cópia ou de transmissão, pois não produz sentido, cujo humor está na tentativa do narrador de fazer crer que comia carne todos os dias pelo fato de que os ingredientes consumidos tinham sido cozinhados com ela, o que, implicitamente, só reforça a sua avareza.

[531] Esta história também consta do *Livro dos avaros*, no qual é apresentada em primeira pessoa, isto é, como narrativa de uma experiência do próprio Aljāḥiẓ, e não do seu contemporâneo Alaṣmaᶜī (740-828), renomado compilador de poesias, gramático e estudioso da língua árabe. Os trechos entre colchetes foram acrescentados e traduzidos a partir desse livro.

[532] Não se encontrou nenhuma referência histórica sobre essa personagem.

a minha, ele me pediu que dormisse lá, dizendo: "Aṣmaᶜī, onde você vai passar este resto de noite?" — de fato, era uma noite fria e chuvosa —, "se a minha casa é mais próxima [e agora está escuro, e você, sem fogo?] E eu tenho em casa um leite de ovelha que nunca ninguém viu igual,[533] [e tâmaras de cuja qualidade nem lhe falo,] não sendo isso adequado senão para você!". Então entramos juntos e após uma horinha ele desapareceu, demorou, e retornou munido de uma cumbuca de leite e um prato de tâmaras; quando estendi a mão — eu, que mais do que ninguém lhe conhecia a avareza —, ele me disse: "Ó Aṣmaᶜī, temos uma advertência que consiste no seguinte: esta é uma noite chuvosa, úmida, e isto é leite. Você é um homem já entrado em anos, além de se queixar de hemiplegia, sendo, ademais, rapidamente acometido de sede abrasadora, e tampouco, de ordinário, tem o hábito de jantar. Se você não comer o bastante disso, não terá nem comido nem deixado de comer, além de agredido a sua natureza e humor, interrompendo a alimentação com aquilo que mais aprecia, e que lhe é mais benéfico. E se você comer o bastante, passaremos uma péssima noite de preocupação com a sua saúde, sem que lhe tenhamos providenciado vinho nem mel.[534] Só estou lhe dizendo estas palavras para que amanhã você não fique de nhe-nhe-nhém. Por Deus que você está entre os dois caninos do leão,[535] e, se acaso eu não lhe tivesse trazido a comida após tê-la mencionado, você diria: 'Foi avarento comigo e mudou de opinião', e, se eu a trouxesse mas não o alertasse quanto às consequências nem lhe lembrasse o que poderia causar-lhe, você diria: 'Não se compadeceu de mim nem me aconselhou'. Por isso, nesta noite eu estou me eximindo das duas possibilidades: [se você quiser, uma refeição e uma morte; caso contrário, não coma, tenha um pouco de resignação, e bom sono'.".][536]

Prosseguiu Alaṣmaᶜī:

Em toda a minha vida, nunca ouvi algo[537] igual ao daquela noite. Comi toda aquela comida, e [não] a digeri [senão] com risos, [vitalidade] e alegria, [segundo penso].[538]

[533] "Tenho em casa um leite [...] igual." No manuscrito consta: "eu sofro com as pessoas".

[534] No manuscrito, em vez de "sem que lhe tenhamos providenciado vinho nem mel", consta: "sem que você consiga estabilizar-se nem lavar-se". Faz algum sentido, mas a versão do texto de Aljāḥiẓ é mais coerente.

[535] Formulação equivalente ao popular "se ficar o bicho pega, se correr o bicho come".

[536] Para o trecho "se você quiser [...] bom sono", o que consta do manuscrito é menos contundente: "Se você quiser, coma; caso contrário, não coma, e espere um bom sono".

[537] No *Livro dos avaros*, em lugar de "nunca ouvi algo", consta "nunca ri tanto", o que é mais plausível.

[538] No *Livro dos avaros*, essa fala continua assim: "Se houvesse comigo quem compreendesse o quão divertido era o que ele disse, eu teria rido muito mais, e talvez isso me matasse. Porém, o riso de quem ri sozinho não se compara ao riso compartilhado com os amigos".

O PRESENTE DO AVARENTO EMBRIAGADO

Conta-se[539] que certa noite um avarento se embriagou com um amigo e lhe deu de presente uma túnica. Ao se ver com a túnica, o amigo, temeroso de uma reviravolta de opinião, e sabendo que aquilo não passava de distração provocada pela bebedeira, foi imediatamente para casa e transformou a túnica numa vestimenta para a esposa. Quando amanheceu, o avarento indagou sobre a túnica e lhe disseram: "Você a deu de presente a fulano". Ele então enviou uma mensagem ao amigo: "Você não sabe que presente de bêbado, bem como as suas vendas, compras, esmolas, preces [e divórcio][540] são inaceitáveis? Ademais, desgosta-me não ser louvado, e que as pessoas me dirijam censuras por eu ter presenteado em estado de embriaguez. Devolva a túnica para que eu a dê a você em estado de sobriedade, de boa vontade, pois me desgosta desperdiçar o meu dinheiro de maneira ilegítima". Porém, ao ver que o amigo insistia em ficar com a túnica, foi até ele e lhe disse: "[Homem,] as pessoas têm por hábito troçar e pilheriar, sem que por isso sejam levadas a mal. Vamos, devolva a túnica, que Deus lhe dê saúde!". O amigo respondeu: "Deus também lhe dê saúde! [Como era exatamente isso que eu temia], antes mesmo de descansar eu mandei costurar a túnica para a minha mulher, encompridando-lhe as mangas, [tirando-lhe os enfeites da fachada] e tornando-a uma vestimenta feminina. Se, depois disso tudo, você ainda quiser levá-la, então leve". O avarento respondeu: "Sim, levarei, pois se a questão é de fato como você diz, a roupa servirá para a minha mulher tal como serve para a sua". O amigo respondeu: "[Está com o tintureiro,] e só voltará pela manhã". O avarento disse: "Vá buscá-la, então". O amigo respondeu: "Mas não fui eu que a entreguei, e sim a minha mulher!". Ao perceber que já havia sido enredado, o avarento disse: "Ai, meu pai e minha mãe! Foi veraz o enviado de Deus, sobre ele sejam suas bênçãos e paz, ao dizer: 'O mal todo foi reunido e trancafiado numa só casa cuja chave é a embriaguez'.". Depois disso, o avarento se penitenciou da embriaguez.[541]

539 Essa narrativa também consta do *Livro dos avaros*, no qual o protagonista é Zubayda Bin Ḥumayd, que viveu entre os séculos VIII-IX, riquíssimo banqueiro da cidade de Basra, cuja fortuna na época era estimada em cem mil dinares; tinha vários empregados e também traficava escravos. Os trechos entre colchetes foram traduzidos desse livro para maior inteligibilidade da narrativa.

540 No *Livro dos avaros*, consta *ṭalāq*, "divórcio", em lugar de *ṣalāt*, "prece". Na dúvida, a tradução manteve as duas.

541 A última frase não consta do *Livro dos avaros*.

O AVARENTO E O SEU FILHO

Conta-se que um homem gostava[542] da cabeça dos animais, [que ele elogiava e descrevia], e não comia carne senão na "Festa do Sacrifício", ou das sobras desse dia, [ou quando] convidado para algum casamento, festa [ou banquete]. E à cabeça ele dava o nome de ["festa", graças às boas variedades que continha], ora chamando-a de "reunidora", ora de "perfeita". Ele dizia: "A cabeça, [embora uma só, tem variedades] admiráveis e sabor diversificado. Cozida em panela ou assada [é sempre muito boa]; ela contém o cérebro, cujo sabor é único, e os olhos, cujo sabor é muito bom, [e o lóbulo da orelha, e a parte posterior dos olhos, cujo sabor é singular.] Contudo, esse lóbulo tem melhor sabor que o dos miolos, mais macio que a nata e mais substancioso que a manteiga derretida. Na cabeça fica a língua, [de sabor único, e o focinho, e a cartilagem do focinho, de sabor único. E a carne das faces, de sabor único". E assim prosseguia até dividir todas as partes que compunham a cabeça.] Também dizia: "A cabeça é o senhor do corpo; ela contém o cérebro, [que é a origem do] intelecto, e nele se inicia o nervo que contém o senso, o qual por sua vez é a sede do que mantém a integridade do corpo. [O coração é a porta do intelecto, tal como a alma é que faz a cognição; o olho é a porta das cores, mas é a alma que ouve e sente o paladar.] O nariz e as orelhas também são portas. Não estivera ele na cabeça, o intelecto não desapareceria quando ela é golpeada. Na cabeça estão os cinco sentidos".[543] E quando terminava de comer as carnes da cabeça, pegava o crânio e as mandíbulas, colocando-os na proximidade de algum formigueiro até ficarem cheios desses insetos, quando então ele os recolhia e esvaziava numa bacia com água, repetindo várias vezes a operação até acabar com as formigas; em seguida, utilizava o crânio e as mandíbulas como lenha para queimar sob as panelas.[544] Ele tinha um filho que se sentava à mesa com ele e lhe dizia: "Papai, muito cuidado, evite a gula dos garotos e não mastigue como os beduínos. Coma do que está perto, pois é isso que lhe coube. Se acaso você vir no meio da comida algo atraente, algum

[542] Mais uma anedota que consta do *Livro dos avaros*, na qual o protagonista avarento é um certo Abū ᶜAbdirraḥmān Aṯṯawrī, somente citado nesta obra, da qual se depreende ter sido um homem abastado de Basra, mercador e latifundiário. De novo, o procedimento foi adotar a versão do livro quando a do manuscrito fosse ilegível ou ininteligível. No já citado *Livro dos avaros*, homônimo, de Alḫaṭīb Albaġdādī (m. 1071), existe uma anedota ligeiramente similar e bem mais curta, cujo protagonista é um poeta muito célebre, Marwān Bin Abī Ḥafṣa (720-797).

[543] Nesse ponto, consta no livro um trecho omitido no manuscrito, no qual o protagonista recita uma poesia e tece analogias linguísticas entre a cabeça e as metáforas sobre ela usadas – "o cabeça do grupo" etc.

[544] A partir desse ponto, o manuscrito difere muito do livro, mas, como o seu texto é coerente e inteligível, a tradução se ateve ao que consta do manuscrito.

petisco saboroso, algum bocadinho agradável, isso pertencerá a algum ancião venerado ou rapaz dengoso, e você não é nenhum dos dois. Ademais, papai, você sempre é convidado a festas e banquetes, frequenta a casa dos seus companheiros, e provou carne faz não muito tempo. Seus companheiros estão mais esfomeados do que você. Como é só uma cabeça, você deve diminuir o tanto que come. E já se disse: ['O que aniquila o homem são os dois vermelhos, a carne e o vinho. E o que aniquila a mulher são os dois vermelhos, o ouro e o açafrão'.]". Eram estes os conselhos do filho ao pai quando comiam uma cabeça.[545]

ÁGUA FRESCA PARA A MÃE DO AVARENTO

E conta-se[546] que a mãe desse avarento enviou-lhe, munida de um jarro vazio, uma criada que entrou e disse: "Sua mãe o cumprimenta e lhe diz: 'Eu soube que você tem [um recipiente que mantém a][547] água fresca, e como está calor envie para mim, nessa jarra, água para beber'.". Ele respondeu à criada: "Mentirosa! Minha mãe é muito inteligente para me enviar uma jarra vazia querendo que volte cheia. Volte, encha essa jarra com a água de vocês, esvazie-a no meu recipiente e só então poderá enchê-la com a minha água fresca, a fim de que se faça uma troca equânime".[548]

TAL PAI, QUAL FILHO

Conta-se[549] que certo avarento, quando lhe caía nas garras um dirham, conversava e discutia com ele, dizendo: "Quantas terras você atravessou, quantas algibeiras abandonou, [quantos distraídos enganou, quantos delicados distraiu! Comigo você não se desnudará nem será queimado pelo sol!] Meu

[545] No livro, a conversa entre pai e filho é muito mais longa, ocupando várias páginas, e, na verdade, o pai é o único a falar, impondo ao filho toda a sua avareza. O manuscrito opta por dar a palavra ao filho, a fim de constituí-lo como mais avarento que o pai.

[546] Esta anedota consta, igualmente, do *Livro dos avaros*, onde a narrativa é atribuída a um tal Almakkī, "o mequense", e o protagonista é um tal Al^{c}anbarī, "o de ^{c}Anbar" (distrito do Iraque), dos quais se sabe, tão somente, terem sido conhecidos do autor.

[547] O que está entre colchetes traduz, do livro, a palavra *muzammila*, que o copista do manuscrito não soube ler. Era um recipiente especial, usado no Iraque, que conservava a água fresca durante os dias de verão, quando a temperatura passa dos quarenta graus.

[548] No livro, após concluir a história, o narrador Almakkī explica o seguinte: "Assim, ele quis que a mãe pagasse essência por essência, e propriedade por propriedade, a fim de que ela nada lucrasse, com exceção da diferença entre as duas propriedades, que são o frescor e o calor; mas, quanto à quantidade de essências e propriedades, elas eram iguais".

[549] No *Livro dos avaros*, sua fonte, essa história se abre com "ouvimos há muito tempo". "Dirham", como se sabe, é uma moeda de prata.

compromisso é nunca tirá-lo daqui". Em seguida, enfiava-o na algibeira e dizia: "Resida, com a permissão de Deus altíssimo, neste seu lugar, sem ser humilhado nem desprezado, [nem se aborreça". E qualquer dirham que ali entrasse nunca mais saía.] Quando seus parentes tentavam forçá-lo a gastar alguma coisa, ele os repelia o quanto pudesse. Certa vez, ele sacou um dirham da algibeira e se dirigiu ao mercado, mas no caminho encontrou um encantador que fazia uma serpente andar por seu corpo para receber, por isso, um dirham. O avarento pensou: "Por Deus que não vou mais gastar este meu dirham. [Desperdiçar algo pelo qual se arrisca a vida? Só por causa de comida e bebida?!] Eis aí um alerta de Deus exalçado e altíssimo! Enquanto esse encantador expõe a vida ao aniquilamento para receber um dirham, eu saio com o meu dirham para agredi-lo e atraiçoá-lo?". Então ele recolheu o dirham, voltou para casa e o deixou consigo até morrer, ser enterrado e o seu filho se apossar do dinheiro [e da casa]. Os familiares então disseram: "Agora estamos livres dele e da sua avareza". Mas um dia o filho perguntou: "Com que o meu pai temperava o pão? Pois me parece que a maior corrupção está no tempero!". Responderam-lhe: "Ele temperava o pão com um queijo que tinha". O filho disse: "Mostrem-me o queijo", e então mostraram, e eis que nele havia uma incisão semelhante a um córrego. O filho perguntou: "O que é esse buraco?". Responderam-lhe: "Ele não cortava o queijo, mas sim passava o pão sobre ele, e assim se formou esse buraco, como você está vendo". O filho disse: "Se eu soubesse que ele fazia isso não teria nem sequer rezado por ele!". Os parentes disseram: "Gostaríamos de saber como você vai agir em relação ao queijo". Ele respondeu: "Vou pendurá-lo e, de longe, apontarei o pão para ele. E mesmo isso não me agrada!".[550]

AS FASES DO HOMEM, SEGUNDO A MULHER

Conta-se que uma mulher perguntou a outra: "O que me diz do homem de vinte?". Ela respondeu: "Bonito e cheiroso, um requinte". Perguntou: "E o homem de trinta?". Respondeu: "Arremete com força e tem pinta". Perguntou: "E o homem de quarenta?". Respondeu: "Pai de família, não senta". Perguntou: "E o

[550] No *Livro dos avaros*, a última frase faz parte do comentário do narrador a essa história: "E não me agrada esta última frase, pois se trata de um exagero sem finalidade. Nós estamos contando o que as pessoas faziam, e o que talvez exista hoje nelas, como argumento, ou como método. Embora esse gênero de história não seja o que contamos, todas as histórias desse homem pertencem a ele". O comentário parece não fazer sentido, já que não se dá o nome do narrador dessa história, nem o do protagonista.

homem de cinquenta?". Respondeu: "Só de vez em quando é que tenta". Perguntou: "E o homem de sessenta?". Respondeu: "É flácida a sua ferramenta". Perguntou: "E o homem de setenta?". Respondeu: "Tosse e geme que se arrebenta". Perguntou: "E o homem de oitenta?". Respondeu: "Peidorreiro que nem se aguenta". Perguntou: "E o homem de noventa?". Respondeu: "É matá-lo com faca sedenta". Perguntou: "E o homem de cem?". Respondeu: "A tumba é o que o contém, e nem forçada nem por gosto ele me tem".[551]

Então a aurora alcançou Šahrāzād, que interrompeu sua história e seu discurso autorizados. Sua irmã Dunyāzād lhe disse: "Como é prazerosa, boa, agradável e deliciosa a sua história, maninha", e ela respondeu: "Isso não é nada perto do que irei lhes contar na próxima noite, se acaso eu viver e este rei cortês me poupar. Eu lhes contarei algo mais espantoso e insólito, mais prazeroso e extasiante, com mais palavras e ordem melhor".[552]

893ª

NOITE

Na noite seguinte, o rei mais velho, Šāhriyār, se recolheu à cama, juntamente com sua esposa Šahrāzād, deleitando-se ambos com libidinagens e amassos; após atingirem o gozo sexual por meio do contato corporal, Dunyāzād saiu de baixo da cama e disse: "Por Deus, irmãzinha, se não estiver dormindo, termine a sua história para

[551] Na supracitada compilação de Alābī (nota 480), em meio a anedotas fortemente obscenas sobre o tamanho das genitálias, consta um trecho quase igual, com a diferença de que o diálogo só chega aos oitenta anos, cuja resposta é: "Você vai se dar mal se não se calar"; também ocorre inversão das respostas entre os trinta e os quarenta anos, e, no de cinquenta, a resposta é: "serve para o casamento". Como o humor do original deriva, basicamente, das rimas da prosa (*sajᶜ*), aqui elas foram adotadas, com o máximo esforço para minimizar perdas do sentido. Observe-se, apenas, que na primeira descrição, quanto ao homem de vinte anos, a resposta é: "Murta e rosa silvestre" (*rīḥān wa nisrīn*, rimando com *ᶜišrīn*, "vinte"), o que em português não consiste exatamente numa descrição "máscula", motivo pelo qual se adaptou o sentido, opção essa reforçada pelo que consta em Alābī, *rīḥān tašummīn*, "é murta o que você vai cheirar". No geral, contudo, a literalidade foi bem respeitada.

[552] Nesse ponto, o manuscrito introduz a "História do rei Šād Baḫt", já traduzida no vol. 3 desta coleção, 885ª-929ª noites, pp. 236-352, sob o título de "O rei Šāh Baḫt e o seu vizir Rahwān". No manuscrito, essa história ocupa as noites 837-892, as quais serão, portanto, puladas.

a gente". Šahrāzād respondeu: "Com muito gosto e honra".[553] O rei mais velho, Šāhriyār, disse a ela: "Šahrāzād, conte-me histórias a respeito das coisas estranhas e insólitas do tempo". Ela respondeu: "Ó rei, tenho comigo uma história espantosa sobre a astúcia e a perversidade das mulheres, a qual consiste numa lição para quem reflete e num pensamento para quem raciocina. Eu temo por mim mesma, porém, que o rei, ao ouvi-la, diminua o meu valor. Espero que isso não ocorra, de modo algum; é uma história espantosa e insólita, e as mulheres é que são as corruptoras: elas são a costela torta. E disse o profeta, sobre ele sejam as bênçãos e a paz de Deus: 'As mulheres foram criadas de uma costela torta e, se você tentar endireitá-las, irá quebrá-las; quebrá-las é divorciar-se delas'. Ele também disse: 'As mulheres são tortas, mas deleitem-se com elas apesar disso'.".[554] Disse-lhe a sua irmã Dunyāzād: "Maninha, conte-nos uma história sobre a astúcia das mulheres, suas malandragens e artimanhas, sem temer que o rei se altere em relação a você, pois, assim como as pedras preciosas são de variada classe, também entre as mulheres existe a perversa e existe a boa, e quando uma pedra preciosa de alto valor cai nas mãos do conhecedor, ele a compra para si e deixa as outras de lado. Algumas mulheres são superiores às outras, tal como se dá com os homens, e seu paradigma é o do oleiro que acende o forno após enchê-lo com todo tipo de argila, e quando termina e ele a retira, não tem como evitar que alguma coisa se quebre, e das peças boas uma parte será necessária e útil às pessoas, mas outras retornarão à condição de argila. Portanto, não considere tão graves assim as histórias que você tem sobre a astúcia feminina, pois elas contêm advertências para todo mundo". Então Šahrāzād disse:

O SULTÃO MAMELUCO BAYBARS E OS SEUS CAPITÃES[555]

Conta-se, ó rei, que havia na província do Egito um rei poderoso que fizera imensas conquistas, e cujo nome era Almalik Aẓẓāhir Ruknuddīn Baybars

[553] Nesse ponto, a fala padrão é retomada: "Eu tive notícia, ó rei venturoso, exitoso e sensato, dono de certeira opinião, forte disposição e louvável ação...", o que não tem lógica, pois, ato contínuo, se introduz uma fala do rei Šāhriyār, cuja história não está sendo, por assim dizer, narrada por Šahrāzād – ao menos por ora. De qualquer maneira, que fique registrado o (aparente) equívoco. Veja o Anexo 3 deste volume, pp. 548-554.

[554] Não se encontrou registro disso entre as falas atribuídas a Muḥammad. Na edição de Breslau, a fala misógina é bem mais enfática e longa.

[555] Essa história consta igualmente do 11º primeiro volume da edição de Breslau, na qual ocupa as 930ª a 940ª noites. Embora elas visivelmente provenham de fontes distintas, tamanha a diferença entre as duas versões, o texto da versão de Breslau foi utilizado sem hesitações para completar falhas de concatenação ou erros do manuscrito. As diferenças mais significativas entre as duas versões serão apontadas nas notas ou, quando necessário, introduzidas no texto da tradução, entre colchetes.

Albunduqdārī,[556] cuja origem era estrangeira.[557] Esse rei adorava as histórias do povo, gostava de presenciá-las com os seus próprios olhos e ouvir os relatos a respeito. Certo dia, quando em seu sarau se conversava sobre os diferentes procederes de homens e mulheres, um homem que ali se encontrava, membro da classe dos sábios, escritores e artistas, disse: "Ó rei, há entre as mulheres algumas que são mais corajosas que os homens, e muitíssimo mais hábeis; entre elas, existem as que lutam com espada e as que fazem artimanhas contra os governantes, causando-lhes toda sorte de prejuízos e arrependimentos". Disse Baybars: "Gostaria de ouvir alguma notícia de alguém que as tenha experimentado e delas tenha sofrido prejuízos e problemas". Então um dos presentes ao sarau lhe disse: "Se for assim, você deve mandar chamar o delegado de polícia da cidade, que lhe poderá dar o que deseja e procura". Naquela época, o delegado se chamava [ᶜAlamuddīn] Sandjar Almurūrī, a quem o sultão Baybars, ao vê-lo diante de si, revelou o que pretendia, e que aquilo era imperioso. O delegado respondeu: "Realizarei o desejo do rei com capricho", e em seguida voltou para casa, convocou os seus capitães e oficiais e disse: "Pretendo casar o meu filho e dar um banquete. Gostaria que todos vocês se reunissem num mesmo local e que cada um contasse o que ouviu e presenciou a respeito das coisas espantosas dos antigos e dos contemporâneos, de tal modo que eu veja e ouça cada narrador narrando as suas experiências e cada contador contando os seus sofrimentos". Os capitães responderam: "Sim, ó comandante. Todos nós vimos e ouvimos coisas espantosas e estranhas, e as presenciamos com os nossos próprios olhos!". Em seguida, o delegado pôs-se a preparar o banquete, não deixando de lado nenhum detalhe. Informou ao sultão o dia no qual ocorreria a reunião e ele deveria vir para ouvir. O sultão lhe disse: "Excelente o que você fez!", e lhe deu uma boa quantidade de ouro e prata, pensando: "Para ajudá-lo a realizar o banquete". No dia marcado,

556 Considerado o mais célebre dos sultões mamelucos, governou o Egito de 1260 a 1277, após ter assassinado o predecessor, Sayfuddīn Quṭuz, oficial de origem turca que comandara a vitória sobre os mongóis na célebre batalha de ᶜAyn Jālūt, em 1260. Sua popularidade parece ter sido grande, tanto que a partir do século XIV, sob o seu nome, passou a circular uma espécie de novela de cavalaria que foi sendo ampliada geração após geração. No manuscrito, o nome está errado: *Ruknuddīn Baybars Ibn Almalik Šāh Djamak*. O texto o trata, sistematicamente, como *Almalik Aẓẓāhir*, sua alcunha ("o rei que aparece"), mas a tradução, para simplificar, preferiu "o sultão Baybars". *Sayfuddīn* significa "espada da fé", e *Ruknuddīn*, "esteio da fé". Mais adiante, *ᶜAlamuddīn* significa "bandeira da fé".

557 "Origem estrangeira" traduz *bilād alᶜajam*, que pode também significar "Pérsia", mas não era o caso, pois Baybars, que em persa e turco significa "pantera", tinha origem circassiana. Na novela em seu nome, atribui-se-lhe origem árabe.

o delegado levou os oficiais e capitães para uma casa ampla, sem mais ninguém, na qual havia um salão cujas janelas davam para o quintal, e no qual ele e o sultão se acomodaram, sozinhos e às escondidas, sem que mais ninguém soubesse. Mandou que a comida e a bebida fossem servidas no quintal, próximo ao salão, numa riqueza que a língua é incapaz de descrever. Quando as taças circularam, os convivas relaxaram e a bebida fez folia em suas cabeças, começaram a conversar sobre tudo quanto lhes sucedera, e cada um contou as estranhezas e os assombros que conhecia.

Então a aurora alcançou Šahrāzād, que interrompeu sua história e seu discurso autorizados. Sua irmã Dunyāzād lhe disse: "Como é prazerosa, boa, agradável e deliciosa a sua história, maninha", e ela respondeu: "Isso não é nada perto do que irei lhes contar na próxima noite; será algo mais espantoso e insólito, mais prazeroso e extasiante, com mais palavras e ordem melhor".

894ª NOITE

Na noite seguinte, o rei mais velho, Šāhriyār, se recolheu à cama, juntamente com sua esposa Šahrāzād, deleitando-se ambos com libidinagens e amassos; após atingirem o gozo sexual por meio do contato corporal, Dunyāzād saiu de baixo da cama e disse: "Por Deus, irmãzinha, se não estiver dormindo, termine a sua história para a gente". Šahrāzād respondeu: "Com muito gosto e honra".

Eu tive notícia, ó rei venturoso, exitoso e sensato, dono de certeira opinião, forte disposição e louvável ação, de que o primeiro a falar foi o capitão Muᶜīnuddīn,[558] que disse: "Com licença, eu vou lhes relatar um caso mais espantoso dentre todos os espantos, que aumentou [o meu conhecimento das] artimanhas

[558] Nome próprio que significa "auxiliar da fé". Por erro de cópia, no manuscrito consta *muṣṭaffīn*, "enfileirados", o que produziria um sintagma sem sentido, "capitão dos enfileirados". Preferiu-se transcrever o nome tal como consta da edição de Breslau, que acrescenta sobre esse capitão: "cujo coração era muito ocupado pelo amor às mulheres".

[femininas], e cuja essência é o êxtase". Os demais capitães lhe disseram: "Conte-nos, você que é o nosso maioral, e dentre nós detém a primazia. Faça-nos ouvir o que de mais espantoso você viu". Ele disse:

O PRIMEIRO CAPITÃO E A MULHER AMBÍGUA

Deus sabe mais sobre o que já é ausência, e é mais sábio. Quando me coloquei a serviço deste delegado, homem de altos desígnios, eu gozava de enorme prestígio, respeito e proteção. Todos que viviam no Egito me veneravam e temiam, e quando eu cavalgava e atravessava a cidade todo mundo apontava para mim com o dedo e os olhos. Ocorreu certo dia, enquanto eu estava sentado na sede da delegacia, as costas apoiadas à parede, que súbito alguma coisa me caiu no colo; peguei-a, e eis que era uma trouxa selada; abrindo-a, verifiquei que continha cem dirhams. Olhei para ver quem a jogara, mas, não encontrando ninguém, fiquei muito espantado com aquilo. No dia seguinte, enquanto eu dormia, eis que uma trouxa me caiu sobre o peito, me acordando; peguei a trouxa mas não consegui ver quem a jogara. No terceiro dia, por artimanha eu fingi estar dormindo e, enquanto uma mão depositava no meu colo uma trouxa, agarrei-a, e eis que era uma mulher bela e formosa, que encantava quem a olhasse, produzida no molde da perfeição e da beleza, cuja formosura não tinha igual, parecendo o crescente, sobrancelhas em arco, disparando setas, e olhos que imitavam os das gazelas. Perguntei: "Minha senhora, quem é você?". Ela respondeu: "Vamos sair daqui para que eu lhe revele quem sou. Não tema nem se preocupe, pois eu pretendo deixá-lo a par tanto do meu interior como do meu exterior". Saí com ela e paramos à porta de uma casa [alta], onde eu lhe perguntei: "Quem é você, que me fez esta grande mercê, logo de saída e sem me conhecer? O que a levou a isso?". Ela respondeu: "Por Deus, capitão, que não fui derrubada senão pela paixão, que marca a data da minha desgraça. Sou uma mulher apaixonada pela filha do juiz Amīnulḥukm.[559] Foi Deus que me impôs essa paixão. Eu a vi certa vez no banho público, conversamos, brincamos as duas a sós, e então entre nós aconteceu o que tinha de acontecer; o afeto por ela me invadiu o coração e fizemos juras mútuas de amor e amizade. Agora, porém, o pai dela passou a impedi-la de frequentar o banho. Tanto o meu coração como o dela estão em

[559] O nome da personagem funciona como reforço da função de juiz, uma vez que significa "o de honesto veredicto".

brasas um pelo outro, mas fomos separadas". Espantado com tais palavras, eu lhe perguntei: "E o que você pretende fazer?". Ela respondeu: "Capitão Mu^{c}īn, eu quero que você me ajude nesta minha desgraça". Perguntei: "O que eu tenho que ver com a filha do juiz Amīnulḥukm?". Ela respondeu: "Sei bem que você não tem nada que ver com ela. Eu vou preparar uma artimanha para alcançar o meu propósito, mas ela não se completará senão por seu intermédio!". Eu disse: "Faça o que lhe parecer melhor que eu a ajudarei nesta sua desgraça". Ela disse:

Esta noite eu vou alugar joias, vestir roupas caras e me sentar diante da mansão pertencente ao juiz Amīnulḥukm, pai da menina. Quando for a hora da ronda, os guardas, com você no meio, me verão. Estarei com tantas joias luxuosas que ninguém jamais terá visto iguais, e muitos perfumes. Você deverá avançar e me perguntar como estou, ao que eu responderei que sou do Castelo, e que só desci à cidade para resolver um assunto, mas a noite me apanhou desprevenida e os portões de Zuwayla se fecharam, e "não conheço ninguém que me dê acolhida e em cuja casa eu possa dormir. Vi a porta desta bela e agradável mansão, sentei-me na frente dela e já percebi que aqui mora gente graúda. Me acomodei aqui e disse para mim mesma: 'Durmo aqui na frente até o amanhecer e então vou para a minha casa, que é no Castelo'.". Quando eu disser tais palavras, o chefe da patrulha, encarregado pelo grão-delegado ^{c}Alamuddīn Sandjar, imperiosamente lhe dirá: "Capitão, leve-a para dormir na casa de quem possa protegê-la, ou então envie-a para a casa de alguém da sua escolha, até o amanhecer". Tão logo ele lhe disser isso, diga-lhe da sua parte: "Esta é a mansão do juiz Amīnulḥukm. Vamos deixá-la com ele até o dia raiar. É melhor que ela fique na casa do juiz". Bata você mesmo na porta, me coloque lá dentro e eu já terei atingido o que pretendo com a jovem e satisfeito a minha necessidade.

[*Prosseguiu o capitão*:] Ouvindo tais palavras, pensei comigo: "Isso é algo que não me prejudicará e nem me acarretará nenhum mal", e disse a ela: "Faça como melhor lhe parecer. Sou seu e estou com você". Fechado o trato, ela me deixou, e quando anoiteceu demos início à ronda, passando pela entrada da mansão após a meia-noite. Sentimos o cheiro de perfumes bem fortes e eu disse: "Parece que estou vendo a sombra de alguém". O chefe da ronda disse: "Olhem e verifiquem de quem se trata". Entrei, saí e lhe disse: "Uma bela mulher com joias e vestes magníficas. Ela mencionou ser do Castelo, e que a noite a pegou desprevenida, o Portão de Zuwayla[560] foi trancado e não conhece ninguém em cuja casa possa dormir; viu esta mansão agradável e, percebendo que pertence a algum homem de muita importância, ficou por aqui". O chefe da ronda disse: "Conduza-a para a sua casa". Respondi: "Deus me livre! Minha casa não tem segurança para uma mulher dessas, com tantas joias caríssimas. Ela não ficará a salvo senão na casa do juiz ante cuja porta está sentada. Ela fica até o amanhecer, quando já teremos terminado a ronda". O chefe da ronda disse: "Faça o que lhe parecer melhor". Então bati na porta do juiz e veio atender um criado, a quem eu disse: "Hospede essa mulher aí com vocês. Estamos deixando-a em confiança até o dia raiar. O chefe da ronda a encontrou vestida com essas roupas e usando essas joias, sentada ao lado da sua casa, e teve medo que lhe sucedesse algo de ruim cujas consequências podem resultar, da parte do sultão, em prejuízos para nós e para vocês. É mais lícito que ela passe a noite com vocês até o dia raiar". Então o criado a conduziu para dentro da casa, e nós prosseguimos o nosso trabalho. Quando amanheceu, a primeira pessoa a aparecer diante das portas da delegacia foi Amīnulḥukm, juiz do conselho do sultão, trazendo consigo testemunhas isentas. Gritava pedindo o socorro de Deus e do delegado, e dizia: "Vocês enfiaram dentro da minha casa uma ladra! Ela abriu os meus cofres e roubou os depósitos deixados sob os meus cuidados![561] São seis sacos de ouro! Estou indo informar ao nosso amo o sultão Baybars que vocês agem mancomunados com ladrões, vestem-nos com roupas femininas e os introduzem na casa da gente!".

Então a aurora alcançou Šahrāzād, que interrompeu sua história e seu discurso autorizados. Sua irmã Dunyāzād lhe disse: "Como é prazerosa, boa, agradável e deliciosa a sua história, maninha", e ela respondeu: "Isso não é nada perto do que irei lhes contar na próxima noite, se acaso eu viver e este rei cortês me poupar. Eu lhes contarei algo mais espantoso e insólito, mais prazeroso e extasiante, com mais palavras e ordem melhor".

[560] Tanto o "Castelo", *Qalʿa*, como o "Portão de Zuwayla", *Bāb Zuwayla*, são ainda hoje localidades do Cairo. O "Castelo" – denominação comum em várias cidades árabes – era onde se concentravam os mamelucos.

[561] Era hábito que as pessoas, especialmente em caso de viagem, deixassem seus bens ou parte deles em depósito com o juiz.

895ª

NOITE

Na noite seguinte, o rei mais velho, Šāhriyār, se recolheu à cama, juntamente com sua esposa Šahrāzād, deleitando-se ambos com libidinagens e amassos; após atingirem o gozo sexual por meio do contato corporal, Dunyāzād saiu de baixo da cama e disse: “Por Deus, irmãzinha, se não estiver dormindo, termine a sua história para a gente”. Šahrāzād respondeu: “Com muito gosto e honra”.

Eu tive notícia, ó rei venturoso, exitoso e sensato, dono de certeira opinião, forte disposição e louvável ação, de que [o capitão disse:]

O juiz Amīnulḥukm disse ao delegado: “Vocês vestem os homens com roupas de mulher e os introduzem na casa da gente para roubar!”. Irritado e temeroso com as palavras do juiz, o delegado chamou os capitães e chefes da guarda, indagou a respeito, e todos jogaram a coisa para cima de mim, afirmando nada saberem a respeito da mulher, e “o motivo da entrada dela na casa do juiz não foi senão o capitão Muᶜīn”. Então o juiz me advertiu e me insultou enquanto eu me mantinha cabisbaixo, primeiro, por temor a ele, e, segundo, pensando em como eu fora redondamente ludibriado pela tal mulher, e como ela pudera me fazer sofrer essa catástrofe. O delegado me perguntou: “O que você tem, que não fala nada?”. Respondi: “Meu amo, existe há tempos o costume que impõe, em casos como este, um prazo de três dias para o investigador da polícia, após os quais, se o delinquente não for encontrado, o próprio investigador deve repor o dinheiro e os bens roubados. Eu sairei investigando e quem sabe Deus não me faz encontrar o delinquente, se assim o quiser Deus altíssimo. Indague, portanto, o juiz Amīnulḥukm a respeito”. O delegado o indagou, o juiz me deu o prazo de três dias e assim ficou decidida a questão. Pus-me a vagar pela cidade e por todos os seus lugarejos, o mundo escurecido em minha face. Vaguei o primeiro e o segundo dias me recriminando e pensando: “Estou atrás de uma mulher que nem conheço!”. No terceiro dia, vaguei até a tarde, quando passei pela entrada de uma mansão na qual havia uma portinhola aberta, e nela uma mulher que ao me ver bateu palmas; ergui a cabeça em direção à portinhola, ela me fez sinal para subir e eu subi, espantado com aquilo. A mulher me perguntou: “Não me reconhece?”. Respondi: “Não, por Deus”. Ela disse: “Foi a mim que você introduziu na casa do juiz!”. Eu disse: “Moça, estou procurando por você!”, e continuei: “Minha irmã, por que você fez essas coisas comigo? Me deixou às portas da morte!". Ela respondeu: "Você? O capitão dos homens e dos corajosos, por todos tão falado? Ficou com medo deste caso?". Respondi: "Como não temer? Meu adversário quer me aniquilar!". Ela disse: "Não vai acontecer senão o bem. Você sairá vitorioso". Em seguida, ela pegou uma das muitas caixas que havia na casa, retirou delas seis sacos e me disse: "Estes são os sacos que roubei da casa do juiz. Se quiser, pode levar tudo, ou, então, pode ser outra coisa. Eu tenho tanto dinheiro que nem o fogo e a lenha conseguem consumir. Meu propósito, capitão, não era senão me casar com você. Se eu quisesse esse dinheiro, não teria deixado você conhecer a minha casa"; em seguida, abriu as caixas, delas retirando tanto dinheiro, joias, tecidos e pedras preciosas que me deixou aturdido, e disse: "Isso tudo será seu se você se casar comigo. Tudo ficará sob seu controle". Respondi: "Sou seu escravo e estou ao seu dispor. Faça tudo quanto desejar". Ela disse: "Nada tema nem fique com o peito opresso. Eu não sairia da casa do juiz sem ter providenciado algo para salvar você". Perguntei: "Como?". Ela respondeu: "Amanhã cedo, na hora em que o juiz Amīnulḥukm chegar à delegacia gritando por socorro, espere que ele termine de falar tudo o que quiser, e quando ele se calar não responda nada. Quando o delegado lhe perguntar: 'Por que você não lhe responde?', diga: 'Chefe, existe algo que não bate nessa história,[562] e o homem não tem outro socorro que não o de Deus altíssimo'. Quando o juiz lhe perguntar: 'Qual o sentido dessas palavras?', responda-lhe: 'Juiz, não existisse algo que não bate nessa história, a jovem por mim depositada em sua casa — pertencente ao sultão Baybars e portando objetos no valor de mil dinares —, não teria desaparecido sem deixar vestígios nem depois você teria aparecido nos exigindo seis mil dinares de ouro. A jovem foi atacada por alguém dentro da sua casa, e esse atacante também roubou o dinheiro do senhor. Se você vasculhar a sua casa talvez encontre a verdade'. O juiz ficará então mais irritado, sairá para vasculhar a casa e lhe ordenará que entre lá e vasculhe por si mesmo, mas você dirá: 'Não farei isso sozinho, pois somos adversários. Se quiser que eu vasculhe, só irei com você e com o delegado'. Então ele irá jurar para que vocês o acompanhem, e quando estiverem na casa dele comece a vasculhar pelo sótão, depois os depósitos, depois os quartos e enfim todos os lugares e pontos; depois de não encontrar nada, faça-se de submisso e humilhado, e assim que a questão começar a ficar tensa — quanto tempo resta, qual a decisão a tomar —,

[562] "Existe algo que não bate nessa história" traduz o coloquialismo *alkalimatayn mā hya sawā*, "são duas palavras que não se equivalem".

pare diante da porta, olhe bem para a tina d'água, que fica num ponto escuro, vá até lá e arraste-a do lugar: você encontrará um pedaço de tecido manchado de sangue, e então gritará pelo delegado. Continue vasculhando e encontrará o meu véu, bem como as minhas sandálias e roupas. Ali mesmo cumpra o seu papel, pois a razão terá se voltado contra o juiz". Suas palavras me agradaram, e eu já fazia menção de me retirar quando ela me disse: "Leve estes seis sacos do juiz". Perguntei: "Você não me disse que iríamos nos casar?". Ela respondeu: "Sim". Eu disse: "Deixe os sacos aqui com você para que nos sejam úteis depois". Ela disse: "Então leve consigo estes mil dinares a título de dote e ajuda para a noite de núpcias". Peguei o dinheiro e me retirei dali, feliz e contente com o casamento. Fui até a minha casa, dormi até o amanhecer e me dirigi à casa do delegado. O juiz chegou fazendo enorme alarido e foi logo perguntando: "Localizaram o meu inimigo? Caso contrário, quero o meu dinheiro!". Não lhe dei resposta, o que aumentou muito a sua irritação. Como eu continuasse calado, a sua gritaria subiu e ele disse ao delegado: "Esse cachorro está fazendo pouco-caso de mim!". Nesse momento o delegado me disse: "Por que não responde ao nosso amo, o juiz das terras egípcias? Ai de você, fale!". Respondi: "Chefe delegado, preserve-o Deus altíssimo, que é o meu único defensor. Existe alguma coisa que não bate nessa história. Se alguém esquecer o juiz Amīnulḥukm e convier comigo, a verdade aparecerá". Já muito encolerizado, o juiz disse: "Seu safado, e porventura você tem alguma verdade para demonstrar?". Respondi: "Caro amo e juiz, como então eu deixo em confiança junto ao senhor uma mulher — por displicência minha e do meu chefe — encontrada por acaso às suas portas, com joias, pedras preciosas e vestimentas luxuosas no valor de mil dinares, e daí ela desaparece tal como o hoje desaparece no ontem? E depois disso o senhor vem me exigir seis mil dinares? Isso não é senão uma terrível injustiça. É bem possível que você e ela tenham sido vítimas do mesmo agressor. Se você vasculhar a sua casa, talvez a encontre e seja guiado para a verdade". Mais encolerizado ainda, aos berros o juiz jurou triplamente pelo divórcio[563] e pela fé que lhe impunham todas as escolas jurídicas dos

[563] Entre os muçulmanos, a declaração de divórcio somente era válida se pronunciada três vezes. E o processo era utilizado numa espécie de jura, em que a pessoa dizia, se algo que ela estava querendo não fosse feito, que iria separar-se. Também se emprega quase desprovido da sua semântica originária, como se verá logo adiante, quando o capitão, que não era casado, faz a mesma declaração. Hoje não é incomum que se diga, sobretudo em regiões interioranas, *ʿalayya aṭṭalāq*, "eu me separo", como uma espécie de "faço questão" com maior ênfase.

muçulmanos:[564] "Pois venha você vasculhar a minha casa!". Respondi: "Por Deus — e que eu me divorcie! Não irei senão acompanhado do meu chefe, o delegado". Então nos dirigimos à casa do juiz, entramos, subimos e vasculhamos no sótão, rodamos pela casa toda, e nada. O juiz se irritou e o delegado, encolerizado, me encarou e disse: "Seu cachorro! Você nos desmoralizou perante o juiz". Já fazíamos menção de sair da casa quando eu olhei para um cômodo escuro e disse: "Vasculhem ali!". O juiz disse: "É o cômodo onde fica a tina d'água". Eu disse a eles: "Arrastem a tina do lugar", e eles assim procederam. Vi um pedaço de véu branco cuja ponta saía do chão, e disse aos policiais: "Verifiquem o que é isso!". Responderam: "Um trapo". Eu disse: "Escavem!"; eles assim procederam e eis que surgiu um véu, uma calçola e uma sandália, tudo cheio de sangue. Soltei um grito e caí desmaiado. Vendo as coisas nessa situação, o delegado disse: "O capitão está absolvido", e em seguida se puseram a me agradar e a espargir um pouco de água sobre mim. O juiz se cagou nas roupas. Quando despertei e me levantei, vi o juiz balançando a cabeça e lhe perguntei: "Você compreendeu que o intruso atacou a moça dentro da sua casa, e que ela estava sendo seguida? [Compreendeu que este caso não é simples, e que os parentes dessa mulher não a esquecerão?". Nesse momento o coração do juiz disparou], o seu rosto se amarelou e ele parou de falar, entregando ao delegado uma boa quantia em dinheiro, bem como aos demais policiais, para apagar a efervescência que provocara. Também a mim ele deu uma boa quantia em dinheiro. Quando saímos da sua casa, ele estava que mal podia acreditar que se safara. Esperei três dias, ao cabo dos quais fui ao banho público, tomei uma bebida, mudei as roupas e saí a passear pelas ruas do Cairo, pensando: "Ela não vai me trair, pois foi sua a iniciativa de se exibir na portinhola, deixando evidente para mim a sua afeição, e eu nem conhecia o lugar onde ela morava". Estava claro para mim que a proposta de casamento era sincera.

Então a aurora alcançou Šahrāzād, que interrompeu sua história e seu discurso autorizados. Sua irmã Dunyāzād lhe disse: "Como é prazerosa, boa, agradável e deliciosa a sua história, maninha", e ela respondeu: "Isso não é nada perto do que irei lhes contar na próxima noite, se acaso eu viver e este rei cortês me poupar. Eu lhes contarei algo mais espantoso e insólito, mais prazeroso e extasiante, com mais palavras e ordem melhor".

[564] Que são, basicamente, quatro, a saber, *ḥanbalyya*, *šāfiᶜiyya*, *mālikiyya* e *ḥanīfiyya*.

896ª NOITE

Na noite seguinte, o rei mais velho, Šāhriyār, se recolheu à cama, juntamente com sua esposa Šahrāzād, deleitando-se ambos com libidinagens e amassos; após atingirem o gozo sexual por meio do contato corporal, Dunyāzād saiu de baixo da cama e disse: "Por Deus, irmãzinha, se não estiver dormindo, termine a sua história para a gente". Šahrāzād respondeu: "Com muito gosto e honra".

Eu tive notícia, ó rei venturoso, exitoso e sensato, dono de certeira opinião, forte disposição e louvável ação, de que o capitão [Muᶜīnuddīn] disse:

[Caminhando pelas ruas do Cairo, eu dizia:] "Ela não me trairá, pois foi sua a demonstração de afeto. Ela se comprometeu a casar comigo!". Em seguida, fui até a casa de cujo interior ela me chamara, subi e encontrei a porta trancada [e já bem suja de terra]. Indaguei sobre ela e me responderam: "Capitão, essa casa estava vazia há anos. Porém, há uns três dias veio bem cedinho uma mulher com jumentos carregando tecidos e ficou até bem entrada a noite. No dia seguinte, ela tornou a carregar os jumentos e partiu. Já há muitos anos que ninguém além dela mora aqui". Então eu voltei perplexo com a artimanha daquela mulher, a agudeza de sua maquinação, e percebi que com aquilo ela não desejara senão me livrar do juiz. Até hoje não sei onde ela mora. Isto foi o que de mais espantoso me sucedeu nas minhas rondas.

[*Prosseguiu Šahrāzād*:] Os presentes ficaram espantados com tal ocorrência, bem como o sultão Baybars e o delegado responsável daquela época. Então um segundo capitão se levantou e disse:

O SEGUNDO CAPITÃO E A MULHER ARDILOSA

Eu lhes contarei algo mais espantoso, melhor e mais curioso, a respeito dessas coisas que vi com os meus próprios olhos. Saibam que eu era o principal capitão do comandante Kamaluddīn Aqaš, delegado da região leste,[565] de cujo coração eu era tão próximo que ele nada escondia de mim, [conquanto tivesse grande

[565] Na edição de Breslau, "das regiões leste e oeste", o que parece equivocado. E ali o nome do delegado é *Jamāluddīn Aṭwaš*. Não há como conferir a exatidão, uma vez que se trata de personagens ficcionais. *Kamaluddīn* significa "perfeição da fé" e *Jamālludīn*, "beleza da fé".

autocontrole]. Sucedeu então que certo dia lhe disseram que a filha de fulano — figurão da região leste, onde ninguém possuía mais dinheiro do que ele — estava apaixonada por um judeu, a quem convidava para ficar a sós com ela, em sua casa, com dia marcado, a fim de dormirem juntos. Tantas vezes essa denúncia se repetiu diante do delegado que ele decidiu investigar o assunto, convocando o inspetor dos quarteirões para indagá-lo a respeito. O inspetor respondeu: "Quanto ao jovem judeu, eu o vejo em algumas noites entrando numa casa, mas não consegui certificar-me de qual é ela". O delegado disse: "Atenção com o judeu, e quando ele entrar na casa venha correndo e me avise". O inspetor respondeu: "Ouço e obedeço" e, saindo da presença do delegado, ficou atento até que certa noite o judeu entrou na casa da filha do figurão. O inspetor foi até a residência do delegado e disse: "O judeu chegou e já entrou na casa tal". O delegado imediatamente se levantou e correu para lá, não levando consigo ninguém senão a mim. Ele me disse: "Esse é um gordo filé!". Chegamos ao local e esperamos à porta até que ela foi aberta por uma criada que saía para comprar algo. Avançamos porta adentro e nos vimos numa bela casa, um aposento feminino[566] dotado de duas salas, uma de frente para a outra, armários, piscina alimentada por uma fonte, mármore na vertical e na horizontal, entradas para cômodos contíguos, mosquiteiros montados, colchões, assentos, cadeiras, almofadas enfeitadas com ouro e prata — enfim, coisas que deixavam perplexos o pensamento e a visão —, mais vasos de flores e velas acesas. O judeu e a mulher estavam no ponto mais elevado do lugar, sobre uma cama, e entre eles havia taças e copos. Assim que os olhos da jovem caíram sobre o delegado, ela [o reconheceu,] se levantou, abriu-lhe espaço, beijou-lhe as mãos e os pés e disse: "Seja muito bem-vindo, delegado dos delegados, adorno dos virtuosos. Por Deus que você fez um magnífico benefício a esta sua escrava não revelando o meu segredo a ninguém. Que Deus altíssimo me dê forças para recompensá-lo, meu amo e mestre". Em seguida, ela o acomodou e lhe ofereceu opulenta comida, da qual o delegado beliscou um pouco. Depois disso, a jovem arrancou as joias, roupas e adornos que usava, pegou quatro sacos de ouro e embrulhou tudo, tecidos e joias, numa grande toalha de seda; avançou, beijou a mão do delegado e lhe disse: "Meu senhor, isto é o que lhe cabe da minha parte". Depois, voltou-se para o judeu e lhe disse: "Agora vá você e traga algo igual para o delegado!". Então o judeu se ergueu ligeiro,

566 "Aposento feminino" traduz *qāʿa nisāʾiyya*, sintagma obscuro.

mal acreditando que se safara, e saiu da casa. Assim que se certificou de que o judeu já estava a salvo fora da casa, a mulher avançou para os tecidos e sacos de ouro, recolheu-os e retirou-os dali. Como ela tinha muitos escravos, escravas e criados distribuídos por todos os pontos da casa, gritou por eles, que rapidamente acorreram aos bandos de onde estavam; eram muitos, e quando se agruparam a mulher se voltou para o delegado e lhe disse: "Generosidade não se paga senão com generosidade. Você veio até mim sozinho e não me denunciou; portanto, pode se retirar na paz de Deus altíssimo e do seu profeta. Caso contrário, darei um berro tão alto que fará acorrer para todos os moradores deste quarteirão, aos quais eu direi que esquecemos a porta de casa aberta, sem trancar, e você nos atacou no meio da noite exigindo de mim o que não é do seu direito. Ninguém vai desacreditar das minhas palavras". Cheio de medo, o delegado se levantou, saiu e não falou nada a respeito, por medo da desonra. Foi isso que lhe sucedeu.

Então a aurora alcançou Šahrāzād, que interrompeu sua história e seu discurso autorizados. Sua irmã Dunyāzād lhe disse: "Como é prazerosa, boa, agradável e deliciosa a sua história, maninha", e ela respondeu: "Isso não é nada perto do que irei lhes contar na próxima noite, se acaso eu viver e este rei cortês me poupar. Eu lhes contarei algo mais espantoso e insólito, mais prazeroso e extasiante, com mais palavras e ordem melhor".

897ª NOITE

Na noite seguinte, o rei mais velho, Šāhriyār, se recolheu à cama, juntamente com sua esposa Šahrāzād, deleitando-se ambos com libidinagens e amassos; após atingirem o gozo sexual por meio do contato corporal, Dunyāzād saiu de baixo da cama e disse: "Por Deus, irmãzinha, se não estiver dormindo, termine a sua história para a gente". Šahrāzād respondeu: "Com muito gosto e honra".

Eu tive notícia, ó rei venturoso, exitoso e sensato, dono de certeira opinião, forte disposição e louvável ação, de que o [segundo] capitão contou esta história, ouvida pelo delegado e pelos demais presentes, bem como pelo sultão Baybars, que balançou a cabeça de êxtase e disse: "Vejam só como ela salvou o judeu, sem que o delegado conseguisse um único dirham, com a sua boa artimanha e astúcia. Por Deus que nunca ninguém fez algo como isso". Todos ficaram sumamente espantados e estremeceram de êxtase. Então outro capitão, o terceiro, disse-lhes: "Ouçam o que me sucedeu, que é mais espantoso, insólito, prazeroso e extasiante". E continuou:

O TERCEIRO CAPITÃO E A PUNGUISTA

Certo dia, enquanto eu caminhava na ronda com os meus colegas, eis que passamos por um grupo de mulheres, no meio das quais eu olhei para uma, a mais bela de se ver, saltitante como uma gazela, e me detive, atrasando o passo em relação aos demais. Ao notar o que eu fizera, ela também atrasou o passo em relação às outras mulheres, dando tempo para que eu chegasse até ela e lhe falasse. Ela respondeu: "Ao vê-lo deter-se, meu senhor, imaginei que você me conhecesse. Se for isso mesmo, faça-me conhecê-lo melhor". Respondi: "Por Deus que eu não a conhecia antes, mas Deus lançou o amor por você dentro do meu coração. Estou aturdido com a beleza dos seus traços, e com a graça e formosura que Deus altíssimo lhe deu, e com esses olhos suaves e perfeitos que disparam flechas. Isso tudo trouxe o amor naturalmente, sem dificuldades". Ante as minhas palavras, ela sorriu e disse: "Por Deus, o que me ocorre é o mesmo que lhe ocorre [e talvez até mais, pois me parece que o conheço desde o nascimento]. Quiçá isso se torne verdade". Perguntei: "Será que o ser humano pode obter nos mercados tudo quanto necessita?". Ela perguntou: "Você dispõe de algum lugar?". Respondi: "Por Deus que não! Eu nem sequer moro nesta cidade". Ela disse: "Por Deus que eu tampouco disponho de um lugar. Mas vou dar um jeito". Em seguida, caminhou na minha frente, e eu atrás dela, até chegar a um edifício no qual subiu, comigo atrás. Parou na porta de um dos andares e disse: "Ó zeladora,[567] você tem um quarto vazio?". A zeladora respondeu: "Tenho!". [A jovem disse: "Então me dê a chave"] e, pegando-a, subimos para examinar o quarto, no qual entramos. Depois a jovem saiu, entregou um dirham à zeladora e lhe disse: "Isto é um prêmio pela chave, pois o quarto nos agradou. E eis aqui um segundo dirham como compensação pelo seu esforço: [vá nos trazer uma tina d'água para nos reconfortarmos, expulsarmos o calor e nos

[567] "Zeladora" traduz *rabᶜiyya*, que segundo Dozy é uma espécie de zeladora desses edifícios. É o que consta da edição de Breslau. No manuscrito, certamente por erro de cópia devido à semelhança das grafias, consta o nome próprio *Rabīᶜa*.

refrescarmos]". Muito contente, a zeladora nos[568] enviou um tapete, um almofadão, uma esteira de couro, cuias, um jarro d'água, uma chaleira e um mosquiteiro. A jovem lhe disse: "Ficaremos aqui até o calor baixar; descansaremos e depois tomaremos o nosso rumo". A zeladora respondeu: "Muito bem-vindos". Ficamos ali até o entardecer, quando então a jovem disse: "É imperioso que eu me lave antes de ir embora". Respondi: "Por que não pega a água e vai se lavar?", e tirei do bolso a quantia de vinte dirhams a fim de dá-los a ela. A jovem disse: "Deus me livre!" e, tirando da algibeira um punhado de prata, continuou: "Por Deus que, não fora o destino e o amor por você que Deus altíssimo me lançou no coração, nada disso teria acontecido". Eu disse: "Mas tome esse dinheiro para compensar o que você deu para a zeladora". Ela respondeu: "Meu senhor, a partir de agora nossa convivência será longa. Veja lá se alguém como eu pensa em dinheiro ou favores". Em seguida, ela se levantou, lavou-se usando a jarra d'água e ao terminar foi rezar e pedir perdão a Deus altíssimo pelo que fizera. Eu lhe havia perguntado o nome, que ela me dissera ser Rīḥāna,[569] descrevendo em seguida o local onde morava. Ao vê-la banhar-se e rezar, envergonhei-me do fato de uma mulher fazer isso e eu, mesmo sendo homem, não, e por isso lhe disse: "Seria bom que você pedisse mais uma jarra de água para eu me banhar", e então ela gritou pela zeladora, dizendo-lhe quando ela veio: "Traga-nos mais uma jarra", e a mulher assim procedeu. Peguei a jarra, entrei no banheiro e me banhei. Ao me desnudar, eu havia entregado todas as minhas coisas para a jovem, e tão logo terminei o banho chamei-a: "Rīḥāna, minha senhora", mas ninguém respondeu. Saí do banheiro e não a encontrei; procurei as minhas coisas e constatei que ela levara tudo, juntamente com o dinheiro da minha algibeira, cuja quantia era de quatrocentos dirhams. Ela também levara o meu turbante, o meu lenço, enfim, não encontrei nada com que cobrir as pudendas! Achando que a morte seria mais suportável do que aquela situação, pus-me a procurar por algo com que me cobrir, mas nada encontrei. Bati com força na porta, e então veio a zeladora, a quem perguntei: "A mulher que estava aqui, que fim a levou?".[570] A zeladora respondeu: "Ela acabou de descer [afirmando que ia cobrir as crianças com os tecidos], e disse: 'Deixei-o dormindo. Quando ele acordar, diga-lhe que não saia do lugar até que os tecidos voltem'.". Eu disse: "Minha irmã, guardar segredo é coisa de gente decente. Por Deus que aquela mulher não é minha

[568] No original, "lhes", óbvio resquício de narrativa em terceira pessoa.
[569] Palavra que significa "murta", planta aromática muito apreciada no Oriente Médio.
[570] No original, literalmente, "o que o destino fez dela?".

esposa, e que antes deste dia eu jamais a tinha visto na vida. Na verdade, o que me aconteceu foi o seguinte...", e contei para a zeladora toda a história, do começo ao fim, [pedindo-lhe que me protegesse e lhe explicando que eu estava desnudo.] Ela riu de mim e chamou pelas mulheres do prédio uma por uma: "Ó Fāṭima! Ó Ḫadīja! Ó ᶜĀ'iša! [Ó Ḥirrīfa! Ó Saniyya!] Ó fulana! Ó beltrana!", e logo todas as mulheres e criadas do prédio, grandes e pequenas, estavam reunidas ao meu redor, rindo-se de mim e dizendo: "Eis aí a sua punição, pobre coitado! O que é que fez você cair assim nessa desgraça de paixão?". Uma me encarava longamente e ria, outra dizia: "Por Deus que era a sua obrigação ter percebido a mentira quando ela disse que o amava e estava apaixonada! Afinal, o que é que você tem para deixar alguém apaixonado?", e uma terceira dizia: "Eis um senhor sem juízo!". E puseram-se todas a me imitar com trejeitos. Nunca fui tão humilhado em toda a minha vida. Não obstante, uma das mulheres se apiedou de mim e me jogou uns panos gastos e trapolentos com os quais cobri a bunda e o saco.[571] Deixei-me ficar ali por uns instantes, mas logo pensei: "Já, já virão contra você os maridos dessas mulheres e aí o escândalo será pior"; então saí correndo pela porta do prédio. Contudo, era decreto de Deus que os moleques do quarteirão estivessem ali embaixo reunidos e passassem a me perseguir, gritando: "Louco! Louco!". Continuei correndo, com os moleques atrás de mim, até chegar ao bairro onde moro. Parei diante da porta de casa, bati e ela foi aberta. Quando entrei, a minha mulher olhou para mim e, vendo-me nu, a cabeça descoberta, soltou um grito, foi até a mãe dela e disse: "Ele enlouqueceu!". Ao me ver, a minha sogra começou a gritar junto com a minha mulher, e então eu disse a ambas: "Ladrões me emboscaram, roubaram a minha roupa e quase me mataram!". Não tive coragem de contar sobre a mulher, por medo de que acontecesse o pior entre nós. Ambas me felicitaram e louvaram a Deus por eu estar inteiro, e então vesti uma das minhas outras roupas.[572]

Então a aurora alcançou Šahrāzād, que interrompeu sua história e seu discurso autorizados. Sua irmã Dunyāzād lhe disse: "Como é prazerosa, boa, agradável e deliciosa a sua história, maninha", e ela respondeu: "Isso não é nada perto do que irei lhes contar na próxima noite, se acaso eu viver e este rei cortês me poupar. Eu lhes contarei algo mais espantoso e insólito, mais prazeroso e extasiante, com mais palavras e ordem melhor".

[571] Na edição de Breslau, "cobri as minhas pudendas e nada mais".

[572] Na edição de Breslau, a mulher e a sogra não o reconhecem por causa da sua aparência.

898ª

NOITE

Na noite seguinte, o rei mais velho, Šāhriyār, se recolheu à cama, juntamente com sua esposa Šahrāzād, deleitando-se ambos com libidinagens e amassos; após atingirem o gozo sexual por meio do contato corporal, Dunyāzād saiu de baixo da cama e disse: "Por Deus, irmãzinha, se não estiver dormindo, termine a sua história para a gente". Šahrāzād respondeu: "Com muito gosto e honra".

Eu tive notícia, ó rei venturoso, exitoso e sensato, dono de certeira opinião, forte disposição e louvável ação, de que o terceiro capitão disse:

Vesti então uma das minhas outras roupas, não a roubada pela jovem. Veja só, minha gente, essa artimanha realizada contra mim, eu que sempre me considerei tão esperto e malandro.

[*Prosseguiu Šahrāzād*:] Todos ficaram espantados com a sua boa história e com o que lhe ocorreu. Então outro capitão, o quarto,[573] disse:

O QUARTO CAPITÃO E A LADRA

O que fez você se enredar por essa jovem foi a beleza dela e o desejo inerente a todo ser humano. Mas o espanto que sucedeu a mim e aos meus parentes é ainda mais espantoso. O fato é que certa noite de verão nós estávamos dormindo sobre o telhado[574] quando uma ladra invadiu a nossa casa, entre o entardecer e o anoitecer. O quarto no qual se encontravam os nossos pertences estava aberto, e então ela ajuntou tudo numa trouxa, apertou bem o nó e se preparou para dar o fora. Mas a tal mulher estava grávida e, por desejo de Deus altíssimo, aquela era a sua noite: o parto foi ali mesmo, com a permissão de Deus altíssimo, e ela deu à luz no escuro; depois, tateando, encontrou um lampião, a sua mecha, e o acendeu; vasculhou a casa e pegou tudo quanto continha. Enquanto ela zanzava pela casa e a revolvia de ponta a ponta, o bebê começou a chorar e nós ouvimos. Espantados com aquilo, nos levantamos e, ao observarmos pela claraboia, vimos a mulher com o lampião já aceso e ouvimos o bebê chorando. A mulher ouviu a nossa conversa, ergueu a cabeça em nossa direção e disse: "Não

[573] Na edição de Breslau, essa história também é narrada pelo terceiro capitão.
[574] Hábito de verão ainda hoje comum no interior do mundo árabe.

se envergonham? Por acaso nós agimos assim com vocês? Ficamos espiando as suas intimidades durante o dia? Por acaso não sabem que o dia pertence a vocês e a noite pertence a nós? Retirem-se em paz! Por Deus que, não fossem vocês nossos vizinhos há anos e anos, embora ainda não nos conheçam, já lhes teríamos derrubado a casa!". Temerosos e aterrorizados com tais palavras, não duvidamos que ela fosse uma gênia.[575] Tiramos a cabeça dali e pela noite toda não pudemos mais espioná-la. Esperamos o dia seguinte, e quando amanheceu verificamos que ela roubara tudo quanto havia na casa e fora embora! Constatamos que se tratava de uma ladra, e que agira com astúcia e artimanha, mas já não adiantava nada o arrependimento de não termos descido imediatamente e a agarrado.

[*Prosseguiu Šahrāzād*:] Quando os presentes ouviram essa história, espantaram-se com tais ações e se extasiaram. Disse então outro capitão, o quinto, inspetor do estábulo:[576] "Eu lhes contarei o sucedido comigo, que foi mais espantoso e extasiante do que essas histórias". Os presentes perguntaram: "Como assim?". Ele respondeu:

O QUINTO CAPITÃO E A MULHER DELATADA

Estava eu na porta da delegacia quando um homem entrou e disse: "Capitão, a esposa de fulano, o juiz, está com um grupo de desembargadores[577] da cidade bebendo vinho no lugar tal". Ao ouvir aquelas palavras, temeroso de escândalos, expulsei o homem e lhe quebrei toda esperança que porventura nutrisse relativamente àquela denúncia. Levantei-me e, caminhando sozinho, fui até o lugar indicado e fiquei sentado à porta. Quando ela se abriu, arremeti e entrei, encontrando o grupo tal como me descrevera o denunciante, com a mulher no meio deles. Cumprimentei-os, eles retribuíram, dignificaram-se, acomodaram-me e me ofereceram comida. Comi e os informei sobre quem os denunciara, "mas eu o expulsei e vim até vocês sozinho a fim de que qualquer problema porventura resultante caia em minhas mãos, e não nas de algum dos demais capitães, que

575 "Gênia" é o que consta da edição de Breslau. No manuscrito, por alguma confusão, está "humana", flagrante equívoco.

576 No manuscrito e na edição de Breslau, *nā'ib almasṭaba*, o que nada significa. Deve ser equívoco, devido à semelhança de grafias, com *nāẓir alisṭabl*, "inspetor de estábulo", cargo oficial no período mameluco, cujo responsável cuidava das montarias dos estábulos do sultão. Não era função desimportante.

577 "Desembargadores" – palavra ora utilizada em acepção etimológica – traduz *ʿudūl*, "testemunhas probas", palavra que, neste contexto, parece indicar funcionários privilegiados do sistema de justiça, a quem caberia a última palavra a respeito da legitimidade dos testemunhos nos processos.

poderia informar o juiz, o que os deixaria numa situação delicada". Então eles me agradeceram, elogiando-me com todo o bem, e ato contínuo sacaram para mim, ali entre si, dois mil dirhams, que eu embolsei e me retirei. Passados dois meses dessa ocorrência, veio até mim um enviado do juiz com um papel escrito por ele, no qual eu era convocado à justiça. Fui com o enviado e entrei na sala do juiz. O meu litigante exigia de mim dois mil dirhams, alegando que eu os tomara emprestados à esposa do juiz, conforme afirmava o advogado dela.[578] Como eu negasse aquilo, o advogado puxou um papel com o testemunho de quatro dos homens que estavam na reunião. Percebi então que se tratava de uma cilada e paguei o valor. Depois disso, encontrei-me com aqueles desembargadores e lembrei-lhes a minha mercê e generosidade. Eles responderam: "Não fosse a sua generosidade, teríamos testemunhado contra você um valor de dois mil dinares.[579] Também testemunharíamos que você é apóstata e o queimaríamos no fogo". Vi que estavam falando a verdade e sendo sinceros, e jurei que nunca mais me envolveria com nenhum dos desembargadores do tribunal.

SEGUNDA HISTÓRIA DO QUINTO CAPITÃO: A AMANTE DO DESEMBARGADOR

[*Prosseguiu o quinto capitão*:]

Entre outras ocorrências, temos a de um desembargador-mor chamado Amīnuddīn,[580] que servia junto ao juiz do exército do Cairo, chefiando[581] outros três desembargadores. Certo dia, ante a denúncia de que esse homem estava em casa com uma mulher, reuniu-se à porta do seu sobrado muita gente do vulgo, além do delegado com o seu séquito. Ao ver tal aglomeração diante da sua casa, o desembargador-mor perguntou: "O que têm vocês para estarem assim apinhados?".

Então a aurora alcançou Šahrāzād, que interrompeu sua história e seu discurso autorizados. Sua irmã Dunyāzād lhe disse: "Como é prazerosa, boa, agradável e

578 "Alegando [...] dela." O trecho foi traduzido mediante leitura combinada do manuscrito e da edição de Breslau. "Advogado" traduz *wakīl*, cujo sentido normalmente corresponde a "procurador", mas neste caso é o procurador junto ao tribunal; logo, "advogado" é a melhor tradução.

579 Malgrado tenha sofrido variações ao longo da história, o valor do dinar, normalmente de ouro, era muito maior que o do dirham, cujo valor era estabelecido pelo governo. Hoje, nos países árabes cuja moeda é o dinar, a divisão é o dirham, numa relação semelhante à do real com o centavo.

580 *Amīnuddīn* significa "fiel da fé", ou seja, aquele que é fiel em sua fé.

581 Embora nem o manuscrito nem a edição de Breslau explicitem a condição de subordinados desses três, a distinção é necessária à lógica da narrativa, conforme se verá adiante. Para diferenciá-los, empregou-se "desembargador-mor" e "desembargador/es".

deliciosa a sua história, maninha", e ela respondeu: "Isso não é nada perto do que irei lhes contar na próxima noite, se acaso eu viver e este rei cortês me poupar. Eu lhes contarei algo mais espantoso e insólito, mais prazeroso e extasiante, com mais palavras e ordem melhor".

899ª NOITE

Na noite seguinte, o rei mais velho, Šāhriyār, se recolheu à cama, juntamente com sua esposa Šahrāzād, deleitando-se ambos com libidinagens e amassos; após atingirem o gozo sexual por meio do contato corporal, Dunyāzād saiu de baixo da cama e disse: "Por Deus, irmãzinha, se não estiver dormindo, termine a sua história para a gente". Šahrāzād respondeu: "Com muito gosto e honra".

Eu tive notícia, ó rei venturoso, exitoso e sensato, dono de certeira opinião, forte disposição e louvável ação, de que [o quinto capitão disse:]

O desembargador-mor apareceu e perguntou: "O que têm vocês para estarem assim apinhados?". Responderam: "Fale com o delegado!". Então ele desceu, abriu a porta e o delegado lhe disse: "Traga para fora a mulher que está aí com você". Ele respondeu: "Por que trazê-la para fora se ela é minha esposa?". O delegado perguntou: "Ela é sua esposa com contrato ou sem contrato?". O desembargador-mor respondeu: "Com contrato". O delegado perguntou: "E onde está o contrato?". O desembargador-mor respondeu: "Na casa da mãe dela". O delegado disse: "Mostre-o". O desembargador disse: "Então saiam da frente para que ela possa ir buscar o contrato". Mas ele já tinha feito o seguinte: tão logo ouvira o alarido das pessoas à sua porta e se certificara do assunto, pegara um pedaço de papel e o tinteiro, sempre à disposição em sua casa, e escrevera o contrato no nome da mulher, do pai dela, do seu próprio e do seu pai, estipulando em seguida um determinado valor para o dote; antes que a mulher descesse, ensinou-a como agir, bem como o caminho da casa dos três desembargadores seus colegas, instruindo-a ademais a falar de acordo com o que ele tinha planejado. E foi assim, então, que a mulher desceu, enviando-se com ela o criado do delegado, que a acompanhou até a casa da mãe. Assim que entrou, porém, a mulher trancou a porta na cara do criado e lhe disse: "Não vou mais descer! Avise o seu patrão que ele próprio vá trazer os desembargadores e venha receber o meu contrato". O criado — um eunuco — foi-se embora e informou o patrão que a mulher se rebelara. Mas a mulher, mal o criado se retirou, desceu e foi até a casa dos desembargadores colegas do seu amante e os informou o que ele dissera, mostrando-lhes o papel no qual ele redigira o contrato de casamento, e eles compreenderam tudo. Quando o criado voltara e informara o seu patrão delegado que a mulher havia se rebelado, a notícia foi levada ao desembargador-mor, que disse ao delegado: "Ela está justificada! Contudo, delegado, envie o criado para convocar o desembargador fulano" — que era um dos seus colegas. O delegado mandou convocá-lo, ele se apresentou e o desembargador-mor lhe disse: "Vá até a minha esposa fulana, aquela com quem vocês me casaram, e traga aqui o contrato de casamento", e lhe fez um sinal [que queria dizer: "Finja que está indo e me proteja, pois a mulher é estranha e estou com medo do delegado à minha porta! Peço a Deus altíssimo que proteja a mim e a você dos problemas do mundo, amém".][582] O colega perguntou: "Sim, não é fulana, com quem você se casou no lugar tal?". Ele respondeu: "Sim!". Então o desembargador saiu, trouxe o contrato — que eles tinham assinado imediatamente quando ela fora informá-los — e o mostrou. Ao ver o contrato, o delegado ficou inteiramente desanimado. O desembargador-mor, que sofrera a batida, disse ao seu colega desembargador: "Vá até o nosso patrão e amo, o juiz dos juízes, e deixe-o a par disso. Conte-lhe tudo o que aconteceu comigo". Com o desembargador já pronto para ir até o juiz, o delegado, muitíssimo temeroso daquilo tudo, desfez-se em rogos ao desembargador-mor e tanto lhe beijou as mãos que ele o perdoou. O delegado se retirou cheio de medo e pavor. Quanto ao desembargador cúmplice,[583] ele acabou se casando com a mulher.

[*Prosseguiu Šahrāzād*:] Todos ficaram sumamente espantados com aquele caso.

Então a aurora alcançou Šahrāzād, que interrompeu sua história e seu discurso autorizados. Sua irmã Dunyāzād lhe disse: "Como é prazerosa, boa, agradável e deliciosa a sua história, maninha", e ela respondeu: "Isso não é nada perto do que irei lhes contar na próxima noite, se acaso eu viver e este rei cortês me

[582] O texto entre colchetes foi traduzido da edição de Breslau. No manuscrito consta apenas: "o sinal combinado entre os desembargadores", o que reforça a cumplicidade entre as personagens, mas é bem menos claro.

[583] Embora o texto não seja claro a respeito, parece que quem se casou foi o subordinado. Na edição de Breslau, cujo texto é ainda mais precário, tem-se a impressão de que quem se casou com a mulher foi o próprio delegado.

poupar. Eu lhes contarei algo mais espantoso e insólito, mais prazeroso e extasiante, com mais palavras e ordem melhor".

900ª

NOITE

Na noite seguinte, o rei mais velho, Šāhriyār, se recolheu à cama, juntamente com sua esposa Šahrāzād, deleitando-se ambos com libidinagens e amassos; após atingirem o gozo sexual por meio do contato corporal, Dunyāzād saiu de baixo da cama e disse: "Por Deus, irmãzinha, se não estiver dormindo, termine a sua história para a gente". Šahrāzād respondeu: "Com muito gosto e honra".

Eu tive notícia, ó rei venturoso, exitoso e sensato, dono de certeira opinião, forte disposição e louvável ação, de que outro capitão, o sexto, disse:

O SEXTO CAPITÃO, SEU AMIGO MERCADOR E A VELHA GOLPISTA

Um amigo meu, mercador do porto de Alexandria, me contou[584] que apareceu em sua loja uma velha afirmando ser aia do delegado da cidade. Após escolher tecidos no valor de mil dinares, a velha lhe ofereceu como garantia uma caixinha de joias cujo conteúdo ela despejou diante dele. Achando que aquilo tinha grande valor, o mercador aceitou a caixinha como garantia, e ela fez então uma criada carregar[585] os tecidos e se retirou, desaparecendo por um período tão longo que o mercador, já sem esperanças de receber o valor dos tecidos, foi indagar a respeito dela na casa

[584] Na edição de Breslau, as ocorrências se passam com o próprio capitão, o que é estranho, pois em nenhum momento se menciona que ele já fora mercador (compare adiante com o início da história do décimo terceiro capitão). Parece mais verossímil supor que, em sua fonte, essa história era narrada em primeira pessoa, e que no texto da edição de Breslau a adaptação formal não foi bem executada. Por outro lado, isso pode também evidenciar que, nessa edição, a determinação era de que todas as narrativas referissem experiências pessoais, e não de terceiros. A partir daqui, a fonte da história talvez tenha sido algum conjunto de narrativas de mercadores, conforme se pode depreender desta e da próxima história, pertencentes ao gênero conhecido como *alfaraj baᶜda aššidda*, isto é, "o alívio após a angústia".

[585] Na edição de Breslau, a velha está com uma criada grávida, e diz ao mercador que o pai seria o delegado. No processo de cópia do texto, parece ter havido confusão entre o verbo *ḥammalat*, "fazer carregar", e o substantivo *ḥāmil*, "grávida", o que evidencia que o estado dos originais utilizados pelos escribas era precário.

do delegado, onde ninguém soube dar-lhe resposta. Ele então levou a caixinha a um ourives, que examinou o conteúdo e lhe disse que era pintado, de valor não superior a duzentos dirhams de prata. Muito irritado, o homem se dirigiu à casa do delegado e o deixou a par da artimanha contra si urdida. Experimentado, hábil, entendido e sagaz, o delegado lhe disse: "Ai de você, mercador! Mantenha o assunto em segredo que eu vou cuidar dele de um modo que vai favorecer você". O mercador perguntou: "Como, ó delegado?". O delegado respondeu: "Leve para casa [à noite] a maioria dos seus tecidos e quebre [os cadeados da sua loja]. Quando amanhecer, abra-a e comece a gritar, a espernear e a berrar: 'Estou por Deus e pelo delegado do sultão! Ai meu dinheiro! Ai minha mercadoria! Mas o ladrão não vai se safar de Deus altíssimo'. Alegue que a loja foi roubada, clame por socorro, [mostre a todos os cadeados quebrados e] os informe que o seu maior receio é pela caixinha com objetos e joias 'que estava comigo como garantia, e que pertence a um figurão da cidade'. Diga, com muita ênfase, que o seu grande temor é esse, e então a velha virá até você". O mercador assim procedeu, o fato foi falado e se espalhou pela cidade, e foram chamados oficiais e policiais. O mercador se queixou muito, e após três dias a velha, dona da caixinha com os objetos, ouviu a história e arranjou o valor dos tecidos a fim de exigir de volta o que deixara em garantia, pois, com a informação de que a caixinha fora roubada, queria alegar que o seu conteúdo era bem mais valioso a fim de deflagrar um processo contra o proprietário dos tecidos e fazê-lo pagar um valor maior do que o suportável, lançando-o, por meio de sua astúcia e manha, nas cordas da humilhação e da infâmia, impondo-lhe, com tal proceder, uma derrota e alcançando, graças a esse recurso, o seu propósito e a sua esperança. Assim, ela se dirigiu à loja, onde viu o mercador perplexo e melancólico devido ao que lhe sucedera; sua tristeza era tamanha que as pessoas estavam dizendo: "Coitado desse mercador! Só pode ter sido vítima de mau-olhado. Ele não merece essa catástrofe e esse prejuízo, mas o destino atua e o ser humano nada pode fazer neste tempo traiçoeiro". Nesse momento, ela perguntou: "Mas qual é a história?" e, ao lhe contarem o que se passara e sucedera ao dono da loja, e as calamidades do tempo que se abateram sobre ele, a velha soltou um grito e disse: "Ai o meu dinheiro! Ai o dinheiro do povo!". As pessoas lhe perguntaram: "Qual o sentido dessas palavras?". Ela respondeu: "Eu tenho, penhorada com ele, uma caixinha de joias. O meu maior medo é ele alegar que ela foi roubada junto com o dinheiro e os tecidos". Em seguida, ela chorou, esperneou e se lamentou, dizendo: "Deus dê a vitória ao sultão! Aquela caixinha pertencia a mulheres viúvas, cujas posses não podem se perder tão descaradamente, nem com tanta conversa mole". De imediato, tais palavras iniciaram um diz que me diz que entre as pessoas, das quais algumas diziam: "Essa mulher é uma coitada", e outras diziam: "O homem está desculpado e derrotado, e com a perda do seu dinheiro e a degradação da sua condição ele sofreu o que já estava predeterminado". Tanto as conversas a respeito como as censuras se multiplicaram, e então o mercador disse: "Tenha paciência, velha, pois quiçá Deus a reúna ao que você extraviou, e assim não se perde o seu direito, nem o meu", mas a velha clamou por socorro e disse: "Não sei nada dessa conversa! Receba o seu dinheiro e o seu direito e me devolva a minha caixinha e as minhas joias". Então o mercador a pegou e a conduziu ao delegado da cidade, que disse a ela: "Ai de você, sua diaba! Não lhe basta o que já aprontou com ele da primeira vez e agora vem aprontar de novo!". A velha respondeu: "Delegado, faço parte de um bando que tem essa prática, e cujos membros se reúnem numa localidade chamada Aldan.[586] Toda noite nos reunimos uma vez, como foi o caso de ontem". O delegado perguntou: "Por acaso você pode nos conduzir a eles?". Ela respondeu: "Sim, mas se você esperar até amanhã [eles se dispersarão. Nesta noite] eu o conduzirei até eles". O delegado disse: "Policiais irão com você". Então a velha saiu levando consigo um grupo cujos membros o delegado orientara a não desacatar em nada a velha, que os conduziu até uma porta diante da qual os fez parar, dizendo: "Agarrem qualquer pessoa que sair por aqui. Eu sairei quando tudo estiver acabado". Então os policiais se postaram ali conforme a velha determinou, enquanto ela entrava pela porta. Após longa espera, os policiais bateram à porta com violência e força, mas, como ninguém respondeu, um deles entrou, sumiu por alguns instantes e disse ao retornar: "Essa é uma porta que dá passagem para outra rua". Os policiais voltaram à delegacia e informaram o delegado.

[*Prosseguiu Šahrāzād*:] Todos ficaram sumamente espantados com aquele caso.

Então a aurora alcançou Šahrāzād, que interrompeu sua história e seu discurso autorizados. Sua irmã Dunyāzād lhe disse: "Como é prazerosa, boa, agradável e deliciosa a sua história, maninha", e ela respondeu: "Isso não é nada perto do que irei lhes contar na próxima noite, se acaso eu viver e este rei cortês me poupar. Eu lhes contarei algo mais espantoso e insólito, mais prazeroso e extasiante, com mais palavras e ordem melhor".

[586] É possível que o nome esteja incorreto. Na edição de Breslau, não se faz referência ao nome da localidade, mas se fala em *almudun*, "cidades", cuja grafia é semelhante a *aldan*.

901ª
NOITE

Na noite seguinte, o rei mais velho, Šāhriyār, se recolheu à cama, juntamente com sua esposa Šahrāzād, deleitando-se ambos com libidinagens e amassos; após atingirem o gozo sexual por meio do contato corporal, Dunyāzād saiu de baixo da cama e disse: "Por Deus, irmãzinha, se não estiver dormindo, termine a sua história para a gente". Šahrāzād respondeu: "Com muito gosto e honra".

Eu tive notícia, ó rei venturoso, exitoso e sensato, dono de certeira opinião, forte disposição e louvável ação, de que [o sexto capitão disse:]

Os auxiliares do delegado voltaram, informaram-no do ocorrido, e então ele percebeu que aquela trapaceira fizera um ardil para escapar dele, e se salvara. Veja só, minha gente, essa história que merece ser escrita com tinta de ouro, e a artimanha dessa mulher apesar do seu pouco intelecto:[587] aprontou com o primeiro e, arrependida de ter retornado, também aprontou com o segundo para se safar.

[*Prosseguiu Šahrāzād*:] Sumamente espantados após a audição dessa história, os presentes beberam, deleitaram-se e se emocionaram. O sultão Baybars, igualmente espantado com o que ouviu, pensou: "Ocorrem muitas coisas neste mundo enquanto os reis se mantêm isolados devido à sua dignidade. Isso é um espanto". Então se levantou outro capitão, o sétimo, e disse: "O que sei, por intermédio de um dos meus amigos, é mais espantoso e insólito, [e mais prazeroso e extasiante do que todas as histórias que vocês ouviram até agora". O grupo lhe disse: "Conte-nos o que lhe ocorreu, explique e conclua para que vejamos o quão espantoso é". Ele disse:]

Saibam que um grupo se reuniu para uma festa na casa desse meu amigo, que também me convidou. Quando entrei, ele me disse: "Hoje é dia de alegria. Desejo muito que você comemore conosco e não nos condene, já que bebe pouco". Apesar de não beber, concordei, e eles se puseram a conversar. Meu amigo disse: "Vou lhes contar uma história que aconteceu comigo…".

[587] Aqui, "intelecto" traduz *baṣīra*, palavra que normalmente se traduz como "perspicácia". No presente caso, porém, parece mais adequado supor que o texto compartilha a concepção antiga, muito difundida, do menor intelecto feminino, pois é incoerente, tendo em vista o enredo da história, considerar que a velha carecia de perspicácia.

O SÉTIMO CAPITÃO, SEU AMIGO MERCADOR E A ARAPUCA[588]

Havia um homem que ia sempre à minha loja para tomar emprestado de mim o dinheiro de que precisava, ora um, ora dois dirhams, até que os empréstimos atingiram a casa dos dez dirhams. Sempre que conseguia ganhar alguma coisa, ele vinha me pagar. Meus empréstimos a ele se tornaram constantes — eu mal o conhecia — e ocorreram durante um bom tempo. Deu-se certo dia que, estando eu em minha loja, eis que parou diante de mim uma mulher que parecia o plenilúnio brilhante. Pus-me a conversar com ela, que me dirigiu palavras suaves, e eu a desejei. Ela fez a compra e se retirou, deixando no meu coração um fogo inapagável. Minha mente ficou com ela. Dois dias depois, eu mal acreditei quando a mulher reapareceu e entrou na loja. Conversamos, mostrei estar à sua altura e a convidei para subir a minha casa. Ela respondeu: "Não entro na casa de ninguém". Eu disse: "Então vou com você". Ela disse: "Venha". Fui com ela, antes enrolando um bom dinheiro no lenço, por receio de algum imprevisto ou de uma batida policial. Caminhando à minha frente, ela me conduziu até certa rua, e então até uma porta que abriu com uma chave que trazia consigo. Introduziu-me num corredor, trancou a porta, guardou a chave e disse: "Sente-se para que eu entre e me assegure de que os arredores estão vazios, e que ninguém o verá aqui". A mulher entrou, sumiu por uns instantes e voltou já sem o véu. Disse: "Venha, vamos!". Entrei num salão que constatei não ser nada gracioso, sem nenhuma higiene, pavoroso e bem fedorento. Quando me vi no meio do salão, eis que fui cercado por sete homens quase despidos, usando calções[589] de couro amarrados na cintura. Entraram pela porta da sala. Um deles levou o meu turbante, outro, o meu lenço, outro me arrancou as roupas, outro me amarrou as mãos com um pano, outro me amarrou as pernas, derrubaram-me e me arrastaram na direção de uma latrina que havia ali a fim de me degolarem, quando, repentinamente, bateram à porta com força. Os homens ficaram com medo e se distraíram de mim. A mulher saiu e logo retornou, dizendo: "Não há perigo; é

[588] Compare essa história com a do décimo terceiro capitão, e note o artifício ali empregado para que a primeira pessoa da narrativa seja o próprio capitão.

[589] "Calções" traduz *tabābīn*. Na edição de Breslau, consta que eles traziam na cintura *sabābīṭ* de couro, palavra que, deduz Dozy, aí significa "cintos". O estranho é que tal palavra provém do espanhol, e significa "sapatos". Talvez a analogia com o couro tenha provocado a transformação semântica verificável nessa passagem, mas a tradução preferiu manter o que consta do manuscrito. A nudez total dos homens, com o cinto, não se justifica, ao passo que os calções sim, uma vez que, de um lado, os homens precisavam proteger as pudendas, e, de outro, eximiam-se de preocupações com a limpeza e a durabilidade dessa roupa "de trabalho".

o amigo de vocês que lhes trouxe o almoço", e em seguida aquele que batera à porta entrou com o almoço — carneiro assado — e perguntou: "Por que vocês estão assim despidos?". Responderam: "Hoje conseguimos caçar", e então o homem veio, espiou o meu rosto — graças a algo que Deus queria para a minha salvação — e gritou: "Ó Deus! Ó Deus! Esse é meu irmão, filho da minha mãe e do meu pai! Graças a Deus que eu o alcancei antes que o abuso abusasse dele!". Em seguida me soltou e beijou a minha cabeça. Encarei-o, e eis que era aquele amigo que tomava dinheiro emprestado de mim!

Então a aurora alcançou Šahrāzād, que interrompeu sua história e seu discurso autorizados. Sua irmã Dunyāzād lhe disse: "Como é prazerosa, boa, agradável e deliciosa a sua história, maninha", e ela respondeu: "Isso não é nada perto do que irei lhes contar na próxima noite, se acaso eu viver e este rei cortês me poupar. Eu lhes contarei algo mais espantoso e insólito, mais prazeroso e extasiante, com mais palavras e ordem melhor".

902ª NOITE

Na noite seguinte, o rei mais velho, Šāhriyār, se recolheu à cama, juntamente com sua esposa Šahrāzād, deleitando-se ambos com libidinagens e amassos; após atingirem o gozo sexual por meio do contato corporal, Dunyāzād saiu de baixo da cama e disse: "Por Deus, irmãzinha, se não estiver dormindo, termine a sua história para a gente". Šahrāzād respondeu: "Com muito gosto e honra".

Eu tive notícia, ó rei venturoso, exitoso e sensato, dono de certeira opinião, forte disposição e louvável ação, de que [o sétimo capitão disse:]

[*Prosseguiu o meu amigo mercador*:] O homem me soltou, beijou a minha cabeça e ao encará-lo verifiquei tratar-se daquele amigo que tomava dinheiro emprestado de mim. Ele me disse: "Não se aterrorize nem tenha medo", pedindo-lhes em seguida tudo quanto eles me tinham roubado, roupas e dinheiro, de modo que não perdi nada. Depois de me fazer beber uma limonada, acomodou-me à mesa e comi com eles. Ele me disse: "Meu irmão, agora você já sabe ao nosso respeito,[590] e observou a nossa condição. 'Os segredos devem ser guardados pelos nobres'".[591] E me fizeram jurar pelo Alcorão, pela Caaba e pelo divórcio três vezes que não os denunciaria nem nada contaria a ninguém, não faria o menor sinal nem os delataria. Em seguida, após se garantirem me obrigando a prestar juras imensas, soltaram-me, e saí limpando a cabeça da poeira da morte. Permaneci em casa isolado por um mês, debilitado por causa dos golpes, mas depois me recuperei, saí, fui ao banho público e então reabri a loja, instalando-me à sua porta. Não tornei a ver aquele homem nem aquela mulher. Passados alguns dias, veio à minha loja um jovem turcomano que parecia o plenilúnio brilhante. Era mercador de ovelhas e tinha um alforje cheio de dinheiro, resultado das suas vendas. Aquela mulher o seguira até a minha loja e, mal ele parou, ela parou ao seu lado, mostrando estar à sua altura. Quase morrendo de compaixão pelo jovem, que se inclinava fortemente pela mulher, comecei a piscar na sua direção, até que ele se virou, me olhou e eu pisquei. Desconfiada, a mulher me disse por sinais: "Por Deus que você está faltando com a promessa!", e se retirou, sendo seguida pelo turcomano, o qual eu percebi que já estava irremediavelmente morto. Muito temeroso dos ardis da mulher, tranquei a minha loja e saí em viagem, ausentando-me por um ano inteiro, após o que regressei à minha terra, me reinstalei na loja e eis que a mulher passou por mim e perguntou: "O que foi essa vasta ausência?". Respondi: "Estava de viagem". Ela perguntou: "E como é que você piscou para o turcomano?". Respondi: "Deus me livre!", e ela se retirou. Passou-se mais um ano, após o qual um amigo me convidou para a sua casa, e quando cheguei comemos, bebemos e conversamos. Meu amigo me disse: "Irmão, você passou por uma das mais terríveis provações do destino". Perguntei: "Como você sabe?". Ele respondeu:

SALVO POR UM TRIZ

Vi certo dia uma mulher bonita, fui atrás dela e pedi que dormisse comigo. Ela respondeu: "Não entro na casa de ninguém. Mas será na minha casa. [Se quiser, venha no dia tal]". Respondi: "Sim". Quando foi o dia do compromisso, veio um enviado da mulher para me levar até ela. Caminhei com ele até a entrada de

[590] Neste ponto, a edição de Breslau apresenta uma variante significativa: "Agora já compartilhamos pão e sal". Entre os árabes, e no Oriente Médio de maneira geral, isso implica a existência de uma espécie de cumplicidade entre os que se sentaram juntos à mesa.
[591] Provérbio.

uma grande casa, cuja porta ele abriu, entramos, ele a fechou e, quando eu quis passar [por outra porta], fui assaltado por grande medo, corri na frente dele até a outra porta pela qual ele queria fazer-me entrar, fechei-a, gritei com ele e disse: "Por Deus que, se você não abrir a primeira porta para mim, vou matá-lo! Não sou daqueles que se submetem às suas artimanhas". O enviado me perguntou: "E onde você viu artimanha?". Respondi: "Meu coração antipatizou com o isolamento deste lugar". O enviado disse: "Esta é uma porta secreta". Eu disse: "Não quero saber de secreta nem de pública! Abra para mim!". Pouco depois de sair da casa, topei com uma mulher que me disse: "A hora da sua morte só pode ter sido retardada; caso contrário, você não conseguiria sair dessa casa". Perguntei: "Como?". Ela respondeu: "Pergunte ao seu amigo fulano que ele vai informá-lo de coisas espantosas". Agora, meu irmão, conte-me o que lhe sucedeu, pois eu contei o que me sucedeu.

[*Prosseguiu o amigo do sétimo capitão*:]

Eu disse: "Mas eu fiz juras imensas, meu irmão!". Ele me disse: "Quebre aí as suas juras e me conte, vai!". Respondi: "Temo as consequências disso". Mas ele tanto insistiu que eu lhe contei, deixando-o espantado com a história, e depois fomos embora.

MAIS UMA ARAPUCA

[*Prosseguiu o amigo do sétimo capitão*:][592]

Após longo tempo, um dos meus amigos me convidou para uma festa musical. Respondi: "Não me reúno com ninguém". Ele disse: "É absolutamente imperioso", e fez juras para que eu fosse. Dirigimo-nos então ao local, em cuja entrada fomos recebidos por um homem que nos disse: "Bem-vindos" e, sacando uma chave, abriu a porta. Perguntei: "Onde estão os convidados dessa festa musical? Onde estão as canções?". O homem respondeu: "No interior da casa. Esta é uma porta secreta, para que vocês não se assustem com as pessoas nem com a lotação".[593] Fiquei com medo, mas o meu amigo disse: "Somos dois. O que eles podem fazer contra nós?". Então entramos e a porta foi fechada às nossas costas. Quando chegamos ao salão, não vimos ninguém e sentimos um terrível

[592] Na edição de Breslau, o narrador dessa história é um amigo do amigo do sétimo capitão, mas o desenrolar da narrativa evidencia que se trata de equívoco.

[593] Na edição de Breslau, "esta é uma porta secreta. Portanto, não se assustem com a exígua quantidade de pessoas".

estranhamento. Meu amigo me disse: "Caímos! Não existe força nem poderio senão em Deus altíssimo e poderoso". Eu disse a ele: "Que Deus não te dê boa recompensa por mim!". Sentamo-nos num canto do salão e eis que vi um pequeno cômodo ao meu lado. Espiei lá dentro e o que vejo? Corpos sem cabeça e cabeças sem corpo. Disse ao meu amigo: "Olhe!", e ele olhou e disse: "Por Deus que estamos aniquilados! Pelo poder de Deus!". Enquanto chorávamos os dois por nossas vidas, eis que quatro homens entraram pela mesma porta usada por nós. Estavam semidespidos, com calções de couro amarrados na cintura. Avançaram para o meu amigo, que os enfrentou, esmurrando e derrubando um deles. Os demais o atacaram e eu, aproveitando a oportunidade, escapei, pois estavam ocupados com o meu amigo, que continuava enfrentando-os. Avistei uma porta ao meu lado, abri-a e o que vejo? Uma escada pela qual subi, chegando a um andar sem saída nem janela. Já certo da morte, eis que vi no alto uma fileira de claraboias.[594] Com a vida por um fio, desnorteado, fui me agarrando e escalando até chegar a uma claraboia, na qual me pendurei, conseguindo então atravessá-la; atrás dela havia um muro que escalei e o que vejo? Gente caminhando pelas ruas. Atirei-me do muro ao chão, e havia debaixo de mim, graças ao desejo de Deus de me salvar, um fardo de alfafa. Caí são e salvo e, quando me vi no chão, as pessoas me rodearam e perguntaram como eu estava. Informei-os o que me sucedera; graças a algo predestinado e ao tempo de vida deles ter se esgotado, o delegado da cidade passava pela rua naquele mesmo instante, e então as pessoas o informaram a meu respeito. O homem me pegou e eu mostrei-lhe a porta, que ele mandou arrancar. Entramos e avançamos contra eles, que tinham acabado de degolar o meu amigo. Estavam ocupados com ele e indagando sobre mim: "Aonde terá ido? Não existe saída. Está em nossas mãos!". De repente, o delegado e o seu grupo os cercaram e os prenderam. Perguntados sobre a sua condição, confessaram que quem lhes trazia as vítimas não era senão a tal mulher, que vivia no Cairo, no lugar tal. Após ordenar que o local fosse selado, o delegado os levou, comigo junto, até a casa onde a tal mulher vivia. Como a porta estivesse trancada, o delegado ordenou que fosse arrancada e entrou com o seu grupo, ali encontrando outro bando ocupado com mais uma presa, que estava prestes a ser degolada. Prenderam o bando, bem como a mulher, que havia acabado de trazer a vítima, a qual foi por sua vez libertada, restituindo-se tudo quanto lhe fora

[594] No manuscrito, "eis que vi numa das paredes uma janela de vidro". A variante da edição de Breslau é claramente mais adequada.

roubado. Com todos presos, inclusive a mulher, tiraram da casa muito dinheiro, tecidos e bens, em tal quantidade que a língua é incapaz de descrever. Imediatamente foram todos amarrados, a mulher com o seu próprio véu, e depois os exibiram pela cidade montados em camelos. Entre outros frutos de roubo, recuperou-se o alforje cheio de dinheiro pertencente ao turcomano mercador de ovelhas. Tudo isso aconteceu comigo olhando. Foi assim que Deus os exterminou e me libertou do que eu tanto temia e receava. Mas não vi no meio do bando o meu amigo [que me salvara] da primeira vez, e fiquei muito intrigado. Transcorridos alguns dias, ele foi me visitar: tinha se tornado asceta, estava trajando vestes de gente pobre, cumprimentou-me e se retirou. Depois, voltou a me frequentar, e retomamos a intimidade. Perguntei sobre o bando, e como, sozinho, vivia agora. Ele respondeu: "Eu os abandonei desde o dia em que salvei você, pois eles começaram a me pressionar e a dizer que lhe haviam deixado muita coisa. Jurei então que não me relacionaria com eles pelo resto da vida. Por Deus que isso é espantoso: você foi o motivo da minha salvação e eu fui o motivo da sua".

Então a aurora alcançou Šahrāzād, que interrompeu sua história e seu discurso autorizados. Sua irmã Dunyāzād lhe disse: "Como é prazerosa, boa, agradável e deliciosa a sua história, maninha", e ela respondeu: "Isso não é nada perto do que irei lhes contar na próxima noite, se acaso eu viver e este rei cortês me poupar. Eu lhes contarei algo mais espantoso e insólito, mais prazeroso e extasiante, com mais palavras e ordem melhor".

903ª NOITE

Na noite seguinte, o rei mais velho, Šāhriyār, se recolheu à cama, juntamente com sua esposa Šahrāzād, deleitando-se ambos com libidinagens e amassos; após atingirem o gozo sexual por meio do contato corporal, Dunyāzād saiu de baixo da cama e disse: "Por Deus, irmãzinha, se não estiver dormindo, termine a sua história para a gente". Šahrāzād respondeu: "Com muito gosto e honra".

Eu tive notícia, ó rei venturoso, exitoso e sensato, dono de certeira opinião, forte disposição e louvável ação, de que [o sétimo capitão disse:]

[*Prosseguiu o meu amigo*:]

Ele me disse: "Por Deus que isso é espantoso: você foi o motivo da minha salvação e eu fui o motivo da sua. Por Deus, meu irmão, que o mundo está cheio de gente dessa espécie. Pedimos a Deus que nos mantenha a salvo desses filhos da puta, que se introduzem no meio da gente com todo gênero de linguajar e artimanha". Eu disse a ele: "Conte-me o que de mais espantoso aconteceu a vocês nessas desgraceiras que praticavam". Ele respondeu:

A VINGANÇA DA SEQUESTRADA

Meu irmão, eu não participava das ações deles, nem muito nem pouco; nem sequer as presenciava. A minha parte era cuidar das compras, das vendas e da alimentação. Mas eu fui informado que a ocorrência mais espantosa por eles vivida foi a seguinte: a trapaceira que caçava para eles enganou uma mulher dizendo-lhe que haveria uma festa de casamento em sua casa, e a convidou a participar. No dia marcado, essa mulher compareceu na casa e a trapaceira a fez entrar pela porta, dizendo-lhe: "Esta é uma porta secreta". Tão logo entrou, a mulher viu a situação lá dentro e, voltando-se para aqueles homens, disse-lhes: "Vocês são rapazes, e eu, apenas uma mulher. Matar-me não vai ser nenhum motivo de orgulho, nem vocês têm nada contra mim. Podem levar tudo que eu tenho". Eles disseram: "Receamos alguma vingança da sua parte". Ela disse: "Ficarei aqui com vocês, sem sair nem entrar". Eles responderam: "Nós lhe concedemos a vida". Então o maioral deles examinou-a bem, admirou-a, gostou dela e tomou-a para si. A mulher ficou um ano inteiro servindo-os, até que se acostumaram a ela. Certa noite, estando eles bêbados, ela lhes ministrou um entorpecente[595] que encontrou por ali, deixando-os inteiramente prostrados e desnorteados. Então, recolheu os seus tecidos e tomou quinhentos dinares de ouro do chefe; depois, [pegou uma navalha e] raspou-lhe a barba, bem como a dos seus companheiros; em seguida, retirou a fuligem do fundo das panelas e esfregou-a na cara de todos eles. Só então abriu as portas e saiu. Ao acordarem e verem aquele vexame, arrependeram-se de não a ter matado, e por um bom tempo andaram temerosos de alguma vingança. Fiquei espantado. Logo depois eu e você nos tornamos amigos. Mas foi isso o que de mais espantoso eu vi: a ação daquela mulher.

[595] "Ela lhes ministrou um entorpecente" traduz *adġarat ʿalayhim dātūra*. A primeira palavra, embora não dicionarizada, pode ter o sentido deduzido com base em seus cognatos. Já o substantivo *dātūra*, também não dicionarizado em árabe, provém do sânscrito, e nomeia uma espécie de planta venenosa. O termo "datura" entrou na língua portuguesa desde pelo menos o século XVI.

Disse [*Šahrāzād*]:[596] Os capitães se espantaram com essas histórias e se extasiaram, bem como o sultão Baybars e o delegado-chefe. Disseram: "Quantas coisas espantosas e insólitas ocorrem!". Então outro capitão, o oitavo, disse:

O OITAVO CAPITÃO E A CANTORA COM OS MANETAS

O melhor que ouvi no gênero "alívio após angústia" foi que uma [bela] cantora, a melhor do seu tempo, renomadíssima, participou de uma festa de casamento e, enquanto estava sentada no banco especialmente montado para ela, eis que um maneta parou e lhe pediu uma esmola por Deus, [encostando nela o seu toco]. A cantora respondeu: "Deus ajude",[597] e ralhou com o homem, que saiu muito zangado. Muito tempo depois, um homem veio contratá-la [para uma festa], pagou-lhe o cachê e a mulher foi levando duas ajudantes.[598] Caminhou até chegar ao local, onde foi introduzida num longo corredor em cujo fim havia um salão no qual ela entrou, mas não encontrou ninguém, embora o local estivesse arrumado, as velas acesas, e houvesse petiscos e vinho; num outro ponto havia comida, e num terceiro, tapetes e almofadas, e foi ali que ela se instalou com as suas companheiras. Em seguida, a cantora se voltou, notou que o porteiro que abrira a porta era maneta, e isso a desgostou; logo depois veio um homem acender os lampiões pendurados no salão e as velas, e eis que também ele era maneta! Em seguida começaram a chegar os convidados, e não havia um que entrasse que não fosse maneta, até que a casa toda se encheu de manetas. Quando a assistência se completou, chegou o anfitrião, trajando roupas de tecido luxuoso. Todos ficaram de pé para ele e o acomodaram no ponto mais elevado do saguão. Suas mãos estavam escondidas pelas mangas da roupa. Trouxeram comida e ele comeu, bem como os outros, e em seguida lavaram as mãos.[599]

[596] Note que a narrativa "pula" do ex-auxiliar dos ladrões para Šahrāzād sem passar pelas duas instâncias mediadoras entre ambos: o sétimo capitão e o amigo do sétimo capitão.

[597] "Deus ajude" traduz *yaftaḥ Allāh*, literalmente, "que Deus abra". Usa-se para recusar um pedido.

[598] "Duas ajudantes" traduz *kablyatayn*, palavra no dual cujo sentido se desconhece. Na edição de Breslau, *rasīla* e *mašya* (ou *mašiyya*), que Dozy supõe terem o sentido de "criadas", mas a primeira tinha, conforme se vê em textos da época, o sentido de "acompanhante", "a que vem depois". É bem possível que se trate das duas acompanhantes da cantora, uma instrumentista, ou substituta, e a outra dançarina.

[599] A partir dessa passagem, a narrativa passa para a primeira pessoa, isto é, passa a ser contada pela própria cantora. Embora o efeito dessa modificação não deixe de ser interessante, registre-se que esse fato gramatical evidencia ter sido o texto copiado de uma fonte na qual a narrativa era toda em primeira pessoa. Na edição de Breslau, a narrativa também passa para a primeira pessoa, antes mesmo desse trecho.

[*Disse a cantora*:] Nesse momento, voltei-me para o anfitrião e notei que ele também era maneta, e me encarava com insistência. Logo em seguida, começaram a servir bebida; todos beberam, e me deram de beber. Bebi uma taça e me pouparam de outras por causa da música, mas continuaram bebendo, e quando já estavam bem satisfeitos, o homem que chegara por último, o anfitrião, voltou-se para mim e disse: "Não me reconhece? Não é gentil com quem lhe pede esmolas? Não lhe diz ralhando 'Deus ajude'? Como a sua natureza é má!". Olhando bem para ele, descobri tratar-se do maneta que me pedira esmola havia tanto tempo, vestido de mendigo, e lhe disse: "Meu senhor, não me lembro dessa conversa". Ele disse: "Espere só até o final da noite e então você vai se lembrar", e, movimentando a cabeça, acariciou a barba. Aterrorizei-me e fui tomada por grande medo. Esticando a mão, o homem pegou as minhas sandálias e o véu, colocou-os ao seu lado e disse: "Cante, ó cantora!". Cantei até cansar, enquanto eles se distraíam com a própria bebedeira e barulho. O porteiro se aproximou de mim e disse: "Minha senhora, você não corre perigo nem deve ter medo. Quando quiser ir embora me avise". Perguntei-lhe: "Você quer me pôr à prova?". O porteiro respondeu: "Não, por Deus poderoso! É porque eu me apiedei de você, pois o nosso chefe, o nosso maioral, não tem boas intenções a seu respeito. Acho que ele vai matá-la nesta noite". Eu disse: "Se você tiver o bem, essa é a hora de fazê-lo". Ele disse: "Quando o chefão for ao banheiro, eu irei com ele carregando o lampião, deixarei a porta aberta e você deverá fugir para onde quiser". Então continuei cantando, e logo o chefão disse: "Por Deus que a sua cantoria é muito ruim". Lembrando-se do que eu lhe dissera, encarou-me insistentemente e disse: "Nunca mais você vai respirar a brisa do mundo". Seus companheiros lhe disseram: "Não faça isso, chefe, pois se trata de uma bela jovem de canto gracioso", e se puseram a consolá-lo. Ele disse: "Se eu aceitar a intermediação de vocês, então ela ficará conosco por um ano inteiro, sem sair nem ir a lugar nenhum". Eu disse: "Farei qualquer coisa que deixe você satisfeito. Eu errei e você é o senhor do perdão", e o homem balançou a cabeça, bebeu mais ainda e se levantou para ir ao banheiro, enquanto os seus companheiros permaneciam entretidos com a própria embriaguez. Nesse momento, pisquei para as minhas duas acompanhantes e corremos todas na direção do corredor, cuja porta encontramos aberta; saímos correndo, esgotadas, sem saber qual rumo tomar, até nos distanciarmos da porta e encontrarmos um cozinheiro trabalhando, ao qual perguntamos: "Você gostaria de ressuscitar mortos?".

Então a aurora alcançou Šahrāzād, que interrompeu sua história e seu discurso autorizados. Sua irmã Dunyāzād lhe disse: "Como é prazerosa, boa, agradável e deliciosa a sua história, maninha", e ela respondeu: "Isso não é nada perto do que irei lhes contar na próxima noite, se acaso eu viver e este rei cortês me poupar. Eu lhes contarei algo mais espantoso e insólito, mais prazeroso e extasiante, com mais palavras e ordem melhor".

904ª NOITE

Na noite seguinte, o rei mais velho, Šāhriyār, se recolheu à cama, juntamente com sua esposa Šahrāzād, deleitando-se ambos com libidinagens e amassos; após atingirem o gozo sexual por meio do contato corporal, Dunyāzād saiu de baixo da cama e disse: "Por Deus, irmãzinha, se não estiver dormindo, termine a sua história para a gente". Šahrāzād respondeu: "Com muito gosto e honra".

Eu tive notícia, ó rei venturoso, exitoso e sensato, dono de certeira opinião, forte disposição e louvável ação, de que [o oitavo capitão disse:]

[*Prosseguiu a cantora*:] Perguntei ao cozinheiro: "Você gostaria de ressuscitar mortos?". Ele respondeu: "Entrem", e entramos; ele disse: "Deitem-se", e nos deitamos. Depois nos cobriu com uma toalha que ele punha debaixo da comida, e mal tínhamos nos ajeitado quando ouvimos sons de correria, gente procurando à esquerda, gente procurando à direita e gente indagando o cozinheiro: "Por acaso alguém passou por aqui?". Ele respondeu: "Por aqui não passou ninguém".[600] Continuaram nessa situação até o amanhecer, quando então disseram: "Que pena que não as agarramos!", e tomaram o seu rumo. O cozinheiro nos descobriu e disse: "Levantem-se. Agora vocês estão a salvo da morte". Levantamos extenuadas, sem manta nem véu. O cozinheiro subiu conosco para a sua casa, onde arranjamos véus e roupas, e nos enviou para as nossas casas. Então nos penitenciamos em Deus altíssimo deste nosso ofício. Foi um imenso alívio depois de uma imensa angústia.

[*Prosseguiu Šahrāzād*:] Ao ouvir essa história, o sultão Baybars ficou sumamente espantado e estremeceu de êxtase.[601] Então outro capitão, o nono, disse:

[600] Nesse ponto, a redação do manuscrito é confusa. Usou-se a edição de Breslau.
[601] Na edição de Breslau, "os presentes se espantaram com a história".

A mim me ocorreu algo mais espantoso do que isso, e foi o seguinte: roubou-se uma vultosa quantia na cidade de Qūṣ,[602] onde era eu o responsável pela polícia. Como se tratava de moedas de muito valor, exigiram de mim e dos meus companheiros que as encontrássemos, e foram apertando o cerco. Conseguimos um prazo de dias contados e nos espalhamos à procura das moedas. Vasculhei a cidade por um dia inteiro junto com cinco policiais. No dia seguinte, saímos e, quando já estávamos afastados da cidade — a cidade de Qūṣ — em cerca de uma parasanga ou duas, chegamos a um campo cultivado. Abrasado pela sede, caminhei na direção de uma acéquia no interior de um jardim, bebi, fiz minhas abluções e rezei. Passou por mim o chacareiro e disse: "Ai de você! Quem lhe permitiu entrar neste jardim?". E, agarrando-me, apertou violentamente as minhas costelas, a ponto de eu quase morrer. Em seguida, amarrou-me ao boi e me fez girar pela acéquia, açoitando-me com o seu chicote. Forçou-me a girar pelo mesmo período que o boi trabalha na acéquia, e depois me soltou. Saí sem conseguir distinguir o meu rumo e caí desmaiado por um bom tempo. Sentei-me até o meu terror se amainar e voltei para os meus companheiros, aos quais disse: "Já encontrei o dinheiro e também o ladrão [mas não o assustei nem o perturbei para que não fuja]. Venham comigo elaborar uma artimanha para prendê-lo". E, conduzindo-os, levei-os ao chacareiro que me esfolara de chicotadas a fim de fazê-lo experimentar o mesmo que fizera comigo, mentindo contra ele para obrigá-lo a sentir o gosto das bastonadas. Quando avançamos contra a acéquia, capturamos o chacareiro e também um rapaz que ali estava com ele. Ao se ver amarrado, o rapaz disse: "Por Deus que eu não estava com eles!".

Então a aurora alcançou Šahrāzād, que interrompeu sua história e seu discurso autorizados. Sua irmã Dunyāzād lhe disse: "Como é prazerosa, boa, agradável e deliciosa a sua história, maninha", e ela respondeu: "Isso não é nada perto do que irei lhes contar na próxima noite, se acaso eu viver e este rei cortês me poupar. Eu lhes contarei algo mais espantoso e insólito, mais prazeroso e extasiante, com mais palavras e ordem melhor".

[602] Cidade situada na margem oriental do Nilo, no Alto Egito. Floresceu tanto sob os mamelucos que no século XIV se tornou a segunda em importância no Egito. E nela, efetivamente, se cunhavam moedas, o que pode ser um bom indício para a datação destas histórias. A decadência dessa cidade se iniciou no começo do século XV, devido a uma grande peste. A edição de Breslau é omissa quanto ao nome do lugar.

905ª
NOITE

Na noite seguinte, o rei mais velho, Šāhriyār, se recolheu à cama, juntamente com sua esposa Šahrāzād, deleitando-se ambos com libidinagens e amassos; após atingirem o gozo sexual por meio do contato corporal, Dunyāzād saiu de baixo da cama e disse: "Por Deus, irmãzinha, se não estiver dormindo, termine a sua história para a gente". Šahrāzād respondeu: "Com muito gosto e honra".

Eu tive notícia, ó rei venturoso, exitoso e sensato, dono de certeira opinião, forte disposição e louvável ação, de que o nono capitão disse:

O rapaz me disse: "Por Deus, meu senhor, que eu não estava com eles! Faz seis meses que não entro na cidade de Qūṣ, e só vi as moedas aqui!". Dissemos a ele: "Mostre-nos o lugar onde elas estão", e então ele nos conduziu a um depósito de palha[603] ao lado da acéquia; vasculhamos a palha, encontramos as moedas, prendemos o jovem e o chacareiro e os conduzimos para a cidade de Qūṣ, à sede da delegacia. Torturamos o chacareiro, [despimo-lo,] espancamo-lo com bastonadas e cassetetes e ele confessou o roubo de muitas outras moedas. O que eu fizera com o propósito de me aproveitar da ajuda[604] dos meus companheiros acabou sendo verdade.

[*Prosseguiu Šahrāzād*:] Os presentes se espantaram [sumamente] com aquela coincidência espantosa e demasiada. Disse então outro capitão, o décimo:

O DÉCIMO CAPITÃO, O CAPITÃO DE DAMASCO E O OURO ROUBADO

Um companheiro meu, também capitão, informou-me de algo mais espantoso que tudo isso, e foi o seguinte: era ele um grande capitão em Damasco, na Síria, na época do sultão mártir Nūruddīn [Zinkī],[605] hábil e experiente em seu ofício. Certo dia, ao avistar um cambista judeu com um cesto contendo cinco mil dinares em moeda viva, ele disse a certo ladrão: "Ai de você! Roube para mim o cesto

603 Na edição de Breslau, "um poço" em vez de "um depósito de palha".

604 Tanto no manuscrito como na edição de Breslau, "com o propósito de escarnecer dos meus companheiros", o que não faz sentido, já que o propósito é, claramente, vingar-se do jardineiro.

605 Líder político e militar da Síria durante o período das Cruzadas. Morreu em 1174, quase um século antes da tomada do poder por Baybars, distância temporal essa evidenciada pela referência ao apelido "o mártir", que é obviamente póstumo. A menção foi omitida na edição de Breslau.

desse judeu", e o ladrão respondeu: "Sim". Não demorou muito: no dia seguinte, o ladrão voltou até ele com o cesto.

Disse [o capitão de Damasco]:[606]

Eu disse ao ladrão: "Vá enterrá-lo em algum lugar até o assunto esfriar", e ele assim procedeu, voltando em seguida e me informando. Mal o ladrão terminara de enterrar o dinheiro e já se iniciava o Juízo Final: o judeu veio à delegacia na companhia do tesoureiro do reino afirmando que o ouro pertencia ao sultão Nūruddīn, o mártir, e que ele não voltaria a vê-lo senão por nosso intermédio. Estabelecemos o prazo em conformidade com o hábito, isto é, três meses, e depois eu disse ao ladrão que levara as moedas: "Apronte alguma coisa na casa desse judeu que atraia as suspeitas para ele e as afaste de nós". Então ele foi à casa do judeu e armou uma magnífica artimanha, lá enterrando, sob uma placa de mármore no quintal, um cesto com a palma da mão de uma mulher morta — uma palma de mão pintada e com anel de ouro num dos dedos. Em seguida, fomos à casa dele e revistamos tudo até encontrar o que o ladrão enterrara. Pusemos o judeu a ferros por assassinato e, no segundo dia do prazo, veio o tesoureiro do reino e nos disse: "O sultão Nūruddīn, o mártir, diz-lhes: 'Metam os pregos no judeu e achem o dinheiro, pois cinco mil dinares de ouro não somem assim'.". Percebemos então que a artimanha não havia funcionado. Saí disposto a resolver a questão e, topando com um jovem de Ḥawrān[607] na região do mercado de Šāġūr,[608] descavalguei imediatamente, agarrei-o, despi-o e lhe apliquei bastonadas bem dolorosas; acorrentei-o e levei-o para a delegacia, onde tornei a despi-lo e aplicar-lhe bastonadas, dizendo: "É este o ladrão que roubou o dinheiro!". O delegado o examinou, [tentamos fazê-lo confessar, ele se negou] e lhe aplicamos mais quatro sessões de bastonadas; batemos até cansar. Ele parou de responder e de falar, mas no fim da surra nos disse: "Eu trarei o dinheiro agora". Saímos com ele e caminhamos até o local onde o ladrão enterrara o ouro; ele escavou ali, tirou o ouro e retornamos à delegacia. Eu estava no maior espanto com tudo aquilo. Quando o delegado viu o ouro com os próprios olhos, ficou muito feliz, deu-me uma valiosa túnica e imediatamente devolveu o dinheiro ao tesouro do sultão. Deixamos o rapaz preso e eu perguntei ao meu amigo ladrão: "Alguém

606 Deu-se aqui o mesmo que em outras histórias: a narrativa passa da terceira para a primeira pessoa.

607 Planalto situado ao sul de Damasco, ao qual os romanos davam o nome de "Orantis"; era considerado lugar de gente simplória.

608 Trata-se de um mercado da cidade. Há outros elementos incompreensíveis na formulação. A edição de Breslau é omissa nesse trecho.

viu quando você enterrou os dinares?". Ele respondeu: "Não, por Deus poderoso!". Fui então ver o rapaz preso que encontrara o ouro, dei-lhe de beber, agradei-o e, quando ele enfim acordou, eu lhe disse: "Revele para mim como você roubou este ouro". Ele respondeu: "Por Deus que eu não o roubei nem nunca o tinha visto antes de desenterrá-lo".

Então a aurora alcançou Šahrāzād, que interrompeu sua história e seu discurso autorizados. Sua irmã Dunyāzād lhe disse: "Como é prazerosa, boa, agradável e deliciosa a sua história, maninha", e ela respondeu: "Isso não é nada perto do que irei lhes contar na próxima noite, se acaso eu viver e este rei cortês me poupar. Eu lhes contarei algo mais espantoso e insólito, mais prazeroso e extasiante, com mais palavras e ordem melhor".

906ª NOITE

Na noite seguinte, o rei mais velho, Šāhriyār, se recolheu à cama, juntamente com sua esposa Šahrāzād, deleitando-se ambos com libidinagens e amassos; após atingirem o gozo sexual por meio do contato corporal, Dunyāzād saiu de baixo da cama e disse: "Por Deus, irmãzinha, se não estiver dormindo, termine a sua história para a gente". Šahrāzād respondeu: "Com muito gosto e honra".

Eu tive notícia, ó rei venturoso, exitoso e sensato, dono de certeira opinião, forte disposição e louvável ação, de que [o décimo capitão disse:]

[*Prosseguiu o capitão de Damasco:*] O rapaz me disse: "Por Deus que não o roubei nem nunca o tinha visto antes de desenterrá-lo". Perguntei: "E como é esse caso?". Respondeu: "Eu sei o motivo de eu ter sido agarrado por vocês: foi praga da minha mãe, e isso porque eu a maltratei e a agredi durante a noite, e então ela me disse: 'Deus lance contra você um opressor cruel, meu filho!'. Ela é uma mulher pia. Saí de casa imediatamente, logo nos cruzamos no caminho e você fez tudo aquilo comigo. Com as surras intermitentes, fiquei desnorteado e eis que se me deparou alguém vestido de branco, dizendo: 'Traga-o', e então eu disse a vocês o que disse; saí e ele me guiava pelo caminho, até que chegamos ao local onde o ouro estava, e foi desenterrado daquela maneira". Espantado com isso, não medi esforços para medicá-lo, pois percebi que esse rapaz pertencia à linhagem dos xeiques pios. Continuei gastando com ele até que se curou, quando então o tirei da cadeia e lhe pedi que me perdoasse e limpasse a minha consciência.

[*Prosseguiu Šahrāzād*:] Nesse momento, o sultão Baybars estremeceu de êxtase e ficou espantado.[609] Então falou outro capitão, o décimo primeiro. Ele disse:

Eu lhes contarei uma história, uma anedota sobre ladrões, da qual eu tive notícia por meio de um homem que me disse o seguinte:

O DÉCIMO PRIMEIRO CAPITÃO E O LADRÃO JUSTO

Certo dia, a caminho do mercado, topei com um ladrão que havia arrombado a loja de um cambista e roubado uma caixa que ele levou até o cemitério. Segui o ladrão, vi-o abrindo-a e examinando-a, e de supetão eu lhe disse: "Que a paz esteja convosco". Ele se assustou, irritou-se comigo e eu o deixei e fui embora. Passados meses e anos, tornei a topar com ele: estava sendo conduzido à cadeia por policiais e ajudantes; ao olhar para mim, disse: "Prendam esse homem também!". Quando chegamos à delegacia, o delegado perguntou-lhe: "Qual a sua ligação com esse homem?". O ladrão voltou-se para mim, olhou bem no meu rosto e perguntou: "Quem prendeu este homem?". Os policiais responderam-lhe: "Foi você que o delatou". O ladrão disse: "Deus me livre! Por Deus que não o conheço, nem ele me conhece. O fato é que eu o confundi com outro. Soltem-no". Após alguns dias tornamos a nos cruzar no caminho. Ele me cumprimentou e disse: "Meu senhor, um susto por um susto. Mas, se você tivesse roubado algo de mim, naquela noite você teria recebido o seu quinhão da minha punição". Eu lhe disse: "Deus está entre mim e você".[610]

[*Prosseguiu Šahrāzād*:] O sultão Baybars riu dessa história, bem como os demais presentes. Então outro capitão, o décimo segundo, levantou-se e disse:

Eu lhes contarei uma história que me foi relatada por um dos meus amigos. Ele me disse:

O DÉCIMO SEGUNDO CAPITÃO, SEU AMIGO E O EX-CRIADO

Certa noite eu bebi com os meus amigos. Por volta de meia-noite saí sozinho, e quando estava no caminho avistei um bando de ladrões. Ao nos vermos, minha saliva secou e fingi estar bêbado, inclinando o corpo e pondo-me a chorar e a

609 Na edição de Breslau, "os presentes ficaram sumamente espantados com isso".
610 Tradução literal. Normalmente, essa frase tem sentido similar a "você é que sabe".

esbarrar nas paredes, à direita e à esquerda, dando-lhes a entender que não os havia visto. Eles ficaram me seguindo até que cheguei a minha casa e bati na porta, que foi aberta; entrei, tranquei e eles foram embora sem me fazer mal. Agradeci a Deus altíssimo. Após alguns dias, eis que estava parado à minha porta um garoto que fora meu criado havia muito tempo. Estava acorrentado por um policial[611] e me disse: "Meu senhor, você tem algo para me dar, por Deus?". Respondi: "Que Deus ajude". Ele olhou para mim longamente e disse: "Qualquer coisa que você dê não valerá o seu turbante". Perguntei: "Qual o sentido dessas palavras?". Respondeu: "Nem valerá a sua roupa nem nada do que você usava ou do ouro e prata que carregava". Como eu fiquei atônito, ele disse: "Falo daquela noite, quando você cruzou com o bando de ladrões. Eles queriam despi-lo, mas eu estava com eles e lhes disse: 'Ele é meu senhor, meu patrão, e me criou'. Fui o motivo de você escapar ileso e se salvar deles". Eu lhe disse: "Espere aí". Entrei em casa e lhe dei o que encontrei pela frente. Ele pegou tudo e continuou o seu caminho.

[*Prosseguiu Šahrāzād*:] Todos os presentes ficaram espantados com aquilo, inclusive o sultão Baybars. Então outro capitão, o décimo terceiro, tomou a palavra e lhes disse:

O DÉCIMO TERCEIRO CAPITÃO E O INTRUJÃO ASSASSINADO

O que eu tenho é mais fino e espantoso. Deu-se que, antes de conhecer este ofício de polícia, eu era proprietário de uma loja. Às vezes ia me visitar um homem ao qual, embora não o conhecesse senão de rosto, eu fornecia tudo quanto necessitava, sem exigir pagamento imediato, e ele era correto e logo me pagava. Certa noite, reuni-me com meus amigos e nos pusemos a beber. Folgamos, jogamos bola e nomeamos um de nós vizir, outro sultão, outro verdugo. Estávamos sentados nesse estado quando de repente entrou um intrujão, sem permissão.[612]

Então a aurora alcançou Šahrāzād, que interrompeu sua história e seu discurso autorizados. Sua irmã Dunyāzād lhe disse: "Como é prazerosa, boa, agradável e deliciosa a sua história, maninha", e ela respondeu: "Isso não é nada perto do que irei lhes contar na próxima noite, se acaso eu viver e este rei cortês me poupar.

[611] "Acorrentado por um policial" traduz *bijinzīr maʿa jandār*. Talvez seja outra coisa, mas não foi possível encontrar nenhuma referência.

[612] O "intrujão", *ṭufaylī*, é motivo recorrente nos antigos anedotários árabes, tendo sido elaboradas obras a seu respeito. Veja, no vol. 1 desta coleção, as histórias do barbeiro e seus irmãos, pp. 343-401.

Eu lhes contarei algo mais espantoso e insólito, mais prazeroso e extasiante, com mais palavras e ordem melhor".

907ª NOITE

Na noite seguinte, o rei mais velho, Šāhriyār, se recolheu à cama, juntamente com sua esposa Šahrāzād, deleitando-se ambos com libidinagens e amassos; após atingirem o gozo sexual por meio do contato corporal, Dunyāzād saiu de baixo da cama e disse: "Por Deus, irmãzinha, se não estiver dormindo, termine a sua história para a gente". Šahrāzād respondeu: "Com muito gosto e honra".

Eu tive notícia, ó rei venturoso, exitoso e sensato, dono de certeira opinião, forte disposição e louvável ação, de que o décimo terceiro capitão disse:

Estávamos sentados nessa situação quando de repente entrou um intrujão, sem permissão nem convite. Acomodou-se próximo de nós, que estávamos bêbados, brincando, o vinho agindo em nossa cabeça, bem como o demônio. O sultão disse ao vizir: "Traga aqui este intrujão que invade o espaço dos outros sem permissão e lhes viola os segredos". Como era eu o vizir, peguei e trouxe o intrujão. O sultão disse: "Corte-lhe a cabeça", e então eu, na minha embriaguez, golpeei-o com a espada, fazendo a sua cabeça voar longe do corpo. Ao vermos aquilo, a embriaguez se foi e veio a sobriedade. Ficamos no mais lastimável estado. Meus amigos recolheram o corpo para se livrar dele, ao passo que eu peguei a cabeça para atirá-la ao mar. Bêbado, minhas roupas se molharam de sangue. Enquanto eu caminhava, cruzei com um ladrão que ao me ver reconheceu-me e perguntou: "Fulano?". Respondi: "Sim". Ele perguntou: "O que você está levando aí?". Contei-lhe a história inteira. O ladrão pegou a cabeça de mim e fomos até o mar, onde ele a lavou do sangue, encarou-a e disse: "Por Deus que é a cabeça do filho da minha mãe e do meu pai". Em seguida, pegou as minhas roupas, lavou-as, secou-as e eu as vesti. Ele me disse: "Vá para a sua casa", e me acompanhou até eu chegar, quando então se despediu e disse: "Sentirei saudades. Eu era seu amigo, e você me fazia favores fornecendo o que eu necessitava e atendendo os meus pedidos. A partir de agora, nunca mais vai me ver". Olhei bem e eis que era o homem que frequentava a minha loja. Ao reconhecê-lo fiquei envergonhado e muitíssimo vexado. Ele foi embora e nunca mais o vi até hoje.

[*Prosseguiu Šahrāzād*:] O sultão Baybars disse: "Por Deus que isso é brio, castidade e fineza.[613] Nunca ouvi história melhor que essa. Os iguais a ele é que são malandros.[614] Se eu o conhecesse, mandaria dar-lhe alguma coisa. E, entre as anedotas de salteadores que se contam, existe uma, muito engraçada".

O SALTEADOR NO MEIO DO TRIGO[615]

Conta-se que um salteador [árabe] invadiu uma casa para roubar um monte de trigo sobre o qual havia um grande vaso de cobre. Os donos da casa perceberam a sua presença e ele se escondeu sob o vaso, [no meio do trigo,] e eles não o encontraram. Quando faziam menção de ir embora, eis que ouviram um enorme flato saindo do interior do trigo; eles retornaram, remexeram o lugar onde estava o vaso, encontraram o salteador e o agarraram. Ele disse: "Eu os livrei do cansaço de revirar o trigo, e, como eu os poupei disso, tenham piedade". Então eles riram e o soltaram.

Disse [*Šahrāzād*]: O sultão Baybars sorriu e disse: "Simpático, e os moradores foram mais finos do que ele".

O VELHO MALANDRO

Outra anedota Conta-se que um velho muito malandro foi com um amigo ao mercado de roupas e furtou uma boa quantidade de tecidos. Dividiram tudo e se separaram, cada qual indo para a sua terra. Depois disso, um bando de ladrões se reuniu para beber. Um deles exibiu um valioso corte de seda e perguntou: "Qual de vocês conseguiria vendê-lo no próprio mercado de onde foi roubado [para que o elejamos chefe dos malandros?". O velho respondeu: "Eu"], e levou a peça para o mercado, sentando-se na loja da qual fora roubada. Entregou-a ao leiloeiro, e então o dono da loja, reconhecendo a peça nas mãos do leiloeiro, foi aumentando a oferta e mandou chamar o delegado. Informado do caso pelo dono da loja, o delegado agarrou o velho que oferecera a peça e, notando tratar-se de um

613 Na edição de Breslau, são os presentes, indistintamente, que dizem isso.

614 "Malandro" traduz *šāṭir*, "esperto", "espertalhão", "ladrão".

615 Na edição de Breslau, essa história é narrada diretamente por Šahrāzād a pedido do rei Šāhriyār: "Dê-nos mais de suas histórias, Šahrāzād". No manuscrito, sintaticamente, a história é narrada pelo próprio sultão Baybars. Pode ser entendida como formulação mental – o que é inusitado neste livro – ou então como narrativa feita de moto próprio, para si mesmo, em voz baixa. Ou, então, pode-se pensar que se trata de descuido do copista.

homem íntegro, digno, respeitável, bem-vestido e calmo, perguntou-lhe: "De onde você obteve essa peça?". O velho respondeu: "Deste mercado, desta loja na qual eu estava sentado". O delegado perguntou: "Por acaso ela lhe foi vendida pelo dono da loja?". O velho respondeu: "Não, na verdade eu a roubei, esta e outras". O delegado perguntou: "E como você veio vendê-la no mesmo lugar de onde a roubou?". O velho respondeu: "Não responderei senão ao sultão, para o qual eu tenho um conselho a oferecer". O delegado disse: "Informe-me o que é". O velho perguntou: "Você é o sultão?". O delegado respondeu: "Não". O velho ladrão disse: "Pois é, eu não direi senão ao sultão". Então o delegado o pegou e o encaminhou ao sultão, que lhe perguntou: "Qual é o seu conselho, ó velho?". Ele respondeu: "Eu me penitenciarei e lhes trarei todos os corruptos. [E pagarei uma compensação se não conseguir fazê-lo]". O sultão disse: "Deem-lhe um traje honorífico", e então lhe deram um traje honorífico e o perdoaram. O velho saiu dali e foi até os seus colegas e camaradas, que o declararam chefe dos malandros e lhe pagaram o valor combinado. Dali ele foi para casa, pegou o restante do dinheiro que possuía e levou tudo para o sultão, [a cujos olhos cresceu por ter retornado. O sultão determinou ainda que não lhe tomassem nada.][616] Depois, o velho saiu dali, se disfarçou e pouco a pouco foi esquecido, ficando com todo o dinheiro.

Prosseguiu o sultão Baybars: "Resolveu bem a questão depois de ter corrido riscos. Por Deus que é de fato um malandro", e estremeceu de êxtase, espantado com essa história.[617]

[*Prosseguiu Šahrāzād*:] Em seguida outro capitão, o décimo quarto, disse:

O DÉCIMO QUARTO CAPITÃO, O LADRÃO CRUEL E O FRANCOLIM

Certo[618] líder de ladrões na região de Alwāḥ era tão corajoso que sozinho atacava os viajantes. Sempre que autoridades e governantes o caçavam ele fugia e se refugiava nas montanhas. Deu-se então que certo dia um mercador desacompanhado trilhou aquele caminho, ignorando-lhe [os riscos], e o tal ladrão arremeteu contra ele, dizendo-lhe: "Entregue já tudo o que tem. [Vou matá-lo, não há escapatória]".

616 Trecho entre colchetes traduzido da edição de Breslau. No manuscrito consta somente: "e o sultão lhe deu boas-vindas". O trecho seguinte da história não faz muito sentido em nenhuma das versões, de modo que foi necessário fazer adaptações.

617 Não há muito sentido no espanto do sultão com uma história que, aparentemente, ele mesmo contou, mas é assim que os eventos estão organizados no manuscrito. Possivelmente existe erro de cópia.

618 Na edição de Breslau, o narrador abre a história com: "Saibam que, entre os criminosos, existem aqueles que são levados por Deus mediante um testemunho contra si".

O mercador disse: "Não me mate [e leve este alforje]". O ladrão disse: "É imperioso matá-lo e levar o que você tem". O mercador perguntou: "Eu lhe fiz algo que imponha vingança?". O ladrão disse: "É imperioso matá-lo". O homem desmontou e se pôs a implorar, a invocar piedade e a lisonjear, o que só fazia aumentar a dureza do ladrão. Estavam nesse pé quando, de repente, um francolim pousou do lado direito do mercador, que de tão desesperançado disse: "Francolim, este homem quer me matar sem que eu tenha cometido crime algum, injusta e cruelmente. Eu já lhe dei tudo quanto possuo e lhe pedi que me libertasse para ir ter com os meus filhos, mas ele não aceitou. Eu o faço minha testemunha, francolim, e Deus não se distrai das ações dos opressores". Sem se importar com tais palavras por causa de sua grande crueldade e tirania, o ladrão golpeou o mercador com a espada, separando-lhe a cabeça do corpo. Depois disso, as autoridades enviaram uma força policial para capturar o ladrão, tantas eram as queixas contra ele, e essa força, graças a uma artimanha, conseguiu capturá-lo. Na cadeia, o ladrão logrou se aproximar do delegado e passou a comer e a beber com ele. Ocorreu então que, certo dia, o delegado mandou servir uma magnífica refeição na qual havia francolim assado. Ao ver a ave, o ladrão riu e bateu palmas, encolerizando o delegado, que lhe disse: "Qual o motivo desse riso? Você viu aqui alguma falha e está zombando de nós? Os antigos já diziam que 'o riso sem motivo é falta de decoro'".[619] O ladrão respondeu: "Não, por Deus que não, meu senhor! Não estou rindo senão de uma ocorrência passada da qual me lembrei ao ver esta ave, o francolim. Quão escasso era o juízo daquele que quis fazer de uma ave testemunha contra mim!", e começou a contar ao delegado o que sucedera entre ele e o mercador assassinado, "que invocou o testemunho do francolim, mas eu não me apiedei nem me preocupei com o testemunho do tal francolim". Ao ouvir essas palavras, o delegado se enfureceu muito com o ladrão, desembainhou a espada e o golpeou, cortando-lhe a cabeça e fazendo-a cair sobre o banquete, e eis que uma voz disse: "É este mesmo o francolim cujo testemunho foi invocado pelo homem morto".[620]

[619] Provérbio popular. Embora próximo, não corresponde exatamente a "muito riso, pouco siso".

[620] Malgrado tenha fundamentalmente o mesmo enredo, o texto da edição de Breslau encontra-se bem mexido, com introdução de elementos para tornar a história mais familiar, como, por exemplo, a afirmação do ladrão de que isso ocorrera em sua juventude, o que não faz sentido, ou alguns versos antes da última fala: "Se não fores prejudicado, não prejudiques/ e faze o bem, que Deus te recompensará igual/ pois tudo quanto te sucede é predeterminado/ por Deus, mas a sua origem está nas tuas ações". O fato é que a história tem origem persa, o que se evidencia na mística em torno do francolim, elemento que lhe confere toda a sua intermitente estranheza, pois os seus pressupostos estão alhures, em outra cultura.

[*Prosseguiu Šahrāzād*:] Espantado com essa história, o sultão Baybars disse: "Por Deus que se trata de uma magnífica exortação". [Os presentes disseram: "Ai dos opressores!".] Então levantou-se outro capitão, o décimo quinto, e disse:

O DÉCIMO QUINTO CAPITÃO, O ASSASSINO E O CROCODILO

Certo dia, em meio a uma viagem, topei de repente com um salteador de estrada que me atacou e fez tenção de me matar. Perguntei-lhe: "Por qual motivo você vai me matar? O que vai ganhar com isso?". Ele respondeu: "Vou ganhar a sua morte". Perguntei: "Mas qual o motivo disso? Fiz algo que mereça a sua vingança? Existia antes disso alguma desavença entre nós?". Ele disse: "É imperioso matá-lo". Então fugi dele até as margens de um rio, mas ele me seguiu, prostrou-me por terra e se sentou sobre o meu peito. Pedi ajuda ao senhor do rio, dizendo: "Salve-me deste opressor cruel!". Ele já tinha puxado uma faca para me degolar, mas eis que um enorme crocodilo, parecendo um pedaço de montanha, saiu do rio, arrancou com a boca o homem de cima do meu peito, a faca ainda na mão, e o levou para o fundo do rio. Mergulhou com ele três vezes, e após a última não tornei a vê-lo. Fiquei muitíssimo contente e agradeci a Deus altíssimo por ter me mantido íntegro após essa angústia com quem queria matar-me.[621]

[*Prosseguiu Šahrāzād*:] Sumamente espantado, o sultão Baybars disse: "O mundo dá voltas contra o iníquo".

Então a aurora alcançou Šahrāzād, que interrompeu sua história e seu discurso autorizados. Sua irmã Dunyāzād lhe disse: "Como é prazerosa, boa, agradável e deliciosa a sua história, maninha", e ela respondeu: "Isso não é nada perto do que irei lhes contar na próxima noite, se acaso eu viver e este rei cortês me poupar. Eu lhes contarei algo mais espantoso e insólito, mais prazeroso e extasiante, com mais palavras e ordem melhor".

[621] Nesse ponto se encerram as histórias dos capitães na edição de Breslau. Essa narrativa mistura elementos de religiões não monoteístas, como o caso do senhor do rio e do crocodilo vingador, com vocabulário islâmico, como o agradecimento a "Deus altíssimo". Onde se traduziu "rio" e "margens" o texto traz palavras que hoje seriam traduzidas como "mar" e "litoral". Na edição de Breslau, em vez de *sayyid albaḥr*, "deus do rio", lê-se *assayyid alḥajjāj*, tentativa meio canhestra de transformá-lo num santo.

908ª
NOITE

Na noite seguinte, o rei mais velho, Šāhriyār, se recolheu à cama, juntamente com sua esposa Šahrāzād, deleitando-se ambos com libidinagens e amassos; após atingirem o gozo sexual por meio do contato corporal, Dunyāzād saiu de baixo da cama e disse: "Por Deus, irmãzinha, se não estiver dormindo, termine a sua história para a gente". Šahrāzād respondeu: "Com muito gosto e honra".

Eu tive notícia, ó rei venturoso, exitoso e sensato, dono de certeira opinião, forte disposição e louvável ação, de que o sultão Baybars disse: "A iniquidade destrói quem a pratica e contra o opressor o mundo dá voltas". Nesse momento outro capitão, o décimo sexto, tomou a palavra e disse: "Eu lhes contarei uma história na qual a integridade se deu a contragosto".

O DÉCIMO SEXTO CAPITÃO, SALVO SEM QUERER[622]

Prosseguiu [o décimo sexto capitão]:

Viajei por países, regiões diversas e praças-fortes; entrei em grandes cidades, cruzei países e trilhei caminhos inóspitos. Por fim, entrei numa cidade no fim da civilização, cujo rei pertencia às dinastias sassânida, sudarábica e cesareia; uma cidade plena de benesses, que era a cidade da China, governada por um rei poderoso, extirpador e destruidor de vidas, cujo fogo não se apagava, e que oprimia as criaturas e arruinara os países. Certo dia[623] de intenso calor, estando eu parado à porta de minha casa, eis que passou uma bela mulher com uma criada carregando uma sacola. Caminharam até se aproximarem de mim, quando então a jovem perguntou: "Vocês têm um gole d'água?". Respondi: "Sim, minha senhora, entre aqui na área para beber". Ela entrou, entrei atrás e peguei um jarro de cerâmica incensado com almíscar e cheio de água fresca. Para beber, ela revelou um rosto que parecia a lua quando irrompe por debaixo das nuvens, um pescoço semelhante ao mármore e uma fronte rosada. Eu lhe disse: "Vamos, minha senhora,

[622] Esta e a próxima narrativa não fazem parte do ciclo dos capitães de polícia na edição de Breslau, mas se encontram em outro lugar, narradas ambas na 1000ª noite e diretamente por Šahrāzād. O leitor não deixará de notar nesta primeira história incongruências espaço-temporais que aprofundam o anacronismo.
[623] É nesse ponto que se inicia a narrativa, diretamente por Šahrāzād, na edição de Breslau.

suba e fique até o tempo refrescar, e então você poderá ir embora na companhia da paz". Ela me disse: "A sua mulher vai se irritar com isso". Respondi: "Por Deus, minha senhora, que sou solteiro, e não há ninguém na casa". Ela disse: "Se for solteiro, é você quem estou procurando", e subiu, tirou as roupas de cima e se acomodou parecendo o plenilúnio na noite em que se completa. Perdi a razão e fui buscar todo gênero de comida e doce que tinha estocado em casa, e lhe disse: "Desculpe-me, é só isso que tenho". Ela disse: "É muito. Era isto que eu procurava". E, rindo, soltou-se, comeu e deu comida para a criada. Quando terminou, ofereci-lhe uma bacia e um bule, e ela mesma lavou as mãos. Levantei-me e fui buscar-lhe um frasco contendo água de rosas, que verti sobre as suas mãos e pertences. Em seguida, ficamos juntos até o entardecer: momentos nos quais me esqueci dos meus familiares, dos meus filhos e da minha terra.[624] Ela retirou da sacola uma túnica, uma ceroula, uma capa e um lenço circassiano, deu-os a mim e disse: "Saiba que eu sou uma das quarenta concubinas do califa,[625] e cada uma de nós tem um amante que vai visitá-la sempre que ela o chama. A única que está sem amante sou eu, mas hoje saí justamente para ver se arranjo algum, e então vi você e aí sucedeu entre nós o que já estava predeterminado. Já falei e pronto. Toda noite o califa dorme com uma de nós, enquanto as outras trinta e nove se deitam com os seus trinta e nove amantes. Eu quero que você esteja comigo no dia tal, quando você subirá ao palácio do califa e me aguardará no lugar tal. Quando aparecer na sua frente um pequeno criado dizendo-lhe 'venha conversar', pergunte-lhe: 'Qual o seu nome?'; se ele responder: 'Sândalo', vá atrás dele direitinho". Em seguida, ela se despediu de mim, e eu dela, com sete beijos; estreitei-a ao peito com um forte abraço e ela se retirou, deixando-me o coração em chamas à espera do dia marcado; chegado enfim esse dia, enquanto eu me dirigia ao local do compromisso, cruzei com um dos meus mais caros amigos, o qual insistiu tanto — jurando que afirmaria o divórcio três vezes e que era imperiosa a minha entrada em sua casa — que acabei por entrar. Então ele trancou as portas e foi ao mercado buscar algo para eu comer; deu meio-dia e ele não chegou; entardeceu e ele não chegou; pensei: "Que coisas lhe terão acontecido?". Findou-se a tarde, ele não chegou e eu explodi de tristeza, invadido pelo desgosto. Fiquei ali até o amanhecer, morrendo de raiva pela perda do compromisso acertado com a mulher. Quando amanheceu, meu amigo chegou, abriu a

624 Essa passagem não consta da edição de Breslau.
625 Eis aqui mais uma incongruência do texto, dado que o califado nunca se localizou na China.

porta, entrou com *harīsa*,[626] coscorão e mel de abelhas e me disse: "Por Deus, meu irmão, que eu me esqueci de você! Deus baixou algo na minha memória e me fez esquecer de você. Desculpe-me, meu amigo".[627] Não lhe dei resposta nem falei nada, limitando-me a comer um bocadinho, após o que saí correndo para, quem sabe, alcançar o que perdera. Corri até chegar ao sopé do palácio do califa, onde encontrei trinta e oito paus espetados nos quais havia trinta e oito [homens crucificados e debaixo deles trinta e oito concubinas][628] enforcadas, cada qual semelhando uma lua. Indaguei sobre aquilo e o delegado me respondeu: "Esses homens foram encontrados dormindo dentro do palácio com as concubinas do califa, que se enfureceu e mandou matar todos". Dei então graças a Deus altíssimo e me prosternei em agradecimento ao poderoso e exalçado pelo fato de o meu amigo ter me convidado e me retido em sua casa, deixando-me assim a salvo dessa desgraça que se abatera sobre os outros. Pensei: "Recompense Deus altíssimo o meu amigo por mim".

[*Prosseguiu o décimo sexto capitão*:] Saiba, ó rei venturoso, que aquele era um dos mais importantes califas de todos os tempos, soberano das eras e das horas, mas não escapou das calamidades do tempo e das desgraças do destino. E eu lhe contarei mais uma história.[629] Certa pessoa disse ter sido informada do seguinte por um amigo mercador:

SEGUNDA HISTÓRIA DO DÉCIMO SEXTO CAPITÃO: O MERCADOR E A CONCUBINA DO CALIFA

Certo dia eu estava sentado em minha loja quando me veio uma bela mulher, semelhante à lua quando resplandece, trazendo consigo uma criada. Naquela época eu também era bonito. A mulher se sentou em minha loja, comprou tecidos, pagou o preço e se retirou. Perguntei o seu nome à criada, que respondeu: "Não

[626] *Harīsa* pode designar um doce de semolina, cujo nome é o mesmo no Líbano e na Síria, mas que hoje no Egito se chama *basbūsa*, ou então um cozido de trigo e carne, cujo nome se mantém hoje na culinária armênia.
[627] Na edição de Breslau, o amigo se desculpa dizendo que também ele ficara retido na casa de amigos.
[628] O trecho entre colchetes, como sempre, é da edição de Breslau. O manuscrito fala o tempo todo em "trinta e nove", e não em "trinta e oito", variação que dá margem a duas interpretações: ou a mulher que propusera encontro ao herói fora poupada, justamente por não estar com ninguém, o que torna o número trinta e oito mais adequado; ou então a mulher que propusera encontro havia mentido, ou, ainda, arranjara outro amante qualquer, o que tornaria o número trinta e nove mais adequado.
[629] Na realidade, esse discurso, como se evidencia na edição de Breslau, parece ser da própria Šahrāzād para o rei Šāhriyār, uma vez que os capitães de polícia ignoram a presença de Baybars no recinto. Mas vale o escrito.

sei". Perguntei-lhe então o endereço, e a criada respondeu: "No céu". Eu disse: "Mas agora ela está na terra. Quando subirá ao céu? Onde está a escada pela qual ela subirá?". Ela respondeu: "No castelo entre Baḥrayn e Zāḫirayn, que é o castelo de Alma'mūn, o califa de Deus sobre a terra".[630] Eu disse: "Estou morto de paixão e sentimento". Ela disse: "Paciência. Será imperioso que ela volte". Perguntei: "Como é que o comandante dos crentes confia que uma mulher como essa saia sozinha?". Ela respondeu: "Ele nutre por ela um imenso amor, e não a contradiz em absolutamente nada". Em seguida a criada foi correndo atrás da patroa, enquanto eu me levantava, abandonava a loja e ia atrás delas a fim de ver qual caminho tomavam, até que ela chegou aonde morava, comigo atrás. Voltei com o coração ardendo em chamas.

Então a aurora alcançou Šahrāzād, que interrompeu sua história e seu discurso autorizados. Sua irmã Dunyāzād lhe disse: "Como é prazerosa, boa, agradável e deliciosa a sua história, maninha", e ela respondeu: "Isso não é nada perto do que irei lhes contar na próxima noite, se acaso eu viver e este rei cortês me poupar. Eu lhes contarei algo mais espantoso e insólito, mais prazeroso e extasiante, com mais palavras e ordem melhor":

909ª NOITE

Na noite seguinte, o rei mais velho, Šāhriyār, se recolheu à cama, juntamente com sua esposa Šahrāzād, deleitando-se ambos com libidinagens e amassos; após atingirem o gozo sexual por meio do contato corporal, Dunyāzād saiu de baixo da cama e disse: "Por Deus, irmãzinha, se não estiver dormindo, termine a sua história para a gente". Šahrāzād respondeu: "Com muito gosto e honra".

Eu tive notícia, ó rei venturoso, exitoso e sensato, dono de certeira opinião, forte disposição e louvável ação, de que [o décimo sexto capitão disse que certa pessoa disse que] o mercador disse:

630 Note novamente o anacronismo, já que a narração se dá no Egito na segunda metade do século XIII, enquanto o califa Alma'mūn governou em Bagdá no século IX. Mas isso, repita-se, não tem importância nenhuma.

A mulher entrou em casa enquanto o meu coração ardia em chamas. Alguns dias depois ela retornou à minha loja, comprou tecidos e pagou o preço, mas eu não quis receber. Ela disse: "Não precisamos das suas coisas". Eu disse: "Minha senhora, fica a título de presente". Ela disse: "De jeito nenhum. Mas eu vou colocá-lo à prova e experimentá-lo"; tirou da algibeira um saco de dinheiro, dando-me dele mil dinares de ouro, e disse: "Faça comércio com esse dinheiro até que eu volte aqui". Peguei o dinheiro e ela se retirou, ausentando-se pelo período de seis meses, durante os quais eu comerciei e trabalhei com o dinheiro, fazendo os mil dinares gerarem outros mil. Quando ela voltou a mim depois daquele período, eu lhe disse: "Eis aqui o seu dinheiro, que eu fiz render mil dinares". Ela disse: "Graças a Deus por isso!", e me deu outros mil dinares, dizendo que eu fosse ao bairro de Arrawḍa construir um belo palácio. Peguei o dinheiro, fui a Arrawḍa e ali construí um belo palácio tal como ela pedira, mobiliando-o com todo gênero de móvel valioso, e depois mandei-lhe uma mensagem pela criada informando ter concluído a construção, e ela respondeu, dizendo: "Encontre-me amanhã no lugar tal. Vá montado num burro e me espere". Assim procedi e quando cheguei ao local encontrei um rapaz ali à espera, e enquanto eu estava parado eis que ela surgiu com a criada atrás de si. Ao avistar aquele rapaz ela lhe disse: "Venha já aqui", e ele respondeu: "Sim". Fomos todos para Arrawḍa, entramos no palácio, cuja arquitetura e mobília ela examinou e em seguida arrancou os tecidos que a cobriam, acomodando-se no ponto mais elevado e gracioso. Eu saí e lhes comprei comida e bebida para o início do dia, fazendo o mesmo no final do dia. Depois, eu lhes trouxe bebidas, velas, petiscos e incenso. Estava a serviço dela, parado de pé, sem que me dissesse, de modo algum, "sente-se", nem "coma", nem "beba". Ficou sentada com o rapaz, que se pôs a beijá-la e foi correspondido, um rolando por cima do outro, sem que ela o impedisse; muito ao contrário, disse: "Até agora ainda não estamos bêbados. Deixe-me beber e dar-lhe bebida" e, pegando a taça, encheu-a, bebeu primeiro, tornou a enchê-la e a deu ao rapaz, fazendo-o beber mais e mais até que ele perdeu a razão e ficou completamente embriagado, quando então entraram ambos num dos quartos do palácio, onde ela se acomodou por um tempinho — deixando-me mergulhado em reflexões — e de repente saiu do quarto carregando a cabeça do rapaz, que pingava sangue. Não levantei os olhos nem questionei o motivo daquilo. Ela me perguntou: "O que é isso?". Respondi: "Não sei". Ela disse: "Você vai levá-lo e atirá-lo ao rio". Respondi: "De acordo" e, levantando-me imediatamente, recolhi o cadáver enquanto ela tirava as roupas, rasgava-as, enfiava-as em três sacolas e me dizia: "Jogue tudo no rio". Agi conforme ela ordenou e quando voltei ela me disse: "Sente-se", e me sentei. Ela disse: "Quero contar-lhe uma coisa para você não ser invadido pelo pânico por causa do que ocorreu entre mim e aquele rapaz. Saiba que sou concubina do califa dos crentes Almuᶜtaṣim,[631] a mais valorizada por ele. Ele me libera, mensalmente, seis noites nas quais eu posso ficar na casa da minha avó,[632] que me criou, onde ajo como bem entendo e escolho. Esse garoto era filho dos vizinhos da minha avó; certa feita em que fiquei sozinha, a minha avó ausente visitando alguns notáveis, fui dormir à noite no telhado, e mal me apercebi quando ele pulou o muro, me agarrou e montou em meu peito. Empunhando um alfanje, ele me disse: 'Se falar alguma coisa, degolo você'. Incapaz de falar ou de me livrar das suas garras, relaxei e ele me desvirginou, mas, não lhe bastasse isso tudo, passou a falar das minhas intimidades para os outros, e toda vez que eu descia do palácio califal ele se postava no caminho, me violentava e me perseguia por onde quer que eu fosse. Pronto, agora contei a minha história. Quanto a você, a sua paciência, inteligência, honestidade e serviços me agradaram, e a partir deste momento não me resta ninguém mais caro do que você". Em seguida, atirou-se sobre mim; abracei-a e passei com ela uma noite que eu nunca vira melhor em toda a minha vida. Ela me deu mais mil dinares e começou a me visitar seis dias por mês, durante os quais ficava comigo no palácio de Arrawḍa. Fomos amantes durante um ano inteiro, após o que suas visitas se interromperam por um mês. O fogo começou a lavrar no meu coração, e no segundo mês de ausência o meu sopro vital estava a ponto de me sair pelo nariz quando, repentinamente, um criado apareceu diante de mim e disse: "Fui enviado por fulana".

Então a aurora alcançou Šahrāzād, que interrompeu sua história e seu discurso autorizados. Sua irmã Dunyāzād lhe disse: "Como é prazerosa, boa, agradável e deliciosa a sua história, maninha", e ela respondeu: "Isso não é nada perto do que irei lhes contar na próxima noite, se acaso eu viver e este rei cortês me poupar. Eu lhes contarei algo mais espantoso e insólito, mais prazeroso e extasiante, com mais palavras e ordem melhor".

[631] Oitavo califa da dinastia abássida, governou entre 833 e 842. Na edição de Breslau, fala-se somente em "califa", sem especificação.

[632] "Minha avó" traduz *sayyidatī*, literalmente, "minha senhora", que mais adiante passa a ser *sittī*, "vovó" na linguagem coloquial.

1000ª[633]

NOITE

Na noite seguinte, o rei mais velho, Šāhriyār, se recolheu à cama, juntamente com sua esposa Šahrāzād, deleitando-se ambos com libidinagens e amassos; após atingirem o gozo sexual por meio do contato corporal, Dunyāzād saiu de baixo da cama e disse: "Por Deus, irmãzinha, se não estiver dormindo, termine a sua história para a gente". Šahrāzād respondeu: "Com muito gosto e honra".

Eu tive notícia, ó rei venturoso, exitoso e sensato, dono de certeira opinião, forte disposição e louvável ação, de que [o décimo sexto capitão disse que certa pessoa disse que] o mercador disse:

Enquanto eu me fritava no fogo, eis que um pequeno criado surgiu na minha frente e disse: "Fui enviado a você por fulana. Ela o informa de que o comandante dos crentes determinou que ela e mais vinte e seis mulheres sejam afogadas no dia tal nas proximidades de Dayr Aṭṭīn pelo fato de que todas se acusaram mutuamente de corrupção. Ela lhe diz para ver o que fazer e entabular alguma artimanha para salvá-la, mesmo que ao custo de todo o seu dinheiro, pois este é momento de brio e de prestação de contas". Respondi ao criado: "Não conheço essa mulher e nem sei do que você está falando. Vá embora, criado, e procure outro. Você está querendo é provocar a minha ruína". Então o criado foi-se embora enquanto no meu coração se alastrava um fogo inapagável, mas logo me levantei, peguei um pouco de dinheiro, troquei de roupa — pondo trajes de marinheiro — e me dirigi a Dayr Aṭṭīn, onde encontrei uma embarcação na qual havia um marinheiro. Peguei um pouco de comida e fui até ele. Comemos juntos e eu lhe perguntei: "Aluga este barco?". Ele respondeu: "Não, pois ele foi reservado pelo comandante dos crentes, que vai afogar as suas concubinas", e me contou a história do começo ao fim, a mesma contada pelo criado eunuco. Após ouvir tudo, ofereci-lhe dez dinares de ouro e lhe revelei o que eu pretendia em relação à jovem. O marinheiro me disse: "Meu irmão, guarde esta cabaça grande e quando a sua amiga vier aponte-a para mim que eu preparo uma artimanha para salvá-la". Beijei-lhe a mão, roguei-lhe uma longa vida e agradeci pela gentileza. Quando anoiteceu, eis que os criados do califa apareceram trazendo

[633] Por evidente distração do copista, a numeração "pula" de 909 para 1000.

as mulheres, que choravam e gritavam. Então, os criados gritaram por nós e levamos o barco, para cujo proprietário perguntaram: "Quem é esse que está com você?". Ele respondeu: "Meu colega, que me ajudará a cuidar do barco enquanto eu servir vocês". Eles subiram conduzindo uma das mulheres e disseram: "Atirem-na perto da ilha". A mulher estava amarrada e tinha pendurada no pescoço uma corda com uma jarra cheia de areia na ponta. Era assim que eles agiam: iam trazendo uma por uma nessas condições até que enfim me entregaram a minha companheira. Pisquei para o meu colega e então a levamos até o meio do rio, onde lhe entregamos a cabaça e dissemos: "Agarre-se a ela e nos espere na entrada do golfo", soltando-a ao lado do barco [após a termos desamarrado e retirado a jarra do seu pescoço]. Retornamos, [e depois dela só restava uma, que levamos e afogamos.] Os criados foram-se embora e nós retornamos de barco até a entrada do golfo, onde a vi me esperando. Içamo-la ao barco e a levamos até o nosso palácio em Arrawḍa. Assim que a mulher se acalmou, dei presentes ao dono do barco, e ele se retirou e foi cuidar da vida. Ela me disse: "Você é o companheiro com o qual eu conto para as dificuldades e os problemas". Durante algum tempo ela sofreu tremores; depois, adoeceu, contraiu tuberculose e foi ficando cada vez mais fraca, até que se mudou para a misericórdia de Deus altíssimo. Minha tristeza foi muito forte; enterrei-a e transferi tudo quanto havia no palácio para a minha casa. Ela trouxera consigo, mantendo-a em lugar por mim ignorado, uma pequena caixa de cobre amarelo; quando o testamentário chegou, vasculhou o lugar e a encontrou com a chave; quando foi aberta, verificaram estar repleta de pedras preciosas, rubis, brincos e anéis de ouro, coisas, enfim, somente possuídas por reis e sultões; [levaram a caixa e me prenderam também,] e tanto me espancaram e torturaram que lhes contei toda a história, do começo ao fim. Então me conduziram ao califa, a quem contei tudo quanto sucedera, também do começo ao fim. O califa me disse: "Vá embora deste país. Eu o liberto por causa da sua coragem, confiabilidade em guardar segredos [e ousadia ante a morte]". Imediatamente me levantei e viajei. É esta a minha história e o que me sucedeu.

[*Prosseguiu Šahrāzād*:] O sultão Baybars ficou espantado com essas coisas; portanto, não fique você espantado, rei Šāhriyār, pois sucedeu aos reis, aos califas e aos soberanos sassânidas anteriores, e outros, o mesmo que lhe sucedeu relativamente às mulheres; a explanação seria muito longa e você ficaria entediado de ouvir. O tanto que contei é suficiente para o homem de intelecto e sagacidade. Você não é mais poderoso, ó rei, que os califas e os sassânidas, e este relato contém admoestações para o ouvinte.

Quando se completaram mil noites, Šahrāzād interrompeu a contação de histórias, cujos sentidos e vocabulário despertaram a inteligência do rei Šāhriyār,[634] o qual, coração serenado e cólera aplacada, refletiu sobre a sua condição, penitenciou-se,[635] voltou a Deus altíssimo e pensou: "Se com os califas e os reis sassânidas ocorreu pior do que ocorreu comigo, vou parar de me autocensurar. Quanto a esta Šahrāzād, não existe igual! Exalçado seja aquele que fez dela a salvação das criaturas contra a morte e a teimosia". E, levantando-se imediatamente, aproximou-se dela e lhe beijou a cabeça; tanto ela como a sua irmã Dunyāzād ficaram sumamente contentes. Quando amanheceu, o rei Šāhriyār, o mais velho, foi para o trono, dali convocando os principais do governo, e logo apareceram os secretários, os delegados, os comandantes, os vizires, outros membros do governo e demais pessoas importantes. Todos beijaram o chão diante do rei, rogaram vida longa para ele, para a rainha Šahrāzād e para o pai dela, louvando este último pela educação e pela criação que dera à filha. Quando isso foi concluído, o rei deu ao vizir uma vestimenta luxuosa e outros presentes valiosos, e o aproximou de si. Em seguida, contou a todos — vizires, maiorais do governo e gente importante — tudo quanto ocorrera entre ele e a rainha Šahrāzād, e que voltara atrás quanto à morte das jovens, e que estava arrependido do passado. Contou-lhes ainda que pretendia promover um festival em homenagem a ela. Mandou trazer juiz e testemunhas que firmaram o contrato de casamento entre ambos, Šahrāzād e Šāhriyār, o mais velho. Quando o contrato se escreveu, todos os notáveis do governo ficaram felizes e beijaram o chão na frente do rei, rogando para ele a perpetuação do poder e da fortuna, após o que se dispersaram e se retiraram para as suas casas. Espalhou-se pela cidade a notícia de que o rei se casara com a rainha Šahrāzād e proibira a opressão contra os súditos. O povo ficou contente, rogando por ele e pela pessoa responsável por salvar as suas filhas, que era Šahrāzād, a filha do vizir. O rei deu início aos preparativos para a festa de casamento e mandou chamar o seu irmão Šāhzamān,[636] o qual, ao receber o emissário, aprontou-se e viajou até chegar à terra de Šāhriyār, o mais velho, que saiu para recepcioná-lo acompanhado de seus soldados, vizires e dos principais do reino. A cidade foi engalanada da maneira mais bonita para a sua

[634] Neste manuscrito, o nome do rei vem sempre acompanhado do epíteto *alakbar*, "o mais velho", que não foi traduzido nesta passagem. Um pouco antes, "inteligência" traduz a palavra que foi lida como *ḏihn*, mas que também poderia ser lida como *ḏahan*, "prudência", "juízo". E "despertar" traduz o verbo *aḥḍar*, "trazer".
[635] "Penitenciou-se" traduz *tāba'a*, "prosseguiu". Certamente, trata-se de erro de cópia, por *tāba*.
[636] O manuscrito grafa *Šāhzanān*.

chegada, e os súditos queimaram incenso, âmbar com almíscar e aloés em todos os mercados e quarteirões, perfumaram-se com açafrão e tocaram tambores; gritaram enfim as intenções e as taças:[637] foi um dia no qual os pensamentos ficaram perplexos. Quando subiram ao palácio, o rei ordenou que o banquete fosse servido; os pratos eram indescritíveis, e todos comeram: o rei Šāhriyār e o seu irmão, todos os vizires, líderes militares, secretários, delegados, notáveis do governo e líderes da comunidade, com toda a sua clientela. Após estes se saciarem, foram convidados a entrar e comer do banquete todos os súditos, que então acorreram de tudo quanto era lugar e hospedaria, e também eles comeram à saciedade.[638] O rei deu prosseguimento às comemorações pelo período de sete dias, até que todo mundo se saciou; depois disso, ele se reuniu a sós com o seu irmão Šāhzamān e lhe relatou o que sucedera entre ele e Šahrāzād, a filha do vizir, as biografias e belas histórias que lhe contara, com as ocorrências, casos e problemas vividos pelos reis, califas e soberanos sassânidas, bem como os dizeres, poesias e anedotas que ela o fizera ouvir. Sumamente espantado, o rei Šāhzamān estremeceu de êxtase e disse: "Meu irmão, eu quero me casar com a irmã dela, Dunyāzād, para que as duas irmãs fiquem com os dois irmãos".[639] Ao ouvir tais palavras do irmão, o rei mais velho, Šāhriyār, ficou muito contente, levantou-se e imediatamente foi falar com a sua esposa Šahrāzād para informá-la da concordância entre ele e o irmão, que desejava casar-se com a irmã dela, Dunyāzād. Šahrāzād lhe respondeu: "Se o seu irmão quer se casar com a minha irmã, ó rei, estabeleça-lhe como condição que não a afaste deste país, pois eu não aguento ficar longe dela, e tampouco ela aguenta ficar longe de mim por muito tempo. Se ele aceitar essa condição, ela será dele". Então o rei Šāhriyār saiu de perto da esposa e foi até o seu irmão Šāhzamān, informando o acordo proposto por sua esposa Šahrāzād. O irmão respondeu: "Era isso mesmo que eu tinha em mente, pois eu detesto ficar longe de vocês, e por esse motivo eu me incomodava muito. Já se prolongou demasiado a separação entre nós! Louvores a Deus, que nos reuniu antes que fosse tarde". E eles imediatamente mandaram

[637] Na edição de Breslau, consta a palavra "flautas", *nāyāt*, em vez de "intenções", *niyyāt*, que foi a leitura preferida para a tradução.

[638] Na edição de Breslau se acrescenta: "para que aquilo fosse um motivo para a pacificação entre o rei e os súditos".

[639] A edição de Breslau acrescenta: "pois foi a minha desgraça o motivo da descoberta da sua desgraça. Durante estes três anos não me deleitei com mulher nenhuma, embora antes eu dormisse com alguma garota do meu reino uma única noite e pela manhã mandasse matá-la. E agora eu desejo casar-me com Dunyāzād, a irmã da sua esposa".

convocar juízes e testemunhas, bem como os notáveis do governo, secretários, delegados e detentores de postos oficiais, e escreveram o contrato de casamento das duas irmãs com os dois irmãos, na presença do pai de ambas, o vizir. Ordenaram que a cidade fosse engalanada, o que se cumpriu sem demoras, e presentearam o vizir com uma luxuosa vestimenta, algum dinheiro e pedras preciosas; em seguida, presentearam os juízes, as testemunhas, os notáveis do governo e os homens poderosos com vestimentas valiosas, e só então se deu início à festa de casamento, após o que as esposas foram conduzidas ao banho público, onde as camareiras as enfeitaram com os mais belos enfeites, pentearam-lhes os cabelos, apararam-nos, expuseram-nas à melhor classe de incenso de aloés e almíscar com âmbar, vestiram-nas com belas roupas e joias luxuosas, cravejadas de pérolas e gemas reservadas somente aos reis e aos soberanos sassânidas. Cada um dos trajes tinha um manto bordado a ouro vermelho com desenhos de animais e aves, além de várias espécies de imagens cravejadas de rubi e esmeralda verde. Colocaram no pescoço de ambas colares valiosíssimos que nem Kisrà, nem Qayṣar, nem Iskandar[640] haviam possuído iguais, com grandes pedras que deixavam atônito o pensamento dos mais clarividentes; cada uma das jovens era mais resplandecente que o sol e a lua na noite em que se completa. As camareiras acenderam diante delas velas tão luminosas quanto o ouro brilhante, cuja luz lhes iluminou as faces: ambas tinham olhos mais agudos que a espada desembainhada, os cílios das suas pálpebras enfeitiçavam os corações, faces rosadas, ancas, seios e cintura tinham a curvatura de um galho de árvore, e olhos de gazela. Foram recepcionadas pelas criadas e cantoras com instrumentos musicais e adufes. Depois, os dois reis também entraram no banho público, saíram e se instalaram em dois tronos de zimbro[641] com lâminas de ouro e cravejados de várias espécies de pedras preciosas, pérolas e esmeraldas verdes. Então chegaram as duas irmãs e pararam diante de ambos, que lhes contemplaram a beleza e a formosura, sua bela imagem, as duas semelhando luas. Šahrāzād foi a primeira a ser conduzida para o desfile, num luxuoso traje vermelho. O rei mais velho, Šāhriyār, levantou-se e acompanhou o primeiro desfile; [as mentes dos homens e das mulheres ficaram atônitas, pois ela] era como disse um dos que a descreveram nestes versos:

[640] *Qayṣar* e *Iskandar* são as formas árabes de "César" e "Alexandre", respectivamente.

[641] "Zimbro" traduz, literalmente, *ᶜarᶜar*. Trata-se de uma árvore cuja madeira é aromática. Mas pode ser erro de cópia por *marmar*, "mármore".

“Sol em dunas como haste,
em rubra túnica ela surgiu:
a doce saliva de vinho sorvi
na taça de sua face, e repousei.”

Disse o narrador: Em seguida, eles fizeram Dunyāzād desfilar num traje azul bordado, o que a deixou como o plenilúnio quando aparece, e exibiram-na diante do rei Šāhzamān, que ficou felicíssimo, quase desmaiando de êxtase e paixão, perdido de amores por ela ao vê-la tal como disse a respeito dela um dos que a descreveram nestes versos:

[“Ela surgiu num traje azul
anil, da mesma cor do céu:
contemplei o traje e vi lua
de verão em noite de inverno.”

Em seguida, trouxeram Šahrāzād novamente e a fizeram desfilar com o segundo traje excelente, vendando-lhe o rosto com os próprios cabelos e soltando-lhe as tranças; ela estava tal como disse a seu respeito um dos que a descreveram nestes versos:

“Ai de quem lhe soltou o cabelo sobre o rosto;
por vida minha que me matou com tal opressão:
‘Cobres a manhã com a noite?’. Respondeu: ‘Não,
mas cobri o plenilúnio com sombras, isto sim’.”

Em seguida fizeram Dunyāzād desfilar com o segundo traje, depois o terceiro, depois o quarto, todos parecendo curvar-se de admiração, e ela foi surgindo como o sol nascente, tal como disse a seu respeito o poeta nestes versos:][642]

“Sol que, quando aparece ao povo, resplandece
e cresce com belo mimo que o pudor aumenta;

[642] Todo esse trecho entre colchetes falta no manuscrito devido a um “salto-bordão”, tendo sido traduzido da edição de Breslau. No decorrer desta última parte, aliás, várias pequenas correções foram feitas com apoio nessa edição.

quando ela desfilou vimos o amanhecer sorrindo,
e o sol da manhã entre as nuvens se escondendo."

Disse o narrador: Em seguida fizeram Šahrāzād desfilar pela segunda, depois a terceira, depois a quarta, depois a quinta vez, e ela parecia uma haste de bambu, uma gazela sedenta, de graciosa beleza, perfeita formosura e características, tal como disse a seu respeito o poeta superior:

"Surgiu como plenilúnio em noite ditosa,
pujante de membros e esbelta de talhe,
e olhos cuja beleza a todos cativa,
imitando os rubis com o rosado da face;
sobre as suas ancas balança o negro cabelo:
cuidado com as cobras de seus fios ondulados,
que se curvaram ao seu costado e ao coração;
mas seu amor é mais duro que a pedra mais dura:
envia setas pelo olhar, por debaixo das pálpebras
que acertam, jamais erram, mesmo à distância."

Disse o narrador: Em seguida, fizeram Dunyāzād desfilar pela quinta e depois pela sexta vez com um traje verde, e a sua beleza fez os horizontes se porem de pé, e com o brilho da sua face ela encobriu a luz do plenilúnio, mostrando-se tal como a descreveu o poeta superior nestes versos:

"Uma garota tal como o sol da aurora,[643]
que da sua própria face parece ter saído;
desfila agora envolta em túnica verde,
tal como as folhas protegem a flor de romã.
Perguntei: 'Qual o nome dessa vestimenta?',
e ela respondeu com palavras bem graciosas:
'Como com ela rompemos a vesícula de muitos,
nós a chamamos das vesículas a destruidora'."

[643] Na edição de Breslau, "uma garota instruída pela esperteza".

Disse o narrador: Depois fizeram a rainha Šahrāzād desfilar pela [sexta,] sétima e oitava vez com um traje de jovens, que parecia curvar-se de admiração. Ela havia sequestrado o intelecto de todos e enfeitiçado com o olhar até os mais sagazes, balançando as costas e remexendo as ancas; com o cabelo jogado por cima do cabo da sua adaga, ela passou pelo rei Šāhriyār, que ficou de pé para ela e a abraçou tal como um nobre abraça o conviva, e lhe prometeu, ao pé do ouvido, tudo de bom, recolhendo a adaga da mão dela, que nesse sentido era como disse o poeta superior a seu respeito nos seguintes versos:

"Fosse a beleza dos efebos dobrada,
tal como sempre foi a das beldades,
as camareiras, que cuidam da noiva,
lhes raspariam a barba da face rosada."[644]

Disse o narrador: Fizeram o mesmo com Dunyāzād diante do rei Šāhzamān, e quando terminou o desfile com os trajes e os presentes já estavam bem satisfeitos, e todos os olhos e retinas já haviam se apartado dos casais, as duas irmãs retiraram aqueles trajos cheios de pedras preciosas, deixando-os em seus aposentos, e cada um dos reis possuiu a sua esposa: o rei Šāhriyār a sua esposa Šahrāzād, e o rei Šāhzamān a sua esposa Dunyāzād, cada qual se ocupando de sua amada. O coração dos súditos se tranquilizou, o país prosperou, e quando a manhã surgiu, iluminando com a sua luz e brilhando, o vizir foi vê-los e beijou o chão diante deles, rogando a perpetuação do seu poder e o bem-estar e a eliminação da miséria e do rancor, sendo então dignificado e bem tratado. Em seguida, os reis determinaram-lhe que se sentasse, e depois que comparecessem os demais vizires, os comandantes militares, os figurões, os membros da corte, os notáveis do governo e os maiorais do reino. Todos beijaram o solo diante dos dois reis, rogaram-lhes pela perpetuação do poder e pela longa vida, e ambos os presentearam com luxuosas túnicas, de valor incalculável. O vizir pai das rainhas foi nomeado governador da Samarcanda persa e toda a sua região, dali saindo deveras feliz e contente, após ter novamente beijado o chão e rogado por eles. Ele saiu da assembleia, acompanhado por batida de tambores e som de flautas, e precedido

[644] Além de muito diversas entre si, as versões dessa poesia são incompreensíveis tanto no manuscrito como na edição de Breslau. Para a tradução, fez-se uma leitura combinada, com boa dose de interpretação. Parece que o propósito dos versos é evidenciar a superioridade da beleza feminina sobre a masculina.

por soldados, peões e oficiais, dirigindo-se para casa; no dia seguinte, [foi até as filhas, cumprimentou-as, despediu-se e elas lhe beijaram as mãos, ficaram contentes com o seu reino, deram-lhe muito dinheiro e se despediram do pai,] que então saiu da cidade na companhia [dos dois reis] e de cinco notáveis do governo; deram-lhe dinheiro, joias e pedras preciosas, além de muitas outras coisas, e acamparam com ele durante três dias nos arredores da cidade, após o que os dois reis lhe ordenaram que se pusesse em marcha. Ele se despediu, recomendando-lhes vivamente as filhas, e, depois de terem cavalgado ao seu lado por um dia inteiro, despediram-se e retornaram à cidade, juntamente com os soldados do séquito. O vizir prosseguiu com os seus próprios soldados e membros da comitiva, atravessando desertos e terras inóspitas por dias e noites, aproximando-se de tudo quanto era distante e deixando para trás tudo quanto era próximo. Quando enfim se aproximou de sua terra, enviou emissários para informarem os moradores da sua chegada, e então todos os notáveis do governo, pessoas importantes e governadores de cidades, vilas e praças-fortes, seus representantes, os maiorais do país, enfim, todos saíram para recepcioná-lo, numa marcha de três dias, envoltos na mais insuperável das felicidades. A seguir, acompanharam-no até a capital, especialmente adornada para recebê-lo. Igualmente contentes com a sua chegada, os súditos rogaram para ele uma vida longa, fazendo da sua chegada um dia magnífico. Em seguida, conduziram-no ao palácio e o instalaram no trono do reino, pondo-se a servi-lo os chefes militares, os vizires, os notáveis do governo, as pessoas importantes, os governadores, os maiorais da cidade, enfim, desde o grande até o pequeno. Rogaram que tivesse êxito e longevidade, e ficaram contentes que fosse ele o seu rei e governante.

Disse o narrador: No tocante ao rei mais velho, Šāhriyār, e o seu irmão Šāhzamān, ambos, após a partida do sogro vizir, convocaram os principais do governo, as pessoas importantes, os dirigentes e governadores, dando-lhes túnicas e outros presentes e benesses. O rei Šāhriyār dividiu o reino com o seu irmão Šāhzamān e, após entrarem em acordo, passaram a governar cada dia um. O coração dos súditos se alegrou com tal situação, bem como as suas esposas irmãs, e o amor entre eles se tornou perfeito e insuperável, e tão grande era que não suportavam estar separados uns dos outros; rogavam por eles os pobres, os desvalidos, os letrados, os sábios e os pregadores sobre os púlpitos. As notícias sobre a justiça e a equanimidade dos dois reis se espalharam, tendo sido revogados os impostos sobre mercadores e viajantes. Em seguida, o rei mais velho, Šāhriyār, mandou chamar historiadores e copistas, ordenando-lhes que escrevessem tudo quanto lhe sucedera com a sua esposa Šahrāzād, todas as histórias, crônicas e anedotas que lhe contara, desde a primeira até a última, e então eles escreveram tudo quanto lhes ordenara do início ao fim, que são as mil e uma noites e o que nelas ocorreu de histórias maravilhosas e sentenças preciosas; preencheram trinta volumes que o rei Šāhriyār depositou na biblioteca do seu reino, no local onde estudava. Os reis se estabeleceram com as suas esposas na condição mais prazerosa, na vida mais opulenta, deliciosa e feliz; Deus substituiu a sua tristeza por alegria, e assim eles permaneceram por um bom tempo, por boas noites e momentos, até que lhes adveio o destruidor dos prazeres e dispersador das comunidades, e todos se transferiram para a misericórdia de Deus altíssimo, entronizando-se então um novo rei no lugar deles,[645] pois Deus dá o seu reino para quem quiser, ele que é rápido na prestação de contas, Deus, o único, o benfeitor.

Concluiu-se a história,[646] com os louvores a Deus e a sua ajuda, êxito, generosidade e graça. É exata e perfeitamente isto o que chegou até nós da história deles e das suas notícias. Louvores a Deus em qualquer situação. Deus altíssimo é quem conduz ao acerto. Concluiu-se.[647]

645 Na edição de Breslau, consta que esse novo rei era "ajuizado, justo, sagaz, letrado e amante das crônicas, especialmente as biografias dos reis e sultões; encontrando esta biografia espantosa, extasiante e insólita em trinta volumes, leu o primeiro volume, depois o segundo, depois o terceiro, assim por diante, e cada volume o agradava mais que o anterior, até que chegou ao final e se espantou com o que ouviu de histórias, narrativas, anedotas, admoestações, vestígios e lembranças, e então ordenou às pessoas que as escrevessem e divulgassem em todos os países e regiões; ela passou a ser muito citada, e a chamaram de espantos e estranhezas das mil e uma noites, sendo isto que nos chegou a respeito deste livro, mas Deus sabe mais".

646 "História" traduz *sīra*, vocábulo também empregado no sentido de "biografia".

647 Esse final é o segundo mais antigo documentado das *Noites* – o manuscrito é do século XVII – e difere substancialmente do final mais disseminado, constante das edições de Būlāq e Calcutá², que são do século XIX e cujos manuscritos remontam ao século XIX ou, no máximo, ao final do século XVIII, e nos quais se destaca o fato de que a narradora mostra ao rei os três filhos que tivera durante essas mil e uma noites. Veja o posfácio a este volume. Em 2016, o pesquisador sírio Ibrahim Akel, do Inalco, sustentou sua tese de doutorado, na qual, entre outras coisas, fixou o texto do manuscrito 614 (ou 674, conforme a catalogação anterior), da Biblioteca Rashid Efêndi, na cidade de Kayseri, Turquia. Trata-se de um dos mais antigos manuscritos das *Noites*, copiado no século XVI, cujo conteúdo é bem similar ao utilizado na presente tradução, embora anterior a ele em cerca de um século. Na verdade, conforme observa o mesmo Akel, os manuscritos "614", de Kayseri, e "Arabe 3619" pertencem à mesma família, apresentando diferenças mais acentuadas nas histórias imediatamente anteriores ao epílogo. A narrativa "circular" aqui traduzida no "Anexo 3", sob o título de "A noite perdida de Jorge Luis Borges", aparece, no manuscrito de Kayseri, como narrada pelo décimo-sexto capitão de polícia, passando em seguida para a voz de Šahrazād, num claro erro de cópia, pois é óbvio que a história é narrada diretamente por ela, sem intermediários. Ademais, o manuscrito "614", embora dividido em noites, não lhes atribui numeração, e o seu começo contém incongruências que parecem fruto de improviso, evidenciando que, ao menos no início, o escriba não estava ciente de que copiava um manuscrito das *Noites*, talvez porque o defeito remonte ao original do qual fazia a cópia.

ANEXOS

Os anexos da presente edição são textos que podem servir como elementos de comparação para o leitor interessado na história da constituição deste livro.

ANEXO 1

Em árabe, a história de ^{c}Alī Bābā existe num único manuscrito, o "Bod. Or. 633" da Biblioteca Bodleiana, em Oxford. Embora não esteja datado, é possível situar-lhe a data de cópia na segunda metade do século XVIII*, possivelmente já no seu final. Esse texto foi editado em 1910 pelo arabista escocês Duncan Macdonald numa revista acadêmica, o* Journal of Royal Asiatic Society*, mas só passou a circular de fato entre o público de língua árabe no ano de 2011, na supracitada coletânea* Allayālī Al^{c}arabiyya Almuzawwara*, que reproduz exatamente a edição de Macdonald. Foi dela que se fez a presente tradução.*[1]

^{c}ALĪ BĀBĀ, OS QUARENTA LADRÕES E A ESCRAVA MURJĀNA (CONFORME A ÚNICA VERSÃO ÁRABE)

Em nome de Deus, misericordioso, misericordiador.

Conta-se — mas Deus sabe mais sobre o que já é ausência, e é mais sábio quanto ao que sucedeu e passou nas histórias das nações antigas e dos povos extintos — que houve em tempos remotos, já de há muito esgotados, numa das cidades de Ḫurāsān, na Pérsia, dois irmãos de pai e mãe, dos quais o primeiro se chamava Qāsim, e o segundo, ^{c}Alī Bābā. Ao falecer, o pai não lhes deixara senão uma bem pobrezinha herança e parcos bens. Mesmo minguada, essa herança foi por eles repartida de maneira justa e equitativa, sem confusões nem discussões. Depois da divisão do espólio paterno, Qāsim se casou com uma rica mulher, dona de propriedades e jardins, pomares e lojas abarrotadas

[1] Para maiores informações a respeito do texto e das suas circunstâncias, veja o posfácio a este volume.

de luxuosas mercadorias e cabedais valiosos e finos, e tanto ele se pôs a dar e a receber, a vender e a comprar, que a sua condição melhorou e o destino o auxiliou, tornando-se famoso entre os mercadores e adquirindo prestígio entre as gentes abastadas e opulentas. ᶜAlī Bābā, porém, casou-se com uma jovem pobre que não possuía dirham nem dinar, nem casas nem terrenos, e em pouco tempo perdeu o que do pai herdara, sendo dominado pela penúria, com as suas aflições, e pela pobreza, com as suas carências e preocupações. Perplexo quanto ao que fazer, incapaz de qualquer artimanha para obter sustento e sobrevivência, ᶜAlī Bābā, que era sábio e inteligente, culto e letrado, recitou os seguintes versos:

"Dizem-me: 'Entre os homens, tu és,
com teu saber, como noite enluarada'.
Respondi: 'Deixai de lado essa conversa,
pois o saber não existe senão com o poder;
se me sequestrassem junto com meu saber,
e todos os livros desde sempre escritos,
pela comida do dia, seria o refém devolvido,
e me atirariam na cara a história e o desprezo,
pois o pobre, e a condição de quem é pobre,
e a existência do pobre, como são desgostosas!
No verão, seu sustento não consegue ganhar,
e no inverno só a muito custo é que se aquece;
contra ele avançam os cachorros nas ruas,
e qualquer ser mesquinho o quer humilhar;
quando se queixa para quem quer que seja,
ninguém neste mundo faz questão de acudir;
se for esta, portanto, a vida do pobre,
para ele o melhor dos lugares é a tumba'."

Quando terminou de recitar, pôs-se a refletir sobre a situação, o que o futuro lhe reservava, como administraria o assunto da sobrevivência, e qual seria a artimanha para obter sustento; pensou: "Se, com o dinheiro que me restou, eu comprar um machado e alguns jumentos para com eles subir a montanha, cortar madeira e depois descer e vender no mercado da cidade, será imperioso que com o valor obtido eu dissipe a angústia, gastando-o com a família". Considerando enfim correto esse parecer, acorreu para comprar os jumentos e o machado, após o que se dirigiu para a montanha com três jumentos, cada um deles do tamanho de um burro, e passou o dia cortando lenha e amarrando a carga. Quando anoiteceu, carregou os jumentos e desceu em direção à cidade, vendendo no mercado a madeira, cujo valor o ajudou a ajeitar a situação e gastar com os familiares, diminuindo a angústia e aumentando a folga, e por isso ele agradeceu a Deus e o louvou, dormindo com o coração feliz, o olho alentado e a alma tranquila. Quando amanheceu, levantou-se e retornou à montanha, procedendo do mesmo modo que o dia anterior; nisso passou a consistir a sua labuta de todos os dias: ao amanhecer se dirigia à montanha e ao anoitecer retornava ao mercado da cidade para vender a sua madeira e gastar o valor recebido com a família, encontrando enfim a bênção com esse ofício.

Continuou nessa situação até que, certo dia, enquanto cortava madeira na montanha, eis que avistou uma poeira subindo até encobrir a paisagem, e após cuja dispersão apareceram, debaixo dela, vários cavaleiros semelhando leões mal-encarados, armados até os dentes, vestidos de armaduras, portando espadas, carregando lanças e com arcos a tiracolo. Temeroso, assustado e aterrorizado, ^{c}Alī Bābā correu até uma árvore alta, subiu e se ocultou entre os seus galhos, prevenindo-se contra eles por acreditar serem ladrões. Escondido atrás dos galhos cheios de folhas, pôs-se a observá-los com atenção.

Disse o narrador desta história espantosa, deste caso emocionante e estranho: Ao escalar a árvore e examinar os cavaleiros sob a ótica da fisiognomonia, ^{c}Alī Bābā teve certeza de que se tratava de ladrões, bandoleiros de estrada, e os contou, constatando serem quarenta homens, cada qual montado num corcel da melhor espécie: seu medo cresceu, seu temor aumentou, seus membros se contraíram, sua saliva secou e sua visão não conseguia distinguir o caminho. Os cavaleiros estacaram, apearam dos corcéis — prendendo-lhes [ao pescoço] sacos de cevada — e em seguida cada um deles pegou o alforje amarrado no dorso do seu cavalo, soltaram-nos e os levaram ao ombro, tudo isso com ^{c}Alī Bābā a espreitar e a observar de cima da árvore. O chefe dos ladrões caminhou na frente dos outros, conduzindo-os a um canto da montanha e se detendo diante de uma pequena porta de aço num local tão coberto de ervas que era impossível vê-la: as sarças e os espinhos eram em tal profusão que ^{c}Alī Bābā não havia notado ou visto a porta, nem topado com ela. Quando os ladrões já estavam parados diante da porta de aço, o chefe deles disse em voz bem alta: "Ó sésamo, abra a sua porta!",[1] e tão logo ele pronunciou tais palavras a porta se abriu e o chefe entrou, seguido pelos outros ladrões, cada qual carregando um alforje. Espantado com aquilo, ᶜAlī Bābā teve quase certeza de que cada alforje daqueles estava carregado de prata branca e ouro amarelo luzente, e o caso era bem esse, pois aqueles bandidos assaltavam as estradas e faziam algaras contra aldeias e cidades, oprimindo as criaturas, e toda vez que espoliavam uma caravana ou atacavam alguma aldeia carregavam o produto do roubo para aquele local desabitado, oculto e distante das vistas de terceiros. ᶜAlī Bābā continuou em cima da árvore — escondido, calado e inerte, embora com o olhar atento para os ladrões e acompanhando-lhes os movimentos — até que os viu sair, liderados pelo chefe, já esvaziados os alforjes, os quais eles tornaram a amarrar tal como antes no dorso dos cavalos e, após lhes terem colocado as rédeas, montaram e partiram, tomando a mesma direção de onde tinham vindo e acelerando a cavalgada até se afastar e desaparecer das vistas. Enquanto isso, calado de medo, ᶜAlī Bābā continuava inerte sem nem respirar, não descendo da árvore senão quando eles se afastaram e sumiram do seu campo de visão.

Disse o narrador: Quando se sentiu a salvo do mal deles e o seu terror amainou, ᶜAlī Bābā ficou mais tranquilo e desceu da árvore, aproximando-se da pequena porta, que ele parou para examinar, e pensando: "Se eu disser: 'Ó sésamo, abra a sua porta', tal como fez o líder dos bandidos, será que ela se abrirá ou não?". Então ele deu um passo adiante, pronunciou aquelas palavras e eis que a porta se abriu; o motivo disso é que o local havia sido construído por gênios amotinados, encontrando-se protegido e encantado por potentes talismãs, e a frase "ó sésamo, abra a sua porta" era o segredo estabelecido para desfazer o encanto do talismã e abrir a porta. Ao vê-la aberta, ᶜAlī Bābā entrou e, mal ultrapassara a soleira, a porta tornou a se fechar às suas costas; assustado e aterrorizado, ele disse uma frase que não envergonha quem a pronuncia: "Não existe força nem poderio senão em Deus altíssimo e poderoso"; em seguida, ao se lembrar da frase "ó sésamo, abra a sua porta", o medo e o terror que o dominavam se acalmaram, e ele disse:

[1] Tradução literal de *yā sumsum iftaḥ bābaka*. Embora a frase consolidada em português seja "abre-te sésamo", neste caso a tradução preferiu a literalidade para lhe evidenciar o recorte semântico em árabe, em que o "sésamo" é o elemento mágico evocado para agir sobre o que lhe pertence, ao passo que a frase em português, e em francês, sugere que "sésamo" seria o nome do lugar, ou da porta. Mesmo na frase que se popularizou em árabe por via das adaptações desta história ao público infantil, a frase é *iftaḥ yā sumsum*, "abra, ó sésamo", sem nada que corresponda ao pronome oblíquo reflexivo do português.

“Não devo me preocupar com o fechamento da porta, pois eu conheço o segredo de como abri-la”. Caminhou um pouco, supondo que o local fosse todo escuro, e ficou sumamente admirado ao topar com um amplo saguão iluminado, edificado em mármore, com colunas bem construídas e bela arquitetura, onde se armazenava tudo quanto pode desejar qualquer alma em termos de comida e bebida. Daquele saguão foi para um segundo, maior e mais amplo que o primeiro, nele encontrando dinheiro, joias e coisas tão espantosas e maravilhosas que deixariam estupefato quem as visse, e incapaz de descrevê-las: ali estavam reunidos lingotes de ouro legítimo e outros de prata, dinares bem cunhados, dirhams de valor, tudo isso em montes tão numerosos como a areia e os pedregulhos, impossíveis de contar ou calcular. Após ter zanzado por esse saguão espantoso, divisou outra porta que o introduziu num terceiro saguão ainda mais esplêndido e belo que o segundo, contendo tudo quanto existia nas mais diferentes terras e países: as melhores roupas que os homens podem usar, peças de algodão caro e valioso, trajes de seda e brocado luxuoso, enfim, não existia uma única espécie de tecido que não estivesse depositada naquele local, fosse dos distritos da Síria ou das mais remotas regiões da África, e até mesmo da China e do Sind, da Núbia e da Índia. Dali ele foi para o saguão das pedras preciosas, o mais magnífico e espantoso, pois continha pérolas e joias em quantidades tais que eram inimagináveis e incalculáveis, fossem rubi, esmeralda, turquesa ou topázio; quanto às pérolas, elas ali existiam aos magotes, e a cornalina se via ao lado da pedra coral; dali, ᶜAlī Bābā entrou no saguão de perfumes, incensos e essências aromáticas, que era o último, nele encontrando desses produtos categorias excelentes e qualidades delicadas; o aroma de aloés e de almíscar ali recendia, e o esplendor do âmbar e do incenso ali se sentia, e a fragrância do perfume e das essências dali se exalava, e o doce perfume e açafrão ali se notavam, e o sândalo estava ali espalhado como se fora lenha para queimar, e as plantas aromáticas ficavam ali abandonadas como se fossem palitos perdidos. ᶜAlī Bābā ficou perplexo com a visão dessas riquezas e tesouros, o seu pensamento se dispersou e a sua mente se aturdiu, mantendo-se longo tempo parado, atônito, estupefato; em seguida, começou a examinar tudo aquilo em detalhe, ora entre as pérolas, revirando uma singular, ora entre as joias, contemplando alguma mais valiosa, ora se detendo numa peça de brocado, ora se admirando com o ouro reluzente, ora passando por entre as recém-feitas peças de ouro suave e brilhante, ora aspirando o aroma do aloé e de outros perfumes. Logo lhe ocorreu que aqueles ladrões, mesmo que tivessem estado a reunir tamanhas riquezas espantosas por muitos anos e longos dias, não teriam conseguido acumular nem sequer uma fração delas, sendo portanto absolutamente imperioso que tal tesouro já existisse antes de os ladrões o encontrarem; ademais, de qualquer modo, a sua posse por parte deles não tinha nenhum aspecto de legalidade nem fora trilhada numa senda justa, e, portanto, se aproveitasse a oportunidade e levasse um pouco desse dinheiro abundante não recairia sobre ele nenhum pecado nem seria atingido por nenhuma censura; segundo, o dinheiro era tanto que eles não conseguiam contá-lo ou calculá-lo, e por conseguinte não perceberiam o quanto dele fora levado e nem sequer se dariam conta. Nesse momento, adotou o parecer de levar o que fosse possível daquele ouro ali jogado, e pôs-se a transferir os sacos de dinares de dentro do esconderijo do tesouro para fora, dizendo "Ó sésamo, abra a sua porta" sempre que queria entrar ou sair, e então a porta se abria. Ao terminar de transferir aquele dinheiro, carregou os jumentos, cobriu os sacos de ouro com um pouco de madeira e conduziu os animais até a cidade, onde se dirigiu a sua casa, feliz e apaziguado.

Disse o narrador: Entrando em casa, ᶜAlī Bābā fechou a porta para evitar a entrada de algum inoportuno e, após amarrar e trancar os jumentos no estábulo, pegou um saco e subiu com ele até a sua mulher, colocando-o diante dela; em seguida, desceu e trouxe outro saco, carregando assim um saco atrás do outro até colocar todos os sacos na frente da mulher, que estava atônita e espantada com aquele procedimento, mas ao tocar num dos sacos e sentir a aspereza dos dinares, a sua cor se amarelou e o seu ser se alterou por imaginar que o marido roubara aquele dinheiro copioso. Ela perguntou: "O que você fez, seu infeliz? Não temos necessidade de obter nada em pecado, nem cobiçamos o dinheiro alheio. Eu estava conformada com o que Deus me destinara, satisfeita com a minha pobreza e agradecida por aquilo com que fui agraciada, sem desejar as posses de outrem nem querer nenhum pecado". Ele disse: "Mulher, fique tranquila e sossegada! Deus me livre de fazer a minha mão se aproximar do pecado. Este dinheiro eu encontrei numa caverna, e então aproveitei a oportunidade, peguei e trouxe para cá", e contou a ela o que lhe sucedera com os ladrões do começo ao fim, e a repetição não vai trazer nova informação. Quando terminou de contar, recomendou-lhe que contivesse a língua e guardasse segredo. Ao ouvir aquilo, a mulher ficou sumamente espantada, os seus temores se aquietaram, o seu peito folgou e ela se pôs muitíssimo contente. ᶜAlī Bābā esvaziou os sacos no meio da casa e o ouro formou um montículo, deixando atônita a mulher, que, considerando aquilo uma quantia enorme, começou a contar. O marido lhe disse: "Ai de você! Não vai conseguir contar os dinares nem mesmo em dois dias; ademais, trata-se de uma coisa inútil e desnecessária neste momento. Para mim, o mais correto é que escavemos um buraco para enterrar os dinares, evitando assim que descubram o nosso caso e revelem o nosso segredo". Ela disse: "Ainda que você não enxergue a necessidade de contá-los, é absolutamente imperioso pesá-los a fim de lhes saber o valor aproximado". Ele disse: "Faça o que achar melhor, mas muito cuidado para que os outros não fiquem sabendo da nossa situação e o nosso segredo se revele, pois aí nos arrependeremos, mas o arrependimento de nada vai adiantar". Porém, ela não deu ouvidos a tais palavras nem se preocupou; pelo contrário, saiu para pegar emprestada uma balança, pois por causa da pobreza e penúria da sua condição ela não possuía nenhuma; foi até a cunhada, a mulher de Qāsim, e lhe pediu uma balança. A cunhada respondeu: "Com muito gosto e honra", e foi buscá-la, pensando: "A esposa de ᶜAlī Bābā é pobre e não tem por hábito pesar nada. Que grãos será que ela tem hoje para ter de pesar?". Querendo investigar aquilo e conhecer a verdade, ela colocou um pouco de cera no fundo da balança a fim de que alguns dos grãos pesados grudassem nela e lhe entregou a balança, que a esposa de ᶜAlī Bābā pegou, agradecendo à cunhada pelo favor e retornando a toda pressa para casa, onde ajeitou as coisas e já se pôs a pesar o ouro, do qual verificou haver dez medidas. Muito contente com aquilo, informou ao marido, que nesse ínterim escavara um grande buraco onde depositou o ouro, enterrando-o em seguida, enquanto a mulher ia devolver a balança à cunhada. Foi isso que sucedeu ao casal.

Quanto à esposa de Qāsim, ela se pôs a examinar a balança tão logo a esposa de ᶜAlī Bābā foi embora, e, encontrando um dinar que se colara à cera, estranhou aquilo, pois sabia da pobreza de ᶜAlī Bābā. Ficou perplexa por algum tempo, mas depois, tendo se certificado de que a coisa pesada na balança era ouro legítimo, disse: "ᶜAlī Bābā finge pobreza mas calcula o seu ouro com balança! De onde lhe proveio tamanha felicidade? Como ganhou esse dinheiro abundante?". Com o coração invadido e abrasado pela inveja, no pior dos estados, ficou à espera do marido, que tinha o hábito de ir diariamente para a loja, onde permanecia até o anoitecer, ocupado em comprar e vender, em dar e tomar, mas naquele dia a mulher achou que ele se tardava demais, e isso devido à intensa preocupação que a atingira, pois a inveja a estava matando. Quando anoiteceu e a noite avançou, Qāsim fechou a loja e se dirigiu para casa, onde ao entrar viu a sua esposa sentada, emburrada, deprimida, os olhos chorosos e o coração entristecido. Como a amava muito, ele perguntou: "O que atingiu você, alento dos meus olhos, delícia do meu coração? Qual o motivo dessa tristeza e desse choro?". Ela respondeu:

"Você não é senão um homem de precária artimanha e parcos brios! Quem dera eu tivesse me casado com o seu irmão, pois ele, conquanto afete pobreza, exiba carência e alegue humildade, possui tanto dinheiro que não pode ser avaliado senão por Deus, e não pode ser calculado senão por meio de uma balança. Mas você, que apregoa boa condição e felicidade, que se orgulha da riqueza, não é senão verdadeiramente pobre comparado ao seu irmão, pois você conta os seus dinares por unidade, resignando-se com o pouco e deixando o muito para ele!". Em seguida, contou-lhe o sucedido entre ela e a mulher de ᶜAlī Bābā, e como esta lhe pedira emprestada a balança, e como ela colocara no seu fundo um pouco de cera, e como a moeda de ouro ficara grudada na balança. Ao ouvir as palavras da esposa e ver o dinar que se grudara no fundo da balança, Qāsim teve certeza da sorte do seu irmão, mas não ficou contente com isso, tendo isso sim o coração invadido pela inveja, e lhe desejou todo mal, pois era invejoso, pusilânime, canalha e avarento, e atravessou aquela noite, juntamente com a esposa, na mais terrível e intensa aflição, agitação e preocupação, sem que nenhum dos dois conseguisse abaixar as pestanas, nem pregar o olho, nem cochilar, nem dormir, ambos passando a noite inteira, pelo contrário, tresnoitados e insones, até que Deus fez amanhecer, e a sua luz iluminou e brilhou. Após a prece matinal, Qāsim foi até o irmão e entrou-lhe em casa de supetão, encontrando-o distraído; ao vê-lo, ᶜAlī Bābā lhe deu boas-vindas e o recebeu da melhor maneira, demonstrando alegria, rosto sorridente, e acomodando-o no ponto mais elevado do recinto. Ao se ver acomodado, Qāsim perguntou: "Por que, meu irmão, você finge pobreza e carência quando tem nas mãos tanto dinheiro que nem o fogo pode queimar? Qual é o motivo dessa avareza, dessa vida mesquinha a despeito da sua larga riqueza e da capacidade de gastar muito? Qual é a utilidade do dinheiro se a pessoa dele não se beneficia? Porventura você ignora que a avareza se conta entre os defeitos e as baixezas, sendo considerada uma das naturezas miseráveis e vis?". O irmão respondeu: "Quem dera eu estivesse nessa situação que você está dizendo! Sou pobre, mal me mantenho e o único cabedal de que disponho são os meus jumentos e o meu machado. Estou estranhando essas suas palavras, cujo motivo desconheço e não compreendo de modo algum". Qāsim disse: "Sua astúcia e suas mentiras agora já não têm utilidade, e você não conseguirá me enganar, porque a sua condição já transpareceu e se divulgou o que você ocultava da sua situação", e, mostrando o dinar que se grudara na cera, continuou: "Foi isso que encontramos na balança por nós emprestada, e não fora o seu muito dinheiro vocês dela não teriam necessidade, nem mediriam o ouro com balança!". Nesse momento, ᶜAlī Bābā percebeu que os motivos da revelação do seu segredo e do descobrimento da sua situação eram a falta de inteligência da esposa, que quis pesar o ouro, e que ele se equivocara quando se dobrara àquilo. Porém, qual cavaleiro não tropeça, e qual espada não perde o corte? Compreendendo que não poderia juntar o que se lhe escapara senão revelando o segredo, e que o certo seria não ocultar mas sim revelar o seu caso ao irmão, e que de qualquer modo — como o dinheiro era tanto, superando os cálculos mais fantásticos e qualquer suposição, que a sua parte não se reduziria se o dividisse com o irmão e se associasse a ele, e que eles não poderiam dilapidar tal dinheiro mesmo se vivessem cem anos, dele gastando o seu sustento diário —, enfim, em conformidade com essa opinião, ele informou o irmão sobre a história dos ladrões e lhe narrou o sucedido entre ele e eles, e como entrara no esconderijo do tesouro, dali transportando uma parte do dinheiro, todo metal precioso e todo tecido que quisera; em seguida, disse: "Meu irmão, tudo quanto eu trouxe pertencerá a ambos e dividiremos igualmente, e se você quiser mais que isso eu lhe trarei, pois tenho comigo a chave do esconderijo, ali entrando e dali saindo quando bem entendo, sem oposição nem obstáculo". Qāsim disse: "Esse trato eu não aceito. Meu desejo é que você me aponte onde fica o esconderijo e me revele o segredo de como abri-lo, pois me fez ansiar por ele e quero vê-lo. Assim como você entrou e dele levou o que bem entendeu, meu propósito é ir até lá, ver o que contém e dele extrair o que me agradar. Se não concordar com a minha pretensão, vou denunciá-lo ao delegado da cidade, revelar-lhe o seu caso, e então você sofrerá da parte dele algo que não vai gostar". Ao ouvir tais palavras, ᶜAlī Bābā disse: "Por que motivo me ameaça com o delegado? Não estou divergindo em nada, e vou ensinar o que você quiser saber. Minha posição se deve aos ladrões, pois temo que lhe façam algum mal. Quanto à sua entrada no esconderijo do tesouro, ela não me prejudica nem me beneficia. Apanhe de lá tudo quanto lhe agradar, e por mais que se esforce no carregamento você não conseguirá transportar tudo que se contém ali: o que vai deixar para trás será muitíssimas vezes mais que aquilo que vai levar". Em seguida, apontou-lhe o caminho para a montanha e a localização do esconderijo, ensinou-lhe a frase "ó sésamo, abra a sua porta" e disse: "Decore estas palavras muito bem e cuidado para não esquecê-las, pois eu temo alguma perfídia contra você por parte dos ladrões, e das consequências deste caso".

Disse o narrador: Ao aprender o caminho até o esconderijo, ser informado da maneira como chegar a ele e decorar as palavras necessárias, Qāsim se retirou da presença do irmão, feliz, sem dar ouvidos à advertência nem se preocupar com as suas palavras. Retornou para casa com o rosto aliviado, demonstrando alegria, e contou à esposa o sucedido entre ele e ᶜAlī Bābā, dizendo em seguida: "Amanhã cedo, se Deus quiser, vou para a montanha e depois retorno para você com mais dinheiro que o trazido pelo meu irmão, pois as suas críticas me aborreceram e me preocuparam. Meu propósito é fazer algo que me proporcione o seu agrado". E aprontou dez jumentas, colocando sobre cada uma duas caixas vazias, bem como todos os apetrechos necessários e cordas, e dormiu planejando dirigir-se até o esconderijo do tesouro e se apoderar do dinheiro, das riquezas que contivesse, sem dar nenhuma parte ao irmão. Quando a madrugada raiou e o amanhecer se anunciou, ele se levantou e arrumou as jumentas, conduzindo-as diante de si em direção à montanha, e ao chegar orientou-se pelos sinais que o irmão lhe descrevera para localizar a porta, não interrompendo a procura até divisá-la num canto da montanha, entre ervas e plantas, e tão logo ele tomou a iniciativa de dizer: "Ó sésamo, abra a sua porta", eis que a porta se abriu diante dele. Sumamente espantado com aquilo, entrou a toda pressa e velocidade no esconderijo, cobiçando levar o dinheiro. Atravessada a soleira, a porta se fechou às suas costas, conforme o hábito, e então ele passou pelo primeiro saguão, daí indo para o segundo, o terceiro, e não parou de ir de um a outro até passar por todos, quedando-se atônito com as coisas espantosas que viu e estupefato com os objetos insólitos com que deparou: a sua razão quase saiu planando de alegria, e ele ambicionou levar todo aquele dinheiro. Depois de vagar à direita e à esquerda, e de remexer em todos aqueles dirhams e preciosidades por algum tempo, resolveu ir embora: apanhou um saco de ouro, colocou-o no ombro e rumou para a porta, onde fez menção de pronunciar as palavras necessárias para abri-la, ou seja, dizer "ó sésamo, abra a sua porta", mas elas não lhe vieram à língua, pois as esquecera inteiramente; pôs-se a tentar lembrá-las, mas não lhe acudiam à mente nem se desenhavam na sua memória: estava, ao contrário, absolutamente esquecido delas. Disse então: "Ó cevada, abra a sua porta", mas ela não se abriu; disse: "Ó trigo, abra a sua porta", mas ela não se mexeu; disse: "Ó grão-de-bico, abra a sua porta", mas ela continuou fechada; e dessarte ele foi citando um grão atrás do outro até lhes citar todos os nomes, mas a frase "ó sésamo, abra a sua porta" continuou ausente da sua memória. Quando teve certeza de que em nada se beneficiaria com a nomeação das diferentes espécies de grão, atirou o ouro das costas e começou a tentar lembrar qual era o grão cujo nome o irmão o orientara a dizer, mas não lhe ocorria de jeito nenhum. Sua preocupação durou tanto tempo que ele se exauriu, tudo isso sem que o nome se desenhasse na sua memória; começou então a se lamuriar e a se lamentar, arrependido do que fizera, arrependimento este que agora de nada lhe valia; disse: "Quem dera eu tivesse me resignado com a oferta do meu irmão e renunciado à cobiça que agora será a causa da minha aniquilação", e começou a se estapear no rosto, a arrancar a barba, a rasgar a roupa, a derramar terra sobre a cabeça e a chorar lágrimas copiosas, ora gritando e gemendo com a voz mais alta, ora chorando calado e deprimido. As horas se prolongaram e ele naquela situação, o tempo se multiplicou, cada minuto que passava para ele constituía um século, e quanto mais a sua estada no esconderijo se prolongava, mais e mais se ampliavam o seu medo e pavor, até que, perdida toda esperança de salvação, ele disse: "Estou irremediavelmente aniquilado, pois não há como me safar desta prisão estreita". Isso foi o sucedido com Qāsim.

Quanto aos ladrões, eles cruzaram com uma caravana na qual havia mercadores com mercadorias e a assaltaram, roubando vastos cabedais, após o que fizeram tenção de retornar ao esconderijo para ali depositar o saque, conforme se tornara o seu hábito. Ao se aproximarem do esconderijo, avistaram as jumentas ali paradas com as caixas, ficando então escabreados e cheios de suspeitas com aquilo, e como se fossem um único homem arremeteram contra os animais, que se dispersaram e desapareceram pela montanha. Sem lhes prestar mais atenção, os ladrões pararam os cavalos, apearam, desembainharam as espadas em alerta contra os donos das jumentas, na ilusão de que fossem muitos e, não vislumbrando ninguém fora do esconderijo, aproximaram-se da porta. Qāsim, tendo ouvido o tropel dos cavalos e a voz dos homens, atentou e constatou tratar-se dos ladrões a respeito dos quais lhe falara o irmão. Na esperança de safar-se e no afã de se escafeder, escondeu-se atrás da porta, já pronto para fugir. O líder dos ladrões deu um passo adiante e disse: "Ó sésamo, abra a sua porta", e eis que a porta se abriu; nesse instante, Qāsim correu, fugindo da aniquilação e almejando a salvação, e durante a corrida tropeçou no líder, prostrando-o ao solo e continuando a correr entre os ladrões; escapou do primeiro, do segundo, do terceiro, mas eram quarenta homens e não pôde passar por todos, sendo alcançado por um deles, que o golpeou no peito e fez a seta sair brilhando pelas suas costas, e ali mesmo Qāsim se finou. É essa a punição de quem é dominado pela cobiça e tem a intenção de prejudicar e atraiçoar os seus irmãos. Em seguida, os ladrões entraram no esconderijo e, notando o que dele se roubara, foram tomados de grande cólera e tiveram quase certeza de que o assassinado era o seu inimigo, e que fora ele quem levara o dinheiro faltante, ficando, porém, perplexos quanto à sua chegada àquele local ignoto, afastado e escondido das vistas, e ao seu conhecimento do segredo da abertura da porta, que além deles próprios ninguém conhecia, com exceção de Deus exalçado e altíssimo; quando o viram prostrado, morto e sem movimento, alegraram-se e tranquilizaram-se, na suposição de que nenhuma outra pessoa voltaria a entrar no esconderijo. Disseram: "Louvores a Deus, que nos deu descanso desse maldito". E, para que eventuais terceiros desanimassem e se assustassem, esquartejaram-lhe o cadáver e o penduraram atrás da porta, a fim de que se constituísse numa lição para todo aquele que se atrevesse a adentrar o local, após o que saíram e a porta se fechou tal como antes. Eles montaram nos cavalos e tomaram o seu rumo. Isso foi o sucedido com eles.

Quanto à mulher de Qāsim, ela passou o dia inteiro a aguardar, ansiosa pela satisfação da sua necessidade, esperançosa de receber o que a seduzia neste mundo e já pronta para acariciar as moedas de ouro e prata. Como já estivesse para anoitecer e o marido tardasse, preocupada, ela foi até a casa de ᶜAlī Bābā, informando-o de que o marido fora pela manhã à montanha mas até aquele momento não voltara, e que ela temia que lhe tivesse acontecido algum imprevisto ou sobrevindo alguma desgraça. ᶜAlī Bābā a tranquilizou, dizendo: "Não se preocupe, pois ele está ausente até agora devido a um único motivo: presumo que esteja evitando entrar na cidade pela manhã por medo de[2] ser descoberto, não tencionando regressar senão durante a noite, a fim de manter o caso em segredo. Daqui a pouco você vai vê-lo retornando com o dinheiro. Quanto a mim, quando ele me informou que pretendia ir à montanha eu resolvi não subir, ao contrário do que costumo fazer, a fim de que a minha presença não o incomodasse e ele supusesse ser o meu objetivo espioná-lo. Deus lhe facilite o que for difícil e faça tudo acabar bem. Agora volte para casa e nada tema. Se Deus quiser, não vai ocorrer senão o bem e você o verá retornando inteiro e com dinheiro". Então a esposa de Qāsim retornou para casa, ainda intranquila, e se sentou deprimida, com mil pesares a lhe oprimir o coração por causa da ausência do marido, pondo-se a fazer os mais negros cálculos e as piores suposições, até que o sol se pôs, o tempo escureceu e a noite tomou conta de tudo; como não o viu retornando, não quis se deitar e refugou o sono, à espera do marido. Passados dois terços da noite sem que o visse retornando, desesperou-se da sua vinda e começou a chorar e a gemer, evitando porém gritar e berrar, como fazem as mulheres, por temor de que os vizinhos

[2] Como curiosidade, registre-se que neste ponto ocorre uma construção estranha aos padrões morfossintáticos do árabe, embora perfeitamente compreensível (*ḫawfan lā*). Macdonald questiona se não se trataria de influência do francês "*de peur que... ne*".

percebessem e lhe indagassem o motivo do choro. Passou aquela noite em gemidos, preocupações, maus pressentimentos, aflições, terror e depressão, a pior das condições, e, mal se deu conta do amanhecer, célere se dirigiu para a casa de ᶜAlī Bābā, a quem informou o não retorno do irmão, falando triste e chorosa, lágrimas copiosas, uma situação indescritível. Ao lhe ouvir as palavras, ᶜAlī Bābā disse: "Não existe poderio nem força senão em Deus altíssimo e magnífico. Até o presente momento eu estava em dúvida sobre os motivos dessa demora, mas agora irei pessoalmente descobrir alguma notícia para deixá-la a par do seu destino. Haja Deus concedido o bem e nada de mal ou nocivo tenha ocorrido", e imediatamente preparou os burros,[3] apanhou o machado e tomou o rumo da montanha, conforme o seu proceder diário. Quando se aproximou da porta do esconderijo, sem encontrar os jumentos e notando vestígios de sangue, perdeu a esperança de rever o irmão e teve certeza da sua morte. Avançou para a porta, aterrorizado e pressentindo o sucedido, e disse: "Ó sésamo, abra a sua porta". Tão logo ele disse isso a porta se abriu e ele encontrou o cadáver de Qāsim retalhado em quatro partes e pendurado atrás da porta; totalmente arrepiado com aquela visão, dentes batendo e lábios contraídos, ele quase desmaiou de pavor e medo. Presa de forte tristeza e enorme aflição pelo irmão, ele disse: "Não existe poderio nem força senão em Deus altíssimo e magnífico. A Deus pertencemos e a ele retornaremos. Do escrito não há como fugir. Aquilo que foi destinado ao homem pelo oculto ele imperiosamente o receberá". Em seguida, vendo que naquele momento o choro e a tristeza utilidade não teriam nem retorno dariam, e que o mais importante e necessário era imaginar uma artimanha e empregar a opinião correta e a disposição certeira, ele se lembrou que amortalhar e enterrar o irmão eram obrigação e imposição da religião muçulmana. Então, recolhendo as quatro partes do cadáver retalhado, colocou-as sobre os burros, cobriu-as com alguns tecidos e acrescentou aquilo que bem lhe aprouve de tesouros do esconderijo, tudo quanto fosse de peso baixo e valor alto, completando a carga dos burros com madeira; esperou pacientemente a noite cair e quando escureceu se dirigiu à cidade, entrando numa situação pior que a da mãe que perdeu o filho, sem saber como arranjar as coisas relativamente ao morto nem como proceder. Submerso num mar de pensamentos, continuou a conduzir os burros até parar diante da casa do irmão, onde bateu à porta, que lhe foi aberta por uma escrava negra abissínia, a qual ali vivia a serviço

[3] A variação "burro", *ḥimār*, e "jumento", *baġl*, é do original.

deles, e era a mais bela de rosto e a mais elegante de talhe, pequena de idade, rosto agradável, olhos bem desenhados, de características perfeitas e, melhor que tudo, tinha correto parecer, inteligência penetrante, altos desígnios e brio de sobra nos momentos de necessidade, superando, na elaboração de artimanhas, o homem experiente e habilidoso; os serviços da casa eram responsabilidade sua, e a satisfação das necessidades estava em suas mãos. Assim, quando ^{c}Alī Bābā entrou no pátio, disse-lhe: "Eis a sua hora, Murjāna! Estamos precisando das suas providências numa questão grave que eu vou lhe revelar diante da sua patroa. Venha comigo para ouvir o que direi a ela". E, largando os burros no pátio, subiu até a cunhada, com Murjāna atrás, perplexa e desconfiada do que ouvira. Ao avistar o cunhado, a esposa de Qāsim perguntou: "Que notícias traz, ^{c}Alī Bābā? São boas ou ruins? Encontrou algum vestígio dele, ou descobriu alguma notícia? Dê-me logo a tranquilidade, e apague o fogo do meu coração!". Como ele se demorasse em responder, ela percebeu a verdade e se pôs a gritar e a se lamuriar. Ele disse: "Agora contenha a gritaria e não eleve a voz. Temo que os vizinhos ouçam a nosso respeito e você se torne causa da aniquilação de nós todos", e lhe relatou o sucedido, o que lhe ocorrera e como encontrara o irmão assassinado, com o corpo em quatro partes retalhado, e dentro do esconderijo, atrás da porta, pendurado; depois disse: "Saiba — e disso esteja certa — que o nosso dinheiro, a nossa vida e os nossos parentes são auspiciosas dádivas de Deus, empréstimos postos sob a nossa conta, e por isso ele nos impôs a gratidão quando dá, e a resignação quando tira; o desespero não vai ressuscitar o morto nem evitar a tristeza; você deve se resignar, e a consequência da resignação não é senão o bem e a integridade; a entrega aos decretos de Deus é melhor que o desespero e a oposição; agora, o parecer acertado e a correção é que eu seja seu marido e você se torne da minha família; casar-me-ei com você e isso não será difícil para a minha mulher, que é ajuizada e casta de alma e corpo, piedosa e temente a Deus; seremos todos uma só família e, seja Deus louvado, temos dinheiro e benesses que nos dispensam de trabalhar, nos exaurir e labutar pela sobrevivência. Isso nos impõe a gratidão ao doador, pelo que nos deu, e o seu elogio, pelo que nos carreou". As palavras de ^{c}Alī Bābā acalmaram um pouco do desespero da esposa de Qāsim e a sua imensa tristeza; ela parou de chorar, enxugou as lágrimas e disse: "Serei a sua escrava obediente, a sua criada pressurosa, e em tudo quanto você considerar bom eu lhe obedecerei. Contudo, qual será a artimanha no tocante a este assassinado?". ^{c}Alī Bābā respondeu: "Entregue a questão do assassinado à sua escrava Murjāna, cuja vasta inteligência, excelente entendimento, correção de parecer e capacidade de entabular artimanhas você já conhece”, e, deixando-a, tomou o seu rumo. Quanto à escrava Murjāna, ao ouvir tais palavras e ver o seu patrão morto e retalhado em quatro partes, ela compreendeu exatamente o motivo daquilo e então acalmou a patroa, dizendo: “Não se preocupe e pode deixar tudo comigo no que se refere a ele, pois eu vou tomar providências que nos trarão tranquilidade e impedirão a revelação do nosso segredo”. Dito isso, saiu e se dirigiu a uma botica naquela rua, cujo proprietário era um velho entrado em anos, célebre por seu conhecimento acerca de todos os ramos da medicina e da sabedoria e dotado de habilidade na ciência da preparação de remédios, drogas e demais substâncias medicinais. Murjāna pediu-lhe um preparado que não se receitava senão para doenças graves, e ele perguntou: “Quem é que precisa deste preparado em sua casa?”. Ela respondeu: “Meu patrão Qāsim. Ele contraiu uma forte doença que o prostrou e agora está quase morto”. O boticário se levantou e lhe entregou o preparado, dizendo: “Quiçá Deus coloque a cura nele”. Ela o recebeu das suas mãos, pagou os dirhams que possuía e retornou para casa; pela manhã cedo, retornou ao boticário, pedindo-lhe desta vez um remédio que não se ministrava senão em caso de desespero. Ele perguntou: “O preparado de ontem não surtiu efeito?”. Ela respondeu: “Não, por Deus! O meu patrão se encontra no último alento, lutando para se manter vivo. Minha patroa está chorando e gemendo!”. Então o boticário lhe entregou o remédio, que ela pegou, pagou o preço e se retirou; em seguida, passou na casa de ᶜAlī Bābā, a quem informou a artimanha que havia preparado, recomendando-lhe que entrasse várias vezes na casa do irmão e afetasse tristeza e depressão, e ele assim procedeu. Quando os moradores do bairro o viram a entrar e a sair da casa do irmão com sinais de tristeza na face, indagaram o motivo, e ele os informou da doença do irmão, que se agravara. Aquilo se espalhou pela cidade e as pessoas começaram a discutir a respeito. No dia seguinte, Murjāna saiu antes do alvorecer, atravessou as ruas da cidade até chegar a um sapateiro chamado xeique Muṣṭafà, já entrado em anos, obeso, baixinho, barba comprida e bigodes, que abria o seu quiosque bem cedo, sendo na verdade o primeiro a fazê-lo no mercado, costume esse que o tornara por todos conhecido. Então Murjāna foi até ele, cumprimentou-o com cortesia e polidez e lhe colocou uma moeda de ouro na mão. Ao ver-lhe a cor, o xeique Muṣṭafà ficou longo tempo a contemplá-la em sua palma e disse: “Esse é um início de dia abençoado”, pois compreendera que ela tinha um interesse qualquer nele, e continuou: “Explique-me quais são os seus objetivos, senhora das escravas, e eu os satisfarei para você”. Ela disse: “Ó xeique, pegue linha e agulha, lave as mãos, calce as sandálias e deixe-me vendar-lhe os olhos; depois levante-se e venha comigo para resolver um assunto simples mediante o qual você ganhará pagamento [neste mundo] e recompensa na outra vida, sem que dele lhe advenha o menor prejuízo". Ele respondeu: "Se você me procura para algo aceito por Deus e por seu enviado, então sobre a cabeça e o olho, e não divergirei. Porém, se você me procura para algo imoral ou criminoso, ou para impiedades e pecados, eu não lhe obedecerei, e você deverá procurar outro para resolver o problema". Ela respondeu: "Não, por Deus, xeique Muṣṭafà! Não se trata senão de algo permitido e lícito; nada tema", e lhe colocou na mão outra moeda de ouro. Ao vê-la, ele já não pôde discutir nem retroceder, pondo-se de pé e dizendo: "Estou a seu serviço e farei o que você determinar". Fechou a porta da sapataria, pegou linha, agulha e demais apetrechos de costura necessários. Murjāna, que já viera com uma venda, rapidamente a sacou do bolso e lhe vendou os olhos conforme o trato, para evitar que ele reconhecesse o local aonde seria levado. Ela o conduziu pela mão, e ele caminhou atrás dela por ruas e ruelas como se fora cego, sem distinguir para onde ia nem atinar com o propósito daquilo; não pararam de caminhar juntos, com a escrava ora entrando à direita, ora dobrando à esquerda, e se demorando no caminho a fim de que ele se confundisse e não atinasse para onde era levado; não cessou de conduzi-lo dessa maneira até se deter diante da porta do falecido Qāsim, na qual deu uma leve batida, e ela foi imediatamente aberta. Murjāna entrou com o xeique Muṣṭafà, subindo e fazendo-o parar no local onde estava o seu patrão, quando então lhe retirou a venda dos olhos. Quanto ao xeique Muṣṭafà, assim que os seus olhos se desvelaram, ele se viu num local desconhecido, com o corpo de um assassinado à sua frente, ficando tão apavorado que os seus membros estremeceram. Murjāna lhe disse: "Não tenha medo, xeique, pois você não corre perigo. Só o que se lhe pede é uma costura bem costurada das partes deste homem assassinado, juntando-as para que o corpo dele volte a constituir uma única peça", e lhe entregou uma terceira moeda de ouro, que o xeique Muṣṭafà recolheu e enfiou na algibeira sob a axila, pensando: "Este é o momento de praticar o arrojo e adotar o parecer acertado. Estou num lugar desconhecido, entre gentes cuja pretensão ignoro; se acaso eu desobedecer, será absolutamente imperioso que me prejudiquem; não me resta senão me curvar ao que pretendem, e de qualquer maneira sou inocente do sangue desse homem assassinado, e o justiçamento do assassino pertence a Deus glorioso e altíssimo; não existe crime em costurar-lhe o corpo, e isso não fará recair pecado algum sobre mim, nem me imporá punições". Então se sentou e começou a costurar as partes do morto, reunindo-as até que se tornaram um corpo inteiro. Concluído o trabalho e realizado o que dele se pretendia,

Murjāna tornou a lhe vendar os olhos, pegou-o pela mão e o conduziu até a saída da casa, vagando então de rua em rua, de desvio em desvio, guiando-o até a sapataria, antes que as pessoas começassem a sair de casa, e assim ninguém os notou. Quando chegaram, ela lhe retirou a venda dos olhos e disse: "Oculte este assunto e acautele-se de falar dele ou de conversar sobre o que viu; não seja curioso com aquilo que não é da sua conta, pois nesse caso talvez você incida no que não lhe agrade". Em seguida, deu-lhe um quarto dinar, deixou-o e partiu; ao chegar a sua casa, preparou água quente, sabão, e se pôs a lavar o corpo do patrão até deixá-lo inteiramente limpo do sangue; vestiu-lhe as roupas, deitou-o na cama e quando terminou tudo mandou chamar ^{c}Alī Bābā e a esposa, informando-os do que fizera e dizendo-lhes: "Anunciem agora a morte do patrão Qāsim e informem as pessoas a respeito. Nesse momento as mulheres se puseram a chorar, a soluçar, a gemer, a se lamentar, gritando e estapeando os próprios rostos, e logo os vizinhos ouviram e os conhecidos foram chegando para dar pêsames; o choro aumentou, as lamúrias se elevaram, o berreiro se deflagrou e os gemidos ficaram mais altos, espalhando-se pela cidade a notícia da morte de Qāsim: os amigos começaram a bendizê-lo e os inimigos, a maldizê-lo, e decorrido algum tempo compareceram os lavadores a fim de lavar-lhe o corpo, em conformidade com o hábito, mas Murjāna desceu e os informou que ele já fora lavado, enfaixado e amortalhado, pagando-lhes uma remuneração maior que a habitual, e então eles se retiraram, satisfeitos e sem questionar o motivo daquilo nem perguntar sobre o que não lhes concernia. Depois disso trouxeram o esquife, onde colocaram o corpo, conduzindo-o então para o cemitério, com as pessoas acompanhando o funeral. Murjāna e as carpideiras caminhavam atrás de todos chorando e se carpindo até o cemitério, onde escavaram uma cova e o enterraram, que Deus dele tenha misericórdia. Logo as pessoas começaram a retornar, espalhando-se e tomando o seu rumo. Foi dessa maneira que se ocultou o assassinato de Qāsim, sem que ninguém se desse conta da verdade, com as pessoas supondo que ele morrera repentinamente. Esgotado o tempo de luto, ^{c}Alī Bābā se casou com a cunhada, escrevendo o contrato de casamento diante do juiz, e então coabitaram.[4] Todo mundo considerou boa tal ação, atribuindo-a ao seu imensurável amor pelo irmão. ^{c}Alī Bābā mudou as suas

[4] A interpretação dessa passagem causou alguma polêmica. Macdonald registrou, em obediência ao que consta do manuscrito, *istafḍà bihā*, ao passo que Charles Torrey sugeriu *istaqḍà bihā*. A primeira locução pode ser entendida como "coabitou com ela", e a segunda, como "trouxe-lhe o juiz". Como ambas são possíveis, "decida aí, leitor", conforme se diz em árabe.

coisas, inclusive o dinheiro que trouxera do esconderijo, para a casa da nova esposa, indo lá morar junto com a primeira esposa. Em seguida, pôs-se a pensar sobre a loja do falecido irmão. ᶜAlī Bābā fora agraciado com um filho que completara doze anos e que servia a um mercador com o qual aprendera o ofício do comércio, no qual se tornou muito hábil; assim, quando o pai precisou de alguém para tocar a loja, tirou o filho do serviço daquele mercador e o empregou na loja do falecido irmão, para ali vender e comprar, colocando em suas mãos todas as mercadorias e objetos que o tio deixara e prometendo-lhe que o casaria se acaso ele trilhasse a trilha do bem e do êxito e seguisse o caminho da justiça e dos bons costumes. Isso foi o que sucedeu a eles.

Quanto aos ladrões, tendo regressado ao esconderijo após um curto período, entraram e, não encontrando o cadáver de Qāsim, deduziram que o assunto era do conhecimento de mais de um inimigo, que o morto tinha companheiros e que o segredo deles se espalhara entre mais gente. Considerando aquilo uma enormidade, ficaram muitíssimo preocupados, e ao inspecionarem o que fora levado do esconderijo verificaram que se tratava de muita coisa. Violentamente enfurecidos, disse-lhes o líder: "Ó heróis e cavaleiros da guerra e do combate, é este o tempo da vingança e de lavar a honra! Imaginávamos que o descobridor do tesouro fosse um único homem, mas o fato é que se trata de pessoas cujo número desconhecemos, e tampouco sabemos onde moram. Arriscamos a vida e nos envolvemos em situações perigosas para ajuntar dinheiro, mas outros dele se beneficiam sem esforço nem fadiga: eis aí uma coisa terrível que não podemos suportar, sendo absolutamente imperioso prepararmos uma artimanha que nos faça chegar ao inimigo, e se o encontrarmos vou me vingar dele da maneira mais drástica, e matá-lo com esta espada, mesmo que isso implique a perda da minha vida; é este o momento de arranjar e mostrar brio, coragem e destreza. Espalhem-se, entrem nas vilas e aldeias, procurem pelos países e cidades, espionem as notícias, perguntem se alguém tem informações sobre algum pobre que enriqueceu, ou algum assassinado que se enterrou, e quiçá vocês consigam localizar o nosso amigo e Deus os ponha cara a cara com ele. Precisamos, em especial, de algum homem dotado de artimanha e astúcia, e que possua hombridade, o qual deverá investigar sozinho nesta cidade, pois dela provém, com certeza e sem sombra de dúvida, o nosso inimigo. Esse nosso companheiro deverá se disfarçar de mercador, entrar na cidade com sutileza e farejar-lhe as notícias, indagando sobre a situação, sobre as ocorrências, sobre quem morreu ou foi morto ultimamente, e sobre a sua família, a sua casa, e como isso sucedeu; talvez assim ele atinja o objetivo, pois o caso de alguém assassinado não se oculta, sendo imperioso que a sua notícia se espalhe pela cidade, e que tanto grandes como pequenos tenham conhecimento da história; se acaso encontrar o nosso inimigo ou nos der a sua localização, ele nos terá feito o mais eminente obséquio; eu lhe promoverei a posição e elevarei a sua condição, fazendo-o meu sucessor. Porém, se falhar no que se lhe pede, descumprir o compromisso e desmentir as esperanças nele depositadas, saberemos que se trata de um estúpido ignorante, débil de parecer, curto de artimanha e incapaz de quaisquer providências, e então o recompensaremos por sua má ação e pela nulidade do seu esforço matando-o da maneira mais brutal, pois não teremos necessidade de alguém sem brio, nem nos terá utilidade a manutenção de alguém sem clarividência; não será um hábil ladrão senão o homem perspicaz e dotado de inteligência em todos os gêneros de artimanha. O que me dizem disso, meus campeões? Quem dentre vocês tomará a dianteira neste assunto difícil e devastador?". Ouvindo o seu discurso e a sua fala, os ladrões consideraram-lhe correto o parecer e aceitaram as condições que ele explicou, jurando em conformidade com elas e se comprometendo a cumpri-las. Então, entre eles se levantou um sujeito alto e corpulento e se ofereceu para trilhar aquele caminho difícil e penoso, aceitando as condições supramencionadas, com as quais todos haviam concordado; beijaram-lhe os pés, dignificaram-no sumamente e lhe elogiaram a coragem e a iniciativa, avaliando como boa a sua decisão e oferta, agradecendo-lhe pelo brio e pela ousadia, e admirando-lhe a força e a intrepidez. O líder lhe recomendou reflexão, arrojo, astúcia, trapaça e artimanhas ocultas, ensinando-o como entrar na cidade vestido de mercador, na aparência atrás de comércio, mas no interior tencionando espionar. Após concluir as recomendações, deixou-os, retirou-se, e os ladrões se dispersaram. Quanto ao ladrão que se ofereceu em sacrifício pelos irmãos, ele vestiu trajes de mercador, adotou-lhes as roupas e dormiu planejando se dirigir à cidade. Quando a noite se findou e a aurora se anunciou, ele saiu, com a bênção de Deus altíssimo, rumo aos portões da cidade, e através deles adentrou as suas ruas e parques, cruzando-lhe os mercados e as ruas enquanto a maioria dos moradores se mantinha mergulhada no sono mais doce. Continuou avançando até se aproximar do mercado onde ficava o xeique Muṣṭafà, o sapateiro, que abrira o quiosque e estava sentado costurando alguns sapatos, pois, segundo já mencionamos, ele ia bem cedinho ao mercado e tinha por hábito abrir antes dos outros moradores do bairro. O espião foi até ele, cumprimentou-o da melhor maneira e exagerou na saudação e dignificação; disse: "Bendiga-o Deus em sua tarefa, e lhe aumente a respeitabilidade. Dentre todos os membros do mercado, você é o primeiro a abrir o quiosque". O xeique Muṣṭafà lhe respondeu: "Meu filho, o esforço em busca do sustento é melhor que o sono, e tal é o meu costume de todo dia". O ladrão lhe disse: "Contudo, meu xeique, estou cá admirado: como é que você consegue costurar a esta hora, antes de nascer o sol, malgrado a vista fraca, a idade avançada e a luz parca?". Ao ouvir aquelas palavras, o xeique Muṣṭafà voltou-se para ele irritado, olhou-o de soslaio e disse: "Suponho que você seja forasteiro, pois se fosse daqui não pronunciaria tais palavras. Sou conhecido entre ricos e pobres pela agudez da minha vista, e famoso entre grandes e pequenos pela qualidade do meu conhecimento do ofício da costura, a tal ponto que ontem umas pessoas me levaram para costurar um morto num local de luz bem fraca, e eu o costurei bem costurado. Não fosse a agudez da minha vista, não teria conseguido cumprir essa tarefa". Nem bem ouviu tais palavras, o ladrão augurou que alcançaria o seu propósito, e percebeu que a providência divina o guiara para topar com a sua busca. Disse, afetando espanto: "Você se confundiu, meu xeique; presumo que você não tenha costurado senão uma mortalha, pois eu jamais ouvi que um morto se costurasse". O xeique respondeu: "Não estou dizendo senão a verdade, e o que pronunciei é a realidade. Contudo, parece-me que o seu objetivo é bisbilhotar segredos alheios. Se for isso o que procura, suma-se daqui e vá tentar suas artimanhas com outrem. Quem sabe você não encontra algum curioso fofoqueiro. Quanto a mim, meu nome é mudo, e não revelo o que se deve ocultar nem lhe falarei mais nada sobre este assunto". Diante disso — ampliada a sua certeza, e certo de que o morto era o homem que eles haviam assassinado no esconderijo —, o ladrão disse ao xeique Muṣṭafà: "Xeique, não tenho necessidade de conhecer os seus segredos, e o fato de você os silenciar é bom, pois se diz que guardar segredos é uma das características dos piedosos. De você eu quero tão somente que me aponte a casa desse morto, pois talvez ele seja algum parente meu, ou algum conhecido, e nesse caso eu devo dar pêsames à família; estou há muito tempo distante desta cidade, e ignoro o que nela sucedeu durante o período da minha ausência". Em seguida, enfiou a mão no bolso e tirou uma moeda de ouro, depositando-a na mão do xeique Muṣṭafà, que se recusou a recebê-la, dizendo ao ladrão: "Você me pergunta sobre algo que eu não posso responder, pois só me levaram à casa do morto após colocarem uma venda sobre os meus olhos; portanto, eu desconheço o caminho conducente à casa". O ladrão disse: "Esse dinar é um presente meu, quer você satisfaça a minha necessidade, quer não. Leve-o, que Deus o abençoe para você, pois eu não exijo devolução. Contudo, se você refletisse um pouco, seria possível, de olhos fechados, localizar o caminho percorrido?”. O xeique Muṣṭafà respondeu: “Isso não me será possível senão se você me amarrar uma venda nos olhos, tal como antes fizeram comigo, pois eu me recordo como me conduziram pela mão, como me fizeram caminhar, como entraram em desvios comigo e como me fizeram parar. Só assim eu talvez me oriente para chegar ao local procurado e apontá-lo para você”. Muito contente com tais palavras e prevendo bons augúrios, o ladrão deu ao xeique Muṣṭafà outro dinar e lhe disse: “Agiremos conforme você disse”, e então os dois se ergueram e ficaram em pé. O xeique Muṣṭafà fechou o quiosque, o ladrão apanhou uma venda, amarrou-a sobre os seus olhos, pegou-o pela mão e caminhou com ele. O xeique Muṣṭafà passou então ora a entrar à direita, ora a dobrar à esquerda, ora a tomar a dianteira, procedendo tal como a escrava Murjāna fizera com ele, até chegar a uma rua na qual deu poucos passos, parando e dizendo ao ladrão: “Creio que foi neste ponto que eu parei”. E o ladrão lhe retirou a venda dos olhos. Por algo já predestinado, o sapateiro parara justamente diante da casa do desgraçado[5] Qāsim. O ladrão perguntou: “Você conhece o dono desta casa?”. O xeique respondeu: “Não, por Deus, pois esta rua é distante do meu quiosque e eu não tenho relações com os moradores deste bairro”. O ladrão agradeceu, deu-lhe um terceiro dinar e disse: “Vá com Deus altíssimo”, e então o xeique Muṣṭafà retornou para o quiosque feliz com o lucro de três dinares. O ladrão parou para espreitar a casa e examiná-la; ao ver que a sua porta era semelhante às outras portas do quarteirão, temeu confundir-se e fez nela um sinal com tinta branca[6] a fim de se orientar, voltando em seguida para os seus camaradas na montanha, feliz, animado e certo de que o assunto em função do qual fora enviado já estava resolvido, e que não restava senão a vingança. Isso foi o sucedido a ele.

Quanto à escrava Murjāna, ao acordar e fazer a prece matinal, conforme o seu hábito diário, ela arrumou as suas coisas e saiu para providenciar a comida e a bebida necessárias, e ao voltar do mercado viu na porta da casa um sinal branco que ela examinou e estranhou, logo suspeitando daquilo e dizendo de si para si: “É bem possível que isso seja brincadeira de crianças, ou um desenho feito por

[5] “Desgraçado” traduz *maḥrūm*, “quem foi privado de algo”, que é o que foi registrado por Macdonald e consta do manuscrito, mas, segundo Torrey, teria ocorrido metátese durante a cópia e a leitura correta seria *marḥūm*, “falecido”. De fato, a palavra aí soa estranha.

[6] “Tinta branca” traduz *isfīdāj*, que significa “alvaiade”, “pigmento branco constituído de carbonato de chumbo, usado em pintura de exteriores” (*Dicionário Houaiss*). Curiosamente, em português essa palavra provém do árabe *albayāḍ*, “a brancura”, ao passo que em árabe a palavra provém do persa, e significa “branco do chumbo”.

algum garoto da vizinhança, mas o mais plausível é que esse sinal seja obra de algum inimigo antigo ou algum miserável invejoso, para algo ruim pretendido ou alguma intenção perversa escondida. A melhor decisão é confundi-lo e estragar-lhe este agourento ardil". E, pegando tinta branca, desenhou nas portas das casas dos vizinhos sinais semelhantes ao feito pelo ladrão, reproduzindo-o em cerca de dez portas do quarteirão e em seguida entrando na casa e ocultando o fato. Isso foi o sucedido com ela.

Quanto ao ladrão, ao se encontrar com os seus camaradas ele demonstrou alegria e lhes deu a boa-nova da conquista da esperança deles, a chegada ao seu objetivo e a aproximação da vingança contra o inimigo, contando-lhes a coincidência de ter topado com o sapateiro que costurara o morto, e como ele o orientara até a sua casa, e como desenhara em sua porta um sinal por medo de se extraviar e se confundir. O líder lhe agradeceu, elogiou-lhe o brio, ficou sumamente feliz com aquilo e disse aos ladrões: "Dispersem-se, vistam roupas comuns, escondam as armas e dirijam-se à cidade, onde deverão entrar por diferentes vias e reunir-se na grande mesquita. Quanto a mim e a este homem — isto é, o espião —, nós procuraremos a casa do nosso inimigo, e quando o encontrarmos e dele nos certificarmos, iremos à mesquita e lá vocês discutirão sobre o que fazer e chegarão a um acordo sobre o mais acertado, seja um ataque noturno à casa, seja outra coisa". Quando ouviram esse discurso, os ladrões o consideraram bom, e corretas as suas palavras, concordando com o seu objetivo; dispersaram-se, vestiram roupas comuns, escondendo debaixo delas as espadas, tal como ordenara o líder, entraram na cidade por vias diferentes, por medo de que as pessoas os notassem, e se reuniram na grande mesquita, conforme o combinado. Já o líder e o espião partiram rumo à rua do inimigo, e quando chegaram o líder viu um sinal branco e indagou o companheiro se aquela era a casa procurada; ele respondeu "sim", mas, tendo o seu olhar caído sobre outra casa em cuja porta ele também viu um sinal branco, o líder perguntou qual era a casa pretendida, a primeira ou a segunda, e o ladrão espião foi incapaz de responder. Avançando alguns passos, o líder avistou mais de dez casas com os mesmos sinais e perguntou: "Você fez sinais em todas essas casas ou numa só delas?". Ele respondeu: "Não, só fiz numa". O líder perguntou: "Como então agora elas são dez ou mais casas?". Ele respondeu: "Não sei o motivo disso". O líder perguntou: "Você consegue distinguir, dentre essas casas, a que você marcou com a sua própria mão?". Ele respondeu: "Não, porque essas casas todas se parecem, as portas são do mesmo molde e a imagem dos sinais também é a mesma". Ao ouvir tais palavras, o líder concluiu que de nada adiantaria permanecer naquele local, e que dessa vez não haveria como consumar a vingança, pois a sua esperança se desfizera. Retornou com o homem até a mesquita e ordenou aos cavaleiros que retomassem o caminho da montanha, orientando-os a se dispersarem pelas estradas tal como haviam agido na vinda. Quando eles se viram reunidos na montanha, no local de hábito, o líder lhes relatou o sucedido com o ladrão espião, que fora incapaz de distinguir a casa do inimigo, e depois lhes perguntou: "Devemos executar a pena dele conforme as condições e os acordos estabelecidos entre nós?". Eles concordaram que sim. O ladrão espião, que era corajoso e duro de coração, não hesitou nem se acovardou ao ouvir tais palavras, mas sim deu um passo adiante, ânimo forte, tristeza nenhuma, e disse: "Eu me tornei verdadeiramente merecedor da morte e da punição devido à corrupção do meu parecer e à minha débil artimanha, pois fui incapaz de lograr o que de mim se pedia. Depois disso, já não tenho vontade de viver e a morte é melhor que a vida na infâmia". Nesse momento, o líder puxou a espada e lhe aplicou um golpe no pescoço, separando-lhe a cabeça do corpo, e em seguida disse: "Homens de ataque e combate, quem dentre vocês possui denodo e bravura, coração corajoso e cabeça forte para tomar a iniciativa nessa tribulação dificultosa e terrível, nessa questão terrível e aniquiladora? Não se apresente o incapaz nem me venha o fraco, pois não aceitarei senão o dotado de opinião certeira, ímpeto poderoso, pensamento firme e acostumado a artimanhas". Em meio ao grupo se levantou um homem chamado Aḥmad, o colérico, de talhe alto, corpulento, terrível de ver, péssimo de ouvir, moreno de cor, horrível de aspecto, com bigodes como os do gato caçador de ratos e barba como a do bode no meio de cabras e ovelhas, e disse: "Ó gente exemplar, não serve para esta missão senão a minha pessoa. Se Deus quiser eu lhes trarei informações corretas e lhes mostrarei a casa do inimigo da maneira mais clara". O líder lhe disse: "Para lançar-se a essa tarefa, as condições serão as mesmas já citadas; se acaso voltar fracassado, você não receberá de nós senão o corte do pescoço, mas se voltar triunfante elevaremos a sua posição e dignidade, ampliaremos o seu posto e glorificação e você receberá tudo de bom". Então Aḥmad, o colérico, vestiu um traje de mercador, entrou na cidade antes que a aurora despontasse e foi sem mais delongas até o bairro do xeique Muṣṭafà, o sapateiro, sobre o qual ficara sabendo por intermédio das informações do seu companheiro. Encontrando-o sentado em seu quiosque, cumprimentou-o, sentou-se ao seu lado, agradou-o com palavras e foi direcionando a conversa até chegar ao assunto do morto, e então o xeique contou como o costurara. Quando Aḥmad, o colérico, lhe pediu que mostrasse a casa, ele se recusou e parou de falar, mas, assim que estimulado com dinheiro, já não conseguiu divergir, pois o dinheiro é uma flecha certeira e um intermediário irrecusável. O ladrão lhe vendou os olhos e agiu tal como agira o seu colega supracitado, caminhando com ele até o bairro do falecido Qāsim e se detendo diante da sua casa; depois de a ter localizado, o ladrão retirou a venda dos olhos do xeique Muṣṭafà, pagou-lhe a quantia prometida e o deixou ir embora. Tendo sido guiado ao seu alvo, Aḥmad, o colérico, temeu perdê-lo e, para se prevenir, desenhou um pequeno sinal vermelho num canto escondido da porta, na crença de que ninguém a veria, e em seguida retornou aos seus companheiros, comunicando-lhes o que fizera, contente, sem duvidar do sucesso e certo de que ninguém enxergaria o sinal, por ser ele pequeno e estar escondido. Isso foi o sucedido com os ladrões.

Quanto à escrava Murjāna, ela se levantou bem cedo e saiu, conforme o hábito, para preparar carnes, verduras, frutas, doces e demais necessidades da casa, e ao voltar do mercado não lhe passou despercebido o sinal vermelho, sobre o qual, pelo contrário, suas vistas caíram e ela o viu bem; suspeitando e estranhando aquilo, compreendeu, mediante o seu conhecimento da fisiognomonia[7] e o seu abundante intelecto, que se tratava da ação de algum inimigo distante ou invejoso próximo, e que ele desejava o mal aos moradores da casa. Assim, para confundi-lo, traçou em vermelho nas portas dos vizinhos sinais com a mesma forma e no mesmo ponto escolhido por Aḥmad, o colérico, ocultando e silenciando a respeito do assunto, temerosa de que daquilo adviesse alguma preocupação ou perturbação ao seu patrão. Isso foi o sucedido com ela.

Quanto ao ladrão, quando chegou aos seus companheiros contou-lhes o ocorrido entre ele e o sapateiro, e como localizara a casa do inimigo, e como ali fizera um sinal em vermelho a fim de por ele se orientar no momento azado, e então o líder lhes ordenou que vestissem roupas de gente comum, escondendo as armas debaixo delas, e que entrassem na cidade por estradas diferentes, dizendo em seguida: "Que vocês se reúnam na mesquita tal, onde permanecerão sentados até a nossa chegada". E saiu com Aḥmad, o colérico, atrás da casa procurada, para localizá-la e confirmar que era mesmo ela. Quando chegaram à rua já conhecida, Aḥmad, o colérico, foi incapaz de distinguir a casa em virtude do excesso de

[7] "Fisiognomonia" traduz *firāsa*. A palavra está mal empregada nesse caso, já que a fisiognomonia parte, primordialmente, dos traços da aparência humana. Uma palavra melhor talvez fosse *qiyāfa*, prática correlata entre os antigos árabes, mas que se detém sobre os vestígios e traços encontrados na natureza.

sinais colocados nas portas, e, vexado com aquela visão, emudeceu; já o líder, ao notar-lhe a incapacidade de reconhecê-la, emudeceu, franziu o sobrecenho e ficou muitíssimo furioso, mas a necessidade o obrigou a conter a cólera naquele momento, e ele retornou à mesquita com o ladrão envergonhado, reuniu-se com os demais companheiros e lhes determinou o retorno à montanha; o grupo se dispersou e os seus membros voltaram separados para o lugar onde moravam, ali se sentando para deliberar. O líder os informou do ocorrido e que naquele dia o destino não os auxiliara a tomar a vingança e a eliminar a infâmia devido à má administração de Aḥmad, o colérico, e à sua incapacidade de reconhecer a casa do adversário. Em seguida, desembainhou a espada e o golpeou na altura dos ombros, fazendo a sua cabeça voar para longe do corpo, e Deus precipitou-lhe a alma ao fogo, no pior lugar. Após refletir sobre o assunto, o líder pensou: "Meus homens servem para lutar, aplicar estocadas, roubar, perpetrar carnificinas, cometer algaras, mas não possuem o entendimento das diversas espécies de artimanha e dos vários gêneros de trapaça. Se eu os enviar um atrás do outro para resolver este assunto irei perdê-los da mesma maneira, sem benefício nem proveito. O mais acertado é que eu próprio me encarregue dessa difícil missão". Então, informou aquilo aos ladrões, ou seja, que seria ele e não outro que iria à cidade. Eles responderam: "Você é quem manda e desmanda; portanto, faça o que lhe parecer melhor", e após trocar de roupa ele tomou o rumo da cidade, atrás do peregrino Muṣṭafà, o sapateiro, tal como haviam feito os seus dois emissários supracitados. Mal o encontrou se dirigiu a ele, cumprimentou-o, agradou-o com palavras e conduziu a conversa para a questão do morto assassinado, não cessando de agradá-lo e de lhe prometer moedas cunhadas até convencê-lo. O xeique Muṣṭafà concordou com o seu propósito e o líder obteve dele o que desejava: conhecer a casa do inimigo, tudo isso de forma semelhante às que anteriormente relatamos. Quando ficou defronte da casa, pagou ao xeique Muṣṭafà uma recompensa maior que a combinada e o dispensou, pondo-se a vigiar a casa e a examiná-la. Sem precisar usar de sinal algum, contou as portas desde a esquina até a casa visada, decorou o número, espreitou por suas portinholas e janelas e a distinguiu tão claramente que passou a reconhecê-la perfeitamente, tudo isso enquanto caminhava pela rua, por temor de que os donos desconfiassem de sua longa parada ali em frente. Em seguida, retornou aos companheiros, informou-os do que fizera e disse: "Agora conheci a casa do nosso inimigo. Se Deus quiser, chegou o momento da vingança e da represália. Refleti sobre um método para conseguir isso, e um meio para entrar e agarrar esse homem, e vou explicá-lo a vocês. Se porventura o considerarem adequado, começaremos a executá-lo, mas, se acaso não o considerarem acertado, quem tiver na cabeça uma artimanha mais eficaz que a mencione e fale sobre o que lhe parece". E lhes revelou o que planejara e tencionava fazer, e eles consideraram bom, concordaram em executar e juraram que nenhum deles hesitaria na tomada da vingança. Nesse momento, o líder enviou um grupo deles para uma cidade próxima, ordenando a compra de quarenta odres grandes, e enviou o restante dos homens para as aldeias vizinhas, instruindo-os a comprar vinte jumentas. Comprado tudo quanto ele ordenara, volveram à sua presença. Rasgaram a boca de cada odre a fim de que fosse suficiente para um homem entrar nele, e cada um dos ladrões entrou num dos odres rasgados empunhando um alfanje. Tão logo todos entraram e se acomodaram nessa prisão estreita, o líder costurou as bocas dos odres tal como estavam antes e os besuntou de azeite, a fim de que um eventual observador os supusesse carregados de azeite; colocou dois odres no dorso de cada jumenta, enchendo os dois odres a mais[8] com azeite de verdade e os colocando no dorso de uma das jumentas, as quais passaram a ser, assim, vinte jumentas, dezenove carregadas de homens e uma carregada de azeite, pois o número dos ladrões caíra para trinta e oito após a perda dos dois mortos pelo líder. Encerrados os preparativos, ele conduziu as jumentas à sua frente e entrou com elas na cidade após o pôr do sol. Quando anoiteceu e a luz escureceu, dirigiu-se para a casa de ᶜAlī Bābā, que ele distinguia e conhecia muito bem. Ao chegar, encontrou ᶜAlī Bābā em pessoa sentado do lado de fora da porta, diante de uma mesinha, sobre uma esteira de couro e apoiado numa graciosa almofada. O líder olhou para ele e o viu feliz, alegre, satisfeito, numa condição de bem-estar e prosperidade, e ao se aproximar cumprimentou-o polidamente, com cortesia, humildade, respeito e submissão, e disse: "Sou de um país estrangeiro, uma terra distante, uma casa longínqua, e comprei uma partida de azeite pretendendo vendê-la com ganho e lucro nesta cidade, mas não consegui entrar senão ao anoitecer por causa da longa distância e dificuldade do caminho; encontrei o mercado já fechado e agora estou à procura, confuso, de uma casa ou um abrigo onde pernoitar com os meus animais, mas como não achei nada continuei a vagar e eis-me agora passando por você a esta hora. Assim que o vi agradeci a Deus e o louvei por ter augurado a satisfação da minha necessidade e a obtenção do meu anelo, pois a nobreza é evidente na sua

[8] Na verdade, os odres a mais seriam três.

nobre face, e o brio brilha nos seus olhos saudáveis. Não tenho dúvidas de que você é homem de bem, sucesso, fé e bons costumes. Porventura poderia me hospedar esta noite e dar abrigo às minhas jumentas, com o que eu lhe deveria este belo favor e esta excelsa generosidade, e você ganhará a minha recompensa ante o generoso obsequiador, que bem recompensa e que com o perdão despreza os pecados?[9] Amanhã cedo, se Deus quiser, irei ao mercado vender o meu azeite, após o que, agradecido, deixarei você em paz e louvarei o seu favor". ᶜAlī Bābā então lhe correspondeu ao pedido de bom grado, dizendo: "Seja bem-vindo, ó irmão que bate à nossa porta. Você será o nosso hóspede neste dia abençoado, e nos fará companhia nesta noite venturosa". ᶜAlī Bābā tinha bondade e generosidade, e era liberal, de bom caráter, dotado das mais belas características, cândido, não pensando a respeito dos outros senão o bem; por isso tudo, acreditou no atrevimento do fingido mercador, sem lhe acudir à mente que se tratava do líder dos ladrões da montanha, a quem ele não reconheceu, pois somente o vira uma única vez, e com outra indumentária. Gritou por seu escravo ᶜAbdullāh e lhe ordenou que colocasse as jumentas para dentro, sendo prontamente obedecido. O líder entrou atrás dos animais para descarregá-los, pondo-se, com a ajuda de ᶜAbdullāh, a descer os odres do lombo das jumentas e depois as introduziu na cocheira, pendurando-lhes no pescoço sacos de cevada. O líder tinha por objetivo dormir no pátio, próximo aos odres, escusando-se de entrar na casa com o pretexto de que temia constranger a família, embora, na verdade, fosse para atingir o seu propósito e conseguir levar a cabo a traição planejada. Contudo, ᶜAlī Bābā não concordou com aquilo, jurando, pelo contrário, que o homem devia ficar dentro da casa, e tanto insistiu que praticamente o obrigou a entrar; a contragosto e sem poder discutir, o líder entrou no interior casa, vendo-se num amplo e gracioso salão, cujo piso fora revestido de mármore das mais diferentes cores, e em cujo centro havia camas uma diante da outra, com os mais opulentos tapetes e lençóis, e no ponto mais alto do local uma cama bem maior, com seda real, colchões prateados e cortinas ornadas com pedras preciosas, na qual ᶜAlī Bābā o acomodou, ordenando que se acendessem velas e mandando que avisassem Murjāna da presença do hóspede, e que ela lhe preparasse um jantar adequado, com as comidas mais saborosas. Em seguida, sentou-se ao seu lado e se pôs a conversar com ele e a contar-lhe histórias, até que chegou a hora do jantar e

[9] Essa longa perífrase, como não terá passado despercebido, se refere a Deus.

serviram a mesa, trazendo a comida em recipientes de prata e ouro, e colocando o banquete diante do líder, que comeu, acompanhado por ^{c}Alī Bābā, de tudo quanto fora servido, até a saciedade; em seguida, tiraram a mesa e serviram vinho envelhecido, e a taça circulou entre eles; quando se saciaram de comida e bebida, retomaram a conversa e as histórias até a noite avançar e chegar a hora de esticar o corpo e deitar, momento em que o líder se levantou e foi até o pátio dizendo que gostaria de verificar os seus animais antes de dormir, mas na verdade era para combinar com os asseclas o que fazer. Aproximou-se do primeiro, que como dissemos estava dentro do primeiro odre, e lhe disse com voz baixinha: "Quando eu lhes lançar algumas pedrinhas pela portinhola rompam os odres com os alfanjes e venham atrás de mim"; depois, disse o mesmo ao segundo, ao terceiro, até chegar ao último.

Quanto a ^{c}Alī Bābā, ele planejava entrar no banho assim que amanhecesse, e por isso instruiu Murjāna a lhe preparar as toalhas necessárias, entregando-as aos cuidados de ^{c}Abdullāh, e lhe deixar pronto um caldo de carne para ele tomar ao sair do banho; também a instruiu a dignificar o hóspede, a lhe estender roupas de cama macias, adequadas à sua condição, e a servi-lo pessoalmente, satisfazendo, relativamente a ele, todas as obrigações e todos os direitos impostos pela hospedagem, e ela lhe respondeu ouvindo e obedecendo, após o que ^{c}Alī Bābā se recolheu ao leito, estendendo-se e dormindo.

Voltemos agora a falar do líder. Diremos — e em Deus está o êxito — que, após se acertar com os seus companheiros e seguidores[10] e planejar com eles como seria necessário agir, ele subiu até Murjāna e a indagou sobre o local onde dormiria; ela pegou uma vela e o conduziu a um aposento mobiliado com os móveis mais luxuosos, contendo tudo quanto ele precisasse, cobertas etc., para dormir. Depois de lhe desejar boa-noite, ela retornou à cozinha a fim de cumprir a ordem do seu patrão: arrumou as toalhas e demais acessórios para banho, entregando tudo ao escravo ^{c}Abdullāh, pôs a carne na panela e acendeu o fogo. Enquanto isso, a luz do lampião ia se enfraquecendo pouco a pouco por falta de azeite, até se apagar completamente. Verificando que a moringa de óleo estava vazia, e como as velas também tinham acabado, Murjāna ficou em dúvida sobre o que fazer, pois precisava de luz para terminar de cozinhar o caldo, e ao vê-la nesse estado ^{c}Abdullāh disse: "Não se preocupe nem se irrite, pois ain-

[10] Estranhamente, aqui consta – talvez para o efeito da rima – a palavra *aḥfād*, que significa "netos" ou "descendentes".

da existe azeite, muito azeite, aqui em casa. Esqueceu os odres cheios de azeite do mercador estrangeiro, e que estão ali no quintal? Desça e pegue o quanto quiser, e quando amanhecer pagamos a ele o preço do azeite". Ao ouvir essa argumentação, Murjāna gostou do que continha de correção[11] e lhe agradeceu pelo louvável conselho, saindo então com a moringa em mãos e se aproximando dos odres. Ao ouvirem a voz de Murjāna, os ladrões — já irritados com a longa permanência naquele estreito cativeiro, cansados de ficar com as costas curvadas, o que lhes causava dificuldades de respiração, com os membros moídos, os ossos debilitados, totalmente impacientes com tal situação e já sem energias para prolongar a prisão — supuseram, desatentos, que se tratava da voz do líder — e isso para que se executasse a flecha do decreto divino contra eles e prevalecesse a ordem de Deus. Assim, um dos ladrões perguntou: "Já chegou a hora de sair?".

Disse o narrador desta história espantosa e deste caso emocionante e insólito: Ao ouvir uma voz de homem saindo do interior do odre, Murjāna ficou bem amedrontada e os seus membros estremeceram de pavor, tão aterrorizada que, fosse outra pessoa, teria caído ou gritado; porém, ela tinha coragem no coração e rapidez de inteligência, percebendo de imediato a realidade, e compreendendo, mais rápido que o olhar, tratar-se de ladrões cujo propósito era atacar à traição; entabulou então, agilmente, o plano mais adequado, por saber que, se acaso gritasse ou se mexesse, estaria sem dúvida liquidada, e levaria à morte o seu patrão e os demais membros da casa; conteve, portanto, os gritos e movimentos, e sem demora começou a artimanha a que se propunha: abaixou a voz e respondeu ao primeiro ladrão, dizendo: "Espere mais um pouco, pois o tempo que falta é exíguo"; aproximou-se do segundo odre e o segundo ladrão lhe perguntou o mesmo, e ela respondeu do modo supracitado, e continuou a passar odre por odre, a ouvir a mesma pergunta dos ladrões e a dar-lhes a mesma resposta, pedindo paciência, até que chegou aos odres de azeite, no final da fila, e quando deles não obteve resposta percebeu que estavam sem ninguém dentro; mexeu neles e, certificando-se de que estavam cheios de azeite, abriu um, encheu a moringa como podia e retornou à cozinha, onde acendeu a lâmpada, pegou um grande caldeirão de cobre vermelho, foi ao quintal, encheu-o de azeite, subiu, levou-o ao fogo, colocando muita lenha debaixo dele, e deixou o azeite ferver; quando

[11] "Argumentação [...] correção." Aqui, buscou-se um dos efeitos estéticos desse texto, que é o *saj*ᶜ, ou "prosa rimada", muito utilizado nos textos árabes antigos. Em português (como em árabe moderno) ele nem sempre é agradável.

se deu a fervura, ela desceu ao quintal com o caldeirão e, utilizando a moringa, derramou, na boca de cada odre, azeite fervente, que ao cair na cabeça dos ladrões os matou, liquidando-os um por um. Após se assegurar de que deles não restava ninguém, e que todos haviam morrido, voltou para a cozinha, terminou de cozinhar o caldo de carne, conforme as instruções do patrão, e, concluída a tarefa, apagou o fogo e a lâmpada, sentando-se para ver e espreitar as atitudes do líder, o qual, tão logo entrara no aposento para ele arrumado, trancara a porta, apagara as velas e se estirara na cama como que adormecido, embora continuasse acordado, à espera da ocasião propícia e do momento conveniente para levar a cabo o mal arquitetado contra os moradores da casa: pegou então uns pedregulhos e os atirou no quintal, de acordo com o combinado, e por alguns instantes ficou esperando a saída dos seus homens, mas como eles continuassem calados, sem som nem movimento, o líder, tomado pelo espanto, atirou mais pedregulhos pela janela, cuidando para que caíssem dentro dos odres, mas ainda assim eles continuaram calados e inertes; já muito preocupado, pela terceira vez atirou as pedras, esperando em vão que eles saíssem; quando enfim perdeu a esperança de que os ladrões saíssem, o medo lhe invadiu o coração e ele saiu para averiguar o sucedido e o motivo de tal imobilidade. Ao se aproximar dos odres, um fedor detestável, junto com o ranço do azeite fervido, penetrou-lhe as narinas e, prevendo algo de ruim, o seu medo e terror aumentaram; passou pelos odres, falando com um por um, e os ladrões continuaram silenciosos e mudos; nesse momento ele chacoalhou e revirou os odres, vendo no seu interior os seus homens, todos aniquilados e mortos. Quando finalmente notou o tanto de azeite que fora levado dos últimos odres, compreendeu a maneira pela qual haviam morrido e o motivo da morte. Arrasado com aquilo, chorou um choro dificultoso e, temeroso de ser apanhado, fez tenção de fugir e escapar antes que todas as vias ficassem bloqueadas, para isso abrindo a porta do jardim, escalando o muro e pulando para a rua, de onde bateu em retirada e fugiu em direção à floresta, deprimido, esmagado pela tristeza e com mil aflições no coração. Tudo isso era observado por Murjāna do esconderijo no qual ela o vigiava: quando soube que ele já saíra da casa e fugira, ela desceu ao quintal, fechou a porta do jardim, que o ladrão abrira, e retornou para o seu lugar. Isso foi o que se deu com ela.

Quanto a ^{c}Alī Bābā — assim que Deus fez amanhecer, iluminando com a sua luz e fazendo-a despontar, e o sol saudou o adorno dos graciosos —, ele despertou do sono e de deliciosos sonhos, vestiu-se e saiu, dirigindo-se ao banho público, com o escravo ^{c}Abdullāh atrás de si carregando os apetrechos de banho e as toalhas necessárias. Entrou no banho, banhou-se e descansou no maior conforto e contentamento, ignorando o sucedido na sua casa aquela noite, bem como o perigo do qual Deus o livrara. Ao concluir o banho, tornou a vestir as roupas, voltou para casa e na entrada do quintal viu os odres no mesmo lugar; invadido pelo espanto, perguntou a Murjāna: "O que ocorre com esse mercador estrangeiro, que se atrasa para ir ao mercado?". Ela respondeu: "Meu senhor, Deus lhe escreveu uma longa vida e lhe concedeu uma sorte vencedora, pois esta noite você escapou de um enorme perigo, e Deus o salvou, graças aos seus bons propósitos, de ser aniquilado e morto da maneira mais hedionda, você e a sua família. Mas aqueles que lhe tinham escavado um buraco, Deus os fez cair nele, punindo-os por seus maus propósitos, pois a punição da traição é o fracasso e a ruína. Mantive tudo como estava para que você veja com os seus próprios olhos o que lhe havia urdido aquele mercador atrevido em sua aleivosia, bem como a coragem desta sua serva Murjāna. Vá ver o que há no interior desses odres". Só então ᶜAlī Bābā deu uns passos adiante e, ao ver no interior do odre mais próximo um homem empunhando um alfanje, ficou amarelo e alterado, recuando com medo. Murjāna disse: "Não tenha medo, pois esse homem está morto", e lhe mostrou os odres restantes, em cada um dos quais havia um homem morto empunhando um alfanje. ᶜAlī Bābā estacou temeroso por alguns momentos, olhando ora para Murjāna, ora para o odre, atônito e aterrorizado, ignorando qual era a história e dizendo afinal: "Dê-me depressa uma explicação sobre o que presenciei, e seja breve em sua fala, pois tal visão me deixou sumamente aterrorizado". Ela respondeu: "Reflita um pouco e não eleve a voz, para evitar que os vizinhos percebam o que não deve ser tornado público. Acalme-se e vá para o seu quarto, sente-se na cama e descanse enquanto eu lhe levo o caldo de carne que cozinhei para você; quando beber, esse medo vai se abrandar"; foi até a cozinha e voltou com o caldo, entregando-o a ele, que o bebeu, e então ela se pôs a lhe falar as seguintes palavras:

Ontem você me ordenou que preparasse os apetrechos de banho e cozinhasse o caldo de carne. Enquanto eu estava ocupada executando isso, eis que a minha lâmpada se apagou por falta de azeite, cuja moringa eu procurei e encontrei vazia. Fiquei em dúvida sobre o que fazer até que ᶜAbdullāh me disse: "Não fique preocupada, pois ainda existe muito azeite entre nós. Desça e pegue o quanto precisar dos odres do mercador aqui hospedado, e amanhã nós pagaremos o valor a ele". Considerando louvável esse conselho, desci com a moringa e quando me aproximei dos odres ouvi do interior deles uma voz masculina, dizendo: "Já chegou a hora de sair?". Percebi que eles pretendiam cometer algo traiçoeiro e disse a ele, sem pavor nem medo: "Não, mas não resta senão pouco tempo". Ao passar pelos odres restantes, verifiquei que no interior de cada um deles havia um homem que me fazia a mesma pergunta, ou me dizia algo assemelhado, e então eu dei a cada um a mesma resposta, até que cheguei aos dois odres cheios de azeite, e então enchi a moringa, acendi a minha lâmpada, apanhei um grande caldeirão, enchi de azeite, levei ao fogo até ferver e dele derramei na boca de cada odre, e todos os ladrões morreram por causa do azeite fervente, como você já viu. Em seguida, apaguei a lâmpada e me pus a espreitar o traiçoeiro mercador, trapaceiro e mentiroso, e o vi atirando pedrinhas da janela para avisar os seus homens, repetindo tal ação várias vezes; como não saíram, perdida a esperança de vê-los, ele desceu para ver o motivo da inércia e os encontrou todos mortos. Nesse momento, temendo ser flagrado ou morto, escalou o muro do jardim, pulou para a rua e se escafedeu. Eu não quis acordá-lo por medo de alguma confusão entre os moradores da casa, e então esperei o seu retorno para lhe dar a notícia. Essa é a minha história com aqueles traiçoeiros, mas Deus sabe mais. Agora, devo informá-lo sobre algo que ocorreu ultimamente e eu escondi. Há pouco tempo, enquanto eu voltava do mercado, avistei na porta da nossa casa um sinal branco. Essa visão me provocou suspeitas e preocupações, e percebi que se tratava da ação de algum inimigo que tencionava nos fazer mal. Para confundi-lo, desenhei nas portas das casas dos vizinhos, com a mesma cor, sinais semelhantes, mas lhe ocultei isso por medo de que vocês se assustassem, pois não restam dúvidas de que quem desenhou o sinal foram esses homens mortos, que são os ladrões com os quais você topou na montanha. Como eles haviam descoberto o caminho para a nossa casa, já não teríamos descanso nem segurança enquanto um só deles estivesse sobre a face da terra. Devemos estar em alerta contra os ardis desse que fugiu, porque ele sem dúvida se empenhará em nos aniquilar. Devemos nos prevenir e eu estarei entre os primeiros na prevenção e no alerta.

Disse o narrador: Ao ouvir a fala da escrava Murjāna, ^{c}Alī Bābā ficou sumamente espantado com as estranhas coincidências sucedidas a ambos, e lhe disse: "Não me salvei desta complicação nem escapei desse caso grave senão pelo poder do criador generoso que nos beneficia com favores e benevolência, e pelo acerto do seu parecer, Murjāna, e da sua sagacidade". E lhe agradeceu por sua boa ação, pela coragem do seu coração, pela excelsitude da sua opinião e pela qualidade da sua administração, e lhe disse: "A partir de agora você está livre e alforriada, graciosamente, mas as suas mercês em nosso favor vão perdurar. Vou recompensá-la com todo o bem, pois, como você disse, não restam dúvidas de que esses homens são os ladrões da floresta. Graças a Deus nos salvamos deles, e agora precisamos enterrá-los e esconder o sucedido". Em seguida, chamou o seu escravo ^{c}Abdullāh e lhe pediu que trouxesse dois enxadões; ele próprio empunhou um deles, entregou o outro ao escravo e começaram ambos a escavar uma comprida vala no jardim, puxando os corpos dos ladrões um por um, atirando-os lá dentro e cobrindo-os de terra, até que deles não restou vestígio. Quanto às jumentas, eles as venderam no mercado, em ocasiões diferentes, fazendo o mesmo com os odres. Isso foi o sucedido com ^{c}Alī Bābā e os seus.

Quanto ao líder dos ladrões, após a fuga da casa de ^{c}Alī Bābā para a floresta, ele entrou no esconderijo na mais lastimável das situações, chorando a solidão e o isolamento, lamuriando-se e condoendo-se do malogro das suas esperanças, do azar das suas ações e da perda dos seus homens; detestou a vida e desejou a morte, dizendo: "Ai, quanta dor por sua perda, ó heróis do tempo, ó saqueadores e guerreiros, ó cavaleiros da contenda no frêmito da batalha! Quem dera vocês tivessem sido mortos guerreando e combatendo, e tivessem perecido e se finado na luta e no tumulto! Mas a morte assim, repentina, é uma infâmia e eu, pobre miserável, sou o motivo da aniquilação daqueles por quem daria a própria vida! Quem dera eu tivesse bebido da taça da morte antes de presenciar tamanha desgraça! Porém, o senhor, poderoso e excelso, não me preservou senão para tomar a vingança e cobrir a infâmia. Eu me vingarei do meu inimigo da maneira mais cruel, e o farei provar doloroso sofrimento e punição terrível. Eu sozinho basto para fazer isso. Se Deus quiser, mesmo sozinho levarei a cabo aquilo que fui incapaz de fazer com outros homens". Em seguida dormiu, mas a sua mente permaneceu navegando num mar de pensamentos, o coração ocupado à procura de uma artimanha para alcançar o objetivo. Abandonou o repouso do sono e pela manhã também abandonou a comida, tão importante; em seguida, fechou questão quanto à preparação de uma artimanha com a qual, supunha, atingiria a sua esperança, e atinou com algo para fazer, mediante o qual alcançaria o seu propósito e curaria a sua enfermidade. Quando amanheceu, trocou de roupa, vestindo um traje de mercador, dirigiu-se à cidade e alugou um quarto numa grande hospedaria, bem como uma loja no mercado, e para lá transferiu, aos poucos, valiosas e belas mercadorias do esconderijo do tesouro, além de caros tecidos fiados a ouro, entre os quais peças indianas, panos sírios, roupas de brocado, trajes honoríficos, vestimentas com enfeites de ouro, e ainda pedras preciosas. Tudo quanto estava depositado nesse esconderijo era fruto de assaltos ao país e ao dinheiro dos súditos; isso feito, instalou-se na sua loja, pondo-se a vender, a comprar e a negociar com as pessoas, dando desconto nos preços, cobrando barato, oferecendo aos compradores o que desejavam e falando-lhes o que gostavam de ouvir, até que se tornou conhecido, passou a ser mencionado e as histórias a seu respeito se avolumaram; os grandes o visitavam e os pequenos se acotovelavam para ver o novo mercador, que a todos recebia com mercês e sorrisos, tratando-os com suavidade e delicadeza, afetando liberalidade, bom caráter, sutileza na conversação e bondade nas respostas, a tal ponto que todos passaram a gostar dele. Embora tudo isso lhe contrariasse a natureza — que se constituíra na brutalidade, na rudeza, na estupidez e na grosseria, no hábito de matar, saquear, massacrar e roubar —, a necessidade tem lá as suas regras, obrigando-o a fazer aquilo. Não houve ninguém por ali — fosse sábio, jurista, testemunha de acordos verbais ou escritos, imame de mesquitas, pregador, pressuroso emissor de decreto religioso, intérprete certo ou errado da lei religiosa, hermeneuta das tradições do profeta, narrador de eventos antigos e recentes, devoto sincero e justo, cavaleiro guerreiro e campeador, flecheiro, lanceiro, pedreiro, patente, presente, parado, caminhante, primeiro, último, ocultador de algo em seu interior, anunciador de algo em seu exterior, árabe, estrangeiro, pastor de camelos ou de ovelhas, morador em tenda ou casa, citadino ou beduíno, rentista de casas ou paredes, navegante em mares revoltos, caminhante em desertos e terras inóspitas — enfim, não houve ninguém por ali que não tivesse ido à sua loja comprar dos seus tecidos ou das outras mercadorias, nem houve escrava — fosse ela grega de boa altura, de face lisa, de seios empinados, de colo largo, de ancas enormes, de olhos como de gazela, de sobrancelhas em forma de arco, de orelhas como saquinhos, de peitos como romã, de boca como o anel de Sulaymān, de lábios como cornalina e coral, de talhe como galho de salgueiro, de esbelteza de bambu, de hálito de bálsamo, que fazia desaparecer as preocupações com os afetos do seu coração misericordioso, e que curava o enfermo com o seu discurso doce e harmonioso — enfim, não houve escrava que não o tivesse visitado, nem moça — fosse ela de rosto branco, de olhos alquifados, de beleza completa, de características perfeitas, de ancas pesadas, de nariz bem delineado, de lábios carnudos, de faces rosadas, de mãos graciosas, de pernas finas, de bochechas rubras, dotada de beleza, formosura, esplendor, perfeição, talhe e beleza indescritíveis para o prosador mais eloquente ou para o sábio, que não conseguiria falar nem da metade —, nem velha que não tivesse acorrido ao seu encontro — fosse ela de cara esfolada, de sobrancelha depenada, de corpo sarnento, de cabelo cinzento, de rosto amarfanhado, de olhar vesgo, de perna escura, de nariz esmagado, de pé torto, de fisionomia horrível, com ranho escorrendo, de cor pálida, cagona, cheia de tosse, babando, peidorreira, soltando traques, surda e inerte, faladeira e choradeira, de aparência nojenta e horrorosa de olhar —, nem rapaz que não tivesse se sentado ao seu lado — fosse de sobrancelhas finas e largas, barbeado, de bochechas rosadas, de cintura grossa, de luzes resplandecentes, de luas despontando, despreocupado, inclinando-se de vaidade e presunção, cheio de meiguice e com o mel escorrendo da boca —, nem imberbe que não lhe frequentasse a loja — fosse elegante, de olhar lânguido, de cintura leve, de roupa limpa, de suave rosto branco, de face vermelha, de testa brilhante, de cintura esbelta, de ancas pesadas, de pernas lisas, cuja visão curava o enfermo e cuja presença fazia sarar o ferido —, nem velho que não lhe revirasse as mercadorias — tivesse ele os dentes todos, molares fortes, alto, testudo, barbudo, sobrancelhudo, de pelos revoltos na cara, mais valente e intrépido que um bravo cavaleiro e desafiador do leão encolerizado —, nem xeique que não lhe comprasse as mercadorias — fosse ele entrado em anos, careca, de vista curta, de bengala, experimentado pelas coisas e avisado pelos anos e eras, de barba encanecida pelas desditas do tempo e curvado pela sucessão das noites e dos dias, cuja situação recitava a seguinte poesia:

"O destino me deixou maltratado,
ele que é tão poderoso e prepotente:
antes eu caminhava sem me cansar,
mas hoje eu me canso sem caminhar."[12]

Enfim, a todos o ladrão recebia muito bem e calorosamente, tratando de maneira equivalente o forte e o fraco, o vil e o nobre, sem distinguir entre comandante e comandado, livre e prisioneiro, nem entre o elevado e o baixo, ou o rico e o pobre; pelo contrário, magnificava o sábio letrado e não desdenhava o adventício estrangeiro, dava atenção aos enamorados e dignificava o vizinho do lado, com tamanha destreza que o afeto por ele invadiu todos os corações, e o amor por ele englobou todas as almas. Para realizar um desígnio que ele já decretara e pelo qual se decidira em relação às suas criaturas, o criador, excelso seja, determinou que a loja desse traiçoeiro ficasse defronte da loja do filho de ᶜAlī Bābā, cujo nome era

[12] Esses versos já haviam aparecido nas noites 54ª (vol. 1 desta coleção) e 202ª (vol. 2 desta coleção).

Muḥammad. Como eram vizinhos, impuseram-se a eles as regras da boa vizinhança, em virtude das quais se conheceram e entabularam amizade, sem que nenhum soubesse ao certo quem era o seu amigo, nem a sua origem; com o crescimento do afeto e do apreço mútuos, ambos passaram a se frequentar, sem que nenhum suportasse ficar sem o outro. Certo dia, coincidiu de ^{c}Alī Bābā ir até a loja do filho para visitá-lo e recrear-se no mercado, encontrando então o mercador estrangeiro sentado ao lado do filho. Ao primeiro olhar, o líder dos ladrões o reconheceu muito bem e teve certeza de que se tratava do inimigo a cuja procura ele estava. Sumamente feliz, ele augurou a satisfação da sua necessidade, a consecução do seu ardil e a obtenção da vingança, mas ocultou isso e a sua aparência não se alterou. Depois que ^{c}Alī Bābā se retirou, o ladrão indagou o filho sobre ele, fingindo não conhecê-lo. Muḥammad respondeu: "É o meu pai". Ao ouvir a resposta e se certificar daquilo, passou a frequentar mais assiduamente a loja de Muḥammad, dignificando-o melhor ainda, desfazendo-se em mesuras e demonstrando amor, afeto, amizade e bem-querer, chamando-o constantemente para comer consigo, preparando-lhe banquetes e recepções, fazendo com ele saraus noturnos, não aceitando ficar sem ele em reuniões e conversas e dando-lhe valiosos presentes e joias caras, tudo isso para executar o plano que entabulara e para tornar possível o seu propósito traiçoeiro e maligno. Da sua parte, ao receber tamanhos e tão pródigos favores, ao ver como era boa a convivência com ele e o crescimento da amizade, Muḥammad passou a gostar do ladrão, afeto esse que chegou ao extremo devido ao que nele enxergava de sinceros propósitos e bom caráter: não suportava ficar distante dele um instante sequer e não o abandonava, fosse noite, fosse dia; falou então ao pai das gentilezas que lhe fazia aquele mercador estrangeiro, do afeto e da amizade que demonstrava, e que se tratava de um homem rico, nobre, generoso e exemplar, elogiando-o a mancheias e contando que ele sempre o convidava para ir à sua casa comer comidas deliciosas e lhe dava presentes valiosos. O pai disse: "É obrigação sua, filho, retribuir-lhe a maneira como ele o trata, preparando-lhe um banquete e convidando-o, e que isso se dê na sexta-feira. Quando vocês saírem da prece, ao meio-dia, e passarem pela nossa casa, convide-o a entrar e eu terei preparado algo adequado e apropriado à condição desse hóspede excelso". Quando foi a sexta-feira, o líder dirigiu-se à mesquita por volta do meio-dia, acompanhado de Muḥammad, e depois de fazer a prece coletiva saíram juntos para a rua com o fito de espairecer pela cidade, pela qual passearam sem interrupção até chegar à rua de ^{c}Alī Bābā. Quando se aproximaram da casa, Muḥammad convidou o companheiro a entrar para comer, dizendo-lhe: "Esta é a nossa casa", e ele se recusou e negaceou com várias escusas, mas Muḥammad tanto insistiu e jurou, mantendo-se no seu encalço, até que ele aceitou, dizendo: "Vou concordar em fazer o que você quer para ser fiel às prerrogativas da amizade e para agradá-lo, mas tenho uma condição: que vocês não ponham sal na comida, pois eu detesto o sal com todas as minhas forças, não conseguindo comê-lo nem lhe sentir o cheiro". Muḥammad respondeu: "Essa é uma questão muito simples. Como o seu estômago não aceita o sal, não lhe serão oferecidos senão alimentos sem sal". Ao ouvir tais palavras, o ladrão ficou interiormente muitíssimo feliz, pois o seu único propósito era mesmo entrar na casa, e todas as artimanhas que elaborara haviam sido para atingir esse objetivo e alcançar esse desejo. Já certo de que lavaria a honra e consumaria a vingança, pensou: "Deus os colocou nas minhas mãos, inevitável e indubitavelmente". Tão logo ele ultrapassou a soleira e entrou na casa, ᶜAlī Bābā veio lhe dar as boas-vindas, cumprimentando-o com a mais extrema cortesia e reverência, acomodando-o no ponto mais alto do local, por supor que se tratava de um nobre mercador e sem o reconhecer como o próprio dono do azeite, devido à modificação da sua indumentária e aparência, e sem tampouco lhe ocorrer que introduzira um lobo no meio de ovelhas, ou um leão no meio do gado, sentando-se para conversar com ele e entretê-lo. Já o seu filho Muḥammad foi até Murjāna recomendar-lhe que não colocasse sal nos alimentos, pois o hóspede não podia consumi-lo. Irritada com aquilo, pois já aprontara a comida e seria obrigada a cozinhar de novo, dessa vez sem sal, Murjāna estranhou e suspeitou do hóspede, ficando com vontade de ver quem seria esse homem que não apreciava nem provava o sal, ao contrário de toda gente, pois na verdade isso era algo inaudito e jamais ocorrido. Quando a comida ficou pronta e chegou a hora de servir o jantar, auxiliada por ᶜAbdullāh, ela levou a mesa e a depositou diante do grupo, lançando nesse momento uma olhada furtiva para o mercador estrangeiro, a quem imediatamente reconheceu, graças ao conhecimento da fisiognomonia e à sua excelente perspicácia. Certa de que se tratava, sem nenhuma sombra de dúvida, do líder dos ladrões, ela o observou longamente, divisando sob a sua roupa o cabo de um alfanje, e então pensou: "Agora compreendo o motivo da recusa desse maldito em comer sal com o meu patrão. É que ele pretende matá-lo e considerou horrendo e abominável fazer isso após ter compartilhado o sal. Porém, com a permissão de Deus altíssimo, ele não logrará o seu intento nem eu o deixarei levá-lo a cabo". Em seguida, retirou-se para os seus afazeres e ᶜAbdullāh ficou por ali para servir. Eles comeram de todos os gêneros e ᶜAlī Bābā se pôs a dignificar o hóspede e a incitá-lo a comer mais.

Quando se saciaram, a comida foi retirada e trouxeram vinho, petiscos, doces, frutas e confeitos, e então eles adoçaram a boca e comeram frutas; em seguida, começou a circular a taça, que o maldito repassava aos outros dois sem nada beber, com o propósito de embriagá-los enquanto ele se mantinha sóbrio, sem bebida, com o juízo íntegro, a fim de atingir o seu objetivo: assim que ambos, vencidos pela bebida, pegassem no sono, ele aproveitaria a oportunidade para fazer-lhes o sangue escorrer, matando-os com o alfanje e depois fugindo pela porta do jardim, tal como agira da outra vez. Estavam eles nessa situação quando repentinamente entraram Murjāna e ᶜAbdullāh, ela com uma túnica de malha alexandrina, um gibão de brocado real e outros tecidos luxuosos, um cinturão de ouro trançado com várias espécies de pedras preciosas que lhe cobriam a cintura e lhe destacavam as ancas, na cabeça uma rede de pérolas, ao redor do pescoço um colar de esmeraldas, e os rubis e corais eram um seio a lhe recobrir os seios, que pareciam duas enormes romãs; de tão enfeitada com trajes e joias ela parecia uma flor de primavera no seu primeiro sorriso, e o plenilúnio na noite em que se completa; também ᶜAbdullāh trajava roupas luxuosas, munido de um tambor no qual batia enquanto ela dançava tal como dançam os praticantes do ofício. Ao vê-la, ᶜAlī Bābā ficou contente, sorriu e disse: "Seja muito bem-vinda, escrava afável e criada preciosa. Por Deus que você agiu da melhor maneira, pois nós estávamos ansiosos por dança nesta hora, a fim de que se completassem a nossa sorte e alegria, e se tornassem perfeitos o nosso êxtase e regozijo". Em seguida, disse ao líder: "Essa escrava não tem igual, pois é hábil em tudo, serve muito bem e não ignora nenhuma das artes do decoro; possui beleza e qualidades, correção de parecer, rápida perspicácia; não tem igual neste nosso tempo, e me fez muitos favores. Para mim, é mais cara que uma filha. Olhe, meu senhor, para a formosura do seu rosto, a esbelteza do seu talhe, a beleza da sua dança, a elegância do seu gingado e a sutileza dos seus movimentos". Mas o ladrão não lhe percebeu as palavras nem prestou atenção no que ele dizia; estava, isso sim, ausente, tamanhos eram o seu ódio e a sua irritação com a entrada daquelas duas pessoas que lhe atrapalharam o mal que havia planejado contra os moradores da casa, e a traição e a malignidade que ocultava. Murjāna dançou de modo tão belo que faria frente aos profissionais do ofício, intensificando o ritmo até puxar do cinturão um alfanje, que empunhou e passou a dançar com ele em punho, conforme o hábito dos árabes, ora encostando-lhe a ponta no próprio peito, ora no peito de ᶜAlī Bābā, ora aproximando-o do peito do seu filho Muḥammad, ora encostando-o ao peito do líder. Em seguida, apanhou o tambor da mão de ᶜAbdullāh, entregou-o a ᶜAlī Bābā e sinalizou que lhe desse algo, e então ele lhe atirou um dinar; em seguida, ela foi com o tambor na direção do seu filho Muḥammad, que também lhe atirou um dinar; em seguida, aproximou-se do líder com o alfanje numa das mãos e o tambor na outra, e ele fez menção de lhe dar algo, para isso enfiando a mão no bolso; enquanto fazia tal movimento, ocupado em puxar a quantia possível de dirhams, eis que ela lhe enfiou o alfanje no peito, e o homem, após soltar um terrível gemido, morreu, e Deus lhe precipitou a alma ao fogo, o pior dos lugares. Quando viram o que fizera, ᶜAlī Bābā e o filho se levantaram rapidamente, pararam aterrorizados e gritaram com ela, dizendo: "Sua traidora! Sua filha de uma adúltera! Sua puta! Sua indigna! Qual o motivo dessa horrível perfídia? Você nos jogou numa desgraça da qual não nos safaremos nunca, e será o motivo do nosso aniquilamento, da perda das nossas vidas! Mas a primeira punida vai ser você, sua maldita! E mesmo que escape da mão da justiça não vai escapar das nossas mãos!". Ela lhes respondeu sem temor: "Tranquilizem-se e acalmem esse pânico. Se for essa a recompensa de quem arriscou a vida por vocês, então ninguém mais se arriscará a praticar o bem. Não se apressem a pensar mal ao meu respeito, a fim de não serem punidos pelo arrependimento; ao contrário, ouçam a minha história e depois decidam sobre mim como quiserem. Ao contrário do que ele alegava e vocês acreditavam, esse homem não é mercador, mas sim o líder dos ladrões da floresta, que primeiro alegou ser vendedor de azeite e introduziu muitos homens aqui na casa de vocês, no interior dos odres, a fim de matá-los e eliminá-los. Quando eu lhe destruí o ardil e ele fracassou nas suas pretensões, fugiu e abandonou a casa, mas não tomou isso como lição nem se emendou; pelo contrário, nutriu mais rancor e ódio contra vocês e se obstinou nos seus malignos desígnios. Para conseguir o seu intento e alcançar a sua esperança, abriu uma loja no mercado, encheu-a de mercadorias luxuosas e valiosas e em seguida empregou ardis secretos, artimanhas ocultas e maquinações ímpias, até que finalmente fez uma artimanha contra o meu senhor Muḥammad, enganando-o com demonstrações de mentiroso afeto e falsa amizade e perseguindo-o com trapaças, até que se lhe franqueou entrar nesta casa e sentar-se com vocês numa só mesa, e nesse momento ele esperava aproveitar a oportunidade para atraiçoá-los, matá-los da pior maneira e apagar os seus vestígios, para tanto utilizando o fio das armas e a força da mão e do braço. Não existe força nem poderio senão em Deus altíssimo e poderoso, e louvores a Deus, que lhe apressou a ruína e a destruição por meu intermédio. Olhem para o rosto dele, examinem-lhe a fisionomia e a verdade das minhas palavras se evidenciará para vocês". Em seguida, ela retirou a capa do ladrão e lhes mostrou o alfanje escondido sob as suas roupas. Explicação dada e resposta ouvida, pai e filho observaram o rosto do mercador mentiroso e traiçoeiro com muitíssima atenção, e então o reconheceram bem e se certificaram de que se tratava exatamente do vendedor de azeite; ao verem o alfanje, compreenderam perfeitamente que Deus os salvara de um enorme perigo e de uma terrível ruína, e a escrava Murjāna consistira no seu instrumento. Assegurados da veracidade das suas palavras, a coragem do coração dela e as suas ações se avultaram imensamente aos olhos de ambos, que lhe agradeceram pelo ato louvável e lhe elogiaram o correto parecer. ᶜAlī Bābā lhe disse: "Quando anteriormente eu a alforriei, comprometi-me a fazer mais ainda, e agora é necessário que eu cumpra o meu compromisso e efetive o que prometi, mostrando-lhe o que eu intimamente pretendia promover como compensação pelo bem que você fez por nós, e recompensa pela sua boa ação: quero casá-la com o meu filho Muḥammad. O que me dizem sobre isso?". Muḥammad respondeu, dizendo: "A você eu ouço e obedeço no que planejou e estipulou, e não divirjo do que você proibiu ou jurou fazer, mesmo que seja algo que me incomode ou aborreça. Quanto ao casamento com Murjāna, é o que mais desejo, o meu objetivo mais extremo", e isso porque ele a amava havia tempos, paixão essa que havia chegado ao auge graças à sua beleza e formosura, e ao seu esplendor e perfeição, bem como perspicácia e bom caráter, além da origem nobre e da excelente estirpe. Em seguida, apressaram-se em enterrar o líder dos ladrões, escavando-lhe no jardim um grande buraco no qual o enterraram, e ele se juntou aos seus desgraçados, ímpios e malditos companheiros, sem que ninguém neste mundo tivesse percebido nada desses sucessos tão insólitos nem dessas coincidências tão espantosas. Quanto à sua loja, como a sua ausência se prolongasse demasiado sem que do proprietário surgissem notícias ou aparecessem vestígios, o tesouro público se apropriou das suas mercadorias, além do seu dinheiro e demais objetos do espólio. Depois, tão logo eles se acalmaram e tranquilizaram, sentindo-se novamente seguros em sua terra, as coisas estabilizadas, a alegria de volta e o mal afastado, Muḥammad se casou com a escrava Murjāna; o contrato de casamento foi escrito junto ao juiz dos muçulmanos; o marido lhe pagou o dote e se comprometeu a suprir tudo quanto faltasse; as pessoas foram reunidas e se fez a festança, com todos passando acordados noites agradáveis, em meio a banquetes e recepções; reuniram-se donos de casas de diversão, cantores, palhaços, e fizeram Murjāna desfilar diante dele; quando se viram a sós, ele lhe extirpou a virgindade. As festas duraram três dias. Decorrido um ano desses eventos, ᶜAlī Bābā quis ir ao esconderijo, o que evitara fazer desde a morte do irmão, por medo de alguma aleivosia da parte dos ladrões. Com efeito, quando Deus, por intermédio de Murjāna, exterminou trinta e oito deles, com o líder por último, ^{c}Alī Bābā supôs que restavam dois homens, pois na montanha os contara e verificara serem quarenta. Foi por isso que durante esse período todo ele hesitou em ir lá, temendo alguma aleivosia, mas como as notícias sobre eles desapareceram, não lhes surgindo vestígio algum, ele teve certeza de que já não existiam e criou coragem para ir ao esconderijo, levando consigo o filho a fim de lhe mostrar o local e ensinar-lhe o segredo da chegada e da entrada; ao se aproximarem, constataram que as ervas, o mato e os espinheiros haviam se adensado em torno da porta, tapando o caminho, e deduziram que havia tempos não entrava ali nem intimidade de gente nem murmúrio de vivente, e se asseguraram de que os dois ladrões restantes também haviam sido mortos, dissipando-se assim o seu medo. Criaram coragem, avançaram e atravessaram o caminho, e com o machado ^{c}Alī Bābā cortou o mato e os espinheiros, abrindo espaço e conseguindo chegar à porta, diante da qual disse: "Ó sésamo, abra a sua porta", e ela se abriu, entrando ele e o filho, ao qual mostrou o dinheiro, as coisas insólitas, as preciosidades e os assombros ali contidos, deixando-o estupefato ante tal visão, e extremamente espantado. Após circularem e flanarem pelo esconderijo, passando e caminhando pelos seus salões, e se fartarem de revirar-lhe as joias e metais preciosos, resolveram ir embora e levaram consigo o que lhes agradou das preciosidades do esconderijo — tudo quanto pesasse pouco e valesse muito —, retornando para casa felizes e contentes com o dinheiro amealhado. Não pararam de transferir tudo quanto desejavam do esconderijo, vivendo a vida mais agradável e feliz, até se abater sobre eles o destruidor dos prazeres, separador das comunidades, destruidor dos palácios e construtor das tumbas. Esse é o final do que chegou até nós da sua história, e o máximo que tivemos das suas notícias, da mais antiga à mais recente.

Com a letra do pobre rogador do perdão do seu altíssimo e poderoso Senhor, Yūḥannā Bin Yūsuf Wārisī,[13] que Deus lhe releve os escorregões e erros, e valorize a sua recompensa e bons feitos, e faça do paraíso a sua morada, e da casa da eternidade o seu abrigo, pois ele tudo pode, e costuma atender.

[13] Sobre esse escriba, veja o posfácio a este volume, pp. 567-582.

ANEXO 2

Em 1913, na mesma revista em que publicara o texto árabe de ᶜAlī Bābā, Macdonald desta feita deu à estampa uma espécie de resumo dessa história anotado por Antoine Galland em seu diário, no qual afirma tê-la ouvido do maronita alepino Ḥannā Diyāb. O texto seria mais tarde republicado pelo estudioso Mohamed Abdel-Halim em sua tese sobre o eminente tradutor e erudito francês.[14]

DO DIÁRIO DE GALLAND: "AS AGUDEZAS DE MORGIANE OU OS QUARENTA LADRÕES EXTERMINADOS PELA DESTREZA DE UMA ESCRAVA"[15]

Em uma cidade da Pérsia, próxima aos confins das Índias, havia dois irmãos, um muito rico, grande comerciante bem alocado, e, o outro, um pobre camponês que ganhava a vida cortando lenha numa floresta vizinha: um se chamava

[14] Tradução e notas de Christiane Damien Codenhoto, mestre em Língua, Literatura e Cultura Árabe pela USP e doutoranda na mesma instituição, autora de *Na senda das Noites* (Cotia/São Paulo, Ateliê/Fapesp, 2010).
[15] No original francês, "Les finesses de Morgiane ou les quarante voleurs exterminés par l'adresse d'une esclave". Em suas *Mil e uma noites*, Galland alterou esse título para "História de Ali Babá e os quarenta ladrões exterminados por uma escrava" ["*Histoire d'Ali Baba et de quarente voleurs exterminés par une esclave*"]. A narrativa, tal como aqui se apresenta, é um resumo de Galland elaborado a partir de uma história contada oralmente, dentre várias outras, pelo já citado Ḥannā Diyāb, em maio de 1709. O orientalista, tão logo lhe ouvia as histórias, registrava-as resumidamente no seu diário [*journal*], para, depois, conferir-lhes caráter literário. Como se poderá constatar, o presente resumo traz a ideia geral ou os principais acontecimentos da história, por vezes detalhando a ação, sobretudo no início, para em seguida deixar registradas sugestões e frases com o fito de "puxar a memória". Devido ao caráter informal do registro, o texto contém palavras abreviadas, inclusive frases inacabadas. Para a presente tradução, utilizou-se o texto fixado por Mohamed Abdel-Halim a partir do *Journal* de Galland ([manuscrito da Bibliothèque Nationale f.fr. 19.277, p. 140], em Abdel-Halim, M. *Antoine Galland, sa vie et son oeuvre*. Paris, Nizet, 1964, pp. 454-458); para fins de cotejo, utilizou-se ainda a pioneira publicação desse extrato por Duncan B. Macdonald, *The Journal of the Royal Asiatic Society*, 1913, pp. 41-47.

Cassem e o outro Hogia Baba. Um dia, como de costume, Hogia Baba encontrava-se na mesma floresta com três jumentos e viu ao longe um bando de gente a cavalo que levantava uma nuvem de poeira e vinha em sua direção. Ele subiu em uma árvore enorme. Com a aproximação deles, a poeira se dissipou e ele viu quarenta cavaleiros, grandes, bem armados; desmontaram, amarrando os cavalos em torno de um dos braços da enorme árvore. Havia um grande rochedo: os ladrões avançaram até uma porta fechada etc., tão perto da árvore que Hogia Baba ouviu o que pronunciou primeiro estas palavras: abre-te, Sésamo! Imediatamente a porta se abriu; eles entraram, a porta se fechou, lá demoraram um longo tempo, saíram. Quando todos estavam do lado de fora, o último se virou e, ao se virar, pronunciou estas palavras: fecha-te, Sésamo, e a porta se fechou. Eles montaram de novo a cavalo. Quando se afastaram, Hogia Baba desceu, ficou diante da porta, pronunciou as mesmas palavras: a porta se abriu, a porta se fechou e, graças a uma luz que vinha de uma câmara, ele encontrou a mesa posta e muitos mantimentos, víveres, amontoados de riquezas etc., e, sobretudo, dinheiro e pilhas de ouro. Há muito tempo, esse lugar era um refúgio dos ladrões. Eles roubavam longe dali, traziam seu espólio de vez em quando e se abstinham de fazer qualquer mal nas redondezas etc. Com sacos que o lenhador encontrou entre os móveis, carregou seus três jumentos com ouro e, por cima, colocou lenha, e ele retorna à cidade; em sua casa, entra por um pequeno pátio, fecha a porta e descarrega os jumentos, carrega os sacos para dentro de casa; sua esposa vem toda espantada, supõe que seu marido é um ladrão; Hogia Baba impõe-lhe silêncio e conta-lhe o fato. A mulher quer contar o ouro. O marido lhe diz que ela é uma tola, que isso é inútil; ela quer ao menos medi-lo. O marido cede, deixa-a fazer; ela vai buscar um medidor na casa de Cassem, irmão do marido; a mulher de Cassem lhe empresta. Como ela sabia de sua pobreza, estava curiosa para saber qual grão ela queria medir, ela esfrega banha embaixo do medidor. A mulher vai medir o ouro, ela sabe a quantidade de ouro que havia medido. Enquanto seu marido enterra o dinheiro em um lugar da casa, ela devolve o medidor à sua cunhada, que o olha por debaixo e lá encontra uma moeda grudada. No fim do dia, quando seu marido retorna, ela lhe conta o fato. No dia seguinte, Cassem, ávido, não se contentando, vai encontrar o irmão, quer saber onde ele pegou tanto dinheiro, ameaça denunciá-lo. Ele lhe conta tudo como aconteceu e lhe oferece parte do tesouro. O irmão quer saber o lugar, as indicações. Hogia Baba faz objeções: ele é forçado a obedecê-lo. Cassem, no dia seguinte, vai à floresta com dez burros, ele encontra o lugar, pronuncia as palavras; a porta se abre, ele entra, ela se fecha, ele vê o [*sic*].[16] Quando ele quer sair para carregar os burros, não se lembra mais das palavras, de tão absorvido que estava pelo que acabava de ver, ele encontra muitos tipos de grãos etc. Os ladrões chegam de repente, eles se surpreendem e não compreendem: eles o dividem em quatro partes e cada quarto de um lado e de outro da escada por onde desciam e tronco do corpo [*sic*].[17] Eles saem depois da refeição e fecham a porta. No fim do dia, quando a mulher de Cassem vê que o marido não voltou, vai até Hogia Baba, pede novamente pelo marido, grita etc. Hogia Baba a acalma, dizendo-lhe que ele pode voltar durante a noite etc. No dia seguinte ela faz mais barulho. Hogia Baba pega seus três jumentos, retorna à floresta etc.; ele chega à gruta, pronuncia as palavras, a porta se abre e ele vê o estado de seu irmão: carrega seus jumentos com ouro e, juntamente, o corpo, em diversos sacos, cobre tudo com lenha, volta, conta à sua cunhada; para impedir seus gritos, ele a previne propondo tomá-la por esposa junto com a sua; ela aceita. Para esconder a coisa, Morgiane,[18] no mesmo dia, vai pedir na vizinhança tabletes próprios para doentes que estão em risco. No dia seguinte, ela faz a mesma coisa para pedir uma essência como um último remédio. No fim do dia, ela se mostra chorosa. No outro dia, bem cedo, ela vai à praça e se dirige a um velho sapateiro que estava aberto antes dos outros, começa por lhe dar uma moeda de ouro: "Boa estranha! O que queres de mim?". Ela lhe diz que vai fechar os olhos dele até certo lugar. Ele se faz de difícil. Ela lhe dá outra moeda de ouro: ele se deixa levar, ela lhe fecha os olhos e o conduz até a casa de seu amo, ela lhe mostra do que se trata. Ele faz objeções, ela promete outra moeda de ouro: ele costura etc. Ela o leva de volta com os olhos vendados, tira-lhe a venda e ele retorna para seu

[16] Frase incompleta. Nas *Mil e uma noites* de Galland, o trecho correspondente da "História de Ali Babá e os quarenta ladrões exterminados por uma escrava" apresenta o que a personagem vê e sente ao entrar na gruta: "A porta se abre, ele entra e logo ela se fecha. Examinando a gruta, ele fica extremamente admirado de ver muito mais riquezas do que havia imaginado pela descrição de Ali Babá, e sua admiração aumenta à medida que ele examina cada coisa em particular" (veja A. Galland [trad.], *Les mille et une nuits*, Paris, Garnier, 1965, p. 247, vol. 3 – tradução nossa).

[17] Trecho bastante lacunar. Na versão completa da história, o trecho está assim: "[...] como se tratava de garantir a segurança de suas riquezas, decidiram dividir o cadáver de Cassim em quatro partes e colocá-las perto da porta de entrada da gruta, duas de um lado, duas de outro, a fim de afugentar quem tivesse a ousadia de realizar tentativa semelhante" (ibid, p. 248, vol. 3 – tradução nossa).

[18] Trata-se da escrava da cunhada. No conto completo, a personagem é apresentada pela seguinte descrição: "[...] Morgiane era uma escrava habilidosa, competente e inventiva, capaz de obter êxito nas situações mais difíceis; e Ali Babá a conhecia como tal" (ibid, p. 250, vol. 3 – tradução nossa).

estabelecimento. Vão informar a mesquita para o enterro e, enquanto isso, Morgiane esconde o defunto. Os ministros da mesquita, quando chegam, querem lavar o corpo, Morgiane diz que isso já foi feito; o defunto é conduzido. Morgiane segue adiante arrancando os cabelos etc. O irmão segue o corpo, os vizinhos o acompanham gritando à moda da região etc. Hogia Baba vai morar na casa de seu irmão, transporta seu dinheiro durante a noite etc. Ele tem um filho que ocupa a loja de seu tio etc. Os ladrões retornam algum tempo depois. Ficam surpresos por não encontrar o corpo e por ter diminuído a pilha de ouro em relação àquela que havia antes, o capitão os incita à vingança e propõe recompensa ou morte àquele que descobrir a morada. Um se apresenta, ele muda de traje, vai à cidade e, bem cedo, dirige-se a um sapateiro. Ele lhe pergunta, vendo-o tão velho, se ainda enxerga com clareza e se era capaz de costurar bem. "Eu costurei bem um defunto!" O ladrão se alegra, dá-lhe uma moeda de ouro, pede-lhe o endereço. Ele ressalta que não pode porque lhe vendaram os olhos. "Tu bem que podias te lembrar[19] do caminho que fizeste, vem que eu vou te vendar os olhos etc". Com o dinheiro na mão, ele acompanha o ladrão e encontra a casa. O ladrão marca a porta com giz etc. Morgiane sai da casa; ao voltar, percebe a marca, ela pega o giz e faz a mesma marca nas outras portas de um e do outro lado, à direita e à esquerda. O ladrão, entretanto, vai avisar os ladrões etc.; eles vêm à cidade, se dispersam, o ladrão e o capitão passam o dia para reconhecer; eles veem muitas portas marcadas da mesma forma etc.; ele retorna com os outros ladrões e aquele que não havia obtido sucesso é punido. Um segundo se apresenta etc.; ele vai se dirigir ao mesmo sapateiro, que o faz conhecer a casa da mesma maneira, ele marca a porta de vermelho em outro lugar menos aparente. O ladrão é punido como o outro. O próprio capitão se encarrega da coisa: ele toma conhecimento da casa pelo mesmo sapateiro: torna a marcá-la bem e retorna à floresta e à gruta; providencia grandes odres para azeite proporcionalmente ao número que tem de homens. Encerra cada um dentro desses odres que ele besunta com azeite, e enche um deles com esse óleo. Ele os carrega sobre burros, põe-se a caminho e chega diante da casa de

[19] A passagem registra o verbo *souvenir* abreviado, conforme se segue: "*Vous pouvez bien vous souv. du chemin que vous avez fait* [...]". Além do contexto, que nos permite inferir de que se trata do verbo *souvenir*, há também a referência desta mesma passagem na história completa de "Ali Babá e os quarenta ladrões exterminados por uma escrava", que se apresenta nas *Mil e uma noites*, de Galland: "*Au moins, repartit le voleur, vous devez vous souvenir à peu près du chemin qu'on vous a fait faire les yeux bandés* [...]" (ibid, p. 256, vol. 3).

Hogia Baba, no lugar certo. Ele estava à sua porta onde, depois do jantar, tomava um ar. O capitão dos ladrões roga-lhe abrigo em sua casa para passar a noite. Ele não somente o consente como também ordena que coloquem os cavalos na estrebaria, que lhe deem cevada, feno. Os odres são descarregados no pátio, servem o jantar ao capitão. Depois do jantar, ele vai a cada odre e avisa os ladrões para cortar os odres com as facas de que estavam munidos, quando ele lançasse pequenas pedras para avisá-los. Dão-lhe um quarto para dormir. Hogia Baba, antes de se deitar, recomenda a Morgiane que deixe pronta sua roupa de banho para o dia seguinte e que lhe prepare uma sopa para sua volta. Morgiane coloca a panela no fogo e a luz se apaga. Um empregado lhe diz para pegar azeite nos odres que estavam no pátio etc. O ladrão que estava no primeiro odre pergunta, falando baixo, se já estava na hora. Devido à sua perspicácia, ela responde que não, mas dentro em breve. Ela vai a todos e faz a mesma coisa. O odre com azeite era o último da fila; ela pega o azeite para acender a lâmpada e encher[20] um caldeirão, que ela põe para ferver com breu; ela entorna todo o líquido fervente em cada odre e faz perecer todos os ladrões etc. O capitão lança as pedras, ninguém responde; ele desce e encontra todos os ladrões; ele se salva de casa em casa.[21] Hogia Baba retorna do banho, ele toma conhecimento do que se passou, enterra os ladrões em seu jardim, encontra um meio de vender os burros etc.

O capitão dos ladrões fica sozinho, se disfarça de mercador; ele aluga uma loja em frente àquela do filho de Hogia Baba, faz amizade com ele, grande familiaridade: ele oferece várias vezes boas refeições. O filho quer retribuir, fala com o pai, que o consente. Morgiane prepara o jantar. O filho e o falso mercador chegam, sentam-se à mesa. O capitão se desculpa por não querer comer, dizendo que não comia pão, nem carne, nem guisado que tivesse sal. Baba Hogia [*sic*] chama Morgiane e lhe pede para fazer, sem demora, pão e qualquer guisado sem sal. Morgiane desconfia da malevolência, porque o sal é marca da amizade e não há nenhum prejuízo desde que seja ingerido. Jantam; depois do jantar,

[20] Aqui, da mesma forma, o verbo *remplir* está abreviado: "[...] *pour allumer la lampe et elle en rem. une chaudière* [...]". No conto completo, Galland registra neste mesmo trecho o verbo *emplir*: "[...] *elle prend une grande chaudière, elle retourna à la cour ou elle l'emplit de l'huile du vase*" (ibid, p. 263, vol. 3).

[21] Trecho lacunar. No conto completo, o capitão dos ladrões se salva pulando os muros que separam os jardins das casas vizinhas: "Com desespero de ter falhado seu plano, ele atravessou pela porta do jardim de Ali Babá, que dava para o pátio, e, de jardim em jardim, passando por cima dos muros, ele se salvou" (ibid, pp. 264-265, vol. 3. – tradução nossa).

dançarinos etc., Morgiane coloca uma máscara, a baioneta ao lado, dança a última e se faz admirar.[22] Ao final, ela se aproxima de Hogia Baba, que lhe dá muitas moedas de ouro. Da mesma forma, ela se aproxima do filho, que faz a mesma coisa. Ela enterra o punhal no peito do falso mercador. Hogia Baba grita, ela o acalma mostrando de que maneira o capitão dos ladrões estava armado. Elogio a Morgiane, ele a oferece em casamento a seu filho. A notícia ofusca a morte, ele dá a conhecer disfarçando aquilo que era preciso disfarçar.[23] Em diferentes vezes, ele tirou tudo o que havia de ouro e dinheiro etc., às escondidas. Eles vivem felizes e contentes etc.

[22] O trecho está registrado da seguinte forma: "*Morgiane prend un masque, la baïonnette, au costé, dans la dernière et se fait admirer*". Podemos depreender do contexto que a palavra *dans* é, na verdade, *danse*, pois a preposição (*dans*) comprometeria o sentido da oração. No conto completo, é empregado o verbo *danser*: "*Après avoir dansé plusieurs danses avec le même agrément et de la même force, ella tira enfin le poignard; et, en le tenant à la main, elle en dansa une danse laquelle elle se surpassa par les figures différentes et par les éfforts merveilleux dont elle les accompagna* [...]" (ibid, p. 274, vol. 3).

[23] Trecho lacunar. A história completa nos permite depreender que se trata do matrimônio que oculta aos olhos dos estranhos o verdadeiro motivo da união de seu filho com a escrava Morgiane: "Poucos dias depois, Ali Babá celebrou as núpcias de seu filho e de Morgiane com grande solenidade [...] e ele teve a satisfação de ver que seus amigos e vizinhos, que ele convidara, sem ter conhecimento dos verdadeiros motivos do casamento, mas que, de qualquer forma, não ignoravam as belas e boas qualidades de Morgiane, louvaram-no vigorosamente por sua generosidade e por seu bom coração" (ibid, p. 275, vol. 3 – tradução nossa).

ANEXO 3

O EPÍLOGO: A NOITE PERDIDA DE JORGE LUIS BORGES

No ensaio "Magias parciales del Quijote", Jorge Luis Borges observa, a respeito do Livro das mil e uma noites, *o seguinte: "A necessidade de completar mil e uma seções obrigou os copistas da obra a interpolações de todas as espécies, mas nenhuma tão perturbadora quanto a da noite* DCII *[602], a mais mágica de todas: nela, o rei ouve da boca da rainha a sua própria história. Ouve o começo da história, que abarca todas as demais, e também — de modo monstruoso — a si mesma. Intuirá claramente o leitor a vasta gama de possibilidades dessa interpolação, o seu singular perigo?".*[24] *Essa magnífica passagem, bem como a rica extrapolação que a sucede — a obra se torna, em suas palavras, "infinita e circular" —, chamou a atenção de escritores e críticos de literatura. Chegou-se a especular — como afirmou, por exemplo, Italo Calvino — que se tratava de uma invenção de Borges,*[25] *mas isso está incorreto, e por dois motivos. O primeiro, mais imediato e comezinho, é que ele a leu na tradução inglesa de Richard Burton, o qual por seu turno a introduzira num dos "volumes suplementares" do seu gigantesco trabalho de tradução e recenseamento das* Noites*; a própria numeração — 602 — é de Burton. O segundo é que essa passagem, efetivamente, também existe em árabe, no décimo segundo e último volume da edição de Breslau, cuja publicação em 1843 foi supervisionada pelo arabista alemão*

[24] Em *Otras inquisiciones. Obras completas* (Buenos Aires, Emecé, 1990, v. II, pp. 46-47). A primeira edição desse livro é de 1952.

[25] "[...] não consegui encontrar essa 602ª noite. Mas, mesmo que Borges a tivesse inventado, estaria certo em inventá-la, porque ela representa o coroamento natural do *enchâssement* das histórias. [...] o *enchâssement* das *Mil e uma noites* determina, sim, uma estrutura perspéctica" (em "Os níveis da realidade em literatura". *Assunto encerrado*, trad. Roberta Barni, São Paulo, Companhia das Letras, 2009, p. 381).

Heinrich L. Fleischer.[26] *A narrativa toda se dá na milésima primeira noite, e se encontra traduzida abaixo.*[27]

O rei Šahrabān[28] ficou espantado e disse: "Por Deus, a iniquidade mata quem a pratica". Em seguida, ele se admoestou com o que lhe disse Šahrāzād, pediu auxílio a Deus altíssimo e disse: "Conte-me mais das suas histórias, Šahrāzād, uma historinha agradável que seja o remate das histórias". Ela respondeu: "Com muito gosto e honra".

Eu fui informada, ó rei venturoso, de que certo homem disse:

Conta-se que uma pessoa disse a alguns dos seus companheiros:

Eu lhes falarei sobre a vitória da integridade sobre a violência.[29] Um amigo meu me contou o seguinte:

Encontramos a vitória da integridade sobre a violência, mas na origem as coisas não eram assim. Deu-se que viajei por várias terras, regiões e países, entrei em grandes cidades, cruzei caminhos e perigos e, no fim da vida, entrei numa cidade cujo rei era [tão poderoso quanto os] da dinastia de Kisrà, dos reis do sul da Arábia e dos de Bizâncio. Essa cidade era populosa devido à justiça e à equanimidade, mas o seu rei era cruel, extirpador de vidas e anos, guerreiro invencível que não deixava apagar-se o fogo da vingança, e que oprimia os súditos e arruinara o país; o irmão dele reinava sobre a Samarcanda persa, e cada um deles viveu no seu país e lugar por determinado período, mas depois tiveram saudades um do outro e então o rei mais velho enviou o vizir para convidar o mais novo a visitá-lo. Quando o vizir chegou, ele se curvou à solicitação, ouvindo e obedecendo; preparou-se, fez tenção de viajar, mandou que transportassem as tendas e os pavilhões e, passada a meia-noite, foi até a esposa para despedir-se, mas encontrou dormindo com ela, na mesma cama, um homem estrangeiro; matou-os a ambos, arrastou-os pelos pés, atirou-os do alto do palácio e saiu em viagem. Quando chegou, o irmão mais velho ficou muito contente com ele, hospedou-o num palácio ao lado do seu, destinado aos hóspedes,

26 Para mais detalhes, veja o posfácio a este volume.

27 Traduzido do 12º volume da edição de Breslau. O trecho se inicia após a "História dos sete vizires", que se encerra na 1001ª noite.

28 Assim no original, em lugar de *Šahriyār*. Essa variação no nome das personagens do livro não era incomum. Lembre-se de que se tratava de nomes estrangeiros, pouco empregados em árabe.

29 "Vitória da integridade sobre a violência" traduz, com alguma liberdade, *sabab assalāma ʿalà alkarāha*, formulação que, literalmente, pode ser entendida como "o caminho da integridade contra a imposição".

e que dava para o jardim. O caçula ficou ali por alguns dias e, pensando no que a esposa fizera consigo, lembrando-se da sua morte, e de que mesmo sendo rei não escapara das desditas do tempo, ficou tão abalado que parou de comer e beber, e quando comia algo nem sentia o sabor. Ao vê-lo assim, o irmão, supondo que isso se devia à separação da família, disse-lhe: "Vamos caçar e pescar!", mas ele se recusou a ir, e então o mais velho saiu para caçar e o caçula permaneceu no palácio. Enquanto ele olhava pelas janelas do palácio para o jardim, eis que viu a cunhada com dez escravos e dez escravas; cada escravo agarrou uma escrava, e um deles agarrou a cunhada; quando terminaram o serviço, voltaram por onde haviam vindo. Presa de grande espanto, o caçula se tranquilizou e aos poucos se curou da sua enfermidade; decorridos alguns dias, o mais velho retornou e, encontrando-o curado do seu mal, disse: "Conte-me, irmão, qual foi o motivo da sua doença e do amarelo [da sua face], e qual o motivo, agora, do retorno da sua saúde, e do vermelho da sua face", e então o caçula lhe relatou todo o caso. O mais velho considerou aquilo uma enormidade e ambos, escondendo o sucedido, combinaram abandonar o reinado e vagar pelo mundo sem destino nem direção, pois supuseram que a ninguém ocorrera o mesmo que a eles. Quando estavam em viagem viram no caminho uma mulher dentro de sete caixas com cinco cadeados, no meio do mar salgado, em posse de um *ᶜifrit*. A despeito disso tudo, aquela mulher emergiu do mar, abriu os cadeados, saiu das caixas e fez o que bem entendeu com ambos os irmãos após ter aprontado uma artimanha contra o *ᶜifrit* que a forçara a morar no fundo do mar; então, ambos retornaram aos seus reinos, o caçula para Samarcanda e o rei mais velho para a China, onde criou uma lei para o assassinato de moças: toda noite o seu vizir lhe trazia uma jovem com a qual o rei dormia e pela manhã a entregava a esse vizir, ordenando-lhe que a matasse. Tal situação perdurou por algum tempo, até que as pessoas se agitaram, as criaturas foram mortas e os súditos gritaram contra esse terrível proceder ao qual estavam expostos, temerosos de que a cólera de Deus altíssimo tivesse se abatido sobre eles e que com isso ele os exterminasse; o rei permanecia nessa situação, com a condenável resolução de matar as jovens e incorrer em interditos;[30] as jovens pediram socorro a Deus altíssimo e se queixaram da iniquidade do rei e da sua injustiça contra elas. O vizir tinha duas filhas, irmãs de pai e mãe; a mais velha, que lera

[30] "Incorrer em interditos" traduz *sabī almuḫaddarāt* [*sic*], o que não faz sentido. A segunda palavra certamente está por *almuḥaḏḏarāt*, ou, mais possivelmente, por *almaḥḏūrāt*.

livros de sapiência e crônicas de convivas, era dotada de vasta inteligência, brilhante saber e estupendo entendimento; tendo ouvido o que as pessoas sofriam da parte daquele rei, e de outrem, contra os seus filhos, e movida pela clemência e pelo desejo de preservá-los, rogou a Deus altíssimo que favorecesse aquele rei, fazendo-o abandonar tal heresia,[31] e Deus lhe atendeu o rogo; nesse momento, ela consultou a irmã caçula, dizendo: "Quero arquitetar um plano para salvar os filhos dos súditos, e será o seguinte: irei até o rei, e quando eu estiver com ele mandarei chamá-la; ao chegar, quando o rei tiver satisfeito a sua necessidade, diga: 'Minha irmã, conte-me uma de suas graciosas histórias para com ela atravessarmos esta noite, antes do amanhecer, e assim nos despedirmos'. Fale de maneira que o rei ouça". A caçula disse: "Sim. Essa será uma providência que impedirá o rei, nessa noite, da heresia que ele vem cometendo, e você será a detentora da magnífica virtude e da excelsa recompensa na outra vida, pois terá arriscado a vida: ou morre ou chega ao seu objetivo". Então a irmã mais velha assim procedeu, sendo ajudada pela sorte e favorecida pelo êxito. Revelou o plano ao pai, o vizir, que a proibiu de executá-lo, temendo que fosse morta; ela repetiu as palavras pela segunda e terceira vez, ao passo que ele, sem aceitar, aplicou-lhe um paradigma para dissuadi-la, e então ela lhe aplicou um paradigma no sentido contrário; a discussão e a aplicação de paradigmas entre eles se prolongaram, até que o pai percebeu que não podia fazê-la retroceder. A filha disse: "É absolutamente imperioso que eu me case com esse rei, e talvez eu sirva como resgate para os filhos dos muçulmanos; ou faço o rei voltar atrás nessa heresia, ou então morro". Incapaz de impedi-la, o vizir foi até o rei e o informou do assunto, dizendo: "Tenho uma filha que quer se entregar ao rei". O rei perguntou: "Como você se permite isso, sabendo de antemão que eu não passo com a jovem senão uma única noite e pela manhã a mato, sendo você próprio, seguidas vezes, o encarregado da execução?". O vizir respondeu: "Saiba, ó rei, que eu lhe expus tudo isso, mas ela não aceitou senão a sua companhia, optando por vir aqui e se apresentar a você; embora eu tenha lhe exposto os dizeres dos sábios, ela me respondeu com coisas contrárias em quantidade maior que as ditas por mim". O rei disse: "Deixe-a vir aqui à noite, e venha você pela manhã para levá-la e matá-la. Por Deus que, se não o fizer, eu matarei a ambos". O vizir obedeceu às palavras do rei e saiu dali. A filha mais velha

31 "Heresia" traduz *bid^ca*, palavra que também pode significar "inovação" (em matéria religiosa). É termo de conotação pejorativa.

então chorou, e o pai lhe perguntou: "Por que o choro, se foi você mesma que escolheu isto?". Ela respondeu: "Não choro senão por saudades da minha irmã caçula, pois desde que cresci estou com ela, e não nos separaremos senão neste dia. Se o rei permitir que ela esteja lá presente para que eu a veja, lhe ouça as palavras e me farte dela até o amanhecer, isso será uma generosidade e um bem da parte dele". O rei ordenou que a filha mais velha do vizir fosse trazida, e ocorreu o que tinha de ocorrer entre ambos: ele a possuiu e, quando subiu à cama para dormir, a caçula disse à mais velha: "Por Deus, minha irmã, se você não estiver dormindo, conte-nos uma das suas graciosas historinhas para com elas atravessarmos a noite, antes do amanhecer e da separação". Ela respondeu: "Com muito gosto e honra", e começou a narrar para a caçula enquanto o rei ouvia. Sua história era boa e saborosa, e quando chegou à metade raiou a aurora e o rei, cujo coração ficara em suspensão pelo restante da história, deu-lhe um prazo até a noite seguinte, quando então ela lhe contou uma história sobre coisas insólitas de diferentes países e fatos espantosos relativos aos súditos,[32] e que era mais espantosa e mais insólita que a da primeira noite; quando chegou à metade da história, raiou a aurora, ela interrompeu o seu discurso autorizado e o rei a deixou [viver] até a noite seguinte a fim de ouvir o restante da história e só então matá-la. Isso foi o que sucedeu a ela. Já os moradores da cidade ficaram contentes, auguraram o bem, rogaram pelas filhas do vizir e se admiraram com o fato de, já passados três dias, o rei ainda não a ter matado; alegraram-se com a desistência do rei, que não tolerava um único deslize das jovens da cidade.[33] Na quarta noite, ela lhe contou uma história mais espantosa, e na quinta lhe contou sobre as notícias dos reis, dos vizires e dos maiorais, permanecendo ao seu lado naquela situação por dias e noites, enquanto o rei dizia: "Quando ouvir o fim da história irei matá-la". As pessoas foram ficando cada vez mais espantadas e admiradas, e ouviu-se a respeito entre os moradores de terras e países distantes, isto é, que o rei voltara atrás na lei que estabelecera e no que praticava, bem como em sua heresia, e se alegraram com aquilo. Muita gente tornou a ir morar na cidade após tê-la abandonado, e rogaram ainda mais a Deus altíssimo para que o rei continuasse assim.

[32] Essa descrição não é compatível com nenhuma das versões do "prólogo-moldura". Em princípio, a impressão é a de que ocorre certa confusão entre "noite" e "história". Tampouco terão passado despercebidas outras discrepâncias.

[33] A redação desse trecho está confusa no original.

[*Prosseguiu Šahrāzād*:] "E este é o final do que se contou para o meu amigo". O rei lhe disse: "Šahrāzād, termine para a gente a história contada pelo seu amigo. Ela se parece com a história de um rei que conheço, mas agora eu gostaria de ouvir o que sucedeu aos moradores dessa cidade e o que disseram eles a respeito do rei, a fim de que eu recue daquilo que fazia".[34] Ela disse: "Com muito gosto e honra".

Saiba, ó rei venturoso, dono de certeira opinião, mérito louvável e ânimo forte, que o povo, ao ouvir que o rei rechaçara o que antes fazia e recuara no que cometia, ficou sumamente feliz e rogou por ele. Depois, as pessoas começaram a conversar entre si sobre o motivo do assassinato das jovens. Os sábios disseram: "Não são todos iguais,[35] pois nem mesmo os dedos da mão são iguais".

Ao ouvir essa história, o rei Šahrabān despertou, refazendo-se da sua embriaguez, e pensou: "Por Deus que essa é a minha história, e essa narrativa é sobre mim. Eu estava vivendo na cólera e no sofrimento até que ela me fez desistir disso e me levou à correção. Louvado seja o motivador de tudo, o libertador dos pescoços". Em seguida disse: "Šahrāzād, você me despertou para muita coisa e me alertou para a minha ignorância". Ela lhe disse: "Ó senhor dos reis, os sapientes já disseram que o reino é um edifício cujas bases são os soldados,[36] devendo-se fortalecê-las, pois já se disse: 'Quando a base se enfraquece, o edifício soçobra'. O rei também deve inspecionar os seus soldados e ser justo com os súditos, tal como o chacareiro inspeciona as suas árvores e arranca as ervas sem utilidade. O rei deve observar a situação dos súditos, deles afastando a injustiça. Já você, ó rei, deve ter um vizir íntegro e conhecedor das questões das pessoas e dos súditos, pois Deus altíssimo mencionou tal denominação na história de Mūsà, a paz esteja com ele, quando disse: 'Dá-me um vizir da minha família: Hārūn, meu irmão'.[37] Assim, se o vizir fosse dispensável, Mūsà Bin ᶜUmrān teria mais direito de fazer isso. É ao vizir que o sultão revela as suas coisas íntimas e públicas. Saiba, ó rei, que o seu paradigma com os súditos é

[34] Este último trecho, "a fim de que eu recue daquilo que eu fazia" (*li-arjaᶜ ᶜammā kuntu fīhi*) está visivelmente errado, pois, nesse ponto, não faz o menor sentido que o rei fale dessa maneira. É possível que a formulação correta seja: "que recuou naquilo que fazia" (*allaḏī rajaᶜa ᶜammā kāna fīhi*).

[35] Como a passagem está no masculino, supôs-se que a fala dos sábios se refira aos reis. Contudo, a formulação anterior cita "as jovens", e, como o texto é mais coloquial que clássico, pode-se igualmente supor que eles falam das jovens, uma vez que, no coloquial, tal troca do pronome feminino plural de terceira pessoa pelo masculino não é incomum. Mas a lógica pende para o masculino.

[36] Aqui, "soldados" traduz *jund*, seguindo o sentido reconhecido e normalmente dado pelos dicionários, embora não fosse incomum, especialmente no período mameluco, o seu uso na acepção de "súditos", como reflexo, talvez, da militarização das sociedades levantinas na época das Cruzadas, que transformou todos os súditos em soldados potenciais devido à constante ameaça de agressão.

[37] Alcorão, 20, 29-30.

como o do médico com o doente. Para ser vizir, a condição é a veracidade nos dizeres, a lealdade em todas as circunstâncias, muita misericórdia pelos seres humanos, e piedade. Já se disse, ó rei, que o bom exército é como o perfumista: mesmo que o perfume fabricado não chegue até você, o seu agradável aroma chegará, ao passo que o exército ruim é como o ferreiro: mesmo que as fagulhas dele não o queimem, você lhe sentirá o odor desagradável. É-lhe necessário tomar um vizir íntegro e bom conselheiro, como também casar-se com uma mulher que lhe alteie a face, pois você precisa corrigir isso a partir da correção da sua própria face; se você andar direito, o vulgo andará direito, e se for corrupto, o vulgo será corrupto". Ouvindo aquilo, o rei desmaiou e dormiu, e ao despertar mandou que velas fossem acesas, sentou-se no trono, acomodou Šahrāzād ao seu lado e sorriu para ela, que beijou o chão e disse: "Rei do tempo, senhor desta era e de todas as eras, glorificado seja o perdoador benfeitor que me guiou até você, com o seu mérito e a sua benevolência, para que eu o deixasse sequioso pelos jardins do paraíso, pois isso que você estava fazendo jamais havia sido feito por nenhum rei anterior. Louvores a Deus que lhe deu a boa senda e o salvou do caminho da morte. Quanto às mulheres, Deus altíssimo as citou: 'Os crentes e as crentes, os devotos e as devotas, os verazes e as verazes, os que guardam o seu órgão sexual'.[38] Quanto a essa história que lhe sucedeu, ela também sucedeu a outros reis anteriores, os quais foram traídos por suas mulheres, embora fossem mais poderosos que você, possuindo reinos mais vastos e soldados em maior quantidade. Se eu quisesse, ó rei, contar-lhe histórias sobre as astúcias das mulheres, eu não as poderia terminar por toda a minha vida. Eu já lhe contara antes, e na noite passada, histórias que eram todas sobre as astúcias e vilezas das mulheres,[39] mas foi excessivo para mim. Se você quiser, ó rei, eu lhe contarei coisas que se passaram com os reis antigos relativamente à traição das suas mulheres e às desgraceiras que os atingiram da parte delas". Ele disse: "E como foi isso? Conte para nós!". Ela respondeu: "Ouço e obedeço".[40]

[38] Alcorão, 33, 35. A citação se encontra bem truncada. Ao lado de outros grupos cuja citação é elidida (muçulmanos, perseverantes etc., sempre em duplas, isto é, masculino e feminino), o mais curioso é o corte do gênero feminino no último termo, "as que guardam o seu órgão sexual". A todos esses se garante que Deus lhes preparou "perdão e magnífica recompensa".

[39] Aqui, a narradora se refere à "História dos sete vizires". Nesse ponto, a redação é confusa.

[40] A partir daí, Šahrāzād começa a narrar a história da concubina do califa, que já foi traduzida neste volume a partir do manuscrito "Arabe 3619", no qual é a segunda das histórias narradas pelo décimo sexto capitão de polícia (908ª-909ª noites).

ANEXO 4

UM "ANCESTRAL" DE ALADIM

Em suas anotações de cinco de maio de 1709, Galland registrou que o maronita alepino Ḥannā Diyāb lhe havia contado "a história da lâmpada". Mais de dois anos depois, em três de novembro de 1711, ele registrou que a partir daquele dia começaria "a ler o conto árabe da Lâmpada que me foi escrito em árabe há mais de um ano pelo maronita de Damasco [sic]*". A crítica hoje tende a duvidar seriamente da existência desse jamais encontrado manuscrito.*[41] *Isso não significa, no entanto, que essa história, ou alguma outra com elementos bem assemelhados, não tenha existido e circulado, oralmente ou por escrito, em terras árabes. A partir de 1999, o erudito arabista Joseph Sadan passou a publicar estudos discutindo a questão, com base numa narrativa por ele localizada no manuscrito "Arabe 3658", da Biblioteca Nacional da França, cuja datação é incerta (o catálogo da* BNF *refere o século* XVIII*, mas Sadan aventa a hipótese de que seja anterior ao século* XVII*). Tal história, apenas uma dentre as diversas contidas nesse manuscrito repleto de vulgarismos e possivelmente copiado no Egito (malgrado a presença de dialetalismos sírios), apresenta mais*

[41] Por volta dessa época, nunca é demais lembrar, Galland estava em conflito com os editores da sua tradução e com outros letrados franceses, como Pétis de La Croix e Saint Croix de Pajoux, que aparentemente faziam tenção de se apropriar do (lucrativo) trabalho que ele iniciara, sob o pretexto da legitimidade das fontes. Nessa linha, pode-se pensar que o surgimento de Ḥannā Diyāb – "Hanna, ou seja, Jean Baptiste, de sobrenome Diab", conforme anota Galland, mencionando-o às vezes, mais intimamente, como "Jean Dippi" – foi muito conveniente para conferir legitimidade à tradução de Galland como "informante nativo", conforme a terminologia usual dos antropólogos. O relato da viagem de Ḥannā Diyāb a Paris entre 1707 e 1710, escrito em 1764 por ele mesmo, foi traduzido ao francês em 2015 e editado em árabe em 2017. Antes disso, a única fonte de informações sobre ele eram os próprios diários de Galland. Diyāb foi levado da Síria à França por Paul Lucas (1664-1737), que era um viajante oficial ao Oriente Médio, comissionado pelo rei da França, com a finalidade de obter manuscritos, moedas, antiguidades, preciosidades e, eventualmente, até mesmo animais. Nesse relato, evidencia-se a colaboração crucial de Ḥanna na "contação" de histórias, diga-se assim, que possibilitou a Galland levar a bom termo a sua tradução (cf. o posfácio).

de um elemento similar à história de Aladim, e sua elaboração primitiva, que faz referência a Sayfuddīn Tankiz, governador mameluco de Damasco entre 1312 e 1340, pode remontar aos séculos XV ou XVI.[42] *No original, como é praxe nos manuscritos árabes antigos, a mancha textual forma um bloco contínuo, motivo pelo qual os parágrafos são do tradutor.*

O ALFAIATE ALEXANDRINO E A LÂMPADA MÁGICA[43]

Conta-se que vivia na cidade de Alexandria um alfaiate cujo trabalho lhe rendia, diariamente, um dinar de ouro, e que herdara muito dinheiro do pai. Certa noite, enquanto dormia, eis que uma voz lhe disse: "O seu dinheiro não deveria ser seu!",[44] e ele acordou aterrorizado e perturbado, indo abluir-se e rezar para só então voltar a dormir, mas eis que a voz lhe falou novamente: "Não deveria ser eu!". Ele perguntou à voz: "Deveria ser de quem?". Ela respondeu: "Pertence a Muḥammad, cervejeiro de Damasco, na Síria, no bairro de Alfisqār". Perplexo, o alfaiate se levantou e não conseguiu mais conciliar o sono. Quando amanheceu, dirigiu-se ao mercado de Saqṭiyya,[45] onde viu um leão[46] oco de cobre e o comprou; no leão, viu um parafuso giratório, soltou-o[47] e ele se abriu; tornou a colocar o parafuso e ele se fechou. Ao notar-lhe tais características, ajuntou todo o dinheiro que possuía, colocou-o no interior do leão de cobre, trancou-o, selou-o com chumbo e o atirou ao mar salgado, dizendo: "Nem para mim nem para você"; retornou a seguir para

42 Para maiores informações, veja adiante, no item 8 do posfácio, as observações relativas a este anexo.

43 Traduzido da edição em árabe desse manuscrito, realizada pelo tradutor e publicada em 2014, sob o título *O amante da falecida e outras histórias do legado antigo*, pela Manšūrāt Aljamal, Beirute/Bagdá, 2014, pp. 133-146. No original, o título equivale a "O alfaiate alexandrino e Dankiz [Tankiz]". No título aqui utilizado, destacaram-se os elementos mais importantes do texto. Sobre "Tankiz", veja o posfácio.

44 "Não deveria ser seu" traduz *mā laka fīhi naṣīb*, que literalmente seria algo como "não é a sua fortuna".

45 "Bairro de Alfisqār" traduz *Ḥārat Alfisqār*; "cervejeiro" traduz *alfuqqāᶜī*, ou seja, vendedor de *alfuqqāᶜ*, "bebida embriagante feita de cevada, assim chamada pelas espuma e bolhas que lhe ficam na borda", conforme definição dos dicionários de termos do período mameluco e otomano; em árabe clássico, seu sentido seria algo equivalente a "orchata", suco em cuja composição pode eventualmente incluir-se a cevada. "Mercado de Saqṭiyya" traduz *Basṭāt Assaqṭiyya*, locução na qual a primeira palavra significa "coisas estendidas", o que provavelmente indica algum local onde as mercadorias se vendiam expostas no chão, sobre algum pano – uma espécie de "mercado das pulgas".

46 "Leão" traduz *sabᶜ*, que mais comumente significa "fera", "animal de presa"; "lobo" também é um sentido possível.

47 Aqui, o verbo traduzido como "soltou-o" é *farakahu*, literalmente "esfregou-o", o que levou Joseph Sadan a aproximar a atmosfera desta história à de Aladim.

casa, onde afinal se arrependeu do que fizera e pensou: "E o que lhe garante que quem lhe disse tais palavras é seu primo ou algum parente seu para assim privá-lo desse dinheiro? Você bancou o imbecil atirando-o ao mar, não passando tal ação de loucura sua".

Em seguida, se absteve de comida e bebida, desanimou-se inteiramente de trabalhar e disse: "Por Deus que é absolutamente imperioso viajar para a Síria a fim de indagar a respeito do tal homem e vê-lo"; então, vendeu as roupas do corpo e viajou até a Síria. Quando chegou ao mercado de Qubaybāt compraram o seu burro, e ele entrou na cidade de Damasco, não cessando de indagar a respeito do bairro de Alfisqār até chegar à entrada de Aljābya, onde ele viu a inconfundível loja do cervejeiro, a qual continha toda espécie de cobre cravejado de ouro e prata, bem como instrumentos, aparelhos, criados e escravos; depois, olhando para o centro da loja, eis que avistou, enfeitando o local em meio aos equipamentos, o leão de cobre onde metera o dinheiro, atirando-o depois no mar salgado: ficou estupefato, a mente atônita, e estacou perplexo. Tão logo o viu, o dono da loja veio cumprimentá-lo e perguntar: "De onde você é?". Ele respondeu: "De Alexandria". O cervejeiro perguntou: "Quando chegou?". Ele respondeu: "Agora mesmo". Perguntou: "Nunca na vida tinha vindo à Síria?". Respondeu: "Não". Perguntou: "Você conhece alguém neste país?". Respondeu: "Não". Então o cervejeiro o convidou a entrar e o levou lá para dentro; o alfaiate se viu numa loja bonita e bem mobiliada, na qual foi acomodado, e após alguns momentos eis que se servia uma refeição com todas as espécies de alimento, da qual ambos comeram até a saciedade. Em seguida o dono da loja disse ao alexandrino: "Considere seu este lugar", e jurou para que ele não fosse mais embora; após ouvir o consolo amistoso de tais palavras, o alexandrino disse: "Quero fazer uma pergunta". O cervejeiro respondeu: "Faça". Ele perguntou: "Esse leão de cobre, de onde lhe chegou?". Ele respondeu: "Do local onde ficam os vendedores de ovas de peixe. Temos lá alguns amigos com quem fazemos negócio, e um deles me contou que, enquanto pescava no mar salgado, atirou a rede, puxou o leão de cobre e pensou: 'Isto não serve senão para uma loja bonita como a de Muḥammad, o cervejeiro', e então o trouxe para mim".

O alfaiate perguntou: "Porventura você o abriu?". Ele respondeu: "Não". O alfaiate disse: "Traga-o aqui!", e pronto o cervejeiro o trouxe. Ele arrancou o lacre de chumbo e soltou o parafuso; quando a boca do leão se abriu, o alfaiate disse: "Abra o seu regaço!", e o leão se abriu, o ouro saindo de seu interior. Ao ver isso, o cervejeiro perguntou: "Que história é essa?". O alfaiate respondeu: "Isso é sua propriedade e fortuna". O cervejeiro disse: "Informe-me o motivo!". Após o alfaiate lhe contar a história inteira e completa, o cervejeiro disse: "Fique com a metade e deixe a outra metade comigo". O alfaiate respondeu: "Não levarei nada, pois esse dinheiro não deveria ter sido meu, nada. Acaso existe algo mais forte do que eu o haver atirado ao mar salgado e ele ter chegado a você? Como poderia levar algo que lhe pertence legitimamente? Deus lhe abençoe essa posse". O cervejeiro disse: "Permaneça aqui conosco". O alfaiate ali permaneceu três dias, após os quais o seu peito se confrangeu e ele disse: "Voltarei à minha terra". Apesar do enfático pedido para que permanecesse ali, ele se recusou, e então o cervejeiro lhe ofereceu dinheiro, mas o alfaiate tampouco aceitou coisa alguma: ainda dispunha de cerca de duzentos dinares, que constituíam o valor das coisas por ele vendidas. O cervejeiro lhe disse: "Espere até que lhe providenciemos algumas provisões", e lhe preparou cinco galinhas assadas, recheando cada uma delas com cinco dinares; arranjou-lhe o farnel, entregou-o a ele e se despediu. O alfaiate iniciou então a viagem de Damasco em direção à sua terra, mas logo nos arredores da cidade avistou um homem vendendo cerveja e foi até ele beber, após o que pensou: "A estrada está cheia de provisões, há muitas aldeias pelo caminho e todas elas contêm o que você precisa. Venda as provisões que estão consigo para esse cervejeiro", e as ofereceu a ele, que as comprou por dez dirhams. O vendedor de cerveja recolheu as provisões e foi até o seu patrão,[48] a quem disse: "Patrão, hoje fiz uma boa compra por dez dirhams. Se você me oferecer algum lucro, venderei para você". O patrão disse: "Deixe-me ver essa compra", e ao lhe ser mostrada eis que se tratava das provisões do alfaiate alexandrino! Ele as comprou do rapaz e, após retirar o dinheiro que estava em seu bojo, entregou-as aos empregados e escravos da loja, que as comeram. Louvado seja o repartidor das riquezas, o generoso criador.

O alfaiate alexandrino disse de si para si: "Você veio para esta cidade e agora está retornando ao seu país, mas aqui você ainda não viu senão a loja do seu amigo cervejeiro. Você não viu a mesquita omíada, nem passeou por Bāb Albarīd, nem apreciou Arrabwa, [a campina de] Aljabha e [o pomar de] Almarja;[49] não contemplou nada disso! O que vai dizer às pessoas se o indagarem a respeito?

[48] "Patrão" traduz *muᶜallim*, literalmente "mestre", "professor", "aquele que ensina". Trata-se, é óbvio, do cervejeiro que ficara com o leão de cobre.

[49] Trata-se, como parece evidente, de localidades e bairros damascenos, mas num período em que, para Sadan, "esses bairros não estavam ainda conectados à cidade".

De fato, o melhor é retornar para ver tudo isso, e só então retomar o caminho para o seu país". Assim, ele atravessou o portão de Aljābya, contornou a mansão Assa^{c}āda,[50] avistou o Castelo e se pôs a contemplar tudo, quando de repente, acompanhada de uma velha e uma criada, passou por ele uma mulher que parecia o plenilúnio luminoso; ao vê-la, o alfaiate alexandrino lançou-lhe um olhar que foi seguido por uma aflição, e, com o coração já amarrado a ela, dirigiu-lhe a palavra, mas a moça não respondeu, prosseguindo a caminhada enquanto ele ia atrás falando e se humilhando, sem que ela se dignasse a responder, até que por fim entrou no banho público e se lavou, saindo em seguida com o rosto descoberto, na suposição de que já não restava ninguém no caminho. O alfaiate estava por ali sentado e, ao ver-lhe o rosto, ficou ainda mais apaixonado e o seu coração se perdeu de amor; pôs-se a lhe dirigir a palavra, dizendo: "Minha senhora, que o seu banho tenha sido bom, e mil vezes esteja você bem de saúde, e louçã!", mas, como ela não lhe respondesse, começou a falar cada vez mais até que disse: "Minha senhora, por acaso sabe que tenho fogo no coração? Tenha pena de mim!", e assim continuou até se aproximarem da mansão Assa^{c}āda, quando então a velha se voltou para ele e disse: "Parece que você é estrangeiro, meu filho!". Ele respondeu: "Sou, minha senhora". Ela disse: "Vá-se embora. Você não sabe quem está seguindo nem com quem está falando. Essa é a filha de Tankiz, governador da Síria. Nem você é homem para ela, nem ela é mulher para você. Retome o seu caminho antes que alguém o veja e você perca a vida".

Então ele voltou, embriagado sem ter tomado vinho, e seu amor, paixão e afeto só faziam aumentar. Caminhou até o sopé do Castelo e se sentou numa das mesquitas, sem no entanto conciliar o sono ou sossegar. Quando Deus fez amanhecer, saiu da mesquita, perplexo, ignorando como agir, e, sem comer nem beber, pôs-se a zanzar de um mercado a outro, e de rua em rua, até chegar ao mercado de Aššanjī, onde avistou um alfaiate numa bela e grande loja, com muitos artesãos e trabalhos, parando então para observá-los. O patrão lhe disse: "Parece que você é alfaiate", e ele respondeu: "Sim". O patrão disse: "Venha aqui trabalhar! É melhor que ficar desocupado". Ele pensou:[51] "Vá distrair a alma conversando com os artesãos", e subiu.

Após lhe entregar um trabalho de costura, o patrão reparou-lhe nas mãos e percebeu tratar-se de um bom artesão. Recolheu então aquele trabalho, [e lhe

[50] "Mansão da Felicidade", local onde vivia o governador.

[51] Aqui, o verbo está em primeira pessoa, mas preferiu-se manter a coerência do discurso, pois não existe nenhuma circunstância sintática que possa justificar essa mudança de terceira para primeira pessoa.

entregou outro],[52] que era uma costura para a filha do governador da Síria, ao preço de cem dinares a braça. E, por algo predestinado, nenhum dos artesãos que trabalhavam para o alfaiate sabia passar sequer uma agulha naquele tipo de costura. Mas o alexandrino o pegou e costurou sob as vistas do patrão, o qual, constatando tratar-se de um hábil artesão, disse-lhe: "Você não é senão um mestre!", e prosseguiu: "Queremos oferecer um banquete pela chegada deste rapaz até nós". Como o mestre alfaiate era também diretor[53] do tesouro público, fizeram-lhe um banquete que durou três dias, ao cabo dos quais o mestre o dignificou e ordenou que dormisse em sua própria casa. O alexandrino respondeu: "Não vou dormir senão na loja", mas após algum tempo desgostou-o dormir ali e ele disse: "Patrão, arranje-me outro lugar para dormir". Um dos artesãos lhe disse: "Temos uma casa com quarto", e outro disse: "Temos um quartinho". O alexandrino disse: "Não quero senão um lugar só para mim". Um dos artesãos disse: "Por Deus, mestre, que temos uma casa com quintal pertencente a fulano de tal. Não existe casa igual, mas ela tem um defeito terrível: todo aquele que lá mora amanhece morto!".[54] O alexandrino disse: "Patrão, alugue para mim essa casa". Ele perguntou: "Você tem juízo, meu filho?". O alexandrino disse: "E por acaso alguém morre antes da hora?". O patrão respondeu: "Não". O alexandrino disse: "Portanto, alugue para mim essa casa". O patrão disse: "Então vamos lá vê-la". Eles saíram, pegaram a chave da casa com o proprietário, abriram-na, entraram e viram um belo quarto revestido de mármores coloridos muito bem instalados, cravejados de ouro e lazurita, e uma fonte de mármore com jatos d'água ao centro.

O alexandrino disse: "A Deus eu me confio". O patrão disse: "Temo por você". O alexandrino disse: "Não vou morar senão aqui", e pensou: "A morte é mais fácil que a paixão por quem não sabe onde vivo, nem onde está o meu dinheiro, nem em que desterro me encontro; assim eu descanso disso em que estou". Em seguida, foram até o proprietário da casa e lhe perguntaram: "Quanto é o aluguel mensal?". Ele respondeu: "Não receberei nada dele; alugue-a de graça, mas haja o que houver não se exigirá nada de mim! Sejam testemunhas de que eu recebi dele o aluguel de cinco anos", e então os dois testemunharam.

[52] Os colchetes preenchem um claro "salto-bordão" no original.

[53] "Mestre" e "diretor" traduzem a mesma palavra, *muᶜallim*, já explicada.

[54] "Amanhece morto" traduz *yuṣbiḥ maytan*, literalmente "torna-se morto", isto é, "acaba morrendo". A dificuldade de compreensão desta e de outras passagens reside na hesitação entre os registros coloquial e clássico.

Ele recebeu a casa e, amarrando o seu avental na cintura,[55] lavou-a, varreu e limpou; lavou os ladrilhos, limpou-os e a incensou. O patrão lhe enviou tapetes, esteiras, lençóis, tapetes de couro e almofadas, e ele a arrumou e pôs cada coisa em seu lugar. Em seguida, ao ver uma lâmpada de cristal, pegou-a, limpou-a do pó e poliu-a com cinzas e areia, verificando tratar-se de cristal dourado que não tinha igual; depois, viu ao seu lado uma corrente e também a poliu e limpou, verificando ser feita de ouro e prata, e nela pendurando a lâmpada de cristal, que foi colocada no seu lugar, bem no centro do quarto; pôs-lhe óleo — não sem antes ter lhe providenciado água e mecha —, e pensou: "Isso é melhor que um lampião[56] ou candelabro". Fumegou o lugar com incenso e sândalo e saiu para o trabalho, onde ficou até o anoitecer, jantando com o patrão e pondo-se em seguida a conversar. Depois, pegou uma vela, acendeu-a, comprou um pouco de doce, entrou na casa, acendeu a lâmpada e espetou a vela no candelabro diante dela. Seu coração foi invadido pela ideia de como ele iria morrer naquela casa, já que isso se daria de qualquer jeito. Esses pensamentos foram passando por ele, de um lado devido ao desterro, de outro à [falta de] dinheiro, e ele foi se sentindo pior especialmente por causa da mulher que vira: a paixão se intensificou mais ainda e, colocando a cabeça entre os joelhos, ele encostou as costas na parede, ouviu som de passos e viu o assoalho de mármore no centro da casa se erguendo, e debaixo dele saindo um gênio cuja cabeça tocava o teto e cujos pés ficavam na terra, numa aparência detestável.

Ao vê-lo, petrificou-se e, certo da morte, fez a profissão de fé muçulmana[57] e disse: "Louvores a Deus". O gênio lhe disse: "Nada tema! Você não corre perigo! Saiba que esta lâmpada é o meu sopro vital, fonte da minha vida,[58] e foi feita por certo sábio. É por meio dela que sou conjurado,[59] e quem a suja ou cospe nela eu mato. Todos quantos moraram aqui a conspurcaram, sujando-a e cuspindo nela, e então eu lhes cortava o pescoço. Mas você não, você a lavou, limpou e fez brilhar, e de mim não terá senão dignificação. Virei para lhe satisfazer todas

[55] "Amarrando o seu avental na cintura" traduz *taḥazzam bi-ḥizāmihi*.

[56] "Lâmpada" traduz *qindīl*, e "lampião", *sirāj*. São palavras praticamente sinônimas, e a diferença, no caso, certamente remete aos usos diversos no próprio texto, uma vez que, pendurada, a "lâmpada" passa a funcionar como uma espécie de lustre fixo, e no alto, ao contrário do "lampião", móvel e mais baixo.

[57] "Fez a profissão de fé muçulmana" traduz *tašahhada*, que significa "pronunciou a *šahāda*", ou seja, disse: "Não existe divindade senão Deus, e Muḥammad é o seu enviado". Antes, "gênio" traduzira *ᶜifrīt*.

[58] Passagem obscura no original.

[59] "É por meio dela que sou conjurado" traduz *marṣūd ᶜalayya*.

as necessidades, e enquanto você morar aqui nesta casa eu o servirei. Acaso tem alguma necessidade para eu satisfazer?". O alexandrino perguntou: "E você faria o que eu pedir?". O gênio respondeu: "Sim, peça o que desejar, sem medo". O alexandrino disse: "Traga para mim a filha de Tankiz, o governador da Síria". O gênio desapareceu por alguns instantes e rapidamente retornou com a jovem, depositando-a diante dele enquanto ela dormia e perguntando: "Porventura resta algum pedido?". O alexandrino respondeu: "Traga-nos o que comer e beber", e o gênio lhe trouxe carne, pão, petiscos, frutas, bebidas e tudo quanto ele pediu, perguntando em seguida: "Resta mais alguma coisa?". O alexandrino respondeu: "Não, retire-se na paz de Deus". O gênio disse: "Amanhã estarei aqui", e se retirou. Em seguida, o jovem alfaiate alexandrino acordou a jovem, que se levantou aterrorizada, amedrontada. Ele disse: "Nada tema!", e lhe tranquilizou o coração. A moça se sentou, ele lhe ofereceu comida e bebida e ambos comeram, beberam, brincaram e se divertiram até o amanhecer, quando então o mestre alfaiate e os artesãos vieram checar a situação do seu companheiro, se ele havia morrido ou não; bateram à porta, ele saiu, certificaram-se de que estava bem, felicitaram-no e lhe disseram: "Venha conosco para o seu trabalho", mas ele respondeu: "Hoje vou ficar no quarto descansando", e então o deixaram e foram cuidar dos seus afazeres.

Voltaram no dia seguinte, e o alexandrino lhes disse a mesma coisa do dia anterior, sem que eles soubessem o gozo e o êxtase em que ele estava mergulhado, nem que, ademais, o gênio estava a postos para servi-lo e lhe trazer tudo quanto quisesse. Ficou naquela condição quinze dias, com a filha do governador, comendo, bebendo, divertindo-se, brincando e folgando, ambos ignorando o que ocorria no mundo, se acaso continuava próspero ou se se arruinara. Então, o mestre alfaiate veio até ele e lhe disse: "Saia, meu filho, para ver como Damasco se transtornou, com toda a sua gente em enormes preocupações e aflições!". O alexandrino perguntou: "E qual o motivo, mestre?". Ele respondeu: "A filha do governador da Síria desapareceu e agora o delegado está dando uma batida pelas casas e demais lugares, e os soldados estão pelas ruas procurando por ela, espalhados por todos os logradouros e estradas". O alexandrino disse: "Amanhã eu sairei". À noite, quando o gênio veio e lhe perguntou: "Você tem algum pedido?", ele respondeu: "Devolva esta jovem ao lugar dela", e o gênio a enviou para casa. Pela manhã o alexandrino se dirigiu à loja do mestre e lá cumprimentou os colegas, sentando-se para trabalhar por cerca de uma hora, quando repentinamente se iniciaram as alvíssaras, dizendo: "A filha do governador da Síria já voltou!". Perguntaram: "Onde ela foi vista?". Responderam: "Na cama dela".

Então o pai foi ter com a jovem e lhe perguntou: "Onde você estava, minha filha?". Ela respondeu: "Só sei que eu dormia nesta minha cama e quando dei por mim já estava numa bela casa junto com um rapaz". O pai perguntou: "Você conhece a casa?". Ela respondeu: "Como é que eu poderia conhecê-la se eu nem sei se fica na Síria ou em algum outro lugar?". Ele disse: "Descreva-a", e ela a descreveu. Ele disse: "Tais características não pertencem senão às casas desta cidade", e perguntou: "O que vocês comiam?", e quando ela o informou o que comeram e beberam ele disse: "Essas comidas são desta cidade", e perguntou: "Você reconheceria esse homem?"; ela respondeu: "Como poderia não o reconhecer se por meio mês fiquei com ele noite e dia?". O pai perguntou: "Ele se aproximou de você?". Ela respondeu: "Papai, por que então eu teria ficado com ele e por que então ele teria me levado para junto de si e me acontecido tudo quanto aconteceu?". O pai disse: "Não existe poderio nem força senão em Deus altíssimo e poderoso!". Em seguida, saiu dali e disse: "Quero dar uma festa para os moradores da cidade em comemoração ao retorno da jovem.[60] Que ninguém deixe de comparecer!". Então foram reunidos os padeiros, os cozinheiros e o povo e se fez na praça da cidade um enorme banquete. Todos os moradores foram assim convocados: "Quem não comparecer ao banquete do governador da Síria se tornará seu inimigo!", e então as pessoas começaram a chegar pouco a pouco. O governador instalou a filha num ponto de onde ela podia ver todos quantos entravam e lhe disse: "Quando você vir o jovem em cuja casa ficou jogue este lenço sobre ele". Então ela se sentou, pondo-se a brindar com todos quantos entravam. Cada grupo entrava em conjunto e era indagado: "Está faltando alguém entre vocês?"; faziam-nos jurar que não estava faltando ninguém. Até que chegou o grupo dos alfaiates, a quem se perguntou: "Está faltando alguém entre vocês?". Eles responderam: "Não", e quando os fizeram jurar, disseram: "Não falta senão um estrangeiro que não está se sentindo bem". Disseram-lhes: "É absolutamente imperioso que ele compareça", e então mandaram chamá-lo e ele veio; quando chegou e atravessou o portão da praça, a jovem o reconheceu e atirou sobre ele o lenço. O pai foi até ela e perguntou: "Você o reconheceu?". Ela respondeu: "É esse o homem". O pai desceu e disse ao secretário: "Vigie aquele homem e quando ele terminar de comer e quiser ir embora não o deixe sair". Em seguida, Tankiz cavalgou e retornou para a mansão Assa^{c}āda, após ter determinado vigilância sobre o rapaz, a quem os

[60] "Em comemoração ao retorno da jovem" traduz *ḥalāwat assitt*, que, conforme observa Sadan, pode também indicar o nome de algum doce.

mamelucos enfim agarraram, levando-o para a residência do governador, o qual, informado, disse: "Guardem-no até que eu o chame".

Quando escureceu, após fazer a prece noturna, o governador disse aos eunucos: "Tragam o homem!", e ele foi trazido. Em seguida, chamou a filha e lhe perguntou: "Minha senhora, olhe bem para este homem. Acaso foi mesmo ele o seu amante ou não? Não lhe faça o sangue correr em vão!". Ela respondeu: "Como não o reconheceria, tendo sido ele meu companheiro por quinze dias?". Tankiz se voltou para o alexandrino e perguntou: "O que o levou a agir assim? Não encontrou ninguém menor do que eu para brincar? Você me conhece ou porventura nunca ouviu falar que eu sou Tankiz, temido pelos leões do deserto? Você me desprezou e violou as minhas regras sem temer a minha força, colocando a sua vida em risco!". O alexandrino respondeu: "Meu amo, rei dos líderes! Ouça a minha história, preste atenção nas minhas palavras e depois faça o que lhe parecer melhor!", contando-lhe em seguida a sua história completa e integral desde quando saíra de sua terra e o resto — "tudo isso, meu amo, se deu por determinação de Deus altíssimo; se ele é que determinou essas coisas para mim, como poderia eu evitá-las? Porém, o parecer do nosso amo é mais elevado, e esta é a minha história. Você pode fazer o que quiser com o meu sangue, e que Deus não o castigue por isso, pois o erro partiu de mim, sou eu o criminoso contra a minha própria pessoa e para mim a morte é melhor que essa vida na qual avultam aflições e preocupações, paixão e desterro". Dito isso, calou-se.

Tankiz abaixou a cabeça por alguns momentos e logo se voltou para a filha, perguntando: "O que você me diz sobre este assunto?". Ela respondeu: "O assunto pertence a você; estamos ambos em suas mãos". Voltando-se para o alexandrino, Tankiz perguntou: "O que faço com você?". Ele respondeu: "Da minha parte, já declarei que você pode fazer o que quiser com o meu sangue. Se eu não ficar com ela, para mim a morte será melhor que esta vida miserável". Tankiz disse: "Vou casá-lo com ela!". O alexandrino disse: "Você é ainda mais generoso que isso!" e, chorando, atirou-se aos seus pés para beijá-los. Ao ouvir aquilo, Tankiz disse ao intendente: "Traga juiz e testemunhas". [Assim que eles chegaram,] escreveu o contrato de casamento, e logo os dispensou a todos, solicitando em seguida a presença da mãe da jovem, a quem disse: "Eu o casei com ela. Conduza-a para o marido agora mesmo". A mulher disse: "Espere para fazermos a festa de casamento!". Tankiz disse: "A festa de casamento é desnecessária. Vá providenciar um lugar para eles dormirem", e imediatamente esvaziaram um quarto para o casal, vestiram a moça e a conduziram ao alexandrino naquela mesma noite.

Quando amanheceu, Tankiz saiu em cavalgada, e ao voltar da expedição sentou-se com os comandantes, juízes e líderes religiosos, aos quais perguntou: "Sabem o que me aconteceu esta noite?". Responderam: "Que tenha sido o bem, ó rei dos líderes!". Ele disse: "Estava eu sentado quando veio ter comigo o filho do mestre que me criou,[61] e a quem devo muitíssimos favores. Sem saber como recebê-lhe o filho, casei-o com a minha filha e o nomeei grão-escriba do meu divã. Portanto, quem gostar de mim que o trate bem". Em seguida, mandou chamar o alexandrino, nomeou-o para o cargo de grão-escriba do divã e lhe deu pedras preciosas, camelos, dinheiro e outros regalos, e os comandantes, líderes militares, juízes e demais figurões da Síria levaram-lhe presentes e joias. Ele se tornou um dos maiores, mais ricos e mais venturosos comandantes, mantendo-se com a esposa na melhor, mais bela e mais feliz das vidas, até que lhes adveio o destruidor dos prazeres e dispersador das comunidades. E Deus conhece mais a verdade. Louvores a Deus, o generoso doador.

[61] Segundo Sadan, essa referência ao *ustāḏ*, "mestre" (num sentido mais amplo que a já usada *muʿallim*) indica uma prática corrente entre os mamelucos, qual seja: eles eram em geral comprados ainda jovens por líderes mamelucos importantes que os criavam e os adestravam em suas tropas; conforme ia ganhando destaque no cumprimento das suas missões, o mameluco galgava posições na hierarquia do governo e do poder. Por outro lado, a locução "escriba-mor do divã" traduz *dawīdār*, que, de acordo com os dicionários consultados, é vocábulo do período otomano. Para aprofundar os aspectos relativos à historicidade do texto, é muito proveitosa a consulta ao erudito estudo de Joseph Sadan: "Background, Date and Meaning of the Story of the Alexandrian Lover and the Magic Lamp. A Little-Known Story of Ottoman Times, with a Partial Resemblance to the Story of Aladdin", *Quaderni di Studi Arabi*, Istituto per l'Oriente C. A. Nallino, vol. 19, 2001, pp. 173-192.

Quando [illegible] sentir-se como [illegible] mais pertencem [illegible] salvo, que [illegible] (Que cada um acredi- [illegible] modo [illegible]

[illegible]

POSFÁCIO
BREVE EXPLICAÇÃO SOBRE AS FONTES

Este é o penúltimo volume da presente coleção. O próximo será constituído, conforme se afirmou no início deste volume, pela tradução do manuscrito mais antigo da longa história de ^{c}Umar Annu^{c}mān, fundamental para o intrincado processo de "complementação" do *Livro das mil e uma noites* levado a cabo por copistas egípcios.

Optou-se por dividir o volume em quatro blocos, em observância às fontes utilizadas, sucedendo-os por quatro "anexos", num total de oito fontes que se encontram discutidas adiante, uma por uma. Observe-se que os títulos que encabeçam as histórias são da lavra do tradutor, pois os originais não os contêm. Para a transcrição das palavras árabes, mantiveram-se os critérios adotados nos outros três volumes da coleção. À descrição "ramo egípcio" constante da capa, acrescentou-se o título das histórias de "^{c}Alā'uddīn" e "^{c}Alī Bābā" porque nenhuma das duas pode ser definitiva e exclusivamente agrupada dentro dessa categoria, embora ambas dela derivem e sejam resultado da vivência dos seus autores/copistas no Egito.

MANUSCRITOS & IMPRESSOS UTILIZADOS, E SUAS HISTÓRIAS

1) Noites 514-591

Jamais publicada em nenhuma edição impressa em árabe do *Livro das mil e uma noites*, a história de "^{c}Alā'uddīn e a lâmpada mágica" existe em somente duas fontes manuscritas, além da tradução de Antoine Galland (1646-1715), que lhes é anterior. A primeira dessas fontes é o manuscrito "Arabe 3613", depositado na Biblioteca Nacional, em Paris, no qual essa história ocupa as noites 492-596. Juntamente com o seu segundo volume, o "Arabe 3614", tal manuscrito constitui uma versão completa das *Noites*; seu copista, o padre sírio Denis Chavis, na segunda metade do século XVIII, trabalhou e lecionou árabe na biblioteca daquela cidade, sob a proteção do barão de Breteul. Tendo notado o interesse do público em geral e dos estudiosos pelas *Noites* — cuja tradução, feita por Galland e publicada entre 1704 e 1717, lograra enorme sucesso —, Chavis certamente teve a atenção despertada para a raridade dos manuscritos "completos" desse livro, isto é, cujo conteúdo correspondesse ao título, e logo produziu e apresentou o "seu" manuscrito completo. Depois de tal façanha, ele publicou em francês, em 1788/1789, uma "complementação" à tradução das *Noites*, em parceria com o escritor Jacques Cazotte (1720-1792), cuja participação nesse processo foi fundamental, porquanto o texto originariamente traduzido por ele não passava de uma mixórdia quase incompreensível na qual se embaralhavam o francês e o italiano. Com a eclosão da Revolução, Cazotte foi preso e guilhotinado pelos jacobinos, enquanto Chavis parece ter sido expulso da França juntamente com outros sacerdotes, na onda anticlerical que se seguiu ao evento. E dessa personagem os registros históricos conhecidos não guardam mais nenhuma notícia.

Desde o início, o manuscrito em árabe das *Noites* compilado por Chavis suscitou desconfiança nos orientalistas, sobretudo pela vaguidade das suas informações — ele declarou, por exemplo, ter "encontrado" as histórias, sem referir maiores detalhes — e pelo caráter claudicante da sua escrita em árabe. No caso da história de ᶜAlā'uddīn, em particular, nem sequer a grafia do nome lhe parecia familiar: talvez enganado pela forma francesa, *Aladdin*, ele supôs que se tratasse de outra espécie de combinação de palavras que não *ᶜalā'*, "elevação", e *dīn*, "fé". Como quer que seja, após a sua partida da França o manuscrito permaneceu depositado na Biblioteca Nacional, em meio a uma relativa indiferença. Hoje, mercê das análises de Zotenberg e Mahdi, tende-se a crer que Chavis copiou o "seu" manuscrito do manuscrito incompleto do século XV que pertencera a Galland, o "Arabe 3609-3610-3611", acrescentando em seguida histórias provenientes de outros manuscritos sem ligação com as *Noites*, ou então traduzindo as histórias para o árabe a partir da tradução francesa de Galland, como foi o caso, segundo creem os críticos supracitados, de ᶜAlā'uddīn e Zayn Alaṣnām, entre outras. Assim, sem tirar nem pôr, esse manuscrito de Chavis, o "Arabe 3613-3614", foi tachado como mera falsificação perpetrada por um homem sequioso de glória e nomeada.

Foi pelas mãos de outro árabe, o também levantino Mīḫā'īl Aṣṣabbāġ (1775-1816), cristão nascido na cidade palestina de Acre, que a versão árabe da história de "ᶜAlā'uddīn e a lâmpada mágica" recebeu um nível diferente de tratamento por parte da crítica. Chegado à França na companhia das tropas napoleônicas que retornavam da campanha do Egito, onde servira como pressuroso secretário ao general francês René, Aṣṣabbāġ logo entabulou relações com Silvestre de Sacy, mestre dos arabistas franceses, e os seus discípulos, passando então a trabalhar no setor de obras árabes da Biblioteca Nacional, na época ainda chamada de Biblioteca Real. No início do século XIX, em algum momento das suas atividades, Aṣṣabbāġ deu à publicidade um manuscrito "completo" do *Livro das mil e uma noites*, hoje depositado sob a rubrica "Arabe 4678-4679", e conhecido como "manuscrito de Bagdá". Tal manuscrito, que alcançou grande fortuna entre os estudiosos do assunto, fora fidedignamente copiado, conforme alegação do seu copista Aṣṣabbāġ, de outro, feito em Bagdá no ano de 1115 da Hégira, correspondente a 1703 d.C. E tão fiel fora esse labor que até a marginália do "original" estava ali transcrita. Assim, podem-se ler no manuscrito coisas como: "Eis a fala do meu senhor ᶜAbdullāh Alkūfī, que disse: o contador deve rechear a noite das mil e uma noites que estiver contando aos ouvintes, se conseguir ou lhe for possível, de tal modo que a faça corresponder à noite inteira deles"; ou "Disse Abū Alḥasan ᶜAlī Ṭāha: o narrador deve narrar conforme os ouvintes; se forem do vulgo, que lhes dê as notícias a respeito do vulgo constantes das mil noites, as quais se localizam no seu início; e se os ouvintes forem governantes, ele deve contar-lhes histórias de reis e combates entre cavaleiros, as quais se localizam no seu final". Tamanha fidelidade, aliada ao prestígio que Aṣṣabbāġ desfrutava junto aos orientalistas e eruditos da França e da Europa, tornou o manuscrito objeto de cobiça, tendo passado pelas mãos de mais de um deles antes de ser definitivamente incorporado ao acervo da Biblioteca Nacional, onde, conforme se disse, além da catalogação oficial, "Arabe 4678-4679", também ganhou o apelido de "manuscrito de Bagdá". Sua autenticidade jamais foi posta seriamente em xeque até 1984, quando o estudioso e crítico Muhsin Mahdi, no volume de aparatos da sua edição crítica do ramo sírio do *Livro das mil e uma noites*, afirmou abertamente tratar-se de uma farsa fabricada com o propósito deliberado de rir nas barbas dos orientalistas europeus e de lhes tomar dinheiro. Para chegar a tanto, Mahdi declarou ter comparado meticulosamente a cópia de Aṣṣabbāġ com materiais por ele conhecidos e para ele disponíveis na biblioteca à época, comparação essa que não deixou nenhuma sombra de dúvida quanto ao trabalho de colagem e montagem habilmente desenvolvido por Aṣṣabbāġ, cujo manuscrito de Bagdá não passaria de uma lenda.

Feitas essas observações preliminares, impõe-se a indagação: sendo esse o estado da questão, por que incluir neste volume a tradução da história de "ᶜAlā'uddīn e a lâmpada mágica", que consta de manuscritos sobre cuja legitimidade pairam tantas suspeitas? Três ponderações levaram o tradutor a fazê-lo. A primeira é que, a despeito das críticas e reparos, a conclusão não pode ser tão categórica assim. Sim, o manuscrito de Chavis é claramente cheio de problemas, e, sim, a história do manuscrito de Bagdá é bem intrigante. Porém, por mais que se trate de uma farsa, as contundentes críticas do próprio Mahdi contêm muito impressionismo, não apresentando provas acusatórias suficientes na descrição que faz dos procedimentos adotados por Aṣṣabbāġ, e limitando-se a dizer coisas como "copiou o texto de tal lugar e lhe introduziu modificações tais que impediram os estudiosos de perceber" etc. etc. Ou seja, faltam ao trabalho de comparação do eminente professor de Harvard minúcias para convencer. Não se pretende aqui "inocentar", se cabe o termo, Chavis e Aṣṣabbāġ, mas conceder-lhes o benefício da dúvida. Ninguém pode garantir, por exemplo, que não tenham conhecido previamente no Oriente, a partir de fontes orais, algumas dessas histórias que traduziram do francês, ou adaptaram. O fato é que se, em determinados pontos ambas as versões, especialmente a de Chavis, parecem servis ao texto francês de Galland, em outros as diferenças saltam aos olhos, de um modo que não torna implausível essa mescla entre o lido e o ouvido, tão característica de certos momentos de constituição da obra. Dito de outra maneira, é pueril ignorar as diferenças entre o "original" suposto de Galland e os textos árabes de Chavis e Aṣṣabbāġ, além de autoritária a pretensão de atribuí-las apenas e tão somente à ignorância ou ao desejo de trapacear e enganar. E a pretensão de Aṣṣabbāġ de incluir elementos dialetais egípcios e levantinos no texto mereceria estudos mais pormenorizados.

A segunda ponderação se vale das críticas do próprio Mahdi, segundo quem, em dado momento da sua trajetória, o *Livro das mil e uma noites* já não pôde ser dissociado dessas "espúrias" tentativas de complementação levadas a cabo na Europa, e das quais Chavis e Aṣṣabbāġ seriam exemplo cabal e modelo. Deixando de lado o aspecto mais propriamente ético ou moral desse assunto, a presente tradução cogitou que, colocadas as coisas nesses termos, tal trabalho de complementação se reveste de uma amplitude que não só o legitima como o torna parte fundamental dos esforços para a constituição do livro. A história de ᶜAlā'uddīn, que se tornou uma das mais conhecidas do livro, pareceu ser a mais adequada para representar esse ramo "duvidoso" das *Noites*.

A terceira ponderação é relativa à recente descoberta, em 1993, do relato de viagem redigido de próprio punho por Ḥannā Diyāb em 1764 sobre a sua viagem à França entre 1707 e 1710, com a sua subsequente tradução para o francês em 2015 e edição em árabe em 2017. Galland já havia anotado em seu diário, em

3 de novembro de 1710, que começara a leitura da história árabe da lâmpada, "que me foi escrita há mais de um ano pelo maronita damasceno trazido pelo senhor Paul Lucas, a fim de traduzi-la ao francês. Encerrei a leitura esta manhã, e eis o seu título: História de Aladim, filho de um alfaiate, e o que lhe sucedeu com um feiticeiro africano por causa de uma lâmpada". No dia 15 de novembro de 1710, ele registra que à noite continuara o trabalho com a história da lâmpada. E, finalmente, no dia 10 de janeiro de 1711, ele registra: "já terminei a tradução do décimo volume das *Mil e uma noites*, volume esse referente ao texto árabe que eu recebera das mãos de Hanna, ou Jean Dippi [...]. Eu havia iniciado essa tradução no mês de novembro, e só trabalhei nela à noite". Essas anotações, cuja veracidade poderia suscitar alguma dúvida por causa da maneira como Galland menciona o nome e a cidade natal de Ḥannā (que era alepino), recebem confirmação no relato de viagem deste último, no qual se afirma: "e naqueles dias [isto é, os dias do rigoroso inverno de 1709] fiquei deprimido e me fatiguei com a vida naquele país. Éramos visitados amiúde por um velho, encarregado da biblioteca de livros árabes. Ele lia bem o árabe, e traduzia livros do árabe ao francês. Entre as coisas que ele traduzia estava o *Livro das mil e uma noites*. Esse homem buscava a minha ajuda para algumas questões que não entendia, e então eu as explicava para ele. Como faltavam ao livro algumas noites, contei-lhe histórias que eu conhecia, e com elas ele completou o livro e ficou muito satisfeito comigo, e prometeu que se eu tivesse alguma necessidade ele a atenderia de todo coração".[1] Ademais, conforme notou o pesquisador francês Bernard Heyberger, existe uma passagem no relato curiosamente assemelhada ao trecho da história de ᶜAlā'uddīn em que o feiticeiro africano obriga o rapaz a descer aos subterrâneos para buscar a lâmpada. Na aldeia libanesa de Kaftīn, o viajante francês Paul Lucas vai visitar um cemitério e se interessa pelo que pode existir numa de suas covas; alertado de que ali poderiam viver "feras, ou hienas, ou tigres ou algum outro animal selvagem", ele convence um humilde pastor de ovelhas a descer à cova mediante módica recompensa. Eis a tradução de como Paul Lucas se portou com o pastor: "a profundidade da cova era da altura de um homem mais um palmo. Então o gringo [Paul Lucas] disse ao pastor: 'procure no túmulo e me dê tudo o que vir'. O pastor andou pela cova, viu um crânio e nos deu; era do tamanho de uma

[1] Diyāb, Ḥannā. *Min Halab ilà Bārīs* [De Alepo a Paris], edição em árabe, introdução e notas do tradutor e de Safa Jubran, Beirute/Bagdá, Al-Jamal, 2017, pp. 301-2 (p. 128 v. do manuscrito). Note que, escrevendo meio século após os fatos, Hanna já não se lembra do nome de Galland, referindo-se a ele somente como "um velho".

melancia grande. O gringo nos disse: 'este crânio é de homem'. O pastor então nos deu um crânio menor, e o gringo nos disse: 'este crânio é de mulher'. Ele supôs que aquele túmulo era de algum governante daquela região. Jogou um saco para o pastor e disse: 'recolha tudo quanto encontrar no solo do túmulo e me dê'. O pastor ajuntou tudo o que encontrou e nos deu, e verificamos que entra as coisas recolhidas havia uma argola chata. O gringo o examinou e viu que estava enferrujada, sem que se pudesse ler nenhuma inscrição nem saber de que metal era composta, ouro, prata ou algum outro, e guardou-a. Finalmente, disse ao pastor: 'passe a mão pelas paredes do túmulo', e então o pastor viu uma portinhola dentro da qual havia uma lâmpada parecida com a dos vendedores de banha, e, sem saber de que metal era feita, guardou-a também. E, nada mais tendo encontrado, o pastor foi embora, enquanto nós voltávamos em paz para a vila".[2] A semelhança entre essa cena e a constante da história de ᶜAlā'uddīn faz pensar numa elaboração ad hoc por parte de Ḥannā, especialmente para Galland.

A tradução constante do presente volume, conforme se explica nas notas, foi feita com base no texto impresso publicado no livro *Allayālī Alᶜarabiyya Almuazawwara* [As noites árabes falsificadas], de 2011, que por seu turno reproduz ipsis litteris a mui fidedigna edição preparada pelo arabista franco-polonês H. Zotenberg em 1888 e baseada no texto existente no manuscrito de Aṣṣabbāġ, apontando em nota algumas divergências e curiosidades verificáveis no manuscrito de Chavis.[3]

2) Noites 624-729

Do manuscrito "Bodleian Oriental 554", da Biblioteca Bodleiana, em Oxford, foi traduzido o segundo bloco do presente volume, que contém dezesseis narrativas, entre histórias e sub-histórias. Tal manuscrito, na verdade parte de um conjunto de sete cadernos — "Bodleian Oriental 550-556" — que constituem a mais antiga cópia "completa" das *Noites*, feita em 1764/1765 em Roseta, no Egito, é

[2] Ibid., pp. 57-58 (p. 9 r. do manuscrito).

[3] Para outras informações relevantes a respeito de possíveis origens da história, veja, adiante, no item 8, as observações ao Anexo 4, bem como os percucientes estudos de Joseph Sadan: "Background, Date and Meaning of the Story of the Alexandrian Lover...", op. cit., e "L'Orient pitoresque et Aladin retrouvé", em Mendelsohn, D. (org.). *Emergences de francophonies*, Limoges, Presses Universitaires, 2001, pp. 173-192; sobre as apropriações dessa narrativa nas culturas europeias, veja Sironval, Margaret. "Écritures européennes du conte d'Aladin et de la lampe merveilleuse", *Féeries*, n. 2, 2004-2005, pp. 245-256; para uma defesa, aliás bem débil, das origens europeias, veja Hänsch, Anja. "A Structuralist Argument for the European Origin of ᶜAlā' ad-Dīn wa-l-Qindīl al-Mashūr", *Arabic and Middle Eastern Literatures*, vol. 1, n. 2, 1998, pp. 169-177. Em certo sentido, o primeiro texto de Joseph Sadan aqui citado é uma contestação das ideias reducionistas de Anja Hänsch.

um dos mais curiosos, se não o mais curioso dos manuscritos desse livro. Algumas das suas histórias provavelmente remontam ao final do período mameluco ou ao início do período otomano, isto é, à segunda metade do século XV ou à primeira do XVI (veja a referência à fundição de canhões numa das histórias), e a sua linguagem, embora egípcia na maior parte, contém elementos de dialetos norte-africanos e levantinos. O primeiro e o segundo dos cadernos do manuscrito, "Bodleian Oriental 550-551", já haviam sido utilizados, respectivamente, como auxiliares para a tradução do primeiro e do terceiro volumes desta coleção, e como fonte direta para a tradução da história "O rei Qamaruzzamān e os seus filhos Amjad e Asᶜad", no segundo volume. Como se disse, a maior parte dos cadernos encontra-se em linguagem coloquial egípcia, e sobretudo no final as suas histórias são marcadamente obscenas, quando não pornográficas. Suas variações de caligrafia não permitem distinguir claramente se foi compilado por um ou mais escribas, e talvez haja mão europeia no processo de elaboração e produção. O primeiro proprietário do manuscrito, o lascivo aventureiro inglês Edward Montagu, viveu no século XVIII, entre outros lugares do Oriente Médio e do Mediterrâneo, no Cairo, em Alexandria e no Sinai, tendo se hospedado em Roseta na casa do pai do futuro orientalista Jean-Georges Varsy, o mercador francês Joseph Varsy, que talvez o tenha ajudado a obter a compilação, dada a sua familiaridade com o lugar. Para a tradução, a escolha recaiu sobre um conjunto de histórias representativo, tanto na linguagem como na temática, das características desse manuscrito, cujos únicos tradutores até hoje, ao que parece, foram Richard Burton (1821-1890), que no século XIX lhe verteu muitas das histórias — mas não todas — em suas "Noites suplementares", e o arabista tcheco Felix Tauer (1893-1981), que traduziu para o alemão todas as histórias exclusivamente constantes desse manuscrito. Para a presente tradução para o português, somente se encontraram fontes de comparação em árabe para "A insônia do califa" e "Os amantes de Basra", que constam, embora em formato muito diverso, das edições impressas da vulgata das *Noites* e no livro *Histórias assombrosas e crônicas prodigiosas*, e para "Os amores de Hayfā e Yūsuf", história da qual existe uma edição litográfica publicada no Cairo em 1870. Para as demais histórias não se encontraram outras fontes, nem impressas nem manuscritas, o que não significa que não existam, mas que, simplesmente, ainda não estão disponíveis. Desnecessário observar que muitas dessas narrativas são agressivas ou contêm inconveniências cuja exclusão, no entanto, seria desonesta, tendo sido por isso vertidas com a maior fidelidade possível. O tradutor, por exemplo, sentiu-se quase tentado a excluir a repugnante narrativa "O bravo guerreiro e a sua mulher" (noites 717-721), mas como esse procedimento significaria uma autêntica mutilação, além do falseamento aí implicado, ela foi mantida tal e qual, com todo o seu doentio moralismo.

3) Noites 740-774

Do já descrito manuscrito "Arabe 3612" da Biblioteca Nacional, em Paris, copiado no século XVII e generosamente utilizado nesta coleção, traduziu-se o conjunto de máximas que constituem um tratado político nos moldes antigos da cultura árabe. Ao primeiro contato com esse texto, que Zotenberg descreveu como um "conjunto de máximas e apotegmas", ficou clara a sua filiação ao gênero chamado *aladab assulṭānī*, "literatura sultanesca", espécie de versão árabe do "espelho de príncipes", o que foi logo confirmado quando se identificou a sua fonte: trata-se, sem mais, de cópia de trechos do livro *Ouro em lingotes no aconselhamento aos reis*, do teólogo e pensador muçulmano Abū Ḥāmid Alġazālī, o Algazel dos latinos, nascido em 1058 em Ḫurāsān e morto na mesma província em 1111. Escrito originariamente em persa para o sultão seljuque Muḥammad Ibn Malikšāh (m. 1117), o livro foi traduzido para o árabe logo após a morte de Algazel por um dos seus discípulos, e essa tradução pronto se difundiu e ganhou destaque. O copista egípcio do "Arabe 3612" não introduziu o livro inteiro no manuscrito, mas sim algumas de suas partes, sem se ater à divisão em capítulos e subcapítulos, nem mencioná-la, e tampouco manter a ordem usual, notando-se ampla liberdade na exposição, devida a não se sabe quais fatores: confusão dos materiais à sua disposição, conveniência, decoro, ou, enfim, qualquer outra coisa. Como o tom desse texto, pelas características do gênero ao qual se filia, é mais formal que os outros, a tradução adotou a segunda pessoa (tu, vós) em lugar do pronome de tratamento (você, vocês), ao contrário do procedimento nos outros volumes e nas demais histórias do presente volume. Como fonte de comparação utilizou-se uma edição crítica desse livro realizada por Muḥammad Damaj e publicada no Líbano em 1987. Não se trata de um trabalho irretorquível, antes pelo contrário, mas foi o único à mão. Também se utilizou um texto, disponível na internet (e com todas as limitações comumente apresentadas pelos textos disponibilizados na internet), correspondente à vulgata dessa obra em árabe, além das fontes, diretas ou indiretas, identificadas em outras obras, e que estão apontadas nas notas. Curiosamente, algumas das variantes da presente versão das *Noites* seriam úteis para solucionar problemas na fixação do texto original, motivo pelo qual neste bloco as notas foram particularmente exaustivas. Conquanto não pareça pertinente encarar a introdução desse texto nas *Noites* como paródia ou ironia, não parece de todo despropositado pensar que, de algum modo, tal função já estava prevista pela própria estrutura e dramatização das *Noites*: ou seja, o emprego do discurso ficcional, mediado por voz narrativa feminina, como metáfora do aconselhamento político, pode ter eventualmente aplainado o caminho para a inserção operada por esse escriba. Tal apropriação não seria estranha à época, conforme se evidencia num texto árabe do século XIII intitulado *Asās Assiyāsa wa Ḏaḫīrat Almarāsa wa Naṣā'iḥ Arriyāsa* [Fundamento da política, tesouro da experiência e aconselhamento da liderança], de Alqifṭī, letrado egípcio morto em 1248. Nesse tratado, só recentemente descoberto e publicado, um grupo de mulheres do harém adestra politicamente o seu rei e marido por meio de histórias ficcionais cuja estrutura e função se assemelham a *Kalīla e Dimna* e *O leão e o chacal Mergulhador*, mas numa circunstância de enunciação mais assemelhada ao *Livro das mil e uma noites*.

4) Noites 824-1001

O manuscrito "Arabe 3619", também da Biblioteca Nacional, em Paris, remonta ao século XVII, segundo avaliação de especialistas como Zotenberg e Heinz Grotz-feld; por esse motivo, é o segundo mais antigo manuscrito a conter um final para as *Noites*. Desafortunadamente, dele somente restou a última parte, que cobre as noites 824--1000. A data da elaboração das histórias nele constantes varia: muitas remontam aos séculos VIII e IX, encontrando-se em obras dessa época; outras, como as dos capitães de polícia do sultão mameluco Baybars, devem remontar ao século XIV ou XV. Mahdi jamais cita esse manuscrito em suas pesquisas, não obstante ele seja a prova cabal de que, sim, antes da tradução de Galland, publicada entre 1704 e 1717, já circulavam versões "completas" do *Livro das mil e uma noites*. Ou não? Como lhe faltam os demais pedaços, isto é, o "prólogo-moldura" e as noites 1 a 823, talvez não seja absurdo supor que esse manuscrito jamais tenha existido "inteiro", e que ao seu escriba ocorreu a caprichosa ideia de produzir um final antes mesmo de dispor de um "meio", o que parece ser corroborado por um peculiar "buraco" na numeração das noites do "Arabe 3619", que em dado momento pula de 909 diretamente para 1000. Seja como for, trata-se de um manuscrito muitíssimo oportuno, conquanto ofereça alguma resistência à leitura por causa da sua caligrafia pouco esmerada, a qual, aliás, apresenta convergências com a do manuscrito "Arabe 3615", de finais do XVII ou inícios do XVIII, e já descrito nos outros volumes desta coleção. Várias das histórias do "Arabe 3619", em especial as anedotas, derivam, indiretamente, de textos clássicos árabes, conforme se aponta nas notas a esse bloco, cujas últimas histórias, agrupadas sob a rubrica "O sultão mameluco Baybars e os seus dezesseis capitães de polícia", também fazem parte da edição impressa de Breslau. Contudo, deve-se notar que, no geral, a versão do manuscrito é melhor e visivelmente mais antiga que a da edição de Breslau. Boa parte dessas histórias parece filiar-se ao gênero, deveras comum nas antigas letras árabes, denominado "alívio após angústia", e uma pesquisa mais cuidadosa a respeito poderia encontrar-lhe as fontes, diretas ou indiretas, nas volumosas compilações do juiz bagdali Almuḥassin Attanūḫī, morto em 994. O arabista alemão Heinz Grotzfeld refere ainda a existência dessas histórias em outros dois manuscritos, depositados um na Alemanha e outro na Turquia, aos quais infelizmente não foi possível ter acesso. A tradução francesa de Joseph-Charles Mardrus (1868-1949), cujos dezesseis tomos se publicaram de 1899 a 1904, traz entre as noites 934 e 957 a "História de Baybars e dos doze capitães de polícia"; entretanto, com exceção da primeira, as demais histórias não têm a mais remota semelhança com as do manuscrito e da edição de Breslau. Como é público e notório, Mardrus alegou ter realizado a sua tradução a partir de algumas fontes impressas e de um manuscrito de sua propriedade, do qual não se tem hoje nenhuma notícia. Não obstante a sua vaga semelhança com os finais constantes das vulgatas das *Noites*, representadas pelas edições de Būlāq e Calcutá,[4] o final do "Arabe 3619" é bem mais rico e pormenorizado que o daquelas duas, e não faz nenhuma referência a filhos. Como uma das histórias desse manuscrito, "O rei Šāh Baḫt e o seu vizir Rahwān", já fora traduzida, a partir de outras fontes, no terceiro volume desta coleção, julgou-se de bom alvitre omiti-la neste, até porque a redação é praticamente a mesma, sem variantes de monta, alterando-se apenas a numeração das noites. Como já se ressaltou, pesquisas recentes evidenciam que esse manuscrito pertence a uma família distinta, na qual se incluem os manuscritos "614", da Biblioteca Rashid Efêndi, da cidade de Kayseri (século XVI), "We 662", de Berlim (1759), e "Ṣ9483/133413 Adab", da Biblioteca da Universidade de Alʾazhar, no Cairo (1719).

5) "ᶜAlī Bābā e os quarenta ladrões"

Descoberta que teria feito Richard Burton "se agitar na tumba", a versão árabe de "ᶜAlī Bābā e os quarenta ladrões", publicada em 1910 pelo arabista Duncan Macdonald, é bastante singular: precedida da história "Hārūn Arrašīd e a filha de Kisrà", ela existe

[4] Concretamente, sabe-se que foi ele um dos copistas, em 1807, dos dois volumes de uma gramática do árabe ditada por De Sacy. Isso, porém, a par de outras eventuais colaborações, não o torna automaticamente seu "discípulo"; pelo contrário, talvez se tratasse do tipo convencional de conhecedor "prático" do idioma árabe, quase um "nativo", no que pode ter sido de grande valia para De Sacy. E o fato de a gramática ter sido copiada por ele não consiste, necessariamente, num sinal de subserviência intelectual, e sim que, talvez, ele dominasse o árabe melhor que De Sacy. Como já se ressaltou, pesquisas recentes evidenciam que esse manuscrito pertence a uma família distinta, na qual se incluem os manuscritos "614", da Biblioteca Rashid Efêndi, da cidade de Kayseri (século XVI), "We 662", de Berlim (1759), e "9483/133413 Adab", da Biblioteca da Universidade de Al azhar, no Cairo (1719).

num solitário manuscrito, adquirido pela Biblioteca Bodleiana em 1860, catalogado como "Bodleian Oriental 633", no qual não se faz nenhuma referência às *Noites* nem a Šahrāzād, e cujo copista é um certo Yūḥannā Bin Yūsuf Alwārisī, que apesar do nome caracteristicamente cristão usava vocabulário islâmico para se descrever. Já à época o texto árabe suscitou viva controvérsia entre os arabistas, como seria de esperar, e decorridos três anos da publicação o mesmo Macdonald anunciava ter igualmente desvendado o aparente "enigma" em torno do nome do copista do manuscrito: tratava-se do mercador e arabista francês Jean Varsy. Não se sabe quando nem onde nem sob quais circunstâncias teria sido feita a cópia. A despeito das desconfianças iniciais sobre a autenticidade do texto, foi somente em 1994 que se emitiu um juízo categórico a seu respeito. Muhsin Mahdi, no ensaio "Retranslation: An Arabic Version of 'Ali Baba'", publicado no volume de ensaios que sucedeu os dois volumes da sua edição crítica do ramo sírio do *Livro das mil e uma noites*, não deixa margem à menor dúvida: essa versão árabe não passa de uma tradução do francês. Rigoroso, Mahdi considerou "ridículo" o texto árabe de ᶜAlī Bābā, apontando-lhe vários "defeitos", muitos dos quais, porém, verificáveis em partes por ele consideradas "legítimas" das *Noites*, como, por exemplo, a existência de trechos "desnecessários" ou "redundantes", ou mesmo erros de ortografia, palavras excessivamente eruditas, incongruências e inverossimilhanças.

Saliente-se que esse texto de "ᶜAlī Bābā e os quarenta ladrões" foi publicado em 1910 numa revista acadêmica europeia que *não* circulava nos países árabes, circunstância essa que o manteve praticamente desconhecido do público leitor dessa língua. Foi somente em 2011 que ele passou a circular numa edição comercial entre os árabes, juntamente com o texto de "ᶜAlā'uddīn e a lâmpada mágica". Como se tratava de uma virtual novidade na região, o livro recebeu diversas resenhas na imprensa local (libanesa, egípcia, saudita, iraquiana...) e, curiosamente, nenhuma delas mencionou esse suposto "ridículo" do texto. Em que pese o paradoxo, dado o fato de que um foi escrito por um arabista e o outro por um árabe, o texto de "ᶜAlī Bābā", hoje, parece artisticamente superior ao de "ᶜAlā'uddīn", pois utiliza melhor os recursos da língua, tem vocabulário mais rico e lança mão do *sajᶜ*, prosa rimada, muito apreciado nos textos antigos.

Quanto ao tradutor e copista do texto árabe, Jean Varsy (1774-1849), foi somente em 2015 que se desfez a aura de mistério que lhe cercava o nome, graças à dedicação da professora Katia Zakharia, da Université Lumière Lyon 2. A desinformação a seu respeito era tamanha que, entre os pesquisadores, houve — como foi o caso de Muhsin Mahdi — quem o confundisse com o pai, Joseph Varsy (1741-1790), mercador marselhês estabelecido em Roseta, no Egito, onde a família mantinha uma residência, e casado em primeiras núpcias com Catherine Dormer Montagu, prima do aventureiro inglês Edward Wortley Montagu (1713-1776). Jean-Georges Varsy (seu nome completo) era filho do segundo casamento de Joseph Varsy, com com a irlandesa Elisabeth Dormer (1753-1828), e foi ao Egito com quatro anos, lá permanecendo de 1779 a 1783, e retornou em 1790; a invasão francesa do país, em 1798, levou os negócios da família à ruína, e em 1801 Jean Varsy regressou à França. Conforme já se disse aqui, não existe clareza ainda quanto à data exata da tradução por ele efetuada da história de ᶜAlī Bābā, mas a maneira como o texto árabe está escrito, a despeito dos erros que contém aqui e acolá, sugere um excelente conhecimento da língua. E a escrita árabe de Varsy era muito bonita e despachada, outra característica de quem conhece bem a língua: é impossível ter boa caligrafia sem fluência, salvo se se tratar de persas ou de algum povo cuja língua seja escrita com caracteres árabes. Não era o caso do francês Varsy. Entre a atitude extrema de descartar o texto como "espúrio" ou o benefício da dúvida, preferiu-se também aqui a segunda hipótese. E aduza-se o que já se aduziu na explanação sobre o texto de ᶜAlā'uddīn: Jean Varsy viveu no Oriente, e lá pode ter tido contato, ainda que fortuito, com alguma versão oral dessa história.[5]

6) Do "Diário" de Galland

Também em 1913, Macdonald editou, do diário de Antoine Galland, um resumo em francês da história de ᶜAlī Bābā, que lhe foi contada pelo famoso/obscuro maronita alepino Ḥannā Diyāb. Nesse resumo, visivelmente anotado às pressas, se evidenciam os traços gerais da obra, e também que o nome do herói era outro na narrativa de Ḥannā. O mesmo texto, juntamente com outros narrados por Ḥannā e registrados no diário de Galland, foi publicado pelo pesquisador Mohamed Abdel-Halim em seu doutorado defendido na França em 1964. A tradução aqui levada a cabo foi gentilmente realizada e cedida pela pesquisadora Christiane Damien Codenhoto, estudiosa do texto de Galland, que lhe acrescentou esclarecedoras notas.

7) A noite perdida de Jorge Luis Borges

Enfim, a noite 602 de Borges existe, embora em árabe não seja esse o seu número. Essa narrativa, espécie de coroamento da circularidade das *Noites*, foi traduzida da edição impressa de Breslau, e entra neste volume a título de curiosidade. As ilações que Borges faz do episódio, no qual Šahrāzād conta a Šahriyār "a sua própria história", são belíssimas,

[5] Cf. Zakharia, Katia. "Jean-Georges Varsy et l'histoire d'Ali Baba: révelations et silences de deux manuscrits récemment découverts", *Arabica*, vol. 62, n. 5-6, 2015, pp. 652-687.

mas o número da noite não é invenção dele, o que por sua vez afasta outras ilações da crítica. Borges utilizou, sem citar, a numeração meio aleatória empregada por Richard Burton na sua tradução das "Noites suplementares". A ausência de citação, ao que parece, não decorre de nenhum plano premeditado para confundir a crítica e a posteridade, ou se divertir à sua custa, devendo-se, mais prosaicamente, à erudição de Borges, que o fez olvidar o fato de que muitos não se dariam conta de que ele citava a tradução de Burton — e não poderia, com efeito, ser outra. O leitor não deixará de notar que, de modo semelhante ao seu estudo sobre a metáfora, as ilações do escritor argentino são mais ricas e estimulantes que os textos examinados.[6]

8) Um "ancestral" de Aladim

A primeira notícia a respeito de "O alfaiate de Alexandria e o governador Tankiz", narrativa constante do manuscrito "Arabe 3658" da Biblioteca Nacional da França, foi dada pelo arabista israelense Joseph Sadan, que também lhe editou o texto e o traduziu para o inglês.[7]

Embora a cópia do manuscrito tenha sido feita, visivelmente, no século XVIII, a elaboração da história deve remontar aos séculos XV ou XVI — na mais tardia das hipóteses, a um período não muito posterior ao Otomano, que se inicia com a derrota definitiva infligida pelos turcos aos mamelucos em 1518, nas proximidades do Cairo. O dissídio de pelo menos dois séculos entre a presumível elaboração original e a cópia pode explicar as várias obscuridades do texto.

[6] A edição de Breslau (doze volumes, 1825-1843), como já se afirmou nos demais volumes desta coleção, é normalmente considerada "espúria" pela crítica, pois seu primeiro editor, Maximilien Habicht (1775-1839), forjou, ou mandou forjar, os manuscritos que publicava. Contudo, ignora-se em quais condições foi efetuado o acréscimo dessa história, se por iniciativa do copista judeu tunisiano Murdaḫāy Ibn Annajār, que trabalhava para Habicht, se por sugestão do próprio Habicht, se por iniciativa de algum orientalista ou, ainda de Heinrich Leberecht Fleischer (1801-1888), professor de árabe em Leipzig, que se incumbiu da edição após a morte de Habicht. Tendo em vista tal obscuridade, bem como a atenção que despertou na crítica após a interpretação de Borges, optou-se por incluir na presente tradução, a título de curiosidade, essa "narrativa circular", a qual, de resto, também consta do chamado "manuscrito Reinhardt" das *Noites*, depositado na Biblioteca da Universidade de Estrasburgo e copiado no Egito em 1831. Também consta do já citado manuscrito 674 (ou 614) da Biblioteca Rashid Efêndi, do século XVI, só estudado em detalhe em 2016, na tese de Ibrahim Akel.

[7] "^{c}Awdat ^{c}Alā'uddīn wa Miṣbāḥihi ilà Juḏūrihimā" [O retorno de ^{c}Alā'uddīn e sua lâmpada às suas raízes], *Alkarmil*, Haifa, n. 20, 1999, pp. 149-188; cf. também os estudos supracitados de J. Sadan. A tradução ao inglês está em "Background, Date and Meaning...", op. cit., pp. 184-192.

Trata-se de uma narrativa de cunho popular, com alguns elementos funcionais também verificáveis na história de ᶜAlā'uddīn. "Dankiz", que o texto cita como governador da Síria, é na realidade corruptela de Tankiz, Sayfuddīn Abū Saᶜīd, que efetivamente governou em Damasco entre 1312 e 1340, nomeado pelo sultão mameluco do Cairo, Annāṣir Muḥammad Ibn Qalāwūn (m. 1341). Apesar da segurança desfrutada pela população durante o seu governo, e das inúmeras obras que lá realizou, alguns historiadores — como o egípcio Ibn Šākir Alkatbī (m. 1363) e o sírio Ibn Aybak Aṣṣafadī (1297-1363, que presenciou os eventos narrados) — afirmam tratar-se de um governante que, devido à sua *sawdā'* (melancolia), "sempre enxergava as coisas corrompidas, e por isso ninguém lhe conseguia apontar o caminho da correção, tamanho era o medo que despertava". Após complôs, calúnias e traições de outros líderes políticos, aliados a boatos de que pretendia se dirigir à terra dos tártaros, o sultão mameluco mandou prendê-lo, e preso o conduziram a Alexandria, onde afinal foi morto por estrangulamento após quarenta dias encarcerado, e se expropriaram suas vastas riquezas. "O insólito", comenta o historiador egípcio Almaqrīzī (1365-1442), "é que ele foi preso numa terça-feira, entrou no Egito numa terça-feira, entrou em Alexandria numa terça-feira e foi morto numa terça-feira". Três anos depois, a instâncias da filha (ou de um líder militar), seu corpo foi trasladado para Damasco.[8]

A presença do governador Tankiz como personagem — citado, conforme se disse, como "Dankiz" — e a alusão a alguns fenômenos característicos do jogo político mameluco — entre eles a reverência hierárquica pelo *ustāḏ*, "mestre", designação dada ao mantenedor do escravo mameluco em sua infância —, bem como a menção a localidades antigas de Damasco, sem maior detalhamento, tudo isso colabora para situar a elaboração original da narrativa, se não exatamente nas proximidades do período citado, numa época em que ele ainda não fora envolto pela "lenda", como é o caso, por exemplo, de muitas histórias das *Noites* envolvendo Bagdá e o califa Hārūn Arrašīd, nas quais é visível o distanciamento de vários séculos. Para além de sua maior ou menor antiguidade, contudo, a história do alfaiate alexandrino interessa por conter alguns elementos relevantes para a comparação com a de ᶜAlā'uddīn: com

[8] Foram consultados: Ṣalāḥuddīn Ibn Aybak Aṣṣafadī. *Tuḥfat ḏawī Alalbāb* [A joia dos dotados de inteligência], edição crítica de Iḥsān Bint Saᶜīd Ḫulūṣī e Zuhayr Ḥamīdān, Beirute, Ṣādir, 1999, pp. 515-526; Muḥammad Bin Šākir Alkatbī, *Fawāt Alwafayāt* [O que escapou ao livro de registro dos passamentos], op. cit., vol. I, pp. 251-258; e Almaqrīzī. *Almawāᶜiẓ wa Aliᶜtibār* [Recomendações e considerações], edição crítica de Ayman Fu'ād Sayyid, Londres, Alfurqān, 2002, vol. III, pp. 179-180.

efeito, a relação de dependência da criatura sobre-humana, o gênio, para com um recipiente relativamente pequeno (em correlação com a ideia de um conteúdo maior que o seu continente, como se vê na história do pescador e do gênio), o transporte de amantes e a promoção de encontros entre eles por obra de gênios, a fulminante paixão à primeira vista e o sucesso da relação de um homem de condição inferior com uma mulher de condição superior (metáfora do desejo de ascensão social) constituem elementos já verificados em outras narrativas das *Noites*; o que faltava eram justamente dois outros elementos de vasta fortuna no imaginário universal: primeiro, a aparição de uma criatura sobre-humana por efeito da fricção de um objeto ligado à luz e, segundo, o fato de essa criatura sobre-humana atender pressurosamente os pedidos de um ser de "estatuto" inferior.[9] Ambos os elementos constam dessa narrativa, o que comprova, destarte, a sua existência prévia no imaginário árabe. Não se trata aqui, esclareça-se, de propor que o alfaiate alexandrino seja a semente da qual vicejou ᶜAlā'uddīn,[10] e, por consequência, rastrear o penoso processo pelo qual, sucessivamente e por obra da imaginação de copistas e contadores de história, esse alfaiate teria se metamorfoseado num filho de alfaiate e sido transferido para a China, e a lâmpada de uma casa em Damasco teria sido transformada numa lâmpada escondida em montanhas recônditas daquele país etc. etc.; basta, por ora, apontar tais similaridades. Note, ademais, que nas noites 236-244 do bem tardio "manuscrito Reinhardt" das *Mil e uma noites*, copiado em 1831 (Biblioteca da Universidade de Estrasburgo, 4278-4281), consta a história de ᶜAlī Ibn Alḫawāja, que tanto o especialista Aboubakr Chraibi como a *The Arabian Nights Encyclopedia* consideram "uma variante do tema de Aladim", e cujo resumo é o seguinte: ᶜAlī vive em sua casa com

[9] Se bem que, como não deixará de notar o leitor, essa submissão é muito mais acentuada na história de ᶜAlā'uddīn, onde a obediência do gênio se presta, de modo exclusivo, ao eventual possuidor da lâmpada, sem nenhuma consideração de outra ordem, enquanto na história do alfaiate alexandrino o gênio se oferece para atender um pedido graças a um favor, mesmo involuntário, feito a ele. Esse dado do enredo aproxima a história do alfaiate das *Noites*, cujas relações entre as personagens, é fácil ver, baseiam-se num intenso processo de trocas. Sadan afirma que "o autor ou narrador que nos deixou a versão escrita do alexandrino não menciona a esfregação [da lâmpada], e sim a limpeza e o acendimento do fogo da lâmpada de cristal. Podemos escolher entre duas possibilidades: a primeira, que a história de ᶜAlā'uddīn não constitua senão uma racionalização, é verdade que em linguagem lendária, posterior à integração dos 'objetos mágicos' na história do alfaiate alexandrino; e a segunda, que esta história tenha sido redigida numa época anterior ao emprego literário de objetos mágicos, e que ela continue marcada pelos símbolos da luz e do fogo e pelo sentimento do sagrado" (apud Mendelsohn, D. (org.), "L'Orient pittoresque...", cit., pp. 182-183).

[10] O próprio Sadan afirma que ᶜAlā'uddīn não se trata de um "descendente" do alfaiate alexandrino, mas sim que ambos "pertencem, de perto ou de longe, à mesma 'família'". Cf. Mendelsohn, D. (org.), "L'Orient pittoresque...", op. cit., p. 183.

a mulher, Ward, e conhece um feiticeiro magrebino que lhe pede para acompanhá-lo numa viagem e recuperar um tesouro. ^{c}Alī mata o malicioso feiticeiro e se apossa dos objetos mágicos. Depois de algumas aventuras ele retorna para a mulher e lhe constrói um palácio. Quando o irmão do feiticeiro magrebino aparece para tomar vingança pela morte do irmão, ele também é morto.[11]

* * *

Ao fim desta jornada, além dos agradecimentos já consignados nos outros volumes, devo também agradecer, por esclarecimentos pontuais, envio de obras, sugestões ou auxílio na revisão, a Abdullah Taj, Ali Hussein, Carolina Rubira, Christiane Damien, John Milton, Kamil Jabir, Messiane Brito, Milena Cassucci, Pedro Ivo Secco, Thaís de Godoy e Walter Carlos Costa. Estendo ainda os agradecimentos ao Cesima (Centro Simão Mathias), da PUC/SP, onde gentilmente se providenciou a digitalização do manuscrito "Arabe 3619".

* * *

PRINCIPAIS REFERÊNCIAS BIBLIOGRÁFICAS DO PRESENTE VOLUME (COM EXCEÇÃO DAS FONTES DIRETAS):

ABDEL-HALIM, Mohamed. *Antoine Galland, sa vie et son ouvre*. Paris: Nizet, 1964.

ALĠAZĀLĪ, Abū Ḥāmid. *Attibr Almasbūk fī Naṣīḥat Almulūk* [Ouro em lingotes no aconselhamento aos reis]. Edição crítica de Muḥammad Damaj. Beirute: Almu'assasa Aljāmi^{c}iyya, 1987.

ALJĀḤIẒ, Abū ^{c}Uṯmān ^{c}Amrū Bin Baḥr. *Kitāb Albuḫalā'* [Livro dos avaros]. Edição crítica de Ṭāha Alḥājirī. Cairo: Alma^{c}ārif, 1971.

ALJĀRŪŠ, Muḥammad Muṣṭafà (org.). *Allayālī Al^{c}arabiyya Almuzawwara* [As noites árabes falsificadas]. Beirute/Bagdá: Aljamal, 2011.

ALKATBĪ, Muḥammad Bin Šākir. *Fawāt Alwafayāt* [O que escapou ao livro de registro dos passamentos]. Edição crítica de Iḥsān ^{c}Abbās. Beirute: Ṣādir, 1973.

ALQIFṬĪ, Jamāluddīn. *Asās Assiyāsa wa Ḏaḫīrat Almarāsa wa Naṣā'iḥ Arriyāsa* [Fundamento da política, tesouro da experiência e aconselhamento da liderança]. Edição crítica de Jalīl Al^{c}aṭiyya. Beirute: Aṭṭalī^{c}a, 2008.

[11] Como não foi possível ter acesso a esse manuscrito, o texto foi traduzido do resumo constante de Marzolph, Ulrich, e Van Leeuwen, Richard (orgs.). *The Arabian Nights Encyclopedia*, Santa Barbara, ABC-Clio, 2004, vol. I, p. 96. Cf. também Chraibi, Aboubakr. *Contes Nouveaux des 1001 Nuits. Étude du Manuscrit Reinhardt*. Paris, Maisonneuve, 1996. Os elementos que aproximam essa história da de ^{c}Alā'uddīn são distintos dos do alfaiate alexandrino, haja vista a ausência, fundamental, do gênio. Conforme explica Chraibi, Reinhardt era o vice-cônsul alemão no Egito para quem o manuscrito foi copiado.

ANÔNIMO. *ᶜĀšiq almarḥūma wa qiṣaṣ uḫrà min atturāṯ* [O amante da falecida e outras histórias do legado antigo]. Edição, introdução e notas de M. M. Aljārūš. Beirute/Bagdá: Aljamal, 2014.

ANÔNIMO. *Qiṣṣat Almalika Alhayfā wa Maᶜšūqihā*... [A história da rainha Hayfā e o seu amado...]. Cairo: [s. n.], 1870.

ANÔNIMO. *Les mille et une nuits*. Tradução de d'Antoine Galland. Paris: Flammarion, 1965, 3 vols.

ANÔNIMO. *Les mille et une nuits*. Tradução de Dr. J. C. Mardrus. Paris: Robert Laffont, 2002, 2 vols.

BUENO DE PAULA, Marcelo. *Borges e as* Mil e uma noites: *leitura, tradução e criação*. Florianópolis: UFSC, 2011 (Tese de doutorado).

CHARAÏBI, Aboubakr. *Les mille et une nuits: histoire du texte et classification des contes*. Paris: L'Harmattan, 2008.

DAMIEN, Christiane. *Na senda das* Noites. Cotia/São Paulo: Ateliê/Fapesp, 2010.

____________. *O sobrenatural e o mágico nas* Mil e uma noites. São Paulo: FFLCH/USP, 2017 (Tese de Doutorado).

DIYĀB, Ḥannā. *Min Ḥalab ilà Bārīs* [De Alepo a Paris]. Edição, introdução e notas de M. M. Aljārūš, e S. A. A. Š. Jubrān. Beirute/Bagdá: Aljamal, 2017.

GROTZFELD, Heinz. "Neglected Conclusions of the 'Arabian Nights': Gleanings in Forgotten and Overlooked Recensions". *Journal of Arabic Literature*, vol. 16, 1985, pp. 73-87.

JAROUCHE, Mamede Mustafa. "O desafio do tempo na tradução das *Mil e uma noites*". *Revista Brasileira*, Rio de Janeiro, n. 69, 2011, pp. 73-88.

MACDONALD, Duncan B. "'Ali Baba and the Forty Thieves' in Arabic from a Bodleian Manuscript". *Journal of the Royal Society of Great Britain and Ireland*, 1910, pp. 327-386.

____________. "Further Notes on 'Ali Baba and the Forty Thieves'". *Journal of the Royal Society of Great Britain and Ireland*, 1913, pp. 41-53.

MAHDI, Muhsin. *Kitāb Alf Layla wa Layla min Uṣūlihi Alᶜarabiyya Alūlà. Aljuz' Aṯṯānī: ᶜIddat Annaqd wa Annusaḫ Alḫaṭṭiyya* [*Livro das mil e uma noites* a partir dos seus primeiros originais árabes. Segunda parte: aparato crítico e manuscritos]. Leiden: Brill, 1984.

____________. *The Thousand and One Nights from the Earliest Known Sources*. Part 3: Introduction and Indexes. Leiden: Brill, 1994.

MARZOLPH, Ulrich; VAN LEEUWEN, Richard (orgs.). *The Arabian Nights Encyclopedia*. Santa Barbara/Denver/Oxford: ABC Clio, 2004, 2 vols.

MORAIS, Thaís de Godoy. O Livro das mil e uma noites *em Jorge Luis Borges*. São Paulo: FFLCH/USP, 2013 (Dissertação de mestrado). Edição em livro: Novas Edições Acadêmicas, 2017.

MŪSÀ, Fāṭima. "Maḫṭūṭāt *Alf Layla* fī Maktabāt Ūrūbbā" [Manuscritos das *Mil noites* nas bibliotecas da Europa]. *Fuṣūl*, Cairo, vol. XII, n. 4, 1994, pp. 50-59.

SADAN, Joseph. "Background, Date and Meaning of the Story of the Alexandrian Lover and the Magic Lamp". *Quaderni di Studi Arabi*, Veneza, Istituto per L'Oriente C.A. Nallino, vol. 19, 2001, pp.173-192.

SANTOS, Messiane Brito dos. *O adab nas* Mil e uma noites. São Paulo: FFLCH/USP, 2014 (Dissertação de mestrado).

SECCO, Pedro Ivo Dias. *Rumo ao pavilhão da eternidade*. São Paulo: FFLCH/USP, 2017 (Dissertação de mestrado). Edição em Livro: Novas Edições Acadêmicas, 2017.

TĀJ, ᶜAbdullāh. *Maṣādir Alf Layla wa Layla Alᶜarabiyya* [Fontes árabes das *Mil e uma noites*]. Túnis, Dār Almīzān, 2006.

TORREY, Charles C. "The Newly Discovered Arabic Text of 'Ali Baba and the forty thieves'". *Journal of the Royal Society of Great Britain and Ireland*, 1911, pp. 221-229.

ZAKHARIA, Katia. "Jean-Georges Varsy et l'histoire d'Ali Baba: révelations et silences de deux manuscrits récemment découverts". *Arabica*, vol. 62, n. 5-6, 2015, pp. 652-687.

ZOTENBERG, H. *Histoire d'Alâ Al-Dîn ou La Lampe Mervilleuse. Texte arabe publié avec une notice sur quelques manuscrits des* Mille et Une Nuits. Paris, Imprimerie Nationale, 1888.

Este livro, composto na fonte Fairfield,
foi impresso em papel Pólen natural 70 g/m², na BMF.
São Paulo, Brasil, fevereiro de 2024.